ZERO

문시현 장편소설

동아

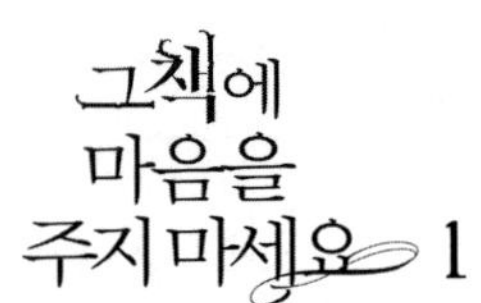

초판 1쇄 인쇄일 | 2019년 01월 04일
초판 1쇄 발행일 | 2019년 01월 10일

지은이 | 문시현
펴낸이 | 박성면
펴낸곳 | (주)동아

출판등록 | 제406-2012-000056호
주소 | 경기도 파주시 문발로 115, 세종출판벤처타운 201-A호
전화 | (031)8071-5201
팩스 | (031)8071-5204
E-mail | bear6370@hanmail.net

정가 | 12,800원

ISBN 979-11-6302-126-1 (04810)
979-11-6302-125-4 (set)

그 책에 마음을 주지 마세요

문시현 장편소설

1

동아

Contents

0. 프롤로그 7

1. 금수저인데 도금이다 17

2. 지금부터 인생 말아먹어 보겠습니다 57

3. 다정한 오빠가 있었다 123

4. 변화 244

3.5 아모르 노테 318

5. 각자의 사정 351

5.5 아실리 로제, 플뢰데온 클라체, 데인 로웰 473

0. 프롤로그

……어째서일까. 난 그저 금지된 숲을 조금 살펴보려 한 것뿐인데.

"컹컹컹!"

사나운 울부짖음은 오로지 울타리로 올라간 나를 노리고 있다.

상대는 거대한 개였다.

이빨의 견고함은 이미 책 하나를 통째로 씹어 삼키는 모습을 보며 익히 실감했다. 칼처럼 뾰족한 발톱을 보며 침을 꿀꺽 삼켰다. 살갗쯤은 아무렇지 않게 파고들 것처럼 보인다. 결국 조금 뒤 일어날 결과야 보지 않아도 뻔했다.

"……이럴 땐 꿈이라고 믿고 싶다."

모든 것이 말이야. 당장 뇌의 개조라도 받아서 기나긴 환상을 보고 있다거나. 눈을 감고 있을 때 전부 사라지면 얼마나 좋을까.

그러나 그럴 수 없다는 걸 잘 안다. 젠장, 내 인생 왜 이러냐고.

환생하기 전 세상이 그립다. 눈을 뜨면 아무렇지 않게 침대에서 일어나 세수를 하고, 지긋지긋하던 회사로 출근할 준비를 할 수 있다면.

"젠장."

그러나 섬뜩한 귀기가 그럴 수는 없다며 침체하는 정신을 낚아 강제로 끌어 올렸다. 꿈이 아니다. 뺨을 꼬집어 봐도 선명한 통증이 느껴진다.

죽을지도 몰라.

이대로 있다간 정말 죽고 말겠지. 하지만 방법이 보이지 않는데 어떤 방법으로 도망간단 말이야?

환생해서 좋은 건 하나도 없고, 어째서 늘 이딴 것들과 엮이는 일상일까? 종교에 귀의했던 지인이 환생은 신의 선물 어쩌고 했는데, 순 다 뻥인 것 같다. 뭐 이런 거지 같은 선물이 다 있단 말인가.

한숨을 쉬던 그때, 황소만 한 개가 휙 몸을 세웠다.

"으악!"

깜짝 놀라 다리를 일으켰지만, 끝자락이 부욱, 찢어진 뒤였다.

"컹! 컹컹컹!"

약이 바싹 오른 개가 울타리를 발톱으로 박박 긁기 시작했고, 기둥이 기울어졌다. 억. 기겁하며 울타리에 매미처럼 찰싹 달라붙는다.

"저, 저리 가! 가라고!!"

"크앙!"

개의 몸통 박치기에 말뚝이 위태롭게 흔들렸다.

"젠장! 대체 개에다가 무슨 짓을 하면 이렇게 어마어마한 크기가 되는 건데!"

저게 개새끼라뇨.

말티즈, 시추? 그런 거 없다. 날뛰고 있는 저 개는 귀엽고 사랑스러운 이미지와는 멀어도 한참 멀었다.

크기부터가 위협적인 '저건' 이곳을 지키기 위해 엄선된 괴물이었다. 뒤로 보이는 숲의 문지기로서 침입자에게 가차 없었으며 '금지된 숲 파수꾼'이라는 별칭을 가졌을 만큼 사납다.

고로 개보다는 개의 성질만 뚝 떼어 낸 다른 개체에 가깝다 할 수 있었는데, 총평을 내리자면, 자비 없는 도살자란 이름이 어울릴 것이다.

"크르르……."

보기만 해도 소름이 오싹 돋았다. 기우뚱 기우는 기둥을 느낀 순간 온몸이 뻣뻣하게 굳는 것을 느꼈다.

'위험해. 뽑힐 것 같은데?'

뿌리째 흔들리기 시작한 울타리가 위기를 느끼게 한다. 짖어 대는 주둥이 사이로 어금니가 보였다.

'도망, 도망쳐야 해……!'

반사적으로 주변을 둘러보았지만, 사람 흔적 하나 없었고, 풀들은 고요하기만 했다. 내가 어디까지 도망칠 수 있을까? 소리라도 질러 볼까 싶지만, 이미 도망칠 때 마구잡이로 비명을 질렀다. 누가 왔어도 한참 전에 왔어야 했다.

손을 파르르 떨었다. 고개를 돌려 반대쪽, 아득한 땅을 한번 쳐다본다. 저 밑으로 숲이 보인다. 뛰어내리면 어떨까……?

'아니, 안 돼.'

아무리 봐도 이건 만용의 영역이다. 저기로 뛰어내리면 보기 좋게 다리가 부러질 거야.

"어쩌란 말이야!"

이놈의 황성은 어떻게 생겨 먹은 건지, 황제가 자신에게 살랍시고 내준 궁 근처에 이런 해악한 짐승들이 버젓이 돌아다니는데 지키는 사람 하나 없다. 내가 사는 궁전이 저기 코앞인데 뒤는 금지된 숲이라니!

이 개들은 궁 후원이 아니라 저 뒤쪽 금지된 숲을 지키는 거겠지만 알 게 뭐야. 궁도, 그곳에 살고 있는 나도 버려진 인형처럼 방치되어 있을 뿐인데!

암담하게도 이 난관을 어떻게 헤쳐 가야 할지 감이 잡히질 않았다.

'오, 신이시여.'

울타리 너머는 절벽과도 같은 내리막이었다. 그 아래는 무시무시하기로 이름 높은 '금지된 숲'이었다. 내가 아무리 무모하기로서니 다리를 부수고 싶진 않았다.

"그런데……. 선택의 여지가 없다 이거지……."

마트 타임 세일이 임박한 양 주어진 시간은 얼마 없는 듯했다. 울타리가 심하게 흔들리고 있다.

"컹! 컹컹! 컹컹컹!"

미친개에게 물려 갈기갈기 찢어진 인형 꼴이 되고 싶지 않다면 답은 정해져 있었다. 금지된 숲 쪽으로 뛰어내려야겠지.

자세를 잡았을 때였다.

"어, 어어?!"

온몸의 털이 곤두서는 소름과 함께 부유감이 느껴진다. 아뿔싸. 개가 나무에 몸을 부딪친 건가? 나는 떨어지고 있었다.

순식간에 기울어진 하늘과 키 작은 풀, 다시 검은 개. 눈을 질끈 감았다. 등과 허벅지가 아렸다. 풀이 접히는 소리가 위협적으로 다가온다.

'이렇게 죽으려고 악착같이 살아온 게 아닌데.'

육중한 무게가 날 덮치고, 죽음이 거친 필체로 뇌리에 새겨졌다. 꼼짝도 할 수가 없다.

—이번엔 '진짜' 죽는가 보다.

마침내 비명이 튀어나왔다. 이럴 줄 알았으면 유모에게 한마디 다정하게 말해 줄걸. 나와의 마지막 기억이 말싸움이라면 지워지지 않는 상처가 될 텐데. 너무 잔인하지 않느냐고.

제발. 내가 또 다른 시간에서 살아난다고 해도.

"크흡……."

얼굴로 툭툭 따뜻한 것이 떨어졌다. 눈을 뜨고 싶었지만, 눈을 떴을 때 더 참혹한 걸 보게 될까 봐 차마 그러지 못했다.

"거 보세요. 여기 있을 거라고 했잖아요."

"그러네."

눈을 뜨자, 개를 막고 있는 인영이 보였다. 나는 눈을 깜빡였다.

"황녀님은 안 될 곳만 골라가신다니까요."

천천히 개가 쓰러진다. 그것을 바라보면서 천천히 얼굴을 닦아 낸다. 사람이 아닌 것의 피가 묻었다. 눈을 감았다가 다시 떴을 때, 나는 고개를 들어 개의 시체를 아연하게 바라봤다. 자연스레 보고만 방향에는 고어 영화보다 더한 장면이 생생했다.

"……보지 마십시오. 뭐 좋은 거라고 보십니까."

개를 가뿐하게 해치운 남자가 눈썹을 살짝 찡그렸다. 나는 그제야 날 찾아온 구조대의 얼굴을 확인했다.

"황자님. 아실리 님의 눈을 가려 주시겠습니까."

"기꺼이."

꿈틀거리던 사체가 사라진 눈 위로 말캉한 감촉이 느껴졌다. 앞이 깜깜해졌다. 눈을 덮은 이 손바닥의 주인은 익히 아는 사람이었다.

"한참 찾았어. 아실리."

"데인."

"응. 나야."

다정하게 속삭이는 목소리를 가진 남자는 데인. 내 둘째오라버니였다.

"저쪽으로 갈까? 조심히."

그는 천천히 나를 이끌었다. 참혹한 광경을 보지 않도록 감싸는 온기는 황홀하도록 다정했다.

나는 덜덜 떠는 몸을 진정시키며 뒤를 획 돌아보았다.

"아……."

느긋하게 이쪽을 보고 있던 검사, 레이 경은 나를 보더니 한쪽 눈을 가늘게 찌푸렸다.

"진정되셨습니까."

그가 검을 탁탁 털었다.

"하여간 이런 곳에 있으니, 한참 찾아도 없죠."

그렇게 말하며 위아래로 나를 천천히 훑는다. 날 보며 이럴 줄 알았다는 태도였다.

"……죽는 줄 알았어."

"저희가 딱 10초만 늦었어도 스틱스강을 건너셨을 겁니다."

단정하게 생긴 얼굴은 감흥 없고 고요해 보였으나, 눈동자 속에는 미묘하게 짜증이 어려 있었다. 아니나 다를까 그에게서 불만이 터져 나왔다.

"실종자가 들끓는 금지된 숲은 그다지 좋은 묫자리가 되지 못합니다. 아십니까?"

"레이."

"틀린 말은 아니지 않습니까, 황자님."

두 사람이 투닥이는 동안 나는 쥐가 난 손을 쥐었다가 다시 펴며 한숨을 쉬었다. 진짜 이번 생은 오늘로 마감하리라 생각했는데 질기게도 살아남았구나.

그런 나를 보며 심사가 뒤틀린 듯 레이 경이 쯧 혀를 찼다.

"도대체 황녀님은 어딜 그리 뻘뻘거리며 돌아다니시는 겁니까? 찾기 힘들게. 이번도 그렇습니다. 황자님과 제가 얼마나 찾아다닌 줄 아십니까?"

그는 평소에 말이 없는 검사님이었다. 그러나 제아무리 무뚝뚝하고 초연한 남자라도 이번엔 크게 놀랐던지 평소보다 꺼낼 말이 많아진 모양이다.

"정말 목숨이 10개쯤 되는 게 아니라면 제발 황자님 얼굴을 봐서라도 얌전하게 지내 주세요. 예? 얼마나 염려한 줄 아십니까? 이번엔 정말 죽음의 문턱까지 다녀오셨지 싶은데요."

나는 감흥 없이 대꾸했다.

"그러게. 내 목숨이 10개가 넘나 보지."

"황녀님!"

"한 40개쯤?"

진실을 고할 생각이 없으므로 얼굴을 보는 대신 바닥에 떨어진 수첩을 응시했다. 보지 않아도 레이 경의 찌푸린 얼굴이 선했다.

"듣고 계십니까? 또 잔소리로 생각하고 계시지요."

"아아아. 그만. 그만. 나 안 죽었어."

"네. 저희가 와서겠지요."

"응, 맞아. 죽을 뻔했지만 경 덕분에 안 죽었어. 그럼 된 거잖아?"

천천히 수첩을 주워 들었다. 손에 든 것을 쳐다보며 가늘게 눈을 떴다.

"설마하니 저나 황자님이 올 줄 알았다느니. 누군가는 와서 어떻게든 살았을 거라느니. 또 그 소리 하려거든 관두십시오. 여기가 얼마나 외진 곳인지 알고서 하는 소립니까?"

"안 죽을 줄 알고 있었어."

"네?"

대꾸 대신 수첩을 살폈다. 내 손바닥을 두 개 합친 정도의 수첩이다. 딱 일기장으로 쓰기 좋은 크기랄까. 그러나 시선에 날붙이를 달았다면 지금쯤 나는 이 수첩을 갈기갈기 찢어 놓았을 것이다.

'더럽게 멀쩡하네.'

크게 한숨을 쉬며 열어 보려다가 문득, 여기 나 혼자 있는 게 아님을 알아차린다.

레이 경과 데인. 레이 경은 어이가 없다는 얼굴이었다. 지금 그게 눈에 들어오느냐는 얼굴이네. 나는 빤히 보는 시선들을 의식하며 흠흠 헛기침을 했다.

"음, 그래."

릴랙스, 릴랙스. 나는 저들 앞에서 나름 얌전한 황녀다.

"무서웠으니까 너무 화내지 마."

그러자 레이 경이 삐딱하게 이쪽을 쳐다보면서 얼굴을 찡그렸다. 가뜩이나 아니꼬운 인상이 더 더럽게 보였다.

"뭘 그렇게 웃으십니까. 걱정은 다 시켜 놓고."

"여기까지 데리러 온 경이 좋아서?"

그가 삐딱하게 코웃음 쳤다.

"웃지 마십시오. 정듭니다."

이후 데인과 경은 나를 궁까지 데려다주었다. 내가 지쳤다고 생각했는지 얼른 쉬라는 걸 보니 추궁은 뒤로 미룰 모양이었다.

하녀들마저 사라지고, 넓은 공간에 혼자 남았다.

"아……. 또 머리가……."

습관처럼 머리가 지끈거렸다.

지겹도록 따라다니는 고통에 얼굴을 연거푸 쓸고 책상 한쪽으로 걸어갔다. 짐을 치워 버리고 수첩을 펼친다.

823년 하베론의 달 7일

열다섯 살. 생일에서 딱 10일 지난 날, 숲을 지키는 사냥개를 따돌렸다.

아무 장이나 펼쳤을 뿐인데 놀랍게도 오늘 일을 겪은 듯 생생하게 쓰인 일기 내용이 보였다.

비밀을 파헤치려 금지된 숲으로 가던 길에 암살자를 만나 죽었다.

뒷장을 넘겨보면 비어 있다. 당연하다. 이 페이지가 마지막이니까.

"……죽은 뒤에 일기를 쓰는 사람은 없으니."

나도 모르게 응시하다 말고, 문득 그 내용에 피식 웃고 만다. 죽은 뒤에는 아무것도 없으니까.

그때 일기장으로부터 빛이 터져 나왔다. 첫 글자부터 스며든 빛이 두 번째, 세 번째 마디로 퍼지더니 곧 페이지 전체가 사라졌다. 소용돌이 모양으로 뒤섞인 필적을 바라보며 숨을 삼켰다.

쏴아아— 활자는 살아 있는 것처럼 변했다. 언제나처럼 빛에 잠긴 페이지는 태동처럼 요동쳤다. 잠시 뒤, 천천히 글이 떠올랐다. 전과는 다른 새로운 내용으로.

823년 하베론의 달 7일

사냥개를 따돌리는 데 실패했다. 그대로 도망치다 죽을 뻔했지만……

다행히 날 찾으러 온 7황자 오라버니와 오라버니의 호위 덕분에 목숨을 구할 수 있었다.

다음 장이 '내일'로 빼곡히 채워진다. 또 한 번 죽음을 뛰어넘었다는 증거였다. 기쁨은 없었다.

"하……."

늘 보는 것이지만, 어처구니가 없는 건 똑같다. 몹시도 비현실적인 일이었으니까. 그러나 이제는 일과처럼 받아들인다.

2년 전, 일기장을 처음 보았던 이래 줄곧 그랬듯이.

"……또 시작이구나."

언제나 그랬듯이 한숨은 안도와 두려움을 동반했다. 긴장으로 무뎌졌던 손끝에 비로소 온기가 돌았다.

823년, 열다섯 살. 하베론의 달 어느 하루.

나는 오늘도 살아남았다.

1. 금수저인데 도금이다

어릴 적 나는 리본이 잔뜩 달리고, 치맛자락은 부풀린 드레스를 입은 공주님이 꿈이었다. 그러나 자라면서 자연스럽게 전제 정치가 몽땅 사라진 서울에서 왕의 딸이 더는 직업적 가치를 지니지 못함을 깨달았다.

내 장래희망은 돈 잘 벌고 노후가 든든한, 달리 말해 오래오래 해 먹는 공무원이 되었다.

"우린 그냥 주옥된 거야. 인생 뭐 있냐?"

"없지."

"승진이 다 뭐야. 결혼한 게 죄입니까? 애 낳으면 일 못 하냐고요? 대체 국가가 내게 해 준 게 뭐냐? 응? 윤 대리님 말해 봐라. 우리는 왜 사냐? 와이? 왜—애!"

"답 없는 문제 묻지 마시고 식기 전에 마시자."

"흐흐. 관우세요……?"

꿈은 언제든 바뀔 수 있다. 처음 거대하게 꾸던 꿈은 시간에 쫓기고 현실을 쫓다 풍화되어 아주 작아졌다. 대통령이 꿈이던 초등학교 같은 반 친구가 일찌감치 게임 BJ로 전향한 것만 봐도 그렇고.

그리고 10년 뒤 그 친구는 게임 BJ 활동이 쫄딱 망해 말단 사무직이 되어, 나와 술 한 잔 기울이는 사이가 됐다.

"흑, 망할 세상. 망해 버려라. 싹 다 망해 버려라……."

소시민은 세계 평화보다 나 하나 배불리 먹는 게 짱이다. 그러나 현실과 타협했다고 하여 꿈을 완전히 버린 것과 같진 않다. 10억을 벌어 잘 먹고 잘 살고 싶었다면 지금은 줄여서 딱 천만 원으로. 아니, 하나님 부처님 부탁이니 딱 로또 3등 정도만 시켜 달라는 것으로.

어른이 된 아이는 현실로 꿈을 끌어내려 거래한다.

"흑흑, 영국의 마법학교님 제게도 부엉이를 보내 주세요……."

"취했구나. 아주."

털썩 고개를 거꾸로 처박는 친구나 나나 꿈이 죽어 버린 어른이었다.

"……아. 넌 꿈이 뭐였냐?"

"음……, 공주님?"

TV 속 시끄럽게 떠드는 블록버스터 영화를 보면서 반지를 찾아 떠나는 신비의 여정을 꿈꾸지 않는다. 딱 그만큼 현실적이었다. 그러니까 오래전 꿈꾸었던 예쁜 공주님이나 남편은 잘생긴 드래곤이라는, 이야기 속 꿈 따위는 일찍이 버렸단 말이다.

그런데 이건……. 어떤가.

—821년, 열세 살. 하베르미아의 달.

"황녀님!!"

머리가 지끈 아프다. 꿈에서 현실로 돌아왔기 때문일까. 복잡함을 담아 내려다보면 하녀가 숨을 헐떡이고 있었다.

"황녀님! 어디 계세요, 황녀님!!"

예쁘장한 얼굴을 가진 그녀의 드레스 끝에 잔풀이 덕지덕지 붙어 있었다. 수선을 피우며 부르는 이름은 요 몇 년간 익히 들어온, 나를 가리키는 말이었다.

"콜록, 황녀님! 황녀님!!"

숨죽인 채 보고만 있으려니 미안하고 안타까운 기분이지만. 그럼에도 턱을 괴고 삐딱하게 고개를 기울인다.

'어느 날 강제로 다음 생이 주어졌을 때 기분이 어땠더라…….'

참 오묘했다. 신기했고.

하지만 놀라움은 얼마 가지 않았다. 단 한 번도 바라지 않았기 때문에.

"하……."

다시 태어난 곳은 지하철도 없고 비행기도 없으며 편의점도 없는 서울과는 완전히 동떨어진 세계. 신관이 있고 황제가 있는 그야말로 판타지 세계의 나라. 나는 끝내 안식을 받지 못했다.

"황녀님!!"

이 모든 것을 현실로 인정하게 된 계기는 간단했다. 어떤 꿈도 똥 싸는 장면을 이리 자연스럽고 절절하게 표현하지 않을 거라고. 나는 유아 변비였다. 어머나, 이게 뭐야. 전혀 로맨틱하지 않아…….

노력이 무색해지는 기분과 함께 깨달았다.

'돌아갈 방법은 없구나.'

흔한 차원의 문도 없이 훌쩍 판타지 세계로 넘어왔건만 억울해졌다. 그러나 살았던 생이 아깝고 억울한데, 곰곰이 곱씹어 보니 원래 세상에서 난 만족한 삶을 살았나? 회의감이 들었다.

잘 버는 삶은 아니었다. 하나 남은 가족과는 데면데면했으며, 잘 다니던 직장마저 성희롱 상사 때문에 때려치우고 다 늦은 나이에 밥줄 끊겨 막막하던 참이었다. 마지막이 꽤 끔찍한 기억이었으니 잠시 잊고 환생 정도로 생각하자고 억지로 이해하려 했다.

따지려고 해도 어떡해? 내 삶에는 불량 택배처럼 환불이나 교환도 없는걸. 나를 여기에 데려다 둔 신은 외면도 못하게 만들었는데. 간절히 빌어도 불가한 소통. 일찌감치 어른의 포기를 내세웠다. 그래요. 한번 살아 봅시다. 그런데 대체 이름 모를 세계에서 내게 새 삶을 주고 무얼 하라는 걸까?

"흑, 어디 계신 거예요! 제발……!"

'그만 내려갈까.'

어영부영 엉덩일 털어 내며 일어난다. 날 찾아 헤매던 하녀가 안타깝게도 이제는 울먹이고 있었기 때문에 외면하기 어려웠다. 발을 툭툭 굴리다 발끝에 걸린 솔방울을 톡 찼다. 깜짝 놀란 여자가 좌우를 열심히 살핀다.

"여기야."

흐트러진 차림새의 그녀는 깊은 안도의 숨을 토해 내며 땀이 눌어붙은 이마를 훔쳤다.

"드디어 찾았어요……. 제가 정말, 흐으윽, 흐끅. 얼마나 찾았는데 정말이지, 여기 계시지 않았다면 저는……."

양심이 콕 찔려 눈을 피했다. 그녀는 얼른 내게 숄을 둘렀다.

"아이고, 이게 뭐야. 속옷만 입고서 돌아다니는 건 다섯 살 아기씨도 하지 않으신다고요! 흐헝."

"속옷이라니, 그냥 얇은 원피스인걸."

"속옷이에요!"

"그보다 울지 마, 한나. 뚝. 예쁜 얼굴이 엉망이 되잖니. 눈물은 피부 노화를 빨리 불러온단다."

"제발, 나이답지 않은 말 좀 하지 마세요. 황녀님은 아직 열세 살이시라구요!"

털썩 앉은 그녀를 달래 주려 따라 앉으려 하니 풀물 든다며 앉지 못하게 한다. 탁월한 직업 정신이다. 어쩔 수 없이 서툴게 토닥인다.

"잘못했어."

팔자에도 없는 다 큰 아가씨 달래기를 하게 생겼지만 지은 죄가 있으니.

"베이시에게 혼날까 봐 그래?"

"훌쩍. 아니요. 이미 전 하녀장님께 미움받았을 거예요. 황녀님. 어디, 어디 계셨던 거예요? 나무엔 왜 올라가셨어요?"

"하나씩 물어봐. 하나씩. 성문을 지키는 한스를 보러 가려고 했어."

너희가 하도 잘생겼다고 자랑해서.

'판타지 세계로 넘어가면 미남을 거느리고 산다더니.'

전부 거짓말이었다. 난 아직 단 한 번도 성인 남성을 본 적이 없다. 판타지 세계에 널린 게 미남이라는 기본 법칙은 내게 통하지 않았다. 내가 사는 궁에는 여자만 스무 명이었다.

근처 남자라곤 여길 지키는 병사뿐이란다. 듣자하니 여기서 20분쯤 걸어가면 볼 수 있다고 하는데……. 겨우 여기까지 나온 걸로도 울먹이는 한나가 있는 한 어림도 없는 일인 듯했다.

한나의 시선이 날 향했다. 눈물이 가득 맺힌 푸른 눈동자는 무척 예뻤다.

"걱정했지?"

"훌쩍. 말이라고 하셔요."

"미안. 곧 돌아가려고 했어. 정말이야."

"……."

"진짜라니까."

근처 연못에 손수건을 적셨다. 이때 머리를 묶었던 리본이 떨어졌다. 리본을 줍다 말고 나는 수면을 응시했다.

"흠……."

손가락에서 떨어진 물이 파문을 그린다. 일그러졌다가 펴지기를 반복하는 수면은 거울처럼 반사하며 다시 그림을 그렸다.

연못 속에 비친, 금발에 자색 눈을 가진 소녀.

'내'가 있었다.

이윽고 잔잔히 가라앉은 수면이 거울처럼 다시 상을 반사한다.

"황녀님? 왜 그러세요?"

"아……. 아무것도 아냐."

세상은 내게 편안한 삶을 영위할 버프는커녕 오히려 내게 '덤' 하나를 주었다.

"얼굴에 뭐가 묻어 있나 해서."

긴 한숨 끝에 예쁘장한 얼굴의 흉을 긁적인다. 그러나 사라지지 않는다. 조금 가혹한 거 아닐까? 원래 세상의 나는 좀 허덕이며 살았어도 얼굴은 말짱했는데.

관자놀이에서 시작해 열십자 모양으로 뺨을 쭉 가로지른 상처.

이러니 적응을 못 하지. 환생하고도 쭉 계속되는 유리감은 다 이 얼굴 때문이다. 내 얼굴에는 긴 흉터가 있다. 황궁의 내로라하는 신관마저 외면한 저주라고 했나.

명의라던 신관이 그랬다. 평생 아물지 않을 거라고.

"돌아가자."

내 편 하나 없는 회사를 나올 때 나는 충분히 세상에서 제일 불행했다. 공무원 시험에 똑 떨어졌을 때는 간절하게 블랙홀이 있길 바랐었지.

쏴아아—

"바람이 부네요."

그러나 그때는 아무것도 오지 않았다. 그래서 남김없이 미련을 버렸다. 친구는 입버릇처럼 말했다.

<우리 현실적으로 살자. 현실을 보자.>

실직한 날 인생에는 돈벼락도 왕자도 용도 없다는 걸 깨달았다. 죽음마저 후회를 남기지 않았다. 그래서 강제적인 2회차 인생 따위 꿈도 꾸지 않았는데.

"황녀님. 돌아가서 옷부터 갈아입으셔요."

"그래그래."

그래, 감상이야 어땠든 모날 것 없는 인생이었다. 커다란 궁, 하녀가 붙어 있는 생활, 머리부터 발끝까지 향유로 반짝거리는 몸과 달마다 나오는 돈(품위 유지비)까지. 엄청난 신분 상승이다.

얼마 전에는 정략결혼으로도 써먹지 못할 거라는 얘길 들었다. 얼굴에 하자가 있다고 말이다.

이득 아닌가. 독신 황녀라니 실로 돈 많은 백수잖아……? 축복 받은 하자에 감사합니다 하면서 넙죽 받아들였지.

보이지 않는 부모나 얼굴도 모르는 나머지들이야 그러려니 했다. 이미 모두가 버려진 어린 황녀를 안쓰러워하며 아껴 주었다. 가까운 곳에 사는 7황자와 6황자가 놀러와 딱히 심심할 겨를도 없었다. 부족함이 없었다.

'꿈꾸던 것과는 너무 다르네.'

보통 판타지 세계로 넘어갈 때, 탐독했던 소설 주인공은 빼어난 미녀거나 머리카락색이 특이해서 전 대륙에 나 하나밖에 없다거나 하던데. 혹은 남주 1 정도 될 법한 어마어마한 미남이 대기하고 있다가 당신은 내 운명입니다! 하고 가로챘던 것 같았는데.

마치 운명이 내게 약을 올리듯 궁에는 아무도 찾아오지 않는다. 가족은 오빠 둘과 늙은 유모뿐.

피식 웃었다.

"이건 혈통만 좋은 빈 강정이잖아."

불만을 가져도 돌이킬 수 있는 일이 아니었다. 불행에 사로잡히기에 아직 난 살아갈 날이 너무나 기니까. 그래도 그나마, 낯선 이 세상에서 수저 하나만은 번쩍번쩍 금으로 내려 줬다는 것을 위안 삼았다. 골드수저, 이게 어디냐며.

얼마 지나지 않아 이마저 사라졌지만.

* * *

유모의 잔소리는 강력하다. 나를 대신해 나이 든 유모에게 탈탈 털리고 있을 한나에겐 유감스럽지만 스물을 훌쩍 넘긴 나이라도 잔소리는 듣기 싫은 법이다.

"산책이 뭐 그리 큰 죄라고 이럴까."

모시는 황녀가 이딴 어른이라서 미안하게 됐다.

'여기 사람들은 애를 너무 과보호해.'

그게 애를 망치는 지름길인데.

"황녀님, 잠깐 들어가도 될까요?"

"으응, 곧 나갈게!"

눈동자를 살짝 굴려 거울 속 순진하게 껌뻑이는 어린애와 눈을 마주쳐 보았다. 좋게 말하면 올망졸망하고 나쁘게 말하면 그냥 오동통하니 귀여운 어린애.

곱게 늘어뜨린 내 머리카락은 엷은 금색이다. 검정이니 흑갈색이니 어두운 계열이 태반을 차지했던 전생과 다르게 이곳 사람들의 머리칼은 대체로 찬란한 총천연색이었다.

눈동자는 보라색. 빛을 그대로 투영하는 맑고 투명한 자색 홍채는 모친을 쏙 빼닮은 색이라 했다.

한숨을 쉰다.

"고르고 골라 보내 준 곳이 겨우 책 속 세계라니."

올해로 환생한 지 딱 10년 하고도 3년째지만, 나는 일곱 살까지의 기억이 없다. 적응 기간이었는지 아무것도 기억나지 않는다. 나는 전생과 현생 사이에서 혼란을 겪고 오락가락했던 탓에 환생하고도 오랫동안 그 사실을 잊고 있었다.

주변에 관심을 두는 일에 둔했고, 잘 웃지 않았다. 이런 모습이 내게 큰 문제가 있다고 생각했던 사용인들의 과보호를 불렀다. 이를테면 발달 장애라거나?

거참 말 트는 속도가 조금 늦다고 취급이 너무하지 않은가? 이 오해는 지금까지 이어졌고, 나는 과보호를 받았다.

이 때문에 환생에 대한 자각은 더 늦었던 편이었다. 거기에 더해 책 속이라는 사실을 깨닫는 데도 오래 걸렸다. 물론 주연과는 동떨어진 역할이라는 점도 깨달음을 늦추긴 했지만.

어쨌거나 결국 결론은 책속에 환생했다는 것인데, 깨닫는다고 달라지는 건 아무것도 없더라.

밖으로 나와 기다리고 있던 한나와 복도를 걸었다.

"이쪽이에요 황녀님."

"응."

나는 막 내 방을 나서는 한나를 따르며 대꾸했다. 이들 때문에 깨달음이 늦었지만, 이들을 원망하진 않는다. 이들의 보호 덕분에 이 세계가 소설 속 세상임을 알고도 내 삶은 크게 달라지지 않았으니까.

"황녀님?"

나는 멈칫하며 고개를 들었다.

"왜 한나. 뭘 그렇게 보고 있어?"

"아뇨. 말이 너무 없으셔서 무슨 일이 있나 했어요."

"무슨 일은."

우리는 지금 궁 대청소를 위해 이동 중이었다.

"혹시 지금이라도 청소하는 게 싫어지신 거예요? 그럼 테렌테 궁으로 가실 수 있게 준비할까요?"

붕붕 고개를 젓는다.

"아냐. 갈래. 가고 싶어."

여기 예쁜 하녀에게 여긴 사실 책 속이야 하고 말하면 어떨까. 사실 너와 나는 이름도 없는 엑스트라란다. 멋지지?

'나의 병명에 발달 장애와 더불어 아동 망상증이 추가되려나.'

정말, 신은 야속한 작자인 게 분명하다.

"황녀님, 안색이 안 좋으세요."

"으응, 잠깐 무서운 생각을 해서 그래."

"무서운 생각이요?"

어느 못된 신을 생각했지. 나는 파르르 어깨를 떨었다.

"악몽을 꿨거든."

"어머. 세상에 악몽이요?"

"응."

"저런, 내일 테스랑 신관님께 가서 약초를 받아 올까요? 꿈도 꾸지 않고 자게 된대요."

"아니, 그건 괜찮아 고마워, 한나."

잠시 뒤 우리는 2층 방 앞에서 멈춰 섰다. 머뭇거리며 내 손을 잡은 한나가 '정말 괜찮으신가요?' 하고 물었다. 황녀에게 청소를 시키는 게 영 불편한 모양이었다.

"아무리 대청소라고는 하나 황녀님께서 나서실 필요는 없는데……. 정말로요……."

"아냐. 나 할 수 있어."

여기에 날 떨어트려 놓은 신의 잔상을 지워 내며 씩씩하게 외쳤다. 일 년에 한 번 있는 테레나 궁의 대청소를 맞이해 나서지 않을 순 없지.

한나는 간편한 옷차림을 한 나를 불안하게 보다가 한숨과 함께 문을 열었다.

'경첩이 낡았나 보다.'

끼이익 소름 돋는 소리를 내며 삐걱 열린 문 뒤로 안을 들여다보며 눈을 깜빡였다. 내게 주어진 궁이라지만 어린애 발로 돌아다니기엔 너무나 넓었고, 내 시녀들도 많은 수가 아니었기에 놀고 있는 방이 많았다. 그래서 오늘 보게 된 곳도 처음 보는 방이었다.

두꺼운 커튼 때문인지 방은 으스스했다.

"조금 춥다."

"그렇죠?"

커튼 사이로 잘린 채 들어온 햇빛이 아스라이 바닥을 적시고 부유하는 먼지가 그대로 보였다.

"오랫동안 안 쓰였던 방이니까요."

한나는 괜히 소름이 돋는다며 성큼 걸어가 커튼부터 걷었다. 눈부시게 스며들어 온 빛 아래 환해진 방 안은 예상과 다르게 꽤 깨끗했다. 아무래도 평소 틈틈이 청소했던 모양이었다.

"굉장히 깨끗하네. 여긴 계속 청소했나 봐?"

"아, 황녀님은 이곳을 처음 보셨죠? 이곳은 레비티나 님께서 머무르시던 방이에요."

"레비티나……?"

"아올레시아 전하의 본명이십니다."

아. 짧게 탄성이 터져 나왔다.

'생모가 그런 이름이었지.'

본래 이름보다 다른 이름이 유명해서 잊고 있었다.

후궁 아올레시아.

이곳을 떠나 돌아오지 않는 8번째 후궁이자 날 낳은 생모이다. 딸이 태어나자마자 안아 보지도 않고 유모와 하녀들만 남겨 나를 키우게 하고 중앙 궁으로 떠난 여자이기도 했지.

주인 잃은 방을 새삼 둘러본다. 기구해 보이지만 사실 사랑이 굳이 필요 없는 껍데기만 열세 살인지라, 크게 와닿는 건 없었다. 모든 부모가 꼭 자식을 사랑하는 건 아니다. 그래야만 하는 것도 아니고.

방은 넓었지만 방치된 곳이 으레 그렇듯 조금 을씨년스러웠다. 물론 중요한 물건은 전부 가져갔을 테니 중간 빈 공간들이 이해 가지 않는 건 아니지만 그와 별개로 전반적으로 휑뎅그렁했다.

내가 지내는 방을 떠올린다. 거기에 비교하면 이 방은 기본 장식만 되어 있는 기둥이 화려해 보일 지경이다. 어쩐지 아름다운 생모와는 어울리는 방이 아니라는 생각이 들었다.

“황녀님, 저는 바닥을 닦을 테니 황녀님께서는 책장 정리를 해 주시겠어요?”

“책장?”

“네. 여기 있는 책들은 아올레시아 님의 물건이라 함부로 손댈 수가 없거든요.”

한나는 가벼운 일들을 골라서 내게 주었다.

“재밌겠다!”

책장 정리를 부탁했지만, 사실 정리라고 할 것도 없었다. 책장은 먼지 하나 없이 깨끗했으니까. 책들 또한 무슨 처리를 했는지 전부가 새것처럼 반짝반짝했다.

‘걸레보다 책장이 더 깨끗하겠네.’

그냥 이거나 보면서 놀라는 소린 것 같다. 한편으로는 한나를 이해했다. 누가 주인에게 일을 시키겠나? 그래서 얌전히 책을 빼며 제목을 읽으며 놀았다.

불안한지 몇 번 힐끗대던 한나는 드디어 안심했는지 걸레를 가져오겠다며 자리를 비웠다.

"……저건 너무 대놓고 안심하는 거 아냐? 난 꽤나 얌전한 아이일 텐데."

하녀들은 가끔 귀찮을 정도로 과보호가 심했다. 내가 차를 마시겠다면 식기를 기다렸다 건넸으며, 산책이라도 한답시고 연못에 가겠다면 단체로 졸졸졸 쫓았다. 하긴 이해는 한다. 차에 혀를 데인 적도 있고, 비단잉어를 가까이서 보려다 연못에 빠진 적도 있지만. 누구나 실수를 하는 법이잖아?

4학년 2학기 졸업반이 돼서도 저장 버튼을 깜빡해 피 같은 논문을 날릴 때가 있고, 대리 3년 차에도 업무 전화에 어버버거릴 때가 있다. 하지만 한 인간의 완성을 위해서는 무수한 실패가 따르게 마련이지 않을까? 암, 이런 실수를 거쳐 한 뼘 성장하는 법이지.

"흐음, 책이나 볼까."

책장엔 수많은 책이 꽂혀 있었다. 크기와 색별로 빈틈없이 꽂힌 책에서 주인의 성격이 보이는 것 같았다. 손가락으로 하나하나 훑으며 내려간다.

"『제국의 꽃』, 『꽃비 축제와 라이어티의 꽃』, 『크샤스의 눈물』, 『그 검사님을 잡지 마세요』 뭐야, 소설인가……?"

거의가 소설, 아니면 제국에서도 유명한 축제인 꽃비 축제와 관련된 책들이다.

그렇게 맨 밑의 백과사전까지 훑다가 돌연 묘한 느낌을 받았다.

'뭐지?'

손끝으로 책장을 훑었다. 처음부터 끝까지. 그리고 한 권을 뽑아 보았다. 촤라라락 책을 넘겨보았지만 아무것도 없이 평범한 책이었다.

'대체 뭐였지……?'

다시 꽂다가 비로소 그 위화감의 정체를 알았다. 크기별로 빈틈없이 꽂힌 책장의 중간이 유독 불룩 튀어나왔던 것이다.

"오호라."

그래, 이런 이벤트 정도 있어 줘야 판타지 세계지. 책을 와르르 꺼냈다. 그러자 숨겨 놓은 물건의 정체를 확인할 수 있었다.

"일기장?"

내 손바닥 두 개를 합쳐 놓은 듯한 넓이의 표지에는 제국어로 '파레데 상단 특제 다이어리'란 글자가 적혀 있었다. 이로 용도를 어렵지 않게 짐작할 수 있었다.

'엄마'가 쓰던 걸까? 그녀의 책장에서 나왔으니 응당 그럴 것이다. 왜 숨긴 걸까? 누가 볼까 봐? 하지만 작정하고 숨겼다기에는 허술한 방법이다.

"혹시…… 교환 일기라거나 그런 건 아니겠지?"

하녀들이 돌려 읽는 소설 중에 검사와 지체 높은 귀부인이 교환 일기로 사랑에 빠지는 얘기도 있던데.

초상화로 본 미녀가 머릿속에 스쳐 지나간다. 교환 일기와는 쉬이 연결되지 않는데. 일기라는 건 본디 비밀스런 성질의 것이다. 아울러 사용인들은 주인의 물건에 함부로 손을 대지 않는다. 숨기지 않았더라도 손대지 않았을 거란 얘기다.

'목숨과 직결되는 문제니까.'

그럼 어째서 일기장을 굳이 숨긴 걸까? 생모가 머물렀을 때, 그럴 만한 이유가 있었을까? 낡은 가죽이 자아내는 신비하고 은밀한 분위기에 침을 꼴깍 삼키며 첫 장을 펼쳤다. 그리고…….

"……뭐야. 아무것도 없잖아?"

실망도 잠시, 고개를 삐딱하게 기울여 손을 바라봤다.

일기장은 텅 비어 있다. 깨끗한 양피지의 상태로 보아 새것이라 봐도 무방했다. 하지만 낡은 가죽이나 금박이 벗겨진 모서리에서 이것이 새것이 아니라 어딘가에 쓰였음을 추측할 수 있다.

'그대로 보존된 게 아닌 것 같단 느낌이 드는데.'

혹시, 비밀이 숨어 있는 걸까? 영화에서처럼 불에 그슬리거나 특수한 빛을 쬐면 글씨가 나타난다거나.

마침 낡은 벽난로에 한나가 지펴 두고 간 불씨가 있어 그슬려 봤지만 아무런 일도 일어나지 않았다.

"……끙. 쉽지 않네."

하긴 이곳은 신력이라는 힘이 존재하는 세계니 과학으로 접근하긴 어렵겠다 싶었다. 이후 종이를 구겨도 보고 여기저기 꾹꾹 찔러 보았지만 전부 소용없는 짓이었다.

"끙, 헛다리 짚었나?"

나 혼자 신난 거고 사실 아무 쓸데없는 물건일지도 모른다. 그러니까 두고 갔을지도 모르지. 그러나 왜일까. 그냥 보낼 수가 없다. 일기장을 찾았을 때 묘한 느낌이 계속 이어진다. 마치 여기에 뭔가 있다고 속삭이는 것처럼.

"그래도 혹시, 이거 엄청 중요한 거 아닐까. 그 왜, '아올레시아'라면.

가능성 있는데.”

난 생모를 잘 모른다. 낳고서 한 번도 보지 않았던 생모도 날 모를 것 같다. 초상화 속의 생모는 우연히 마주쳐도 그냥 지나칠지도 모를 만큼 나와 닮지 않았더라.

하지만 나는 그녀의 이름을 하나의 기호로써, 전달 요소로써 알고 있다.

‘소설 속 인물 ‘아올레시아’로서 말이지.’

이름이 아주 많은 여자였다. 뱀의 부인. 황제의 옆에서 입 안의 혀처럼 구는 여자. 마녀. 후궁이면서 다음 황제의 조력자.

여기서 다음 황제란 훗날 폭군이 될 소설의 서브남이다. 소설 제일 가는 미친놈이기도 했다. 그런 위험한 남자와 전략적 동맹을 맺은 여자다. 독자에게 상당히 호불호가 갈리는 인물이었는데, 어마어마한 악당 캐릭터였기 때문이었지. 표현만 봐도 그랬다.

눈짓 하나로 뭇 이성을 홀리고 미소 하나에 간과 쓸개마저 내주게 하며 머리는 비상한 데다 노련하며 발밑에는 시체뿐이라더라. 그녀 혼자 일으킨 분란만 족히 다섯 번은 넘을 거라 본다. 그만큼 책 속에서 파급력 있는 여자였다.

유모와 하녀들은 쉬쉬하지만. 나는 버려졌다.

그녀는 낳은 자식을 한 번도 보지 않음으로써 태도를 분명히 했고, 나는 나와 생모를 무관한 인물로 여겼다. 책 속 그녀를 아는 나는 그녀가 능히 아이를 버릴 수 있다고 보니까. 여러 이름과 기억을 종합했을 때 뽑아 낼 수 있는 성질은 단 하나다.

아올레시아는 비정한 여자라는 것.

하지만, 그런 여자가 비밀스럽게 일기를 남겼다?

"꽤나 궁금한데 말이야."

친모는 황제의 궁에 기거한다. 칼타니아스의 모든 황족은 성인이 되기 전까지 의무 교육을 받는데, 수료할 때까지 대외 활동이 불가하며 황제의 인가 없이 자신이 받은 궁 밖으로 나갈 수 없다.

요컨대 아직 성인이 되지 못한 내가 친모를 만나러 중앙 궁으로 갈 수 없다는 거다. 그러니 이 일기장에 관해 그녀에게 묻는 것 또한 불가능하단 소리지.

'그럼 이걸 어떡한다?'

나는 아올레시아 방 한구석에 있는 소파에 몸을 묻었다. 여전히 해답을 찾지 못한 채 빈 낱장만 넘겼는데, 너무 집중한 사이 누군가 다가온 것도 느끼지 못했다.

"무슨 생각을 그렇게 오래해?"

고개를 퍼뜩 들었다.

"……데인?"

언제 왔을까 싶은, 예쁜 소년이 있었다.

"응. 업어 가도 모르겠더라."

그는 꿀 같은 목소리와 함께 눈을 가늘게 접으며 생긋 미소했다. 세상에, 오늘도 혼을 쏙 빼놓게 아름다운 미모는 여전하네.

습관처럼 뺨을 만지려는 내 손을 잡아챈 데인은 나를 향해 설핏 미소 지었다.

"황비님 침실에 들어온 무례를 용서해. 아무리 기다려도 오질 않아서 걱정했어."

그 말과 함께 내 손등에 입을 맞춘 데인이 살짝 웃었다. 애교스런 몸짓에 피식 터지고 말았다.

"걱정했어?"

"응, 걱정했어. 네 궁에 용이라도 나타났나 해서."

"나타났으면 지켜 주려고?"

"물론이지."

웃음이 터졌다. 그도 그럴 것이 이 꼬마 황자님은 나와 체격이 비슷했고 얼핏 아름다운 소녀처럼 보이기도 했으니까. 그런 그에게 검사란 너무 안 어울려서 웃어 버렸다.

"뭐야, 오빠. 동화 속 왕자 같아. 흉내 내는 거야? 어울리지 않게."

"흉내가 아니라 진짜 왕자인데."

반쯤 미소에 잠긴 홍채는 타는 듯한 선홍색이었다.

"그런 말은 나보다 두 뼘은 커지고 나서 얘기해."

"너무해."

"응. 너무하면 멋있어져서 복수해. 당해 줄게."

생각이 채 끝나기도 전에 머리가 부드럽게 헝클어진다.

"좋아."

그 눈이 나와 마주치자 휙 휘었다.

"그때 가서 다른 말 하면 안 돼?"

데인이 웃음을 터트렸다. 이대로 크면 엄청난 미남이 되겠지? 이 작은 오빠는 아직도 본인 얼굴의 엄청난 파괴력을 모르는 것 같다. 이렇게 고개를 기울이며 웃지 않아 줬으면 좋겠다.

'옆에 있던 화분을 부수고 싶었으니까.'

자신을 빤히 보는 시선을 느꼈는지 예쁜 눈꼬리가 조금 더 말려 올라갔다. 저 살짝 주름 잡히는 낯간지러운 눈웃음에는 여럿 수습 하녀를 기절시켰다는 슬픈 전설이 있다.

"……좀 물러나 줄래?"

"기꺼이."

그의 이름은 데인 로웰 칼타니아스. 7황비의 하나뿐인 아들이자 내 오라비였다. 살집 없이 호리호리한 체격과 사슴같이 가늘고 긴 목 때문에 자못 연약해 보이지만, 그럼 어때. 잘생긴 게 최고다.

"오늘도 날이 참 좋네."

"산책하기 좋은 날씨야."

바람에 옷깃이 살랑살랑 나부낀다. 목을 살짝 덮은 머리칼은 햇살을 담뿍 받은 땅의 색이었다. 빛을 배경 삼은 그는 복잡한 복식을 좋아하지 않아 오늘도 단출한 옷차림이었다. 그럼에도 그림에서 튀어나온 것 같이 빛이 나서 어쩐지 경건한 마음이 되어 보게 되더라.

"구경 다 했어?"

"……무, 무슨 구경?"

난 눈을 깜빡이며 뻔뻔히 되물었다.

"흠흠. 난 모르겠네."

침 떨어질 것 같던 얼굴로 구경해 놓고선 모른 척 넘어가 줘 하는 뜻으로 배시시 웃어 주자, 다정한 데인은 기꺼이 모른 체해 주었다.

"그러고 보니 언제 온 거야?"

그가 잠시 갸웃 기울였다가 슬쩍 30분 전? 하고 말해 주었다.

"형이 널 찾아오라고 성화여서."

그렇게나 시간이 지났단 말이야? 일기장을 두고 골몰했던 시간이 생각보다 길었을지도 모른다. 그러다 퍼뜩 고개를 들었다.

"잠깐, 플뢰온이 벌써 왔단 말이야?"

"응."

“……웬일이래. 지금 어디에 있어?”

“응접실. 10분 전쯤에 와서 레이 경과 함께 있어.”

난 경악한 얼굴로 고개를 번쩍 들었다.

“뭐? 레이 경? 지금 경과 함께 뒀단 말이야? 깽판은 안 쳤고? 응접실 탁자는 무사하대?”

“음, 글쎄.”

데인이 살짝 난감한 얼굴로 덧붙였다.

“아직은…….”

“……곧 무사하지 못하겠네.”

“그렇지?”

아, 그 성질머리. 유독 내 궁에서만 지랄이야. 대체 내 궁 탁자를 몇 개나 부숴 먹을 셈인지. 진심으로 질린다는 얼굴을 가감 없이 보이자 데인이 참지 못하고 웃음을 터트렸다.

“황녀님, 여기 계십니까.”

이때 문이 열리고 하녀장이 들어섰다. 그녀는 데인을 바라보며 멈칫했다.

“7황자님을 뵙습니다.”

데인을 보고서 눈치를 준다. 왜 당신이 황비의 침실에 있냐는 시선이다.

“……이곳은 황녀님의 궁입니다. 아무리 오라버니 되시는 분이라 하여도 함부로 방에 들어서는 일은 삼가 주시는 것이 좋지 않을까 감히 아뢰옵니다.”

우리 하녀장으로 말하자면 카리스마로 하녀를 전부 휘어잡은 여걸로 이 궁에서 유일하게 내게 오냐오냐하지 않는 사람이었다. 신분이

깡패라는 이 시대에 황자를 보고서도 성마른 시선으로 훑는 것이 인상적이다.

"송구하나, 황녀님께선 어찌 생각하십니까?"

그리고선 은근하게 나를 본다. 너도 동의하지? 하는 시선에서 졸지에 현숙한 레이디가 된 열세 살은 어색하게 끄덕인다.

"으응……. 주의를 줄게."

그러고선 데인을 흘끗 보았다.

"나도 사과하지."

데인이 가벼운 미소를 베어 물었다. 사과하는 목소리마저 봄날의 별처럼 나긋하고 듣기 좋다.

본디 황족이라면 누구에게도 굽혀서는 안 되지만 나나 데인, 그리고 응접실에서 기다리고 있을 똥개 같은 황자 한 마리는 황제의 눈에서 대기권 밖으로 벗어난 쪼렙들이었다. 숨 죽여 눈치나 보는 비실비실하고 힘없는 황족이지.

어쨌거나 데인의 사과는 황녀인 나를 존중한 것이나 마찬가지였고, 하녀장은 흡족한 얼굴을 했다.

"6황자님께서 기다리고 계십니다."

그리고 그녀는 빨리 응접실로 가라며 독촉했다.

"3분 안에 나타나지 않으면 눈물 쏙 빠지게 꼬집어 주겠다고 전해 달라고 하셨습니다."

"윽."

인상을 찡그렸다.

"정말 싫다."

얼굴을 문지르는 동안 하녀장의 시선이 따라붙었다. 무언의 동조다.

"……얼른 가시지요."
"그래야지."
내 주변에서 둘째가라면 서러워할 조급증 다혈질을 꼽을 인간이 6황자 플뢰온이었다. 진짜 이 성질머리. 서둘러 무릎에 펼쳐 둔 일기장을 덮고 데인의 뒤를 따르려 했다. 그런데 너무 급하게 움직였던 탓일까.
"아……."
"왜 그러시죠, 황녀님?"
난 손을 탈탈 털며 어설프게 웃었다.
"으응, 종이에 손을 벴나 봐."
"저런, 약초를……!"
"아냐, 얕게 베인 것뿐이야. 멀쩡해. 봐, 문제없지?"
이것 참. 이 나이 먹고 덜렁대기도 힘든데. 베인 손가락을 입으로 가져가며 중얼거렸다. 그리고 일기장을 꽂으려 허리를 굽혔을 때였다.
"아실리? 나오지 않고서 뭐해?"
나는 재빨리 책장을 막아서며 막 문을 나서는 데인과 일기장을 번갈아보며 소리쳤다.
"데, 데인! 나 이 책들 꽂아 두고 따라갈게!"
"응? 도와줄까?"
"아, 아냐! 먼저 가! 가서 플뢰온 깽판 좀 막아 줘!"
"그래. 그쪽이 더 걱정이겠다."
다행히 데인은 일말의 의심도 않고 사라졌다. 그가 떠난 자리 뒤로 황급히 달려가 문을 닫은 나는 천천히 일기장을 꺼내 들었다.
일기장에 보랏빛이 일렁이고 있었다.

책을 펼치자 희미한 빛은 착각이 아니었다는 듯 빈 페이지였던 곳곳에 글씨들이 하나둘씩 떼 지어 나타났다.

"글자?"

글자는 곧 단어가, 단어는 곧 문장이 되었다. 하나같이 정갈히 쓰인 필적에 소름이 돋았다.

"……글자가 생겼어?"

페이지를 또 한 장 넘기자 도미노를 하듯 주르륵 페이지가 채워진다. 약 7장쯤 넘겼을까. 더 이상 나타나지 않았다. 뒤는 다시 빈 페이지였다.

다시 처음으로 돌아가자 바다 위에 동동 뜬 널빤지처럼 낡은 양피지에 글자가 떠올랐다. 나타난 글자는 제국어였다.

821년 하베르미아의 달 3일

"오늘이잖아?"

침을 꿀꺽 삼켰다.

"허, 이거 참. 친모의 비밀을 알게 되는 건가?"

감사합니다. 흘끗 살펴보다가 새로운 사실을 알았다.

'필체가 상당히 서툴러.'

마치…… 어린아이의 것 같다. 이상한데? 친모는 분명 성인이다. 대체 무엇 때문에 갑자기 글씨가 생겨난 걸까? 무엇이 정답이었는지 몰라도 일단 풀었으니.

"무엇이 있을까!"

잔뜩 기대하는 마음으로 첫 장을 읽었다.

821년 하베르미아의 달 3일

한나와 함께 어머니 방 청소를 했다. 처음으로 걸레질을 해 봤다! 청소가 이렇게 힘든 거였나 싶어 한나와 다른 사용인들에게 미안했고, 어쩔 줄 몰라 하는 한나를 보며 마음이 괜스레 불편했다. 괜히 부담을 준 건 아닐까?

파르르. 손이 떨린다.

"이, 이게 뭐야……."

아참, 어머니의 책장을 정리하다가 새것 같은 일기장을 발견했다.

포장도 뜯겨 있지 않은 일기장을 보며, 어머니가 이곳에 이걸 버리고 간 걸 알았다.

그럼 내가 써도 되겠지?

오늘부터 일기나 써 봐야겠다.

성실하게.

차가운 손을 가져다 댄 것처럼 목뒤가 서늘했다. 황급히 페이지를 넘겼다.

821년 하베르미아의 달 4일

플뢰온 오라버니가 웬 찻잔을 가져다주셨다. 꽃잎이 그려져 있는 아주 예쁜 티세트였다. 듣기로는 6황비마마께서 더는 쓰지 않는다며 내게 버리라고 했단다.

오라버니는 아직 예법이 서툴다며 구박을 잔뜩 하고 돌아가셨다.

그날 울적한 나를 보며 한나와 테스가 황자님이 황녀님께 너무하지 않으시냐며 훌쩍훌쩍 울었다.

사실 나도 너무 무서워서 찔끔 눈물이 났었다. 6황자 오라버니는 너무 엄격하고, 화를 잘 내고, 또 무서운 것 같다.

그러나 잠시 뒤 난 선물 받은 찻잔 밑에 쓰인 장인 론 디베아론의 서명을 봤다.

……내가 얼마 전 아끼던 찻잔을 깼다는 얘길 들으신 모양이다.

6황비님께는 늘 죄송하고 감사하다.

821년 하베르미아의 달 5일

산책을 하다가 희고 아름다운 새를 봤다.

처음 보는 새였는데, 한나에게 저 새의 이름을 아느냐고 물었더니 한나가 고개를 저었다. 한나가 말했다.

"고양이는 자주 봤지만 저런 새는 처음 봐요!"

어쩌면, 서쪽에 있는 금지된 숲에서 날아온 걸지도 모른다. 황제 폐하와 1황자만이 출입할 수 있다는 금지의 숲. 그 새처럼 아름답고 예쁜 동물들도 사는 걸까?

참, 향긋한 냄새를 맡았는데, 어디서 난 것인지 모르겠다.

821년 하베르미아의 달 6일

비가 주룩주룩 내렸다. 테렛 궁에서 받던 수업이 취소되어 테렌테 궁에서 받았다. 또처럼 데인 오라버니와 오라버니의 검사가 찾아와 온실에서 차를 마셨다.

데인 오라버니는 아주아주 아름다운 분이다.

온화한 분이지만, 한편으로는 가까워지기 힘든 분인 것 같다. 가끔 웃다가도 아주 먼 곳을 보며 무서운 얼굴을 하시기 때문이다.

데인 오라버니가 잠깐 자리를 비우셨을 때, 검사님이 황자님은 누구에게나 똑같이 다정한 분이라고 칭찬했다. 그러면서 황녀님이 비슷한 처지거나 조금 더 아래에 있기 때문이라고 했는데. 이건 무슨 얘길까? 황제 폐하가 나도, 오라버니도, 플뢰온 오라버니도 찾지 않으셔서?

데인 오라버니를 배웅하다 넘어졌다. 이게 다 드레스가 너무 길었던 탓이라며 수선실 하녀들이 크게 혼쭐이 났다.

아닌데. 내가 연두색 드레스를 입겠다고 고집부렸기 때문인데.

입지 말걸…….

821년 하베르미아의 달 7일 ……

821년 하베르미아의 달 8일 ……

뒷목이 뻣뻣해졌다. 이건 도대체 뭘까. 미래 일기? 그렇게밖에 부를 수 없다. 숨을 들이켜고 연거푸 마른세수를 했다. 차가워진 손끝을 반대 손으로 주무르며 다음 장을 넘긴다. 이제 마지막 장이었다.

그것은 7일 뒤, 오늘로부터 일주일 뒤의 일기였다.

821년 하베르미아의 달 10일

또처럼 한나와 연못까지 산책하기로 했다.

유모는 또 연못에 빠지지 않을까 걱정하는 눈치였지만, 피이. 이제 열 살 어린애도 아니고 잉어를 가까이 보려다 빠지는 바보 같은 짓은 하지 않는다. 가끔 유모는 아직 날 아기로 보는 것 같다.

산책을 나서려는데 멀리서 테스가 헐레벌떡 뛰어왔다.

테스는 숨도 고르지 못하고서 막, 큰일 났어요 하면서 울먹였다. 황자님, 1황자님이 찾아오셨어요. 하는데 무슨 소리일까 어리둥절했다.

1황자님이 날 찾을 리가 없잖아? 아주, 아주 바쁘고 무서운 분이랬는데…….

그런데 정말로 나타난 황자님이 내게 물었다.

"카스토르 드제 칼타니아스다. 나를 아나?"

고개를 저었다. 어쩐지 황자님의 눈을 똑바로 쳐다볼 수 없었다. 거대한 이빨이 날 잡아먹을 것 같았다.

아주 아름답고 잘생기고 또 예쁜 황자님은 세 가지 질문을 했다.

"너에게 제국은 어떤 의미인가?"

"황제 폐하를 어떻게 생각하는가?"

"너에게 난 어떤 의미인가?"

모든 질문이 끝나자. 황자님이 아주 예쁘게 웃으셨다.

그리고

날 죽였다.

……네? 잠시만, 잠시만. 1황자면 책 속 서브 남주잖아. 다음 황제. 별칭은 미친놈. 또라이.

"……이게 무슨……."

그리고, 사랑에 미쳐 나라 말아먹는 폭군.

입술이 덜덜 떨렸다.

"이, 이럴 수는 없어."

폭군에게 죽다니?

* * *

다음 황제, 폭군에 대해서 이야기하기 위해서는 잠시 5년 전으로 거슬러 올라가야 한다.

제국 칼타니아스는 대륙에서 가장 강하지도, 가장 부유하지도 않았고 그렇다고 빼어난 문화를 가진 것도 아닌 나라였다. 그럼에도 무려 천 년이 넘는 세월 동안 이름을 유지할 수 있었던 건 신이 함께한 나라였기 때문이었다.

제국 황제는 이능異能을 가진다.

그 힘은 어디로부터 기인했는가. 하늘의 신 유피테르였다. 신은 거대한 독수리로 현신해서 한 인간에게 권능을 떼어 주었고, 그 인간은 비인간적인 힘으로 나라를 세웠다.

마침내 그 인간은 황제가 되었으니, 바로 최초의 황제 칼타니아스 1세였다.

그러나 초대 황제는 신의 사랑을 믿고 고고한 주신을 향해 무모한 요구를 했다. 무슨 소원을 원하느냐는 말에 황제는 발칙하게도 '영원한 번영'을 빌었던 것이다. 신은 이를 받아들이고, 패배하지 않는 제국을 약속했다.

「나는 나를 떼어 이 땅에 깃들게 하리라. 그리고 붉은 땅에서 제국과 너의 평화를 지켜보겠노라.」

그렇게 주신의 힘이 제국과 황가의 핏줄에 깃든 순간 이 땅으로 무수한 신들이 내려왔다.

인간을 사랑하는 신, 인간에게 호기심을 가진 신, 땅 밑이 궁금했던 신, 주신을 보필하기 위해 내려온 신, 동식물을 사랑한 신…….

마지막으로 인간을 증오하는 신.

주신 유피테르를 수호하는 호위 24신이 이 땅에 함께 강림했다. 모든 신들이 제국의 안녕을 빈 결과 제국은 강력한 힘과 결계를 가진 강국이 되었다.

타국은 제국을 신이 지지 않는 나라라 부른다. 신과 신관의 나라. 남쪽 대륙의 패자는 무수한 역사를 거치며 이천 년 동안이나 자리를 지켰다.

그러나 대륙의 그 어떤 나라도 함부로 넘볼 수 없던 이 나라는 약 200년 전 2차 부흥기를 이끈 태양황제의 서거 이후로 찬란했던 시기의 막을 접고 차차 쇠락의 길을 걷고 있었다. 그럼에도 아직은 굳건했다.

그리고 5년 전, 내가 여덟 살이 되던 해에 나는 두 오라버니와 함께 교육을 받았다.

"……그럼 7명의 황자 중에 한 사람이 황제가 되는 거야?"

예순이 넘는 현 황제에게는 무려 7명의 황자가 있었는데, 나는 이들 모두가 제위를 두고 경쟁한다 생각했다.

"허허허. 황녀님. 어디 가서 그와 같은 소릴 하시면 안 되십니다."

"왜?"

"큰일 납니다. 황비님의 신분이 다른데, 어찌 일곱 분 모두 후보가 될 수 있겠습니까?"

"그런가?"

"예. 아뢰옵기 송구하지만 모든 황자님께서 계승권을 가진 것은 아닙니다. 이미 제1황자이신 황태자 전하가 계십니다. 전통적으로 황위는 황태자께서 계승하는 것이지요."

스승은 늘 내게 거듭해서 말하곤 했다. 제국엔 훌륭한 후계자가 있다.

"현재 제국에는 황태자 전하 못지않게 뛰어난 2황자 전하 또한 계시고, 황위는 두 분 중 한분이 이을 것으로 사료됩니다."

"그러니까, 여기 산다는 두 오라버니들은 후보조차 안 된다는 거네. 이걸, 그러니까 조기 탈락?"

"하하하."

가벼운 내 평가에 7황자. 데인은 웃었고.

"어느 여동생이 거슬리는 소릴 하는데. 뭘까. 요 입으로 그런 사랑스러운 소릴 하나? 요 입인가? 아?"

"으읍, 잠깐, 으우아."

6황자, 플뢰온은 화를 냈다.

나는 제국 유일한 황녀로 태어났다. 그때까지만 해도 여기가 책 속인 줄 깨닫지 못한 때라 누가 황제를 하든 말든 하고 대수롭지 않게 끄덕였더랬다.

<오늘부터 황녀로서 지켜야 할 것과 알아야 할 것들을 배우실 겁니다.>

내가 다섯 살이던 해에 '세 발 까마귀'라 불리는 역병이 창궐했다. 면역이 거의 없는 어린애였던 나는 서쪽 끝 지방으로 2년이나 피신해 있다가 황궁으로 다시 돌아온 참이었다. 일곱 살쯤에야 교육을 받기 시작했다는 얘기다.

이즈음 난 이미 전생의 기억을 모두 되찾은 뒤였다.

<황녀님은 정말 빨리 배우시는군요…….>

지능은 정신적 성숙도를 따라간다. 쉽게 말해 눈치가 빠르니 배우는

속도가 빨랐던 걸로 생각한다. 생각보다 빠른 수학 능력에 선생은 당황했다.

황족의 선생은 각별한 주의를 기울여야 했다. 이들은 훗날 황족이 가진 교육적 소양의 모든 책임을 져야 했기 때문이었다. 요컨대, 가르친 황족이 먼 훗날 예법이 부족하단 평을 듣는다면 그날로 목이 위험할 거란 소리였다.

그러나 내 학습 속도는 너무 빨라서 문제였다. 교육의 모든 과정은 기관으로 보고를 올려야 했는데, 이는 내 수학 능력을 모든 고위 귀족이 알게 된다는 소리였다.

나는 아무것도 없는 황녀였으니까. 사극에서 뒷배 없고 힘없는 황족이 뛰어난 경우 탈이 나지 않던가? 여기도 다를 것이 없더라. 이 때문에 선생의 고민이 깊었을 것이다.

<황녀님. 혹시.>

보고하자니 뒷일이 무섭고 그렇다고 교육하자니 더는 가르칠 것이 없고. 선생이 고려 끝에 택한 것은 변칙이었다.

<황자님과 함께 배워 보시겠습니까……?>

바로 위의 형제인 6황자와 7황자를 함께 가르치고 있던 스승은 나를 이 수업에 들어오게 했다.

<좋아.>

나로선 딱히 나쁠 것 없었으므로 흔쾌히 승낙했고. 그 후 가끔 보던 형제들과 함께 황자의 교육을 받게 됐다. 6황자 플리데온 클라체, 7황자 데인 로웰. 이들과 가까워진 것은 이런 이유에서였다.

당시만 해도 두 오라비의 대한 평은 아, 재들은 황제를 못 하겠구나 정도로 간소했다.

'그 이름'이 들리기 전까지는 생각도 못했다.

"울로프스 왕국은 정복왕 세대에 접어들어 새 시대에 맞추고자 연호를 '신의 피리'로 바꾸게 됩니다. 이는 제국어로 월로네아. 바뀐 국호는 정복왕의 이름을 따 '월터'라는 이름으로 명명하죠."

"응."

"지도를 보시면, 이곳. 이것이 지금 우리가 알고 있는 월터 왕국은 바로 정복왕 월터 1세의 이름입니다. 이들은 한때 숙적이었으나 과거를 청산한 뒤 남쪽의 아르고스 다음으로 든든한 우방이 됩니다."

황자와 듣게 된 순간부터 선생은 나를 학생으로 취급하지 않았다. 황자들의 수업은 황녀의 것과 진도 차가 컸다. 막 구구단 뗀 초등학생에게 설명도 없이 연립방정식을 들이미는 몹쓸 일이었다.

어차피 이것 전부 눈속임에 지나지 않으니 선생은 띄엄띄엄 듣는 수업 태도에도 딱히 무어라 하지 않았고 나 또한 무책임한 선생의 태도를 탓할 생각이 없었다.

"그리고 역사는 현재에 이르러 현 월터 왕은 슬하에 두 명의 황자와 황녀 하나를 두고 있습니다. 후계는 오래전에 이미 정해진 자로 왕비의 첫째 아들인 '슬로레니안 레 월터'……."

선생이 그 이름을 입에 담지 않았다면 말이다.

쨍그랑—

"공주님?"

"……다시."

"네?"

"다시 말해 봐요!"

방금, 누구랬지?

그때 긴장감이란 어찌 말로 표현할까. 마치 벼랑 끝에 매달린 것처럼 긴장감과 당혹이 온몸을 사로잡았다.

"윌터국 왕자 이름."

천천히 열리는 그 목소리를 듣고 싶다가도 듣고 싶지 않았다.

"뭐, 라고 했어요?"

간신히 꺼낸 말에 온 청신경을 집중했다. 제발, 설마요?

"윌터의 왕세자는 슬로레니안 레 윌터……."

"다시."

제발. 아니라고 해 줘.

"윌, 윌터의 왕세자는 슬로……."

"다시!"

"왜 이러십니까, 황녀님!"

본 적 없는 열렬한 반응에 놀라거나 말거나 나는 책상 위로 올라가 멱살을 쥘 것처럼 그에게 다가갔다. 손이 자그마해서 잡지 못했지만, 흉흉함만큼은 선생을 치고도 남았다.

"야, 너 왜 그래?"

미친 사람처럼 바라보는 플뢰온의 시선이나 깜짝 놀라 눈을 크게 뜬 데인은 안중에도 없었다. 눈앞엔 나와 어쩔 줄 모르는 머리가 희끗한 선생만이 있었다.

"여기가, 어디라고?"

"화, 황녀님?"

"대답해! 여기가! 어디라고?!"

"카, 칼타니아스……."

고개를 떨어트린다.

……왜, 몰랐지?

「나는 칼타니아스의 황제.」

왜, 몰랐던 걸까.

「기억해. 지금부터 당신이 사랑할 남자이니까.」

나는 앞을 봤다. 앞만을 보게 되었다.

"폭…… 아니, 황태자."

파르르 떠는 눈에 올곧이 눈을 맞추고 천천히 물었다.

"황태자 전하 이름이, 카스토르야?"

"히익!"

"카스토르 드제 칼타니아스?"

"히익! 황녀님, 안 됩니다! 그, 그 이름은……! 함부로 입에 올리면 안 되십니다!"

내가 이 대사를 기억하는 이유는 매우 간단했다. 전에 없던, 아니, 다시는 못 볼 어느 미친 황제의 대사였으니까.

'말, 도 안 돼…….'

내가 있는 곳이 로맨스 판타지 소설 역사상 두고두고 회자되는 명대사를 외친 폭군이 살아 있는 나라였다고?

책 『루스벨라의 빛』.

성군이 될 남자와 지혜롭고 현명한 여자의 사랑 이야기다. 사랑은 신분의 차이에도 불구하고 아름답고, 완전했고, 애절하고, 깊었다.

남자는 여자를 위해 후계자의 자리를 포기했고, 여자는 남자를 살리기 위해 자신의 목숨마저 걸었다. 그러나 여자는 평민이었기에 그들은 신분의 벽에 부딪쳤고, 옆 나라로 도망을 가서 황제의 발밑에 엎드렸다.

칼타니아스는 미친 '폭군'이 지배하는 나라였다.

「재밌군. 그대들이 나를 즐겁게 해 준다면, 내 얼마든지 그대들의 보금자리를 주며 안온케 하겠노라.」

칼타니아스의 황제 카스토르. 폭군으로서 제 백성을 사랑에 모조리 갈아 넣은 남자.

남주에겐 안타깝게도 『루스벨라의 빛』은 칼타니아스에 들어가면서 시작되는 루스벨라의 하렘물이었다. 마치 마성을 지니기라도 한 것처럼 그녀는 손쉽게 제국의 무수한 인재들을 포로로 만들었다. 심지어 그 매력이 제국의 가장 고귀한 황제에게도 미쳤다. 이 대단한 폭군을 하잘것없는 사랑에 빠트린다는 얘기다.

아니, 그를 모든 것을 버린 사람으로 만들었다.

어리석은 주인공 커플을 비웃고 조롱했던 폭군. 그는 이 소설의 서브남이었다. 미쳐 버린 황제는 광기 어린 사랑에 빠진 순간 이성마저 잃었다.

설마, 자신이 그토록 비웃던 사랑 놀음에 빠질 줄은 상상도 못했던 잔악무도한 남자는 어처구니없는 감정에 실소하고 사랑을 고백한다.

「죄송하지만」

그러나 태생이 서브였으니 결실을 맺을 리가 없다.

「그 말씀은 듣지 않은 것으로 하겠습니다.」

그렇게 여주인공에게 뻥 차이는데, 갈 곳 잃은 사랑이 문제였다. 생전 처음 사랑을 앓아 보는 남자에게 실연이 그의 광증을 부추겼던 것이다. 작가가 해피엔딩을 보면 죽는 병에라도 걸린 건지, 한순간도 평온한 적 없는 주인공 커플은 서브남의 광증 탓에 불행의 절정을 보게 된다.

홱 돌아 버린 폭군은 마지막 순간 집착. 광기. 광포. 모든 것의 집합체를 보여 주었다. 가뜩이나 미친놈이 돌아 버렸으니, 얼마나 미친 짓을 했겠는가.

결국 그가 여주인공 감금까지 감행한 순간, 소설은 헤어 나올 수 없는 늪을 맞이한다. 그가 제 궁에 여주인공을 잡아 가두면서 분노한 남주마저 흑화하게 되고 거대한 전쟁이 발발했다. 소설 후반부 전부를 차지하는 거대한 전쟁이 기울어 가던 폭군의 나라를 개판으로 만든다.

'그리고 졌지.'

그 전쟁에서 칼타니아스는 그냥 진 것도 아니고 처참하게 패배했다. 아주 폐허가 돼 버렸다. 결국 폭군을 비롯한 모든 황족들은 죽고 나라는 지도에서 영원히 사라진다. 처음부터 서브고 악역이었기에, 악역의 나라는 역사의 뒤안길로 퇴장한 것이나 다름없다.

서브남의 깽판물이라 불리는 이 책은 오래전 내가 읽었던 책이었다. 아주, 아주 오래전 읽다가 책장을 덮었던 책이기도 했다.

'말도 안 돼……. 내가 여기 황녀였어?'

그런데 재수 없게도 책 속 주인공의 옆 나라에 환생했다. 끔찍하게 주인공을 갈망하다 사랑에 버림받고 결국엔 미쳐서는, 가족과 나라도 백성도 심지어 자신마저도 모조리 태워 버리는 폭군의 나라에 말이다.

지금으로부터 약 8년 뒤, 폭군은 살육과 파괴를 벌인다.

단 한 명을 얻기 위해서.

"야, 야, 정신 차려! 데인! 얘 좀 이상한데?!"

"아실리? 아실리! 왜 그래? 왜 그래, 아실리!"

"밖에 누구 없어?! 렉스! 신관, 신관을 데려와!"

그래. 그러니까 나는 아마 환생이면서 책에 빙의한 거다. 이곳의 얼굴도 모르는 황태자가 훗날 다시없을 미친 폭군이 되어 멸망의 길로 뛰어드는 이야기 속에.

'이럴 수는 없어.'

누구나 한번쯤 로맨스 소설을 읽으며 책 속으로 들어가는 것을 상상해 본다. 그러나 어디까지나 주인공일 때 얘기고. 보통 이런 얘기는 원작을 따라가며 결말을 본 순간 귀환! 하는 얘기였다.

그런데 나는?

원작의 스토리 라인을 따라가? 지금쯤 옆 나라에서 꽁냥꽁냥 붙어 있을 주인공을 무슨 수로? 어떻게? 궁에서 한 발짝도 나가지 못하는 내가 무슨 수로?

그럼 폭군의 성격을 뜯어 고쳐 볼까? 저 좋다는 여자는 옳다구나 목을 썩둑 잘라 버린, 날 때부터 미친놈을 고쳐? 전문가도 아닌 데다 비록 책 속이지만 살아 있는 사람이다. 건전지 갈아 끼우는 인형도 아니고 몇 가지 고쳐 본다고 쉬이 달라질까?

그냥 죽는 거다. 이곳에 머문 이상 죽을 것이 분명한 내 인생이었다.

젠장. 리셋. 리셋 버튼 어딨냐고! 해피엔딩이 선택지에 없잖아 제기랄! 이건 아니잖아!

기억하는 한, 8년 뒤 황족의 이름을 가진 사람은 남김없이 죽었다. 앞날이 암담하고 깜깜했다.

"하…… 하하하하."

생각해 보면 책 속인 줄 몰랐던 것이 당연했다. 주변이 온통 한 줄도 나오지 않는 엑스트라였으니까. 미친 사람처럼 한참을 웃었다. 어떻게 알았겠냐고. 전부 엑스트라인데?

'젠장.'

새록새록 올라온 정보들은 하나같이 반갑지 않은 것들이었다. 가령, 내가 보는 두 황자는, 나를 아끼는 두 명의 황자는 이야기 속에서 죽은 사람이었다.

날카로운 것이 손바닥을 파고들었다. 신이 있다면 물어보고 싶다.

왜 그랬어?

당신을 벼랑 앞에서 발로 차 주고 싶다. 아니 이것도 당신에겐 후하다. 툭툭. 떨어지는 붉은 피에도 아픈 줄 모르고 꽉 쥐었다. 영혼을 탈탈 털어서라도 나를 이 개판으로 데려온 신을 저주하고 말 거라고. 실핏줄이라도 터진 모양인지 눈앞이 점차 빨갛게 물들었다.

……평생 잘 먹고 잘살 거라고?

미친 듯 터져 나온 웃음이 뚝 그쳤다.

'거짓말.'

결국 신이 한 일은 나라를 말아먹는 폭군이 있는 나라에 나를 보낸 것이다. 그래, 뒤지라고 보낸 거지. 아아, 빌어먹을.

골드 수저는 무슨.

'이번 생도 꽝이잖아?'

어떻게든 멸망 전에 도망갈 수는 없을까? 그래. 돈을 차곡차곡 모아서라도 도망가면 되잖아! 나라를 대탈출할 지로를 떠올리는 극적인 순간이었다.

근데 머리가 왜 이렇게 아프지?

그때 나는 순간 픽, 퓨즈가 끊기며 기절했다.

2. 지금부터 인생 말아먹어 보겠습니다

“그때는 어떻게든 방법을 찾아낼 거라 생각했지…….”

“응?”

1초, 2초, 3초.

두어 번 눈을 깜빡인 뒤에야 지금이 더는 그날의 교육 시간이 아님을 깨달았다.

“무슨 방법을 찾아내는데?”

“아무것도 아니야. 날이 참 좋네.”

따뜻한 찻물이 들어가고서 당황스럽던 기분이 가라앉는 것 같다. 의아한 얼굴이 둘. 뚱한 얼굴이 하나. 오라버니들과 레이 경이다.

딱 6년 전, 두 오라비와 함께하는 수업에서 여기가 책 속 세상이라는 진실을 알았다. 너는 곧 죽을 거라고. 그리고 황태자 카스토르.

아직 보지 못한 오라비이자 이 소설의 서브 남주가 황제가 되었을 때, 이 나라가 멸망한다는 것도.

보통 빙의물 속 주인공은 약 3개월을 혼란과 경악 속에 지내며 '어쩌다 이 불행한 운명에 빠진 불쌍한 나'에 빠져 허송세월할지 모르나 나는 달랐다.

앞으로 멸망까지 남은 시간을 헤아려 보면 중학생이 성인이 될 시간 정도 아닌가? 적어도 아끼는 사람 정도는 빼돌리고 이 나라를 뜰 수 있지 않을까 꿈을 꿨다.

무용지물이 될 꿈을.

821년 하베르미아의 달 10일

일기장. 그 망할 기묘한 일기장이 예언을 보이면서 탄탄대로를 걷던 인생 설계가 엉망이 되었다.

이것을 믿느냐? 믿지 않을 수도 없다. 왜냐, 이미 난 환생이라는 기이한 일의 결과로서 여기에 존재하기 때문이다. 외면할 수는 없었던 것이다.

카스토르가 날 죽일 거란다.

대체 왜? 솔직하게 말해서 이게 말이 되나 싶다. 생각해 보니 미치겠네. 걔가 날 왜 찾아와? 이곳은 낡고 허름한 궁전이었으며 난 사람들이 존재조차 잊어버린 보잘것없는 황녀였다.

'전생에 나라를 팔아먹은 것도 아닌데 현생의 업보는 딱 그 짝이네.'

날 여기로 보낸 신이 있다면 그 새끼는 체세포 분열부터 다시 시작할 필요가 있다.

"야."

"왜."

나 빼고 전부 로그아웃해 주세요. 혼자 있고 싶네요. 며칠 전부터 약속된 티타임이 전혀 반갑지 않다. 아니, 심정 같아선 전부 이 궁에서 내보내고 싶다.

"야. 아실리 로제."

가뜩이나 심란한데 반갑지 않은 목소리로 나를 부르는 오라비를 바라봤다. 삐딱하게 옆머리를 기댄 플뢰온이 말했다.

"너 무슨 고민 있냐?"

휙 치켜 올라간 눈꼬리와 까칠하고도 차가운 얼굴. 바로 옆에서 책에 몰두한 데인과 반대되는 인상이랄까. 깊은 바다를 꽝꽝 얼려 담아 둔 것같이 파란 눈동자는 서리로 만든 보석 같았다.

"야, 안 들려?"

다만 문제가 있다면 지금 나를 아니꼽게 노려보고 있다는 거다.

"으응. 고민이 있긴 한데."

"한데?"

네가 사라져 줬으면 하는 거?

"별거 아니야. 혼자 고민하고 싶네."

그러자 플뢰온은 세상 불만 전부 담은 얼굴로 날 훑어보았다. 호락호락하게 넘어가는 인간이 아니었다.

"조금 전까지 아주 그냥 죽을 것같이 울상을 해 놓고서 실실 쪼개는 이유가 뭐냐?"

유달리 나에 관한 일에 눈치가 빠른 인간이었다.

"너 때문은 아니니까 걱정 마."

"거짓말."

"응?"

"지금 그 멍청한 연기에 속아 넘어가리라 생각하는 건 아니겠지?"

"……하하하. 무슨 소릴 하는 건지 모르겠네?"

대꾸하지 않아도 불같은 호령이 떨어질 게 분명했기에 얼른 미소를 띠며 대꾸했다. 골치 아픈 인간 같으니.

"오빠가 날 걱정해 주는 마음은 잘 알겠어. 하지만 정말 심각한 일은 아니니 이런 집착은 곤란해. 내가 그렇게 좋아?"

"미쳤군."

플뢰온이 혐오감을 쏟아 내며 진저리 치는 시늉을 했다. 평소 같았으면 울컥해서 한마디 쏘아붙였을지도 모르겠지만. 이미 일기장 탓에 너덜너덜해진 몸과 마음이었다. 될 대로 되라 생각하며 아무렇게나 주워 삼켰다.

"날 너무 좋아한다니까. 나중에 나 결혼하면 울겠네."

"……청력에 문제 있냐?"

안 들린다, 안 들려. 못 들은 척하고 있자 그가 인상을 쓰며 머리를 거칠게 넘겼다.

"야, 멍청한 병아리."

"누가 병아리야."

"머리가 샛노라니까 병아리지."

고개를 기울인 플뢰온이 말했다.

"내가 너 고민하는 얼굴을 몰라? 투덜거리지 말고 말해. 나 화내기 전에."

"그런 거 없어."

쾅! 큰 소리가 난다. 아, 이 성질머리 어쩐 일로 오래 참는다 했다.

"망할 계집애! 사람 신경 쓰이게 울상을 지어 놓고 뭐가 아니야?"

터져 나온 큰 목소리에 뒤에서 대기하던 하녀들과 문을 지키던 레이경이 이쪽을 쳐다보았다.

'아, 정말 이놈의 분노 좀 조절하라니까.'

그러나 포악한데도 겉모습만큼은 완벽했다.

"야. 고민이 뭐냐고, 어?"

고민이라니, 너나 내가 주연은커녕 하다못해 조연도 되지 못한 엑스트라라는 사실을 말인가?

거기다 앞으로 3년 안에 우리 모두 죽는다고? 너의 배다른 형제가 난놈 중의 가장 미친놈이라, 홀딱 반한 여자에게 미쳐서 나라가 멸망한다는데.

말해 주는 건 어렵지 않지만…….

"뭐야? 그 눈은?"

알면 어쩔 거고. 알아서 어쩔 건데. 삐딱한 생각이 치켜든다. 일단, 재는 어디서 개소리냐고 빰을 꼬집을 거다. 하긴 저 자존심이 강한 놈이 퍽이나 믿겠다.

"지금 너 때문에 티타임이 엉망이 되었단 건 아냐?"

"엉망이 되었다니. 데인은 쭉 책만 읽고 있잖아."

플뢰온이 눈을 가늘게 좁혔다. 몇 살 오빠랍시고 꼭 어른같이 굴었지만 저놈은 태양이 자기를 중심으로 돌 거라 믿는 어린애인 데다가 결벽증까지 있는 오만한 인간이자 열 받으면 펄펄 날뛰는 열여섯 살이었다.

"야."

제멋대로 구는 어린애 하나 다루는 것은 어렵지 않지만.

"말 안 하면 네가 그토록 아끼는 하녀 중 하나 데려다 매질을 한대도?"

문제는 이거다.

"제발, 내 궁 애들 괴롭힐 생각 마."

고작 열여섯 살인 주제에 퍽 패악을 부려 사람을 위협하는 각종 방법을 안다. 이건 다 황족 교육이 불러일으키는 선민의식의 폐해다.

"흥! 네가 얌전하게 굴면 나도 하지 않아."

"거짓말, 나 몰래 괴롭히려고 했잖아."

플뢰온이 삐뚜름하게 웃었다.

"지난번 일을 말하는 거라면 네가 불렀을 때 제때 내 궁에 나타나지 않았기 때문이지. 왜 내 탓이야?"

개개인의 특성을 한데 묶어 집단의 것으로 속단할 생각은 없지만, 철없는 재벌 2세의 보편적 이미지를 뽑아내면 딱 이놈 같지 않을까 생각은 한다.

"말해 두는데, 나야말로 천한 것들을 건드리고 싶지 않아."

"드레스를 고르느라 늦을 거라고 미리 전했는데도 정원을 샅샅이 뒤졌다며? 넌 걱정이 너무 지나쳐."

이거 한숨이 나오는데. 분명, 지금 자기 행동이 옳다고 철석같이 믿고 있겠지. 찻잔을 옆으로 밀어 두고 그를 살살 달래듯 웃음을 지어 보였다.

"그날은 왜 그랬어? 내가 없어졌을까 봐 걱정이라도 했어?"

"누가 걱정을 한다는 거야?"

"오빠가."

난 아이의 미소를 만들어 냈다.

“또, 또 노려보지. 이러니까 말을 못하는 거야. 솔직하게 말해서 오빠한테 털어놓으면 오빠는 늘 엉망으로 만들어 놓았잖아.”

“내가?”

“그래. 입만 열면 못난이. 꼬맹이. 내 궁 애들을 괴롭히는 심술궂은 오빠한테 해 줄 말은 없다는 거지.”

“하하. 이렇게 사랑스러운 소릴 지껄이는 입이 어느 입이지?”

눈은 빌어먹게도 살벌한 주제에 얇은 입술이 예쁘게 호선을 그렸다.

“무슨 고민인지 말하기 싫다. 하녀를 응징하는 거도 싫다. 그럼 네 하녀들 말고 널 직접 응징하면 되겠군?”

반사적으로 몸을 뒤로 뺐지만 그는 우습다는 듯이 따라와 내 뺨을 꼬집었다.

“요 입이. 이쁜 말만 골라 하지? 엉?”

“꺅! 우브브.”

그의 손에서 뺨이 쭉 늘어났다. 아파서 눈물이 찔끔 흘렀다.

“그만해!”

막 책에서 고개를 든 데인이 플뢰온을 떨어뜨렸다.

‘어떻게 된 게 오빠라는 인간이 힘 조절도 안 할 수가 있지?’

이런 식으로 패악을 부리는 놈은 절세 미남이라도 가까이하고 싶지 않을 거다. 정말이지 책 속의 엑스트라가 이렇게나 지랄 맞고 흉악할지 누가 알았을까!

“괜찮아?”

“전혀.”

“이런, 빨개졌네.”

"……흐엉. 오라버니."

플뢰온이 눈썹을 휙 치켜세웠다.

"너, 왜 저놈은 오라버니고 난 재야?"

"형."

웃기시네. 대우는 대우하고 싶어지게 행동하고 나서 바라는 거지. 그러니 다물어 줬으면.

"형, 몇 번을 말해. 아실리는 우리보다 훨씬 어린 여자애라니까."

데인이 차분한 어조로 제 형을 나무라기 시작했다. 그리고 고개를 돌렸다.

"레이, 넌 이런 걸 좀 보면 말려."

그는 옆에 서서 지켜보고만 있던 검사를 나무랐다.

"아. 죄송합니다."

그러자 지금까지 고요히 서 있던 레이 경이 슬쩍 웃었다.

"제가 보기에 두 분 사이에 끼어들면 안 되는 감정이 싹트고 있는 중 같아서요."

불투명한 푸른 눈동자가 옅게 휘어진다.

"거짓말. 그냥 귀찮았던 거잖아."

"달리 표현하자면 그렇기도 하죠."

그는 타박에도 뻔뻔했다. 막 나가는 검사의 태도에 데인은 익숙하다는 듯 혀를 몇 번 차고 말았다.

"네놈은 뭘 믿고 건방진 거냐?"

플뢰온은 어이가 없다는 얼굴이었다. 레이 경은 두 황자를 포함해 나를 지키는 호위 검사였다. 성실하고 진중해 보이는 외형과 달리, 진지함이라곤 날 때부터 고스란히 배 속에 두고 온 인간이었다.

굴러가던 그의 남색 눈동자가 나를 향하며, 희미하게 가늘어진다.

"저런, 황녀님. 많이 아프시겠네요."

"너, 그런 말 할 거면 영혼을 담아서 해."

나는 네가 위험으로부터 지켜야 할 경호 대상자거든?

"봉급 도둑."

그러자 스물도 채 되지 않았을 검사님이 슬그머니 낯을 깔며 옅게 웃었다.

"직무 태만이야."

"이런, 자택에서 다음 발령을 기다려야 할까요?"

너 속으로 비웃는 거 다 안다. 태도 불량 검사 같으니라고.

'뺨부터 식혀야겠다.'

탁자 끝에 걸린 종을 흔들자 한나가 잽싸게 물에 적신 손수건을 건네주었다.

"세상에. 황녀님, 괜찮으세요? 어떡해. 잘못하면 멍들겠네!"

이미 조금 전부터 발을 동동 구르며 이쪽을 보고 있던 한나는 속상함을 가득 담아 속닥였다.

"황자님은 왜 힘 조절을 하지 않으시는 거여요……."

"쉿. 괜찮아, 한나. 목소리 낮춰. 난 괜찮으니까 얼른 가 봐."

아무리 걱정하는 마음으로 그런다 해도 당사자가 있는 곳에서 이런 소리는 좋지 않다. 특히나 대상이 윗사람일 땐 더더욱. 그러나 그보다 플뢰온이 빨랐다.

"아실리!"

플뢰온이 한나를 힘껏 노려보았다. 히익, 한나가 그 자리에서 얼어붙었다. 나는 얼른 한나의 몸을 뒤에 숨기며 뒤로 밀었다.

"얼른 가 봐."

그녀가 허둥지둥 고개를 꾸벅이고 뒤로 물러났다.

"너 또 천한 것에게 무르게 구는구나."

"내가 뭘."

찬 손수건으로 뺨을 식히며 소년에게 시선을 주었다.

"몇 번을 말해야 그 멍청한 머리로 알아들을 테냐. 네가 한결같으니까 재들이 너를 한낱 어린것 취급을 하는 거야!"

"오빠야말로 이상해. 왜 그렇게 내 궁 하녀들을 싫어해?"

삐딱하게 노려보는 눈은 보석을 박아 놓은 듯 각도를 따라 하늘색부터 남색에 걸쳐 푸른색의 신비한 향연을 담은 빛을 냈다. 아직 채 성인이 되지 못한 소년의 미모는 이미 완성형이었다.

"당연한 거다. 넌 개돼지에게 사과를 하냐? 사과나무와 말을 해? 같지 않으니까 구분 짓는 거다."

"그들은 사람이야."

"흥. 누가 사람이 아니라고 했냐? 천한 것들에게 잘해 줄 필요 없다고 했지."

"……그 고약한 입방정은 언제 고친대?"

"뭐?"

"네게 꼬집힌 뺨이 너무너무 아프다고 했어."

눈은 마음의 거울이라 했던가. 그럼 눈매는 성질을 반영하는 그림자다. 플뢰온은 입을 꾹 다물고 있으면 고집스런 분위기가 느껴지는 우아한 미남인데, 눈매는 사선을 쭉 그어 놓은 것처럼 사나웠다. 잘생기긴 잘생겼는데 못된 악당 상이다.

"쯧쯧. 잘해 주면 은혜를 모르고 기어오를 족속이 천민인 걸 왜 모르는 거냐. 위엄을 세우기는커녕 이토록 물러서야……. 네가 아랫것과 어울려 주니까 네 궁에서 방정맞은 웃음소리가 끊이질 않는 거야."

"사람 사는 곳에서 웃음소리 나는 건 당연한 일이잖아?"

"뭐?"

아차. 난 목소리를 작게 줄였다. 혹부리 영감처럼 심술보가 덕지덕지 붙은 6황자의 성질은 이미 유명했다.

<네가 내 동생이라고?>

그가 지금보다 어리고 나 또한 어렸을 때, 오라비는 지금과 비교도 못할 만큼 훨씬 솔직하고 직설적이었다. 그래서 처음 만난 날 자기 어머니 앞에서 아주 솔직하고 적나라한 감상을 털어놓았다.

<징그러워. 괴물 아냐? 얼굴 반이 못생긴 상처잖아.>

그때는 뺨 상처가 지금보다 더 우글우글하게 일그러져 있을 때였다. 귀한 것만 보았을 어린 황자의 눈에 충분히 징그러울 만했겠지만. 당시 6황비님은 '그래도 오빠이고 3살이나 많은데.'라는 판단으로 플뢰온이 배려를 보이리라 생각했던 것 같다. 그게 치명적인 실수였다.

<아. 알았다.>

그는 지금과 마찬가지로 숨길 줄 몰랐을뿐더러 오히려 순수했기에 잔인했다.

<재가 전염병 걸렸으니 불쌍하게 여기라던 천민이야?>

그 말에 나를 제외한 모든 어른이 쩍 얼어붙었음은 물론이다.

<뭐? 황녀? 어마마마, 날더러 이딴 못생긴 애를 동생으로 삼으라는 거였어? 싫어.>

소년은 제 모친에게 이끌려 사라졌다. 당혹과 곤란, 여상치 않은 첫인상을 남기고.

사실 전직 어른으로서 충분히 넘겨 줄 수 있는 말이었지만. 만약 내가 정말 아실리 로제였다면 어땠을까?

상처 받았겠지.

6황비님은 플뢰온에게 대가를 치르게 했다.

<야. 못생긴 애. 이거 받아라.>

그리고 다음 날부터 플뢰온이 찾아왔다. 누가 봐도 억지로 온 듯한 낯으로.

<어마마마가 주래.>

<이건 어마마마가 안 쓴대.>

<어마마가 너 주라고 성화여서.>

그가 모친에게 어떤 말을 들었는지는 후의 태도와 말로 어렵지 않게 짐작할 수 있었다.

<난 싫은데 어쩔 수 없이 가져온 거야.>

호되게 혼나기는 한 모양인지 매일같이 찾아와서 어마마마가, 어마마마는, 하며 6황비님의 물건이거나 무척 비쌀 것으로 추정되는 물건들을 휙 건네주고 떠났다.

<……뭐 해? 네가 버려야 안 혼난다고.>

그 모습이 어처구니없었지만 싫지는 않았다.

고작 열 살 난 어린애 말에 일희일비하기엔 난 너무 커 버렸다. 고작 어린애가 얼굴로 몇 마디 지껄인다고 해서 흔들릴 만큼 약하지 않았다.

이 세계가 책이라는 진실을 알고서는 더욱 그랬다.

「고집스럽게 다문 입술. 구부릴 바에야 차라리 꺾어지겠다는 고고한

기개. 그는 한 마리의 매였다.

마침내 추락한 매는 형장의 이슬로 사라졌다.」

사형대의 황자. 플뢰온은 사형대에서 죽었다. 그렇기에 솔직히 나는 언젠가 일찍 죽어 버릴 그를 조금은 동정했다. 동지 의식일지도 모르겠다.

어떤 소설도 엑스트라 인생을 조명하지 않는다. 우리는 서사에 한철 쓰고 마는 소도구였다. 나와 두 황자는 죽거나 죽게 되거나 책 속에서 어떤 인생을 살았는지 알 수 없는 사람들이다. 서글프게도 내 주변은 온통 이런 엑스트라였다. 이런 점에서 한 줄이라도 나온 플뢰온은 다행일지도 모른다.

데인과 플뢰온 그리고 무뚝뚝한 검사님까지. 나를 둘러싼 주변은 평화로웠고 앞으로도 그러길 바랐다.

"형은 오늘 아실리에게 줄 것이 있다면서……. 애 빰을 이렇게 만들어 놓기나 하고. 도대체가 영애들한테는 그러지 않으면서 왜 아실리에게만 그래?"

"재가 그 계집애들과 같아?"

"뭐가 다른데?"

"못생겼잖아."

데인이 미간을 찌푸렸다.

"……난 귀족의 뻔뻔함을 가장 잘 보여 주는 사람을 꼽으라면 주저 없이 형 이름을 댈 거야."

"뭐야?"

"형은 그게 문제라고. 아끼면 아낀다고 말을 해."

"누가 누굴 아껴. 저 못생긴 병아리를?"
"이렇게 나오면 아실리가 선물을 기쁘게 받아 주겠어?"
"선물이라니?"
"뭐긴 뭐야. 품에 안고 있는 그거."
데인이 단호하게 그를 가리키자 플뢰온은 거기에 대고 빽 소리를 질렀다.
"나, 난 그냥 어머니 심부름을 하러 온 거다!"
"오호라. 그랬어? 그러면서 그렇게 부서지기라도 할까 소중히 품었고?"
"누—가, 소중히 품었다는 거야?"
"흐음? 아님 말고. 난 또 너무 소중히 들고 가길래 혹시 안에 든 것이 깨지는 종류인가 싶었잖아."
"닥쳐."
쉭, 쉭. 플뢰온이 끓는 소리를 내며 데인을 노려보았다. 그러나 데인은 강적이었다.
"아, 노려보지 마. 이건 그냥 추측이야. 난 아무것도 못 봤어. 내가 뭘 봤겠어? 그래, 아—무것도 못 봤지."
데인이 어깨를 으쓱였다.
"여기 오는 도중 형이 중간중간 멈춰 서서 리본을 고쳐 매거나, 구겨질까 수시로 확인하거나. 때때로 그걸 내려다보며 피식 웃는 못 볼 꼴이라거나. 너도 모두 못 봤을 거야. 레이?"
"아, 나지막이 중얼거리는 거라면 들었습니다. 분명 '좋아할 법한'……."
"우으아아아악!"

플뢰온이 벌떡 일어나는 것과 함께 곧이어 검사의 멱살이 위로 솟구쳤다.

"레이 아퀴타 플레람! 너 누구 검사야?"

"그야 제게 봉급 봉투를 하사하시는 위대한 황제 폐하이시죠."

플뢰온보다 조금 큰 어린 검사는 그의 손에 탈탈 털리면서도 뒷짐진 검사의 자세를 잃지 않았다. 오히려 키만 크지 단련은 전혀 안 된 플뢰온 쪽이 휘청였다.

쯧쯧. 힘도 모자라면서 누가 누굴 털겠다는 건지 모르겠다. 난동에 테이블이 흔들리지 않게 붙잡으며 관전했다.

"그럼 너 여기 있는 셋 중에서 누굴 따르는 건데?"

플뢰온이 이글이글 타오르는 눈으로 물었다.

"저는 황녀님과 황자님, 데인 황자님 이렇게 세 분을 지키란 명을 받았습니다. 그러니."

레이 경이 느릿하고 정중하게 대꾸했다.

"세 분 모두의 검사이지 않겠습니까? 따라서 세 분 전부 따른다고 할 수 있겠습니다만."

레이 경은 무던한 눈으로 플뢰온을 보았다. 그런 레이 경을 응시하던 플뢰온이 삐뚜름하게 입술을 올렸다.

"그럼, 셋이 한꺼번에 명령을 내리면? 누구의 명을 받을래?"

자신보다 작고 어리지만 분위기만은 완연한 황족인 플뢰온이 노려보는데도 그는 전혀 무서울 것 없다는 듯 무심한 낯이었다.

"음……. 어려운데요? 만약 황자님께서 황녀님의 팔을 잘라 오라거나 황녀님의 목숨을 취하란 명을 내리시면 저로선 수단을 강구해야겠지요."

"잠깐, 왜 예시가 나야?"

"그거야, 황자님이 황녀님을 싫어하잖습니까?"

"누, 누가 싫어한다는 거야?!"

고개를 돌린 레이 경이 플뢰온을 보는 눈은 왠지 모르게 장난스러웠고, 불경스러웠다.

"아, 그럼 좋아하셨습니까?"

"악!"

……이쯤 되면 놀리는 것도 수준급이다.

참고로 칼타니아스는 계급의 차이가 뚜렷한 곳이다. 또한 계급으로 깽판을 놓는 대표적 인물이 플뢰온이다. 그러나 갑질이 유일하게 통하지 않는 상대가 저 어린 검사님이었다.

레이 아퀴타 플레람. 나이는 스무 살 안팎. 중앙 궁 소속이라는데, 정보가 전혀 없는 인물로 책에는 등장하지 않았거나 비중이 없어서 기억 못하는 걸 수도 있다. 황족 셋을 한 번에 지키는 걸 보면 나름 실력은 있는 모양이었다.

'사실 지키는 것에도 의미가 없지만.'

그가 우리와 이리 편히 있을 수 있는 것은 우리의 처지와 깊은 연관이 있다.

우리는 쓸모없는 황족이었다. 그래서 호위도 어설프고 허술하다. 내가 사는 궁전에는 신관이나 병사가 없는데 플뢰온이나 데인도 마찬가지다. 간신히 병사나 수십 둘 정도가 다인 걸로 안다. 황족의 호위치고는 매우 허술하지 않나 싶지만 뒷배 없고 황제의 눈 밖에 난 떨거지 자식을 암살하러 오는 멍청이는 없을 테니까.

"제기랄. 멍청한 것들과는 대화가 안 돼."

데인이 고개를 돌리고 끅끅 웃었다. 확실히 플뢰온과 레이 경 둘의 대화는 결과가 뻔했기 때문에 나도 태연하게 차를 홀짝였다.

"아실리."

신경질적으로 머리를 쓸어 넘긴 플뢰온이 코트 주머니를 뒤져 작은 꾸러미를 내려놓았다. 쾅, 소리 나게 내려놓은 것은 그렇게 취급되기엔 아까운 아기자기한 상자였다.

"어머니께서 더는 쓰지 않는다고 하셨다. 네가 버려라."

난 궁금하다는 얼굴로 그를 바라봤다. 상자의 크기로 추측하는 동안 아직 분이 덜 가라앉았는지 플뢰온은 이를 부득부득 가는 목소리로 말했다.

"버리든가 말든가."

그러고서 그는 다리를 우아하게 꼬아 제 할 일 다 했다는 듯 팔짱을 끼고 이쪽을 보지도 않았는데, 한편으로는 흘끔 언제 열어 보나, 곁눈질했다.

"……안 뜯어봐?"

모습이 영락없이 고양이 같아서 입을 가리느라 혼났다.

"지금 뜯어봐도 돼?"

"흥, 네 청력은 갈수록 떨어지는 게 분명하군. 난청이 되기 전에 신관을 부르는 게 어때?"

가까스로 웃는 얼굴을 유지했다. 그러고는 선물을 푸는 척하며 중얼거렸다.

"와, 왜 나한테 심술이람. 한 대만 때리고 싶다."

"뭐?"

"흐응, 아냐, 아냐! 고맙다고."

아마 진짜 아실리였다면, 영영 플뢰온의 진심을 몰랐을지도 모른다. 그도 그럴 게, 우리는 훌쩍 크고 난 뒤에야 '재가 너 좋아해서 괴롭힌 거야.'라는 말의 의미를 깨닫게 되니까. 솔직하지 못해 미안해라는 말은 플뢰온을 위한 말인 것 같다.

"고마워, 잘 받을게!"

귀 뒤로 단정하게 넘긴 머리. 다리를 꼬아 머리를 기댄 자세. 자세에 흐트러짐 하나 없는 고아한 황자님이 목을 붉혔다는 건, 특히 톡 튀어나온 귓불이 빨개졌다는 건 이 자리에 있는 이들만의 비밀이었다.

"뭘까나."

나는 천천히 뚜껑을 열었다.

"찻잔?"

플뢰온이 건넨 선물은 다름 아닌 찻잔이었다. 찻잔과 잔 받침, 티스푼이 한 세트로 잔 바닥에는 주홍색 꽃이 그려져 있다.

"와, 레아잖아……."

손톱 크기의 꽃잎이 수천 장 모여 이룬 이 꽃의 이름은 레아. 불씨와 화로를 관장하는 여신 이름이기도 했다. 화려할 뿐 아니라 새기기에 극히 까다로운 꽃이었다. 그래서 최고의 급이 매겨지는 것이었다. 천천히 찻잔을 뒤집었다.

'장인 론. J. 디베아론'

음각으로 새겨진 이름을 본 순간 웃음이 사라졌다. 입 안에서 터지려는 비명을 가까스로 손으로 막았다.

미친.

천천히 고개를 들다가 마주 본 얼굴에 당혹스러워졌다. 셋은, 아니 셋 중 둘은 알아챘다. 내가 몹시 당황했다는 걸.

황급히 웃는 얼굴을 꾸며 냈다. 기분이 이상했다. 갑자기 세상이 뒤집어졌다면 이랬을까? 그러나 의문과 혼란을 억누르고 삼키며 눈을 꾹 감는다. 최면을 건다. 다시 떴을 때, 천진난만한 아이가 되도록.

"와아! 말도 안 돼, 장인 론 디베아론의 찻잔이네! 이런 귀한 걸 받아도 돼? 정말?"

원치 않게 파르르 떠는 손 때문에 당황했지만, 다행히 너무 놀라 그런 것이라 보는 모양이었다. 그만큼 비싼 물건이었다.

"장인의 이름이 붙은 모든 물건은 아주아주 비싸다며?!"

"크흠흠. 뭐. 그렇지."

"맙소사, 오라버니, 내가 이걸 가져도 될까?"

아이처럼 큰소리친다. 좀처럼 부르지 않는 호칭까지 붙여 가며 재잘거렸다. 속은 아직도 혼란스러웠다. 진정, 진정하자. 냉정하고 침착하게. 가라앉힌다. 알아야 해.

"오라버니, 있잖아……."

한참 탄성을 쏟고 좋아하는 척하던 나는 곧 눈치를 보며 우물쭈물했다. 몸을 플뢰온 쪽으로 바로 돌려 마주 보고 앉아서 겁먹은 아이같이 눈만 올려다보며 조심스럽게 묻는다.

"혹시 황비님께서는 아셨어? 그, 내가 얼마 전에 아끼던 찻잔 깨서 우울해했던 거 말이야."

플뢰온의 눈이 커졌다. 나는 울고 싶었다.

"역시. 알고 계셨구나……."

"어, 어? 너 방금, 아니. 그보다 그걸 어떻게……? 가 아니고. 아니야. 아니라니까?!"

아니라고. 아니라고! 차차 흐려지는 나를 보며 플뢰온의 거친 목소리가 쏟아진다. 그 목소리는 멀리, 아득히 멀어진다. 마치 나와 찻잔만 있는 것처럼.

그 뒤. 어떻게 데인과 플뢰온을 보냈는지 기억나지 않았다. 기계적으로 웃었던 것도 같은데 그저 상담원의 사랑합니다 고객님처럼 계산적으로 입력된 말과 철저히 비즈니스로 키워진 서비스 정신이 날 살린 것도 같다. 정신 차리고 보니 텅 빈 응접실에 홀로 서 있었다. 아무도 없이.

—믿으면서, 믿지 않았다.

아직 치우지 않은 티 테이블 위에는 쿠키가 없는 접시와 찻잔 3개. 그리고 플뢰온이 주고 간 최악의 선물이 있었다.

"진짜일 리 없다고……."

천천히 주인 없는 찻잔을 들어 올렸다.

"믿었어."

잔 옆을 촘촘히 채운 무늬. 장인의 섬세한 세공이 그려 낸 꽃.

얼핏 들은 말로는 차를 담았을 때, 찻잔이 오래오래 그윽한 향을 담는다고 했다. 전생으로 따지면 수억의 가치를 지녔을 엄청난 실물 자산이었다.

좀 더 높게 들어 올린 잔은 노을을 담아냈다. 아, 정말 예쁘다. 플뢰온이 준 게 아니었으면, 좋아했을지도 몰라.

나는 찻잔을 손가락에 들고 삐딱하게 서서 어이없다는 듯 헛웃음을 터뜨렸다.

몹시 즐거운 계집애의 웃음소리가 이어지다가 딱 그치며 그 순간.

소름이 돋았다.

821년 하베르미아의 달 4일

플뢰온 오라버니가 웬 찻잔을 가져다주셨다. 꽃잎이 그려져 있는 아주 예쁜 티세트였다. 듣기로는 6황비마마께서 더는 쓰지 않는다며 내게 버리라고 했단다.

오라버니는 아직 예법이 서툴다며 구박을 잔뜩 하고 돌아가셨다.

그날 울적한 나를 보며 한나와 테스가 황자님이 황녀님께 너무하지 않으시냐며 훌쩍훌쩍 울었다.

사실 나도 너무 무서워서 찔끔 눈물이 났었다. 6황자 오라버니는 너무 엄격하고, 화를 잘 내고, 또 무서운 것 같다.

그러나 잠시 뒤 난 선물 받은 찻잔 밑에 쓰인 장인 론 디베아론의 서명을 봤다.

……내가 얼마 전 아끼던 찻잔을 깼다는 얘길 들으신 모양이다.

6황비님께는 늘 죄송하고 감사하다.

미래가 실현되었다.

* * *

그날 밤. 테레나 궁에서 두 번째로 큰 황녀의 방. 이곳은 잠자리 준비에 한창이었다.

"6황자님은 황녀님께 너무하세요!"

머리에서 실 핀을 하나하나 빼던 한나가 불평을 작게 터트렸다.

"어떻게 황녀님을 괴롭히지 못해 안달 나신 건지 모르겠어요. 세상에, 우리 황녀님 볼 좀 봐. 분명 내일까지 부기가 남아 있을 것 같아요…….”

물을 가져오던 테스가 동의한다는 듯 끄덕인다.

“그뿐만 아니에요. 돌아가시면서 황녀님께 했던 말씀도 오라버니로서 하는 조언이라기엔 너무 지나치셨어요. 천한 것과 붙어먹으니 황녀님도 천한 것이라뇨……. 흡. 레나는 단지 황자님께서 떨어트리신 지팡이를 주워 드렸을 뿐인데…….”

아, 그랬나? 플뢰온을 배웅하던 자리에서 플뢰온이 푸른 머리의 누군가에게 뭐라 뭐라 고성을 냈던 것 같기도 하고.

“황녀님이 버릇없이 오냐오냐해서 천것들이 기어오른다니요. 저희가 천것은 맞지만 황녀님의 탓이 아닌데…….”

어어, 그런 말을 했던가? 흐릿한 기억 속에서 기억을 떠올리려 애썼다. 그러나 아무것도 생각나지 않았다. 깔끔하게 포기한다.

“레나, 여기 있어?”

대야에 꽃잎을 흩뿌리던 푸른 머리 여자가 일어나 다가온다. 본디 싹싹한 성격과는 다르게 그녀는 조용히 고개를 조아린다. 애써 가리려고 했던 모양이지만 불긋한 눈이었다.

만져 보자 눈가가 촉촉하다. 울음을 그친 지 오래되지 않았단 소리다.

“오늘 패악에 당한 게 너구나.”

“아, 아닙니다!”

나는 눈물을 닦아 주었다.

“미안해.”

“아닙니다……. 황녀님께서 죄송하실 일이 아닙니다.”

그녀는 어쩔 줄 모르는 얼굴로 받았다.

“마음 같아선 그 개, 아니 플뢰온에게도 한마디 해 두고 싶지만 나는 걜 강제할 수가 없어.”

제국은 황녀보다 황자의 권한이 훨씬 크다. 그래서 특별한 이유 없이 플뢰온의 방문을 거부할 수 없다. 이뿐 아니라 플뢰온은 내 궁의 하녀를 쫓아낼 수도 있었다.

“……거지같아라.”

이 때문에 그의 갑질은 이루 말할 수 없을 정도였다.

“앞으론 플뢰온이 찾아왔을 땐 응접실에 들어오지 않아도 괜찮아. 너희 모두에게 해당하는 말이야.”

더러운 세상. 다시 태어나서도 을의 설움을 재현해 줄 필요는 없는데 말이다.

“배웅하는 것도 혼자 할게.”

“그럴 수는.”

“내가 싫어. 개가 다녀갈 때마다 돌아가면서 우는 너희를 보는 마음이 아파.”

나를 흐뭇하게 지켜보는 하녀들 눈에 역시 우리 황녀님은 잘 컸어 따위의 감동이 고스란히 드러나고 있었다.

‘……저기 전부 오해라고.’

난 단지 고용인과 노동자 을의 설움을 알기 때문에 공감하는 건데.

‘이해는 가고 짠하고…….’

플뢰온은 시건방진 어린애다. 툭하면 내 궁의 하녀에게 무례하게 굴고, 매질을 하겠다 으름장을 놓는다. 하지만 나는 개를 싫어하지 않는다. 아직 한 번도 실행하지 않았기 때문인지도 모른다.

이것이 모순임을 안다. 분명 못돼 처먹은 놈이고 나쁜 놈이지만.

그럼에도 내겐 개를 싫어하지 못할 이유가 있다.

<너는 못생기고 멍청하고 성장하지 않는 병아리지만. 그래서? 네 상처가 너를 오해하게 하면 여기서 평생 나가지 않아도 좋아.>

언젠가 단 한 번 내 낯이 왜 이러나 자괴감에 빠졌을 때, 말해 주었던 속삭임이 남아 있었기 때문에.

<고개 들어. 저 시종 새끼는 내가 조져 줄게.>

내 뺨을 향해 징그럽다고 비웃은 시종이 그의 눈에 걸린 날이었다. 왜 그리하느냐 묻자 그는 비웃었다.

<넌 내 동생이야.>

힘없는 황녀라서 비웃음조차 견디라고 예절 선생에게 배우던 나날이기도 했다. 그렇게 상처를 감내하던 어린 시절, 그는 내게 미워하지 못할 이유를 심어 주었다.

<나 말고 아무도 너한테 함부로 못해. 넌 몸속의 피를 몽땅 바꿀 수 있냐? 그러지 못하니까 우린 남매인 거야. 멍청아.>

물론이건 어디까지나 내 견해이고, 하녀들 눈에는 주기적으로 찾아오는 지랄 맞은 상사다. 어린애가 권력을 가진 주체가 되면 그것만큼 괴로운 일이 또 없다. 나는 그 마음을 너무 잘 아는 전직 을이기 때문에 하녀들을 이해한다.

'사장 아들놈에게 수학을 가르치며 빠졌던 머리털과 한강보다 깊었던 스트레스를 생각해 보자.'

순식간에 이해했다.

"솔직히, 플뢰온 재수 없잖아. 천것 어쩌고 하는 말은."

"그거야……. 그분은 황자님이시잖아요?"

"이 방에서는 황자고 황제고 욕해도 좋아."

하녀들이 내게 불만을 토로하면, 그들의 불평을 모른 척해 줄 생각이었다. 솔직히 이렇게라도 풀어야지. 그런데 너희 왜 쥐 죽은 듯이 조용하니? 나름 멋진 대사 하지 않았나?

"모, 목욕 준비를 해 드리겠습니다!"

괜한 말을 했나? 어쩐지 새내기 술자리에 낀 복학생이 된 것 같다. 하녀들은 목욕이 끝날 때까지 사장님 앞에 앉은 신입 사원처럼 굳어 있었다. 이거, 꼭 억지로 야자 타임을 주장한 것 같잖아.

"황녀님, 살이 더 빠지신 것 같아요."

"으응, 그래? 오늘 수면 향은 재스민이라고 했던가?"

"네!"

침대에서 좋은 향기가 느껴졌다. 난 눕는 대신 침대 끝에 반쯤 걸터앉았다.

"테스, 혹시 황자에 대해 아는 것 있어?"

"황자님이요?"

"응. 우리 궁에 뻔질나게 놀러 오는 걔들 말고. 다른 황자 말이야."

"아, 황태자님과 다른 네 분의 황자님들 말씀이신가요?"

"응."

시선이 가지런하게 놓인 일기장에 닿았다. 일기장에서 눈을 떼어 내며 고개를 들었다. 테스가 고개를 갸웃했다.

"글쎄요. 잘 모르겠어요. 저 같은 전속 하녀들은 궁에서 나가지 않거든요."

"흠, 그래?"

슬쩍 다른 하녀들을 바라보자 고개를 끄덕이며 수긍했다.

"어, 저도 테스랑 마찬가지로 전속 하녀에요. 레나, 너도 그렇지?

저희 전부 하녀장님이 직접 데려왔으니까요."

하녀들은 재잘재잘 떠들었다. 득이 될 만한 정보는 없었다.

"그런데, 황녀님."

화제가 넘어가려는 찰나 한나가 물었다.

"다른 황자님에 대해선 어찌 물으시나요?"

"아아. 줄곧 내 다른 오라버니들에 대해서 궁금했거든."

난 어깨를 으쓱여 보였다.

"난 늘 이곳에만 있으니까. 그냥 궁금했어."

거짓말이다. 사실 하나도 궁금하지 않다. 그러나 어제부로 궁금할 수밖에 없어졌지.

"왜냐면."

살짝 웃었다. 시선이 망할 일기장에 머문 순간 빠득, 이가 갈리는 소리가 났다.

"아무도 내게 알려 주지 않으니까……."

"아……. 황녀님."

어린애 노릇을 하다 보면 이럴 때 곤란하다. 대놓고 욕할 수가 없으니까. 니미럴 하고 뱉었다가 그런 말은 어디서 배웠냐고 물으면 어떡해? 대답이 궁하다.

"그냥. 너무 궁금했어."

나이 먹고 느는 건 안면을 몰수하는 철가면 그리고 뻔뻔함뿐이었다. 부글거리는 속을 숨기고 슬프게 웃었다.

"……저, 조리실의 수습 하녀라면 알지도 몰라요."

가증스러운 연기에 스스로 감탄하던 차 우물쭈물하던 한나가 조심스럽게 말을 꺼냈다.

"수습 하녀?"

"네. 부엌일을 돕는 아이요. 조리실 수습 하녀들은 중앙에서 교육을 받지 않고 여러 궁을 돌면서 일을 배워요. 이번에 수습 아이가 하나 들어왔는데 그 아이라면 알고 있지 않을까요? 2년 차라고 했고 다른 궁에서 왔다고 했거든요."

"그래? 그럼 다른 궁 얘기도 안다는 거네?"

"네."

이때 테스가 끼어들었다.

"어머, 애나 말하는 거니? 확실히 그 애라면 알지도 모르겠다."

"그렇지?"

한나가 고갤 끄덕이며 얼른 말했다.

"황녀님, 내일 아침 식사하신 뒤에 부엌으로 가 보세요."

"그렇지만, 아침 뒤에는 유모에게 가야 하잖아."

"유모님과 하녀장님께 저희랑 있을 거라고 말씀 드릴게요!"

"정말? 고마워, 한나! 테스!"

손을 내밀어 한나와 테스의 손을 꼬옥 잡아 주었다. 이 방에 들어오고서 처음으로 꾸밈없이 말했다.

"너희가 너무너무 좋아! 정말."

그들이 웃음을 터트린다.

"저희도 황녀님을 좋아한답니다."

난 웃었다. 너희가 나를 크다만 어린애로 보고 있다는 걸 알고 있어. 그래서 때때로 어린애답지 않음을 걱정하는 거겠지. 가끔 이렇게 어린애처럼 방방 뛰는 모습에 순수하게 기뻐하는 것은 너흰 착하고 상냥한 사람들이란 증거야.

너희의 눈에 나는 그저 가족을 궁금해하는 천진난만한 소녀로 보이겠지. 내가 어떤 심정으로 나가고 싶어 하는지 모르고 말이야.

"아, 참. 황녀님, 며칠 전 악몽을 꾸셨다고 하셨지요? 베시가 신관님께 이걸 받아 왔답니다."

한나가 내미는 것을 바라보며 작게 웃었다.

너희는 닳고 닳은 어른인 내게 참 잘해 주었다. 그래서 나를 안전하게 보호하려는 걱정이 진심임을 알아 미워할 수가 없다. 어른인 내가 튀어나오면 하루 종일 침통해하니까.

"얼른 잘래!"

"네, 황녀님. 안녕히 주무세요."

오래전 나는 아낌없는 베풂을 받는 대가로 거짓일지언정 너희가 원한다면, 기꺼이 이 모습으로 있어 주기로 스스로 약속했다.

"응. 잘 자!"

불이 꺼지고, 내게 이불을 덮어준 하녀들이 자신들끼리 속삭이는 소리를 들었다. 내가 푹 자는지를 염려하던 그들은 조심스럽게 물러났다. 폭신한 보료를 밟고 대리석에 찍힌 발소리가 멀어진다.

발걸음 소리가 들리지 않을 무렵 이불을 걷었다. 자리에서 일어나 손을 뻗는다. 곧이어 야광주가 방을 밝힌다. 나는 크게 심호흡을 했다.

"하아."

일기장을 내려다본다.

"심란하네."

미래가 실현됐다. 이건 곧 6일 뒤 내가 죽을 거란 말이다.

"아무래도, 내용은 전부 사실이라 믿는 게 맞겠지……."

어이가 없어 웃음이 삐져나왔다. 정말 일기장에 쓰인 대로 책 속 서브 남주에게 칼침 맞아 뒤질 거라고?

혹시 내가 미쳤을까 생각해 본 적 있다. 스스로를 환생했다 믿는 열 세 살 꼬맹이가 나일지도 모른다고 생각했지. 모든 기억이 사실 망상이고 나는 단순히 어른인 척하는 망상병자일지도 모른다고도 생각해 봤다.

하지만 비행기와 택시, 고층 아파트와 엘리베이터. 손에서 놓지 않았던 스마트폰, 쓰디쓰던 소주의 맛, 연금은 그린고트에나 넣어 보자며 낄낄대던 친구의 웃음소리.

"그래. 전부 거짓이 아니야."

얼굴 한 번 본 적 없는 황자의 이름을 듣고서 줄줄이 이 나라의 공작, 백작, 검사단장의 이름을 읊을 수 있다. 그들의 생김새 또한 알고 있다. 아실리 로제 칼타니아스는 절대 알 수 없는 것들을 안다. 어느 날 그걸 어찌 아시냐며 반문하는 선생의 놀란 얼굴이 정말로 내가 환생했음을 믿게 했다.

어떡하면 살아남을 수 있을까?

정석은 주인공을 찾아서 어떻게 엉덩이라도 비벼 보는 것이다. 하지만 당장 주어진 시간은 일주일이니까 머나먼 땅에 있는 그들을 찾기란 요원하다.

그럼 어떡하지? 서브 남주를 찾아갈까? 날 죽인다는 사람을 미리 찾아가서 어쩌라고. 미리 죽어 주기라도 하려고?

"어렵네."

사실 난 전생의 전부를 수학과 물리 따위를 공부하며 보냈다. 결국엔 이와 전혀 관련 없는 책상물림으로 돈을 벌었지만. 그럼에도 전공은 내게 한 가지 가르쳐 주었다.

세상은 늘 어떤 문제로 가득했고, 모든 문제는 해답이 있다는 거다. 해가 없는 것마저 답이 되는 학문의 길을 걸었기에 나는 안다. 없다면 만들어 내면 된다.

"아니, 살아남기 위해서라도 반드시."

이미 환생한 사실 하나로 인생에 판타지는 충분했다. 그러니까 더 이상은 사양한다.

"정보가 필요해."

일기장을 샅샅이 뒤져 보고 추론한 것을 빈 종이에 쭉 적어 내렸다. 그리고 기억하는 소설의 내용과 황녀로 있으면서 배운 칼타니아스의 것을 옆에다 적어 내렸다.

"……후."

후들거리는 손을 가라앉힌다. 난 결국 펜을 놓고 얼굴을 감싸 쥐었다.

"이게 답이 있는 문제야?"

이대로 책 속 미친놈에게 죽는다. 손 놓고 있다간 인생 데드엔딩이다. 무슨 수를 써서라도 방법을 강구해야 한다고.

하지만 겨우 13년 남짓한 인생. 일기장인지 뭔지 갑자기 나타난 것 때문에 분간되지 않았다.

"진정이 안 되는 걸 어떡해……."

침착해야 하는 걸 아는데 손이 떨리고 눈앞이 캄캄했으며 머리가 어지러웠다.

이상하지. 어릴 때 꿈꿨던 공주님은 뭐든 할 수 있는 사람이었는데. 정작 공주님이 된 나는 왜 아무것도 모르는 것일까?

아실리 로제.

황녀로서 전생과 비교도 안 될 화려한 생활을 누렸으나 죽는다는 예지를 듣고 나니 착한 조연의 옆에서라도 태어났다면 어떨까 하고 이기적인 생각이 들고 만다. 차라리 다리를 절어도 좋으니 주인공의 친구라도 되었으면 안 될까? 하고.

난 왜 여기 왔을까? 왜 주인공이 아닐까? 일기장은 어째서 나를 지목해 죽는다고 한 걸까.

<친구야, 네 인생이나 내 인생이나 참 불쌍하다.>

"왜 아니겠어."

……나는 또 죽는 걸까.

무섭다.

* * *

―하베르미아의 달 5일.

죽기 5일 전 아침이 밝았다.

"황녀님, 황녀님께서 좋아하시는 딸기 쇼트케이크입니다."

"……응, 알아."

유모가 주름진 얼굴에 걱정을 보였다.

"어디 불편하신가요?"

난 고개를 저으며 케이크를 물렸다.

어떻게 설명할까. 지금 새빨간 색이 조금이라도 들어간 걸 보면 전부 두드러기가 난다고. ……꼭 저런 피를 철철 흘리며 죽을 것 같단 말이야.

"치료 신관을 부를까요? 영 안색이 좋지 않으십니다."

유모는 걱정을 지우지 못하며 옆을 떠나지 못했다. 유모를 아주 많이 좋아하지만, 그녀의 걱정을 없애 주진 못할 것 같다.

"유모, 산다는 건 뭘까?"

"예? 황녀님…… 오늘."

"수업을 미루는 것이 어떠냐고? 괜찮아."

"하지만."

"멀쩡해. 어디 아프지도 않아."

유모를 이해시킬 생각도, 걱정을 지우도록 연기할 힘조차 없어 그대로 내버려 두었다. 그걸 감수하기에는 너무 지쳤다.

잠시 뒤, 하녀가 찹쌀로 만든 죽을 가져왔다.

'아픈 게 아니고 단지 아무것도 먹고 싶지 않은 건데.'

나는 성의를 보아 먹는 둥 마는 둥 하며 고개를 들었다.

뎅. 신전의 종소리가 아침 10시를 알린다. 여상히 지저귀는 새 울음소리와 함께 창문 사이로 스며든 볕이 아침을 알렸다.

'한숨도 못 잤지.'

간밤이 깊도록 생각에 잠기느라 잠을 이루지 못했다. 당장 며칠 뒤에 죽는다는데 어찌 발 뻗고 잘 수 있을까. 한숨이 터져 나온다. 무엇을 해야 할진 분명한데. 다음이 문제다.

식당에는 모닥불이 활활 타오르고 있었지만 냉기가 몸을 적신다. 결국 속으로 나직하게 욕설을 퍼부으며 숟가락을 내려놓았다. 오싹 한기가 느껴지는 이 추위는 속에서부터 올라오는 것이었다.

"그럼 한나."

대개 아침을 먹고서 내 일과는 낮잠에 드는 거다. 하루 네 시간을, 그것도 오전에 재우려는 저의가 뭘까 궁금하다.

"잘 부탁해."

"네! 유모님과 하녀장님께는 주무시고 있다 말씀 드릴게요!"

방을 몰래 나서고 얼마 지나지 않아 조리실의 문을 열었다.

"거기, 농땡이 치지 말고 빨리빨리 움직여! 넌 접시 치우고!"

"네!"

고소한 향이 가득한 공간, 막 식사를 마친 것인지 식기를 치우던 6명의 여자가 이쪽을 보았다. 개중에 얼굴을 알고 있는 조리장에게 방긋 웃어 주었다.

"안녕, 마리아."

"아니……. 황녀님께서 어쩐 일이십니까?"

다른 이들이 허둥지둥 치마를 펴거나 머리를 매만지며 부산스러운 동안 그녀만이 뒷목을 긁적였다.

"베시는 황녀님이 여기 계신 걸 압니까?"

난 배시시 웃었다. 베시는 유모의 애칭이었다.

"만나고 싶은 사람이 있어. 혹시 여기에 애나라는 애 있니?"

씩 웃는 나를 의아하게 바라본 마리아가 고개를 기울였다.

"황녀님께서 그 애는 무슨 일로……?"

내가 곧잘 잘하는 게 있는데, 더럽게 눈치 없는 척을 잘한다는 거다.

"난 또래 친구가 없잖아."

들어도 못 들은 척, 알고도 모른 척. 그런 내게 아무것도 모르는 순진한 어린애인 척하기란 어렵지 않다. 이 궁전 사람이라면 누구든 나를 매우 아끼는 사람이니까.

"있잖아, 나 말야. 친구를 사귀고 싶어."

서글픈 한마디에 홀딱 넘어가 주방 사람들은 애나라는 소녀를 기꺼이 내게 넘겨주었던 것이다.

급히 떠밀려 나온 붉은 머리 소녀를 바라봤다.

"날 따라올래?"

마리아는 애나에게 오늘 일 안 해도 좋으니 오래오래 있다 오라면서 때 아닌 휴식 명령을 내렸다.

"대체 내 어디가 좋다는 건지……."

"옛?"

"아냐. 아무것도. 애나라고 했지?"

"네, 네넷! 죄송합니다. 평민이라서 성이 없습니다!"

난 말하려다 말고 애나의 겁먹은 표정에 웃음이 터지려는 걸 겨우 참았다.

커지다 못해 튀어나올 것 같은 동공, 궁지에 몰린 쥐처럼 움츠린 어깨, 가지런히 모아 떠는 손까지. 꼭 최종 면접을 보는 구직자 같다. 거 단두대에 끌려가는 죄수라 해도 믿을 이 소녀를 안심부터 시켜줘야 할까. 팔짱을 꼬며 적당한 말을 골랐다.

"네 방이 어디야? 일단 거기로 가자."

그러자 애나가 머뭇거리며 한쪽으로 안내했다. 곧이어 작은 방에 도착한 그녀가 문을 열었다. 기웃거리며 안으로 들어간 나는 방을 쭉 훑었다.

"여기가 네 방이니? 좁네."

"그, 그건 어, 제가 수습 하녀라서 그렇습니다……."

"알아. 뭐라 하려는 건 아니니 신경 쓰지 마."

와, 나 이런 대사 꼭 해 보고 싶었다. 드라마 속 망나니 재벌 2세 말이지. 좋았어. 생각보다 내 연기력이 나쁘지 않다. 하지만 안 맞는 옷을 입은 것처럼 우스워서 키득댔다.

난 활짝 웃으며 침대 위로 편히 걸터앉았다. 나는 철없는 공주다. 철없는 공주다…….

“그런데 있잖니.”

흘끗 올려다보니 마침 나를 바라보던 시선과 마주쳤다. 그러자 놀라 허둥대던 애나가 발을 헛디뎠다. 쿵. 순식간에 기우뚱 넘어진 소녀를 응시했다.

“……아프지 않니?”

“괘, 괜찮습니다!”

아니. 네 엉덩인 괜찮지 않을 걸?

넘어진 애나를 황당하게 보던 나는 곧 그녀가 넘어진 이유를 찾아냈다. 윗사람이 앉았을 때 아랫사람은 그를 내려다봐선 안 된다는 말이 있었던 것 같기도 하다.

“편히 앉으렴.”

망설이던 애나가 조심스럽게 엉덩이를 걸쳤다.

“어느 지방에서 왔어?”

“네? 아, 저, 남쪽의 에투리아 출신입니다.”

“에투리아! 남쪽에서 유명한 해양 도시지? 얘기해 줄 수 있니?”

갑 노릇 할 생각은 조금도 없었으므로 난 생글생글 웃었다.

“에투리아는……. 배, 배가 많고 아주 큰 시장이 있는 곳이에요. 시장의 이름은 스투스이고, 어. 제가 사는 거리의 이름이기도 합니다. 좁은 길에 수레와 좌판을 깔고 매일 싱싱한 생선을 팔고 있어요.”

“흐응, 그렇구나. 너는 거기서 가족과 함께 살았고?”

“네! 어머니, 동생 둘과 함께 살았어요. 작은 개도 키웠습니다.”

“아버지는?”

"아버지는, 돌아가셨어요……."

"이런, 미안해."

우울한 낯을 보이던 애나는 곧 방긋 미소 지으며 쾌활하게 말했다.

"아닙니다! 제가 황궁의 하녀가 된 덕분에 많은 돈을 보낼 수 있어요."

그녀는 태생이 모가 나지 않은 사랑을 듬뿍 받고 자란 소녀였다. 그래서 그런지 이런저런 이야기를 꺼내 주었다. 귀족의 첩이 된 이모가 귀족 남자에게 부탁해 궁의 하녀 일을 주선했다는 것. 급료에 매우 만족하고 있으며 정식 하녀가 되고 싶다는 것. 두 동생의 양육비를 댈 수 있다는 것.

이만하면 되었다 싶을 때쯤, 애나의 말을 끊었다.

"그래, 그렇구나! 그럼 애나는 수습 기간이 2년 남은 거지?"

"네! 2년만 더 기다리면 정식 하녀가 될 수 있어요."

감탄을 적절히 섞어 이야기를 끌어낸다. 물정 모르는 어린애 행세는 계속 이어져 방 안은 훈훈한 대화로 가득 채워진다. 그러나 실상은 순진한 소녀의 신상을 터는 중이었다.

"조리 하녀는 여러 궁을 돌아다니며 수습 기간을 거친다며?"

"네! 맞아요!"

그녀는 몰랐겠지만 난 신입을 가르치던 상황을 떠올려 적절하게 그녀를 구슬리는 중이었다. 애나는 의도한 대로 줄줄이 털어놓았다.

"넌 조리 하녀니까 테레나 궁 말고도 다른 궁을 거쳤겠구나! 어떤 궁에서 일하다 왔어?"

"테렛 궁과 테사다 궁이에요."

각각 4황자와 5황자의 궁이다. 4황자와 5황자라. 목표와는 좀 먼 곳들이다. 아니지, 4황자는 조연이었다. 쓸 만하려나? 실망하기엔 이르다는 생각에 미소를 지으며 물었다.

"그럼 오라버니들을 직접 뵌 적 있니?"

"어, 한 번 있어요. 4황자님의 식사를 나르기 위해. 왜인지 선배들이 저를 보냈거든요……."

"그래? 그렇단 말이지."

짧은 심호흡 뒤로 환한 웃음을 덧그린다. 애나는 꼬리를 흔들며 주인을 반기는 강아지처럼 경계를 풀었다. 아, 내 양심. 흐트러진 양심을 다잡느라 애먹었다.

"난 한 번도 뵌 적 없는 오라버니를 뵀다니. 대단해, 애나. 난 하루종일 궁에만 있으니까 데인 오라버니랑 플뢰온 오라버니 말고는 뵌 적 없거든."

"헉, 그럼 황녀님께서는 4황자님을 뵌 적 없으시나요?"

대화는 이제부터다.

"응. 그래서 다른 오라버니들이 너무 궁금해. 오라버니들은 날 보고 싶어 하지 않겠지만……."

"그, 그렇지 않아요!"

"그럴까? 아냐. 날 싫어할 게 분명해."

"네? 어째서요?"

"상처 말이야. 흉측하잖니."

톡톡 뺨을 두드리며 얼굴을 묻었다.

"보다시피 난 얼굴이 이런 걸?"

턱을 무릎에 기댄 나를 보며 애나가 움찔 떨었다.

"그럴 리 없어요!"

이내 벌떡 상체를 세운 애나가 마구 손을 저었다.

“저는 동생들에게 보내는 편지에 항상 보고 싶다고 적어요. 그리고 동생들도 답장에 늘 누나가 보고 싶다고 적어 줘요. 남매라면 다 그럴걸요? 그, 그러니까, 분명 황자님도 황녀님을 보고 싶어 하실 거예요!”

아니. 그건 너희가 특별한 걸걸. 그래도 잠시 플뢰온을 떠올리며 끄덕였다.

“그럴까?”

시종은 주인의 몸에 허락 없이 접촉해선 안 된다. 애나는 차마 내 손을 잡지 못하고 얼른 끄덕였다.

“오라버니시잖아요. 당연할 거예요.”

그에 나는 슬그머니 미소하며 애나를 쳐다봤다.

“정말 나를 반겨 줄까?”

그러고는 일부러 뺨을 쓸어내렸다.

“그럼요! 그, 그리고 황녀님은 사, 사랑스러우시고. 저 같은 애한테도 친절하신 아주 좋으신 분이죠. 조리실 언니들 모두 찬양했어요!”

“나를?”

“네!”

긴장이 풀린 애나가 방긋 웃었다.

“4황자님은……. 한 번밖에 뵌 적 없지만 그분도 정말 친절하셨죠. 요리를 들고 온 제게 고맙다고 해 주셨고…….”

“고맙다?”

“보통 어떤 높은 분도 아랫사람에게 고맙다고 말하지 않으시거든요. 비록 테렛 궁 조리실 사람들은 4황자님에 대해서 아무런 말도 하지 않았지만 듣기론 책을 좋아하고 조용한 분이라고 했고. 불만을 터트리는 사람은 아무도 없었어요."

애나의 말을 한마디도 빠짐없이 꼼꼼하게 듣던 나는 슬쩍 물었다.

"응? 하지만 애나. 방금 조리실 사람들이 오라버니에 대해서 아무런 말도 하지 않았다고 했잖아."

"네!"

"그런데 어떻게 책을 좋아하고 조용한 성격인지 안단 말이야?"

"앗, 그건 조리실에서 들은 말이 아니기 때문이에요. 하녀들은 보통 빨래터에서 이런저런 말을 주고받거든요!"

"……빨래터?"

애나는 웃으며 말했다.

"네! 세탁 하녀를 돕다가 들었어요. 거기는 각 궁에서 모인 하녀가 함께 쓰는 곳이거든요."

"그거야!"

순간 연기도 잊고 외쳤다.

"넷?"

깜짝 놀란 애나가 나를 쳐다봤다.

"아니, 신기하다구. 고마워, 애나!"

나는 얼른 기쁜 얼굴을 만들어 냈다. 그대로 벌떡 일어나 애나 어깨 위로 손을 올렸다.

"얘기해 줘서!"

애나가 볼을 붉게 물들인다. 귀까지 붉어진 소녀는 아기 동물처럼 아주 사랑스러웠다. 주변에 아이라곤 일찍 철이 들어 버린 데인이나 어른스러운 척하는 떼쟁이인 플뢰온이 전부라 이런 귀여움이 생소하고도 귀여웠다.

"사실 말야……."

이렇게 어리고 순진한 소녀를 이용해야 한다니 양심에 좀 찔렸지만. 미안해. 목숨이 경각인 시점에 이것저것 가릴 입장이 아니야.

"나 실은, 다른 오라버니에 대해 알고 싶었어……."

"황자님에 대해서요?"

"응. 너무 궁금했어."

나는 힘없이 웃었다.

"오라버니에 대해서 궁금한데 아무도 알려 주지 않으니까 물으면 안 되는 걸까 해서 묻지 않았거든. 어제 테레나 궁에 있는 아이들에게 물었는데 전속이라서 아무도 모른다고 말하더라고……."

"황녀님……."

애나의 창백한 낯에 동정이 스쳤다.

"애나……. 함께 살진 않지만, 나를 생각하고 있다고 생각해도 되겠지? 오라버니들도 내 생각할 거라고……. 생각해도 될까?"

"흑, 그럼요. 가엾으신 황녀님……."

연한 갈색 눈동자에 물기가 어리기 시작했다.

"책에서 그랬어. 가족은 먼 곳에 있어도 서로를 사랑하는 거라고."

"무, 물론이에요!"

"나 오라버니 얘기가 듣고 싶어……."

고개를 숙인 나는 무릎 위로 올려놓은 손을 파르르 떨었다.

"어떻게 지내는지. 건강한지. 그것만이라도……."

지금이야, 눈물샘! 일해라, 눈물샘! 눈을 비비는 척 엄지로 꾹 눌러 자극하자 눈물이 고였다.

"마, 만나러 가시는 거예요!"

"흡……. 아냐. 하지만 역시 무리일 거야."

눈을 깜빡인다. 고였던 눈물이 주르륵 흘러내렸다.

"어, 어째서요?"

"나는 얼굴에 이렇게, 커다란 상처도 있으니까……. 예법 선생이, 얼굴에 상처가 있는 나는 절대로 사랑받지 못할 거래. 행복한, 결혼 따위 꿈도 꾸지 말라고 했어……."

손을 가슴 앞에 가져다 대고 목소리가 떨리게끔 했다. 아, 제기랄. 너무 세게 찔렀다.

"사실, 선생의 말이 맞을지도 몰라……."

예법을 가르친 선생은 직장 스트레스를 고객에게 풀었다. 날더러 너는 못생겨서 버려진 거다, 네 얼굴에 흠이 있기 때문에 이 궁에 버려진 거다. 그런 말들을 서슴없이 했다. 건방지고 무례했다.

어차피 황제 눈 밖에 난 황녀인 이상 어리고 힘없는 아이의 처벌쯤이야 두렵지 않았을 것이다. 상처 좀 받으라는 의도였겠지만.

'미안하게도 덕분에 무지 기뻤는데 말이야.'

그 선생이 떠들어 줘서 많은 걸 알았으니까. 이를테면 이 얼굴 때문에 결혼은 글렀다거나.

세상에, 그냥 숨만 쉬며 살라니. 인정합니다. 당신의 막말이 제 삶을 구했습니다. 고마우신 선생님. 그런 선생을 연극에 써먹으려니 병아리 눈물만큼 양심에 가책이 올 것도 같고.

하지만 선생, 딱히 유감은 없지만 악역이 되어 줘야겠습니다.

아무튼 그녀가 막말을 한건 사실이므로 꾸며 낼 필요도 없이 술술 튀어나왔다. 딱히 서럽진 않았지만 궁핍했던 지난 삶을 되새기며 서러운 척하려고 하니 이입되긴 했다.

이윽고 눈을 뜨자, 눈물이 후드득 떨어진다.

"폐하는, 아바마마는 한 번도 나를 보러 오지 않으셨지. 플뢰온 오라버니는 일찌감치 포기하래. 아무도 날 보러 오지 않을 거라고 하면서 말이야."

문득 정말로 서러워졌다.

"오라버니 말이 맞을지도 몰라. 난 버려졌고, 평생 이 궁에 갇혀 지내겠지."

난 어쩌다 이 모양이 돼서. 남들 다 가지는 운도 없는 걸까?

"흡, 그렇지만 난 다른 오라버니들 얼굴이 보고 싶어."

감히 눈을 쳐다보지도 못하던 애나가 나를 봤다. 그녀의 시선은 문득 한곳에서 멈추더니 일순간 안타깝게 물들었다. 동정, 연민, 측은함. 안타까움.

애나는 심호흡을 한번 하고 나를 올려다봤다.

"제가 도와드릴게요. 황녀님."

난 축축한 눈을 들어 깜빡였다. 스며든 햇빛에 그녀의 홍채가 영롱하게 빛을 냈다. 애나의 눈에 단단한 결심이 섰음을 알았다.

"정말?"

"네."

환생해서 가장 먼저 익숙해진 것을 꼽자면 빰의 상처를 뚫어지게 쳐다보는 시선이었다. 이 세계에서 날 보는 시선은 둘로 나뉘더라. 예법 선생같이 어떤 징그러운 것을 보듯 혐오를 담아서 보거나, 큰 장애를 가진 이를 보듯 애틋한 연민과 동정을 담아서 보는 것.

전자야 따질 것 없이 나쁜 놈이지만 후자는 때에 따라서 더 질이 나쁘다. 상대를 상처 입힌다는 자각조차 없다는 점에서 말이다.

이런 점에서 난 무딘 성격이었다. 일을 할 때도 상대가 착하든, 못된 놈이든, 설사 성희롱을 일삼고 씻지 않아 냄새가 나든, 서류만 잘 넘겨 주면 그만이었다.

따라서 지금도 누군가 호의를 가져 준다면 그것이 혐오든 연민이든, 동정이든 가려 받고 싶은 마음은 없다.

"정말 도와줄 거야……?"

당장 죽는다는데 대수인가?

"네. 스틱스강에 대고 맹세해도 좋아요."

"반드시 지켜야 할 스틱스강의 맹세를, 날 위해 해 주겠다고?"

"네!"

다시 죽고 싶지 않다. 그것도 타인의 손에 의해서는 더욱 죽고 싶지 않다. 예술가는 대작을 위해 악마에게 혼을 판다. 그렇다면 난 살아남기 위해 내 다정함을 팔겠다.

호의와 친절을 이용할 필요가 있다면 기꺼이 눈물을 파는 약은 인간이 될 거다.

난 애나의 두 손을 마주 잡고 가장 밝게 웃었다.

"이 은혜는 절대 잊지 않을게."

"아니에요."

흐뭇하게 바라보던 애나가 조심스럽게 손수건으로 얼굴을 닦아 주었다. 제한이 많은 어린애의 몸이지만 어린애라서 이용할 수 있는 것도 많다. 울고 난 뒤 얼굴이라거나.

애나는 자식을 흡족하게 바라보는 부모의 얼굴을 하고서 미소를 피워 낸다.

"정말 고마워, 애나."

좀 우스웠다. 겨우 한 살 차이면서. 내가 동생으로 보이는 걸까? 난 그런 그녀를 안아 주었다. 쿵쿵쿵. 기분 좋은 박동을 느끼며 입을 떼었다.

"애나."

"네."

"지금 바로 맹세해 줘."

조금 뒤, 약식으로 맹세를 거쳤다. 스틱스강에 대고 하는 맹세는 절대 어길 수 없다. 이 세계에서 함부로 해선 안 되는 전생의 보증 같은 거다.

맹세 내내 애나는 나를 흘끔거렸으나 나는 일부러 애나가 맹세를 마칠 때까지 아무 말도 하지 않았다. 이윽고 맹세가 끝나자 눈을 바닥으로 깔았다. 순진한 믿음을 외면하듯이.

맹세를 끝낸 이상, 애나는 반드시 그 말을 지켜야 한다. 세 살 난 애 보듯 나를 바라보는 애나에겐 미안하지만 이제는 통수를 칠 때다.

"그럼, 나 부탁해도 될까?"

"얼마든지요!"

눈을 접어 예쁘게 웃었다. 그리고 안은 채로 귓가에 속삭인다. 미안, 애나.

"벗어 줘."

* * *

'화, 황녀님. 빨리 돌아오셔야 해요. 꼭이요…….'

울먹이는 애나가 생각나며 울적해진다. 맹세를 할 때 애나는 '자신이 직접 빨래터로 나가 소식을 듣고 오는 것'을 생각했을 게 분명했다.

나는 애나가 그렇게 짐작하고 맹세를 끝낼 때까지 굳이 정정해 주지 않았다. 내가 하는 건 단순히 부탁으로, 하지만 어떤 부탁인지는 정해지지 않게끔 말이다.

착한 애나는 직접 나가겠다는 황녀의 말에 반대도 못하고 옷을 벗어 줘야 했다. 속아 넘어간 걸 알면서 걱정과 주의할 점을 일러 주는 것을 잊지 않았고, 상처가 보이면 곤란할 거라면서 뺨에 습포를 붙여 주기까지 했다.

덕분에 자유와 시간을 얻었지만, 어린애를 속였다는 찝찝함과 가책이 남았다. 이것은 양심에 더 불을 지필 뿐이라. 방을 나서는 발걸음이 천근만근이었다.

"내가 못된 년이지, 뭐."

하는 수 없다. 누굴 탓하랴. 살아남을 구멍을 파다 이렇게 된 것이지 않나. 꼭 직접 움직여야만 했으니까. 그러나 무엇보다 앞으로도 애나를 볼 때마다 오빠가 그리운 연기를 해야 한다는 사실이 괴롭다. 괜히 황녀 덕후를 하나 늘렸다고!

"......아니. 패가 많으면 좋은 거지."

패가 아니라 그냥 극성팬들 같지만.

애나가 알려 준 길로 쭉 걷다 보니 오래지 않아 그녀가 말했던 빨래터가 보였다. 마침내 도착했을 때 놀란 눈을 깜빡인다.

"와, 생각보다 크잖아?"

지붕 없이 두 개의 하얀 기둥이 서 있고, 양옆 바닥으로 도톰한 대리석이 원을 그리며 깔려 있었다. 전반적으로 야외 공연장 같았는데 무대가 위치할 법한 맨 아래 층에는 수로로 보이는 개울이 졸졸졸 흐르고 있었다.

조용하고 숲 내음 나던 길과 달리 향긋한 빨래 내음이 가득한 이곳은 각가지 소음으로 소란스러웠다. 이윽고 터가 시작되는 바닥을 밟자, 분위기가 더 가까이서 확 느껴졌다.

"꺄하하하!"

이층으로 된 계단에는 하녀들이 너나 나나 할 것 없이 앉아 빨래를 두드리거나 붉은 돌판에 천을 문지르고 있었다.

"그래서 말야, 막스랑 시내를 나갔는데 말야!"

눈에 보이는 하녀들은 전부 고대 그리스 벽화에서 툭 튀어나온 것 같은 옷을 입은 모습이었다.

"호호호. 그래서, 그래서? 비누 더 필요한 사람?"

"얘, 나 좀 빌려줘!"

1층에서 막 일어난 하녀가 눈에 띈다. 허벅지를 드러내고, 소매는 걷어붙였다. 웃는 얼굴이 싱그럽다. 송골송골 맺힌 땀이 올려 묶어 희게 드러낸 목덜미를 타고 흘러내린다.

간간이 터지는 웃음. 곳곳에서 물 튀기는 소리. 하녀들이 뿜어내는 생기와 활기찬 모습은 흡사 박물관에서 보던 풍속화 같았다. 내가 모르는 어떤 시대의 부산물을 훔쳐보고 있다는 느낌에 사로잡혀 멍하니 바라보는 동안, 한 하녀가 내게 말을 걸었다.

"얘, 너 말이야. 너."

짙은 갈색머리에 입술이 도톰한 꽤 예쁘장한 여자였다.

"신입이니?

"응? 아니, 네?"

"이리 와. 여기야. 그거 이리 주렴!"

하녀의 지시에 따라 쪼르르 달려간다. 곧이어 내게서 시트를 받은 하녀가 커다란 대야에 집어넣고는 씨익, 시원스럽게 웃었다.

"너 운이 좋구나. 마침 레네가 솜씨를 발휘하려던 참이거든!"

"솜씨요?"

곧 알게 될 거라며 여자는 내 것 말고도 옆에 다른 하녀들 시트까지 건네받았다. 그녀는 시트가 여러 겹 겹쳐 들어간 대야 속에 흰 돌 같은 걸 넣었는데, 옆의 여자와 얘기하는 걸로 봐선 이곳의 비누인 모양이었다.

"준비 다 됐지?"

여자가 활기차게 외쳤다.

"시작한다!"

빨래를 시작한다는 소리 같은데, 대야 속엔 물이 없는데? 더군다나 개울까지의 간격이 꽤 먼데도 여자는 태평하기 그지없었다.

잠깐, 이거 혹시 나더러 떠 오라고 말한 건가? 신종 셔틀? 직접 길어 와야 하나 고민하던 중 처음 말을 걸었던 하녀가 아래를 향해 손을 흔들었다.

"레네! 다들 준비됐대!"

"네— 네네. 빠짐없이?"

고개를 내렸다. 맨 아래층 개울 바로 옆에서 허리에 손을 짚은 하녀 하나가 대답하는 듯 성의 없게 손을 흔들고 있었다. 키가 커서인지 눈에 확 띄는 사람이었는데, 몹시도 귀찮은 표정으로 2층을 바라보며 성의 없이 손을 휘적거려보였다.

"나도 준비됐어!"

웃는 소리가 들려오는 쪽으로 돌리면, 들려오는 목소리는 하나가 아니었다.

“레네! 하는 김에 날도 더운데 시원한 거 한번 뿌려 줘!”

“그래! 덥다, 얘!”

물 없이 빈 대야가 빨래터 곳곳에서 보인다. 빨래를 하던 모든 사람이 잔뜩 기대 어린 얼굴로 여자를 바라보고 있었다.

“시끄러워. 명령하지 마. 제일 귀찮게 하는 사람 잡아다 여기다 집어 던져 버릴 거야.”

“뭐—라구—? 여기까지 안 들려!”

처음 말을 꺼낸 갈색 머리 하녀가 낄낄 웃었다.

“빨리 시작이나 해. 얘!”

화끈해! 화끈해! 다른 하녀들이 깔깔 웃었다. 그런 그녀들을 키 큰 하녀가 샐쭉 노려본다.

“아, 정말. 난 콜로세움의 구경거리가 아니라고.”

그녀가 한 손을 쭉 뻗자, 왁자지껄한 소음이 사그라지며 영화 상영 직전인 듯 사위가 고요해졌다. 뭔가 일어날 법한 팽팽한 분위기에 눌려, 나도 모르게 침을 꼴딱 삼키며 응시했다.

“나 참. 매번 이게 뭐냐고.”

짜증을 낸 하녀가 손을 크게 휘저었다.

“헉, 저, 저게 뭐, 뭐야?!”

톡톡. 응답하듯 물이 튀더니 분수 쇼를 하듯 물줄기가 매우 크게 솟아올랐다.

‘물쇼?!’

어마어마한 크기의 물기둥이었다. 높이가 얼마나 높은지 가로수보다 높이 솟아올라 있었다. 거대한 위용에 놀라 눈을 깜빡일 새도 없이 물기둥의 모양이 변했다. 여자의 손이 허공에 휘저어지자 하늘에 얇게 펴졌다.

“강의 신께 감사해라. 망할 아이들아.”

여자가 중얼거리는 동시에 짝 박수를 쳤다.

쏴아아아―

팡. 뭉쳤던 물덩어리가 터지며 이곳만 비가 덮쳤다. 부슬부슬 내리는 비. 갑자기 등장한 판타지 같은 풍경에 정신을 빼고서 멍하니 그것을 응시했다.

“꺄아―. 시원해!”

가만히 내리는 비를 맞으며 멍청하게 중얼거린다.

“……마법?”

잠깐만. 여기에 마법이 있었나? 이런 판타지는 마음의 준비를 하게 해 주고서 나타날 수 없냐고.

“레네! 빨리 물 줘, 물!”

“어휴. 보채지 마. 정말.”

개울 옆 투덜대는 키 큰 하녀가 손을 휙 젓자 물이 쑤욱 치솟더니 대야로 풍덩 빠졌다. 눈을 크게 깜빡였다. 그사이 마치 살아 있는 것처럼 움직인 물줄기는 하녀의 빈 대야를 가득 채웠다.

“레네. 난 많이!”

“망할 것들. 신관의 힘이 부르면 후딱 나오는 심부름꾼인 줄 알지.”

하늘에선 계속 물줄기가 쏟아졌다. 한차례 여우비가 내리고 나니 개울가의 돌빛이나 물빛이 더욱 뚜렷하였다. 뺨을 적시는 물방울을 천천히 닦으며 입을 열었다.

"이, 이게 뭐에요?"

"어머, 너 여기 처음이니?"

날 처음 2층에 데려온 하녀가 눈을 동그랗게 떴다.

"레네 쟤가 강의 신 이나코스(inachos)의 신관이잖니. 물론 싫다고 뛰쳐나온 탕아지만."

"신관?"

"응. 신을 버려도 힘은 그대로라 이런 데 써먹는단다. 놀리기엔 아깝잖아?"

"신을 모시는 사람을 말하는 거예요?"

대답한 것은 다른 사람이었다.

"그래, 아가야. 그 이름이 전혀 달갑지 않지만."

멍청히 서 있는 옆으로 여자가 휙 지나가며 말했다. 물을 뿜었던 여인이었다. 헉, 언제 왔지?

"뭘 멍청한 얼굴로 보니. 귀엽게."

멀리서도 느꼈지만 정말 웬만한 남자를 훌쩍 넘기겠다 싶을 정도로 키가 크다.

"와. 멋졌어요."

그녀는 절로 중얼거린 나의 감탄이 마음에 들었는지 픽 웃으며 치마를 걷어 올렸다. 치마 사이로 뽀얀 허벅지가 희게 드러났다.

"이걸 봐."

그녀가 가리킨 것은 허벅지 위 푸른 문신이었다.

"칼타니아스 건국 신화는 알지? 주신이 이 땅에 강림했다는 얘기."

"네!"

당연히 알고 있었다. 하늘과 권위의 신 유피테르는 초대 황제의 뜻에 따라 땅으로 내려왔다. 아울러 주신과 함께 내려온 하위 24신은 각기 자기 좋을 대로 땅을 골랐다.

어떤 신은 땅 대신에 사람을 골랐다고 하던가.

"여러 신이 있을 때였어. 그때는 이 땅의 9할 이상이 신관이었다나. 천년이나 지나면서 어떤 힘은 사라지거나 약해지기도 하고, 개나 소나 쓸 수 있게 된 힘도 있지. 내가 쓴 건 개나 소나 쓸 수 있는 힘 중에 하나란다. 이 문신은 신전의 증표고."

"얘, 웃긴다. 강의 신관이 흔한 건 사실이지만 이젠 신관이 드문 시대잖아?"

"말이 그렇다는 거지."

치마를 내리고 허리끈을 질끈 묶은 레네가 제 푸른 머리를 풀며 물었다.

"생신입인가 보네. 몇 살?"

"여, 열세 살이에요."

"어머머, 막 들어온 앤가 봐? 어쩐지 혼자서 시트 하나를 낑낑대며 들고 온 거 있지? 얘, 너. 솔직히 말해 봐. 들어간 궁의 애들이 괴롭히지? 응? 솔직하게 털어놔도 괜찮아!"

"못생긴 얼굴 좀 치워. 그렇게 들이대면 나오려던 말도 들어가겠다."

무척이나 사이가 좋아 보인다. 친구인가? 둘은 서글서글하니 말을 하는 데 거침이 없었다.

"어머, 내가 어쨌다고? 그리고 예쁜 건 더 가까이서 보는 거야."

"퍽이나."

나는 그때까지도 물줄기의 잔상을 잊지 못하고 레네를 멍하니 쳐다보고 있었다. 레네도 이런 내 시선을 알아차렸는지 피식 웃었다.

"신관을 처음 봤나 본데. 이걸 모르는 걸 보니 변방 출신인가?"

"네에? 네네!"

"생각보다 흔한 힘이야. 놀랄 일도, 마치 기적인 양 신기하게 볼 필요도 없는 일. 네가 일하는 궁에도 한 명쯤 있을걸?"

"아, 네……."

그래도 신기한걸.

그러고 보니 황제는 이능을 가졌다고도 하지. 폭군이 책 속에서 최후의 전쟁을 할 때에도 칼타니아스의 기묘한 힘이 등장했던 것 같다. 하지만 설마 하녀마저 쓸 수 있는 만큼 보편적일 줄은 몰랐지.

책 『루스벨라의 빛』은 루스벨라의 사랑과 그녀의 어장에 집중된 얘기였기 때문에 옆 나라의 이상한 능력 얘기 따위 알 수 없었던 게 당연했다.

잠시 뒤, 검은 머리의 하녀 하나가 더 합류했다. 하녀 넷은 돌아가며 자신을 소개했다.

"난 낸시야. 4황자님의 테렛 궁 세탁실에서 일한단다. 얘는 아까 들었지? 레네. 테렛 궁의 침궁 하녀지만 과거 전 신관이지. 보시다시피 물 길어 올 일이 없어 편하거든 빨래할 때 끌고 오곤 해."

"반갑다. 착취당하는 쪽은 전혀 생각 안하는 이런 애의 친구야."

낸시가 삐죽 노려봤다.

"얘는. 넌 쓸데없는 말을 하니! 여기 말없는 친구는 5황자님의 테사다 궁 세탁 하녀 모아나야. 레네와 다르게 다정하고 사려 깊은 애야."

"모나라고 불러 줘. 반가워."

붉은 기가 도는 갈색 머리를 단정히 묶은 하녀가 날 향해 웃더니 내 머리를 쓰다듬었다.

"재네 기다리다가 인사도 못하겠네."

앞서 소개한 두 사람이 아옹다옹하는 사이 소개할 차례를 놓친 검은 머리 하녀는 자신을 직접 소개했다.

"난 아레이사야. 황후마마의 세탁 하녀지! 피부색이 이런 건 집시족인 롬의 수레바퀴 출신이라서야. 아샤라고 불러 줘."

커피색처럼 진한 피부에 코나 입이 큼지막해 웃을 때 이를 남의 배 이상 드러내 시원시원한 느낌을 주는 사람이었다.

나는 고개를 꾸벅 숙였다.

"안녕하세요. 어, 저, 수습 조리 하녀 아…… 안입니다."

나도 모르게 이름이 튀어나왔다. 수습할 새도 없이 튀어나온 이름이었다.

"어머, 어머! 귀여워! 안? 수습 하녀라고? 아직 궁이 정해지진 않았겠다!"

"조리 하녀라고? 그런데 왜 빨래터에 온 거야?"

"얘는 그것도 모르니?"

퍽—!

북어 패는 듯한 소리는 낸시가 그것도 모르냐며 레네를 후려친 소리였다. 레네가 짜증을 간신히 참는 얼굴로 그녀를 노려봤다.

"죽고 싶어?"

"너는 눈치도 없니? 열세 살 난 애가 왜 왔겠어. 그것도 저 이따—만 한 시트를 들고서?"

"……."

아……. 그건 모아나의 탄성이었다. 곧이어 모아나가 날 쓰다듬고, 마지막으로 낸시가 꼬옥 껴안았다.

"가엾은 것!"

음, 어쩐지 의도하지 않았던 오해가 순조롭게 이어지는 것 같은데. 그거 아니에요. 아닙니다.

수습 하녀 왕따설이라는 시답잖은 루머가 퍼지는 걸 실시간으로 보고 있는 것 같아 당황스러웠다. 아니라고 말해 보지만 씨알도 먹히지 않았다.

"가엾어라. 괜찮아, 괜찮아. 이동 기간 금방이야! 나도 따돌림 받아 봤는데 별거 아니더라!"

"너 말야, 무신경한 소리 좀 하지 마. 같은 일이라도 각각이 느끼는 건 다른 법이야. 너한테는 아무렇지 않은 일이라도 얘한텐 지금 견딜 수 없이 힘든 시간일지 어떻게 알아?"

"헉, 그런가? 미안해! 내가 혹시 너무 무신경하게 말했니?"

아뇨. 처음부터 오해입니다만.

"아니에요. 괜찮아요. 그리고 오해에요."

나름 의젓하게 말한 것 같은데. 오해는 깊어진 것 같다. 방금까지 가벼운 괴롭힘을 당하는 하녀를 보는 눈이었는데, 지금은 의젓한 척하려는 소녀가장이라 좀 더 불쌍하게 보는 눈이다. 아니, 이런 건 아무렴 어때.

"그래서 너 어느 궁이니?"

"테레나 궁이에요."

"거기 애들은 이런 쪼끄만 애를 괴롭힌단 말이니?"

졸지에 다수가 어린애 하나를 학대하는 곳이 된 테레나 궁은 네 사람에게 잘근잘근 씹혔다. 속으로 하녀들에게 마음속 깊이 사과했다. 미안, 얘들아. 이미 아니라고 말하기는 늦은 것 같아. 개중에 낸시는

심하게 이입한 것 같았다.

"잠깐, 잠깐잠깐. 나 지금 무지 무서운 생각했거든?! 설마, 네가 지금 얼굴에 붙인 것도……?"

"세상에……."

"잠깐, 아니에요!"

이건 그냥 흉터를 가린 건데?

"아니긴!"

그녀가 발을 쾅쾅 구르며 분을 참지 못하는데, 아마 전생에 드라마 악역의 만행을 참지 못하고 시청자 게시판을 채우는 애청자가 이렇지 않을까 생각했다.

"어머, 어머. 내가 알아봤어. 테레나 궁이면 '괴짜 황녀'가 있는 곳 아니니? 그분 하녀들도 유별나구나!"

"……괴짜요?"

"그래, 얘, 너 황녀님을 한 번도 본 적 없니?"

"어, 음. 네. 전 조리 하녀라서……."

"들었지, 레네? 역시 그 소문이 사실인가 봐!"

"소문이라뇨?"

무슨 소문. 금시초문인데? 괴상한 표정을 짓지 않으려 애쓰며 물었다. 낸시는 과장되게 눈을 깜빡이더니 좌우를 살피곤 속닥였다.

"너 모르는구나? 테레나 궁에 거주하는 황녀님 말야. 다양한 소문을 가지고 계시거든."

"……어떤 소문요?"

"존재하느냐부터 시작해서 있다면 왜 얼굴을 드러내지 않는가 하는 소문이지! 역병을 피해 서쪽으로 가셨다가 큰 병을 얻은 거란 말부터,

얼굴에 아주 큰 문제가 있어서 가까운 측근에게도 얼굴을 보이지 않는다는 말까지 말야!"

"……그래요?"

"이게 다 사교계에 도통 얼굴을 비추시질 않으니 소문만 날로 커지는 거야."

……그거야 난 그런 게 있는 줄도 몰랐으니까. 흥미로운 척 고개를 끄덕인다.

"어……. 황족은 원래 성년식 이후에 사교계에 모습을 보이지 않나요?"

"어머, 어머. 그건 성인 사교계 얘기지. 어린 영식, 영애들의 사교계도 엄연히 있단 말이야. 현재 4황자님을 제외한 다섯 황자님들도 전부 오신다구? 그런데, 이 황녀님은 한 번도 얼굴을 비춘 적 없단 거지!"

그거 온실에 몰아넣고 차 마시고 수다 떠는 일 아닌가? 데인이나 플뢰온과 함께할 때처럼, 이게 맞단 가정 하에 알아도 안 갔겠지만.

'무엇보다, 다른 황자님이라면 그놈도 있다는 거잖아.'

폭군.

앞으로도 나가지 말아야겠다. 굳이 안전한 집을 두고 보스 필드를 가는 초보는 없지.

하녀들의 대화는 금방 다른 화제로 넘어갔다. 아무래도 나에 대한 정보가 지극히 제한되어 있으니 더는 할 얘기가 없던 모양이었다. 하녀들에겐 미안하지만 오늘부터 테레나 궁 하녀들이 웬 어린애를 괴롭힌다는 새로운 소문이 돌 것 같다.

"아니, 날더러 도나가 아파서 빠졌으니까 그 자리를 채워 요리를 도우란 거야! 세상에 이게 말이 되니? 난 살면서 한 번도 요리를 해 본 적이 없단 말이야! 근데 멜리사 그 계집애는 이걸 쏙 무시하곤 나를 추천했지 뭐니. 그래서 하는 수 없이 도왔는데……!"

"그리고 그날로 목이 달아날 뻔했지. 여기 있는 낸시 씨는 하베르미아 1일에 음식을 망친 죄로 죽었다 살아난 망자라고 불러 마땅해."

"뭐야, 가로채지 말아. 내가 말하려고 했단 말이야!"

"넌 4황자님이 음식에 너그러운 점에 감사하고 살아. 하루 세 번 절을 해도 모자라."

"피. 안다, 뭐."

조용하던 모아나마저 고개를 끄덕이는 걸로 보아 어지간히 사고를 친 모양이었다.

"알아. 알고 있다고. 4황자님께서는 오래 편찮으셔서 사교 활동도 안 하시고 방에만 쭉 계시잖아. 덕택에 하녀들 일도 줄었지. 그런데다 실수에도 너그러우시니 난 복 받았어. 이건 알고 있다구……. 그렇지만, 그분은 좀, 어딘가 의뭉스러운 점이 있어."

뒤로 갈수록 낸시의 목소리는 작고 은밀해졌다.

"모시는 분 험담하는 거 아냐. 너 하녀장님께 이른다."

"이익, 레네 진짜! 그게 아니라, 그분이 자꾸 식사 시간에 어린 하녀를 불러들이잖아? 이상하지 않아?"

"음……."

레네가 끙 신음을 흘렸다.

"수습 하녀 애들이 전부 무서워한다고. 병이라도 옮을까 봐!"

"그건 그렇지만……. 아직 어린 분이시잖아. 외로운 걸지도 몰라."

레네의 말에 하녀들이 차례로 끄덕였다. 뚱하던 낸시마저 끄덕였다.

"4황자님은 편찮으신가 봐요?"

이미 알고 있지만, 모른 척 물었다. 4황자는 순정남, 연하남, 대형견남, 지고지순, 짝사랑 등의 키워드로 자리 잡은 조연급 인물이었다. 무엇보다 애절한 끝을 맺은 것 때문에 오래 기억에 남아 있는데…….

미래의 미친놈 유망주 황태자의 측근이란 점에서 상당히 중요한 조연이기도 했다.

"응. 넌 아직 모르겠구나. 4황자님께선 어릴 때부터 몸이 약하셨어. 그런데다 원인 모를 병 때문에 하루 온종일을 침대에서 보내셔. 불쌍한 분이시지."

"불쌍하기는 5황자님도 불쌍하시지. 테도로사 궁의 애가 말해 준 건데. 황비님께서 황자님의 입궁을 거부하셨다나 봐."

"저런……. 또? 그런 걸 보면 난 2황자님이 참 신기해. 황자님들은 대체로 황비님이랑 사이가 좋지 않잖아? 그런데 2황자 전하만 황후마마랑 사이가 좋으시지."

2황자면 황태자의 하나뿐인 라이벌이었다.

"어휴, 끔찍할 만큼 서로를 아끼시잖아."

그 무렵 불렸던 빨래에서 기름과 때가 올라오기 시작해 하녀들은 너나 할 것 없이 대야 위로 올라가 꾹꾹 밟기 시작했다.

"얘, 그것보다 테사다 궁의 라리사 얘기 들었니? 휴가 간 지 10일이 넘었는데 돌아오지 않는다던 애 말이야. 듣기론 사랑의 도피라던데?"

"뭐야, 흔한 얘기잖아."

나도 함께 대야 위로 올라가려 했지만 낸시는 그 와중에 나를 어리다는 이유로 앉혀 놓고 심심할지도 모른다며 옆에 레네를 앉혔다. 졸지에 레네와 둘이 앉아 구경하게 되었다.

"하지만, 근래 안 보이는 얼굴이 늘었지 않아? 황비마마 궁에도 3개월 동안 두 명이 빠졌다고 침궁에 일손이 모자라다더라."

"그런가?"

콧노래를 부르며 밟는 낸시에게 박수를 쳐 주다가, 흘끗 옆에 앉은 레네에게 시선을 주었다. 레네는 흥에 취해 하마터면 엉덩방아를 찧을 뻔한 낸시를 바라보며 쯧 혀를 차고 비웃었다. 나도 살포시 웃다가, 레네에게 넌지시 물었다.

"4황자님 궁은 어때요?"

그녀가 턱을 괴고는 비스듬히 내려다보았다. 그럼에도 키가 크니 시선이 한참 위에 있다.

"음, 좋지. 좋은 곳이야. 그분이 신관이다 보니 나같이 어정쩡한 힘을 가진 애들이 살기 좋은 곳이지."

레네가 잠시 뜸을 들였다가 말했다.

"넌 괜찮니? 여러 가지 의미로 말이야."

"네. 괜찮아요. 그리고 아까는 말할 타이밍을 놓쳤는데 이거 그냥 혼자 넘어진 거예요."

뺨을 툭툭 두드리며 웃었다. 그녀들은 자꾸 이걸 누구에게 맞은 흔적이라고 생각하는데 이대로 넘어가자니 솔직히 찝찝했다. 아무래도 다정하고 사려 깊은 하녀들을 왕따 가해자로 남기자니 편치 않아서 말이지.

"……굳이 숨기려 애쓰지 않아도 돼. 이유를 불문하고 어린애를 괴롭히는 짓은 최악이야. 가학 행위는 중앙 궁 행정위에 얘기해 처벌할 수 있어. 원한다면 다른 궁으로 옮기는 것도 가능해."

푸른 눈이 의미를 헤아리려는 듯 눈을 빤히 맞추었다.

"도와주기에 너무 늦은 건 아니겠지?"
"그럴 리가요. 정말 괜찮아요. 정말. 아무도 절 괴롭히지 않아요."
뚱한 얼굴이지만 눈빛은 다정했다. 난 최대한 밝게 웃었다.
"감사해요. 생각해 주셔서."
이럴 때 눈을 피하는 것이야말로 최악의 하수니까.
그녀는 잠시 뜸을 들였다가 느릿하게 '그래. 네가 그렇다면야.' 하고 애매한 답을 했다.
"황녀님 궁에는 6황자님과 7황자님이 자주 오시거든요."
"아, 들어 본 적 있지. 두 황자님들이 황녀님을 꽤 아낀다지?"
"네, 그렇다고 해요."
난 목소리를 낮춰 속삭였다.
"4황자님 궁은요? 4황자님 궁에도 다른 황자님이 오시나요?"
"오셔."
"어느 분이요?"
그러자 꼬박꼬박 돌아오던 답이 싹둑 끊긴 듯 사라졌다.
"레네?"
흘끗, 곁눈질한 시야 안에 바닥을 향해 붙박인 듯 고정된 레네의 눈이 들어왔다. 푸른 눈동자는 알 수 없는 것으로 범벅되어 일렁거리고 있었다. 떨리던 그녀의 입술이 떨어졌다.
"2황자 전하와 공작님. 그리고…… 그분."
"그분이요?"
굳어 버린 그녀를 두고서 나는 의문에 빠졌다. 레네는 나를 보지 않고 말했다.
"……알려고 하지 마. 그게 네게 좋아."

레네는 짧게 대답하고 다시 입을 닫아 버렸다. 그분? 이름을 못 부르는 사람도 아니고. 무서워해? 뭘 무서워하는 걸까? 그러나 곧 겁에 질린 이유가 어렵지 않게 짐작이 갔다.

카스토르인가.

이런 반응을 부를 만한 인물은 폭군밖에 없을 테니까. 만일, 폭군이 내가 아는 그 인물이 황제일 적 인성 그대로 황태자라면 그 주변은 그리 다르지 않겠지. 주변에서 사람이 죽어 나가고 있을 것이다.

더 말을 꺼내려는데, 갑작스런 비명이 내 말을 덮어 버렸다.

"꺄악! 아샤, 좀 살살 밟아!"

고개를 들자 벌게진 팔뚝을 보며 울상을 짓는 낸시가 있었다. 곧이어 참지 못하고 달려온 낸시가 레네 뒤로 숨었다.

그러거나 말거나 심드렁한 얼굴로 깨끗한 물을 부어 버린 아샤가 고개를 들었다. 아샤의 눈이 반짝 빛났다.

"아! 맞아. 나 어제 디볼로 공작님 봤잖아."

"어머, 어머! 웬일이니! 헤르난데즈 님? 어땠어? 정말 소문처럼 눈같이 흰머리를 가지셨니? 피부는 새하얗고? 눈은? 코는? 키는? 정말로 크셔?"

고개를 쏙 내민 낸시가 눈을 과하게 깜빡였다. 이에 아샤가 어깨를 으쓱였다.

"몰라. 멀찍이서 봤단 말야. 2황자 전하랑 함께 계시던 것밖에 못 봤어. 뭐. 그분의 미모라면 밤새도록 연설할 수 있지만."

"또 2황자님 얘기야? 정말이지. 네 눈엔 그분밖에 안 보이니?"

"들어 봐. 하찮은 하녀에게도 정말 다정히 웃어 주시는 분이라 하마터면 심장을 거기 두고 올 뻔했잖니?"

"아—샤. 내가 듣고 싶은 건 2황자님이 아니라 소문의 공작님이라고!"

아샤가 우습지도 않다는 듯 콧방귀를 뀌었다.

"흥, 황태자궁에 살다시피 하는 공작님 말이니? 내가 알 게 뭐니."

"어머, 어머 얘 좀 봐. 너 네가 황후마마 궁 하녀라고 역성드는 거니? 조금 있으면 황자비 자리도 노리겠어!"

아샤가 지지 않고 맞섰다.

"네가 좋아한다는 헤르난데즈 님은 어떻고? 그분은 남자를 좋아한다는 소문이 있는 분 아냐? 공작 부인 자리보단 낫지 않겠니?"

"뭐어? 아니거든? 무슨 그런 망측한 소릴! 아니란 말이야! 완전히 헛소문이라고. 말 다했어?"

"아니? 못했는데? 꺅! 너 지금 나한테 힘으로 덤볐어?"

"둘 다 그만해! 오늘 안에 빨래 끝낼 생각이 있니!"

결국 둘의 싸움은 모아나가 둘을 억지로 떼어 놓고야 마무리를 지을 수 있었다.

"그만 헹구고 돌아가자!"

모아나가 레네를 불렀다. 그러자 툭툭 털고 일어난 레네가 손을 젓자 예의 물줄기가 솟아올랐고 깨끗한 물을 채워 넣은 원통에 시트를 헹궈 냈다.

그사이에도 낸시와 아샤는 누가 더 잘생겼나를 두고 싸워 댔는데, 그 모습이 전생의 아이돌 팬덤 싸움을 떠올리게 했다. 사실 2황자와 헤르난데즈라면 싸우는 것도 이해 간다.

'작중에서 수려한 미인으로 손꼽는 이들이었으니까.'

난 눈부시게 새하얘진 시트를 보며 문득 쭉 궁금하던 것을 물었다.

"황태자 전하는 어떤 분이세요?"

순간, 동시에 네 쌍의 시선이 꽂혔다.

'어라.'

마치 꿈속에서 이건 꿈이야라고 말한 기분에 사로잡혔다. 뒤편에서 까르륵 높은 웃음소리가 크게 들릴 정도로 활기찬 풍경 속에서 이곳만 커튼을 덮은 듯 고요가 내려앉았으니까.

이상했다.

'내가 그렇게 당혹스러운 질문을 했나?'

좋은 답이 돌아올 거라곤 생각 안 했지만 헤르난데즈와 2황자 등 조연의 얘기들은 그토록 편히 하면서 주연인 카스토르만은 입을 딱 다물어 버리다니. 이건 예상과 너무 다른 반응이다.

무엇이 잘못된 건지 혼란스러운 동안 낸시가 결심한 듯 앞으로 나선다.

"아무도 알려 주지 않은 것 같으니 한 번만 말해 둘게."

어깨를 짚은 손이 비장했다. 나는 날 바라보는 눈동자 속 깊은 곳에 자리 잡은 두려움을 어렵지 않게 알 수 있다. 그뿐만 아니라 나머지 세 사람의 동공도 격하게 흔들렸다.

눈 세 개 달린 사람을 보는 듯이 생소하고 낯선 것을 보는 눈. 나도 함께 딱딱하게 굳어 그들을 바라봤다. 시선에서 무언가에 집중하는 두려움과 공포가 느껴졌다.

"오래 살고 싶다면 그 이름을 입에 담아선 안 돼. 절대."

음산한 목소리가 푸른 수염 저택의 경고를 연상시킨다. '그 방엔 절대 들어가선 안 돼.' 동화 속 '금기'는 항상 깨지고 마는데. 어느 용감하고 무모한 자에 의해서.

“그분의 귀는 어디에나 있단다. 단지 입에 담는 것만으로도 싫어하셔.”

생각해 보면 모든 것이 정도를 지나치는 반응이다. 단순히 소문에 의지하기엔 좀 더 근원적이고 실체적인 감정. 과연 이들은 무엇을 본 걸까?

“알았니?”

“네.”

나는 최대한 동공을 최대한 옆으로 비틀고 까딱거렸다. 낸시는 충분한 경고를 해 주었다 생각했는지 시트를 들고 유유히 빨랫줄로 걸어갔다. 시트를 든 뒷모습을 보며 입술을 혀를 축였다.

빨래는 끝났고 빨래터의 하녀들은 하나둘씩 가져왔던 것을 챙겨 돌아가고 있었다.

‘이대로는 부족해.’

혼란스러웠다. 문제를 해결하러 왔는데, 더 꼬인 느낌. 또 다른 문제를 얻은 것 같다. 놀이공원에 갔다가 입구의 철창만 잡아 보고 돌아가면 이럴까. 이건 마왕 잡으러 나섰다가 수문장도 못 본 꼴이라고.

미래의 폭군이라지만 지금은 황제가 아니라 황태자이다. 더구나 한창 황위 싸움이 치열할 때다. 2황자는 지금의 폭군이 주제를 모르고 날뛰었다간 곧바로 상황을 뒤집을 수 있는 강력한 라이벌이었다.

바람이 불었다. 향긋한 이불 내음 속 긴 치맛자락이 흩날린다.

<4황자님 궁에는 다른 황자님도 찾아오시곤 해…….>

애나 대신 입은 옷은 한없이 낡고 가벼웠다. 하지만 이 옷은 해답을 찾기 위한 기회. 내가 어렵게 얻은 기회였다. 이렇게 놓치기 너무 아까웠다.

"안, 괜찮다면 우리랑 같이 점심 먹을래?"

그래서 낸시의 물음에 망설임 없이 끄덕였다.

"좋아요."

태양이 머리 위에 떠 있다. 아직 오늘은 끝나지 않았다.

* * *

"여기서 잠깐 기다려!"

낸시는 4황자 궁 정문 앞에 나를 두고서 레나와 시트를 들고 사라졌다. 모아나와 아샤는 궁에 들렀다 오겠다며 먼저 떠났고. 홀로 남은 난 손으로 차양을 만들며 고개를 들었다.

4황자의 궁은 서쪽의 모든 궁이 그러하듯 온 외벽이 희었다. 다만, 다른 궁과 차이점이 있다면 외벽을 덩굴 잎사귀가 휘감고 있다는 것이다.

마치 궁 전체가 거대한 식물 같았다. 그림자마저 녹색으로 물든 아름다운 궁에서 나는 그저 감탄을 토해 냈다. 어릴 때 본, 여름이면 고구마 줄기 잎에 휘감겨 있던 동네 산장. 그곳은 마치 숲속의 성과 같이 신비함을 드러내곤 했다.

그 건물이 웅장한 규모가 된 것을 보는 듯하다. 몽환적인 건물을 장식한 잎사귀에서 아름다운 규칙성이 느껴졌다. 전생에 루브르 박물관을 보았던 기분이 이랬던가?

"이봐, 여기서 뭐 하는 거야!"

마음껏 감탄하고, 감상하며 세상에서 유리된 듯 감상에 잠겨 있는 동안, 누군가 어깨를 거칠게 잡았다.

"너! 수습 조리 하녀 맞지?"

놀라 올려보니 고아한 인상의 노부인이었다. 이마에 세로줄이 잔뜩 잡힌 걸로 보아 심기가 상당히 불편한 듯 보였는데, 뭘까. 그 요인이 내게 있는 것 같다. 외부인이 함부로 들어와서?

일단 고개를 조아렸다.

"네? 아 네. 맞는데요……."

"따라와!"

"예?!"

대답할 틈도 없이 휙 앞장서서 걸어간다. 따라가지 않자 단호한 얼굴로 다그쳐 어쩔 수 없이 그 뒤를 따르게 됐다. 이제 와서 조리 하녀가 아니라기엔 변명이 궁색했다. 일단은 입은 옷이 수습 하녀의 옷이었던 것이다.

그러나 몇 분 뒤, 나는 그 결정을 후회했다. 잠시만, 이건 뭐야.

"오늘 네가 할 일은 귀하신 몸께 이걸 나르는 일이다. 본디 다른 아이가 하기로 했다만. 탈이 나서는. 아니, 대체 왜 번갈아 가며 아픈지 모르겠구나! 후, 어쨌든 네가 할 일은 이걸 들고 날 따라오는 거다."

"어, 어딜 가는데요?"

와, 표정 봐. 그것도 모르냐는 듯 노부인이 미간을 확 구겼다.

"황자님 방이지."

……예?

3. 다정한 오빠가 있었다

잠시만, 잠시만요. 팔든? 노부인이 너무 멀쩡하게 대답하는 바람에 나도 깜빡 넘길 뻔했다가 가까스로 되물었다. 어디요? 뉘 방이요? 대답이 없다.

황당한 얼굴로 들고 있는 접시와 노부인을 번갈아 본다. 여기는 4황자의 테렛 궁이고 황자님이라면 당연히 4황자겠지. 자세히 보니 노부인이 입은 옷은 하녀장의 옷이었다.

그러니까 이 사람이 테렛 궁의 최고 관리자, 소위 말해 하녀들의 보스란 소리. 애석하게도 말단 옷을 입은 나로서는 거부할 수단이 없었다.

"따라오거라."

모퉁이를 돌아서는 동안 내내 황망했다. 긴 복도를 하녀장의 뒤를 쫓아 지나는 동안 그녀가 하는 행동을 따라 하기만 했다. 그러다 내궁에는 없는 1층을 지키는 검사에게 인사했을 때였다.

잠깐, 이건 어쩌면 기회가 아닐까? 본래 오늘은 빨래터에서 내가 아는 사실과 현실의 정보를 맞춰 볼 생각이었는데, 만약 내 생각이 맞는다면 이건 큰 기회였다.

아니, 근데 이래도 되는 거야? 나는 잠시 고민했다. 하녀도 엄연히 직업이고 난 최고 아래 말단으로 분장했다. 지금 내가 4황자를 찾아가는 건 그야말로 갓 입사한 신입을 회사의 중요한 회의에 내세우는 일이었다.

젠장. 신입의 실수는 줄줄이 윗사람의 책임이라고. 그러나 외쳐 봤자 닿지 않을 불만이었다.

눈을 감고 4황자에 대한 것들을 추려 낸다.

4황자 아모르. 2황자와 친했고 황태자와도 가까운 사이로 두 사람 사이에서 줄다리기를 했던 남자. 이로 보아 어쩌면 이 망할 상황을 공략하는 데 도움이 될지도 모른다.

책 『루스벨라의 빛』은 큰 줄기가 순애보이나 중반은 말할 수 없이 난잡했다. 남주를 두고 그 외의 미남이 대거 서브 및 조연으로 등장하는 하렘이었으면서 수위는 미성년 관람 불가였기 때문이었다. 이것이 인기 요인이지 않았을까 싶다. 반응이 어땠는지는 잘 기억이 나지 않는다.

전반부에서 남자 주인공과 사랑에 온 정성을 들여 치중했다면 중반부터는 초점이 칼타니아스로 옮겨 간다. 마성의 루스벨라는 칼타니아스 속 남자를 열이라 가정하면 거기의 반 정도와 정을 나눈다.

칼타니아스산 물고기들은 능력이 끝내주는 미남인 데다 하나같이 그녀에게 절절한 미친놈이었다. 놀랍게도 루스벨라는 이런 대어로만 쏙쏙 골라잡았다가 끝에 가서 아무래도 난 남주를 잊을 수 없어! 하고 전부 버린다. 대단한 여자 같으니.

지금 찾아가는 황자도 조연 중 하나였다.

「내 이름을 불러 주세요.」

아모르는 책 속 병약함과 순정남의 대명사로 루스벨라의 애정도는 상중하로 나눈다면 중 정도. 정사는 없는 대신 애틋한 연정이 오갔던 남자다.

루스벨라가 가진 남자 중 가장 지고지순했으며, 읽는 내내 병약한 모습을 보였지.

「불러 준 것만으로 행복할 테니까.」

병약함과 순애의 조합이 열락을 추구하는 칼타니아스에서 눈에 띄었기 때문에 나는 그를 좋아하는 편이었다.

4황자가 소설 속에서 가진 비중과 주인공에게 끼친 영향은 크지만 의외로 분량은 작다. 임팩트 있는 한 방을 남기고 일찍 퇴장하기 때문이다.

'죽었지, 아마.'

책 속에서 직접적으로 어떻게 죽었는지 언급하지 않았기에 이유는 자세히 모르지만 아프다고 했으니 내내 앓았다는 병이 원인이 아닐까 한다.

"잠시 기다려라."

하녀장이 칼타니아스의 상징인 흐드러진 버들가지와 넝쿨 잎이 새겨진 문 앞에 멈춰 섰다. 문이 열리면, 콜록콜록, 잔기침하는 병약하고 가녀린 황자님이 있을 심산이 크다. 결정했다. 좋아, 지금부터는 임기응변이다.

똑똑.

"황자님, 베고니아입니다. 들어가겠사옵니다."

이어 끊어질 듯 연약하며 청량한 느낌이 드는 목소리가 대답했다. 노부인이 문을 열고, 가장 먼저 눈에 들어온 것은 바람에 나부끼는 커튼이었다.

쇄아아아—

흩날리는 머리카락에 눈을 찌푸린다. 발코니 문이 활짝 열려 있었다. 바람이 가시고 나자 비로소 방의 풍경이 수정체 안으로 들어온다. 가장 먼저 보인 건 창문이었다. 그리고 이어 눈이 아찔할 정도로 짙고 푸른 녹색이 눈에 들어찬다. 벽지인가 싶었더니 전부가 식물이다.

"어서 와."

눈을 조금 굴리자 맨발의 남자가 있었다.

"오늘은 날이 좋으니 발코니에서 먹을래."

"네."

나이는 소년과 청년 사이의 중간쯤 되었을까. 변성기를 거치지 않은 것같이 높은 목소리는 산사의 풍경 소리같이 청량했다. 더구나 확실히 병자의 안색이었다. 마치 영화 속 뱀파이어의 것처럼 희고 창백한 색이다.

관찰하는 시선을 느낀 듯 눈이 마주치자 그가 빙긋 웃었다.

"어서 오렴."

번개에 맞은 사람처럼 충격이 온몸 전체를 휘감았다. 툭, 노려보는 하녀장의 시선에 황급히 쟁반을 내려놓았다.

뚜껑을 열고, 식사 때 얼추 기억한 대로 수저를 놓고 뒷걸음질 친다. 양손을 모으고 가지런히 고개를 숙인 나는 방금 마주친 것을 잊지 않으려 애썼다.

미친. 난 왜 4황자를 부드러운 인상으로 생각했을까. 루스벨라에게 나긋했기 때문에? 지고지순해서? 죽는 순간까지 루스벨라를 잊지 않겠다는 뉘앙스를 풍겨서?

선입견이 이렇게 무서운 거다. 들어가기 전까지도 나는 4황자를 사랑에 모든 것을 바치고 계산 없이 순수하며 아이 같은 남자라고 상상했다.

'맙소사.'

나는 책 속의 4황자를 보았고 알고 있다. 5년 뒤, 루스벨라에게 푹 빠져 절절한 사랑을 앓았던 남자를 알고 있는 것이다. 저기서 날카롭게 노려보는 소년이 아니라.

남주와 서브남을 제외하고 작가의 외모 묘사는 상당히 짠 편이었다. 머리색이나 눈동자 색같이 단편적인 것만 줬고 철저히 루스벨라 시점에서 전개되었다. 그러다 보니 간간이 나오는 그녀의 '잘생겼다', 표현 정도가 다른 이들의 외모에 대해 짐작할 수 있는 전부였다.

"앉아."

그래. 내가 잘못했다. 난 무구한 남자를 상상했다. 분명 색은 같았다. 물을 뺀 듯 흐릿한 하늘색의 머리카락. 길게 뻗어 위로 말린 눈썹 아래 녹색 홍채.

모든 색이 흐릿해 존재감이 없는 조용한 남자를 생각하게 되는 것도 당연했다. 책 속 묘사로는 늘 침대에 앉아 루스벨라를 반기는 모습만 나왔던 남자이니까.

누군가 그에게 병약남 혹은 대형견 같은 연하남, 순정남 따위의 키워드를 붙였고 나 또한 거기 편승한 사람이었다.

"넌 식사하는 나를 아주 빤히도 쳐다보는구나."

마지막 잎새가 사람으로 변한다면 분명 4황자일 거예요. 어느 문학 정신 넘치는 독자가 말했다. 나는 거기에 소리쳐 주고 싶다. 전부 거짓말입니다. 거짓말이에요!

"……죄송합니다."

상상했던 것과 저 멀리 성층권쯤 떨어진 황자님만 있다고.

눈이 마주치자 그가 픽 웃었다.

"죄송할 일은 처음부터 하지 말아야지."

마지막 잎새 같은 소리 하네. 아모르가 앙앙 짖을 것같이 생긴 귀여운 강아지과일 거란 대다수 독자의 예상은 보기 좋게 빗나갔다. 보기 싫을 정도는 아니지만 그의 눈꼬리는 올라간 편이다. 굳이 따지자면 고양잇과에 가깝다. 그것도 맹수. 종은 삵이라거나 살쾡이.

"알면 고개 내려."

"……네."

분명 제 사랑을 끙끙 앓으면서 사랑하는 여자의 행복을 위해 그녀가 사랑하는 사람에게 보내 주는 한 떨기 꽃과 같은 남자였는데. 지금 보니까 보내 주기보다 옆에 꽁꽁 묶어다 놓을 것 같은 모습이다.

달그락.

흘끗 봤는데 옆에서 '내가 그 새끼보다 못한 게 뭔지 말해 봐.' 따위의 대사가 어울릴 법한 얼굴로 웃고 있었다.

“뭐야?”

“아. 아닙니다.”

실수로 눈이 마주쳐 버리는 바람에 얼른 시선을 쭉 내린다. 아, 소매 아래 손목은 아주 가늘었다. 아픈 것만은 사실인 모양이었다. 이걸 두고 마른하늘의 날벼락이라고 하던가. 눈사태에 서리가 겹쳐 설상가상이라 하던가.

무엇이 됐든 현 상황에 적용하기엔 다소 무리가 있는 속담들이나 이런 소릴 지껄일 만큼 내 상황이 당황스럽다고 표현하겠다.

“너. 아까부터 시선이 영 부담스러운걸.”

잔기침을 토해 내는 황자에게서 상처 입은 짐승이 보이는 예민함이 얼핏 보였다. 누가 꽃이랬지? ……꽃은 얼어 죽을. 호랑가시나무가 사람으로 변한 것 같은데요.

“……황자님, 황송하나 감히 한 가지 여쭤도 될까요?”

“좋아. 말해 봐.”

굉장히 선선하게 말하는 것처럼 보였지만 표정은 네가 감히 나대냐는 표정이다.

‘음, 저건 가소로워 죽겠다는 얼굴인데.’

난 떨떠름하게 눈을 깔았다. 하기야 감히 하녀가 황족에게 먼저 말을 걸다니 안 될 말이었다. 이러다 궁으로 돌아갈 순 있을까. 조금 전 하녀장을 쫓아내던 걸 봐선 무도한 취급을 받지 않을까 싶은데. 에이! 할 말은 해야겠다.

“저, 어찌 수습 하녀인 제가 황자님의 식사에 함께합니까?”

장하다. 하녀장을 내쫓고 나를 남겨 둔 이유를 장장 15분 만에 물었다.

그러고 보니 그 하녀장이 왜 수습 하녀들이 돌아가며 아픈지 모르겠다고 했는데. 그리고 황자에게 쫓겨나며 나를 볼 때 꽤나 안타깝다는 눈을 했었지. 제기랄, 복선이었던 건가.

"심심하니까."

이유를 아주 잘 알 것 같다. 아—주 잘.

"그리고 조금 전엔 황송이 아니라 송구합니다를 써야겠지. 쯧."

"예? 예예. 죄송합니다. 기, 기, 긴장해서……."

"뭘 이런 걸로. 한 번은 실수라잖아?"

턱을 괸 황자가 피식 웃었다.

"실수……."

그러고는 수저를 든 손으로 나를 가리킨다.

"한 번은 실수. 다시 실수하면 멍청한 거고."

싱긋. 미소만은 책 속 한 줄 묘사 그대로 요정처럼 아름다웠다. 다만 눈빛이 형형했고 고상한 눈매는 깊게 파였으며.

"세 번은 병신인 거지."

아주 뚫어질 듯 관찰하는 시선이 식사 시간 내내 쭉 이어지고 있어 문제지만. 숨 막혀 죽을 것 같다.

염병, 누가 쟤 다정남이라고 했냐. 나와.

진짜, 이건 뜻밖이다 못해 예상을 훨씬 뛰어넘었다. 노부인을 따라 걸으면서 4황자를 만났을 때의 이런저런 상황을 예상했지만 이런 게 있었을 리가. 잘난 껍데기 말고는 하나도 들어맞는 게 없으니까. 전부 말짱 헛일이었다.

결국 뇌세포가 파업을 선언했다. 책 속의 멍멍미는 어디 가고 웬 도사견이 한 마리 앉아 있는데. 뭐 어쩌란 말이냐. 식사를 시작한 황자를 피해 고개를 숙이고 있다가 문득 그런 생각이 들었다.

'대체, 부드러운 순정남이 이렇게 하향 조정이라면 원래 글러 먹은 폭군은 얼마나 주옥같은 하강 조정이란 거지?'

이쯤 되면 한번 말하게 해 줘라. 창조신 개새끼라고.

식사를 하던 아모르가 고개를 들었다.

"그러고 보니, 넌 오늘 처음 보는 얼굴인데."

"오늘 처음 이곳에 왔습니다."

그리고 오늘 사직할 예정입니다.

원래 하녀는 허락이 떨어질 때까지 황족의 물음에 답해서는 안 된다. 제국의 예법은 특히 상하 대화에 더욱 엄격하기 때문이다. 이는 내가 하녀와 스스럼없이 대화를 나눈 걸로도 길길이 날뛰는 플뢰온만 봐도 알 수 있다. 그러나 그래서는 아무것도 얻을 수 없겠지.

"흐응. 오늘 이곳에 배정 받았다라. 어려 보이는데 눈치도 빠르고. 꽤 침착하구나."

"……가, 감사드립니다."

결심했다. 반드시, 이 방을 나가자마자 뒤도 안 돌아보고 튀어야겠다고. 그렇게 마음먹고 막 나가기로 했다.

"말투도 전혀 하녀답지 않아."

잠시 틈을 둔 그가 이어 중얼거렸다.

"오히려 건방지기까지 해."

뜨끔, 정곡을 찌르는 말에 괜히 찔려 목소리가 떨려 나왔다.

"……그렇습니까?"

"응. 뭐 드문 일은 아니야. 경험이 부족한 애들이 너처럼 적응하지 못한 말투를 보이니까."

그가 느리게 입술을 만졌다.

"그런데 보통 그런 애들은 내가 노려보면 울어 버리던데. 특히나 네 또래는. 왜일까?"

"……왜, 왜 그런지요?"

아모르가 눈을 휘었다. 곱게 휘어진 눈매 속 눈동자는 전혀 웃고 있지 않았다.

"무섭다거나. 아니면……. 병이 옮을까 봐?"

포크를 내려놓은 아모르가 그릇을 치웠다. 원래 하녀가 치워야겠지만 그가 손을 뻗어 움직이려는 나를 제지했다. 대신 나를 응시했다.

"사람들은 날 많이 무서워해."

아모르가 고개를 까딱 기울였다. 푸석한 하늘빛 머리가 따라 살랑인다. 소년이 묻고 있었다. 너도 내가 무섭니? 하고. 꼭 중학교에 재능기부 겸 봉사 나갔을 때의 아이들이 생각난다.

<선생님, 저는 남들과 좀 다른 것 같아요.>

여기엔 순정남도 없고 멍멍미를 발산하는 대형견 연하남도 없고 있는 거라곤 곧 사춘기를 폭발시킬 것 같은, 신랄한 예민함이 정수리를 찌르는 삐딱한 소년뿐이다.

"옮는…… 병을 앓고 계신지요?"

꿀꺽. 침 넘어가는 소리가 아주 크게 들린다. 원래 저때가 제일 다루기 어려운 나이라는데. 예민하고, 폭! 발! 할 것같이 감수성 넘치고. 근데 문제는 내가 입은 옷이 옷인지라 까딱하면 그대로 황족 모욕죄로 끌려갈지도 모른다는 거다.

"그래 보여?"

"어…… 그것이……."

지뢰밭을 집게발로 걷는 기분, 터질지 모를 땅을 눈을 꾹 감고 밟는 기분이다.

"안심해. 다행히도. 옮는 병은 아냐."

가는 손가락으로 탁자를 툭 내려친 그가 나지막이 말했다.

"내가 무서운 사람이 된 것 같은데, 들어온 하녀가 전부 울진 않아. 암. 그렇지 않아. 싹싹하게 구는 애들도 있거든. 그런 애들이 간혹 아프지 마세요, 황자님! 하고 웃지."

"그래요?"

한마디 한마디가 칼처럼 서늘하구나.

"응. 내가 울리기도 해."

소년의 얼굴엔 꼭 꾸며 낸 듯한 천진한 미소가 걸려 있었다. 나이는 내 본래 나이 반절도 되지 않는 주제에 보이는 건 아주 잘 벼려진 검이다.

예전 중역들 회의에 곁다리로 끼었을 때, 누군가 상품에 대한 주요 안건을 내게 물은 적이 있다. 모든 시선이 나를 향하며 팽팽하게 당겨진 그날의 분위기가 딱 이랬었는데. 대답 한 번 잘못하면 지금까지 잘 버텨 온 사회 인생이 골로 가는 분위기 말이다.

"……왜요?"

작가님 혹시 정신적 피해 보상에 대한 손해 배상 청구라고 아십니까. 여태까지 품어 왔던 다정남에 대한 환상이 와장창 부서지는 중입니다.

"감히."

"……."

"불쌍하게 보니까."

이쯤 되면 도대체 5년 사이에 무슨 일이 일어나는 걸까 궁금해질 지경이다. 아무리 봐도 저 도끼처럼 벼려진 뻣뻣한 소년이 래브라도 리트리버 같은 남자가 된다는 것보단, 차라리 숟가락으로 사람을 때려 죽인다는 숟가락 살인마의 존재를 더 믿을 수 있을 것 같은데요.

고개를 숙인 채 애써 입꼬리를 끌어 올렸다.

"미천한 제가 한 말씀 올리자면 그건 편견이에요. 아프다고 해서 모두가 불행하진 않아요."

너덜너덜해진 채로 중얼거리며 슬쩍 고개를 들었다.

"불행하지 않다고?"

그의 낯에 영문 모를 표정이 스쳤다. 다시 어린 성자처럼 고결하고 봄의 햇살처럼 다정한 미소로 덮었지만, 소년의 눈빛은 사흘 굶은 짐승처럼 날카로웠다.

황자의 얼굴을 끝에서 끝으로 훑으며, 난 불현듯이 깨달았다. 어쩌면, 지금 내가 무언가를 느낀 건 순전히 서른을 치열하게 보내 벼려진 감 덕분인지도 모르겠다. 정말 어리고 순진한 아실리 로제였다면 모른 채 지나갔을지도 모르겠다고.

그는 계속해서 내게 말을 걸었다. 까칠하게 굴긴 했지만 내 무례를 못 본 척해 주었다. 한번 깨닫고 나니 연산의 답이 하나둘씩 눈으로 들어온다.

햇볕을 쬐지 못한 듯 창백한 낯. 부르터서 하얗게 각질이 일어난 입술과 바싹 말라 뼈마디가 도드라진 쇄골. 습관적인 마른 잔기침. 전신을 감싸고 있는 바싹 당겨진 분위기는 소년을 위태롭게 보이게 했고, 녹색 식물로 가득 들어찬 방은 희고 고요한 병실을 연상시켰다. 그래. 사람을 보지 못하고 큰 거다, 이 사람은.

"아픈 사람이 불행하지 않을 수도 있다니."

"네."

흐릿한 녹색 눈동자가 정제되지 못한 감정으로 정처 없이 일렁거린다. 그리고 잠시 누그러졌다가. 관찰과 경계를 번갈아 가며 드러냈다. 소년은 꼬박꼬박 이어지는 말대꾸를 지적하는 대신, 물었다.

"그건 경험이니?"

"황공합니다. 간접적인 것도 경험이라고 할 수 있다면요."

"……너도 몸이 아팠었던 거야? 많이?"

"……저 말고 제 아버지가 많이 아프셨어요."

"아아. 아버지는, 돌아가셨니?"

그렇게 물으며 짓는 표정을 보고 생각했다.

이 나라는 빨리 망할 게 틀림없다. 위로 올라갈수록 성격이 지랄 맞아지는 유전자가 있는 것 같으니까. 그렇다면 황태자가 작중 최고로 지랄 맞은 것이 충분히 이해간다. 황태자는 보스니까. 그럼 4황자는 중간 보스쯤 되나?

아모르는 닳고 닳은 인간이 주로 쓰는 방법을 알고 있었다. 독이 강할수록 화려해지는 독초처럼 독을 품고 다정한 미소를 지을 줄 알았다. 순진한 아이는 결코 알지 못할 표정이었다. 접대 자리에서 어렵지 않게 보던 계산적이고 가식과 위선 가득한 표정 말이다.

"네. 아주 오래전에요. 돌아가셨어요."

"그래? 돌아가셨다라……. 보고 싶지 않니?"

"아뇨……."

"왜?"

"다시 살아나셔도 행복하게 해 줄 수 없으니까요."

방 안이 숨소리 하나 없이 적막해졌다. 왜냐면 그 말을 하는 한순간 아모르가 표정을 싹 다 지우고서 정색했거든. 나를 쏘아보는 눈은 아주 유려한 빛을 가졌으면서 얼음처럼 차가웠다.

"넌 재밌는 소릴 하는구나."

난 오늘부터 루스벨라를 존경하겠다. 루스벨라가 도사견을 사람 만들었다. 이건 곰이 사람이 되는 기적과 맞먹는 엄청난 기적이다.

플뢰온. 내가 네 성격이 지랄 맞댔나? 취소할게. 더한 놈이 있었어. 형만 한 아우 없다더니 4황자가 내 데이터 속 '성격 나쁨'의 새 지평을 열었다.

"보통 네 또래는 말을 걸면 얼어붙어서 아무것도 못해. 그릇을 깨거나 엎기도 하고. 가끔, 용기를 낸 아이들조차도 벌벌 떤단 말이지."

그는 어떤 대답을 바라는 걸까.

"넌 좀 유별나구나?"

"그렇습니까?"

"응. 그래서 그 말투의 무례함이나 건방짐을 참아 줬지만."

아모르가 눈을 가느스름하게 접었다.

"축하해. 나와 이렇게나 많은 말을 나눈 건 네가 처음이야. 재미있단 말이지."

그렇게 말하며 등받이에 편히 기대어 앉은 아모르가 배를 툭툭 두드렸다. 그는 배불리 먹은 맹수같이 나른하게 웃었다. 보아하니 식사를 마친 것 같긴 한데, 저거 먹고 배가 부른가? 수프는 3분의 1도 줄지 않았다.

"날 재밌게 해 줬으니까 한 가지 질문을 받아 줄게."

아, 눠예. 뭐? 고개를 숙이고 건성으로 듣다가 헐레벌떡 머리를 들었다. 질문이라고? 지금 내게 필요한 것이었다. 나도 모르게 성급함을 드러낸다.

"오호라."

아모르의 눈이 여우처럼 가늘어진다. 이런. 실수했다.

"그냥 해 본 말인데."

목 안에서 절로 신음이 흘렀다. 지금까지 꼭꼭 숨기고 있던 표정이 순간 숨기지 못하고 드러난 게 분명했다.

"말이 없네? 궁금한 게 없다면 돌아가도 좋아."

뻔한 도발인 걸 알면서 제 발에 걸려들었음을 알았지만, 눈을 깔아지워 낸다.

"너 이름이 뭐지?"

"……안입니다."

"안."

내 거짓된 이름에 고개를 든다. 아모르의 말려 올라간 입꼬리가 더 깊은 미소를 그렸다.

"이만하면 도망갈 만도 한데."

감정이 고인 나긋한 아모르의 두 눈과 마주치자 바짝 입술이 말랐다.

"하지만 넌, 궁금한 게 있구나?"

어차피 이 방을 나가면 뒤도 돌아보지 않고 내 궁으로 향할 것이다. 뒤끝 없이 저지를 수 있다. 과감히 지를 것인가. 아니면 조심스럽게 돌아갈 것인가.

"네."

고민은 길지 않았다.

"있습니다. 궁금한 것이."

신중함이 지나쳐 하루 종일 돌다리를 두들기는 나라지만 내일 없이 막 살고 싶을 때가 있다. 당장 내일이 올지 안 올지 모를 순간 아닌가. 난 감히 맹랑한 목소리로 말했다.

"감히 청하건대, 황태자 전하에 대해 듣고 싶습니다."

망설임 없이 직구를 선택했다.

"1황자이신 황태자 전하에 대해서요."

톡 튀어나올 듯 커다란 아모르의 눈이 그대로 천천히 감겼다가, 다시 뜨였다.

"놀랍구나."

붉은 그의 입술이 반원을 그리며 부드럽게 말려 올라갔다. 이해할 수 없는 한기를 느낀다. 실수로 중요한 서류를 잃어버렸을 때와 같이, 한평생 치열하게 살았던 삶에 내재하였던 사이렌이 위험을 경고했다.

"형님……. 형님이란 말이지."

그릇을 한쪽으로 전부 치워 버린 아모르는 긴 팔을 뻗어 턱을 괴었다. 헐렁한 셔츠 사이로 드러난 목선이 사슴같이 길고 가늘었다.

"하하하."

퍽 유쾌한 낯으로 소리 내어 웃던 아모르는 눈꺼풀을 우아하게 감아 뜨며 가늠하는 듯한 시선으로 나를 샅샅이 훑는다.

"네가 귀족 영애였다면 난 널 형님의 외모에 넋이 나갔거나, 형님의 옆자리를 노리는 골 빈 계집애라 생각했을 거야."

"……."

"실제로, 형님은 이 문제로 아주 골머리를 앓으시거든. 더구나 치 떨리게 싫어하시지."

그야, 그럴 것이다. 카스토르는 연정을 품은 여자를 매우 싫어하였으니까. 황제가 되어서도 제국의 황후를 가장 불쌍한 여인으로 만든 남자였다.

"들어 본 적 있겠지? 형님께 사랑을 고백한 고위 신관의 여식이 어떻게 되었는지."

지금도 소문이 좋지 않았다. 황제가 되기 전부터 살육을 일삼으며 무자비에 가까운 그의 여성 편력은 제국 내 유명했었고, 이런 점에서 아내와 금슬이 좋았던 2황자와 사사건건 비교당하며 말이 많았다고 한다. 하기야, 이건 다 그를 루스벨라의 남자로 만들기 위한 작가의 안배였겠지만.

보통 로맨스 판타지에 으레 등장할 법한 악녀가 칼타니아스에도 있었는데 그 여성은 제국의 개국 공신이자 삼 공작 중 하나의 고명딸이었다. 더구나 특유의 냉랭하고 톡 쏘는 성격으로 카스토르에게 당당하게 들이대던 멋진 여성이었으나.

「눈에 거슬린다.」

죽었다. 내 살다 살다 악녀가 불쌍한 소설은 처음이었다. 전무후무한 퇴장에 댓글란 또한 이러쿵저러쿵 말이 많았고 개중엔 여주가 카스토르에게 살해당하는 게 진엔딩 아니냐는 카스토르 여주 살해설이 큰 지지를 얻을 정도였다.

"일개 하녀가 어쩌다 형님에 대해서 호기심을 가지게 됐는지 모르겠지만, 섣부른 호기심이라면 관두는 게 좋아. 형님은 아주 무서운 사람이지."

"알고 있습니다. 그, 한 번 뵌 적 있는데 너무 멋지셔서……."

가치 있는 것과 가치 없는 것. 카스토르는 단 두 가지에만 의의를 두고서 필요 없는 건 가차 없이 버렸다. 그의 손에 죽은 이를 어찌 셀 수 있을까.

그는 애지중지 길러 준 유모를 죽였고 그를 사랑해 목숨마저 걸었던 약혼녀마저 죽였다. 작중 그에게 뿌리 뽑힌 가문만 수십이요, 필요하다면 어제 도운 이도 가차 없이 죽였다.

어쩌면 5일 뒤 내가 카스토르에게 죽는 건 카스토르에게 있어선 당연한 일일지도 모른다. 나는 버려진 황녀. 얼굴을 다쳐 이용 가치가 떨어지고 쓸모없는 패일 테니까.

그러나 나는. 죽고 싶지 않다.

"이상하네. 네가 형님을 뵌 일이 있다고……?"

아모르는 턱을 괸 그대로 흐응, 하고 입꼬리를 비스듬히 올렸다.

"형님은 서쪽의 테(te) 궁 구역에서 이곳 테렛 궁 말고는 걸음하지 않으실 텐데."

그의 녹색 눈동자가 굴러갔다.

"오늘 처음 여기 왔다는 네가 봤다니. 참 신기하구나."

눈을 마주치며 이유를 찾으려는 듯 내게서 시선을 떼지 않았다.

"……."

나는 괜히 안절부절못하며 이리저리 눈동자를 굴리다가, 겁에 질린 사람처럼 고개를 내렸다.

"뭐. 좋아. 오래 침대에 앉아 있으면 상당히 심심하거든. 난 재밌는 거랑 신기한 걸 좋아해. 그러니 네겐 친절을 베풀어도 재밌겠다. 무엇보다……. 형님에 대해서 남과 이러쿵저러쿵 나눠 본 적 없으니까."

여행 경험이 풍부한 루스벨라는 종일 침대에 앉아 있는 아모르를 늘 안쓰러워했다. 그를 찾을 때마다 오래 앉아 있으며 오래도록 대화를 나눴다.

다정하고 상냥했던 루스벨라는 가엾은 아모르가 외로울까 봐 모국에서 가져온 책이나 게임, 직접 만든 간식 같은 것을 모조리 선물했다. 바깥세상을 향한 동경이 컸던 책 속 아모르는 루스벨라가 가져온 모든 것에 아이처럼 기뻐했다.

그때는 전부 가진 재벌 2세 주제에 짝녀가 주는 컵라면같이 하찮은 것에 뛸 듯이 기뻐하는 아모르를 어휴, 이 짠내 나는 자식 하고 넘어갔는데. 지금 보니 아모르는 게임이나 책 따위가 아니라 루스벨라에게 의의를 뒀는지도 모르겠다. 그녀야말로 늘 침대에 앉아 있던 시한부 소년에게 전에 없던 새로운 바람이었을 테니까.

물론 이건 어디까지나 내 조잡한 상상이고. 지금은 루스벨라가 가출을 하든 떡을 치든 알 게 뭔가. 아모르의 가녀리고 쉰 목소리에 집중했다.

"형님은 말야, 잔인하고 냉혹하신 분이셔. 자신에겐 관대하고 타인에겐 가차 없지. 그래서 형님의 궁에는 늘 시중인이 모자라. 심심치 않게 시체가 실려 나가거든. 아마 내 궁전에서도 몇쯤 죽었겠구나."

"……."

의외로 소년은 떠들기를 좋아했다.

"형님은 웬만한 검사보다도 검을 잘 다루시지. 거기다 「주신의 후계자의 힘」까지 가지고 계시니 누가 함부로 건드리겠어?"

'후계자의 힘?'

나는 가늘게 눈을 찌푸렸다. 그게 뭐지?

"그래서 호위 검사를 둘 필요가 없지만 헤르난, 아니 디볼로 공작이

자청해서 맡고 있기 때문에 아주 성가셔해. 늘 이곳에 오셔서 투덜거리시지. '감히 나보다 약한 놈에게 보호받는다'고. 하지만 실은 그런 책임을 지우는 걸 좋아해. 그래서 배신하는 것에 예민하시지."

"……."

"아, 그리고 말야. 거짓말을 아주 싫어하셔."

"거짓말을요?"

"그래. 그리고 자신의 이야기를 뒤에서 하는 것 또한 매우 꺼리시지. 실제로 형님이 없는 곳에서 떠들던 서기관 둘이 살아서 비서실을 나오지 못했거든. 형님이 그 쓸모없는 혀를 잘라 주었는데 과다 출혈로 죽은 모양이야."

끄덕이려다 말고 고개를 들었다.

'가만, 그럼 지금 우리가 나눈 대화도 그놈 귀에 들어가면 살아남지 못한단 소리잖아.'

상큼하게 웃는 황자는 분명 이 사실을 알고 있었다. ……이 미친놈이?

"저, 그럼 지금도……."

"맞아, 난 지금 목숨 걸고 얘기하고 있는 거야. 고맙지?"

전혀. 아니. 절대. 네버. 살아남으려고 여기까지 온 것을 생각했을 때, 방금 이 아모르가 가장 크고 아름다운 빅 엿을 내게 먹였다. 나는 이를 부득 갈고 싶은 걸 참으며 간신히 애처로운 얼굴을 보였다.

"……제게 너무 친절하시지 않으신가요. 걱정됩니다."

"괜찮아. 넌 그걸 누릴 자격이 있거든."

아, 책 속 내용이고 4황자고 뭐고 진즉에 도망갈걸. 난 대체 뭘 믿고 이 방까지 들어왔나. 여태껏 적중한 예상이라곤 이 아름다운 황자가 아름다운 개새끼라는 것 말곤 없는데.

이전엔 더없이 다정한 대형견남. 지금은 개새끼. 아모르가 앉은 식탁 겸 탁자는 내 어깨에 살짝 못 미쳤다. 아무런 경계 없이 서 있다가 아모르의 손이 머리카락을 스쳤을 때, 나는 놀라 그를 쳐다봤다.

"안."

그가 씩 웃었다. 마치 내가 걱정하는 것을 안다는 듯이.

"방금 알았는데, 너 내가 아는 누군가와 닮았다."

눈동자만 올려 나를 보는 얼굴은 잘생겼다기보다 예뻤다. 손가락까지도. 이걸 두고 섬섬옥수라고 하던가. 나를 잡은 가냘픈 손가락이나 가만히 있는데도 곧 기절할 것처럼 창백한 안색이 예쁘며 안쓰러웠다.

"누굴 닮았을까……. 내가 아는 사람이라면 전부가 신관 귀족뿐인데."

그러나 동시에 도드라진 빗장뼈와 튀어나온 광대가 성마른 예민함을 풍겼다.

"감히 제가 귀하신 분을 닮다니 비할 데 없이 영광이네요……."

난 가까스로 대답했다. 식은땀이 주르륵 흘러나오지 않을까 걱정하면서.

"너, 안이라고 했던가."

이름을 되묻고서 아모르는 "안." 하고 불렀다. 그는 고기를 먹듯 발음을 우물우물 씹더니 고요한 풀빛 눈동자에 반짝 빛을 드러낸다.

"나도 궁금한 게 있는데, 얼굴에 붙여 놓은 그건, 혹시 다친 거야?"

반창고를 붙여 놓은 쪽에서 손이 느껴진 순간 나도 모르게 주춤 물러났다.

"아프니?"

그는 미려한 미소를 꺼트리지 않으며 말했다.

"아, 네. 조금입니다. 바닥 청소하다가 미끄러져서 다쳤습니다."

"정말? 조심하지 그랬어."

미소를 짓고서 무슨 생각을 하는지 모를 얼굴은 전에 없이 다정했다. 이브의 선악과처럼 본능적인 경계를 낳았다. 애새끼면서 사람 홀리게 웃는 건 데인만이 가능하다 생각했는데 아니었나 보다. 위태로운 미소가 너무나 잘 어울렸다.

자작나무같이 메마르고 건조한 시선으로 소년은 나를 본다. 그가 작게 속삭였다.

"안."

"……네."

"형님은 실은 정이 아주 많아서 주변 사람을 아주 많이 아껴. 하나뿐인 친우, 헤르난을 매우 아끼는 것만 봐도 그래. 또 말이야. 그분께선 너처럼 작고 어렸던 나를 예뻐해 주셨듯이 조그맣고 귀여운 걸 예뻐라 해. 내가 살아 있는 것도 형님의 재량이지."

여기서 그의 음성이 더욱 작아졌다.

"네가 붙인 그거 말이야, 나도 붙인 적 있어. 내가 크게 잘못했을 때 형한테 맞았거든. 나더러 골치 아픈 동생이라면서. 그러더니 한 번은 자기가 첫째라서 고달프다고 하시지 뭐야."

"……."

"재밌지? 뜻밖에 정이 많아."

두 번만 재밌었으면 나라가 망하겠는데요. 병으로 앓는 동생을 주먹으로 패는 형을 두고서 죽이지 않았다고 정이 많다는데 끄덕여야 하다니……. 얼른 이 비상식적인 곳에서 탈출하고 싶어졌다.

완전히 해탈해 체념한 채 재잘재잘 떠드는 소리들을 들었다. 뒤로 갈수록 의미 없는, 거의가 누구는 어떻게 죽었고 누구는 어떻게 죽었다더라 하는 전국 살인 자랑이었다. 자랑거리가 살인밖에 없는 형이라니. 그거 좀 문제가 지나치다고 생각하지 않니.

아모르가 돌연, 스르륵 고개를 들었다.

"이런."

나도 모르게 아모르가 보는 곳을 따라간다.

"그만 가 봐. 늦었잖아?"

활짝 열린 발코니 밖으로 선연한 식물의 색이 보였다. 대리석 기둥을 타고 방 안쪽 유리창에 다닥다닥 달라붙은 넝쿨이었다. 빽빽하게 들어찬 모습은 조금 징그러웠다. 착각일까? 순간 바람 한 점 없는 실내에서 잎사귀가 움직인 것도 같았다.

"안."

고개를 돌리자 노을에 물든 아모르가 보였다.

영문을 알 수 없는 부름에 멍청히 눈을 깜빡인다. 창문밖엔 해가 지고 석양이 묻은 그의 뺨은 생기를 띠었다. 여기 황자들은 하나같이 다기이하리만치 잘생겼다고, 속으로 중얼거리다.

"넌 늦으면 안 되잖아."

난 얼어붙은 것처럼 굳었다. 황자는 무언가 말하려는 듯이 입을 열었다 뗐다가 하더니 알 수 없는 표정으로 가운 주머니에서 뭔가를 꺼내 들었다. 펜이었다. 그가 탁자에 놓고 있던 종이 위로 무언가 슥슥 그리더니 내민다.

"원래 나만 아는 길인데 특별히 알려 줄게."

웃는 얼굴을 따라 시선이 타고 내려간다. 조악하게 그려진 약도였다.

"이게 지름길이야. 빨리 가야 하잖아."

"......어딜, 빨리 가야 하는데요?"

"네가 돌아가야 할 곳. 서쪽의 가장 끝에 위치한 궁."
"네?"
"여기서 테레나 궁은 꽤 멀지."
나는 멈칫했다. 물감이 번지듯 잔잔하게 웃는 아모르의 뒤로 해가 뉘엿뉘엿 지고 있었다. 그의 말대로 돌아가야 할 시간이었다. 아주 빠르게.
그가 종을 울리자 밖에 있던 검사가 들어와 고개를 숙인다.
"다음이 있다면, 또 놀러와 주면 좋고."
"……."
그는 대답을 바라지 않았는지 그대로 돌아서 가 버렸다. 나는 손이 하얘지도록 빈 그릇을 움켜쥔 채 본능적으로 걸어 복도로 나왔다.
'빨리 가자.'
걸음이 빨라졌다. 치맛자락이 발목에 감겨 거친 느낌을 자아낸다. 조리실에 식기를 몰래 가져다 놓고 누가 볼세라 황급히 아모르의 궁을 빠져나왔다.
문이 닫히는 소리와 함께 주르륵 주저앉아 참았던 숨을 내쉰다. 부러 느긋해지려 후, 하, 후, 하 길게 심호흡했다.
세상엔 우연히 일어나는 일이 참 많다. 정말로 싫어했던 동창 얼굴을 같은 회사에서 보게 되기도 하고, 업무 미팅 도중에 남친이 회사 동료의 여친과 나란히 걷는 것을 보거나 머나먼 타국에서 뜻밖에 첫사랑을 만나기도 한다. 뭐가 됐든 단순한 확률 문제다.
천천히 얼굴을 쓸어내린다.
'데인과 플뢰온도 나를 만나기 전에 이미 나라는 여동생이 있다는 걸 알고 있었어.'

그러니까, 대뜸 테레나 궁으로 가는 지름길의 약도를 받아도 당황할 필요 없다. 그런 거겠지. 맞아. 그런 거라고. 솔직히 아무리 버려졌다 한들 이 넓은 황궁에 하나쯤은 날 아는 사람이 있지 않겠나. 한 번쯤 내가 그들을 알았던 것처럼 그들도 나를 알지도 모른다고 생각해 보긴 했다.

짓궂은 황자가 생각보다 더 간 떨리는 방법으로 알게 했을 뿐이야. 어차피 소설이라면, 소설 같은 일은 얼마든지 일어날 수 있는 법.

그렇게 자위하며 아모르가 남긴 호의인 약도를 펼쳤다.

갈 길이 바쁘다. 얼른 가자. 돌아가는 길이 제법 멀기도 한 데다 방에서 발만 동동 구르고 있을 애나를 생각해서 얼른 신속하게 돌아가야 할 테니까.

"이쯤인데."

그가 그려 준 약도는 선을 몇 개 겹쳐 그려서 알아보기가 힘들었다. 후원을 빠져나왔지만 그럼에도 길이 어려워 나는 간신히 그림과 비슷한 길을 걷고 있었다.

"후원에서 왼쪽이란 말이지?"

후원을 통과해 모퉁이를 지나가는데, 얼핏 소곤거리는 말소리가 들렸다. 바리톤의 목소리. 내 궁에선 듣기 힘든 톤. 검사도 있는 모양이었다.

낮은 남자의 목소리와 그보다는 조금 높은 남자 목소리가 성큼 가까워진다. 그러거나 말거나 약도에 집중했다.

'음, 이 길이 맞는 것 같지?'

드디어 길을 찾아 고개를 들었는데, 그보다 먼저 큰 그림자가 지는가 싶더니 앞이 까만 정복으로 가득 찼다. 고개를 들어 올려다보자 키가 큰 남자가 있었고, 남자의 어깨 즈음에 눈처럼 새하얀 머리가 하나 보였다.

……눈처럼 하얀 머리?

"누구지?"

재빨리 고개를 숙였다. 흰 종이가 힘을 잃고 나풀나풀 발밑에 떨어진다. 나는 뉘엿뉘엿 지는 해도 잊고 입을 틀어막았다. 쿵쾅쿵쾅 심장이 마구 뛰었다.

"……하녀인가?"

"글쎄."

곧게 뻗은 허리. 검은 셔츠. 보지 않으려 했으나 시선이 천천히 올라간다. 곧 나무처럼 타고 올라 툭 튀어나온 남성적인 울대에 머물렀다.

'아니야.'

안 돼. 보지 마. 더는 보고 싶지 않다 여기면서도 이겨 낼 수 없는 호기심에 올라간 시선이 남자의 어깨에 머물렀다.

"……네가 모르면 어떡해."

흰 머리 남자의 타박에 키가 큰 남자가 슬쩍 웃는 소리.

"글쎄."

낮게 깔려 밑바닥을 긁어내는 것 같은 음성. 전생의 베이스를 떠올리게 하는, 아주 깊은 곳에서 울려 나오는 목소리였다. 그건 악마의 속삭임이라도 되는 양 황홀한 섬뜩함을 느끼게 했다.

황급히 고개를 숙인 나는 얼른 약도를 주웠다. 그만 봐야 한다 느끼면서도 다시 올려다본다. 헐렁한 옷은 빗장뼈를 고스란히 드러내며, 단추는 엉망으로 풀려 있었다.

뇌가 밖으로 튀어나올 것 같았다. 눈을 감으면 안볼 수 있게 되는 걸까, 그러나 호기심이 먼저였다. 마침내 그의 얼굴에 도달한 나는 입을 벌렸다.

"모르는 걸 어떡해."

짙은 검은 머리카락이 흔들리며 검푸른 잔상을 남겼다. 검은 광택이 나는 머리카락 사이로 반듯한 아미가 드러나며 움푹 들어간 미간이 보였다.

극히 사실적인 매체에 익숙해진 전생에 체험한 연예인, 풍경, 우주, 그 어떤 경험과도 견줄 수 없는 아름다움이었다. 새삼 말하기도 어색할 만큼 몹시도 미려한 남자였다.

남자는 자신과 대비되는 새하얀 머리를 가진 남자의 어깨에 느슨하게 기댔다. 그대로 눈을 툭 늘어트리더니 웃음기 한 점 없이 찬란한 금빛 눈동자를 굴려 나를 살폈다.

눈매는 깊었고 애가 탈만큼 매혹적이었다. 손짓. 몸짓. 눈짓. 작은 움직임 전부 홀릴 듯 아찔하였으나 특히 이질적인 금색의 눈동자가 나를 사로잡았다.

싸늘한 바람이 불어 대충 걸친 것이 분명한 검은 망토가 너울너울 흔들렸다. 기묘한 금색 눈동자로 나를 꽁꽁 묶어 두고 남자는 권태로운 표정을 짓는다.

그러나 그 숨 막히도록 아름다운 남자 앞에서 나는 물에 빠진 사람처럼 숨이 모자랐다. 소설이라고, 소설 같은 전개를 원한 건 아니야.

카스토르 드제 칼타니아스.

미친 황태자가 눈앞에 있었다.

* * *

바람에 몸이 살짝 떨렸다. 코끝으로 한기가 스몄다. 만물이 밤을 준비하는 시간에 이곳만 흐름에서 벗어난 것처럼 고요했다.

"전하."

툭 치면 쓰러질 듯 가냘픈 계집아이가 꾸벅 고개를 숙이며, 낭랑한 목소리로 말했다.

"송구하옵니다."

혼란과 경계를 눈을 깔아 지워 내는 태도는 아이답지 않은 의젓한 구석이 있었다. 멍하니 허공을 보던 카스토르가 천천히 눈을 내리깔아 어린 소녀를 쳐다보았다.

무엇이? 황태자가 하문하려 했으나, 그가 본 것은 쌩하니 멀어지는 뒷모습뿐이었다. 머릿수건 뒤로 금색 머리카락이 바쁘게 흔들렸다. 카스토르는 그걸 바라보며 슬쩍 눈을 찡그렸다. 해묵은 밀알같이 바랜 금발.

저걸 어디서 봤더라? 소녀의 눈동자로 살짝 비치던 먹먹한 공포와 두려움을 떠올렸다.

"도망가 버렸네."

옆에서 헤르난데즈가 나직이 중얼거린다. 확실히 조금 전 본능과도 같이 거리를 벌린 걸음걸이는 털을 곤두세운 짐승처럼 재빨랐다. 카스토르가 사라진 소녀를 보며 느낀 감상은 그러했다.

"그 차림을 알아보는 하녀는 처음이야. 그렇지?"

"아아."

카스토르가 나긋한 목소리로 수긍했다. 헤르난데즈가 하는 말은 그들이 입고 있는, 검사들이 종종 입는 가벼운 활동복 차림을 꼬집는 것이다.

"날 알아봤겠어. 네 머리색을 알아본 거겠지."

"그런가."

그들은 태가 어디 가지 않듯 가만히 서 있는 자세에서도 우아한 품위를 드러냈다. 이 때문에 얼굴을 몰라도 시중인들은 본능적으로 알아채고 고개를 조아린다.

'인기척을 숨기지 않았으니, 피해 갈 거라 생각했는데.'

본디 '눈치'란 아랫사람이 가져야 할 덕목이자 초식 동물의 생존 본능과 비슷하다. 그들은 걸음에서 굳이 귀족임을 숨기지 않았으니 검사들은 고개를 갸웃하면서 길을 비켜서고, 하녀와 시종은 일찍이 멀찌감치 떨어져 걸었을 것이다. 그들을 보고 두려워하는 하녀는 문제가 없다.

'많이 자라셨구나.'

그렇지만 소녀가 하녀 신분이 아니란 것을 헤르난데즈는 알고 있었다.

'그런데 분명 '전하'라고, 했지?'

그리고 의문을 품고 고개를 기울였다. 어떻게 카스토르를 알아보셨을까 하고.

* * *

"헉, 허억……."

밭은 숨이 쉴 새 없이 터져 나왔다. 황태자를 본 공터에서부터 여기까지 꽤 먼 거리를 쉬지 않고 달렸다. 꺾인 허리를 바로 하며 손등으로 입가를 훔쳤다.

"내 살다 별……."

말을 하는 데도 숨이 찼다. 쪼그리고 앉자, 그나마 숨쉬기가 편했다. 조금 늦게 억울함이 뒤따른다. 아니, 이게 말이 되는가. 룰 위반이라고 아시는지? 1스테이지 최종 보스를 벌써부터 보내는 게임이 어디 있단 말인가. 눈물이 잔뜩 고인 눈을 비비며 방금 상황을 반추했다.

'젠장 맞을. 죽으라고 보냈으면 벗어날 힌트라도 주던가.'

아니면 경험을 쌓아 레벨 업할 시간이라도 주던가. 최소한 안전장치는 주고 내몰 수는 없는 건가?

공포영화 한 편 찌—인하게 본 것처럼 날 선 소름이 가시질 않았다. 신은 주인공 옆에다 떨어트려 주는 최소한의 호의는 쌩까 놓고서 어떻게든 살아 보겠다고 버둥거리는 것조차 우스웠나? 마지막 발버둥조차 뭉개 버리는 불행에 감탄할 지경이다.

'설마 내 얼굴을 기억하기라도 하지는 않겠지?'

아. 이럴 때 흔하디흔한 내 머리카락 색이 자랑스럽지만 그럼에도 완전히 지울 수 없는 불안 요소가 있다. 손을 들어 뺨을 어루만진다.

"뺨이 관건인가……. 아니 눈동자도."

혼란한 머리와 다르게 몸은 착실히 본능을 따랐다.

"여긴 어디지? 약도에 그려진 곳인가."

다행히도 어찌어찌 잘 도망친 것 같지만. 다음이 문제였다. 꽁지 빠져라 줄행랑을 친 뒤라 지쳐 쓰러질 것 같았지만, 어쨌거나 눈앞의 현실을 똑바로 주시했다.

……아무래도 다음 엿은 4황자가 보낸 것 같지?

"약도에 그려진 곳이 맞는데."

정신없는 중에도 약도를 보고서 달린 이곳은 요상한 돌무더기가 있는 곳이었다. 그것도 막다른 길이다. 허망하고 허탈하기 그지없는 일이었다.

'난 내가 사는 궁전을 원했지 웬 모아이 석상에 고인돌 같은 유적지를 바란 게 아닌데.'

더구나.

"해가 지고 있어."

저녁이 되기 전에 돌아가지 않으면 궁전이 한바탕 뒤집어질 거다.

일단, 돌무더기들을 살폈다. 4황자가 정말 엿을 먹이려고 한 게 아니라면 날 이곳에 보낸 이유가 있겠지. 한참을 눈이 빠져라 살펴보던 나는 얼굴을 문질렀다.

'아모르, 정말 엿을 먹이려고 한 거니?'

정말 이 망할 돌무더기 말고는 아무것도 없었다. 아무것도. 형제가 골고루 날 곤란하게 만들 셈인가.

'찐하게 엿을 먹었네.'

아찔한 높이의 비석을 노려보았다. 비석에는 뜻 모를 글자가 잔뜩 적혀 있다. 문득, 사수의 암호문 같던 피피티를 밤새워 수정하던 날이 떠올랐다. 그 암호문이나 이 비석인지 모를 암호문이나 나를 엿 먹이려 하는 수작인 게 분명하다 생각돼서인가.

"금지된 숲이네."

저 멀리 보이는 숲은 황제와 그의 후계만 갈 수 있다는 금지된 숲임이 분명했다. 황제가 인정한 자가 아니면 영원히 길을 잃는다는 무시무시한 소문을 가진 숲 말이다. 이 때문에 시중인들은 숲 근처에는 얼씬도 하지 않는다. 인기척이 없는 건 이런 이유에서겠지.

"어쩐지 방향이 이상하다고 했어."

털썩, 주저앉아 허망하게 숲을 바라본다.

"저기 들어가서 콱 실종되어 뒤지란 소리일지도 몰라."

하기야 생각해 보면, 오늘 뭐 하나 제대로 생각대로 된 게 없었다.

"얻은 거라곤 쥐꼬리만 한 정보인가……."

눈을 끔뻑이며 흘러가는 구름을 보던 나는 문득 돌을 바라봤다.

"역사 교양서에서 저런 비슷한 것을 본 적 있는데."

돌들이 울타리처럼 감싸고 있는 모습은 광개토대왕릉비라거나. 커다란 비석 같이 오래전 유적을 떠올리게 한다. 대충 살펴보다가 안 건데 공터 중간의 거대한 비석을 가득 채운 언어는 신어神語였다.

'저걸 뭐라더라, 콰란 어였나.'

멍하니 비석을 소리 내어 읽었다.

"나는…… 구름? 아니, 바람으로부터 인간이……. ……하늘에서…… 자유……."

고어라서 주술 구조가 엉망이었다. 보통 소설 속 주인공은 예상치 못한 재능으로 이런 데서 기연을 얻던데 신 양반이 그 흔한 언어 패치조차 주지 않았다는 건 굳이 입 아프게 설명하지 않겠다.

"흠. 거창한 신어로 새겨진 걸 보아 어떤 고고학적 유적이라도 되는 모양인데."

너무 수준이 높아 겨우 열세 살짜리 신어 지식으로는 무리인 걸로 보인다.

'끝으로 갈수록 쉬워지네.'

눈으로 쭉 읽어 가다 마지막 비문에서 멈췄다. 다행히 마지막 두

문장만큼은 나라도 읽을 만한 동화책 수준으로 내려와 있었다.

"「바람을 타고 내게 와 주오.」"

중얼거리며 읽어 보았다.

"「바라오니 그대는 서풍에서 씨앗을 자라게 하는 봄바람. 인간을 사랑하는 신의 힘을 빌려주시오. 바람을 다스리는 당신은—」"

이미 제시간에 돌아가긴 글렀다 생각하며 끝자락을 읽었다.

"「제피로스.」"

그 순간 이끼가 걷히고, 무성하던 넝쿨이 살아 있는 것처럼 움직였다.

"……뭐야?"

난 소스라치게 놀라 벌떡 일어났다. 기겁하며 일어난 곳에서부터 비춰 오는 빛무리가 보였다. 돌의 글자가 번쩍 빛을 내고 있었다.

파앗!

순간 꽃처럼 피어난 것이 태양같이 강렬하게 번쩍였고, 눈이 부셨다.

"도, 도대체 뭐야?!"

거대한 빛만으로 놀랄 일인데 어디선가 바람이 불어왔다. 눈을 뜨면 반투명한 녹색 빛깔이 휘몰아치고 태풍처럼 커진 바람이 엉켜 들며 거대한 원을 이루었다.

몸이 흔들린다? 아니 땅이? 지축이 흔들리고 있었다.

눈이 간질간질한 느낌이 들었다. 감각기관이 하나 더 생긴 것처럼 눈이 바람을 바라보고 있었다.

큰 원 안에 작은 원, 그리고 두 개의 대각선에 다시 삼각형. 본 적 있다. 신학 시간에 가장 먼저 배운 신관들이 주술을 쓸 때 사용하는 신의 도형, 신의 문양이었다.

도형이 가까워진 순간, 빛이 확 덮쳐 왔다. 어쩐지 그런 느낌이 들었다. 아니, 본능적으로 지금 어디로 가야 할 것을 인지한 것처럼 난 정확히 테레나 궁을 떠올렸다.

남은 한 발마저 땅에서 떨어진 순간, 몸이 휙 사라졌다.

"……으, 머리야."

눈을 뜨고, 낯선 숲에서 눈을 떴을 때, 주위는 향긋한 냄새로 가득했다.

"여긴 어디지?"

천천히 고개를 들었다가 말도 안 되는 광경에 굳어 버린다.

다시 왔던 곳으로 천천히 고개가 돌아가고 똑같은 비석을 발견했다. 시선이 비석을 타듯 위로 올라간다. 눈을 비빈다. 아모르의 궁에 있던 것과 똑같지만, 색은 전혀 다른 비석이다.

"……맙소사."

저 멀리 익숙한 지붕이 보였다.

"테레나 궁이잖아!"

눈앞의 비석은 분명 4황자 궁에 있던 것과 형태가 비슷했지만 조금 더 탁한 색을 가지고 있었다. 머리를 굴린다. 이것이 그 말로만 듣던 순간 이동인가? 그래, 순간 이동.

"비석이 순간 이동을 할 수 있게 해 주는 거라고?"

저 새하얀 외벽은 내 궁이었다. 일어나 조금 걷자 여기가 테레나 궁 뒤뜰과 멀지 않은 곳이란 걸 알았다. 눈이 흔들리는 소리가 있다면 이 순간 가장 격렬한 소리를 내었을 것이다.

그리고 테레나 궁의 뒤뜰은…….

"금지된 숲과 이어져 있지."

잠시 뒤, 숲의 시작을 알리는 울타리 앞에서 멈춰 섰다. ……정말 테레나 궁이네. 정말이었어.

시선을 내려, 구기듯 쥔 치맛자락을 보았다. 궁전과 숲의 경계를 나눈 거대한 울타리는 혼자서 넘어갈 수 없었다. 구멍 사이로 기어 나온 나는 채 마르지 않은 이슬에 흠뻑 젖은 머리를 털었다.

꿈인가 싶어 돌아보면 비석은 보이지 않았다. 하지만 우거진 나무와 키 작은 풀에 적절히 가려졌을 뿐 여전히 그곳에 존재할 것이다. 아연해진다.

이게 말이 돼? 최소한 이성과 합리를 믿었던 전생의 현대인이 비명을 질렀다.

삐롱—

청아한 소리에 고개를 들었다. 커다란 나무 위 작고 새하얀 새가 나를 내려다보고 있었다. 모든 것을 지켜보고 있었다는 듯이. 에이 설마. 지나친 생각이라며 피식 웃는다.

삐롤로로롱—

양손으로 눈을 가리며 새를 향해 있는 시야를 완전히 차단했다. 신경과민이야.

돌아가자 유모와 하녀장이 한바탕 난리가 났다. 반나절 동안 사라진 줄 알았던—애나와 하녀들은 입도 뻥긋하지 않았더라—황녀가 피로한 몰골로 나타났으니 오죽할까. 나는 적당히 상대하기 좋은 유모의 품을 택했다.

"유모, 나 배고파. 저녁은?"

상황에 전혀 맞지 않은 천진난만함에 하녀장은 할 말이 많아 보였으나, 곧바로 수긍하고 물러났다.

"애나를 혼내지 마. 응? 그냥 또래랑 이야기해 보고 싶었어……."

이에 선량하고 다정한 이들은 불만을 토로할 수 없었으리라. 금세 이입한 유모가 눈물을 찔끔 찍으며 "가엾은 황녀님. 친구가 필요하신 줄도 모르고……."라고 해서 수고를 덜었다.

다만 약간의 진실을 아는 애나만은 묘한 눈으로 날 보긴 했지만 슬그머니 다가온 그녀마저도 "무사히 돌아오셔서 다행이에요." 하고 속삭였다.

지독한 피로감이 느껴졌다. 소파에 앉아 반창고를 떼어 낸 나는 뺨을 꾹 눌렀다가 떼었다. 몸을 누이고픈 마음이 굴뚝같았지만 그러기엔 생각해야 할 것이 아주 많았다.

"한나, 차 한 잔만 갖다 줄래?"

"네!"

나는 비틀거리며 책상 앞에 앉았다. 머리카락에서 숲의 향긋한 내음이 아직도 나는 것 같다.

신학사전에서 「제피로스」라는 이름을 찾아보았더니 네 명의 '바람의 신 중 서풍의 이름'이었다. 미신과 종교, 그 밖의 신앙에서 자유로웠던 이성이 와르르 무너지는 기분이 들었다. 뺨을 부여잡은 채 헛숨을 토해 냈다.

'와, 정말 판타지구나. 그럼 내 인생은 서스펜스 모험물이고?'

웃음이 새어 나왔다. 내 뒤뜰에 순간 이동 비석이 있답니다! 히어로 부럽지 않은 환경에서 살고 있었답니다! 하하하. 주변이 이렇게나 멋진 판타지인줄도 모르고 말이야.

지난 6년간 너무 조용하게 살아서일까? 허탈한 웃음이 터져 나왔다. 신의 힘이고 뭐고 전부 적응이 되질 않으니 말이다.

사실 환생은, 책 속 빙의는, 미래가 쓰여 있는 일기장은? 나누어 볼 필요 없이 모든 것이 비상식적이고 놀라운 일뿐이다. 이것들 전부 판타지였지. 결국은 전부 같은 것이라 생각하니까 한결 마음이 편해졌다.

그래 앞으로 개 같은 것이라 부르자!

821년 하베르미아의 달 5일

산책을 하다가 희고 아름다운 새를 봤다.

그러나 잠시 안온했던 마음은 일기장을 편 순간 삽시간에 사라졌다.

처음 보는 새였는데, 한나에게 저 새의 이름을 아느냐고 물었더니 한나가 고개를 저었다. 한나가 말했다.

"고양이는 자주 봤지만 저런 새는 처음 봐요!"

어쩌면, 서쪽에 있는 금지된 숲에서 날아온 걸지도 모른다.

황제 폐하와 1황자만이 출입할 수 있다는 금지의 숲. 그 새처럼 아름답고 예쁜 동물들도 사는 걸까?

참, 향긋한 냄새를 맡았는데, 어디서 난 건지 모르겠다.

혹시나 새로운 페이지라도 생겼나 싶어 맨 뒷장으로 가서 꼼꼼히 살펴보지만 애석하게도 일기장의 내용은 변함없었다. 그럴 리 없다.

오늘 내가 한 일은 일기장에 나오지 않은 전혀 다른 일이었다. 평소 생활 패턴까지 바꿔 가며 도전해 봤지만 그럼에도 소용이 없었던 걸 보면 아무래도 실험은 실패한 모양이다.

"내용이 바뀔 거라 기대했는데……."

얼굴에 손을 얹고 그대로 소파에 파묻혔다. 불쑥, 두려움이 고개를 쳐들었다.

"일기장과 다른 일을 하면 내용이 달라질 줄 알았는데……."

오늘이 변하지 않는다면 앞으로 남은 일들이 의미가 있을까?

눈을 깜빡였다. 무기력이 넘실대는 파도처럼 몸을 잠식한다. 허탈해지는 마음을 다잡지만, 생각은 자꾸만 비극으로 치달았다. 차라리 잠에 빠지는 것처럼 죽는다면 좋을 텐데 하는 생각마저 들었다. 그럼 고통은 없을 거라고.

웨얼 이즈 마이 버프.

나만 버프 없고 주인공 아냐. 눈물을 터트리고 싶어졌다. 무슨 어린애가 삶을 편하게 누리질 못하냐. 내가 어쩌다 진짜 밸도 없는 엑스트라가 돼서는.

저쪽의 신은 절을 그렇게 열심히 다녀도 로또 3등만 당첨되게 해 달라는 사소하며 세속적인 소원을 하나 들어주시지 않더니. 이쪽의 신은 스크루지가 따로 없다. 더했다.

"하하하. 이렇게 거지 같을 수가."

웃어 버리고 나니 정신이 조금 맑아졌다. 인생은 아무도 책임져 주지 않았고, 대답 없는 신에게 기대를 걸어 보기엔 너무 늦었다.

"그래. 죽기 싫으면 굴러야지."

일기장을 펼치며 한 페이지 한 페이지 반복해서 읽었다. 마지막 페이지를 읽을 무렵 한나가 들어왔다.

"황녀님?"

"여기야."

반쯤 드러누운 자세로 손을 흔든다.

“피곤해 보이세요.”

조심스럽게 읊조리는 한나의 걱정을 흐릿하게 웃어넘기고는 문득 생각나는 게 있어 그녀를 불렀다.

“한나, 혹시 이렇게 생긴 새 알아?”

“네? 새 말씀인가요? 글쎄요…….”

그녀가 고개를 갸웃했다.

“혹시 궁 근처에서 본 적 없어?”

한나는 내가 그린 그림을 유심히 보더니 고개를 저었다.

“음, 이렇게 생긴 새는 처음 봐요. 깃 끝이 푸른색인가요? 전 사실 고양이 말고는 본 적이 없는 걸요.”

잠시 관찰하듯 한나의 얼굴을 바라봤지만 거짓은 아닌 것 같았다. 하긴 거짓말을 할 이유가 없지. 쩔쩔매는 한나를 두고 긴 한숨을 쉬었다. 그러자 한나가 도움이 되지 못해 미안하다며 어쩔 줄 몰라 했다. 난 그런 그녀를 밖으로 내보내고 완전히 몸을 뉘었다.

“……뭐. 실패는 아냐.”

잘 생각해 보면, 절망스럽기만 한 것은 아니다.

빨래터 하녀들의 얘기로 보아 책 속 주요 인물들은 내가 알던 것과 비교해 크게 다르지 않다.

‘하지만 4황자는 내가 알던 인물이 아니었지.’

그렇다면 조연은 책과 성격이 다르다고 봐도 될까? 아니면 케이스 바이 케이스인걸까? 4황자 옆으로 ‘보류’라고 써 두고 동그라미를 쳤다.

또한 나는 순간 이동이라는 신기한 힘을 쓸 수 있다. 이건 비석이라는 도구가 필요한 걸로 보인다.

그렇다면 위기의 순간에 이걸 사용해서 도망칠 수 있을까? 체크 표시를 해 두고 '재실험'이란 글자를 써 놓았다.

끝으로 금지된 숲에 관련한 소문은 거짓말이다.

'소문에는 죽을 때까지 헤맨다더니.'

나는 전혀 헤매지 않고 밖으로 나왔다. 그럼 이 소문은 어떻게, 어쩌다가 난 것일까? 마지막 옆에다 '알아보기'라고 썼다. 그리고 종이를 반으로 접어 내려놓았다.

'아직 실패는 아니야.'

펜을 입에 물고 골똘히 생각에 잠긴다. 분명 당장 일주일 뒤에 죽지 않기 위해 분개하며 나섰건만 생각지 못했던 것들이 너무나 많았다. 목이 말라 칡 한 뿌리 캐려 땅 팠는데 고구마도 나오고…… 무령왕릉도 나온다. 경주 왕궁 터도 나올 것 같다. 줄줄이 이어져 나오는 이것들을 어찌할까.

제기랄. 아…… 욕하면 안 되는데. 의식하지 않으면 곡소리가 절로 나온다.

"당장 내일 죽을지도 모르는데 잠은 오는구나……."

한숨을 쉬었다.

"너무해, 진짜……."

끝이 날 것 같지 않던 하루가 끝나 간다.

"……한나의 대사마저 완전히 똑같을 필요는 없잖아."

오늘이 지나면 남은 시간은 4일. 눈 감은 채 마지막 명제를 떠올린다.

'일기장에 적힌 일은 그대로 실현된다.'

나는 이걸 부술 수 있을까?

숨소리가 적막한 방을 가득 채웠다. 곧 부러 힘주어 입을 열었다.

"할 수 있어."

목소리는 공기 중에 스르륵 녹아내렸다. 곧 노곤한 몸은 잠을 이기지 않고 가라앉았고, 조금 전까지만 해도 집중했던 이성이 아래로 곤두박질친다.

깜빡이며 글씨가 멀어지고 나는 그렇게 잠에 빠져들었다.

* * *

막, 마지막 방의 등을 끄고 나오던 한나는 문틈으로 빠져나온 빛을 보았다.

"황녀님?"

희미한 빛은 황녀의 방에서 나오고 있었다. 아직 주무시지 않는 걸까? 괘종시계는 자정을 알리고 있었다. 한나는 조심스럽게 문을 열었다.

새액새액.

가는 숨소리. 살금살금 걸어간 곳에 소파 위에서 곤히 잠든 어린 소녀가 보였다. 잠시 이마를 짚은 한나는 고개를 절레절레 저었다.

"잠은 침대에서 주무셔야죠."

숙면에 빠진 소녀를 보며 중얼거렸다. 조금 뒤 푹신한 베개와 솜이 소녀의 머리를 받치고 몸을 덮었다.

"아이고. 손에 잉크를 묻히셨네……. 씻고 주무시지."

한나가 한숨과 함께 일어날 때였다. 소파 위에 걸쳐 있던 것이 툭 떨어졌다.

"어머, 이건 뭐지?"

호기심에 들여다봤던 한나는 곧 숨을 들이켰다. 황급히 책장을 덮은 한나가 눈을 깜빡였다. 펼쳐 놓은 종이에 쓰인 날짜를 본 순간 일기장이란 걸 알았기 때문이었다.

에구머니나. 분명 오늘 날짜였지? 모시는 분의 비밀스런 사생활을 읽는 건 몹시도 불경스러운 일이다.

'난 아무것도 못 봤어!'

한나는 조심스럽게 황녀의 옆에 일기장을 올려 둔 뒤, 숄을 고쳐 매며 돌아섰다.

"어라?"

문을 열던 그때 한나가 고개를 갸웃했다. 방금 황녀 근처에서 희끄무레한 빛을 본 것도 같았기 때문이었다.

"……으음, 잘못 봤나?"

이상하네, 방금 막. 꼭, 뭔가 빛을 낸 것 같았는데?

뎅. 그때, 복도의 괘종시계가 우렁차게 시각을 알렸다. 뎅뎅뎅.

야간을 지키는 시중인 말고는 모두가 잠이 든 시간. 한나는 하녀장의 으름장이 떨어질세라 서둘러 방을 빠져나왔다.

"어휴. 정말."

하녀장은 언제나 가장 마지막으로 잠자리에 드는 사람이었다.

"저 괘종시계는 꼭 '3분' 늦단 말이지."

손안에 낡은 회중시계와 괘종시계를 번갈아 보며 한나가 쯧, 혀를 찼다. 뚜벅뚜벅. 걸음 소리가 차차 멀어졌다.

* * *

821년 하베르미아의 달 6일

비가 주룩주룩 내렸다. 테렛 궁에서 받던 수업이 취소되어 테렌테 궁에서 받았다. 또처럼 데인 오라버니와 오라버니의 검사가 찾아와 온실에서 차를 마셨다.

데인 오라버니는 아주아주 아름다운 분이다.

온화한 분이지만, 한편으로는 가까워지기 힘든 분인 것 같다. 가끔 웃다가도 아주 먼 곳을 보며 무서운 얼굴을 하시기 때문이다.

데인 오라버니가 잠깐 자리를 비우셨을 때, 검사님이 황자님은 누구에게나 똑같이 다정한 분이라고 칭찬했다. 그러면서 황녀님이 비슷한 처지거나 조금 더 아래에 있기 때문이라고 했는데. 이건 무슨 얘길까? 황제 폐하가 나도, 오라버니도 플뢰온 오라버니도 찾지 않으셔서?

데인 오라버니를 배웅하다 넘어졌다. 이게 다 드레스가 너무 길었던 탓이라며 수선실 하녀들이 크게 혼쭐이 났다.

아닌데. 내가 연두색 드레스를 입겠다고 고집부렸기 때문인데.

입지 말걸…….

* * *

—하베르미아의 달 6일.

황족이 받는 교육은 정치, 행정, 외교, 문화. 심지어 사교술까지 그 분야를 가리지 않는다. 교육에서 완벽함을 고집하는 초대 황제의 뜻이다.

"오늘은 신학 강론입니다."

교육을 완수하면 훌륭한 황족이 될 수 있다는데. 그들이 말하는 교육은 대학교 이후 석사, 박사 과정과 비슷했다. 알면 지식이요 몰라도 아무 짝에 상관없는 것들 말이다.

"책을 펼쳐 주십시오."

신학 책을 꺼내 들었다. 전생에 경험했던 것과는 다르게 쉬는 시간 없는 연강에 죽을 맛이다. 애써 눈을 비비며 졸지 않으려 용을 썼다.

"황궁은 각가지 신기한 장치가 모인 곳입니다. 신의 힘은 제국만의 기술을 갖게 만들었고 곧 이 기술의 집약체가 황녀님이나 황자님께서 거주하시는 이곳 황궁이지요."

선생은 모처럼 잠에 빠지지 않은 나를 신기한 눈으로 쳐다보았다.

"커흐흠, 오늘따라 황녀님께서 집중하시는 듯합니다."

얼굴에 나 학자요 써 붙인 반듯한 책상물림 상의 노인인 그는 담담하게 나를 보려 노력했지만 생경함이 숨김없이 드러났다.

"선생, 질문이 있는데."

"네? 황녀님께서 말입니까?"

그가 깜짝 놀라 반문했다.

"으핫! 선생 표정이 너무 솔직한 거 아냐?"

옆에 있던 플뢰온이 거 선생 놀란 얼굴 좀 보라며 킬킬 소리 내어 웃었다. 어째 뒷동네 깡패처럼 일그러트리며 입꼬리만 쭉 말아 올렸건만 전혀 야비하지 않고 한 폭의 그림 같다는 게 정말 아쉬운 일이다.

"흐응, 선생 안에서 내 이미지가 어떤지는 아주 잘 알겠어. 그리고 머리 잡아당기지 마, 오라버니."

난 옆머리를 쿡쿡 잡아당기는 무뢰한 플뢰온에게 노골적인 불쾌감을 숨기지 않으며 말했다.

"황궁에 있다는 장치는 전부 신의 힘을 사용하는 거야?"

"네. 그렇습니다."

"그럼 황궁에 있다는 여러 신기한 장치들 중엔 '바람의 신'의 것도 있나?"

"바람의 신 말씀입니까……. 흐음. 있겠지요? 주신이 살았던 곳이니까요."

선생이 책 끄트머리를 톡톡 두드리며 생각에 잠겼다.

"유피테르 휘하 24신 중 바람의 신은 4명이라고 합니다."

책을 뒤적이던 그가 정돈된 의견을 꺼냈다.

"북풍의 보레아스, 남풍의 노토스, 서풍의 제피로스, 동풍의 에우로스가 그들이지요. 하지만 현재 바람 신의 흔적은 거의 사라졌고 따라서 신물도 남아 있는 것이 없다시피 합니다. 여기에는 여러 가지 설이 있지만, 대표적인 것은 바람 신의 힘을 가진 신관들이 후계를 가지길 거부했기 때문이라 합니다. 그래서 황궁에 남아 있는 신물은 거의 유실되었고 오래전 북쪽 왕국과 전쟁에서 쓰였던 북풍 보레아스의 신물이 전부라고 하더군요."

"혹시 그거 어떻게 생겼어?"

그러자 네가 드디어 학습 태도에 진척을 보이는구나, 이런 얼굴로 감동한 선생이었다.

"「폭풍을 일으키는 뿔나팔」입니다. 이동 능력을 사용한다는 「서풍의 힘」이나 먼 곳의 소리를 듣게 한다는 「남풍의 힘」에 비하면 조금 아쉬운 일이지요."

"왜? 폭풍을 일으키는 힘이면 충분히 대단한 것 아냐?"

선생이 흥미를 보이는 학생을 두고 대견하다는 듯 흐뭇하게 웃으며 차분한 어조로 말했다.

"신의 힘을 사용하는 인간을 「신관」이라 정의하는 것은 알고 계시지요?"

"응."

"흔히 신의 힘을 사용하는 데에 3요소가 필요합니다. 「신관神官, 신물新物, 성지聖地」이지요. 여기서 신력은 24신의 성격에 따라 발현 조건이 다릅니다. 각 신관 후보가 신의 조건을 충족하는 것을 「각성」이라고 하는데, 신관 후보는 그때부터 신관의 예우를 받습니다."

선생은 책을 펼쳐 어떤 그림을 보여 주었다. 그건 거대한 무대처럼 보였는데, 조그만 글씨로 주신의 신물이라 적혀 있었다.

"「신물」은 건국 당시 신이 직접 힘을 내린 물건이거나, 대신관급 사제가 온 생명을 다해 만든 것입니다. 「성지」란 신이 처음 강림한 땅이나, 신이 정착한 땅을 이릅니다. 결국 신력이란 이 세 가지 요소 중 두 가지 요소만 충족되면 발현되거나, 3요소 전부를 충족해야 비로소 개방되는 물건입니다. 방금 말한 북풍 보레아스의 힘은 두 가지 요소를 필요로 하지요."

선생의 손가락이 톡톡 탁자를 두드렸다.

"신관과 신물이 바로 그것이지요. 하나, 이 제국에는 더 이상 바람의 일족이 없습니다. 마지막 신관은 모습을 감췄지요."

"신물, 그러니까 물건은 있는데 쓸 수 있는 사람이 없다는 거지?"

"네. 그렇습니다."

난 어제 일어난 일을 곰곰이 반추하다가 다시 물었다.

"신의 힘이라는 거 어떻게 느끼는 건데? 신의 힘의 조건이 제각각이고, 그걸 만족한 사람이 신관이라며. 신관은 신에게 선택받은 사람이야?"

"허허. 이제야 이 늙은이가 가르친 보람을 느끼는군요. 맞습니다, 황녀님. 신에게 선택받는다는 말은 정확한 뜻이 아니나 얼추 맞기는 합니다."

"왜?"

"천 년 전 주신 유피테르를 따라 내려온 하위 24신이 저마다의 기준으로 선택했기 때문에 신관이 되는 '조건'을 한 가지로 고정할 순 없습니다. 신이 정한 기준이니까요."

난 입술을 툭툭 치다 말고 물었다.

"이를테면? 물을 막 뿜어내는 힘이라거나."

"강의 신을 말씀하시는 겁니까? 흠, 신 중에는 바람의 신처럼 자신이 사랑한 인간의 혈연으로만 이어지는 힘이 있고, 창과 방패의 신이나 강의 신처럼 자신이 정착한 땅에 나고 자란 모든 이들에게 축복을 내린 신도 있습니다. 대표적인 신이 황녀님께서 말씀하신 강의 신 '이나코스'이고, 현재 칼타니아스에서 가장 대중적인 힘이지요."

난 반듯하게 허리를 편 자세를 꼬물꼬물 바꿔 턱을 괴고 선생을 올려다보았다.

"음, 결국 신관이란 건 아주 특별한 조건을 충족한 사람을 말하는 거네."

"바로 맞추셨습니다. 황족 중에서도 여럿 계시지요. 허허허. 오늘 황녀님의 총명함을 다시 느낄 수 있어 이 늙은이는 정말 기쁩니다."

선생이 인자하게 미소했다. 햇빛 아래 노인의 깊게 팬 주름이 차곡차곡 쌓아 온 지혜를 대변하는 것처럼 보인다. 잠시, 망설이다가 천천히 물었다.

"있잖아, 그럼, 신관이 아니어도 힘을 쓸 수 있어? 그러니까 보통 인간이 북풍의 물건을 사용하거나. 성지라는 곳에서 힘을 쓰거나 말이야.”

“불가능하지요.”

“왜?”

“신물은 신력을 동력으로 사용하는 물건입니다. 성지 또한 신의 힘이 깃든 땅으로서 반드시 한 명 이상의 신관의 힘을 필요로 합니다. 신관은 성물과 성지 없이도 힘을 쓸 수 있지요. 하지만 반대의 경우는 불가능하다는 이야기입니다. 이 조건은 절대적입니다.”

말을 하던 선생이 잠시 멈칫했다.

“간혹, 아주 예외적인 물건이 있긴 합니다만. 손에 꼽습니다. 하물며 신관 없이 발현하는 성지는 더더욱 없지요.”

“……그럼 바람의 신처럼, 신관이 전부 사라진 신의 「성물」이나 「성지」가 나타나도 아무도 쓰지 못하겠네?”

“그렇습니다.”

선생은 단단하게 굳어진 눈에 그 믿음을 고스란히 드러냈다. 그래서인지 선생의 목소리가 몹시도 단호하게 들렸다.

“천년이란 긴 시간이 지나며 신의 영향력은 점차 사라지고, 어떤 힘은 소실되어 그 흔적만 남아 있습니다. 급진파 학자가 주장하듯 더는 신의 세상이 아닌 인간의 세상이 닥칠지도 모르겠습니다.”

“신이 사라져?”

“예. 다양한 신의 힘이 하나둘씩 자취를 감추고 차차 사라지는 흐름으로 보아서는 언젠가 신의 천년 제국이란 이름마저 역사의 뒤안길로 사라질지도 모르는 일이지요.”

“그거 큰일이네.”

심각한 낯으로 중얼거리자 선생이 빙긋 웃었다.

"그러나 이 제국엔 아직 힘이 사라지는 중에서도 굳건히 자리를 지킨 강력한 힘이 남아 있습니다."

"……어떤 힘?"

"오직 황제 폐하와 그 후계자만 쓸 수 있는 「후계자의 힘」 말입니다."

노인의 정제된 시선이 나와 황자들을 향했다.

"바람 신의 성지라고 했습니까."

노인이 차분히 속삭였다. 늘 플뢰온 앞에서 주눅 들어 있던 노인이 지혜로운 현자로서 낮고 차분한 울림을 만들어 내며 말했다.

"황태자 전하와 황제 폐하께서 가진 「주신의 후계자의 힘」이 있다면 사용할 수 있겠지요."

잠시 시간을 두었다가 그는 수 초 뒤, 곱게 주름진 눈매를 인자하게 휘었다.

"그 힘은, 모든 신의 힘을 지배하며, 모든 것을 할 수 있게 하는 힘입니다."

* * *

데인이 손수 유리문을 대신 열어 주었다. 그는 그림책에 나오는 집사처럼 한 손을 가슴 앞에 두고 다른 손으로 내 허리를 가볍게 잡았다. 나는 살며시 웃으며 치맛자락을 잡고 무릎을 까딱 굽혀 맞춰 주었다.

"놀랐어."

부드러운 눈매가 샐쭉 접히며 그가 나긋이 말했다.

"언제부터 신학 수업에 열의를 가지게 된 걸까."

"놀리지 마."

온실 안은 비가 주룩주룩 내리는 밖과 달리 아주 따뜻했다.

"나라고 아무 생각 없이 앉아 있는 줄 알아?"

"어라, 아니었습니까?"

휙 고개를 꺾어 호위를 노려보았다가 입술을 비틀었다.

"……데인, 저 검사 입조심 좀 시켜 주면 안 될까."

저 모태 어그로를 어쩌면 좋을까.

"그게 가능했다면 플뢰온이 제일 먼저 시도했을걸."

불퉁하게 데인을 봤던 나는 이내 사르르 녹아내렸다.

'에휴. 말해 봐야 뭐해.'

난 그를 무시하며 꽃 덤불 쪽으로 걸음을 옮겼다. 그렇지 않아도 여기 오기 전 플뢰온이 되도 않게 시시비비를 걸었다. 엉망으로 헝클여 놓은 머리를 쓸어 넘기는 기분이 매우 저조했다. 데인이 설핏 입을 가리며 낮게 웃었다.

"화 풀어. 응?"

사내 여직원들의 바탕화면이 미남 연예인으로 덧칠되었던 이유를 새삼 깨닫게 된 것 같다. 차와 미남. 나른한 오후. 반듯하게 그린 듯 아름다운 미소년과 뒤로 흰 칠이 된 기둥을 보고 있으니 진정될 뿐 아니라 정화되는 느낌이다.

"좋아. 널 봐서 풀게."

"영광이야."

곧 원형의 테이블 위로 근사한 티타임 세트가 차려졌다. 맞은편에 앉은 황자님이 차를 홀짝이며 미소 지었다. 덩굴장미가 타고 오른

온실의 모습이 꼭 한 편의 동화 같기도 하고 외국 고전 영화 같기도 했다.

“나 내일 사가私家에 다녀올 거야.”

마치 외국영화 더빙처럼 차분한 목소리다. 데인에게 ASMR 같은 걸 시켜 보고 싶다. 훌륭하게 소화해 낼 것 같은데 말이지.

“잘 있을 수 있지?”

잠시, 그의 사가가 어디였더라 생각해 보다가 입을 떼었다.

“사가라면, 동쪽의 리차?”

“응.”

“얼마나 있다 오는데?”

“일주일쯤.”

음, 어쩌면 내가 죽었을지도 모를 시간이다. 찻물이 파문을 그렸다. 마음도 크게 동심원을 그린다.

“……그렇구나.”

쓴맛을 삼켜 내는 기분은 출근길의 기분과 닮아 있다. 나는 꿉꿉하고 답답함을 삼키며 시선을 내렸다.

‘그때까지 나는 살아 있지 않을지도 몰라 데인.’

데인은 알 필요 없고 설명할 이유도 명분도 없다. 사실을 말해 봤자 받을 취급을 너무나 잘 알기 때문이다.

회사에서 옆자리 대리님이 갑자기 저 내일 죽어요, 말해 봤자 나는 그가 정신이 아프다고 생각하거나, 최근 그에게 큰 우환이 있었나 걱정해 보겠지. 딱 그만큼의 무게였다.

창밖에 비가 보슬보슬 내렸다.

“잘 다녀와.”

"응."

투명한 방울이 점처럼 맺힌 유리창. 톡톡, 빗물이 두드리는 소리가 차례로 이어진다.

비가 내리고 유달리 머리가 구부러지는 오후였다. 가을과 겨울에 걸쳐 있는 날씨와 달리 이곳에만 화사한 봄이 머물렀다.

턱을 괸 데인이 나를 물끄러미 쳐다봤다.

"이상하네."

그의 고개가 기울어지며 결 좋은 갈색 머리카락이 코끝으로 흐트러져 내려왔다. 그는 갈무리하는 대신 흘러내리게 두었다.

"뭐가 이상해?"

"아실리 너 말이야."

데인의 눈매는 나른함을 그림으로 그린 것처럼 올라가지도 내려가지도 않은 묘한 구석이 있었다.

"붉은색같이 화려한 건 좀처럼 입지도 않더니."

화려하리만치 아름다운 선홍색 보석 같은 홍채가 나를 훑는다.

"별로야?"

"아니."

나를 담아내는 눈은 다정한 것으로 차 있었다.

"오늘 눈이 부실 만큼 예뻐."

"……어?"

"예뻐."

그가 슬쩍, 고개를 기울여 나른한 미소를 머금는다.

"별로이기는커녕 네게 정말 어울려."

생각지도 못한 공격에 눈을 깜빡이다가, 황급히 뺨을 감싸 쥐었다.

"아……. 응. 드레스. 어."

데인이 느슨하게 쥔 주먹을 입술에 가져다 대고 웃었다.

"부끄러워?"

와. 진정해라 심장아. 미모 버프는 내가 아니고 데인이 받았던 건가. 현실에선 볼 수 없던 모습에 잠시 넋을 놓았다. 얼굴이 완전히 허물어졌다.

"아니. 아니아니. 너 나 그만 봐. 그냥 입은 거야. 뭘 자꾸 웃어?"

"좋은 걸 어떡해."

석류처럼 붉은 눈동자가 햇빛을 받아 보석처럼 반짝였다. 미려한 낯이 수정체 안에 다 담지 못할 만큼 찬란했다.

'애가 나를 죽이려 하네.'

미소 사이로 슬쩍 비치는 장난스러움이 아니었다면 난 이 어린 오빠를 스무 살의 파릇한 제비로 착각했을지도 모른다. 거기다 여심을 저격하는 멘트는 어디서 배운 거야? 곡선을 그리다 끝만 살짝 올라간 눈매는 묘하게 색정적이었으며 위험한 부분을 자극했다. 세상에 나 어린애한테 설렌 거니.

"아파트 부수고 싶어지게."

멍하니 중얼거렸다.

"아파트? 무슨 말을 하는지 모르겠어."

"……네 얼굴이 문제란 말이야."

이 눈깔. 눈깔이 문제야. 의자에 숄을 걸쳐 두며 입을 삐쭉 내밀었다. 그러니까. 그 얼굴 기울이는 거 때문에 부술 것 같으니까 말아 줬으면 좋겠다고.

"그렇게 쳐다보지 마."

짐짓 단호하게 말하며 데인의 눈을 덮어 버리자 그가 웃었다. 푸스스 손바닥으로 진동이 느껴지고 데인의 손에 손이 잡혀 내려온다.

"너에게만 하는 건데도?"

데인이 손끝에 가볍게 입을 맞췄다. 손톱이 간지럽다는 말은 못 들어 봤는데. 이 심정을 알려나 모르겠다.

응. 내가 눈을 감는 쪽이 낫겠어.

나지막하게 중얼거리자마자 뒤에서 푭 하고 웃음소리가 터져 나왔다. 고개를 돌린 곳에서 얼굴을 반쯤 돌린 검사가 어깨를 들썩인다.

"……오빠, 저 검사 웃는 것 좀 멈추라고 해."

"두 번째 말하는 건데, 그걸 알았다면 나보다."

"플뢰온이 했단 말이지? 걔가 없으니까 내가 인형이 된 꼴 좀 봐. 몸 바쳐 호위 검사를 웃기는 주인이라니 참 헌신적이기도 하지."

"대신, 크흡, 몸 바쳐 지켜 드리겠습니다."

"당신은 입을 열지 않는 게 좋겠어."

눈을 내리깐 채 "속 터지니까." 하고 중얼거렸더니 공연히 더 커지는 웃음소리가 들렸다. 오늘 4시에 열린다는 큰 살롱에 끌려간 플뢰온이 그리워질 줄은 몰랐다. 무슨 교류회인진 몰라도 높으신 분들 대부분이 참가한다는 티타임 때문에 텅 빈 궁을 지키는 검사들이며 하녀도 전부 그쪽으로 차출되었다.

"오빠는 오늘 교류회인가 뭔가 안 가 봐도 돼?"

"형이 갔으니까 괜찮아."

"꼭 플뢰온이랑 한 몸이라는 소리 같네."

"다르진 않지."

데인이 옅게 미소했다.

"힘없는 6황자나 7황자나. 한 명만 있으면 충분한 자리니까."

데인이 옭게 우린 차 한 모금을 마셨다. 풍성한 속눈썹이 위로 말려 올라가고 밝은 선홍색 눈이 이쪽을 향했다. 나를 담은 소년이 입꼬리를 비틀어 웃었다.

"우린 살아 있는 걸로 다행이지……."

눈이 부드럽게 휘어지는 것과 동시에 심장이 쿵 떨어졌다.

"왜? 우린 살아 있으면 안 돼?"

데인은 들고 있던 찻잔을 내려놓고 나와 눈을 맞췄다. 그는 가만히 나를 관찰했다. 눈을 느긋이 굴리던 데인이 허리를 꼿꼿이 편 자세에서 몸을 앞으로 기울였다. 마치, 얼마나 컸나 가늠해 보듯.

"……미안. 아직 너는 몰라도 될 일인데 너무 성급했다."

고개 숙여 웃는 얼굴은 예뻤지만 서글펐다. 유리창을 때리는 소리가 조금 전보다 거칠었다.

"아실리."

그는 유리창 너머 주룩주룩 내리는 비를 보다가 자리에서 일어났다.

"가끔 네가 얼른 어른이 되었으면 하다가도 영원히 자라지 않았으면 해."

늘 다정한 빛을 띠던 데인의 얼굴이 얼음처럼 딱딱하고 차갑게 식었다. 눈을 굴려 그의 옆모습을 담았다. 새빨간 석류색 눈동자에 감정이 일렁거렸다.

"이곳은 아주 차가운 곳이니까."

그의 목소리엔 노회한 노인처럼 지친 기색이 역력했다.

"데인."

이름을 부르자 데인은 깜빡, 순진한 척 눈을 굴렸다.

"아니야. 잊어 줘."

그의 눈동자에는 언뜻 괴로움이 번졌다가 가라앉았다. 가만히 소년의 미래를 생각해 본다.

어느 날 이슬처럼 사라지는 황자. 나타난 것보다 더 빠르게 사라진 단역이다. 그 미래를 알 수 없는 아주 작은 단역. 내 코가 석 자인 처지가 아니었다면 이 아름다운 오빠를 돕고 있었을지도 모르겠다. 그가 남긴 잔물결이 오래오래 남았다.

나는 빙긋이 미소 지어 보였다.

"난 빨리 어른이 될 거야. 데인보다 커질지도 몰라."

데인의 시선이 나를 향했다. 이럴 때 남에게 보이는 나의 모습이 아무것도 모르는 어린애라는 점이 좋다. 위로할 줄 모르는 아이라서 지금처럼 철없는 짓을 해도 그냥 넘어가 주는 관용이 좋다. 손끝을 정수리에 가져다 대며 발돋움했다.

"한 이만큼?"

애교스런 몸짓이 소년의 얼굴에 미소를 가져다 놓는 것에 성공했다.

"아실리, 너만이 날 웃게 해."

비록 그 웃음이 퇴근길 놀이터를 보는 어른의 애수와도 닮아 있었다 해도. 그것대로 잘 그려진 명화 같은 미소였다.

"있잖아, 네가 나와 남매가 아니라면 어떨 것 같아?"

정말이지 이 얼굴은 박물관에 이대로 전시되어도 좋을 만큼 잘생겨서 하루 종일 감상만 하래도 할 수 있을 것 같다. 그래서 데인에겐 미안하지만 방금 한 말 하나도 못 들었다.

"으응? 뭐라고 했어?"

무어라 재깔이던 그가 왈칵 찌푸리는데, 미소년은 어떤 표정을 지어도 그거대로 전부 화보의 한 장면이구나. 넋을 놓았다.

"그러다 넘어진다니까."

"뭐? 으앗!"

"그거 봐."

재빨리 어깨를 잡아챈 데인이 말했다. 아아, 그 말이었구나. 살다 보니 나이의 절반도 안 되는 미소년 품에도 안겨 보고 나름 행복한 삶인가. 나는 데인의 품에서 천연덕스럽게 웃었다.

그러나 그것도 잠시, 그가 놀란 표정을 지었다. 놀랐다가 사그라지는 낯마저 미려했다.

"아……, 어떡해 아실리? 너 등 뒤에 찢어졌어."

"……뭐? 농담이지?"

날 받치고 있는 데인의 손을 치우고 얼른 등 뒤를 더듬었다.

'마, 맙소사.'

엉덩이와 이어진 부근에서 손가락이 쑥 들어간다. 분명 아침에 갈아입을 때는 없었던 '찢어진 구멍.'

소름이 돋았다.

"……도, 돌아가자!"

벌떡 일어나 그를 닦달했다. 잊고 있던 일기가 비로소 가슴을 차지했다. 어떻게 잊을 수 있지? 어떡하면 침궁 하녀들이 하녀장에게 혼나지 않을 수 있을지 고민해 놓고서는? 온실로 가는 내내 실체를 갖게 된 불안이 시시각각 조여 왔다. 말을 걸지 말라는 기운이 전해졌는지 입을 꾹 다문 채 걷는 나를 방해하는 사람은 없었다.

그러나 조금이라도 달라지기를 간절했던 기대는 조각난 유리 파편처럼 산산이 부서졌다.

"대체 누가 그런 것이냐!"

궁으로 돌아가자, 크게 혼쭐이 나는 침궁 하녀들이 보였다.

"감히 황녀님의 드레스를 밟다니!"

누군가 발로 밟아 엉망이 된 '연두색 드레스'가 원인이었다. 일기장 내용 그대로였다.

나는 다른 드레스를 입었음에도, 그것은 망가졌다.

주춤 뒤로 물러났다. 숨을 쉴 수 없다.

미래는, 정말로 바꿀 수 없는 걸까?

"가 볼게."

데인이 손등에 입을 맞추곤 남은 하루의 안온함을 비는 인사를 했다.

"응. 조심해서 가."

그가 뒤로 두 걸음 물러나니 그의 갈색 머리카락이 물결치다가 돌아왔다. 싱긋 웃어 보인 그가 돌아섰다.

"데인."

멀어지는 데인을 물끄러미 바라보던 나는 문득 그를 불렀다.

"응?"

석양이 그를 향해 쏟아졌다. 하루의 끝을 알리는 하늘 아래 데인은 무척이나 예뻤다.

"있잖아……."

어쩌면, 내가 실패한다면 오늘이 그와 마지막 모습인 셈이었다.

"말해. 아실리."

"……잘 다녀와. 아프지 말고."

하고픈 말이 너무 많았지만 골라져 나온 건 아주 짧은 인사였다.

머뭇거리는 말에 데인이 나를 물끄러미 보았다. 눈을 깜빡이던 그는 활짝 핀 꽃처럼 예쁘게 미소 지었다.

"응. 다녀올게."

살랑살랑 흔드는 손이 어여쁘다.

"또 봐."

다녀오면, 내가 없을지도 몰라.

그를 보면서 목이 조금 메었다. 만약 내가 죽더라도 너무 놀라지 않았으면 좋겠다.

늘 그 옆을 지키던 검사가 황자의 뒤를 따르는 대신 우두커니 나를 보고 있었다. 유장한 시선에 어떤 말이 담겨 있는 걸까. 실없는 장난칠 때가 아니면 말없고 무뚝뚝하던 남자였다. 왜인지 모르겠지만 할 말이 있는 것 같아 보여 피하지 않았다.

"황녀님."

그가 천천히 말을 꺼냈다.

"저는 내일 7황자님을 따라 사가에 함께 갑니다."

"그래?"

"가기 전 테레나 궁을 한번 둘러보고 가겠습니다. 그러니까 내일 오전쯤이요."

"딱히 위험할 일은 없겠지만. 그렇게 알고 있을게."

잠시 어색한 침묵이 흘렀다. 여전히 뚫어지게 날 바라보며 떨어지지 않는 시선. 레이 경이 어렵게 말을 꺼낸다.

"황자님은 성격이 고약한데, 황녀님을 참 좋아하는 것 같아요."

……어느 황자?

그러나 경은 할 말을 마치고 성큼 가버려서 물을 수 없었다.

* * *

—하베르미아의 달 7일.

기억하는 한 6년이 넘는 세월 동안 거울을 볼 때마다 마주치는 어린 여자아이는 언제나 낯설었다. 밀의 색을 닮은 머리카락과 눈을 굴릴 때 따라 굴러오는 보랏빛 눈동자와 뺨에 그어진 흉터가 어색했다.

그런데, 점차 바라보고 있을수록 그도 괜찮아진다. 엉덩이까지 긴 머리카락, 책 속 황녀. 익숙한 두려움이 나를 다스리면서 나는 그 어린아이가 된다. 이렇게 전생을 잊어 가면서 새 삶을 살게 되는지도 모른다.

"……살아남는다면 말이지."

짝. 손바닥으로 뺨을 때린다. 가슴 속 쓰레기통을 열어 쓸모없는 것들을 전부 버린다.

"……오늘로 나흘째."

어젯밤, 난 아주 우연히 놀라운 변화를 발견했다.

어제 연두색 드레스 때문에 침궁 하녀들이 호되게 혼이 났다. 바꿔 입은 드레스에도 구멍이 났지. 나는 상황을 바꿔도 예지와 같은 일이 일어나 실의에 빠져 있었다.

'갈수록 다가오는 죽음의 무게에 짓눌릴 것 같았으니까.'

변화를 목격한 건 마지막 페이지를 펼쳤을 때였다.

'……어?'

일기장을 다시 열어 본 건 단순히 각오를 다지기 위함이었다. 그런데 이상했다. 황급히 그저께 필사해 놓은 양피지를 가져와 일기장의 내용과 비교해 보았다.

"……설마!"

카스토르의 질문으로 끝나던 페이지에 새로운 문장이 생겼다. 분명 질문으로만 끝났던 페이지가 미래의 내가 어떤 대답을 하는지로 변했다. 눈을 마구 비볐다.

"……마지막이 달라졌어?"

솜털이 곤두섰다. 뒷목이 부드러운 깃털로 간지럽혀지는 기분이었다.

821년 하베르미아의 달 10일

……

……

아주 아름답고 잘생기고 또 예쁜 황자님이 세 가지 질문을 했다.

"너에게 제국은 어떤 의미인가?"

난 대답했다.

—제국은 저를 낳아 준 나라이며 죽을 때까지 이 땅을 위해 이 한 몸 바치는 일을 해야 할 것입니다. 저는 황족이며 황녀이니까 폐하가 짝지어 준 짝과 결혼하는 것으로 나라에 이바지하겠다고.

마지막엔 숨이 차서 살짝 몰아쉬었다.

……

"황제 폐하를 어떻게 생각하는가?"

"너에게 난 어떤 의미인가?"

모든 질문이 끝나자. 황자님이 아주 예쁘게 웃으셨다.

그리고

날 죽였다.

일기장이 변했다고?

"정말로 변했어."

수십 번을 고쳐 읽었지만 진짜였다.

'유레카!'

소리 없이 기쁨을 만끽했다. 방방 뛰며 베개에서 깃털이 빠져나올 때까지 두드렸다. 밖으로 달려 나가서 소리를 지르고 싶은 심정이었다. 드디어, 드디어!

기쁨이 조금 식자 다른 생각이 들었다. 과연 무엇 때문에 변한 걸까?

"분명 내가 미래를 바꾸기 위해 했던 일 중에 정답이 있었던 거야."

짧은 시간 동안 모든 행동을 거꾸로 짚어 정리해 보았다. '빨래터', '4황자'와 '오래된 비석', '금지된 숲.' 내용과 완전히 틀어지게 행동했던 일 중에 답이 있을 확률이 높다. 일단 4가지 중 하나를 찍기로 했다.

"4황자."

금지된 숲을 통해 아모르를 찾아가면 4개 중 3개를 한 번에 해치우는 셈이니까.

'남은 기간은 3일.'

충분히 투자할 가치가 있다. 미래를 다룬 영화나 소설을 보면 변화는 언제나 작은 것으로부터 시작하곤 했으니까.

따라서 이건 아주 작은 변화지만 미래에 끼치는 영향은 결코 작지 않다. 나비 효과. 아니면 상황에 조금 안 맞지만 티끌 모아 태산. 작은 눈송이가 모이면 지붕을 무너지게 한다고 믿는다.

"좋아, 이거다."

보통 영화 상영 전 제목과 감독, 주연 이름을 띄우는 것처럼 지금

써 내려 가는 각본에도 마땅한 인사와 제목이 있다. 눈꺼풀이 감기고, 계산기가 탁탁 돌아가며 답을 내어놓았다.

눈을 번쩍 떴다. 반전을 노릴 차례다.

* * *

"한나에게 미리 얘기해 뒀으니까. 걱정하지 말고 방에서 기다려 줘."

불안한 눈으로 끄덕이는 애나를 마지막으로 만나고 궁을 나섰다. 내 궁전은 크기에 비해 늘 일손이 모자랄 만큼 사람이 적었기에 나를 감시하는 사람도 적었다. 이렇게 요령만 알면 빠져나가기가 매우 쉽다는 거다.

"덕분에 나야 이렇게 쉽게 금지된 숲까지 갈 수 있지만."

그러나 잠시 뒤, 금지된 숲과 내 궁을 나누는 울타리에 도착한 나는 한 가지 난관에 부딪쳤다.

"컹컹!"

"……개?"

막 울타리를 빠져나가려 할 무렵 웬 개 한 마리가 나타나 사납게 뛰어왔던 것이었다. 아주 멀었지만 속도가 예사스럽지 않다!

"컹컹컹!"

"엄마야!"

나는 혼비백산해서 울타리에 올라가 매달렸다. 다행히 간발의 차로 이빨을 피할 수 있었지만, 꼼짝없이 울타리에 갇혔다.

출발할 때만 해도 이런 상황을 예상치 못했기 때문에 매우 당황스러웠다. 기둥을 붙잡고 웅크린 채로 발발 떨었다.

"......미친."

언제부터, 내 후원에 이런 커다란 개를 풀어 키웠던 거지?

"저게 개라고?"

그러고 보니 금지된 숲과 관련한 소문 중 숲을 지키는 무시무시한 '파수꾼'에 대해서 어렴풋이 들은 것 같기도 하다. 황소만 한 크기의 짐승이 지키고 있다고 말이다.

아니 근데 정말 있었단 말이야?

검고 사나운 짐승, 시뻘건 눈은 텔레비전에서 보았던 약에 취한 사람의 눈빛과 닮아 있었다. 그러니까 한마디로.

"미친개라는 거지?"

아무래도 나를 암살하려는 무리가 없을 거란 생각은 재고할 필요가 있겠다. 하나뿐인 황녀를 광견병에 걸리게 할 음모가 도사리고 있었다.

'염병, 누가 이딴 위험한 걸 후원에 풀어놓느냐고!'

흘끔 반대쪽을 내려다본다.

'너무 높잖아.'

어린 시절 용감한 급우 하나가 계단 13칸을 뛰어내린 적 있다. 그 때 걘 오른쪽 무릎과 왼쪽 팔꿈치가 또각 부러졌지. 지금 보이는 숲을 향해 뛰어내리면 사지가 또각 부러질 성 싶다. 한숨을 쉰다.

"왜 나는 살아남으려고 애쓰는 것조차 구질구질하게 울먹이면서 발버둥 쳐야 하나......"

어떡하지. 어떡한다. 미친 듯이 달려드는 개 쪽은 인생 하직하는 황천길 코스인데, 반대쪽은 자칫 뛰어내렸다가 무릎과 영영 작별을 고할지도 모르는 불구 판정 코스다.

"거기서 뭐 하십니까?"

얼굴을 찡그린 그때였다. 난 퍼뜩 요란한 소리가 나는 곳으로 고개를 들었다.

"레이 경?"

그곳엔, 언제부터 있었는지 모를 검사가 걸터앉아 있었다. 나를 향해 턱을 괸 그는 현실감 없는 여유로운 얼굴이었다.

"어, 언제부터 거기에?"

"황녀님이 개에게 쫓길 때부터요."

어안이 벙벙한 얼굴을 재미있다는 듯 느긋하게 관찰하던 그가 담담하게 고백했다. 어이를 씹어 먹을 것 같은 얼굴로 그를 쳐다봤다. 처음부터잖아!

"지금 그걸 말이라고 해? 왜 구경하고 있는 건데!"

"나서기도 전에 잽싸게 오르시길래."

난 어처구니가 없는 표정을 지었다. 검사는 준수한 낯을 부드럽게 풀며 조금 뻔뻔한 얼굴로 "거기 안 힘듭니까?" 하고 대롱대롱 매달린 다리를 가리킨다.

'젠장. 힘들지 않을 리가 있나!'

초조한 나를 향해 한 줄기 빛이 내려온 건 좋은데 매우 고약해서 문제였다.

"대체 경은 왜 거기 있는 건데?"

"말씀드렸잖습니까. 오늘 황자님 사가에 따라가게 되었으니까 한번 둘러보고 가겠다고."

그가 우아하게 오른편을 가리키며 말했다.

"여기가 제 아지트입니다."

"……허."

"도움이 필요해 보이시네요."

천연덕스럽게 말하는 낯에다 한 방 먹이고 싶어진 적은 처음이다.

"그걸 이제야 알았다니. 경의 뛰어난 이해력에 경의를 표하지, 대단해."

내 얼굴을 가늘게 뜨고 보던 검사는 옅은 웃음을 터트렸다. 그는 키득키득 웃으며 나무에서 뛰어내렸다. 개는 기다렸다는 듯이 자세를 고쳐 잡는 검사에게로 달려들었다.

휘청. 남자의 자세가 무너졌다가 재빠르게 태세를 전환했다.

"거기 계신 이유는 조금 있다가 듣지요."

카랑—

헐렁한 소맷자락이 힘차게 물결쳤다가 되돌아왔다. 고양이처럼 민첩한 몸놀림에 상황도 잊고 감탄한다. 그가 검을 휘두르고서 얼마 지나지 않아 검에서 붉은 것이 뚝뚝 떨어진다.

"깨갱!"

개를 한번 베었던 검이 허공에서 다시 두 번 내리그어진다. 아주 빠른 동작이었으나 왜인지 똑똑히 보였다. 마지막 단말마를 끝으로 개의 목이 뚝 하고 바닥으로 곤두박질쳤다. 20초도 되지 않아서 일어난 일이었다.

"황녀님."

느긋한 목소리가 비현실 같은 풍경에서 나를 깨웠다. 레이 경이 검을 땅에 꽂아 놓고 나를 향해 손을 뻗었다.

"뛰어내리십시오."

잠시 그의 말을 듣고 고개를 기울이다가 입술을 꾹 다물었다.

"……꼭 받아야 돼? 떨어트리면 안 된다?"

"물론입니다."

그는 무뚝뚝하고 남자다운 인상을 가졌는데, 객관적으로 얼굴만큼은 성실하고 반듯한 검사의 상을 하고 있었다.

하지만 나는 저 검사님이라면 들어 주는 척하며 나를 떨어트린다고 해도 믿을 수 있는데. 아니, 전 재산을 건다. 당장 선택의 여지가 없다는 게 애석한 일이지.

"당신의 안전을 두고 장난하지 않습니다."

"……알았어."

이내 높이를 가늠하고 뛰어내렸다. 부유감을 느낄 새도 없이 그가 나를 잡아챘고 등이 저릿할 만큼 몸이 떨렸다. 단단한 감촉이 등에 닿았다. 나를 단단히 안아 올린 그는 그대로 성큼성큼 걸어간다.

"잠시, 실례하겠습니다."

레이 경은 웬일로 양해를 구하더니 내 눈을 가리고서는 자리에서 훨씬 멀어지고서 떼어 냈다.

"그럼 황녀님."

갑자기 밝아진 시야에 눈이 부셨다.

"딱히 궁금하지는 않지만 한번 여쭤는 볼까요."

그는 준수한 낯을 부드럽게 풀어내더니 턱도 없이 느릿한 속도로 말을 꺼냈다.

"어째서 위험한 숲과 이렇게 지척인 곳에서 대롱대롱 매달려 계셨습니까? 혹시 새로 궁리해 낸 놀이이십니까?"

"놀이겠어?"

"하긴 그렇군요."

여기가 얼마나 위험한지, 어째서 시중드는 이 하나 없이 혼자인지.

사실은 별 관심 없다는 얼굴이었으면서 질문만은 성실히 했다.

"……있잖아, 경. 이유는 묻지 말아줘."

"저도 딱히 궁금해서 묻는 것은 아닙니다. 하지만 부디 제가 누군지 떠올려 주시겠습니까."

그가 침묵하는 나를 향해 심드렁히 턱짓했다.

"역할이 역할이다 보니 황녀님이 다치거나 죽으면 조금 곤란해지거든요."

"조금?"

"그리고 슬퍼하겠지요."

비스듬히 고개를 기울인 그가 날 바라봤다. 나는 그의 반질거리는 망토를 만지작거렸다.

"……미안하지만 경은 전혀 곤란해 보이는 얼굴이 아니야. 물론 슬퍼하지도 않을 테고."

"제가 얼마나 심각한데."

어떡하면 이 심각성을 알아주실까. 레이 경이 전혀 긴장감 없는 목소리로 지껄였다. 말은 그렇게 하면서 짙푸른 눈은 연신 나를 훑으며 관찰하고 있다. 결국 그는 말 없는 대치를 이어 가 봤자 득이 없다는 걸 깔끔하게 인정하고는 전혀 다른 화제를 꺼냈다.

"황녀님, 3년 전 데인 님의 정원에서 있었던 일을 기억하십니까?"

그와 마주친 순간 마치 시간을 역행하듯, 그날로 돌아간 것 같았다. 몇 년 전 새벽별이 뜰 무렵 하늘로.

"……기억해."

오래전 데인은 먼 서쪽 사막의 나라에서 들여온 희귀한 식물을 키우고 있었다. 그는 이 식물은 아주 위험하니 놀러 온 나에게 절대 손을 대지 말라고 경고했다. 그러나 데인이 잠시 한눈 판 사이 나는 그 식물 쪽으로 가려던 데인의 고양이를 막다가 손가락이 으깨져 피를 보고 말았다.

"황녀님께서는 피를 철철 흘리는 상황에서도 아프지 않다 고집을 부리셨죠."

알고 보니 그 식물은 사실 강력한 독을 가진 식인 식물이었다.

나는 하겠다고 마음먹으면 어떻게든 꼭 해야 했다. 불도저처럼 밀고 가는 이 성격은 전생에 가졌던 고집만 센 성격에서 비롯된 것이었다.

'데인이 그 어여쁘던 고양이를 몹시도 귀애했고 아주 위험하다는 식물 가까이 가기에 막았던 것뿐이었는데.'

지레 겁먹고 신중하게 선택하다가도 이런 습성이 불쑥 나타나곤 해서 타인의 조언과 충고보다 내 판단을 우선시했다.

하마터면 영영 새끼손가락을 잃을 뻔한 나를 향해 데인은 불같이 화를 냈었다.

"데인 황자님이 화를 내시던 날, 황녀님께서는 다시는 위험한 일은 하지 않겠다고 약속하셨습니다. 하지만 다음 날 황녀님은 칼을 휘두르던 플뢰온 님의 앞을 막아서셨죠."

"그거야, 멀쩡한 하녀 애를 죽이려 드니까 막은 거고."

새파랗게 어린애가 아무것도 아닌 사소한 것에 트집을 잡아 벌써부터 살인 같은 강력 범죄에 손을 대려 하니 막으려고 한 것뿐이다.

"네. 옳다고 생각하는 것에는 굽히지 않으시고요."

나밖에 할 수 없기에 나섰을 뿐인데 레이 경이 너무 거창하게 말했다. 내가 항변하자 '결국 오늘은 사람을 물어뜯는 개 앞에 용감히 나서셨군요.' 하고 검사는 비웃음을 지었다.

"당신은 아주 어릴 때부터 제멋대로셨으니까."

레이 경이 느리고 나긋나긋한 목소리로 속삭였다. 밤처럼 어둡고 짙은 남색 눈동자가 기억을 되짚어 보듯 허공을 응시하고 있었다.

"저를 포기하게 하십니다."

그는 더는 이쪽을 보지 않은 채 한숨으로 뒤를 이었다.

"……잔소리하는 보람이 없어요. 입만 아파요."

어쩐지 난 그 모습이 부루퉁한 어린아이 같단 생각을 했다.

청색과 남색이 뒤섞인 머리카락이 너울너울 흔들렸다. 검사는 준수한 낯을 찌푸렸다가 곧 푸우우, 다시 한숨을 쉬었다. 무뚝뚝하게 돌아온 낯에 장난스러운 미소가 걸렸다.

"옆에서 무슨 말을 하든 그저 귀찮을 뿐이에요. 그렇죠?"

고개를 돌린 시야에 무뚝뚝한 옆모습이 담겼다.

"말려도 듣지 않으실 거고요."

6년, 내 곁에 쭉 머물러온 기간을 되새기듯 그는 한숨과 같이 말했다. 이 무뚝뚝하고 무례하고 건방진 검사님은 실은 나를 올곧이 보고 있었나 보다.

"……내려 줘."

그는 그 말을 들어주는 대신 묘한 눈빛으로 나를 응시하더니, 내 말을 무시하고서 답했다.

"정말 말씀해 주시지 않을 겁니까?"

"응. 중요한 일이야. 묻지 말아 줘."

나는 반박조차 못하게 단호하게 맺었다.

"……며칠 전, 주방 아이와 옷을 바꿔 입고서 나간 일과 관계된 겁니까?"

흠칫. 눈이 잘게 떨릴 만큼 놀랐지만 끝까지 다물었다.

'어떻게 안 거지?'

난 뻔뻔하게 모른 척하며 그에게 내려달라고 다시 청했다. 그러나 단단한 팔을 통해서 대답을 듣기 전까지 물러서지 않겠다는 결연함이 느껴졌다. 레이 경은 바닥으로 깔았던 시선을 천천히 올리면서 말했다.

"저는 검사단에서 일하면서 지금 황녀님 같은 얼굴을 아주 많이 봤습니다. 단단히 결심한 얼굴. 보통 그런 얼굴을 한 사람들은 공통점이 있어요."

레이 경이 나지막하게 읊조렸다. 무섭게 뚫어질 것같이 진지한 시선이 나를 옭아맸다.

"어떤 말을 해도 들어 먹지 않는다는 것이지요. 그런 사람을 말리는 것에 이골이 나다 못해 질렸습니다."

레이 경답지 않게 길게 나온 말에서 그의 과거를 언뜻 훔쳐본 것 같았다. 동시에 더는 관여하지 않겠다는 귀찮음과 방조의 한숨도.

"마음대로 하란 소리를 뭐 그리 돌려서 하고 그래?"

피식 웃음이 삐져나왔다.

"내려 줘. 성가셔."

"……이거 보세요. 어느 주인님이 몸 바쳐 호위한 검사를 귀찮아하신답니까?"

레이 경은 한참 잔소리를 늘어놓고 나서야 나를 내려놓았다. 구겨진 치마를 펼치는 동안 검사가 허리를 굽혀 뭔가를 꺼내 들길래, 뭐냐 하고 물었더니 대답이 없다. 찌푸리는 사이 그것이 목 위로 걸린다.

"받아 주십시오."

목걸이였다.

"이게 뭔데?"

"보험입니다. 저는 아직 잘리고 싶은 마음이 없으니까요."

자그만 돌을 손에 쥐고 바라보았다. 집안에 대대로 내려오는 영험한 마법사의 힘을 담아 놓은 보석이란 설명을 듣자마자 바로 돌려주자고 마음먹었다.

"나보다 경에게 필요한 거 아냐?"

"필요 없습니다. 전 강하니까요."

"데인의 외가 가는 길은 무법지대잖아. 도로 가져가. 운이 없으면 가장 강하다는 검사도 죽는 곳이라고 했어."

"그 가장 강한 검사보다 제가 더 세니까 괜찮습니다."

목걸이를 거부하며 하는 말이 가관이다.

"……잘난 척도 지나치면 못 볼꼴인 거 알아?"

그는 뻔뻔한 얼굴이었다.

"제게는 해당 사항 없는 말이군요."

어쩜, 자기 PR도 이 정도면 스티브 잡스 급이다. 산에 오르는 사람이 가장 조심해야 할 것은 '자만심'인 걸 모르나 본데, 기본조차 되어 있지 않은 레이 경의 자세를 보며 비웃었다.

"내가 아는 허풍쟁이 중에 경이 가장 최고야. 욕이니까 마음껏 기뻐해도 좋아."

그는 내 조롱조에도 아랑곳하지 않고 그는 금지된 숲 쪽을 바라보았다. 눈치챈 건가? 내가 가려던 방향을 들킨 것 같아 흠칫했지만 설마 뭐 하려 했는지까지 알진 못하겠지 싶어 뻔뻔하게 응수했다.

"어차피 제 말은 듣지도 않으실 당신이지만, 그래도 한마디 드리겠습니다."

"……."

"저는 이제 곧 데인 황자님의 사가 행에 합류하러 갑니다. 일주일은 자리를 비우겠죠. 그 사이에 황녀님이 죽는 건 제가 원치 않는 일입니다. 지금도 제가 나타나지 않으면 어쩔 뻔했습니까?"

"……."

"황녀님을 위해 미천한 검사 나부랭이는 초과근무도 감수하고 열심히 일하는데, 아름다우신 황녀님은 들은 척도 하지 않으시네요. 충성을 바친 검사로서 참 애석하기 그지없는 일입니다."

어처구니가 없어 그를 쳐다봤다.

……경이 언제 충성을 바쳤어? 황망하게시리. 우린 그냥 비즈니스야. 응? 황제가 돈 주고 넌 받고 날 지키고.

"조심하시란 말입니다."

내 앞에 무릎을 꿇고 앉은 레이 경이 울타리를 오르며 지저분해진 치맛자락을 손수 털어 냈다.

"……내가 해도 되는데."

"고귀한 분은 아무 곳에나 앉지 않는 법입니다."

가지런한 정수리를 보며 그와 나눴던 말들을 곱씹었다. 데인에게 살짝 들은 적 있다. 우리를 지키는 검사는 어느 검사단에서 좌천되기를 반복하다가 마지막으로 우리를 지키는 임무를 하명 받은 거라고.

주어진 작위도 가문도 소속도 전부 강제로 이탈당해 어디든 속하지 않고, 상전에게마저 미련을 두지 않는 저 불량한 자세는 그의 경험에서 온 것임이 분명했다.

어째서일까.

데인과 플뢰온, 레이 경, 다정한 하녀들. 내 곁에 있는 사람들 전부 이토록 개성이 넘치는데 모두가 화려한 주연 대신 엑스트라와 배경으로써 한철 쓰이고 버려진다. 참 서글프다.

“모쪼록 제가 없는 사이 다치지 말아 주십시오.”

레이 경이 제 망토를 벗어 내 어깨 위로 둘러 주고는 망토의 모자를 푹 뒤집어씌웠다. 당신의 얼굴은 너무 눈에 띈다면서.

“너무 쉽게 보내 주는 게 이상해. 내가 이대로 죽어 버리면 어쩌려고? 곤란하다면서.”

“황녀님이 보이는 것만큼 철없고 어리시지 않다는 걸 알기 때문입니다.”

나는 눈을 가늘게 뜨고 시선을 고정했다.

“네가 보는 내가 어떠하기에.”

“글쎄요. 감히 판단할 만한 주체가 되지 못합니다.”

그가 무뚝뚝하게 말했다.

“다녀오십시오.”

레이 경이 한 손을 가슴으로 가져오고 허리를 깊게 숙였다. 완벽한 제도 검사의 인사에 치맛자락을 잡고 무릎을 굽혀 답했다. 마치 한 편의 쇼 같다는 생각을 지우지 못하며 돌아섰다.

“그런데 정말 어디로 가시는 겁니까?”

걸어가는 뒤로 들려오는 아까보다 조금 진지하고 조심스러운 목소리가 들려왔다. 나는 돌아보지 않고 답했다.

“안 알려 줘.”

돌아보지 않으려 했지만 역시 상대가 상대다 보니 불안해져서 고개만 돌렸다. 손가락을 입에 가져다 댄다. 쉿. 데인에겐 비밀이야. 글쎄, 저 방만한 검사가 지켜 줄지 모르겠지만.

"돌아오실 때는 편하게끔, 개는 발견하는 대로 치워 두겠습니다."

아무렴. 단순하게 생각하자. 일주일 뒤, 살아 있으면 다시 볼 반가울 얼굴이고, 아니면 그냥 죽는 거라고. 마지막이라고 생각하니 저 무례하고 불친절한 면상에도 너그러워졌다.

* * *

두 번째로 온 4황자 궁은 여전히 크고 아름답다. 곧바로 4황자를 찾는 대신 가장 가까이 있는 검사에게 다소곳이 다가가 나를 밝히며 찾아왔음을 알렸다.

"테레나 궁의 하녀입니다. 위대하신 황제 폐하의 8번째 가지 아실리로제 칼타니아스 황녀의 전언을 받들어 4번째 가지이신 아모르 노테 칼타니아스 황자님께 급히 아뢸 말씀이 있습니다."

고개를 끄덕인 검사가 옆의 검사에게 무어라 속닥이고는 나를 아모르의 방으로 데려갔다. 본디 하녀장을 찾아 위로 올라가는 것이 정식이지만, 어느 세월에 다 지키고 있나. 좀 다급하게 굴었더니 융통성 있는 검사가 요령 있게 처리해 주었다.

문이 열리고, 이틀 전과 마찬가지로 녹색으로 가득 채운 방이 나타났다. 식물의 향취가 코끝을 간지럽힌다. 아모르는 그날처럼 침대 위에 앉아 있었는데, 책을 보던 중이었는지 두꺼운 책 한 권이 거꾸로 뒤집혀 있었다.

"너로구나."

소년은 상당히 놀란 얼굴이었다.

"다시 찾아올 줄은 몰랐는데?"

"또 놀러 오라고 하셨잖아요?"

난 뻔뻔히 응수했다.

냉정한 빛이 돌던 소년의 얼굴이 당황으로 딱딱하게 굳은 것을 즐겁게 바라보면서, 터벅터벅 걸어간 나는 방 가운데서 멈췄다. 방을 가득 채운 식물 탓에 식물원에 온 듯한 착각이 느껴졌다.

"……살아 있었네."

"꼭 죽기를 바란 것 같은 말씀이시네요."

평정을 되찾은 소년이 본래의 까칠한 얼굴로 나를 쳐다보았다.

"글쎄. 어떨까."

흐릿한 녹색 눈동자. 눈동자 안에 반딧불이의 불같이 작은 금빛이 일렁였다. 희미하게 반가움이 비쳤을지도. 아니면 다시는 찾지 않을 것처럼 떠난 이에게 비친 호기심일지도 모른다.

"왜 날 찾아온 건데?"

"드릴 말씀이 있어서요."

"……네가?"

"네. 할 말이요. 제가 당신에게."

짧아진 말에 그가 인상을 찡그린다. 난 씨익 웃었다.

"이런 차림이라 죄송합니다."

"……"

나는 들어올 때까지 등을 굽실대며 검사가 문을 닫고 사라질 때까지 비굴하게 웃던 사람 같지 않았다.

"인사드리죠."

목소리는 맑고 또렷한 어조로, 등을 당겨 당당하게 마주했다. 서늘하게 불을 뿜는 녹색 눈을 마주하고 또박또박 말했다.

"저는, 위대한 황제 폐하의 8번째 가지 아실리 로제 칼타니아스라 합니다."

황자에게서 희미하게나마 비치던 미소가 사라졌다.

"일전에는 실례를 보였습니다. '오라버니'."

안개 낀 숲을 닮은 눈동자가 정처 없이 잘게 굴렀다. 나는 그 시선을 피하지 않았다. 열린 창 안으로 들어온 바람에 잎사귀가 부딪히며 사각사각 소리를 내었다. 그 소리마저 끊기자 소름끼치는 정적이 찾아왔다.

"오라버니."

주름이 졌다가 사라지는 얼굴을 보며 확신했다. 지금 황자는 동요했다고.

"옆으로 가도 될까요?"

허락을 구하면서 그냥 성큼 걸어갔다. 정체를 밝힌 이상 물음은 예의일 뿐 막 굴어 볼 생각이었다.

"하룻밤 사이에 어디 아프기라도 했나?"

아모르는 식은 게 분명한 차를 한 모금 들이켜면서 우아하게 말했다.

"전혀요. 멀쩡하답니다. 제 어디가 아파 보이나요?"

그가 식은 차를 후후 불어 마셨다는 건 당황했다는 증거였다.

"……사람이 완전히 변했는데 마땅한 이유를 찾지 못해서 말이야. 어느 쪽이 진짜지?"

"오라버니께서 보시는 그대로랍니다."

어젯밤 밤을 지새우다시피 깨어 있으며 계획했던 것 중에 하나다. 기왕 다시 그를 찾아간다면, 더는 연기가 필요 없을 거라고.

"아. 혹시, 머리가 아프기라도 하나? 아니면 뺨이?"

귀족적인 화법에 익숙한 황자가 손가락을 들어 제 뺨을 톡톡 쳤다. 웃고 있었지만 가늘어진 눈은 불쾌함을 보였다. 아마, 순간 당황했던 것이 마음에 들지 않았던 게 분명했다.

"머리를 거세게 맞으면 정신에 충격이 온다고 들었는데. 한낱 하녀가 뻔뻔하게 황녀 행세를 할 정도일 줄은 몰랐군 그래."

놀리는 게 분명한 늘어지는 어조에 난 당당히 씩 웃었다.

"이 뺨에 대해서 궁금하셨다면 그냥 물어 주셔도 될 것을."

기대했던 반응이 아니었는지 황자가 눈썹을 들어 올리며 떨떠름한 표정을 지었다. 하긴 말단 하녀의 옷을 입고 당당히 나타나 내가 네 동생이다 외치는 웬 꼬마 여자애가 얼마나 아니꼽게 보이겠는가.

하지만 어차피 내가 여동생인 걸 이미 알고 있었잖아? 외려 화사하게 웃으며 뺨에 붙였던 습포를 떼어 냈다.

"여기까지 온 이상 무엇을 숨길까요?"

"……."

찌이익!

그는 눈을 동그랗게 뜨고 말이 없었다. 나는 소년을 놓아줄 생각이 없었다. 오직 그만이 이곳에 존재한다는 듯이 그에게 시선을 고정했다.

"징그러우신가요?"

붉은색으로 남은 흉터는 얼핏 보기에 피로 진 얼룩 같았다. 그래서 처음 보는 사람은 흠칫, 몸을 떨며 놀라기도 했다. 하필 피부가 얇고 하얘서 흉터가 더욱 도드라진 것이 나로선 안타까운 일이었다. 차라리 까무잡잡했다면 눈에 덜 띄었을 테니까.

"하……."

그가 동요한 틈을 타 머릿수건을 풀어 틀어 올렸던 머리를 늘어뜨렸다. 더는 하녀 행세를 할 필요 없으니 머리 아프게 묶고 있을 필요 없다. 생긋 웃으며 아모르와 눈을 맞췄다.

"어떠신가요. 제 뺨을, 제 모습을 보신 감상은?"

어떤 감상이든 좋다. 무엇을 꺼내든 전부 기회일 테니까. 치마를 툭툭 턴 뒤 치맛자락을 잡고 무릎을 살짝 굽혔다.

"오라버니."

그림처럼 우아하게 미소를 덧붙이며.

"드리고픈 말씀이 있어 부끄러운 모습을 드러낸 점 죄송하게 생각한답니다. 그러나 이렇게라도 전하고픈 제 간절함을 알아주셨으면 좋겠어요."

천천히 눈을 깔았다.

"꼭 들어 주셨으면 해서."

다행히 이 몸은 속눈썹이 길고 풍성하여 원한다면 우수에 찬 모습을 만들어 내기 쉬웠다. 그것이 나이에 어울리는가는 치워 두고서 말이다.

고요하고 적막한 방 안. 쏴아아 잎사귀가 흔들리며 나는 소리가 꼭 그를 대신해 식물이 직접 말을 거는 것 같았다. 나는 그의 반응을 살폈다.

"……내게 할 말이 있다고?"

역시 쉽지 않은 상대답게 평정을 되찾고 예의 그 날카로움을 되찾았다. 하지만 늘어져 있던 자세를 곧추세웠다. 표정을 수습했지만 언뜻 보였던 경악하던 얼굴은 똑똑히 확인했다.

그는 진정하려 했으나 한편으로 놀란 것을 숨김없이 드러냈다. 그가 놀란 이유가 내 정체 때문인지 아니면 부끄럼 없이 드러낸 상처 때문인지는 모르겠지만.

"네, 할 말이요. 어쩌면."

난 서글프게 웃었다.

"부탁일지도 모르겠어요."

흐린 녹색 눈동자가 나를 위에서 아래로, 다시 아래에서 위로 샅샅이 훑었다.

"부탁이라……."

"네."

날을 잔뜩 세우며 경계하는 모습이 바싹 약이 오른 짐승 같았다. 그와 동시에 숨길 수 없는 호기심과 한 번도 생각해 본 적 없는 일을 겪은 혼란이 공존했다.

"……말해 봐."

아마 거울을 봤다면, 지금 내 눈을 통해서 새파란 안광이 쏟아졌을 것이다. 하나뿐인 동아줄에 매달린 조난자처럼 필사적인 절박함은 꾸밈없이 진심이었다.

"……오라버니는 어느 날 갑자기 죽을지도 모른다는 두려움을 이해하시죠?"

아모르의 눈이 경악으로 크게 뜨였다. 그가 무어라 입을 떼기 전에 선수를 쳐 재빨리 말을 꺼냈다.

"저는 3일 뒤 죽을 거예요."

깜깜한 미래를 앞두고, 날 구원해 줄 모르는 곳으로 한발 디뎠다.

"쓸데없는 소릴 하려고 왔나?"

"사실이에요."

드디어 기회가 왔다.

"저는 죽을 거예요."

내가 살 수 있는 오아시스로 가는 길. 나를 구원해 줘. 내게 정답을 줘. 폭풍에 갇힌 조각배와 같던 나날들. 제발 이것들을 끝내게 해 줘. 기기한 열로 뺨이 발긋하게 달아오른다.

"황태자가, 첫째 오라비가 저를 죽일 거예요."

힘주어 말한 나에게 그의 시선이 향했다.

"형님이 너를 죽인다."

환생한 지 13년이 지나가는데, 내가 이곳에서 본 남자들은 전부 잘생겼다. 플뢰온과 데인이야 말하기 입 아플 정도고 태도가 영 불량한 레이 경마저도 꽤 봐 줄 만한 외모다.

더구나 어제 봤던 황태자와 공작은 어땠나. 분명 여자들만 있는 궁전에 살며 남자를 본 일이 손에 꼽지만 그 소수의 남자들 전부가 잘생겼다. 유일하게 예외를 두자면 날 가르치는 늙은 선생 정도?

보이는 남자가 전부 미남이란 건 원래라면 축복받아 마땅한 일이다. 전생엔 그러지 못했으니까. 불뚝 튀어나온 배와 듬성듬성 머리가 벗겨진 아저씨, 아침으로 먹었던 멸치를 떠올리게 했던 홀쭉한 대리님, 분화구 같은 여드름 자국을 남자다움으로 포장하던 동료.

"널 죽인다는 이가 카스토르 형님이 맞나?"

"네."

그들에 빗대어 미안하지만 4황자는 잘생겼다. 안색은 창백한 데다 가냘프고 말랐지만 자세히 보면 반듯한 콧날과 턱은 살이 없어 예민해 보일 뿐이지 베일 듯 날카롭다.

다급한 상황이 아니었다면 이토록 기민하게 잘생긴 미남과 하고 싶은 건 따로 있었다.

"하……. 하하."

바로 여유롭고 화창한 날에 차 한 잔을 나누며 이상형은 어떻게 되는지 시시껄렁한 한담을 주고받는 건데, 대화는커녕 당장 죽진 않을까 앞날부터 의논하게 생겼다.

같은 여자를 사랑한 형제. 몇 번이고 『루스벨라의 빛』을 읽었지만, 황태자와 아모르의 관계는 알 수 없는 점이 참 많았다. 미워하는 것도 아니고 그렇다고 사랑하는 것도 아니었다. 검정과 흰색을 반씩 섞어 알아볼 수 없게 마구 섞은 물 잔처럼 이것도 저것도 아닌 회색에 위치한 둘의 관계는 단순해 보이면서도 어려웠다.

"근거는?"

예상과 다르게 더 살벌한 분위기에 놓였지만 확신했다. 떠보듯 흘린 '황태자' 얘기에 달려들 만큼 그는 아모르에게 절실한 존재임을. 나는 확신에 찬 목소리로 말했다.

"근거 같은 건 없어요."

일기장이 죽는다고 하는데 이걸 그대로 말할 수는 없었다.

"하지만."

나는 그를 똑바로 마주 보는 낯 그대로 눈을 새침하게 휘었다.

"제가 지금부터 하는 말을 듣는다면, 오라버니는 믿을 수밖에 없을 거예요."

나는 그리고 이 시점쯤에 이미 완료되었을 황태자의 악행을 내가 아는 대로 털어놓았다.

"갑자기 사망한 원로회의 재판장은 사실 오라버니가 열여섯 살 때 살해한 것이죠."

시간이 더 있었더라면 선택하지 않았을 방법이었지만, 당장 이틀 뒤 죽을 거 한번 나대 보기로 했다.

"또 무엇을 얘기해 볼까요. 서쪽에서 온 사신의 혀를 뽑은 것?"

그런데 반응이 남다르네. 조금 전까지 동냥 바가지 쪼개는 놀부인 양 나를 쫓아낼 것처럼 굴던 아모르가 얌전히 듣고 있다? 속으로 씩 웃었다. 병약한 황자님께서는 방금 실수를 하셨다. '황태자'에게 가진 감정을 스스로 고스란히 드러낸 것이다.

'감쪽같이 숨겼어야지.'

어린애가 무슨 말을 뱉든 초연했어야지. 그래야 내게 기회를 주지 않잖아.

"참. 눈도 도려냈었죠."

5년 전, 황태자가 서쪽에서 온 사신의 혀를 뽑고 눈알을 도려냈다는 얘기를 끝내자 내 얘길 들은 아모르의 얼굴은 아주 볼 만했다.

'경악한 것 같기도 하고 그저 놀란 것 같기도 하고.'

내가 알기로 황태자가 그날의 목격자를 전부 죽이거나 입막음을 해 뒀기 때문에 그 자리에 있던 사람 말고는 알 수 없는 일이었다.

적어도 아모르나 최측근인 공작을 제외하고.

"하, 하하하."

모든 이야기가 끝나고 아모르가 푸흐흐, 웃었다.

"그래, 뭐랄까. 참으로, 놀랍구나."

아모르는 연거푸 제 얼굴을 쓸어내리더니 나른하게 고개를 들었다.

"그래, 형님이 너를 죽이려 한다니……, 억울한 건지 아니면 다른 꿍꿍이가 있는 건지 한번 들어 보자꾸나."

달콤한 미소를 가진 황자를 보며 아주 복잡한 미궁을 떠올렸다. 한 발만 잘못 내디디면 영원히 길을 잃을지도 모르는 미로. 불안에 사고가 좁혀 들었다.

이 방향이 맞는 걸까? 그저 중간 보스 아모르나 공략해 볼 생각이었는데 예상보다 더 큰 물고기를 잡을지도 모른단 생각에 소름이 돋았다.

"……왜 형님이 너를 찾아가 죽인다는 것이냐."

아모르가 소슬한 목소리로 물어 온 순간, 태어나서 처음 느껴 보는 감정이 덮쳐 왔다.

"읏."

그것은 혼란과 함께 공포로 똘똘 뭉쳐 있었다. 그가 동요했으면 하고 던졌으나 더는 그를 건드릴 필요가 없게 됨과 동시에, 나의 목숨은 바람 앞의 등불과 같아졌다.

"어서 말해 보거라."

나를 곧장 노려보는 흐릿한 녹색 눈이 번들거린다. 눈을 내리깔고 대리석 바닥을 바라봤다. 정말 두려움에 콱 목이 졸릴 만큼 살벌한 기세였다.

"감히, 황태자의 이름을 걸고 소란을 일으킨 대가는 각오해 뒀겠지."

여기서 피하면 죽도 밥도 아니게 된다. 다리에 힘을 주어 버틴다. 지금, 그에겐 어설픈 어린 흉내는 통하지 않을 것을 본능적으로 깨달았다.

"글쎄요."

고개를 들고, 목구멍까지 올라오는 신음을 꾹 눌러 참고 소리 내어 말했다.

"지금 저를 겁박하시는 거여요?"

나는 미소했다. 나와 아모르, 두 사람의 기가 허공에서 팽팽하게 맞부딪혔다.

새침한 내 목소리에 정적이 흐른 것도 잠시, 아모르의 얼굴에 비릿한 웃음이 스몄다.

"겁박까지 할 가치가 있나?"

아모르가 전과는 비교할 수 없이 독하게 날이 선 표정으로 차갑게 뇌까렸다.

"네. 아직 긴한 비밀은 꺼내지도 않은 걸요? 그렇게 죽일 듯 노려보시면, 제가 어찌 말하겠어요."

우리 두 사람이 마주 보고 서 있는 방 안에는 색색 숨소리만 이어졌다. 아모르의 시선을 피해 벽에 늘어선 화분들에 눈을 굴린 나는 아모르의 숨소리에 맞춰 숨 쉬듯 파르라니 떠는 식물들을 볼 수 있었다.

"너는 8황녀의 전언을 전하러 왔다고 했어. 용건을 꺼내. 참아 주는 것에도 한계가 있어. '안'."

적막은 의외로 쉽게 깨졌다.

"'안'이 아니라 아실리요."

"네가 아무렇게나 지껄인 말만 믿고 너를 인정하라고?"

그저 시선이 와 닿았을 뿐인데 한기가 들었다.

"그래서, 저를 죽이려 하셨나요?"

"죽여?"

쉽게 포기할 거였으면 여기까지 오지도 않았다.

"네. 모두, 보셨잖아요?"

눈을 감았다 뜬다. 순간, '아실리' 그러니까 원래의 황녀는 내가 나타나지 않았다면 어떻게 살았을까. 어설픈 동정은 나타났을 때보다 빠르게 사그라졌다. 지금 꺼내려는 사실을 잡고 늘어지자니 참 약은 수법이지만 상황이 급했다.

황태자와 아모르, 나. 우리는 남보다도 못한 형제임에 틀림없다.

"널린 것이 오라버니의 눈이며 귀이며 손과 발이니."

소설을 읽어서 알고 있는 것은 아주 많았다. 다시 말해 아모르를 납득시킬 수단은 내게 셀 수 없이 많았고 어느 것이든 손색없었다. 가령 그가 가장 숨기고 싶어 하는 것이 무엇인지도 나는 알고 있다. 재어보던 것을 멈추고 재깔였다.

"당신은 내가 죽을지도 모른다는 걸 알았어요."

불쌍한 사람. 약점이 가장 많은 이가 저인 줄도 모르고.

"황태자가 있는 길로 나를 보냈으니까."

스물한 살의 아모르는 자신의 감정을 다스리는 데 아주 능숙했다. 오랫동안 아픈 것을 참아 온 대가였을까. 사랑하는 여자와 마지막 날에도 끝내 미소로 만남을 종식할 만큼 그 인내는 범상치 않은 것이었다. 감탄했던 기억이 있다.

"오라버니의 그 능력으로……."

올해로 열일곱 살인 아모르는 어떨까. 내가 아는 책 속 인물과 다르게 까칠하고, 독하고, 내내 나를 죽일 듯이 노려보는 소년은.

"제가 죽는 걸 지켜보실 셈이었겠죠."

황태자 손에 죽든, 성지에 들어가 죽든. 당신은 모든 걸 알고 나를 보냈을 것이다. 아모르는 도리어 침착하게 나를 응시했다. 처음으로 내가 알던 인물과 겹쳐서 보였다.

"어제 오라버니와 헤어져 궁을 빠져나온 것. 황태자 전하와 만나는 것도. 그리고 자칫 잘못 건드리면 모든 힘을 빼앗기고 죽는다는 성지의 힘을 사용했을 때도."

"……."

이야기가 끝나는 것과 동시에 방심하면 도리어 당하고 만다는 경고가 뒷덜미를 쿡쿡 쑤셨다.

"모두 알고 계셨겠지요."

"내가 어떻게 알지?"

나는 입술을 끌어 올리며 웃었다.

"식물로 보셨으니까."

아모르의 눈에서 짜증이 순식간에 사라진다. 그 자리에 놀람이 가득 찬 채 크게 뜨였다. 곧 그것이 가늘게 좁혀지며 내 위아래를 훑는 시선이 변했다. 지금까지 아모르에게 내 목소리는 단조로웠을 것이다.

"……네가 그걸 어떻게 알지?"

그러나 나는 이 순간 부러 장난스러운 목소리로 말했다.

"말했잖아요? 오라버니는 믿을 수밖에 없을 거라고."

눈을 동그랗게 뜨고 고개를 갸웃했다. 누가 봐도 아모르를 약 올리기 위함이었다. 아모르의 수려한 낯이 와락 구겨졌다.

쾅. 별안간 화분이 넘어지며 아래로 떨어졌다. 아모르는 처음으로 쨍, 하고 까칠한 얼굴을 찡그리며 열을 올렸다. 섬세하게 진 미간의 주름과 꽉 다물린 입. 한계를 느꼈는지 결국 참지 못한 아모르가 소리쳤다.

"하, 감히 내 방에 함부로 찾아온 걸로 모자라 나를 떠봐?"

사각사각, 그의 뒤로 정렬된 화분이 미세한 진동을 일으켰다. 굉장히 빡쳤구나. 나는 그것을 알아채고 얼른 말을 이어 붙였다.

"오라버니, 신관이시잖아요."

그게 뭐 어쨌냐는 표정이었다. 당연했다. 아파서 종일 누워 있는 4황자가 신관이라는 것은 일개 하녀조차도 쉽게 알 수 있는 진실이니까.

"네. 이건 누구나 아는 사실이지요. 하지만 이건 어떨까요?"

그 순간 나는 나긋하게 짓던 미소를 싹 지우며 표정 없이 말을 이었다.

"대지의 신이자 모든 식물을 알고 다룬다는 신의 능력 말이에요. 오라버니, 그럴 수 있는 이를 텔루스(tellus)의 신관이라 한다지요. 그 힘은 풍요를 다스리며 모든 독과 약을 지배하며, 또한 만물이 보고 듣는 것을 그에게 그대로 전한다고 하던데. 어떤 느낌인가요? 모든 식물이 따르는 느낌은."

아모르의 지위는 아주 애매했다. 4번째 황자이지만, 황족으로 따지자면 아모르의 입지는 좁았다. 강한 가문 출신이 아니었고, 능력이 특출 나지도 않았으며, 약한 몸은 잔병치레가 잦아 어릴 때부터 죽음의 고비를 몇 번 넘겼을 정도로 허약했다.

'책 속 그의 나이를 참작하면 루스벨라가 나타날 때까지 살아 있기조차 어려웠을지도.'

그러나 어느 날 나타난 능력은 모든 것을 바꿔 놓았다. 한직에 불과한 힘없는 황자에게 나타난 강력한 신력神力은 누구도 무시할 수 없는 영향력을 갖게 했다.

'대지와 식물의 신 텔루스.'

오래전 사라졌다 알려진 능력은 4황자 아모르에게 대물림되었고, 거대한 잠재력을 가진 힘에 온갖 권력이 매료되었다.

"할 말이 많은 얼굴이로군요?"

아모르가 이토록 경악하는 이유를 알고 있다. 그의 능력은 극소수만이 아는 비밀이었으므로.

만물을 절대적으로 좌지우지하는 능력이 나타났을 때, 황제와 그

측근들은 이를 불문에 부쳐 저들끼리만 나누기로 했다.

'황제보다 강한 힘은 있어선 아니 된다.'

황제의 힘에 감히 범접하려 했다는 죄가 선고됐다. 능력은 어린 소년의 삶을 산산이 부숴 놓았다.

<안녕? 황제의 명을 받들어, 오늘 너를 제외한 모든 인간은 여기서 죽을 거란다.>

카스토르는 아모르가 능력이 발현했을 때 그의 궁에 살아 있던 사람 모두를 죽였다. 그리고 아모르에게 독을 먹였다. 어린 아모르가 허덕이는 것은 그들에게 아무런 느낌조차 일으키지 못했다. 그들은 힘을 쓰는 것조차 버거운 아모르에게 생명 연장을 대가로 능력을 요구했다. 홀로 남은 소년은 고개를 끄덕이는 것 말고는 아무것도 하지 못했다.

잔인하고 폭력적인 세상에 홀로 남겨진 소년은 도구로서의 삶을 살게 되었다.

<이건 해독제야. 매일매일 먹지 않으면 너는 죽지.>

황태자는 매일매일 그를 방문했다. 하루라도 약을 먹지 않으면 죽는 어린 동생을 위해 매일 약을 가져다주는 역할로서.

결국 이 거대한 궁은 아모르를 유폐한 곳이었다. 행복을 거세당하고 단지 하루를 유지할 뿐인 약을 주면서, 하루하루 죽어 가게 했다.

"약은 드셨나요?"

"......너!"

아모르가 불만의 표시로 덮고 있던 이불을 홱 집어 던지며 말했다.

"네가, 그걸! 어떻게 아는 거야!"

삐쭉 튀어나온 앙상한 발목. 마구 흔들리는 푸석한 머리카락. 거미줄처럼 엉킨 얼굴이 발긋하니 달아올라 격렬한 감정을 드러냈다.

"그건 아무도 알 수 없어!"

그는 전혀 우아하지 못한 낯으로 입을 쩍 벌리면서 맨발로 사납게 달려왔다. 가까이서 보게 된 아모르는 훨씬 더 가냘픈 모습이었다.

녹색 눈은 분노로 번들거렸지만, 나는 조금 더 깊은 곳에서 채 숨기지 못한 당혹을 읽어 낸다. 불같이 분노하는 모습 대신 언젠가 책에서 읽었던 비에 젖은 어린 새처럼 훌쩍이는 소년을 보았다.

루스벨라만 바라보는 병약한 남자. 나는 한때 아모르를 안쓰러워했다. 다정이 깊어 병이라 했던 눈물 나리만치 다정한 이 남자는 평생 사랑만을 애타게 앓았다.

끝내 탈출하는 데 자신을 이용한 루스벨라도, 그로 인해 자신을 죽이러 온 형도 미워하지 못하고 아귀다툼에 치여 죽어 가면서도 원망조차 하지 않은 미련한 남자는 감정에 무딘 나조차도 젖게 했다.

가장 불운한 소년이 지금 나를 보고 있다. 잘게 떠는 어깨와 창백하게 질린 낯으로.

"이제는, 믿어 주시겠지요?"

이 불쌍한 사람에게 관여하고 싶은 마음은 없었다. 내 코가 석 자인데, 누굴 챙기란 말인가. 일기장을 얻기 전, 책 속 세상이란 걸 알았을 때도 나 하나, 많게는 내 궁 식구들. 주변만 보느라 바빴다. 하물며 당장 죽게 된 지금이야.

"아니 믿을 수밖에 없겠죠."

나는 멱살을 잡힌 채로 분노한 그는 보이지 않는다는 듯이 말했다. 그에겐 정말 터무니없는 일이었을 것이다. 이 비밀은 권력에서 먼 황녀 따위가 감히 알 수 있는 것이 아니었을 테니까.

"……이건, 말도 안 돼. 대체."

모조리 태워 버릴 불길 같은 일렁거림이 차츰 가라앉았다.

"……대체."

반쯤 입을 열어 놓은 채 옴짝달싹하지도 못하고 나를 붙잡고 서 있던 아모르다. 그는 이제 경악에서 벗어나 눈앞의 것을 괴물처럼 바라보는 눈을 했다.

"너, 너. 네가 아는 건 그게 다야?"

"다일 거여요. 아마도?"

아모르가 헛웃음과 함께 멱살을 놓았다. 내가 잔뜩 구겨진 셔츠를 펴는 동안, 아모르는 하, 아마도? 허탈한 음성으로 중얼거린다.

"너, 대체 뭐야."

고개를 들자 순식간에 얼굴을 굳히고 뺨과 눈을 문지르는 아모르에게서 숨길 수 없는 동요가 묻어났다.

"어떻게 내 힘을 알게 된 거지? 또 무엇을 알고 있지? 아니……. 그건 네가 알 수 있을 만큼 허술하게 관리되는 게 아냐……."

그러게. 난 왜 이런 것들을 알아 당신을 협박하고 있을까. 이 세계에 갑자기 끼어든 나는 본편에 초대도 받지 못한 불청객이었는데.

"글쎄요, 제가 어떻게 알았을까……."

사실 나는 이렇게 당신과 만나지도 못하는 존재. 밖으로 알려지는 일조차 없던 아주 하찮은 황녀. 일기장이 나를 끌어들이지만 않았어도 조용히 숨만 쉬다가 이 나라가 망하기 전에 도망갔을 테니까.

저 멀리. 당신과 만날 일 없이.

"저도 모르겠네요. 다른 세상에서 계시라도 받았던 걸까."

참 안쓰러운 사람. 평생 보지 않을 생각이었고 이용하는 것은 꿈도 꾸지 않았다. 이제 와서 말해 봐야 절대 믿지 않겠지만 조금은 네가 평화롭게 잘 살길 바랐다. 나는 내리깐 눈을 깜빡이며 아무것도 모르는 듯 새침을 떨었다.

"그보다, 오라버니는 황태자 전하를 아주 좋아하시나 보네요."

"뭐?"

"이렇게 쉽게 발끈해 주실 줄은 몰랐거든요. 준비한 말들이 모두 무색해지게."

아모르는 전에 없이 신중한 낯으로 나를 뜯어보고 있었다. 도자기처럼 섬세하게 빚어진 아미를 흐트러뜨리며, 뚫어 버릴 양 곤두세우고 있는 눈동자에는 회오리가 빙빙 돌았다.

"……준비."

"네. 준비."

다가온 눈이 보석처럼 몹시도 반짝여서, 크리스털을 보고 있다는 착각에 휩싸였다. 난 은근한 목소리로 말을 이었다. 아모르 안 가장 깊숙한 것을 건드릴 목적이었다.

"아니면, 황태자 전하가 매일 가져다주는 약 때문인가요?"

그 순간, 손목과 목에서 강한 압박이 느껴지는 것과 동시에 휘리릭 감긴 것이 나를 옭아맸다. 아픔에 내려다본 곳에 새파란 녹색 식물이 보였다.

"아주 건방진 소리를 하는구나."

나를 묶어 버리고 싸늘하게 웃은 아모르가 고개를 들었다.

"네가 만만치 않다는 건 알겠어. 하나 어차피 너도 지금까지 찾아온 나부랭이들과 똑같겠지."

그가 나를 노려봤다.

"도발하지 말고 원하는 걸 말해."

"끕, 말을 하려면 이걸 느슨하게 하는 게 먼저 아닐까, 요……."

아모르가 서늘한 목소리로 혀를 차더니 고개를 까딱였다. 내 목을 묶고 있던 식물이 풀려난다. 콜록콜록, 기침을 뱉으며 가까스로 쉰 목소리를 터트렸다.

"콜록, 난 오라버니를 도구 취급하던 사람들과 달라요. 오라버니가, 어떻게 생각하든. 아무래도, 좋지만. 콜록콜록. 난 기왕이면 모두가 행복한 해피엔딩이 좋아요!"

"해피엔딩?"

"네. 이건. 거래예요. 오라버니만 피해 보는 일은 나도 싫어요. 오라버니도 살고, 나도 사는 길이 있다면 이쪽이 좋은 게 당연하잖아요."

누이 좋고 매부 좋고. 날 도우면 너에게도 떡고물이 떨어질 것이다. 그를 강하게 쳐다보았다. 어느 쪽이냐 하면, 난 네가 살았으면 좋겠거든.

"살아 주세요."

덧붙인 말에 아모르의 얼굴이 삽시간에 묘해졌다.

"……뭐로부터?"

나를 바라보는 시선은 마주하는 내가 떨릴 정도로 집요하리만치 강렬했다.

"제국으로부터."

극과 극은 닮는다고 하더니 그 시선은 지독하게 사랑에 빠진 것과 닮아 있었다. 문득 내 얼굴이 이럴까 생각이 들었다. 가지지 못한 것을 두고 열병처럼 앓고, 잃었던 어느 날의 내 모습이 떠올랐다.

죽지 않을 거야.

크게 숨을 들어 삼켰다가 천천히 말을 골라내고 뱉어 내며 그를 똑바로 바라봤다.

“당신이 나를 돕는다면 나도 당신을 돕겠어요.”

처음 이 계획을 떠올렸을 때 망설임이 없지는 않았다. 다른 방법이 없을지 밤을 꼬박 지새우며 고민했으나, 다른 뾰족한 수가 없었다.

아모르가 그토록 싫어하는 시한부 몸을 인질 삼아 살 길을 도모한다.

선택한 순간 좋은 관계로 가는 길은 박살 나고 좋은 꼴을 보기 힘들어질 것이다. 어쩌면 그는 날 영원히 미워할지도 모른다. 못내 슬프다. 당장 이틀 뒤 죽는 것이 아니었다면 아모르에게는 천천히 다가가고 싶었다. 호감을 사고 싶었다. 그는 내가 좋아하던 인물이었다.

그러나 이미 선택해 버린 길. 시간이 가기 전에 얼른 저돌적으로 가진 패를 보였다.

“가령, 오라버니를 자유롭지 못하게 하는 그 병.”

“…….”

“고칠 수 있다면요? 내가, 고쳐 드릴게요.”

초조한 눈으로 그를 올려다보았다. 그는 조금 전과 다르게 갈피를 잡지 못하는 것처럼 보였다. 어느새 자유로워진 손목을 주무르며 그의 답을 기다렸다.

‘과연 효과가 있을까.’

지금으로부터 4년 뒤쯤, 아주 귀한 약이 나타난다. 어떤 병과 저주든, 심지어 극독이라도 고칠 수 있다는 약.

제국 서쪽의 버려진 신전에서 그 약을 만드는 유일한 사람과 루스벨라가 만나는 날. 나는 루스벨라가 사랑하는 사람을 살리기 위해 달려간 길을 기억했다.

현재 아모르의 몸을 갉아먹고 있는 것은 독이면서 저주였다. 황제만이 풀 수 있는 아주 지독한 사해의 저주.

고민에 빠졌는지 아니면 너무 어처구니없는 것을 들어 할 말을 잃었는지 몰라도, 아모르는 말이 없었다. 난 그런 그를 바라보다가 창밖의 붉은 하늘을 본 뒤 잠시 고개를 숙였다. 그를 침착하게 기다려 주기 위해서.

그러다, 맨바닥을 딛고 있는 발을 본 건 우연이었다.

'왜 황자씩이 되는 사람이 맨발로 다니는 걸까.'

하긴 종일 침대에만 있는 사람이 신을 신고 있는 게 더 이상하지만.

나는 한쪽 무릎을 꿇고 앉았다. 아모르는 어깨까지 내려오는 머리를 늘어트린 채 고개를 기울이고 내가 하는 양을 보고 무성의하게 중얼거렸다.

"……뭐 하는 거야?"

윗옷을 잡아당기자 그는 어쩔 수 없이 들어주는 것처럼 끌려와 주었다. 난 천천히 신발을 벗어 그의 앞에 내려놓았다. 내가 하는 양을 지켜보던 아모르에게서 묘한 소리가 나왔다. 신발이 구겨지긴 했지만 더는 맨발이 아닌 것을 흐뭇하게 보다가 고개를 홱 들었다.

"안 시릴 거예요."

만족스럽게 웃었다. 연민이든 동정심이든, 이제는 모두 돌이킬 수 없지만. 눈앞에 하얗게 질린 발을 그냥 두고 볼 수 없었을 뿐이다.

치마를 툭툭 털며 일어나는 찰나, 도로 바닥에 앉혀졌다.

"푸흣, 하하하하하!"

어깨를 잡혀 버리는 바람에 한쪽 무릎을 꿇은 채 올려다보게 된 아모르의 얼굴은 내가 봤던 어떤 모습보다 생기가 넘쳤다.

아모르가 꽃망울처럼 웃음을 터트렸다.

몇 분 뒤, 그가 웃음을 딱 그쳤다. 새어 나온 눈물을 닦으며 묻는 아모르는 "대체." 하고 물었다.

"몇 살이야?"

아모르가 한쪽 볼을 실룩이며 샐쭉이 웃었다. 가까워지는 눈동자는 흐릿하고 옅은 녹색이었다. 계속 보고 있으면 안개가 낀 새벽의 숲을 생각나게 하는 회색이 보인다. 그리고 다시 녹색. 적절하게 섞인 청색 띠까지. 얼핏 본다면 몰랐을 것 같았다.

"너 혹시, 스물쯤 먹은 여인이 어린애 행세하는 거 아니지?"

우연히 진실을 말해 버린 그는 웃었다. 홀가분한 것 같으면서 잔뜩 비틀린 웃음이었다.

"원하는 게 뭐야?"

지금 가슴에 피어난 것은 어울리지 않게 무척이나 따스한 색을 가졌다. 막 움튼 새싹처럼 연한 연두색, 혹은 한낮의 여름, 올려다본 잎사귀 같았다.

"날 지켜 주세요."

"너를 지킬 방패가 되어 달라?"

고개를 끄덕인다.

측백나무를 깎아 만든 침대에 기대어 앉아 기둥에 머리를 기댄 아모르와 숲 같은 방이 참 잘 어울린다는 생각이 들었다.

"네."

벌써 퉁퉁 붓기 시작한 손목, 그리고 목을 느끼며 고개를 주억이고는 이것과 견주어 볼 경험이 있던가 생각해 본다. 내 주변은 하나같이 화목하고 행복한 사람뿐이라 목이 죄이거나, 손목이 꽁꽁 묶여 보거나 아무튼 이런 경험은 없었다. 한 손으로 다른 손을 주무르며 고통이 얼른 사라지기를 하고 중얼거렸다.

"그래, 가 봐."

아모르는 내 부탁을 저 나름대로 받아들인 듯 알았다고 했는데, 긍정이나 부정이 아니라 답을 유보하는 느낌이었다.

"대답은요?"

은은한 은백색의 가운을 걸친 소년은 병자의 안색이었으나 함부로 대할 수 없는 오만함이 있었다. 입술을 끌어당겨 미소를 띤 낯에서 열은 경계가 느껴졌다.

"생각해 본다고."

좀 더 붙임성 있게 굴어 볼걸 그랬나 뒤늦게 후회했지만 어쩔 수 없다. 사근사근하고 순진한 흉내를 낼 틈조차 없을 만큼 다급한 상황이었으니까.

"……저, 오라버니. 부탁이 있는데."

"뭔데?"

"다른 지름길을 알려 주세요. 지난번 그 길 말고요."

아모르가 눈을 크게 깜빡였다가 다시 떴다.

"왜?"

"그 길은 금지된 숲으로 이어져 있어요. 개가 있단 말이에요."

난 파수꾼을 설명하며 파르르 떨었다. 아직도 출발할 때 보았던 개를 떠올리면 뒷덜미에 소름이 오소소 돋았다. 뻣뻣하게 굳은 목을 주무르며 그에게 다른 길을 졸랐다.

아모르는 가만히 생각해 보다가 턱을 갸웃 기울였다. 입술 끝에 걸린 것은 비웃음이었다.

"그건 곤란해. 다른 길은 모르거든."

"그럼 그냥 걸어갈게요."

"잠깐만."

아모르가 더없이 매혹인 미소를 지으며 손을 내밀었다. 난 웃으며 도드라진 보조개에 시선을 주었다가 그의 손을 바라봤다.

"뭐예요?"

"대신 다른 좋은 걸 줄게."

그가 내민 것은 아주 조그만 씨앗이었다.

'이게 뭐길래……?'

색은 검은색이었고 모양은 세로로 길쭉했다.

"꼭 해바라기 씨 같네요."

욕인지 모를 말을 중얼거리는데, 옆에서 아모르가 이것의 용도를 알려 주었다.

"짐승을 쫓는 씨앗이다. 효과는 3일 정도밖에 가지 않지만. 기대해도 좋아. 지니고 있으면 가까이 안 올 거다."

턱을 기대고 있던 아모르가 까딱까딱, 손가락을 흔들며 웃었다. 개를 쫓는 씨앗이라. 엄지손톱보다 작은 씨앗을 응시했다가 아모르의 얼굴을 보았다.

"별걸 다 가지고 계시네요."

"그게 능력이다 보니."

성마르게 마른 손이 나를 잡아챘을 때 나는 움찔했다.

"움직이지 마."

그가 잡은 자리는 조금 전 넝쿨로 꽁꽁 묶였던 곳이었다. 욱신거림을 꾹 참았다. 아모르는 신음을 눈치채지 못한 듯 서늘한 손가락으로 붉은 피부를 살살 문질렀다.

움찔. 몸이 얕게 떨렸다. 그가 문지른 자리부터 새하얀 살이 움트고 있다는 건 조금 뒤에야 알았다. 그가 목덜미에도 손을 내밀었다. 마찬가지로 아팠지만, 다른 손으로 치마를 꾹 잡아당겨 참았다.

"……난 네 말을 전부 믿진 않아."

그가 조용히 중얼거렸다.

"네가 가고 나서 너를 주시할 거고. 앞으로 너의 일거수일투족 전부 내 손에 들어올 거다."

"네에. 그럴 수 있다고 보는데……. 굳이 알려 주는 이유가 뭐예요?"

"내가 모든 걸 알아도 억울해하지 말라고."

바람이 불어 어깨까지 늘어트린 하늘색 머리가 살포시 흔들렸다.

"누구에게나 비밀은 있지."

목마저 낮게 한 아모르가 물러나는 대신 얼굴을 가까이했다.

"조심해. 내 동생."

나는 너를 경계하고 있고 그러니 너도 방심하지 마라. 그런 말을 하듯이 단단한 시선이었다. 나는 굳게 빗장을 걸어 잠근 아모르를 보며 고개를 끄덕였다.

"그만 가 봐."

아모르의 잔잔한 말과 함께 방을 나섰다.

* * *

—하베르미아의 달 9일, 밤.

나는 침대에 기대어 앉아 밤하늘을 올려다보았다.

의지할 데 없이 까만 하늘. 별을 장식한 밤하늘을 바라보며 밤을 닮아 있던 남자를 생각한다.

미친 사람이 얼굴에 '나 미친놈' 써 놓지 않는다.

하지만 카스토르처럼 종잡을 수 없는 사람은 또 없을 것이다.

책 『루스벨라의 빛』 속에 처음 등장했을 때만 하여도 독자들 전부 그를 두고 서브남은 다정한 연상남인가요? 물었을 만큼 그는 매우 정상적이었다.

'걘 연기 천재일지도 몰라.'

이는 그가 정상인 것처럼 연기하는 데에 능숙하단 소리도 되며 뒤에 가서 반전을 크게 부각시킨 요소기도 하다.

다정했던 황제가 퀙 돌아버린 미친 폭군이었다는 것이 드러났던 장면에서는 옆집에 사는 다정하고 친절한 청년이 알고 보니 사이코패스라는 충격을 안겨 주었다. 지금 생각해 보면 신기할 따름이다.

그는 머리가 좋다. 제 사랑이 실패할 것을 몰랐을까? 아니다. 그렇다면 루스벨라의 무엇을 보고서 나라를 멸망에 이르게 한 걸까.

"아모르도 그렇고."

도대체, 사랑이 뭐기에 그 까칠한 사춘기 소년을 눈 녹이듯 녹여 버리고 미친놈을 더 광기 어린 미친놈으로 만드는 걸까.

고민하는 사이 한나가 세숫물을 가지고 들어왔다.

"세수하셔요. 황녀님."

찰박찰박, 물이 튀는 소리가 났다. 세수를 끝내고 베스가 묶었던 머리카락을 풀어 주었다.

"오늘 취침 시간이 아주 늦으셔요."

"그런가? 미안."

괜히 상전 하나 잘못 둬서 덩달아 늦은 잠자리에 들게 된 하녀들에게 사과했다.

"아뇨, 아뇨. 황녀님이 잠이 오질 않으신다고 하시니 걱정되는 마음에 말씀 드린 걸요. 어디 아프신 건 아니시지요?"

"한나 말이 맞아요. 혹시 불면증이시라거나……."

난 피식 웃었다.

"응. 그건 거 같아. 불면증."

당장 내일 죽는다는데 잠이 올까. 사람은 너무 행복해도 잠을 못 이루고 불행해도 잠을 이루지 못한다.

"너흰 이곳에서 일해서 좋아?"

"물론이죠. 이곳에서 일해서 좋아요. 황녀님도 좋고, 여자 혼자 일하며 이만큼 대우 받기 쉽지 않거든요."

근무 환경에 관해 토론을 나누던 하녀들이 이어 차례로 인사하며 방을 나갔다. 혼자 남겨진 나는 눕는 대신 하늘을 쳐다봤다.

이틀 뒤, 나는 무엇을 하고 있을까? 그건 아무도 알 수 없는 일이다.

"……그래. 중요한 건 살아남는 거지. 이틀 뒤. 하베르미아의 10일에도."

서랍을 열어 옷을 갈아입고 의자 위에 걸쳐 두었던 숄을 챙겼다. 손에는 일기장과 아모르가 주었던 씨앗을 챙겨 방에서 뛰쳐나왔다.

나는 일주일이란 시간에 조난당했다. 구조대도 오지 않는 시간의 무인도에 갇혀 어떻게든 벗어나려 발버둥 친다.

그런데, 그 시간에 갇혀 버린 건 나뿐만이 아니었나 보다.

821년 하베르미아의 달 9일

유난히 소란스러운 아침이었다. 그리고 이내 충격적인 소식을 들었다.

하베르미아의 달 8일은 일기장에 적힌 내용과 변함없는 하루였다. 문제는 잠에 빠져들기 전 일기장을 펼치며 나타났다.

간밤에 '4황자' 오라버니께서 승하하셨단다.

밤이 되자 일기장에는 여태까지와는 전혀 다른, 새로운 미래가 나타났다. 내가 아는 것과도 다른 미래가.

4황자 오라버니가……, 독살당하셨다니……?!
소름이 돋았다.
아침에 싸늘한 시체로 발견되었다니 믿기지 않는다.

일기장이 변했다.

테렛 궁에서 아주 오래 일한 하녀가 범인이라고 한다. 이어 7황자 오라버니와 함께 테렛 궁을 방문하기로 했다.

이전에는 마지막 장의 변화일 뿐이었다. 그러나 아모르를 만나고 돌아오자 일기장은 다시 변했다. 지금까지 한 번도 변하지 않던 장이 변해 버린 것이다.

이 무슨 개풀 뜯어 먹는 소리일까.

'아모르가 죽어?'

『루스벨라의 빛』이 보장한 조연인데, 어째서, 왜?

폭풍이 연달아서 덮친다. 우울한 미래가 걷히고 나면 나는 햇살 아래서 다시 평화로운 삶을 살 수 있을 거라 믿었다. 언젠가 성인이 될 테고 그때는 황궁 밖으로 나가게 될 거라고. 전부 먼 얘기지만, 어느 것이든 내일이 있어야 가능한 것이다.

난 사실 참 이기적인 사람이다. 전생에서부터 사람을 사랑하고, 사랑하는 데 쓰던 모든 말을 믿지 않았다. 믿기에는 삶이 너무 팍팍했다.

꿀처럼 달콤하다던 스무 살은 꾸미는 데 쓰는 돈보다 가스비 내는 데 급급하게 사라졌다. 직장인이 돼서는 성과를 올려도 인정받지 못하는 불공정함에 휩쓸리지 않기 위해서 달콤한 로맨스를 접어 두었다.

평생 꿈이나 동화 속 낭만은 책 속에 두고 바라봤다. 첫사랑은 가장 곱고 예쁜 꽃과 같다던데 로맨스라곤 브라운관에서만 멀거니 보았던 게 전부였다. 삶은 사랑이 가져다주는 행복을 믿을 겨를도 없이 바람처럼 지나갔다.

나는 첫눈에 빠지는 사랑을 믿지 않는다. 완전한 사랑도 믿지 못하겠다. 너는 내 운명이라고 누가 못을 박아 둔 것도 아닌데 영속되지 않을 것에 아파하고 슬퍼했던 로맨스 속 주인공들은 여전히 내게 '판타지'다.

누군가에게 사랑을 느끼는 건 어떤 느낌일까. 그토록 까칠했던 아모르는 루스벨라가 나타난 순간 호박 마차를 탄 신데렐라처럼 그렇게 변해버리는 걸까.

어느 쪽이든 좋다.

그때까지 나도 아모르도 살아 있어야 보게 될 일일 테고 아모르는 살아 있어야 한다. 그러니까 나는, 책이 정한 미래를 지키러 간다.

세상에는 상종 못 할 쓰레기가 너무 많다. 누군가는 착한 사람을 이용하고 착취하고 이득을 취한다.

발밑에 깔린 사람의 아픔이나 상처 따위에는 관심 없는 몰염치한 개새끼들.

가엾은 호구들은 그 개새끼와 쓰레기 밑에서 깔리고, 당하고, 밟히고, 이용당하며, 사라진다.

4황자 오라버니의 독살 범인은 테렛 궁에서 아주 오래 일한 하녀였다고 한다. 가엾은 4황자 오라버니는 믿었던 하녀가 준 독이 든 잔을 그대로 마셨고 돌아가셨다.

데인 오라버니는, 만약, 그 새벽에 누군가 한번이라도 들여다봤으면 죽지 않았을 거라고 중얼거렸다.

『루스벨라의 빛』을 처음 보던 날, 나는 아모르를 호구라고 생각했었다. 두 번 읽고, 세 번 읽고, 몇 년 뒤에 읽을 때는 불쌍하다고 생각했다.

벌컥. 쾅!

그리고 지금은 이기적이지만 나를 먼저 생각했다. 네가 죽어 버리면 내 미래가 어떻게 될지 몰라서 두렵다고.

헉헉, 숨을 몰아쉬면서 고개를 들었다.

"……콜록, 너 뭐야."

쌀쌀한 밤이라서인지 기침이 잦고 아모르의 목소리는 잔뜩 쉬어 있었다. 몸을 동그랗게 말고 찻잔을 쥐고 있던 그는 거칠게 내 손을 쳐냈다.

다가오려는 나를 손을 뻗어 제지한다.

"다가오지 마."

소름 끼치도록 강력한 거부에 어쩔 수 없이 발을 멈췄다. 그가 막 마시려고 했던 연기가 모락모락 나오는 잔을 쳐다본다.

아모르가 저걸 마시고 죽는단다. 왜?

왜 너는 왜 죽게 되는 거야? 나처럼 어쩔 수 없이 폭풍에 휘말린 거야? 모르는 새 휩싸여서 죽는 거냐고? 그렇다면 왜 이 세계는 동화처럼 아름답지 않고 이렇게 잔인한 거지?

내게는 개를 피할 수 있는 부적이 있다. 황급히 날아갈 수 있는 순간이동 비석을 안다. 그리고 미래를 아는 일기장이 있다. 그래서 이토록 빠르게 올 수 있었다.

천천히 그가 경계조차 못할 만큼 아주 천천히 움직였다. 아모르. 가엾고 불쌍한 황자님. 한눈에 사랑에 빠질 순 없지만 연민은 가질 수 있다.

"……제가 오는 걸 알고 계셨잖아요."

아모르는 강력한 신관. 신력으로 보호되고 있는 궁은 그의 의지가 거부한 사람을 절대 들여놓지 않는다. 나는 넝쿨로 꽁꽁 묶여 있던 후문을 잡고 헤어진 연인을 부르는 것처럼 애타게 그의 이름을 부르짖었다.

그가 나를 들여놓았다.

"차, 좋아하세요?"

"……뜬금없이 들어와서 무슨 소리야."

그가 노려보든 째려보든 그런 거는 신경도 쓰지 않다는 듯 나는 아모르와의 거리를 좁히는 데 성공했다.

"좋아해도 그건 드시지 마세요."

하녀 옷을 입고 아모르를 방문했을 때만 해도 나는 이런 상황을 상상하지 못했다. 멀쩡하게 대화를 나눴던 사람이 당장 내일 죽는다니. 이걸 미리 알았다면 나는 처음부터 일기장 따위 손에 대지 않았을 거고 지금처럼 죽기 일주일 전의 초읽기 속에 있지도 않았겠지.

나는 겁먹은 쥐새끼처럼 고개를 바싹 끌어당겼다. 무섭지만 오늘 일이 어떤 결과를 가져오더라도 할 말은 해야겠다.

"믿을 수 없겠지만, 그거 마시면 오라버니 죽어요."

아모르를 보는 내내 미묘한 찝찝함이 달라붙었다. 마치 오래된 장판에 발이 찍하고 달라붙듯이 혹은 눅눅하게 절은 콜라 자국과 오래 입은 셔츠의 퀴퀴한 냄새처럼. 헤어 나올 수 없는 찝찝함이 나를 옭아맸다.

나는 어쩌면, 아모르가 죽는 이유가 나를 만나서가 아닐까 하는 약간의 죄책감을 느끼고 있었다.

가뜩이나 오래 살지 못하는 불쌍한 황자의 삶을 내가 줄여 버린 게 아닐까? 아니면, 불쌍한 사람을 이용하려고 해서 나 대신 벌을 받은 걸까?

어느 쪽이든 조금 짜증이 났다. 나를 그렇게 만들어 놓고서. 더욱 필사적으로 움직이게 해 놓고서. 그럼 아무것도 하지 않았어야 했나? 내가 나를 구하지 않으면 누가 나를 구원하는데?

"이 밤에 갑자기 나타나서 무슨 소릴 할까 했더니. 네 헛소리는 그날로 끝이 아니었나?"

그가 죽는다고 생각하니 낭떠러지 앞에 선 것처럼 심장이 덜컹 내려앉았다. 그가 죽으면 누가 책임을 지지? 루스벨라는? 그의 역할은 누가 해?

온탕과 냉탕을 실시간으로 오가는 것 같았다.

"부, 부탁이에요. 제발 마시지 말아요!"

가슴이 꽉 막힌 것처럼 초조해졌다.

"갑자기 나타나서 무슨 소릴 하는 거야?"

"제 말이 믿기지 않는다는 거 알아요. 나도 설명할 수 없지만 말 들어요. 오라버니, 마시지 마세요. 죽고 싶지 않잖아!"

모두가 잠든 새벽. 달만이 희미하게 빛을 드러낸 밤이었다.

아모르는 여전히 병약했고 잘생겼다. 어둡고 음울한 분위기를 풍기던 눈이 감겼다가 다시 뜨였을 땐 통렬한 비웃음과 함께였다.

"……무슨 소릴 하려나 했더니."

왜인지 낮보다도 훨씬 지쳐 보이는 얼굴이었다. 한 손으로 찻잔을 단단히 쥔 아모르의 팔을 잡아챘다. 막 차를 마시려던 아모르가 미간을 구기며 참지 못하고 소리쳤다.

"헛소리할 거면 돌아가!"

사람이 눈앞에서 죽는 걸 보는 건 이번이 처음이 아니다. 오래전 나는 부친을 눈앞에서 보냈고 또 다른 사랑하는 사람을 보냈다. 잔인하게 말해서 아모르가 죽는 걸 보는 게 무서운 게 아니다. 그런데 왜 나는 필사적인 거지?

"나, 나는 오라버니가 죽지 않기를 바라요……."

그럼 뭐가 무섭지?

돌연 이상한 생각이 들었다. 머리를 스치고 지나간 기시감일까. 앓던 이가 빠진 양 아주 오랫동안 고민하던 것이 풀린 기분이었다.

"증명할게요."

아, 이제 알 것 같다. 살아남기 위해서 발버둥 치느라 보지 못한 것을.

“제가 증명할게요.”

한 손으로 아모르의 손에 든 잔을 뺏어 왔다. 그가 말릴 새도 없이 차를 목 안으로 넘겼다. 나중에 돌이켜 보면 뜨거운 차였으면 어쩌려고 그랬나 싶었지만, 그때는 그저 한 생각으로 움직이고 있었다.

“이 차를 마시고 제가 죽는다면, 제 말이 옳은 거예요. 그렇죠?”

“너, 너!”

벌떡 일어난 아모르가 내 치마를 잡아 쥐었다.

“뱉어. 뱉어!”

그러나 이미 전부 마셔 버린 뒤였다. 콜록, 갑자기 누가 목을 콱 조르는 느낌과 함께 기침이 튀어나왔다.

어라, 식도가 너무 아픈데, 타 버릴 것 같아. 기침은 멈추기는커녕 점점 심해졌고 타는 듯한 고통 끝에 마침내 한 덩어리의 피를 토해 냈다.

“이봐!”

우중충한 안개 낀 하늘을 닮은 녹색 눈이 찢어질 듯 커진 것과 동시에 시야가 마구 흔들렸다.

“빨리 뱉어! 뱉으라고!”

생각해 보자.

일기장은 내게 하베르미아의 달 10일에 황태자의 손에 죽는다고 말했다. 여태까지의 상황을 볼 때 빼도 박도 못하는 고정된 미래였고, 지난 닷새 동안 내게 절대적인 명제였다.

‘이대로 죽는 걸까?’

하지만, 조금 더 나아가서, 바꿔 생각해 보자.

‘한창 정무에 바쁠 황태자가 굳이 테레나 궁으로 찾아와서 나를

죽이는 이유는 뭘까?'

진실은 늘 알려진 것과는 조금 다르다.

루스벨라는 처음 만난 카스토르를 아주 좋은 사람이라고 생각했고 반면 카스토르는 그녀를 아주 멍청한 여자라고 생각했다. 그러나 카스토르가 서브남인 이상 루스벨라를 사랑하는 것이 그의 존재 이유였다. 다시 말해 이것은 절대적인 명제.

그렇다면, 내가 그 명제를 깨 버리면 어떻게 될까?

정해진 죽음. 하베르미아의 달 10일 전에 죽는다면,

이건 도박이었다.

"너, 대체, 그걸 왜……. 어째서 마신 거야!"

스르륵 기울어지는 시야. 그가 나를 잡느라 흰 뺨에 피가 튀었다. 바닥에 주저앉다시피 한 나를 부축하느라 아모르의 자세가 허물어졌고 그의 흰옷은 대리석에 흐른 피로 붉게 물들었다.

……아모르.

나는 소맷자락으로 아모르의 뺨을 닦아 주었다. 목에 끓는 물을 콸콸 부은 것처럼 타는 듯한 고통과 함께 정신이 혼미해지고 있었다.

"……오라버니가, 죽지 않길 바라요."

내 미래가 온전하길 바라.

"내 마지막 순간은."

나는 파들파들 떠는 손가락으로 앞치마를 움켜잡으며 신음을 눌러 참았다.

"내가 선택할 수 있게."

이건, 선택이다.

찰나의 순간에 나는 아모르와 나를 두고 선택했다. 그런데 왜 당신은 울 것처럼 찡그렸어……? 하늘색 머리카락에 절반의 달이 대롱대롱 매달려 빛나고 있었고 나는 흐리게 웃었다.

"콜록. 꼭 살아야 해요."

아모르는 지금 무슨 생각을 할까. 평생 모른 체 살던 동생이 갑자기 저 대신 죽는 모습을 보고. 그의 준수한 미간은 사정없이 구겨져 있었고 낯이 흐렸다. 찬찬히 보면 아모르는 아주 이상한 얼굴이었다. 아마, 혼란스러운 듯하고 또 스스로도 알 수 없는 것에 사로잡힌 것 같았다.

"내 죽음으로 오라버니가 살았으면 좋겠네요."

다른 세상에서 당신을 아꼈던 사람을. 모르겠지만. 오늘만은 알아줘.

끝이 오려는 듯 눈앞이 획획 돌았다가 바닥이 가까워지며 눈이 감겼다.

자, 이제 어쩔 거냐.

이 순간에 아모르 대신 죽는다면.

스스로 볼 순 없었지만 지금 내 얼굴을 들여다보면 조금 냉정하고 조금 장난기가 어려 있는.

그런 얼굴이 아닐까 했다.

* * *

'821년 하베르미아의 달 10일'

나는 사흘 뒤 죽는다.

미래는 유동적이다. 내가 A를 선택하거나, A를 선택하지 않거나. 그 결과에 따라 두 가지 혹은 열 가지의 미래가 만들어지고 다시 그만큼의 세계가 만들어진다.

그런데 평행우주론이 정설이라면, 어째서 내가 일기장 속과 다른 것들을 택했을 때, 똑같은 미래가 돌아왔을까.

'왜 내가 무엇을 해도 드레스는 망가졌을까?'

같지만 미묘하게 다른 일기장.

나는 가설을 세우고, 실험했다. 결과를 얻었다. 나는 반드시 그날 죽어야 한다.

바꿔 말하면 그날 말고는 나를 죽일 수 없다는 거다.

* * *

머리가 한 대 얻어맞은 것처럼 멍하다. 그러다가도 어느 쪽은 잔뜩 먹고 체한 것처럼 답답했다.

욱씬. 서늘한 공기와 새하얀 잠옷. 습관처럼 목을 쓰다듬는다. 아무것도 삼키지 않은 목이지만 그럼에도 불에 타는 듯한 고통이 느껴졌다.

헛통증.

"환상일 뿐이야."

중얼거린다.

비가 온 다음 날이라 곳곳이 질척였다. 훅 머리가 시원해지는 느낌이 좋아 가만히 기대어 있다가, 걸음을 내디뎠다. 대리석이 깔린 발코니. 서울의 하늘과는 다른 깜깜한 하늘에 별이 총총 떴다.

'황녀님, 세수하셔요.'

"황녀님, 세수하셔요."

황녀의 늦은 취침으로 하녀들의 업무 시간은 아직 끝나지 않았다. 불쌍하게도.

“오늘은 늦게 주무시려 하시나요?”

“그런가? 미안.”

하녀들에게 사과했다.

“아뇨, 아뇨. 황녀님이 잠이 오질 않으신다고 하시니 걱정되는 마음에 말씀 드린 걸요. 어디 아프신 건 아니시지요? 혹시 불면…….”

“불면증이라거나?”

“네? 네에…….”

“으응. 그건 거 같아. 불면증.”

잠이 왔으면 좋겠다.

한나는 걱정이 가득 담긴 목소리로 오늘은 푹 주무시길 바란다고 말했다. 머리를 땋는 손은 아주 포근했으나 나는 패닉 상태였다. 실은 오늘 내내 그랬다.

<살아 주세요, 오라버니.>

나는 이 선택을 후회할까?

살다 보면 그땐 최선이라고 했던 선택이 최악으로 돌아오기도 한다. 그러니 어떻게 될지 나도 잘 모르겠다. 많이 무섭고 초조한 동시에 한편으로는 놀라울 정도로 아무런 생각도 들지 않았다.

“한나, 오늘이 며칠이지?”

오늘로 5번째 묻는 질문에 한나가 고개를 갸웃하면서도 성실하게 대답했다.

“막 12시를 넘겼으니 하베르미아의 달 9일이에요.”

9일. 9일이라.

“너흰 이곳에서 일해서 좋아?”

‘저희는 이곳에서 일해서 좋아요.’

"저희는 이곳에서 일해서 좋아요."

한나가 희미하게 웃었다.

"황녀님도 좋고, 여자 혼자 일하며 이만큼 대우 받기 쉽지 않거든요."

하녀들이 차례로 인사하며 방을 나갔다. 혼자 남겨진 나는 하늘을 쳐다봤다. 얼마 지나지 않아 나직하게 욕설을 퍼부으며 베개를 내려놓았다. 벌떡 일어나 어깨를 감싸 안는다.

"말도 안 돼……."

방 한쪽에는 커다란 화장대가 있었고 그 위로 얼기설기 얽힌 덩굴 장식의 거울이 걸려 있었다. 어두워서 보이진 않지만 그 앞에 서면 필시 조그만 어린애가 이쪽을 보고 있을 것이다. 오늘 낮에 비춰 보았는데, 나는 아주 잘 있었다.

"일단 귀신은 아니야."

거울에 비치지 않는 건 필시 귀신이나 그에 필적하는 존재일 테니 아직 나는 사람인 게 분명했다.

"시간이 되돌려지다니."

나는, 아모르 대신 독을 마셨고. 죽기 하루 전으로 돌아왔다.

목이 활활 타는 것 같은 고통 뒤, 눈을 뜨니 방 안이었다. 아이러니하게도 실행 취소를 누른 것처럼 삶이 역행해 하루 전으로 돌아왔던 것이다. 기침하지 않는 주인을 이상하게 여긴 하녀가 노크를 할 무렵까지 그저 멍멍하게 누워 있었다.

<황녀님, 일어나지 않으세요?>

<오늘 며칠이야?>

<네? 네? 오늘……. 하베르미아의 달 9일이에요.>

복잡했고 묘했으며 오싹했다.

순간 들었던 논리 없는 생각에 냅다 몸을 맡기긴 했지만, 설마 이 도박이 성공할 줄은 몰랐지. 눈 감으면 죽기 전 나를 보던 아모르의 눈이 생생하게 떠오르고 만다. 손톱이 손바닥을 긁은 감촉이 섬뜩했다.

나는 어깨를 꽉 쥐었다. 고통을 느껴야 지금을 현실로 받아들일 것처럼.

서랍을 열어 옷을 갈아입고 의자 위에 걸쳐 두었던 숄을 챙겼다. 손에는 일기장과 낮의 아모르가 주었던 씨앗을 챙겨 방에서 뛰쳐나왔다.

"생각이 맞았어. 나는 되살아난다."

아모르의 궁으로 가는 길목 내내 상념이 나를 휘감았다. 일기장은 하녀가 아모르를 독살했다고 한다.

'황태자는 상종 못 할 개새끼다.'

황태자는 황제랑 아주 세트로 개새끼였다. 그러나 저들밖에 모르는 그 부자조차 아모르를 죽이지 않았는데 누가 아모르를 죽이려 했던 걸까?

시중인들은 황족의 권위를 두려워하며 침범하지 않으려 한다. 더구나 황자 암살이다. 하녀 하나의 독단이기보다 내통한 세력이 있었다고 보는 게 맞겠지.

사각사각 종이가 부스러지는 소리가 키 작은 풀숲에서 났다. 그만큼 내 발걸음이 빠르고 급했다.

"오라버니!"

드디어 아모르의 궁 후문 앞에 도착해, 난 지난밤처럼 그의 이름을 애타게 불렀다. 머리카락을 풀어헤친 나를 보면서 아모르는 무슨 생각을 했을까.

"너……, 콜록콜록. 네가 왜 여기에?"

오른발을 딛고, 왼발을 딛고. 그의 앞에 서자마자 찻잔을 뺏고 창백하고 마른 손을 잡았다.

"헉, 헉."

뼈마디가 만져진다. 따뜻했다.

"그, 그거 드시지 마세요."

나는 『루스벨라의 빛』을 정성 들여 읽었다. 한 문장 한 문장 전부는 아닐지라도 대충 읽은 사람은 절대 모를 법한 모든 내용을 꿰고 있을 거라고 장담한다. 이곳이 책 속이라고 인지한 이후에는 이것만이 내가 살길이라고 생각했다. 도돌이표처럼 몇 번이고 되새겼기에 모든 것이 머릿속에 꼬박 채워져 있다.

언제 전쟁이 일어나는지, 주인공이 이곳을 언제, 왜 방문하는지.

빙의물 주인공들이 으레 반드시 하는 사건 작성은 나도 당연하게 거쳤다.

그래서 적어도 누가 언제 죽는지, 제국이 몇 년도에 패배하여 나라를 말아먹는지도 알았다. 그런데 그럼 뭐 하나, 당장 죽으면 이런 정보도 쓸 일이 없는데!

중요한 건 전쟁이 아니다. 나라가 망하기 전에 내 인생부터 구제하는 게 먼저였다. 아모르를 살리고 되돌아오자마자 처음으로 전쟁이란 항목에 줄을 긋고 카스토르와 내 이름을 적었다.

서브남 카스토르는 루스벨라에게 가장 지독하게 빠졌던 남자였다. 『루스벨라의 빛』에 등장하는 남자는 전부가 루스벨라의 남자나 마찬가지였다. 심지어 아내가 있거나, 연인이 있어도 그녀에게 속절없이 빠져들었다. 그건 실로 마성이었다.

모두가 그녀를 사랑했다. 아모르가 그러했듯이.

이전, 도망밖에 살길이 없었을 때는 성인이 될 때까지 절대 카스토르만은 보지 않으려고 노력했다. 그러나 상황이 달라졌고, 당장 카스토르 손에 모가지가 날아가게 생겼으니 내게도 그를 어떻게 해 볼 힘이 필요하다.

무엇으로? 그 수단은 아모르가 되어야 했다.

'그러니까 너는 죽어선 안 돼.'

너는 내가 당장 택할 수 있는 가장 최선의 방안이다.

"오라버니."

죽었다 살아난 머리는 욱신거리고, 이것이 맞을지 저것이 맞을지 눈앞은 여전히 깜깜하다. 이것이 옳다는 얘기는 아니다. 그러나 조급하고 절박하고 갑갑한데 이것 말고는 모르겠다.

"무슨 소릴 하나 했더니. 쓸데없는 소릴 할 거라면 돌아가."

나는 타고난 지략가가 아니라서 그를 이용하는 것 말고는 모르겠다. 5년 뒤 나라가 망하더라도 나는 지금을 살아야겠다. 하루라도 더 살고 싶다. 그러니 아모르 네가 당장 괴로워지더라도 나는 살아야겠어.

내 편을 들어서 내 죽음을 한 번이라도 막아 줄 수 있는 사람이 하나만 있어도 내 인생은 망하지 않을지도 모르니까.

어쩔 수 없다. 불가항력이니까. 주인공 루스벨라한테 빙의했으면 두 나라를 정복했다. 대륙도 통일했겠지. 근데 엑스트라잖아? 장군도 아니고 검사도 아니고 힘없는 황녀이면서 아는 것이라곤 한 줌밖에 없는 엑스트라로 태어났잖아.

인생은 원래 자력 구제라며. 엑스트라만의 방법을 찾아서 살아남는 수밖에 없는 거잖아.

“제, 제가 대신 이 차를 마실게요. 그럼 증명할 수 있겠죠?”

전쟁으로 끝난 소설답게 이 소설 속엔 하루살이의 빛처럼 스러져 간 캐릭터가 많다. 이 사망률 높은 소설 속에서 사랑밖에 몰랐던 병약하고 다정했던 황자님도 그중 하나였다. 실제로 만나 본 당신은 나 같은 엑스트라에게는 전혀 다정하지 않은 소년이었다. 그가 내 여자와 형에게만 따뜻한 소년이었음을 어찌 알았을까.

그렇지만 조금은 다정한 사람일 거야. 그렇지?

“너, 미쳤어?!”

거칠고 서툰 손이었지만 막 찻잔을 뺏어 입에 가져다 대려던 손이 막혔다.

“대체 뭐하는 거야!”

그 온기는 반가운 것이라서 나는 굳이 노력하지 않고도 목소리를 꾸며 냈다.

“제발, 살아 주세요.”

너는 언젠가 다정해질까? 언제? 루스벨라가 나타날 때? 하도 세게 잡고 있었던 앞치마는 잔뜩 구겨지고 볼품없어졌다.

“부…… 탁이에요.”

정말 이상한 세상의 앨리스가 된 기분이었다. 오른쪽을 둘러봐도 왼쪽을 둘러봐도, 과거도 현재도 미래도 전부 낯설기만 한 것들. 소설 안 액세서리가 되기 싫어서 탈출하려던 엑스트라는 도리어 시간 속에 갇혀 버렸다.

“내 말이 전부 믿기지 않는 거 알아요. 그렇지만 들어요.”

마지막이라 생각하고 모든 걸 걸고 뽑은 카드가 조커였다. 그것이 판을 모조리 엎어 버릴 수 있는 비장의 카드일 때, 깨달음이 뒤따랐다.

'나는 되살아나는구나.'

그리고 지금, 책 속과 다르게 다정하지 않고 친절하지도 않은 당신의 손을 잡고 미래를 꿈꾼다.

"오라버니가 죽기를 바라지 않아요."

나와 함께 미래로 가자.

"여기서 죽지 마세요."

나도 너도 사는 거야.

쨍그랑. 섬세하게 세공된 찻잔이 아래로 굴러 떨어지고 산산조각이 났다.

"죽으면, 아무것도 없어요."

아직은 잘 모르겠어. 한 치 앞도 보이지 않는 세계에서 죽고 마는 너도, 시시각각 조여 오는 죽음에서 이름조차 나오지 않는 나도 살아남으려면 어떻게 해야 할지 모르겠어.

"눈 감으면 모든 게 끝날 것 같아요?"

"그만. 대체. 무슨 소릴 하는 거야!"

아모르는 수려한 낯을 거침없이 찡그리며 짜증을 냈다. '대체 너 뭐냐고. 네가 뭔데, 네가 날 알아?'와 같은 명언들이 나왔다. '누나가 뭘 알아!' 사촌 동생이 쿵쾅쿵쾅 발을 굴리며 문을 쾅 닫고 들어갔을 때 쏟아졌던 말들이 겹쳐서 들렸다.

'이제 됐어. 차는 떨어졌으니까.'

이미 엎질러진 차를 핥아 독이라 우길 수도 없고. 증명할 길이 없어졌으나 동시에 아모르가 마실 일도 없어졌다. 나는 침착하게 고개를 끄덕였다. 응응. 알았어요. 우린 살았다고.

"너 정말…… 목 위에 그건 장식용이야? 넌 내 방에 멋대로 들어왔고,

이미 1시가 넘었어. 이건 황족이라고 해도 무단 침입죄로 벌을 받게 할 수 있단 말이다!"

아모르는 내 태연자약하고도 사뭇 무성의한 대답에 질린다는 표정으로 일갈했다.

"거기다 당장, 네가 했던 무수한 헛소리를 집어치우더라도……. 하. 무슨 말을 하고 싶은 건지 알겠어?"

"네. 괜찮아요."

"전혀 듣고 있지 않잖아!"

고개를 숙이던 그가 잔뜩 찡그린 것과 함께 머리를 쓸어 올리며 고개를 든다.

"하. 정말……. 낮부터 지긋지긋하기 짝이 없어. 너는."

표독한 고독과 외로움에 절여진 어린 소년은 겨울나무같이 무심히 견뎌 보이는 낯을 했다.

"돌아가. 욕하기도 입 아프니."

고개를 떨어트리고 나로 하여금 심장이 작게 쿵 내려앉는 기분에 들게 했다. 말이 통하질 않으니 어쩔 재간이 없군. 아모르가 실소와 함께 중얼거렸다.

"네 헛소리의 대가는 추후 생각해 보겠다. 잠을 방해할 게 아니라면 사라져. "

"네. 이만 얌전히 돌아갈게요."

일단 아모르가 죽는 것부터 막았으니까 돌아가서 생각해 보자.

일기장에 나타나는 카스토르의 질문은 한 번 죽으며 전부 채웠고. 이제 데드엔딩을 막는 것만 남았다. 난 잘게 한숨을 쉬고 손을 떼었다.

"조금 덥네요."

"그렇겠지. 쓸데없이 뛰었으니."

아모르가 못마땅한 눈으로 천을 던졌다. 받고 보니 보송한 새 천이었다.

"……고마워요."

온몸이 땀투성이다.

'돌아가면 아침까지 씻지도 못할 텐데.'

일기장을 챙겨 방을 나서다가 문득 왜 이렇게나 필사적이었나 헤아렸다. 생각보다, 아모르를 더 좋아했구나. 마음에 연민이 싹을 내린 모양이라고. 그는 이런 나의 마음을 모르겠지만.

거칠어진 당신도 예쁜 낯을 나긋하게 누그러뜨릴 날이 올까? 나는 사랑에 적셔지고 포근한 이불처럼 낯을 부드럽게 풀어낸 그를 보고 싶다.

눈을 내리깔았다.

'일단 살아남고 나서.'

전생에서 안온함과 멀리 떨어진 삶을 살았기 때문에 다시 받게 된 삶에서는 평화롭게 살고 싶었다. 잘 먹고 잘 자고 나와 내 사랑하는 사람이 평화로운 세상 말이야.

그러나 판타지 없는 판타지 세상이란 존재하지 않는 것이었나 보다.

한차례 폭풍이 지나갔다.

내일은 마지막 날이다.

'괜찮을까?'

아모르를 구해 내며 밤을 모두 소비했는데. 설마 아모르는 구했는데 나는 데드 엔딩이라는 최악의 엔딩은 아니겠지. 제발.

내 인생은 어떨까? 맑을까? 제발 그랬으면. 하찮고 귀찮고 괴로워지더라도 이제 그만 간절한 이 생에 볕이 들었으면 좋겠다.

너도, 나도.

죽지 말고.

"아실리 로제."

마지막, 나가기 직전 그가 나를 불렀다. 아모르는 서글픈 표정을 한 나를 혼란스럽게 바라보다가 녹색 눈을 깔았다.

"나는……."

차분하게 가라앉은 낮은 감흥 없게 보이면서도 엉킨 것을 그냥 욱여넣은 듯이 보이기도 했다.

"네가 무슨 소릴 하는지 정말 모르겠어."

아모르가 중얼거렸고 나는 흐리게 웃었다. 이 웃음이 그에게 고스란히 전해졌으면 좋겠다.

"안녕히 주무세요."

그리고 조금이라도 나에게 호감을 가지면 좋겠다고.

4. 변화

—하베르미아의 달 10일

마지막 날이다. 방 안에 문들이 꽉 닫혀 있는데도 어디선가 마른 햇빛 냄새가 나고 따사로운 빛이 느껴졌다.

“큰일 날 소릴 하셔요!”

저 멀리 병사를 보러 간다는 말에 기겁해 쫓아 나온 한나가 말했다. 빨래하다가 온 것이라 종아리까지 겅중 뛴 치마에 소매를 팔뚝까지 걷어붙인 채였다.

“그렇지만 마지막인걸.”

나는 용감하게 밖으로 나섰다.

“황녀님!”

“젊고 잘생긴 남자 보러 나간다니까 따라 나온 것 좀 봐.”

쫑알거리며 놀리는 말에 한나가 울상을 지으며 “아니에요.” 하고 말했다. 난 키득대며 그녀의 손을 잡고 토닥였다

“연못까지만 가는 거예요, 알았죠? 네? 네?”

“아이참. 알았대도.”

나는 엄지로 한나 손을 살살 문질러 보다 꽉 잡아 본다. 한나의 나이가 스물다섯이었나. 한 번도 나이를 물어본 적은 없다. 주변을 챙긴다고 생각하면서도 무심했나 보다.

‘마지막이라고 많은 걸 바란 건 아니지만…….’

그래도 궁 밖에 한번을 나가 보지 못하고 죽을 거란 생각은 안 해 봤는데 말이다.

저 밖으로 조금만 나가면 밖이었다.

밖으로 나가면 한스란 병사가 정말 소문처럼 잘생겼는지 알 수 있고, 2년 뒤에 있을 건국제와 카스토르의 약혼이라는 장엄한 행사가 치러질 광장도 볼 수 있을 거다. 기이하리만치 많은 신관과 제국민이 산다는 황도를 이 눈으로 직접 볼 수 있다.

‘전부 확인해 보고 싶었는데.’

얌전히 산책이나 하며 마지막을 보낼 줄은 몰랐다. 나는 한나의 옆으로 다가가 툭툭 등을 두드렸다.

“한나. 화장대 의자 뚜껑을 열면 작은 공간이 나와. 거기에 보석을 잔뜩 넣어 뒀어.”

“네?”

테레나 궁은 고정적인 인력난에 시달렸고 사람이 좀처럼 늘지 않았으며 원래 있던 이들은 아주 오랫동안 자리를 지켰다. 13년 동안 예쁘고 아끼고 좋은 것 전부 내게 주었던 사람. 기억하지 못한 순간부터

나는 보호받아 왔던 것이다.

<황녀님 저는 이곳에서 오래오래 살고 싶어요!>

억울해지고 만다. 한나를 두고, 유모를 두고, 얄미운 플뢰온과 레이 경, 다정한 데인을 두고. 죽으라니.

"잊지 마. 화장대 의자 뚜껑 밑. 거기가 내 보물 창고야."

여기만큼 살기 좋고 편안한 근무 환경은 없다던 한나가 들풀처럼 웃었다. 어쩌다 이렇게 되었을까. 처음으로 돌아가 일기장을 보게 된다면 나는 절대 펼쳐 보지 않고 그대로 태워 버릴 텐데.

지금에 와서 아무 의미도 없는 결심을 하며 최후를 기다렸다. 그리고 결전의 시간이 찾아오기 전, 뜻밖의 손님을 맞이했다.

"8황녀 아실리 로제 아올레시아 칼타니아스 님이십니까?"

딱딱한 인상의 남자였다.

"제국의 꽃을 뵙습니다."

희게 센 머리카락, 미간의 찡그림이 그대로 주름으로 남은 사십 대 중반쯤 되어 보이는 남자는 빠르게 제 용건을 건네주었다.

"아모르 님의 서신입니다."

"뭐?"

나는 서신을 열어 본 것과 함께 딱딱하게 굳었다.

"……오라버니께서 답변을 들으라고 하시더냐."

유려한 필체로 인사말을 제외하면 도통 뜻 모를 말이 적혀 있었다.

"그것까진 알지 못합니다. 하나, 황녀님께서 말씀해 주시면 전해 드리겠습니다."

미간을 찌푸리며 그에게 한마디 뱉을 때였다. 작은 수풀이 흔들리더니 갈색 머리의 아가씨가 튀어나왔다.

"황녀님! 한나! 한나!"

"베스?"

"크, 큰일, 큰일 났어! 황녀님! 어서 궁으로!"

올 것이 왔구나.

"황태자 전하께서 찾아오셨습니다!"

찬란한 해가 빛을 잃고 회색 하늘처럼 보이는 오후, 운명을 가를 사신死神이 찾아왔다. 잠깐 숨을 들이켜며 마지막일지도 모를 풍경을 담는다.

"가자."

문득 가슴이 찌릿하고 아파 왔다. 뜬눈으로 지새운 몸은 피곤했다. 편안한 척했지만 종일 내내 불안했다.

내 인생은 내게 너무 가혹하다.

그럼에도, 나는 살고 싶다.

황태자가 찾아왔다. 검사를 주렁주렁 달고 공작도 함께 왔다. 미래가 실현될 거라고 알고 있었기 때문에 놀라진 않았다.

미래는 바뀔지도 모르니까 그냥 모르는 사이로 남아 영영 오지 않았으면 했다. 그러나 애석하게도 그는 나타나고 말았다.

막 하녀들이 점심 준비를 끝냈을 무렵이었다. 그를 맞이하기 위해 모든 사람이 테레나 궁에서 가장 큰 문 앞에 도열했다. 설거지를 하다 빨래를 하다 청소를 하다 허둥지둥 달려왔을 게 분명한 모습이었다.

반보 앞에 서서 카스토르를 반긴 것은 나였다.

"……위, 위대한 제국의 첫 번째 가지를 뵈어 영광입니다."

발가락까지 내려온 드레스가 달달 떨리는 다리를 숨겨 주었다. 두렵고 화가 나지만 고요하게 가라앉혀 숨겼다. 당장 섣부른 판단을 내리면 죽을지도 모르니까.

"고개를 들라."

고개를 들자 갓 스물을 넘겼을까 싶은, 아직 앳된 황태자가 권태로운 얼굴로 나를 깔아 보고 있었다. 원작보다 6년 앞선 지금, 가까이서 본 그는 알고 있던 것보다 젊었다.

이 떨림을 어떻게 표현해야 할까. 말을 하는 게 무서워지리만치 떨리는 속, 입 밖으로 심장이 튀어나올 것 같았다.

느릿하게 훑던 그의 관찰이 멈췄다.

"안녕?"

떼어진 입에서 묵직하면서 나른한 저음이 이쪽으로 속삭였다.

"이름이……?"

"아실리 로제 칼타니아스라 합니다."

"맞다. 그런 이름이었지."

요컨대, 상상 속의 카스토르와 거의 다르지 않았다.

"완전히 잊고 있다가 생각났어."

이미 한 번은 보아 넘긴 얼굴이지만 실로 아름다운 남자였다. 흰 피부와 긴 검은 머리는 영화관에서 본 그리스 배경의 왕자님을 떠올리게 했고, 높은 곳에서 우아하게 떨어지는 콧날은 작은 얼굴에 더없이 균형적으로 자리했다.

"어때. 잘 자라 주었지 않아? 헤르난."

옆에 서 있는 흰 머리칼의 남자는 책 속 조연이자 공작, 헤르난데즈 듀르젤 폰 디볼로였다.

"글쎄요."

헤르난데즈가 조용히 중얼거렸다.

"무심하긴."

디볼로 공작이 르네상스 시대 그림에서 툭 튀어나온 것같이 부드러운 미남상이라면, 카스토르에겐 신전 벽화를 부수고 걸어 나온 듯한 웅장함이 있었다. 그러나 동시에 나태함을 형상화한 듯 인간을 깔아보고 굽어보는 오만함이 엿보였다. 인간에게 시들한 태도를 고수하는 작은 신 같기도 했다. 이 추상적인 느낌의 근원이 무엇인지는 몰라도 한 가지는 확실했다.

온갖 아름다운 것을 모조리 가져다 담아 둔 것같이 찬란한 금색 눈동자. 그 눈동자야말로 카스토르를 가장 잘 나타냈다.

"헤르난, 말해 봐. 황녀에 대해선 네가 나보다 더 잘 알잖아."

홍채 주변으로 열어지는 금빛이 물안개처럼 일렁였다.

"……저도 서류상으로밖에 알지 못합니다."

카스토르가 웃었다. 이율배반적이게도 인간 같지 않은 저 아름다운 눈으로부터 느껴지는 권위에 찬탄하면서 동시에 서슬 퍼런 공포를 느꼈다.

"기억난 것 같아. 6년 전쯤의 서류. '서쪽 영지로 호송된다.' 맞지?"

"……네."

내가 작은 목소리로 대답하니 카스토르가 느긋한 모양새를 하며 고개를 숙인다. 아무렇게나 늘어뜨린 새까만 흑발이 너울거렸다.

"용케 전염병을 피했나 보네."

귀에는 그의 말이 '용케 살아 있었네'로 들렸다. '그러지 못하여 아쉽다'라는 여운이 전해지는 말은 분명 내게 엿을 먹이는 게 분명했다. 아, 알겠다. 속으로 중얼거린다.

'들으라고 하는 말인가.'

그러나 설사 쌍욕과 함께 침을 뱉었든 무엇이 됐든 간에 나는 그의 쌍시옷 소리마저 감읍해야 하는 처지였다.

"난 카스토르 드제 칼타니아스다. 나를 아나?"

어쩐지 권태에 잔뜩 젖어 나른한 고갯짓을 하는 황자에게서 의미 모를 호의가 느껴졌다.

'착각이겠지.'

다른 누구도 아닌 그 카스토르에게서?

"……황족으로서 제국의 황태자 전하를 어찌 모르겠습니까. 비록 처음 뵀으나 전하의 명성은 익히 들어 알고 있었습니다."

"아니야."

스르륵 내려온 머리칼에 그의 왼쪽 눈이 슬쩍 가려졌다. 카스토르가 건조하게 말을 이었다.

"그 뜻이 아닐 텐데. 나를 본 적 있느냐 물은 것이야."

"……말씀의 뜻을 모르겠습니다."

"그래?"

그는 흘끗 시선을 내려서 굳이 나와 눈을 마주쳤다.

"모른다면, 할 수 없고."

그때까지, 조금은 여유가 있었다. 왜 그가 갑자기 뜻 모를 소릴 중얼거리나 그런 생각을 하고 있었다.

"흐응."

갑자기 카스토르가 왜 어디론가 걸어가는지 의아해하는 순간 그가 번개같이 손을 내질렀다.

"꺄악! 한나!"

털썩.

피가 멈췄다가 거꾸로 곤두선 것 같은 전율과 함께 절벽에서 떨어지는 것 같은 공포에 휩싸였다. 꼭 얼음을 꽉 채운 욕조에 던져진 기분이었다.

"미안, 피가 튀었네."

녹아내릴 만치 매혹적인 목소리였다. 후두둑, 피를 쏟는 하녀를 보면서, 피 묻은 칼을 든 채 할 수 있는 목소리가 결코 아니었다.

"한나!"

눈앞이 새하얘질 정도로 강렬한 충격이 눈앞을 휩쓸고 지나갔다. 달려가 한나를 붙잡았다.

"정신 차려, 한나!"

태어나 가장 많은 피를 보았을 때는 응급실에서 부친이 기침을 하다 피를 쏟아 냈을 때였다. 굳이 이런 때에 비교하자면 과거의 것은 아주 소량이었다. 지금처럼 콸콸 쏟아지는 타인의 피에 비하면 아주 적었다고.

"아, 한나……, 한나……. 한나!"

어떤 원리인지 모르겠지만 시간이 아주 느리게 흘러가고 있다는 건 알겠다. 시야 가장자리부터 색이 흐려지고 있었던 것이다. 그리고 하나만이 오롯이 색을 가지고 통렬하게 맺혔다. 피, 아주 붉은 피. 한나에게서 피가 멈추지 않아…….

"이제 기억나?"

마치 노래하듯 나긋나긋하고 보드라운 음율. 카스토르는 아름다운 얼굴에서 눈썹 하나 까딱이지 않고 칼을 내밀었다. 검에서 똑똑 떨어지는 핏방울.

칼이 허공을 가르고 또 하나의 하녀가 눈먼 검에 쓰러질 때까지. 내가 얼어붙어 아무것도 할 수 없었음은 명백했다. 비명조차 나오지 않았다.

"이것도 또 하려니 재미없군."

카스토르가 한 손을 쭉 뻗었다. 기립해 있던 검사 중 하나가 피 묻은 검을 받았다.

그리고 카스토르가 부복한 이들을 돌아보고는 고개를 까딱였다.

차릉-!

족히 수십 명은 되는 검사들이 칼을 꺼냈다. 피를 닦고 깨끗해진 검이 공손히 내밀어질 때까지 카스토르의 얼굴은 여상했다. 소름 끼칠 만큼 표정 없는 얼굴.

"지금부터 이단 심문을 시작한다. 8황비 아올레시아의 딸, 아실리로제 아올레시아 칼타니아스."

"아……."

"나는 장차 이 제국을 짊어지는 몸으로서 네게 접근 및 접촉이 금지된 '혼돈의 신관'과 내통한 죄를 묻겠다."

그는 당혹스런 내 얼굴에 일말의 관심조차 없었다.

"시작하라."

더없이 건조한 명령에 따라 검사들이 칼을 휘둘렀고 다정하고 사려 깊은 내 하녀들이 피를 쏟아 내며 쓰러졌다. 베스, 레나. 유모……. 나는 겁먹은 채로 뒷걸음치다 다리를 가누지 못하고 우당탕 넘어져 버렸다. 팔로 얼굴을 감싸 안아 덜덜덜 떨었다.

'꾸, 꿈일 거야…….'

더 이상 카스토르를 보지 않았지만 높은 곳에 있던 그것이 더욱 높은 곳에서 나를 깔아보고 있는 것 같았다. 찢어지는 고함 소리가 윙윙 메아리친다.

그가 무어라 말했지? 혼돈의 신관? 의미를 모를 단어가 머리를 어지럽혔다. 이게 무슨 말이야? 내가 누구랑 내통해? 내가 왜?

왜?!

"나를 봐, 황녀."

거짓말처럼 그를 올려다보았다.

"나는 지금부터 네 생명을 걸고 세 가지 질문을 할 거야."

머릿속이 새하얘졌다.

"너는 대답을 하되 너의 사상이 황족다운 것인지, 스스로 증명하라."

차곡차곡 쌓았던 계획도 작전도 모조리 날려 버린 채, 나는 붕어처럼 입만 뻐끔뻐끔 움직였다.

"너에게 제국은 어떤 의미인가?"

본래 준비했던 대답은 이것이었다.

'제국은 저를 낳아 준 나라이며 죽을 때까지 이 땅을 위해 이 한 몸 바치는 일을 해야 할 것이고. 저는 황녀이니까 폐하가 짝지어 준 짝과 결혼하는 것으로 나라에 이바지하겠습니다.'

그러나 수십 번 되뇌고 외웠던 말은 나오지 못했다.

"으어, 제국은, 제가, 아니 저를, 낳아 준 나라이며, 저는 제국을 위해, 평생, 평생을 나라에 이바지하겠습니다."

대리석 타일 사이로 피가 스며들며 차차 웅덩이를 이루었다. 단 세 걸음. 아주 조금 떨어진 곳에 이렇게나 많은 타인의 피가 흐른다. 기이하리만치 잔인한 풍경에서 무사한 것은 나뿐이었다.

나는 엎드려 그의 발밑에서 기듯이 덜덜 떨었다. 빳빳하게 다려진 흰 천으로 피가 스며들었다. 한때 나의 하녀들을 구성했던 피에 치마 끝이 젖었다.

"황녀."

카스토르는 나른하게 말했다.

"황제 폐하를 어떻게 생각하는가?"

'저를 낳아 주신 분이시자 제국의 아버지이십니다. 가장 존경하는 분이기도 하며, 언젠가 뒤를 이어 황제가 되실 전하께서도 폐하처럼 훌륭한 황제가 되실 거라 믿습니다!'

"저, 저를 낳아 주신 분……, 흡, 제국의 아버지, 이시며, 가장 존경하는, 위대한 분……. 모르, 모르겠습니다."

덜덜 떨면서 지껄이던 내 말에 카스토르가 달처럼 박힌 찬란한 금색 눈동자를 깜빡였다. 그는 입술을 끌어 올리며 미적지근하게 웃었다.

"너에게 난 어떤 의미인가?"

드라마나 영화나 소설 속에서 많은 죽음을 보았다. 사람이 다치거나, 죽거나, 전쟁 통에 무수하게 죽어 가는 모습은 어디까지나 가상 세계에서 일어날 일일뿐 내 주변과는 무관하다고 믿었다.

그러나 검사들이 휘두르는 무자비한 검이 날붙이 하나 들지 않은 나의 궁 사람들을 유린하는 모습은 매체 속 먼 나라 이야기와 같이 현실감이 없었다. 꾸역꾸역 토악감이 치밀었다.

누군가 지른 새된 비명에 소스라치게 놀라 고개를 돌렸다.

"베스!"

아침까지 웃으며, 말을 나눴던 이들이 비명과 함께 쓰러진다. 누군가는 비명을 지르며 끌려가고 누군가는 손가락이 날아가 비명을 질렀다.

매서운 날붙이 소리와 억눌린 울음소리, 이미 널브러진 하녀들…….
그 짧은 사이에 아주 많은 이들이 죽거나 죽기 직전까지 다쳤다.

시선을 돌려서 궁 곳곳에 남은 살육의 흔적들을 바라보았다. 전생과 현생 전부를 합쳐 단 한 번도 본 적 없던 기이한 풍경이 꿈도 환상도 아닌 채 섬뜩한 형상으로 늘어져 있다. 왜?

단지 살아남고 싶었던 것뿐인데!

왜!

울음이 기어이 소리를 입고 터져 나갔다.

그만해! 소리 없이 비명을 지른다. 모래시계 안의 모래처럼 소망의 전부였던 것이 천천히 손을 빠져나간다. 온몸에서 피비린내가 났다. 흰 드레스와 타일 틈으로 흐르는 핏물의 대비가 선명하다. 정신이 조각조각 깨지는 소리가 있다면 이 순간 와르르 무너지는 소리가 났을 거라고.

모르겠다. 이제는 아무것도 모르겠다.

"사, 살려…… 살려 주세요."

일기장의 마지막, 카스토르의 세 번째 질문은 아모르를 살리는 것과 함께 완성됐다. 나는 일기장을 전부 채웠다. 머리가 나쁘다고 생각해 본 적은 없었는데, 저 황금의 회오리가 뱅뱅 도는 눈동자를 마주하는 순간은 백치가 되어 버린 것 같았다.

금안, 황금색 눈동자. 언제인지도 모르겠는 선생의 말이 귀를 맴돌았다.

<신의 증표이자, 스스로를 신이라 불리게 하는 것. 금색 눈은 칼타니아스 제국의 모든 것을 물려받을 자를 상징하는 것이지요.>

모든 가정과 준비를 거쳤어도 결국 내 계획은 카스토르라는 미지수

하나에 엉망이 되어 버리는 식이란 걸 알아 버렸다.

"왜, 왜…… 나를, 죽이려는 거죠?"

멈칫, 허공을 가르던 검이 멈췄다.

"……왜 죽이려는가."

검을 든 카스토르가 물끄러미 이쪽을 바라봤다.

"억울해?"

그는 잠시 고개를 숙이며 느른하게 웃고 고개를 들어 기울이더니, 가늠해 보듯 눈동자를 아래로 굴렸다.

"정녕, 억울했다면 나를 피할 수 있게 찾았어야지……."

"……무, 무엇을?"

"해답을."

그는 그대로 천천히 상체를 기울였다. 나직한 실소. 그가 몸을 기울여 내 귀 바로 옆에서 나긋이 속삭였다.

"정답 찾기를 게을리한 자에게 친절하게 대답해 줄 필요 없잖아? 모르니까. 죽는 거야."

제 부하들이 도륙하는 것을 바라보던 카스토르가 이쪽으로 고개를 돌렸다. 카스토르는 황금색 눈동자를 느긋하게 깜빡였다.

모든 질문이 끝나자. 황자님이 아주 예쁘게 웃으셨다.

황태자가 웃었다.

"재미없네."

밖은 여전히 꽃피는 봄처럼 화창한데. 궁에서는 피비린내가 났고 울음과 떨림이 멈추질 않았다. 저벅저벅 다가오는 아름다운 사신에게서 마지막을 직감했는지도 모른다.

눈앞에 희고 빳빳한 천이 개선장군의 깃발처럼 크게 펄럭인다. 손에 잡힌 것은 카스토르의 옷자락이었다. 난 어느새 눈물을 줄줄 흘리며 그의 소맷자락을 잡고 빌고 있었다.

"살려 줄까? 살려 줄 수도 있어. 네가 시체와 악취만이 남은 궁에서 혼자 살아갈 수 있다면."

그가 느릿느릿 말을 이어가다가, 검을 바닥에 꽂는다. 그대로 검날에 머리를 기대며 비틀어 나를 깔아 보았다. 데구루루 굴러간 눈이 그의 왼손에 쥔 것으로 향했다.

"이 여자의 머리는 네 궁의 가장 큰 문 위에 효시될 거야. 너는 매일 밤 대롱대롱 매달린 머리를 보며 잠에 들겠지."

네 궁 하녀들의 살아 있는 가족은 네 이름으로 모두 처단될 거라는 말이 나온 순간 참았던 울음이 폭렬하게 터져 나왔다.

"살아, 살아남고 싶지 않아요!"

"그럼, 죽는 수밖에 없구나."

그는 흑표범처럼 늘씬하게 뻗은 목을 기울여 속삭였다.

몸에서 흘러나온 핏물이 고인 자리에는 손가락과 머리카락 같은 것이 떨어져 있었다. 이대로 그림자를 따라 땅 밑으로 고개를 처박고 싶다고 생각했다.

"흐흑, 죽고 싶지도 않아……."

천천히 무릎을 펴 일어나는 몸짓을 따라 천이 펄럭였다. 겹겹이 물결을 이루는 천은 흰색과 보라색. 자색 실크에 금실로 가장자리에 수가 놓여 있었다. 가장 화려하고 거대하며 고귀한 자에게만 허락된 문양.

“안녕.”

올려다본 곳에 광휘 같은 것이 번쩍였다. 그것이 카스토르의 머리 위에 쓴 월계수 장식인지, 그저 태양일뿐인지, 아니면 저 이질적인 황금색 눈동자인지.

눈을 감았다.

만약, 다음이란 게 있다면.

그땐, 살아나고 싶지 않다고 생각했다.

* * *

821년 하베르미아의 달 10일

그런데 정말로 나타난 황자님이 내게 물었다.

"카스토르 드제 칼타니아스다. 나를 아나?"

고개를 저었다. 어쩐지 황자님의 눈을 똑바로 쳐다볼 수 없었다. 거대한 이빨이 날 잡아먹을 것 같았다. 아주 아름답고 잘생기고 또 예쁜 황자님이 세 가지 질문을 했다.

"너에게 제국은 어떤 의미인가?"

"황제 폐하를 어떻게 생각하는가?"

"너에게 난 어떤 의미인가?

모든 질문이 끝나자. 황자님이 아주 예쁘게 웃으셨다.

그리고

날 죽였다.

* * *

—하베르미아의 달 9일, 오후.

비가 왔다.

비가 온 다음 날이라 곳곳이 질척였다. 푹 발이 빠지는 느낌이 좋아 가만히 서 있다가, 걸음을 내디뎠다. 습관처럼 뺨을 쓰다듬는다. 아무것도 묻어나오지 않는 뺨을 다시 닦아 낸다. 스무 번쯤 닦았을 때 화끈한 고통이 느껴졌다.

"정신 차려."

아직 아무도 다치지 않았어. 하고 중얼거린다.

'아실리 로제!'

"아실리!"

한걸음에 달려온 플뢰온이 맨발로 돌아다니는 내게 버럭 소릴 질렀다.

'지금 뭐 하는 짓이냐! 평민 애도 아니고!'

"지금 뭣 하는 짓이야! 평민 애새끼도 아니고!"

오랜만에 다시 본 플뢰온의 얼굴은 여전히 날카롭다. 비록 날 보고 똥 덩어리 본 듯 얼굴을 구겼지만 몇 번을 보든 반갑고 잘생긴 얼굴이다.

'어차피 훗날 죽을 거 당장 황자 때려치우고 유랑 극단의 배우 같은 걸 해도 좋을 것 같은데.'

솔직히 잘생긴 것만으로 따지자면 데인이 더 잘생겼으나 플뢰온은 독보적인 마스크랄까. 대체로 부드러운 상이 주를 이루는 얼굴 사이에서 그의 얼굴은 까슬한 느낌이 있다. 정석에서 벗어난 느낌이었다.

굳이 따지자면 암흑가 조직의 중간 보스쯤 하게 생긴 얼굴?

"어서 일어나!"

절제된 모양새로 나를 일으켜 세운 그가 손수 흙을 털어 냈다. 그에게서 욕을 먹으며 태평하게 이건 언제 끝나려나 그런 생각을 했다.

'데인이 없다고 아주 내숭 따위 집어치웠어? 내 앞에선 막 굴어도 된다 이거냐고.'

"데인 없다고 아주 내숭 따위 집어치운 것이냐? 내 앞에선 막 굴어도 된다 이거냐고."

참을성이라곤 날 때 배 속에 버려두고 나온 것인지 플뢰온은 버럭버럭 지치지 않는 체력으로 잔소리하곤 했다.

'듣는 것도 처음 몇 번이지.'

이후로 몇 번 무성의하게 넘겼더니, 곧 지금처럼 두고 보자는 악당처럼 소릴 지르며 손을 들어 올린다. 그리고 금세 플뢰온은 아연한 기색을 보였다.

"어쭈, 피해?"

"어라, 이건 다르네."

플뢰온이 휙 멀리 떨어진 나를 보며 황망한 얼굴을 한다.

"뭐?"

아차, 혼잣말. 또 그의 대꾸를 무시하는 것으로 구겨진 얼굴을 더욱 후벼 놓고, 팔랑 돌아섰다.

혼자 남겨진 오라버니가 꽥 소리를 지르며 쫓아오는 소리가 들린다.

'아, 지금은 왼쪽.'

슬쩍 왼쪽으로 비켜서자 피한 자리로 플뢰온의 형상이 휙 지나간다.

"헉, 이, 이, 계집애, 언제부터 이렇게 잽싸진 거야?!"

"글쎄. 그보다 그만 좀 달려들 수 없어?"

허, 헛웃음 짓던 플뢰온이 퍽 우아한 몸가짐으로 손을 내밀었다. 머뭇거리다 그 손을 잡자, 곧바로 올라간 손이 머릴 잔뜩 헝클였다.

"웃기시네."

잔뜩 헝클어진 머리카락 사이로 밀가루로 곱게 빚은 것 같은 얼굴이 보였다. 그가 입술을 말아 올리며 웃는다.

'그럴 수는 없지.'

"그럴 수는 없지."

장난감 블록을 완성한 어린애처럼 만족스러워 보이는 미소는 몇 번이고 생을 반복해도 변하지 않았다.

"……돌아가자."

"돌아가……."

어? 플뢰온이 눈을 크게 깜빡였다.

* * *

나는 장기 계획에 강했다. 일을 파악하고 실패했을 때를 대비해 제2, 제3안을 미리 준비해 둔다.

나는 철저히 준비되어 있지 않으면 불안을 느꼈다. 어찌 보면 완벽주의자에 가까운 성향이 전생에서 몇 번의 성공을 이끌어 주었다. 공부하기는 싫었고 일하기는 더더욱 싫었지만 일단 행동에 옮기면 해내고야 말았다.

난 대부분 성공했지만, 가끔 크게 실패하곤 했다.

지금처럼.

<혼돈의 신관과 내통한 죄를 물어 너를 이 자리에서 즉결 처형한다.>

나는 총 38번 과거로 돌아갔다. 지금은 서른아홉 번째 과거였다.

<안녕.>

나는 번번이 마지막 날을 넘기지 못하고 살해당했다.

'혼돈의 신관.'

그것은 전혀 모르는 죄였다. 돌아와서 물었지만 내 궁의 누구도 모르는 일이었다. 변명할 시간조차 없이 끊어진 생명. 수없이 겪게 된 죽음들.

지긋지긋하게 반복했다.

'처음엔 어땠더라…….'

화창한 하늘, 높게 뜬 구름, 발에 착 감기는 부드러운 이불의 감촉. 손을 더듬어 보다가 발에 치이는 것을 차 내고 벌떡 일어난다.

'며칠이지?'

한나가 들어와 알렸다. 8일 아침이었다.

<……8일?>

아, 카스토르에게 죽어도 되살아난단 말이야?

처음 되살아났을 때는 지옥 같았다. 눈앞의 익숙한 얼굴을 보는데 이 익숙함이 옳은 것인지 그저 불안감에 아주 현실 같은 꿈을 꾼 것인지.

두 번째 죽으며 선명해졌다. 칼에 푹, 하고 찔리니 소름 끼치도록 아팠다.

<한나 오늘 며칠이지?>

두 번째 고통 속에서 정신을 차리니 다시 이틀 전 방 안이었다.

<8일이에요, 황녀님!>

거지 같았다. 아주. 거지 같아서 할 말을 잃었다.

그리고 이튿날, 한나의 등에 꽂힌 칼을 보게 되었다. 다시금 피가 사방으로 튀는 모습은 차라리 꿈이라고 믿고 싶을 만큼 끔찍했다.

세 번째 죽음은 금지된 숲에서였다. 황태자와 조우하는 것을 아예 피하여 순간 이동 비석을 사용했는데, 도착한 곳에 황태자가 있었다.

<네 생명을 걸고 네게 질문하겠다.>

세 가지 질문에 답을 하지 못하자 모가지에 칼이 꽂혔다. 안 돼. 그만해. 제발. 울면서 빌어도 나는 방 안에서 다시 눈을 떴다.

<그만해! 싫어. 죽고 싶지 않아! 제발!>

깨끗한 몸을 끌어안고 웅크려서 발발 떨면서 네 번째 마지막을 맞이했다. 흙 묻은 발로 성큼 들어온 카스토르 그대로 피 묻은 칼을 내리쳤다. 문 앞에서 안 된다고 애타게 날 부르는 유모의 비명을 마지막으로 다시 눈을 떴다.

<개새끼. X 같은 새끼.>

황급히 달려가 양피지 위에 펜촉에 잉크를 묻혀 적어 내린다. — 3…… 8. 낙……, 사. 스걱, 이내 펜촉이 똑 하고 부러졌다. 잊지 않으려 부러진 펜촉으로 기록하는 과거. 이걸로 수십 번째였다.

책 속 단서를 끌어 모아 죽음을 탈피하려 했을 때만 해도 이런 상황은 상상도 해 본 적이 없었다.

설마하니, 죽는다고 해도 그걸로 끝이겠지. 환생했으니까. 죽음을 한번 경험해 봤다는 이유로 익숙하다 믿었었다. 그것이 신경을 깎아내는 공포로 돌아올 줄도 모르고.

'설마, 몇 번이고 되돌아가 죽는 것을 예상할 수 있었다면…….'

일기장을 발견하지도 않고 몇 년 전에 어떻게든 이곳을 탈출해 살고 있었을 테다.

"하, 도대체 언제까지……."

깃털 펜이 손안에서 구겨지고 나는 모두 멈추고 싶었다.

허탈하다. 괴롭다.

죽음을 반복한다는 상황은 아주 경악스러웠지만 실체로 나타난 현실을 받아들이는 것 말고는 아무것도 할 수가 없었다. 인간에게 절대적인 명제가 죽음이라면, 안식을 허락받지 못한 시체와도 같았다.

그저 반복된 삶을 살 뿐인 나는 진시황을 포함한 인류의 권력자들이 간절히 바라 온 갈망을 체험하고 있다. 불사.

다섯 번째로 돌아왔을 때, 나는 드디어 수긍했다.

다음 죽음은 어땠더라?

아. 기억나지 않아. 이상하게 여섯 번째부터 기억이 나질 않는다. 잠시 미쳤던 걸까? 뒤죽박죽 섞여서 간신히 몇 번 죽었는지 셀 뿐이다.

그냥 이대로 죽고 싶다.

그리고 기억은 열아홉 번째로 죽었을 때로 이어진다. 카스토르에게 죽은 것이 아니었다.

<……끝내고 싶어>

자살이었다.

질식사, 익사, 낙사. 방법을 바꿔 가며 시도해 보다가 스물네 번째, 무심해졌다.

<카스토르, 더럽게 잘생겼네.>

한낮에 찾아온 밤처럼 새까만 머리가 나풀나풀 흩날리는 걸 보며 디볼로 공작과 함께 두고 누가 더 잘생겼나 그런 생각을 했다.

여전히 아프기는 더럽게 아팠지만, 카스토르가 그 나긋한 얼굴로 옆집 마실 나가듯 검을 내려치기 전까지 태평한 생각이나 할 수 있게 되었다.

"왜? 왜 나는 되살아나는 거지? 도대체 이것이 무슨 의미가 있는데?"

이 책은 루스벨라에 의한, 루스벨라만의 연애소설. 루스벨라가 여행을 떠나고 윌터의 왕자를 만나고 반대에 부딪혀 이곳 칼타니아스에 왔다가 고생 끝에 행복해지는 이야기였다.

나는 이 행복한 결말 속에서 미래를 보는 일기장도, 시간을 무한히 반복하는 황녀의 서술도 찾지 못했다. 기억하지 못하는 건가?

<죽여.>

서른 번째, 고통도 무뎌지는 종류임을 알았다. 나는 여전히 반복해서 죽고 있었다.

그렇다고 아무것도 안 해 본 건 아니다. 물론 개새끼—카스토르 그 미친X가 개새끼가 아니게 된 것도 아니다. 난 이 지옥 같은 반복 안에서 벗어나기 위해서 빨래터, 4황자의 방, 비석, 온갖 곳을 돌아다녔다.

개에게 물려 죽기도 하고 빨래터에서 뒷머리를 찧어 죽기도 했다. 쇼를 연상시키는 온갖 죽음 속에서 정문을 지키는 병사 한스가 매우 잘생겼다는 것을 알았지만, 아무것도 바뀌지 않았다.

나는 얼굴을 파묻고서 크게 숨을 들이쉬었다.

"무얼 해야 하는 거냐고."

전생의 세상에는 엿 같은 일이 참 많았다.

서비스직인지 고객님의 노예인지 하루에도 수십 번 헷갈리게 했던 생지옥에다 사원들을 던져 놓았던 회사에 다녔다. 아침에 눈을 떠서 저녁에 눈을 감을 때까지 일만 해 본 적도 있고 블랙리스트 또라이를 밥 먹듯 보기도 했다.

삶은 견디는 게 살길이다 하던 과장님 말처럼 나는 살면서 그보다 더한 것도 전부 겪을 만큼 겪었다고 생각했다. 그러나 그 어느 것보다도 끔찍하고 살아생전 다신 겪고 싶지 않은 것이 그 황태자를 보는 일이었다.

공포는 곧 면역되어 무력감이 되었다.

눈을 감았다.

'마흔 번이 되도록 반복해서 죽으면서 미치지 않았다는 건 신의 도움이 아니고서야 말이 되지 않아.'

나는 여전히 이성적이고, 머리는 멀쩡하게 돌아갔다. 지난 하루, 그러니까 서른여덟 번째 죽을 땐 카스토르의 눈을 똑바로 쳐다보기까지 했다.

이젠 더는 두렵지 않았다.

산지옥을 홀로 견디는 동안 내가 정말 미치지 않은 게 확실한가? 의심이 들었다. 여전히 화창한 봄처럼 아름다운 하늘을 바라보는데, 몸에서는 피비린내가 났고, 제대로 된 잠을 이루지 못했다.

정말, 미치지 않는 게 이상하다는 생각을 하는 찰나 깨달음의 순간이 찾아왔다.

아……, 내가 받은 버프가 이거구나?

"하, 하하하하. 미친."

어째서일까. 죽음을 반복해도 미치지 않다니.

나한테 왜 이래?

나는 주인공도 아니고 조연도 아니며 악역조차도 되지 못한 엑스트라일 뿐이다. 나를 반복해서 살게 하는 건 어떤 이득도 되지 않는데 왜?

차라리 책의 진행을 위해 죽었다고 해! 나는 납득 못해. 이건 개죽음일 뿐이잖아! 아무것도 되지 않잖아! 손가락을 벌리자 분노와 의문이 차곡차곡 쌓인 흔적. 흰 종이 위로 흩뿌려진 잉크가 보였다.

두려움이 사라진 자리에 자리 잡은 것은 탈출하고야 말겠다는 단단한 의지였다.

이제는 그것마저 희미해지려 한다.

스물네 번째 하루에서 아모르는 독을 마시고 죽었다. 살리러 가지 않았기 때문에 죽어서 나는 아모르를 보지 못했다. 아모르를 살리는 것에 어떤 의미가 있나? 내가 죽는데? 그런데 서른일곱 번째 하루에서 난 다시 아모르를 살렸다.

이것마저 하지 않으면 정말 미쳐 버릴 것 같아서.

<너에게 난 어떤 의미인가?>

무심하게 깔아 보는 눈. 인간 같지 않던 이질적인 금색 눈동자. 내게 미친다는 건 곧 카스토르와 같은 인간이 된다는 의미였다.

개새끼.

울고, 빌고, 무릎을 꿇고, 엎드려도 변하는 것은 없었다. 가장 먼저 한나가 죽고, 다음은 베스, 애나, 유모…… 아아, 내 유모.

'머리가 잘려 카스토르의 손에 달랑 들렸지.'

카스토르가 나를 죽이거나 스스로 나를 죽이고 나면 다시 침대 위였다. 그리고 되풀이……

비명을 지르고 무수히 죽으며 본 모습은 전부 광기에 젖은 카스토르의 미소였다.

이젠 포근하고 안락했던 잠이 언제였는지 기억도 나지 않는다. 잠 못 이루는 밤을 거치며 사막의 모래처럼 바싹 건조된 마음이 자꾸만 망가져 가는데 아무도 나를 모른다. 내가 망가져도 나를 처음 본 사람처럼 대하는 아모르와 늘 웃어 주는 한나는 나를 모른다.

왜, 나는 이토록 고독한 세상에 버려진 오물이 되어 부유하고 있는 걸까.

"정신 차려."

짝—!

그래도 아직은 희망이 있다고 믿고 싶다. 사는 것을 포기하지 못하겠으니까. 그것만이 내가 인간의 선을 넘지 않았다 믿게 한다.

나는 아직 살아 있고 포기하지 않았다. 그러니까 스스로 정의하는 한 절대 미치지 않게, 나를 미래로 데려다줄 단서를 찾을 차례다.

……이것이 수십 번 반복해 의미 없는 짓일지라도.

진정하기 위해 심호흡했다.

"법칙은…… 크게 세 가지로 나뉜다."

약 마흔 번의 죽음을 거치며, 몇 가지 법칙을 추려 낼 수 있었다. 규칙은 다음과 같다.

1. 죽으면 이틀 전의 과거로 돌아간다. 이틀 후, 황태자와 마주한다. 황태자는 거듭해서 3가지 질문을 한다

1-1. 질문

1-2. 일기장대로 말해도 죽고 대답하지 못해도 죽는다.(어쩌란 거지, 시X?)

2. 회를 거듭할수록 고통에 무뎌지고 있다.

3. 황태자를 피해도 어떻게든 만나게 되어 있다. 극히 예외적 경우로 그를 피하는 데 성공하면, 다른 이유로 죽는다.

(19, 20, 21번째 자살, 13번째 풀 뜯어 먹고 중독사, 26번째 계단에서 낙사)……

마지막에 '39'를 적고서 종이를 본다.

긴 한숨을 쉰다.

일기장의 마지막 구절은 아직 그대로. 이번에도 다른 단서를 찾지 못하면 나는 이전 하루처럼 영원한 시간 속을 살게 되겠지.

"힘내자."

무뎌진 감정의 흔적과 답은 없을지도 모른다는 불안감만 남았다. 이 연옥의 탈출구는 없을지도 모르겠다는 끔찍한 악몽을 지워 내면서 썩은 뿌리처럼 남은 정신을 모아 의지를 다진다. 멈춘 순간, 살아 있는 시체가 될 테니까. 영혼이 말라비틀어져 죽어 버리고 껍데기만 남을 테니까.

'더는 하녀들의, 유모의 죽음에 무뎌지길 바라지 않아.'

조각조각 부서진 희망의 조각을 쥐고서 속삭인다. 방법은 있을 거야.

더 늦기 전에, 내가 살아 있는 것조차 한 방울의 잉크로 느껴지기 전에 방법이 필요했다.

* * *

<너에게 난 어떤 의미인가.>

차라리 비가 왔으면 좋겠다고 생각한 날, 아주 화창한 하늘이었다.

칼에 찔려 비명조차 지르지 못하고 쓰러진 채 소리 없이 입만 벙긋대다가. 한나가 죽었다.

베스가 쓰러졌다. 목이 베여 왼쪽 손에 달랑 들린 눈조차 감지 못한 유모의 얼굴이 이쪽을 향했다. 외마디처럼 비명처럼 돌아온 목소리가 귀를 윙윙 돌았다. 나는 언제까지.

가엾고도 안쓰러운 것들을 퍽 무감각하게 보는 것에, 무뎌진 감정의 파편들을, 모아도 더는 예전처럼 울 수 없는 내가 모두 바라보고 있다. 외면할 수 없는 모든 것들을 서럽게 보고 있었다.

"아올레시아의 딸."

금빛 광휘가 번쩍이고 낯선 손이 얼굴을 들어올렸다. 올려다본 곳에 아득히 먼 곳처럼 위치한 매혹적인 낯은 카스토르다.

"살고 싶나?"

그는 눈꺼풀을 끌어 내렸다가 천천히 들어올린다. 여타 사람처럼, 행복을 누리는 삶을 살고 싶었고, 그것은 꼭 크지 않아도 좋았다. 언젠가 헤어질 것들이라 해도 소중히 여겼던 것들을 죽여 놓고. 이 무자비한 인간은 모든 것을 빼앗고서 희망을 줄 것처럼 굴었다. 너만은 살려 줄게. 너만은 살려 줄까?

땡그랑, 여덟 번째로 시도한 일이 실패로 돌아갔다는 것을 떨어진 검과 잡혀 버린 손목의 아픔에서 깨달았다.

입을 떼어 냈다. 씹어 먹듯 한 글자, 한 글자 뱉어 낸다.

"개새끼."

그는 검을 든 채로 킥킥, 소리 내어 웃었고, 곧이어 비스듬히 고개를 기울였다.

"저런."

마치 한숨 같고도 또한 매혹적인 목소리가 귀를 간지럽히는 것과 함께, 스겅.

"어렵게 듣는 말은 아니구나."

구름이 노래하듯 흘러가는 화창한 하늘 아래, 피바람이 불어오던 풍경의 끝. 손에 잡히지 않은 사람은 끝내 먼지처럼 쓰러져 가고, 시체와 피가 산을 이룬 웅덩이만 있었다. 성난 파도처럼 몰아치는 풍경 속에서.

이젠 아주 오래전같이 느껴지는 스물여섯 번째 죽음이었다.

* * *

"음식은 많으니까 그런 식으로 먹지 마. 비위 상하니까."

아모르가 준수한 낯을 구기며 타박했다.

"응?"

나는 데구룩 눈을 굴린다. 침대 위로 튄 스튜 자국, 과자 부스러기, 쥐라는 포크 대신 야만스럽게 손으로 집어 먹느라 붉게 돼 버린 손가락.

"알았으니까 놔주세요."

넝쿨로 둘둘 싸인 손목은 아프진 않았지만 조금 간지럽긴 했다.

"하아. 한심하군."

플뢰온과는 또 다르게, 윽박지르지 않고 다른 방법으로 예법과 몸가짐을 지적한다는 게 신기했다. 어떤 것이냐 하면 하나하나 표독스럽게 조근한 독설을 뱉는다는 점이.

"음식이 많으니까 편하게 먹는 거죠."

아모르에게 잡힌 손을 까딱거려 보았다.

“보는 사람도 없고.”

“대체 그건 어떻게 생겨 먹은 못 배운 논리지?”

아침이라서 그런 건지 간밤에 잠을 못 잔 것인지 아모르는 더욱 희게 질린 낯이었다. 하긴 새벽에 그 난리를 쳐 놓고서 아침이 되자마자 찾아온 여동생이 어처구니없기도 하겠다.

어제, 아, 어제라고 하니 어감이 이상하지만. 오늘은 41회 차로 접어든 9일 아침이었다.

어젯밤 40번째로 그를 구했다.

<당장 지옥부터 갈 게 아니라면 그 차 버려요. 아아, 멈춰요. 무슨 말 하고 싶은 건지 알겠으니까 잔부터 이렇게 놓으시고요.>

다시 한 번 시간을 반복한다는 것을 인식했다. 아모르는 반복의 지표였다. 물끄러미 본다.

<뭐 하는 거야!>

오늘 이전과 다르게 음식까지 내어 준 걸 보면 그에게 심경의 변화가 있었나 보다. 생각해 보니 어제 실랑이 도중 잔을 깨 먹다 실수해서 손을 다쳤는데, 이게 아모르를 자극한 것 같았다.

‘치료를 해 줄 줄이야.’

이렇게 쉽게 관심을 받을 줄 알았으면 진즉에 한번 다쳐 볼 것을 그랬다. 죽음에 무뎌지며 상처에도 무뎌진 나는 무심하게 붉어진 손등을 응시했다.

이내 시선을 옮겨 케이크를 잘라냈다.

“한입 줄까요?”

나는 꾸역꾸역 딸기 쇼트케이크를 우물거리며 뭐 이딴 게 다 있지 중얼거리는 아모르에게 오렌지를 권했다.

"저리 치워!"

안 먹으면 말고.

"……너는 어쩌면 그렇게 뻔뻔할 수가 있지?"

천천히 고개를 든 나는 그를 응시했다.

"글쎄요, 언제부터였더라……. 한 달 전부터?"

처음부터 그럴 수가 있을까. 처음에 나는 온 정성을 들여 너를 대했다. 이제는 나 혼자만의 느낌으로 훌쩍 가까워진 아모르를 볼 때, 날 선 말로 나를 쫓아내려 하는 그가 안쓰럽고, 원망스럽기도 했다.

왜 당신은 아무것도 기억하지 못하는 거야? 내가 너를 몇 번을 구해냈는데. 빌려준 돈은 빨리 잊고 베푼 것에 미련을 두지 말라 하지만, 당신은 기억해 줬으면 하고 바랐다.

시간이 쌓이고 스트레스가 쌓이고 울분이 터지고 괴로워도 보고 체념해 버렸지만. 모든 관념으로부터 자유로워진 나는 너를 포기했다.

너를 참 좋아했었다. 지금이야 무엇을 해도 변하지 않는 것에 질려 타성에 젖은 채 너를 의무적으로 구하지만. 더 그럴듯하게 말하자면 이제는 죽든 말든 상관없다 생각하며, 반복해 새겨진 관성으로 아모르를 구하는 것에 가깝다.

"제 뻔뻔함은 아빠를 닮은 걸까요, 엄마를 닮은 걸까요?"

"……지금 황제 폐하를 말한 거냐."

"그분께서 제 생물학적 부친이라면요. 뭘 그런 눈으로 보세요. 태어난 애가 둘 중에 한쪽은 닮았겠죠. 당연한 걸 가지고."

아모르는 이제 지적하기도 지친다는 듯 다리를 세워 팔을 괴고 나를 삐딱하게 내려다봤다.

"대체 그 돼먹지 못한 말버릇은 누구에게 배운 것이냐?"

"음, 독학?"

"……중앙 궁은 황녀의 교육에서 손을 뗀 건지 학을 뗀 건지 참으로 궁금하군."

"왜요, 황자님도 이런 제가 재밌으니까 들여놓은 거잖아요."

사실은 너 날 꽤 재밌어하며 마음에 들어 했던 거 알아.

'그 재미가 잠자리 날개 뜯어내는 어린아이의 악질적 재미란 게 문제지만.'

그가 픽 비웃었다.

"어처구니없는 자신감이로군."

아무렴 어때. 관계를 쌓아도 많은 대화를 나눠도 또 때로는 교감을 해도 하루가 도로 돌아가면 무가 되어 버린다. 재도전도 하루 이틀이었으며 무수한 반복과 실패 속에 차츰 무뎌져 가는 나를 발견한다.

이젠 당신이 그저 살아 있는 종이 위의 잉크처럼 느껴지고, 모든 것이 죽어 있는 것처럼 느껴진다.

"그러지 말고 황태자 전하 얘기 좀 해 보세요."

포기는 하지 못하는데 여전히 답은 보이지 않으니 이 위악적이고 덧없는 평화에 기대 시간을 죽이고 있는 거다.

"아참. 오늘은 약 드셨구요?"

"어처구니없고 염치도 없는 데다 뻔뻔하기까지?"

"왜요, 제가 목숨도 구해 드렸는데, 이 정도는 물어볼 수 있지."

그러자 그건 아니야. 라고 써 붙여 놓은 것처럼 미간을 찡그리며 눈썹을 여덟 팔八 자처럼 만드는 아모르였다.

"어처구니가 없군."

그가 간밤의 차를 독으로 생각하지 않는다는 건 익히 알고 있으니 슬쩍 웃음으로 넘겨 버렸다. 엎어진 차가 독이었다고 설전을 아무리 벌여 봤자 아모르는 변하지 않더라.

"뭐가 궁금한데?"

"우어웅어애?"

딸기 셔벗을 입에 넣다 말고 크게 눈을 떴다.

"……먹거나, 뱉거나 둘 중 하나는 해."

"아, 음, 어, 예. 좀 당황해서."

……이런 패턴도 있었나?

기록을 해도 지워져 버리니 뒤섞인 과거를 구분하는 것도 영 쉬운 일이 아니다. 때문에 잠깐 혼란스러웠다. 그러나 이런 질문은 시간을 통틀어 처음이란 걸 알았다.

"왜 말이 없어?"

"갑자기 물어 주시니, 할 말이 없어지네요."

"김빠지게 하기는. 돌아가든가."

"아, 아. 잠깐만요!"

사실 매번 카스토르 그 개새끼를 만나면 당황하거나 도망가거나 엉엉 울거나 했다. 안 그래도 뒤죽박죽인 데다 최근에 덤덤해지고서야 정리할 시간을 가져서인지 기억하는 일이 아주 많지는 않다. 그렇다고 그놈에 대해 궁금한 게 없진 않다고.

"만약, 황자님은…… 황자님을 죽이러 오는 사람을 어떻게 대처하실 거예요?"

"형님을 말하는 건가?"

"네 뭐. 주어가 없었지만, 그분이요."

난 고개를 끄덕였다.

"그분 성격이야 지난번에 시원히 알려 주셨으니 됐고 좀 더 자세하게 들어 보고 싶거든요. 예시를 들어 주시거나, 정황이 있으면 더 좋고요."

말을 하다 보니 스쳐 지나가는 것이 있다.

'오래전 아모르가 내게 쪽지 같은 것을 줬지 않나?'

그러니까 맨 처음 10일쯤에?

"……원, 감히 내게 이야기꾼을 시키다니."

우아하게 머리를 쓸어 올리고 삐딱하게 나를 깔아 보던 아모르가 입술을 늘어트리며 웃었다.

"형님이 나를 죽이려 한다면……. 이미 답이 정해진 문제 같은데."

"설마 죽는 것 말고는 답이 없다는 건 아니겠죠."

"그런데?"

"그런 심심한 답은 안 돼요."

돌아가. 졸지에 F를 받은 수강생이 된 아모르는 불합격 통지에 눈을 끔뻑끔뻑 뜨며 날 바라봤다.

"뭐, 그래……. 가정이야 해 볼 수 있겠지."

하늘색 머리카락을 아무렇게나 늘어트리며 진득하게 쳐다보는 모양새가 퍽 진지하게 생각해 보는 눈치였다.

"일단, 능력으로는 이기지 못할 테니 나라면 형님이 흥미를 보일 법한 정보를 잔뜩 모아 두겠어. 형님이 찾아와서 듣고 그쪽으로 관심이 쏠리도록."

"그리고요?"

"형님이 이쪽으로 관심을 쏟을 때, 뒤도 안 돌아보고 이 나라에서 도망가야지 않겠어?"

"요컨대 시간을 버는 거군요."

"그렇지."

아모르가 턱을 괸 채 심드렁하게 중얼거렸다.

"그게 처음이자 마지막 기회야. 아니면 형님 앞에서 직접 손이나 발을 자르고 시간을 번 뒤, 이 나라에서 나가는 방법도 있겠지."

"살벌한 건 둘째 치고, 그분이 불구를 가엾게 여기신다는 얘긴 못 들어 봤는데요."

걔한테 그런 동정심이 있었다면 내 하녀들을 몰살시키지 않았겠지.

"그거랑은 좀 달라. 살아 있으면서 죽기 직전인, 그런 것이 꿈틀대는 모습을 좋아하시거든."

나긋하게 덧붙여진 말에 오랜만에 아연한 기분이 들었다. 파도 파도 계속 나오는 블랙헤드 모공 구멍 따위를 카스토르라고 불러도 될까. 악취미라고도 못하겠다. 악취미란 단어에게 실례다.

"요는 형님의 흥미를 돋우는 거야. 형님의 판단은 언제나 순간적 흥미가 우선이니까."

"……그러니까 흥미를 끄는 것이라 이거죠. 대답만 잘해도 살 수 있다?"

"고작 며칠, 몇 년 생을 연장하는 데에 의미를 둔다면……."

서늘한 낯을 풀어냈다가 다시 찡그린 아모르가 뇌까렸다.

"개처럼 기어서라도 사는 것이 좋다면 그렇게라도 살아야겠지."

비난하듯 표독스럽게 깔린 목소리였지만 본인을 향해 돌린 화살 같았다.

"광대 같은 삶에 어떤 의미가 있는지 모르겠지만. 답은 되었나?"

더는 이쪽을 쳐다보지 않고, 대신 눈을 깔아 내려 바닥에 시선을 고정한 것으로 보아 과거 어느 시간을 헤매는 모양이었다.

<넌 왜, 네가 뭔데? 왜 나를 구하는 건데?>

그때 왜 내게 솔직하게 털어놓았는지 모르겠지만 이전에도 이런 일이 있었다. 그가 제 심정을 내게 말하는 것 말이다.

<어차피 나는 살아 있어도 광대 같은 삶밖에 살지 못해!>

큰 위화감을 불러일으킬 만한 일은 아니었다. 많은 하루를 반복하며 그를 보았던 중에 어쩌다 한번은 그가 길게 베인 마음의 상처를 드러내곤 했던 것이다.

'하지만 마흔에 가까운 하루 중 채 세 번이 되질 않으니…….'

드문 일인 건 맞았다.

"고마워요."

"뭐가?"

"힘든 얘기 해 주셔서요."

"……."

꽁꽁 잠긴 황자님이었지만 때때로 제 속살을 드러내곤 했다. 지금처럼. 온전하지 못한 것들은 결함을 드러내곤 한다. 아모르에게는 자신도 모르는 새 지친 표정이 드러났다.

"아."

"왜?"

"아뇨, 뭔가 생각이 날 듯 말 듯해서요."

어깨를 으쓱인 나는 천천히 시선을 옮겼다.

"황자님이 말씀한 대로 한다면 며칠쯤이나 더 살 수 있을까요?"

흰 천 아래로 드러난 손목은 연필보다 무거운 것을 들어 보기는

했을까 싶게 가늘었다. 하얀 자작나무처럼 굉장히 얇고 또 섬세하게 깎은 조각 같았다.

"글쎄다."

그가 제 옆으로 줄지어진 관엽 식물로 손을 뻗어 만지작거리며 대꾸했다. 파르르, 크기가 아기 손바닥만 한 잎이 파르르 떨어 대며 좌우로 파닥파닥 움직인다. 사람으로 치면 꼭 기쁨에 몸서리치는 것 같았는데, 식물에게서 감정이 느껴진다는 것이 아주 신기했다.

"궁금하면 흉내 내 보던가."

잎에서 손을 떼어 낸 아모르가 반대쪽 손으로 턱을 괴며 대꾸했다.

"혹 모르지 않아? 백치 행세라도 하면 살려 주실지."

"백치요?"

"그래, 백치. 멍청한 것은 형님에게 오히려 즐거움이야. 죽일 가치도 없으면서 즐거움을 주니까."

"아."

아아. 기억났다.

<아모르 님의 서신입니다.>

처음으로 카스토르에게 죽던 날, 난 분명, 아모르에게 서신을 받았다. 그는 지금 나를 겨우 세 번째 만났겠지만. 나는 그를 아주 많이 만났지 않았던가.

서신.

이건 첫 번째 죽음 이후로 단 한 번도 반복되지 않았던 일이었고, 죽음이 반복되면서 공포와 혼란 속에 나 또한 잊어버렸다. 글에서 큰 사건과 개요만 기억에 남듯 아모르가 남긴 서신은 구석에 박혀 다른 무수한 시간들에 가려 있던 것이다. 그래서 바로 기억하지는 못했지만 이제는 전부 기억났다.

"……황자님, 황태자 전하의 눈 밖에 난 사람은 정녕 살아남을 수 없는 걸까요?"

심장이 쿵쿵 뛰었다. 아무렇지 않은 척 눈을 깜빡이면서 과자를 우물우물 부숴 먹는 것과 함께 물었다.

"너와 형님은 만날 확률이 고양이가 새소리 내는 것만큼이나 없다. 무엇을 두려워하는지 모르겠군."

"그래도 혹시 찾아오시면 어떡해요."

"대체, 무슨 죄를 지었길래 형님이 이름 없는 황녀를 찾아가신단 말이냐?"

"아무튼요."

아모르는 교양 없는 행태에 질린다는 얼굴이었지만 선선히 대꾸해 주었다.

"……사람이 말하면 도무지 듣질 않는군. 그래, 그렇겠지. 형님의 눈 밖에 난 거면 이미 죽었다고 봐야 해. 이 땅에 형님이 살아 계신 한 형님의 힘에서 절대 벗어날 수 없으니까."

"힘이요? 어떤 힘인데요?"

"그거야, 매료……. 뭐야, 너 몰라?"

"모르니까 묻는 거잖아요?"

이 아름다운 사랑 이야기에 서브남의 능력 따윈 부수적일 게 뻔한 얘기잖아? 카스토르에게 특별한 힘이 있고, 뭔가 주인공을 위험에서 구하는 것이나 전쟁 장면에서 카스토르가 '인외적인 힘'을 보였다는 서술이 있긴 했지만, 작가는 그런 건 중요하지 않다는 듯 다른 요소를 집중해서 보여 주었다.

'무엇보다 결국 이 소설의 승리자는 남자 주인공인 윌터의 왕이었으니까.'

하지만, 역시 카스토르에겐 뭔가 이상한 힘이 있는 것이 분명했다.

'그 눈.'

마주친 순간 꼼짝도 하지 못하는 근원은 그 이질적인 황금색 눈에 있었다.

"형님의 힘은 사람을 매료시키는 것이다. 상대를 매료시켜 정신을 파고들지."

"매료시킨다는 건 정신을 조종한다는 거예요?"

"그래. 주신의 힘이지."

역사는 승자의 기록이란 말이 있듯이 패배한 폭군의 서사는 주인공들의 이야기보다 흐릿한 편이었다.

두 주인공의 사랑이 얼마나 배타적인지 카스토르의 마지막은 트로이 전쟁의 끝처럼 순식간에 끝나 버렸다. 작가의 편집증적인 주인공 조명 능력 탓에 절대 악에 가까운 폭군의 끝은 비참하다는 느낌도 없이 그냥 악인이 죽었구나 하는 감상만 남겼다.

작가는 뒤로 갈수록 주인공 편파적이라 내가 그 소설을 꽤 열심히 읽었고 쥐어 짜내려 했던 탓에 이만큼이나 기억한 거지 대충 읽었다면 어림도 없는 일이었다.

"나가."

그리고 난 카스토르를 좋아하지 않았단 말이야. 나는 잘생기고 다정하고 내게 친절한 남자가 좋다. 외모 말고 어느 것 하나에도 해당되지 않는 카스토르의 애정도는 나노그램에 가깝지 않겠나.

"안 들려?"

"네?"

상념에 빠진 사이 아모르의 외침을 듣지 못했던 나는 그가 내 손목을 아프지 않게 잡아채고서야 그쪽으로 시선을 주었다.

단단하게 찡그린 얼굴. 겹겹이 겹친 주름을 보는 동안 아모르가 정돈된 사나움으로 뇌까렸다.

"형님이 오고 계신다니까."

그의 축객령이 꽤 다정하게 느껴졌던 건 아마, 카스토르 생각에 사로잡혀 있기 때문인 것 같았다.

나는 낮게 일갈하는 아모르를 한번 보았다가 자리에서 일어났다. 아모르의 방은 넓은 방에 침실과 거실을 붙여 둔 구조였다. 왼쪽에 침대가 있었고 주변으로 온통 녹색인 식물들이 가득하다. 문에 가까운 곳으로 걸어가는데 문득 지금까지 무심히 지나쳤던 것에 눈길이 갔다.

'그림?'

격에 맞지 않아 보이는 낡은 태피스트리였다. 다만 군데군데 얼룩지고 색 바랬지만 여러 가지 색깔의 위사를 사용하여 나타낸 아름다운 회화였다.

비록 솜씨에 서툰 점이 곳곳에서 드러났으나 짜임새가 있고 우아한 형태는 어느 여름날의 정원 같았다.

"태피스트리가 예쁘네요."

"……죽은 내 어머니께서 만든 것이다."

"그렇구나."

실력은 부족하지만, 섬세한 무늬에서 정성이 느껴졌다.

"잠깐."

막 문고리를 잡았을 무렵, 아모르가 나를 불러 세웠다.

"왜 날 황자님이라고 부르지?"

"예?"

이건 무슨 말인가. 아모르의 뜻을 짐작해 보려 빤히 쳐다봤지만, 독심술을 가진 것도 아니고 저 까칠한 낯에서 읽어 낼 수 있을 리가 없었다.

그냥 뻔히 하는 심술이려니 생각해 느지막이 웃어 넘겼다.

"황자님이니까 황자님이라 부르죠."

만약 너와 내가 평범한 사람이었으면 우린 만나지 않았겠지. 대신 너는 루스벨라를 만나지 못했겠지만 차라리 그게 낫지 않았을까?

'자유로웠을 테니까.'

바람이 불고 흘러내린 앞머리가 이마를 간지럽혔다.

"질문은 끝나셨나요?"

재롱부리듯 고개를 까딱인다. 이런 인사 방식도 궁중 예법에는 어긋나 있으려나. 아무렴 어때. 어차피 난 이번에도 넘기지 못할 텐데.

나는 달성 목표를 세우고 그것만 보고 달려가는 사람이었다. 목적지로 가는 길이 없을 땐 사다리를 세워서라도 도달하고야 말았다. 그런데 소설 속의 세계에 떨어지며 삶은 완전히 꼬여 버렸다.

살아남기 위해서 달려왔던 날들은 목이 베이는 것으로 흩어지고, 수십 번 생각하고 수백 번 망설이며 앞으로 나아가지만 다시 제자리였다. 다시 죽기는 너무 싫어도 10일은 또 찾아오고야 만다.

"너, 왜 눈이 죽어 있지?"

"죽은 눈이 뭔데요?"

"괜찮지 않은 사람의 눈."

천천히 눈꺼풀을 깜빡이며 아모르와 그의 바싹 마른 손 따위를 보았다.

“글쎄요……, 괜찮은 것 같은데요.”

나긋나긋하게 대꾸하면서 문득 생각에 잠겼다.

‘이건 아픈 사람의 감인가?’

오래전 전생의 부친이 편찮으셨을 때, 내 아버지도 비슷한 말을 자주 했었다. 감기 걸린 나를 바로 알아맞히셨지. 모든 상처 입은 것들은 기민하고 예민하여 다른 아픈 이를 귀신같이 알아보는 모양인가 보다.

“그럼 가 볼게요.”

아모르에게서 한 발자국 멀어졌다. 다시 한 발자국 멀어지고 그를 다시 보게 될 날이 언제일지 생각해 본다. 머리를 한쪽으로 기울이며 네가 보내 줬던 편지를 생각해 본다.

그건, 나를 이곳에서 벗어나게 해 줄까?

글쎄, 모르는 일이다. 이제, 어떻게 될까.

내일은 다시 돌아온 10일.

괜찮다.

서글피 웃고 말았다.

아니, 사실 하나도 괜찮지 않아……. 괜찮았던 적이 없었던 것 같아.

손끝이 손잡이를 건드렸다. 문이 열리고 서늘한 바람이 불었다.

“또 봐요.”

그 날짜가 어제가 될지 내일이 될지 모르겠지만.

* * *

화창한 날씨, 하베르미아의 10일은 언제나처럼 맑았다.

변함없는 날씨와 배경은 지금이 이전과 똑같은 시간이란 걸 상기시켰다.

첫 번째 10일 날, 아모르가 종자를 대신해 전해 주었던 편지를 떠올렸다. 당시엔 내용의 의미를 묻기 전에 카스토르가 찾아왔고 그대로 죽었지만, 왜 나는 기억하지 못했을까?

답은 그 순간 있었는데.

아모르는 가장 잘 아는 사람이잖아.

"카스토르가 둘도 없는 미친 개새끼라는 걸."

그렇지만 이미 너무 많은 실패를 겪어서 확신을 하지는 못하겠다.

한 번은 이런 적이 있다. 스물여덟 번째쯤 하루 종일 테렛 궁을 돌아다니며 집요한 스토커처럼 하녀들을 추궁하여 카스토르가 북쪽에서 나는 솔레라는 식물의 차를 좋아하다는 사실을 알아냈었다.

그리고 다음 날 그에게 어렵게 구한 그 차를 대접한 나는 찻물을 뒤집어쓰고 죽었다. 깨달았다. 카스토르 앞에서 변화란 건 아무 소용이 없음을.

비위를 맞춰 줘도 문제인가? 마치 변하는 건 없을 거라고 되새기듯 내가 죽고 그가 죽이는 모든 시간에서 카스토르는 빠짐없이 개새끼였다.

지긋지긋하다.

끊임없이 드는 의심과 반복되는 의문, 그저 나를 괴롭게 하는 것 말고는 생각이 들지 않는 무한한 반복을 겪었다. 그래서 단서를 찾았어도 확신하지 못하겠다.

과연 이게 이 지긋지긋한 연쇄를 끊게 해 줄까? 글쎄 모르겠다.

내내 찾던 것이 이렇게 깜짝 선물처럼 등장할 리 없잖아. 나타나 버리면 오히려 당황스러울지도 몰라.

하지만, 힌트는 단칸방에 맞이한 볕이었다. 당장 지푸라기마저 절실한 내가 외면할 수 있을 리 없다. 자꾸만 조여 오는 무력감 속에서 무뎌지고, 무너지고 있으니까. 이대로 미치는 건 시간문제 같았다.

그렇기에 나는 아모르에게 들은 이래 어젯밤부터 오전 내내 생각해 온 것을 한번 해 보기로 했다.

저 멀리서 달려오는 흰 하녀복을 바라보면서 나는 그저 서글프게 웃었다. 산책의 끝이 왔음을 알아차렸다.

"황녀님!"

묶었던 머리를 풀어 내린다. 처음엔 한나의 손길을 견딜 수 없어서, 그리고 이젠 익숙해져서 스스로 머리를 묶었다.

"……거짓말쟁이, 별로 슬프지도 않으면서."

그들의 죽음을 부수적으로 생각하고 있으니, 난 이미 좀 맛이 간 것 같지만. 내 죽음에 익숙해지는 것도 슬픈 일이지만, 주변의 죽음에 익숙해지는 건 소름 끼치도록 혐오스럽다.

손에 든 리본을 내려다봤다. 검은 리본은 '죽어 버린' 이들에게 무뎌지지 않기 위해서 강구한 수단. 어제와 그들과 오늘의 그들이 다르기에 장례조차 치를 수 없는 그들을 대신 애도했다.

"황녀님! 크, 큰일 났어요! 어서!"

42번째 하베르미아의 달 10일이 시작됐다.

"나는 카스토르 드제 칼타니아스다."

……어째서인지 오늘 카스토르는 늘 오던 시간보다 한 시간 일찍 나를 찾아왔다.

"나를 아나?"

지독히 권태로운 동시에 보지도 않고서 물어 오는 말에 나는 천천히 고개를 숙였다. 말끔한 디자인의 샌들이 보였다.

"네."

흘끔 곁눈질하자 새하얗고 얇은 깃발들이 겹겹이 물결을 만들어 펄럭이고 있었다.

과거, 그를 보고 있으면 꼭 범접할 수 없는 사람을 대하는 기분이었다. 늘 바싹 엎드려 쪼그라든 무 절임처럼 벌벌 떨었다. 그저 지나가는 데도 식은땀이 철철 흐르더라는, 하녀들에게 들은 얘길 이해하면서. 죽음 앞에서 구걸하는 거지처럼 한없이 초라해졌다.

나의 일상에는 언제나 죽음이 배경처럼 서 있었다. 카스토르가 든 검은 번번이 나를 죽였고, 때때로 나는 절망을 이기지 못하고 나를 죽였다.

'눈부셔.'

햇살을 맞은 궁은 아직 희었으나 내 눈에는 피로 물들었던 풍경과 다르지 않았다. 머리칼 위에 내려앉았던 핏방울을 기억하면서 입술을 축였다.

'죽도 밥도 되지 않을 거라면 차라리 해 볼 수 있는 것 전부 해 보고 죽는 게 낫겠지.'

어젯밤 죽도록 연습했던 대사를 곱씹고 고개를 든다. 그가 먼저 꺼내길 기다렸지만, 침묵에 못 이겨 먼저 말을 꺼냈다.

"안녕하세요? 제국의 첫 번째 가지를 뵙습니다."

그제야, 내 궁을 훑던 얼굴이 나를 보았다. 한 점 감정 담기지 않은 눈에서 식은땀으로 씻어 내던 시간을 떠올린다. 눈 감으면 색색, 들리는 소리. 숨 쉬는 수십의 사람이 뒤에 도열해 있음을 알 수 있다. 실패하면 함께 죽는 사람들. 주먹이 여느 때보다 조금 무거워졌다.

"저를 찾으셨나요?"

"그렇다면?"

이번에는 어떻게 될까. 이건 될까? 아니면 또 언제나처럼 비참한 최후가 기다릴까.

"귀한 분께서 테레나 궁까지 친히 납시어 주시니 영광이오나."

고개를 들어 눈을 사르르 접었다.

"오라버니께선 이 누추한 곳에 어쩐 일이신가요?"

"……오라버니?"

그가 머리를 쓸어 올리며 내려다봤다. 은은하고도 달콤한 향기가 코끝을 감돌았다. 금으로 된 월계수 관을 쓰고 정복까지 쫙 빼입은 그는 평범한 사람은 감히 가질 수 없는 장엄함 혹은 귀티가 흘러넘쳤다. 나른하고 권태롭지만, 언제 변할지 몰라 무서웠던 시선.

그러나 죽고 죽어 내 안을 낡은 시간 파편들로 첩첩이 채운 이제는 그것을 덤덤하게 받아 내게 되었다. 공포에 면역된 얼굴은 웃음마저 지을 수 있었다.

"네! 오라버니!"

카스토르는 입을 떼었다가 우아하게 갈무리하며 나를 쳐다보았다.

"찾아오신다는 말씀을 듣고 얼마나 기다렸는지 몰라요!"

살 떨리게 두려운 황태자 앞에서 몹시 태연하게 굴자, 검사 또는 병사들이 미친 사람을 쳐다보듯이 날 보는 게 느껴진다. 저 광인을 뫼시면서 저 미친놈의 구석구석을 봤을 이들이니까 저 반응도 이해가 간다.

그러나 난 아랑곳 않고 눈을 동그랗게 뜨며 순진한 흉내를 내었다. 날 찬찬히 훑던 카스토르의 시선이 얼굴로 올라왔다. 느긋한 낯의 카스토르가 건조한 목소리로 묻는다.

"……너, 이름이?"

"아실리 로제 아올레시아 칼타니아스입니다."

목소리를 산사 풍경 소리처럼 맑게 했다. 친구가 데려갔던 콜 센터 아르바이트를 떠올리며, 화사한 목소리로.

"아실리라고 불러 주세요, 오라버니!"

화창한 날씨처럼 웃었다.

"……그래, 그런 이름이었지. 완전히 잊고 있다가 생각났어."

흥겹게 지껄이는 나를 보고서 당황스러울 만도 한데 카스토르는 그저 숨만 색색 내쉴 뿐 아무런 움직임이 없었다.

소용없나? 곱씹는 순간 그가 자리에서 일어나 성큼 느리지도 빠르지도 않은 걸음으로 이쪽을 향해 다가왔다. 이어 농도 깊은 내음이 코를 침투해 왔고, 놀라 물러나려는 팔이 붙잡혔다. 단단한 손이 악어의 이빨처럼 어깨를 잡아챘고, 귀 바로 옆으로 날숨이 느껴졌다.

"아실리 로제라고. 기억해 둘게."

"가, 감사합니다!"

그가 흐린 바람처럼 옅게 웃었다. 그러고는 나른한 음성으로 속삭였다.

"그런데 덜덜 떠는 입부터 어떻게 하지 그래."

"……."

"속이는 덴 영 재주가 없는데?"

목구멍이 꽉 조였다. 카스토르는 공포나 온갖 부정적인 감정을 잡아

내는 데 짐승같이 감이 발달한 남자였다. 이런 목소리는 꿈이나 환상 속에서도 들었다.

'아니. 틀렸어.'

그는 잘못 짚었다. 알 수 있었다. 지금은, 더할 나위 없는 기회였다.

"무서워하다니요."

고개를 갸우뚱 기울이며 처음 눈을 본 아이처럼 순진하게 그를 응시했다.

"어째서 제가 오라버니를 무서워한다고 생각하세요?"

눈썹을 휙 치켜세운 그를 바라보다 눈꺼풀을 깜빡거렸다.

"무서워하는 게 아니에요. 두려워할 필요가 없잖아요?"

나는 너를 무서워하는 게 아니야. 그냥 어서 이 지옥 같은 반복을 끝내고 살든지 죽든지 끝을 맺고 싶을 뿐이지.

네가 원망스러울 뿐이고. 늘 같은 이 시간, 수십 번 분노하던 나는 항상 바닥에 얼굴을 파묻어야 했어.

"당장 껍데기를 벗겨 손발을 잘게 잘라 죽여도 그 말을 할 텐가?"

"으응. 그건 무섭지만요……. 하지만 어째서죠? 오라버니가 절 죽이실 이유가 없잖아요?"

딱, 숨 쉴 구멍만 뚫린 거리에 있던 그가 천천히 멀어졌다. 자세히 살피는 시선에서 그가 나의 표정을 보기 위해 한 걸음 떨어졌음을 눈치챘다. 눈꺼풀을 날갯짓처럼 깜빡거렸다가 명랑하게 말하며 소리 높였다.

"앗, 어떻게 알았느냐는 얼굴이시네요. 맞죠?"

"……."

"헤헤. 간단해요. 제가 눈치는 엄청 빠르거든요! 유모가 오늘 어떤 간식을 가져올지 단번에 맞춘다니까요? 정말 절 막, 죽이려 하신 거라면 이렇게 불러 세워 놓을 것이 아니라 아무나 보내 대신 죽였지 않으시겠어요? 어머, 생각해 보니 무섭네. 그렇지만 음, 이걸 뭐라고 하더라. 사절? 사제?"

고개를 갸웃한 내가 방긋 웃었다.

"아무튼 바쁘신 오라버니 대신 검사님만 보내도 됐을 건데, 직접 찾아와 주셨잖아요. 얼마나 기쁜지……."

무구한 척 일부러 시선을 돌린 나는 한 남자를 응시했다. 일부러 본 것은 아니라 남자가 그곳에 있었을 뿐이었다. 난 모른 척 입을 열었다.

"앗, 혹시 저분은 오라버니 검사예요? 디볼로 공작님?"

눈이 마주친 곳에 있던 흰 머리 남자가 마른 이불같이 미소를 띠고서 고개를 숙였다.

"네, 헤르난데즈 폰 디볼로입니다. 제국의 유일무이한 꽃을 뵙습니다."

"어머, 어쩜 너무 멋져요!"

사실 수십 번을 보아 감흥 없는 공작의 얼굴을 수줍게 쳐다보았다가 나는 마냥 즐거운 아이 흉내를 내며 한나를 슬쩍 보았다.

늘 제일 먼저 죽어 버린 사람은 한나였다. 수도 없이 많은 죽음을 겪은 희생양이었다. 그래서 양심이 백지장처럼 얇아진 지금도 여전히 죄책감을 느꼈다.

열 가장 말단에 선 한나는 눈을 껌뻑이고 있었는데, 독립투사의 친일을 본 것처럼 얼어붙어서 이쪽을 쳐다보고 있었다.

우리 황녀님이 권력에 빌붙어 보려는 부나방이 되셨어? 눈빛을 해석하자면 이렇다.

그것이 아니라고는 할 수 없는 상황이지만 반드시 또 그런 의도라고도 할 수는 없기에 슬쩍 웃으며 다시 헤르난데즈를 쳐다봤다.

"이렇게 멋진 검사님이라니, 중앙 궁에는 잘생기고 예쁜 검사님만 계신가요?"

"그리 봐 주시니 영광일 뿐입니다."

『루스벨라의 빛』 작중 카스토르는 제 뜻에 거스르는 일은 한 번도 해 본 적 없는, 태중부터 전부 쥐고 태어난 사람이었다. 따라서 아랫사람의 고충이나 변명을 이해하는 데 익숙한 사람이 아니었다.

아마도 루스벨라가 나타나지 않았더라면 평생 사람을 사랑해 본 적이 없었을 것이다. 권력 말고는 모든 것에 무관심했겠지.

"처음엔 1황자 오라버니께서 찾아오신다니까 왜 저를 찾아오신 걸까 30분 전부터 이곳에 나와서 시간을 보냈어요."

이런 그를 올곧게 바라보기까지 무수하게 걸린 시간을 딛고 비로소 그를 똑바로 보며 제대로 떠올릴 수 있었다. 카스토르가 무엇을 좋아하고 아끼고 또 사랑하였는지 안다.

이젠, 할 수 있다.

"평소에는 꾹꾹 참았는데, 사실 너무너무 궁금했거든요."

"무엇이?"

"오늘 이곳에 오신 이유요."

그를 바라보며 눈웃음쳤다.

"저를 보러 오신 거 맞죠? 칭찬하러 와 주신 거예요?"

카스토르의 눈썹이 쑥 올라갔다.

"칭찬?"

"네!"

나는 지금까지 내가 숙녀의 도리에 맞게 얼마나 얌전하게 잘 꾸며 왔는지, 솔직하게 내가 남들보다 조금 더 예쁘지 않느냐며. 허영에 빠진 철없는 소녀 흉내를 냈다. 묻지도 않은 오라버니들과의 황자 수업도 줄줄 뱉어 놓았다. 내가 생각해도 정말, 감탄할 만큼 말이 많았다.

"솔직하게 재밌기도 했어요. 내가 남들보다 조금 더 예쁘구나? 더 써먹고 싶다. 근데 예쁘기만 하고 멍청한 건 싫어. 그래서 선생을 졸라 다른 오라버니들과 수업도 받기 시작했고요!"

지금껏 제 앞에서 재잘재잘 떠드는 겁 모를 계집애는 없었을 것이지. 어느 누가 감히 그에게 편히 말을 걸 수 있었을까.

그의 가장 가까이 있는 헤르난데즈와 라이벌이라 불리던 2황자 말고는 저 눈을 똑바로 마주 보는 상대가 마땅히 없었을 것이다. 그랬다. 그는 사실 대화 상대가 없었다. 그랬기에 죽기 전 사람을 가지고 놀며 말을 걸었던 것은 일종의 욕구였으리라 확신이 들었다.

"황녀가 6, 7 황자와 하는 수업에서 뛰어난 성과를 거둬 어디에 쓰려 했지?"

"네? 그건요……. 열심히 듣던 어느 날, 중앙 궁에 계신 아바마마께 그 얘기가 들어간다고 선생이 말해 주셨거든요. 수업 성과 얘기요!"

과연, 수십 번의 시간과는 다른 반응에 생긋 웃으며 대꾸했다.

"문득 이런 생각이 들었던 거예요, 열심히 들으면 언젠가 아바마마가 날 찾아와 주시는 걸까? 세상에! 그동안 뵙지 못한 오라버니들도 내 얘기를 들을지도 몰라! 하고요. 제가 오라버니를 얼마나 보고 싶었는지 몰라요. 저요, 공부도 제법 잘했고, 제가 조금 똑똑해서 콰랍어도 시작했거든요! 대단하죠? 두 자리 셈도 할 줄 알아요!"

푸핫, 호쾌하게 웃음을 터트린 쪽은 지금까지 말없이 지켜보던 공작

쪽이었다. 헤르난데즈가 청초한 얼굴에 웃음을 가득 그렸다. 그러다 애써 참으려는 듯 배를 움켜잡고서 고개를 돌려버린다. 그런 공작을 슬쩍 모른 체하며 눈꺼풀을 깜빡이다가 카스토르를 올려다봤다.

피식 미소한 그가 팔짱을 꼈다. 흰 얼굴에 위험한 빛이 일렁였다.

"그래, 재밌었나?"

"네! 근데 막상 시작하니까 너무……."

"너무?"

여기서 나는 입술을 깨물었다.

"재미없었어요. 잠이 막 쏟아질 만큼이요!"

나는 멍청한 소릴 태연하고도 새침하게 지껄였다.

'속아 넘어갈까?'

카스토르는 교활했고 수십 번의 시간 속에서 뱀 같은 머리를 증명해 냈다. 그러니까 이걸로 부족하다는 건 스스로 잘 알고 있다.

좀 더 던져 볼까.

훑는 것과 동시에 나지막하게 목소리를 깔았다.

"오라버니 저어, 한 가지 묻고 싶은 것이 있는데……."

"……."

"저는 황녀잖아요? 몸가짐을 반듯이 하고 갈고닦아 언젠가 아바마마와 오라버니들께 도움이 되어야 하는데, 예법 선생이 자꾸 이상한 말을 하잖아요……."

괜스레 발끝을 보며 말끝을 늘였다. 흘끔 눈치를 보자, 카스토르가 해 보라는 듯 고개를 까딱였다.

"과연 당신께서 이 제국에 필요할 것 같으냐고요."

나는 속상한 사람처럼 울적하게 지껄이다가 여기서 잠깐 말을 멈추고 그의 눈을 진득하게 바라봤다.

"언젠가 쓸모없는 절 치워 버리기 위해 폐하가 저를 죽이러 올 거라니 말도 안 돼요. 그렇죠?"

원래 협박이든, 설득이든, 유혹이든 모든 것은 눈을 마주치는 것에서 시작한다. 그가 좀 쫄리라고 3초간의 틈을 두었다. 그리고 펑 터트렸다.

"아바마마는 무구한 사람을 죽이는 분이 아니시잖아요."

만약, 이번에도 나를 죽이겠다면 죽여. 그렇지만 너는 네가 죽도록 싫어하는 황제와 똑같은 인간이 될 거야. 그가 싫어하는 것은 책으로 이미 알았고 수십 번 시간을 거치며 체험했다.

'황태자는 황제를 싫어해. 아니. 혐오하지.'

아니나 다를까, 황제라는 한 마디에서 카스토르는 옅은 미소마저 싹 지워 버렸다. 여전히 미려하였지만 표정 없는 낯의 그는 시간의 틈 속에 홀로 멈춘 것처럼 말이 없었다. 다물어진 입술이 섬세한 무늬처럼 고아했고 시선에 미동도 없었다.

이어, 황금색 눈동자에서 기이하리만치 아름다운 안개가 일렁였다. 검은 동공을 둘러싼 금빛의 홍채가 광명같이 빛을 냈고 물컹, 발밑이 무너지는 것 같은 두려움이 밀어닥쳤다.

'또 이상한 능력을 사용하고 있어.'

억지로 옷을 입힌 것처럼 무형의 기류가 내게 공포를 덧입히고 있었다. 주입된 감정, 이건 카스토르의 '능력'이었다. 내가 가장 무서워하던 것이었다.

"하하하하! 재밌구나."

나는 이곳의 미래를 알지만 아무 소용없는 하루를 되풀이해서 살고 있다. 늘 죽음은 네 검으로부터 시작했고, 너를 볼 때면 이 근원을 알 수 없는 것에 늘 공포에 떨었고 네가 지옥에서 온 사자보다 무서웠다. 그랬었다.

그런데 이젠 네가 무섭지 않아.

나를 죽이고, 죽이고, 수십 번을 죽이며 웃던 너를 보며, 나는 닳아 이가 빠진 바퀴가 되었다. 굴러도 구르지 않아도 좋다. 네가 내게 가능성 있는 미친 짓을 하게 만들었다.

'어차피 되살아날 거라면, 죽어도 상관없잖아?'

이 우스꽝스러운 백치 짓으로 끝을 보겠다고 담담히 마음먹었다.

40번이 넘는 하루, 오직 너만 즐거워했던 이 긴긴 시간 동안 내 하녀들이 죽고 나도 죽고 나는 다시 살아나는 고통 속에서 끔찍하리만치 괴로웠다고.

"상당히 재미있는 억측이군. 계속해 봐."

그는 고개를 비스듬히 돌려 나를 보았다. 내게는 말을 고르는 것처럼 보였다.

"억측이요? 억측이 뭐예요?"

"네가 지금 하려는 말. 내가 여기에 온 이유."

"아! 오라버니가 저를 보러 오신 이유 말이죠?"

그는 피식 웃으며 기둥에 기댔다.

"그래."

긴 소매 속에 손을 집어넣는 모습이 한껏 여유로워 보였지만 내게는 그 모습이 금방이라도 덮쳐 올 것처럼 위협적이었다. 본능에 따라 뒷걸음치려는 다리를 억누르며 학습된 무력감과 공포를 떨쳐 내고 새침하게 입을 떼어 말했다.

"음, 만약, 오라버니가 저를 생각지 않으셨다면 이렇게 가장 바쁜 추수의 계절에 저를 찾아올 필요가 있을까요?"

"내가 다른 이유로 너를 불러낸 거라면?"

"다른 이유요?"

난 눈을 동그랗게 뜨며 놀랐다는 듯이 중얼거렸다. 그러나 휙 고개를 들어 카스토르의 눈을 응시했다.

"어떤 이유요?"

"글쎄?"

카스토르가 웃는다. 나른한 오후처럼 나를 비스듬히 보는 얼굴에서 여유로움이 느껴졌다. 그는, 전혀 동요하지 않았다. 초조함이 스친 것은 나였다.

어떤 생각에 미쳤는지, 그는 일사불란하게 도열한 검사들 쪽으로 시선을 던지면서 느른한 미소를 피워 냈다.

"반역죄라거나."

"에이, 그럴 리가 없어요. 그러니까 오라버니는 그런 거예요. 저를 좋아하시는 거라고!"

"내가?"

"네! 테레나 궁 하녀들도 전부 절 좋아하거든요. 오라버니도 분명 그러하신 거예요."

나는 태연하게 눈꺼풀을 깜빡이고는 맑게 재깔였다.

"저는 오라버니를 좋아해요."

"나를?"

"네."

다른 의도는 배제된 순수함을 증명하듯 볼을 발긋하게 물들이면서.

가슴에 손을 얹고, 나는 막 꽃봉오리를 터트린 새벽의 꽃처럼 화사하게 미소 지었다.

"그러니, 오라버니도."

제일, 개 같은 소릴 지껄일 때다.

"분명, 저를 아주 좋아하실 거여요."

『루스벨라의 꽃』에 나오는 조연 중 머리가 꽃밭으로 가득한 바보 같을 정도로 순진한 아가씨가 있다. 씨가 귀한 집안에 태어나 천사니 꽃이니 불리면서 매우 귀애하는 이들 사이에서 자란 그 아가씨는 세상이 진실로 아름답다 믿는 아주 순진한 성격이었다. 내가 좋아하는 것들이 전부 나를 사랑하리라 믿어 의심치 않는.

나는 지금 훗날 루스벨라의 다시없을 절친이 되는 그 아가씨의 명대사를 차용하고 있었다.

"오라버니는 저를 좋아할 거예요. 제가 오라버니를 좋아하니까."

이것은 지나간 시간 어느 때에도 지어 보지 못한 웃음이었다. 긴 시간 내내 카스토르는 빠짐없이 개새끼였고, 나는 갈 곳 잃은 분노를 그의 앞에서 죽기 전까지 욕하고 매도하는 것으로 풀었으니까. 아, 정말, 생각하지 못했던 풍경이었다.

흩날리는 잎사귀에 시선이 간다. 목이 마르다.

"황녀."

샛노란 색에 시선을 빼긴 사이, 나는 그의 분위기가 동전 뒤집듯 바뀌어 버린 것을 눈치채지 못했다.

"확신은 정보가 정확하다고 믿을 때만 하는 게 좋아. 특히 그 도박에 소중한 걸 걸었다면 더욱."

풀어진 밧줄처럼 느슨한 목소리가 고개를 들게 했다. 잠깐 동안 말이 없어진 카스토르가 고개를 기울여 배부른 포식자처럼 눈을 내리깔고, 여상하게 미소 지었다.

"아실리 로제."

살짝 목소리를 깔았을 뿐인데 입 안이 바짝 말랐다.

"내가 왜 이곳을 찾아왔는지 아나?"

"음, 저, 저를 보러……?"

그는 고개를 옆으로 기울이고 이를 드러내며 웃었다. 나는 처음으로 몹시 즐거워하는 카스토르를 보았다. 팔짱을 끼고 실소를 머금는 것과 함께 고개를 치켜든 카스토르가 통렬하게 나를 비웃었다.

"네 죄를 묻기 위함이다."

번뜩, 관자놀이를 파고드는 섬뜩한 느낌이 찾아왔다. 빈틈없이 정원을 둘러싼 병사들이 카스토르의 뒤에서 한 걸음 멀어졌다. 손에 쥔 글라디우스를 하늘로 치켜든 검사도 있었다.

분명 살육의 시작 전 준비하던 것과 같은 풍경. 나는 심호흡을 한 번 하고 입술을 꽉 물고 카스토르를 올려다봤다.

안 돼.

안 돼!

"아실리, 아올레시아의 딸. 네 얘기는 즐거웠어. 오늘의 너를 보는 순간 내가 많은 걸 바란 것 같지만. 뭐 나쁘지 않았어. 하지만 이제 본론을 꺼낼 차례야."

그의 눈에서 빛이 일렁였다. 주춤 물러나던 걸음이 멈췄다. 그가 끈끈하게 나를 잡아당기며 입술을 끌어 올렸다.

"죄를 물을 시간이야."

"무슨 소리세요? 죄, 죄라니요, 바라시는 것이, 있으면 말씀, 해 주세요. 저는 뭐든 할 수 있단 마, 말예요……!"

내가 무슨 잘못을 했다고! 당신에게 피해를 준 것도 아니잖아! 풍선처럼 둥둥 떠다니던 억울함이 고압을 견디지 못하고 펑 터졌다. 풍선을 찢고 나온 온갖 생각과 욕들이 그를 향했다. 카스토르가 처음처럼 딱딱한 얼굴을 고집하지 않았다면 나는 멱살이라도 잡아 쥐었을지 모른다.

이번에야말로 저놈을 찌르고 가 볼까. 미친 생각이 들었다.

"무, 무엇을 바라셨는데요? 저는 오라버니가 오실 날만 기다리며, 꽃처럼 가꿨어요! 악기도! 궁중 예법도! 언젠가 있을 성년식을 위해서!"

아니지. 아직 아니야. 진정해. 생각을 해 보자. 혀끝까지 맴돈 욕을 삼키며 호흡을 가다듬었다. 이렇게 끝나기엔 나의 새 단서가 너무나 아깝다. 이것이 무엇이던가. 피 터지게 죽어 가며 쟁취한 것들이다. 붉은 융단이 깔린 미래만을 기다려 왔다. 이대로 포기하기엔 너무나 아까운 나의 보석들.

이렇게 살아 다시 죽는 순간이 오더라도 나는 끝을 봐야겠다. 그것이 손에 고운 모래를 쥐는 부질없는 짓이더라도. 기꺼이 가져야겠다.

"그래?"

그가 밑바닥까지 파고들어 살필 것같이 예리한 눈을 하고서 슬쩍 웃음 짓는다. 은밀하게 속삭였던 카스토르가 장엄한 목소리로 낮게 깔아 재깔였다.

"그럼 오늘 반드시 살아야겠구나."

마흔 번 전에 시작했으니 벌써 한 한 달쯤 이 짓을 반복하고 있는 거라 다음 들어올 카스토르의 말은 눈을 감고도 맞출 수 있었다. 손이 덜덜 떨리기에 꽉 잡았다가 입술을 깨물고 숨을 참아 그를 올려다보았다.

방법은 아직 있다.

"아실리, 아올레시아의 딸."

카스토르는 뜻밖에 몹시도 나긋한 표정이었고 그것은 어쩌면…… 지금은 지난 서른 번과 다르게 흘러갈지도 모른다고 기대를 품게 했다. 수십 번 반복 속에서 체념한 한쪽 머리가 전부 소용없다 외치는 걸 무시하면서 지푸라기를 잡는 심정으로 목구멍을 꽉 조였다.

"나는 장차 이 제국을 짊어지는 몸으로서 네게 금기시된 혼돈의 신관과 내통한 죄를 묻겠다. 제국 법에 명시된 레테의 법칙에 따라 지금부터 생명을 걸고 세 가지를 질문하겠으며, 너는 대답하되 너의 사상이 황족다운 것인지, 스스로 증명하라."

나는 덜덜 떨면서 물었다.

"대, 대답만 하면 사는 거예요?"

"때에 따라서."

고개를 돌린 순간, 나는 몹시 즐거워하는 카스토르를 보았다.

"정답을 말해 보렴."

장엄하고 위압감 있는 목소리가 어딘가 모르게 장난스럽게 들렸다. 유리 파편이 가슴을 푹 찔러 들어간 느낌이었다. 희망이라 믿고 싶었다.

눈꺼풀을 아래로 늘어뜨리며 침착하게 속을 다스렸다. 괜찮아. 아직 끝나지 않았어. 떨림이 잦아들고 만성이 된 무력감이 오히려 나를 붙잡아 주었다. 어차피 여기서 죽어도 돌아올 뿐이라고.

"너에게 제국은 어떤 의미인가?"

요컨대, 그에게 실컷 멍청한 척 지껄였으니까 무슨 소릴 해도 소용없는 나를 답도 없는 철없는 계집애로 보게 해야 했다.

<요는 형님의 흥미를 돋우는 거야. 그분의 판단은 순간적 흥미보다 우선되지 않으니까.>

그로 하여금 내가 어떤 영향도 끼치지 않을 거라고 믿게끔.

"의미 없어요."

제발 어색하지 않기를 바라며, 난 순종적으로 보이게 웃었다.

"저를 태어나게 했을 뿐인 나라잖아요? 여자는 지아비의 나라를 따르는 법이죠."

이곳의 궁중 예법은 조선 시대와 비슷한 점이 많았다. 오로지 여자는 이러해야 한다, 꽃처럼 웃으며 꺾어질 날만 기다리는 자세를 요구하니까. 타국으로 보내지면 그곳이 나의 나라다. 남편은 하늘이니까.

내가 했던 얘기는 직설법으로 받아들이면 이렇게 생각할 수도 있겠다 싶었다. 어찌 되었든 멍청함만 드러내면 되는 거였으니까. 과연, 제국을 낮잡는 멍청한 소리에 한 검사의 얼굴이 구겨졌다. 카스토르는 늪에 핀 꽃처럼 은은하게 웃었다.

"네가 나고 자란 제국이 네 나라가 아니라고 했나?"

"이렇게 말하면 안 되는 건가요?"

"아니. 안 된다기보다……. 아주 멍청해서 듣기 좋은 말이었어."

이제는 아연한 검사와 병사들의 표정을 보는 동시에 스쳐 간 마흔 번의 시간에 감사했다. 카스토르 얼굴을 보고도 이딴 맥없는 소릴 지껄일 수 있게 해 줬으니까.

그래, 웃어.

나는 내 멍청함을 너에게 드러내 보일 것이다. 음식물 쓰레기처럼 손대고 싶지 않게. 멍청해서 죽일 가치조차 없게. 너를 속여 보일 거니까.

"그래, 아실리. 황제 폐하를 어떻게 생각하는가?"

"저, 저를 낳아 주신 아바마마시죠. 그분께서 점찍어 주신 남자가 멋지고 잘생긴 분이면 좋겠어요."

맹랑한 목소리로 뇌까렸다.

"그렇다고 너무 먼 나라에 시집가는 건 싫어요. 하녀들을 보러 올 거니까."

아무 소리나 재깔여 놓고 순간 스쳐 가는 생각에 노골적인 비웃음은 들어오지도 않았다.

"음, 그리고 결혼은 늦게 하고 싶어요. 오래오래 여기 있다가 가고 싶고."

지금까지 바닥에서만 맴돌던 어떤 감이 머리를 가득 메웠다. 떨림을 가라앉히며 방금 포착해 낸 느낌을 곱씹다 새로운 사실을 깨달았다. 설마, 설마 했는데…….

온몸에 전율이 일었다.

다르다. 달랐다. 딱히 꼬집어 말할 수 없지만 지난 시간과 달랐다. 분위기라거나 느낌도.

손톱이 손바닥으로 파고들었다.

<대답만 잘해도 살 수 있다구요?>

<그런 거지.>

멍청해서 위기의식조차 없는 백치로 꾸며 내는 건 사실 지난 마흔 번의 죽음이 없었다면 절대 실행할 수 없던 일이었다. 지금까지 그의 질문에 대답을 제대로 하지 못한 건 몰라서가 아니었다.

두려워서, 화가 나서, 체념해서.

친애하는 황녀,

난 아직도 네 말을 믿지 않아. 하지만 너를 좀 더 지켜보고 싶다. 그러니 내 제안을 따를지 따르지 않을지는 네 선택이야. 네가 과연 할 수는 있을까 의문이 들지만.

살아남는다면 그것도 뭐, 재미난 일이겠지.

아모르의 서신. 무슨 생각으로, 어떤 의도로 내게 그날 그런 서신을 보냈는지 모르겠지만 그의 말은 사실이었다. 첫 번째로 죽은 날 나는 아모르의 제안대로 실천해 보기는커녕 겁에 질려 빌기에 급급했으니까.

요컨대, 광대가 되는 것이지.

나는 드디어 아모르가 보냈던 서신의 의미를 이해했다.

하늘을 향한 검은 없었고 하녀들의 목을 치기 위해 준비된 자들은 오롯이 나를 보고 있었다. 표정 관리가 되지 않는 한 검사는 대놓고 얼굴을 구기면서 복잡하며 묘한 얼굴이었다.

나는 말없이 나를 응시하는 이들 전부에게 무구한 시선을 던진다. 면면마다 드러난 경악과 혼란 따위를 퍽 즐겁게 바라보면서. 지금 이 살아남기 위한 처절한 발악이 당신들에겐 하루 지나갈 뿐인 순간의 유흥일 테지?

반복한 삶이 자연스럽게 공포를 극복하게 했다.

그래. 아모르.

네 말대로 정말이지, 광대가 된 기분이네.

"너에게 난 어떤 의미인가?"

이윽고, 마지막 질문이 돌아왔다.

"오라버니를요?"

나는 놀란 척 눈을 동그랗게 떴다. 네가 내게 어떤 의미냐고. 그를 보며 말을 고르다가 문득 아주 재미난 생각을 떠올렸다.

"카스토르 오라버니는 말이죠……. 음, 그냥 제 생각을 말하면 되는 거여요?"

난 눈을 깜빡이며 중얼거렸다. 그러고는 휙 고개를 들어 카스토르의 눈을 응시했다.

"제가 본 남자 중에 제일 잘생겼어요!"

여기까지 지껄이며 나는 속으로 나에게 감탄하고 말았다. 카스토르 낯에 금칠하는 동시에 한 마디 한 마디가 이딴 머저리 같을 수가 있다니. 목표로 했던 조연보다 더 멍청하고 답이 없는 여자 같았다.

"아, 참. 이름을 불러 버렸네. 으음…… 오라버니가 아실리라고 편하게 불러 주셨으니까 저도 오라버니 이름을 불러도 되죠?"

우스웠다. 수십 번 죽어 닳아 만들어진 이것도 재능이라 부를 수 있을까? 한 번도 배운 적 없지만 타고난 배우가 된 듯하다. 이참에 발 벗고 나서 볼까? 코웃음 치면서.

제국 안에서 아무도 카스토르의 이름을 부르지 못한다. 나야 카스토르더러 개새끼 하며 쉽게 불러 대지만 사실 불리는 것조차 황송하게 여겨지는 그의 이름은 감히 입에 담을 수조차 없는 이름이었다.

오직 황제만이 부를 수 있는 다음 황제의 이름.

카스토르는 루스벨라에게 자신의 이름을 허락했지만 루스벨라는 몰랐다. 그것이 무슨 뜻인지, 무엇을 허락한 것인지도. 제국 첫 번째 가지의 이름을 유일하게 허락 받은 자는 그 이름의 가치를 알지 못하는 사람이었다.

그게 그의 비극이었다. 이제는 동정조차 가지 않는 비극.

작게 웃던 카스토르가 고개를 숙였다.

"나를 무엇이라 부르든, 오늘 넌 금기시되는 신관과 내통 혐의로 처분될 테니까 소용없을 텐데."

그가 한 손으로 머리를 쓸어 올리며 고개를 들었을 때, 느슨하게 풀어진 미소가 심장을 쿵 하고 떨어지게 했다.

죽기 직전 보았던 얼굴이다.

<네게 금기시된 혼돈의 신관과 내통한 죄를 물어 여기서 처분한다.>

수없이 들어왔던 나의 죄는 내가 모르는 죄이면서 실마리조차 잡히지 않는 것이었다.

열세 번째 하루에서 나는 처절하게 물었다. 어째서 신의 힘조차 가지지 못한 내가 금기를 탐내겠느냐고. 그러자 카스토르는 답했다. '반역자들이 산 제물을 바쳐 범한 힘.'이라고.

"호, 혼돈의 신관이 뭔데요?"

걸음이 멈췄다. 과거의 형상이 사라지고 잔뜩 겁에 질린 표정을 덧입혔다.

"……저, 저는 그런 거 잘 몰라요. 시, 신학 수업에서 스승님은 총명한 오라버니만 아끼셨단 말이에요. 모, 모르는 죄를 어찌 물으시나요!"

순금을 그대로 녹여 만든 것같이 오로지 황금기만 남아 있는 눈. 한 순간도 변명을 허용하지 않았던 그가 듣고 있다.

"억울해요, 억울하단 말이에요!"

서슬 퍼런 금안이 휑횡 회오리치며 나를 빤히 바라보다가 예의 능력으로 공포를 무럭무럭 피워 냈다. 나는 눈을 감아 버렸다.

'이제 그만 나를 지옥 같은 반복에서 놔줘.'

느릿하게 다가오는 그를 느끼며 감았던 눈을 떴다

쏴아아 비가 내리는 날 지렁이처럼 억울함이 꿈틀거리나, 이성을 해치는 그것을 갈무리해서 집어넣고 천천히 얼굴을 꾸며 냈다.

"억울하다?"

카스토르가 나긋한 목소리로 중얼거렸다. 그러나 차분한 목소리와 별개로 그의 얼굴과 걷는 모양은 몹시도 경쾌하였다. 늘 단조롭던 표정 위로 색채가 입혀졌으며, 검으로 내 목을 내려치는 순간에도 보이지 않았던 환한 미소를 매달았다. 찬란한 금색 눈동자가 나를 살폈다.

"네! 억울해요!"

눈을 아래로 내리깔았다가, 말이 끝나면서 그를 올려다보았다.

"저, 저는 오라버니 편이에요."

찰나에 스친 동요를 잊지 않고 잡아챘다.

"오라버니, 내, 내통죄라는 게 뭔지 모르겠지만 제가 잘못한 거여요? 제 궁에서 그런 흉악한 범죄가 일어났잖아요? 저는 기꺼이 목숨을 바쳐 오라버니의 말씀을 따를게요!"

잘한다. 나불거리는 내 입. 비록 꽃밭 같은 조연 아가씨를 흉내 내어 나타내는 것이나 감정만은 내 것이었다.

"귀, 귀하신 오라버니."

후들거리던 다리를 똑바로 펴고 바로 섰다. 무섭기는커녕 차갑게 나를 파고드는 분노, 그리고 원망. 그러나 살아남겠다는 일념 하나로 이를 갈고 손톱이 파고들며 그러모은 지독한 감정 파편을 숨긴다. 대신 고스란히 억울해하는 모습으로 바꿔서 드러냈고, 고개를 기울이는 그에게 소리를 높였다.

"오라버니의 업적, 근사한 외모, 뛰어난 검사님. 그렇지 않아도 저는 오라버니를 보게 될 날만 손꼽아 기다렸어요. 언젠가 성인이 되어 중앙 궁에 갈 날만 기다렸는데 반역이라니 무서워요! 가당치 않아요!"

다음 순간 금색 눈썹이 느리게 깔아지다가 슬쩍 눈꼬리까지 접어 휘었다.

"네 의견은 중요하지 않은데."

입꼬리를 말아 올린 카스토르가 떨어져 있던 두 걸음을 좁혔다. 나는 가만히 서 있었다. 천천히, 느릿하게 다가온 그의 손이 어깨를 스칠 때까지.

"하지만……."

시선이 그의 팔을 따라 쭉 아래로 내려가 손끝에 멈췄다. 움찔. 그가 작은 미동을 일으켰다. 순간, 카스토르가 나를 홱 잡아챘고, 일그러진 얼굴이 보였다.

"그 속에 숨겨진 게 무엇인지는 좀 궁금해지는구나."

"무슨…… 무슨…… 소리세요?"

놀라서 눈꺼풀을 깜빡인 나는 아랫입술을 깨물었다. 아주 하기 힘든 말을 하는 것처럼 보이기 위해서. 어느새 눈이 촉촉하게 젖어 왔다. 눈물 따위, 다시 살아난 날 지겹도록 흘렸다. 톡 치면 흐를 듯 눈물이 맺힌 눈에 그가 비쳤다.

"오, 오라버니께서 솔직하게 '금기의 신관을 아니?' 하고 물어 주셨으면 저, 저는 솔직하게 모른다고 말했을 거예요."

"……."

"저, 저는 제국의 꽃이라 하였단 말예요, 이상한 죄를 지어서 좋은 곳에 못 가면 어떡해요?"

조심스럽게 그의 손에서 손을 빼내어 카스토르의 소매 끝을 살짝 잡았다.

"쓰, 쓸모없어지는 건 싫어요. 저는 황궁에 가기 위해서 뭐든지 할 수 있는 걸요……! 공부랑, 수예랑, 악기! 악기도 더 열심히 할게요! 그러니까 흑, 중앙 궁에 가지 못할 죄는 제게 묻지 마세요……."

"중앙 궁에 가고 싶다?"

"네……, 네! 7일의 밤마다 열린다는 파티에 가고 싶어요. 저는 죄를 짓지 않았어요!"

"킥, 킥킥, 기가 막히는군."

비웃음과 함께 낯을 일그러뜨린 카스토르가 알 수 없는 시선을 보내왔다. 시선이 못 박힌 듯 입술에서 떨어지질 않았다.

"오, 오라버니는 모르실 거예요. 이곳에 갇혀 지내는 건 심심하고, 지루하고, 하, 하녀들은 수도 잡지에 나온 것과 다르고, 촌스럽고……. 선생은 아무도 날 안 찾을 거라 했지만 거, 거짓말일 게 분명하잖아요. 그래서 오, 라버니가 오시길 기다렸어요."

이제는 나도 무엇이 축약된 것인지 짐작하기 힘들 만큼 감정이 엉켜 있는 눈이 천천히 옮겨 갔다.

"지, 지금도 믿기지가 않아서 손이 떨리고 그리고…… 시, 심장이 떨리는 걸요. 오라버니가 왜 저를 미워하시는지 모르겠지만, 저는 오라버니를 위해 뭐든지 할 수 있어요! 그, 그러니까 뜻을 알게 된 이상 따를게요."

숨을 참아 상기된 얼굴이 까만 동공에 반사되어 비친다.

"미워해? 내가?"

너를? 하고 묻는 눈이었다.

"그, 그럼 왜 저를 노려보세요? 흡, 무섭단 말예요……."

카스토르의 두려움을 극복했을 때, 방법은 무궁무진하게 늘었다. 나는 카스토르 앞에서 울어도 봤고 빌어도 봤고 도망도 쳐 봤다. 이젠 백치 흉내를 내는 중이다. 마흔 번에 걸친 경험을 바탕 삼아서 이게 해답이라고 알아챘다.

이젠 다시 살아나는 것 말고는 아무것도 무섭지 않았다. 복부를 꿰뚫리는 건 상상도 못했던 고통이었지만 한순간만 참으면 끝이었다. 죽음이 가벼워졌다. 나는 아직 나인가? 두렵다.

제발, 더는 인간의 영역을 벗어나기 전에 미래로 가고 싶다고.

그 순간, 카스토르가 손끝만 비비던 손을 잡아채 홱 잡아당겨 턱을 잡아 쥐었다. 분노로 바짝 죄인 얼굴을 바로 앞에서 보았다.

"아실리 로제."

도대체 무엇이 그리 화가 나는 일인지 끝끝내 알 순 없었지만 적어도 나는 그의 눈에 휘몰아친 태풍이 더없이 만족스러웠다. 우악스레 쥐인 턱이 아파 왔지만 꾹 참을 만큼.

"가증스럽구나. 속을 갈라 꺼내어 보고 싶어지게."

응축된 분노가 일렁이는 얼굴은 퍽 사납고 무서웠지만 처음 봤던 모습만큼 무섭지는 않았다. 앞이 깜깜한 동굴은 무섭지만 밝혀진 터널은 무섭지 않다.

'무섭지 않아.'

표정이 읽히는 그는 더는 공포로 내게 군림하지 못했다. 태풍은 먼 곳이 아닌 중심으로 갈수록 안전한 법이다. 그리고 지금.

'이 순간이 카스토르의 태풍의 눈이다.'

폭군. 이질적인 황금빛 눈의 황제. 오직 루스벨라만을 담던 눈동자에 내가 담겨 있다. 건조한 감정이 켜켜이 쌓인 눈동자 속에 금빛이 일렁거리며 언뜻 기묘한 문양이 나타났다가 사라지고, 뺨으로 화끈하게 데인 고통을 느꼈다.

바람처럼 불어 닥친 무형의 형형한 기운 속에서 광기의 편린을 언뜻 본 것 같은 느낌이었다.

턱이 얼얼한가? 생각할 시간도 없었다. 거칠게 나를 놓아주었던 카스토르가 성큼 하녀들이 있을 곳으로 다가가 가장 앞줄에 부복한 여자의 앞에 서 있었다.

"렌데 베시테미스. 맞나? 아올레시아가 데려왔으나 그녀의 딸과 여기에 버려진 걸로 아는데."

"……예, 전하. 황녀께서 아기님일 때부터 모셨습니다."

카스토르가 검을 뽑아 끝을 늙은 여자의 목 끝으로 가져갔다.

"그래, 그럼 황녀에 대한 것을 대부분 알겠구나."

카스토르가 무서웠던 것은 조금 전까지 미친 사람처럼 내 턱을 쥐고 분노하던 사람처럼 보이지 않았다는 점이었다. 그는 나긋하게 낯을 풀어 가벼운 미소와 함께 유모에게 물었다.

"저 애가 가장 아끼는 하녀의 이름을 말해 보아라."

"예? 그, 그건."

"아니면 모시는 황녀의 죽음을 볼 텐가?"

유모가 고개를 떨어트렸다.

'안 돼. 안 돼, 유모!'

파들파들 떨던 유모는 고개를 들었다가 황급히 다시 숙였다. 카스토르에게 충분한 것이었다.

'안 돼!'

달려가기도 전에 성큼 걸어간 카스토르가 한나를 찌르기 전까지 이번에는 비로소 누구도 죽지 않고 살아남을 수 있을 거라 생각했었다. ……나는 어리석게도 이번만은 아무도 다치지 않을 거라 확신했던 거다.

카스토르가 검을 뽑아내자 복부에서 후드득 피를 떨어뜨리며 쓰러지는 한나가 보였다. 깔때기를 꽂은 것처럼 흰 원피스를 물들이고 넓게 퍼져 나간다. 피. 붉은 피. 그 피. 지겹도록 맞이한 순간에 익숙해졌다 생각했던 이성이 얼얼해졌다. 왜? 어째서?

"이름 모를 하녀, 무지한 황녀에게 금기된 정보를 발설한 죄로 너를 체포한다."

왜? 카스토르의 뒤로 검사 둘의 팔에 실려 어디론가 질질 끌려가는 한나를 보았다. 베스를 비롯해 주변 하녀들이 비명을 지르고 있었다. 한나가 있던 자리에 흥건한 웅덩이를 보면서 나는 자리에서 멍하니 서 있던 것 같다.

할 일을 끝낸 것처럼 빙글 돌아온 카스토르가 내 어깨 위로 손을 올렸다.

"있잖아."

그는 조금 전까지 다그치고 협박하던 사람답지 않게 고아한 미소를 입술 끝에 달고서 내게 여상한 목소리로 속삭였다.

"내가 오해한 것 같아."

안 돼,

울지 마.

소리 지르지 마.

무뎌진 신경이 아플 정도로 죄여 왔다. 무수한 죽음에도 아직 받을 충격이 있다는 사실이 놀라웠다.

"저 아이가 너를 꼬드겨 사특한 곳으로 이끌었지?"

이끌어? 누가? 한나가? 한나를 말한 거야?

"네에……. 그, 그랬던 것 같아요."

나는 가까스로 웃었다. 몇 시간 전까지 함께 웃고 떠들었던 나의 하녀가 또 무참한 꼴을 보였다. 한나는 지금 살아 있을까? 구석으로 끌려가 가슴까지 새빨개져 있는 내 하녀는. 나쁜 새끼. 단 한 순간도 카스토르에게 인정을 기대하지도 않았지만, 그래도 이건 아니잖아, 이건 아니잖아! 나와 한나는 무슨 죄를 지어서 이 손에 유린당하는데? 왜 수없이 해코지당하는데? 왜!

'아무것도 하지 마.'

피비린내가 난다.

"저 아이가 잘못한 거야……. 네가 잘못한 것이 아니지?"

나는 멀쩡한데. 왜 아픈 것처럼 몸이 떨리고 눈물이 날 것 같은지 모르겠다. 이게 진정 무뎌진 사람이라면 대체 나는 그동안 어떤 시간을 견뎌 온 거지?

"네, 끕, 네네. 오라버니 말이 맞아요."

개새끼. 개새끼야. 널 평생 용서하지 않을 거다. 권력이 좋으면 중앙궁에서 휘둘러야 했다. 왜 서쪽 구석까지 찾아와서 행패인 건데.

소리 없는 울음이 터졌다. 왜? 네가 어떤 비극적인 삶을 살았든 간에 그것이 나와 타인에게 강요할 권리를 준 것은 아니다. 네가 짓밟은 나는, 한나는, 그저 하루를 행복하게 보내는 것이 전부였던 살아 있는 사람이었단 말이다. 네가 나를 살아 있는 시체로 만들었어. 네가.

"정녕, 결백해?"

상체를 살짝 숙여 나와 눈을 마주친 카스토르가 어깨의 손을 부드럽게 쓸며 묻고 있었다. 눈앞, 아름답고 매혹적인 미소와 함께.

"……네. 결백, 끕, 결백합니다."

눈을 감았다.

하늘은 여전히 화창하고 눈이 부시도록 푸른데, 이번에도 피비린내가 났고 한나는 죽음에 이르렀다.

"나를 위해 무엇이든 할 수 있다고?"

힘없이 늘어진 손이 양손 안에 갇혔다. 나비의 날갯짓처럼 눈꺼풀이 애처롭게 떨었다.

"……물론, 이에요."

천천히 카스토르의 손을 잡아 뺨으로 가져다 댔다.

"오라버니를……위해서, 뭐든 할 수 있어요."

나는 웃었다. 혐오감을 참으며. 역겨움에 토악감이 치밀어 올랐다. 공작이 다가와 카스토르의 뺨에 튄 피를 닦으며 나를 흘긋 보았다. 마주친 시선에는 의미 모를 감정이 담겨 있었고 나는 해석하지 못할 것에서 눈을 감았다.

방관자. 공작은 카스토르가 던져 버린 칼을 들어 올려 검사에게 내밀었다. 카스토르가 피가 묻은 부분을 닦고서 검집에 집어넣었다.

"기뻐."

카스토르가 웃으며 말했다.

"내 어머니조차 나를 역겨워하며 버리고 도망가셨는데. 너는 얼굴 한번 보지 않고서 나를 기대하고 좋아하고."

서늘하게 가라앉힌 눈동자 속에서 나는 여전히 모르며 짐작할 수 없는 감정을 엿본다.

"반겨 주는구나."

그는 파들거리는 내 뺨을 잡고서 살짝 문질러 보았다. 마치 아기를 쓰다듬듯 어울리지 않게 부드러운 행동에 형언할 수 없는 감정이 끓어올랐다가 울음기와 함께 내뱉어졌다. 언뜻 손끝에서 붉은 것을 본 것 같기도 했다.

카스토르는 내내 내게서 눈을 떼지 않다가 천천히 고개를 숙여 눈을 마주쳤다.

"원대로 해 주마."

무슨 소릴까. 이게 무슨 소리야? 멀지 않은 곳에 공작과 수없이 많은 검사도 겁에 질린 내 하녀들도 있는데 마치 이곳에 나와 카스토르만 있는 것처럼 감각이 유리됐다.

"저 죄인도 살려 주지."

깜빡이지도 못하고 뺨을 그대로 맡긴 채 카스토르를 쳐다보았다. 온통 금빛인 줄 알았던 금색 홍채 끝에서 옅은 검은 빛이 띠처럼 눈을 감싸며 일렁이고 있었다. 가까이서 본 눈동자는 더욱 찬란했다. 그건 차갑고, 건조하며, 조금 정상에서 벗어난.

인간 같지 않은 눈이었다.

천천히 카스토르의 입이 열리는 것을 보면서 왜인지 모르게 한나도 나도 살아 있으면서 미래로 갈지도 모르겠다는 생각이 들었다.

얼마나 어처구니없는 생각인가. 한나가 아직 살아 있는지도, 이미 죽었는지도 모르면서. 황홀하리만치 매혹적인 음성이 귀로 녹아들었다.

"헤르난, 조영관의 심부름하던 아이가 죽었다고 들었는데 말이야."

공작이 나긋하고 부드러운 어조로 대답했다.

"그렇지."

카스토르가 나에게로 고개를 돌렸다. 나를 내려다보는 낮은 깎아지른 폭포를 보는 것처럼 경이로웠다. 그는 내 뺨을 놓고 손을 어깨 위로 올렸다. 기울여 비스듬히 보는 시선 안에 장난기가 어렸다.

깜빡. 나른하게 내리깐 검은 속눈썹이 뜨이는 순간, 번쩍하고 번개가 내려친 것같이 광기를 비추었다.

"마침 자리가 있다는구나."

마침내 그의 통첩이 내려졌다.

"네겐 옆을 허락하마."

다시 권태로운 얼굴로 돌아온 카스토르는 그렇게 말하곤 몸을 돌렸다. 줄지어 선 검사들이 흰머리 공작 뒤를 따르고, 테레나 궁에서 모든 것들이 사라졌다. 먼지가 그들의 뒤를 따르며 바닥에 붉은 발자국을 묻히고 돌아갔다.

그들이 왔다간 자리 뒤로 나를 포함한 누구도 말을 꺼내지 않았다. 나는 넋이 나가 피로 흥건한 바닥을 둘러보다가 얼른 한나에게로 달려갔다.

"수, 숨을 쉽니다!"

"어서 옮겨!"

뒤로 줄줄이 정신을 차린 하녀들이 한나를 방으로 옮길 때까지 어느 누구도 입을 떼지 못했다.

한나는 다행히 목숨은 붙어 있었지만, 치료 신관을 찾기가 여의치 않은 상황이었다. 그러나 잠시 뒤 헐레벌떡 달려온 플뢰온에게 매달려 한나의 치료까지 마치고 나는 사람들을 모두 물렸다.

낡은 가구와 부유하는 먼지로 채워진 공간. 작은 방 안에 나와 한나만 있었다.

한나는 숨을 색색 몰아쉬며 열이 올라 잔뜩 붉어진 얼굴이었다. 나는 그녀의 손을 찾아 거머쥐며, 우울하게 그리고 들리지 않을 정도로 작게 속삭였다.

"미안해."

어째서 우리는 이렇게 됐을까.

"흐흡. 미안해. 정말 미안해."

내가 미안해할 일인지 모르겠어. 그런데 난 네게 미안해.

눈물은 흘리지 않았다. 그런데 눈물을 흘린 것보다 더욱 서러워졌다.

42번째 하베르미아의 달 10일.

나는 살아남았다.

그리고, 황태자의 시중인 겸 심부름꾼이 되었다.

3.5 아모르 노테

서슬 퍼런 눈을 하고서 먹어도 죽고 먹지 않아도 죽으리라 했다. 어린아이에게 선택을 종용하던 늙은 공작이 그랬다. 모친을 잃은 아이는 울면서 끄덕이거나 고개를 젓지도 못했다.

"아모르, 살고 싶니?"

그때 따분한 눈으로 자신을 내려 보던 고결하고 고귀한 소년은, 맨 처음 페이지의 적힌 글귀처럼 아모르 인생에 첫 번째 기억으로 남았다.

자신을 카스토르라 소개한 소년. 그가 난 네 형이라고 속삭였다.

* * *

유아기 시절, 세계는 아주 좁고도 무궁했다.

<저건 해. 저건 달. 저건 꽃.>

아직 문장의 형태를 지니지 못한 그의 언어를 대신해 어머니가 대신 속삭여 주었다.

<밝구나. 은은하구나. 예쁘구나.>

모자가 둘이 사는 궁 근처에는 괴담 같은 게 돌았다. 먼 남쪽에서 온 병신 같은 여자가 홀로 아들을 키운다더라. 실제로 아모르의 어머니를 만난 사람이 입술이 좌로 갈라져 끔찍하게 변형된 모습을 증언하면서 소문은 사실이 되었다.

'황제에게 버려진 여자.'

어머니를 칭하는 호칭은 아주 많았지만, 그가 기억하는 한 모두 같은 의미였다.

소년의 어머니를 잉태한 여자, 아모르의 외조모는 임신한 지 6주차가 되었을 때, 라베르초의 즙을 마셨다. 그것은 배 속의 태아를 떼어 내는 창녀들의 독이었다. 그의 조모는 아이를 원치 않았던 것이다. 하고 싶은 일이 너무 많았기 때문이었다.

그러나 외조모는 바람과는 달리 아이를 순산하였다. 태어난 아이는 입술이 인중에 달라붙은 것 말고는 아주 건강한 여자아이였다. 하지만 그 외모가 문제였다.

"내가 언청이를 낳다니!"

그길로 계집아이는 평생 뒷방에 갇혔고, 보는 것이라곤 버려진 후원에 아무렇게나 핀 작은 수풀과 들꽃 따위였다. 지식도, 상식도, 예의와 예법도 배울 기회가 없었기 때문에 자연히 사람의 말에 무뎌졌다.

그의 외가는 남쪽에서 가장 아름다운 신전을 가진 대지와 식물의 신 텔루스(tellus)의 땅. 이곳은 대신관 이에르바의 통치 아래 제국 최대

곡창지대이자 다채로운 꽃을 사시사철 언제나 볼 수 있는 풍요로운 땅이었다. 약 300년 전 대지를 다채롭게 하던 능력은 명맥이 끊겨 버렸지만, 잔재로도 여전히 명예를 거머쥔 땅이었다.

황제가 이 땅에 나타난 것은 이에르바의 자식이 열여덟 살이 될 무렵이었다.

"이 땅의 대신관을 불러오라."

거대한 병력과 막강한 능력을 갖춘 신관들과 나타난 제국의 주인은 이제는 이름만 남은 대신관에게 하나뿐인 여식을 요구했다.

텔루스 땅의 주인, 제125대 이에르바(hierba)는 황제에게 충성 서약을 한 귀족이며 이름뿐인 신관이었다. 그는 땅을 지키기 위해 고민조차 하지 않았다.

"기꺼이 영광스런 황제 폐하께 딸을 바치겠습니다."

위대한 주신과 그를 따라 강림한 하위 24신. 초대 황제와 주신의 계약에 따라 선택받은 자들이 신관이 되었다. 이 땅에서 오로지 신관만이 귀족이 될 수 있을 무렵부터 권력을 차지해 온 자들이었다.

그러나 이미 신의 힘을 잃고 풍요로운 땅마저 잃을까 무서웠던 이에르바는 부디 이 땅을 가져가지 말아 주십시오 빌면서, 주저하지 않고 언청이 딸을 내밀었다.

평생을 버려진 후원과 어둡고 축축한 방에서만 지냈던 여자는 하루아침에 고귀한 황비로서 황금으로 장식된 관을 쓰고 금 의자에 앉게 되었다.

처음 보는 거대한 궁에서 치러진 식은 짧고 거대하고 성대했다. 황제와 첫날밤을 보내고 발길이 끊어진 1년 뒤, 여자는 건강한 사내아이를 낳았다.

텔루스의 땅에는 이런 미신이 돌았었다. 태어난 아이가 최초의 신관을 닮으면 다정한 아이로 자라나 오래도록 행복할 것이라고.

"내 아이."

화창한 하늘을 뚝 잘라 내어 만든 것같이 희고 아름다운 하늘색 머리카락. 안개 낀 신록의 푸름을 그대로 눈동자에 버혀 만든 사내아이.

그의 모친은 이제는 신화 속으로 남은 텔루스 최초의 신관 '이에르바'를 닮은 아이를 보며 아이의 이름을 아모르 노테(amor norte)라 지었다.

* * *

어릴 적 사랑이 있었다.

다정한 어머니가 있었고, 많은 식물로 가득 찬 정원이 있었다.

4황비는 나고 자라기를 식물과 같이 자라 조용히 자리를 채우는 포근한 함박눈 같은 사람이었다.

<아가, 이것은 흙이란다. 식물을 풍요롭게 하는 것이지.>

그녀는 고귀한 여인이 되고서도 눈처럼 희고 고운 손으로 흙을 만지는 데 망설임이 없었다. 식물을 애지중지하는 마음은 아들인 아모르가 고스란히 이어받았다. 아모르는 어릴 적부터 흙발로 기고, 두 발을 딛기 시작하자 걷기를 즐기게 되었다.

푸릇한 새싹, 풀잎에 맺힌 이슬, 잎사귀 사이로 샌 햇살, 보드라운 길, 솔향. 아모르는 걸어 다닐 수 있게 되었을 무렵부터 어머니를 쫄래쫄래 쫓아다녔다.

<이것은 라플레시아, 이것은 부평초, 저것은 아카시아 나무, 그리고

저것은 작약.>

그런 그를 바라보다가 따뜻한 오후처럼 웃는 어머니는 어렴풋한 추억이었다.

병약하여 잦은 기침을 하면서도 즐거이 말하던 아모르는 사물의 이름 대신 꽃과 나무의 이름부터 기억한 소년이었고, 소맷자락에서 나는 이름 모를 풀꽃의 내음을 맛난 음식의 냄새보다 더욱 좋아한 소년이었다.

그날, 그 시절은 지극히 평온하고 평화로웠으며 온화한 세계였다.

모든 사람이 어머니를 꺼리기에 자연히 사람을 거의 보지 못했다. 세계는 어머니를 지지대 삼고 있었다. 그러나 세계는 어머니와 녹음으로 충만하였다.

4황비는 배움이 짧을지언정 싫은 소리 한번 하지 않았던 사람이었다. 아들에게 들려주던 단어들은 노래하듯이 아름다웠다. 어머니는 한 번도 아모르에게 사람을 사랑하라 가르치지 않았다. 숨 쉬듯 당연하게 알려 주었다. 식사를 함께하고, 아플 때 밤을 꼬박 새워 간호하며, 볕 좋은 날이면 활짝 웃으며 꼭 안아 주었다.

이런 자연스러운 교류가 그에게 사랑을 가르쳤다.

'포근하고 나긋하고 폭신하며 간지러운 것.'

이 포근한 존재를 따라 아모르도 점차 그녀를 닮아 갔다.

"아모르!"

그러나 어느 날 아모르가 고열로 아프며 다정하던 세상은 금이 가기 시작했다.

"정신 차리렴, 아가! 아가!"

쉴 새 없이 오른 열이 그를 괴롭혔다. 15일을 내내 앓았다. 여느 때와 같이 그저 환절기 감기려니 했던 4황비는 신관을 불렀다. 가끔 들르던 신관이 문지방이 닳듯이 방문했다. 어린 생명이 끝을 보지 않도록 최선을 다했다.

“아가…….”

그를 사랑하는 사람들이 마음 졸이던 이때, 아모르는 꿈속에서 홀로 커다란 숲을 헤매고 있었다.

“어머니? 어머니?”

안개가 낀 것같이 기묘하게 어두운 숲.

“어디 계세요…….”

먹구름 낀 하늘을 보며 그는 쉴 새 없이 출구를 찾아 헤맸다.

어머니를 얼른 보고 싶다. 가끔 마주한 어둠에 엉엉 울기도 하다가 미로 같은 숲에 질려 주저앉기도 했다. 한데 신기하게 지치지도 다리가 아프지도 않았다.

이 기묘한 숲을 꼬박 열이레 헤맸을 때였을까. 아모르는 숲의 가장 중앙에 도착했다. 이유를 알지 못했지만 아모르는 왠지 이곳이 숲을 지탱하는 중심이요, 심장 같다는 생각이 들었다.

걸음을 멈추자 그곳이 마치 아모르를 기다렸다는 듯이, 천천히 박동했다. 한 걸음. 두근. 두 걸음. 두근. 다시 세 걸음. 꼭 아홉 걸음을 걸어 아모르가 손을 디뎠다.

「안녕?」

흠칫 놀란 아모르가 뒷걸음질 쳤다.

“넌, 누구야?”

「나는 대지와 식물의 대리자.」

아주 포근하고, 안락한 그것이 말했다.

「나를 다정으로 피워 주세요.」

지독히 오래 굶은 것이 속삭였다.

「버리지 말아 주세요…….」

「나는 오래전 신에게서 떨어진 조각이랍니다. 살려 주세요.」

오랫동안 식물의 신관은 태어나지 않았고 조각은 버려졌다.

「진정 나를 사랑해 줄 수 있나요?」

아모르는 고개를 끄덕였다. 사랑을 몰랐지만 할 수 있을 것 같았다. 그렇게 외로운 신의 조각이 그를 만났다. 이것은 풍요로 피워 낸 미래를 보였다.

「함께하게 해 주세요.」

아모르가 다시 끄덕였다.

그러자 이것은 연꽃처럼 피어나 팔랑팔랑 껍질을 꽃잎처럼 펼쳤다. 조각의 줄기가 아모르의 심장을 파고들었고, 심장을 대신해 박동하기 시작하면서, 소년과 계약을 맺었다.

'아파!'

아모르는 고통으로 표정을 일그러트렸다.

'아파! 너무 아파!'

그만 어머니를 보고 싶다고 생각한 그 찰나, 돌연 그의 발밑에서 빛기둥이 솟아올랐다.

「다정한 사람.」

처음 들어보는 음률의 노래, 부드러운 흙 내음이 느껴지고 길이 펼쳐진다, 꽃향기. 포화처럼 만발한 잎사귀와 꽃잎과 마른 뿌리의 축제 속에서 개화된 숲이 아모르의 발밑에 무릎을 꿇었다.

발밑을 보자 영근 곡식과 과실이 있었다. 땅에서 나고 자란 모든 것들이 새로운 탄생을 찬미하며 고개를 조아린다. 만세, 만세, 환희에 가득한 목소리. 인간의 것이 아닌 목소리들은 동굴 안에서 울린 바람소리 같았고, 껍질이 따닥따닥 부딪히는 소리가 섞였으며, 마침내 환희의 술렁임이 되어서.

「당신이 행복할 때, 나도 함께 행복하게 해 주세요.」

아모르는 눈을 떴다.

세상이 그를 향해 속삭였다. 어서 와. 아모르는 꽃의 속삭임을 들었고 수줍은 나무의 인사를 들었고, 등나무 줄기와 손가락에 감긴 넝쿨이 사랑을 속삭였다. 우리는 마침내 사랑으로 충만한 너를 좋아해.

그리고 그는 텔루스(tellus)의 신관이 되었다.

훗날 아모르는 생각했다.

지독하게 외로워하던 신의 조각을 외면했다면, 신관이 되지 않았으며 행복하게 죽을 수 있지 않았을까 하고.

* * *

“텔루스의 신관이 나타났다고?”

황제가 벌떡 일어났다. 300년 동안 침묵하던 힘이 마침내 눈을 떴다. 오래전 사라졌던 힘, 300년 만에 나타난 힘은 네 번째 신의 이름이었다.

“그러합니다. 북쪽에 꽃이 피었습니다. 아울러 땅이 촉촉하고 나무는 때 이른 잎사귀를 피웠습니다.”

제국의 신은 숫자가 줄어갈수록 강력한 힘을 가진다. 사라졌던 네 번째 신 텔루스는 세상에 그 힘을 드러내며, 황궁의 모든 이들을 술렁이게 했다.

"대지가 일으킨 기적입니다."

소년은 모르는 사이 일어난 일. 아모르는 대리석에 꽃을 피우고 척박한 북쪽에 열매를 맺게 했다. 테렛 궁이 새하얀 외벽에 생명으로 피워 낸 무늬를 가지게 된 것도 이 무렵이었다.

식물들은 아모르가 생각하지 않아도 언제나 속삭였다. 무엇을 바라? 우리의 작고 어린 신관이 원하는 것. 그가 바라는 소망을 들어주자. 원치 않는 것으로부터 감싸고 희망을 보호하자.

그들은 아모르를 보듬고 둘러싸 주는 보호의 원이 되었고, 손을 뻗고, 다리를 뻗고 누워 그의 주변을 가득 메웠다. 아모르는 이 장난스럽고도 사랑스러운 것들을 다정하게 바라보다가 웃어 버리곤 했다. 새벽의 첫 종소리처럼 맑고 청량한 웃음소리였다.

"그래, 나에게 오렴."

그는 보잘것없는 자신을 사랑한 식물을 성심껏 사랑했다.

테렛 궁을 넘어, 서쪽의 궁을 넘어, 아주 먼 중앙 궁에도 꽃이 필 때까지 말이다.

그해 겨울은 풍요로웠다. 이 계절에 절대 피지 못하는 붉은 장미가 꽃을 피웠다. 아모르의 힘이 그만큼 강력하다는 반증이었다.

이윽고, 황제의 명이 떨어졌다.

"가져와라."

카스토르가 고개를 들어 미소했다. 그 순간부터, 어린 카스토르에게 피를 나눈 형제는 적이 되었다. 황제의 명을 따라 처단하겠다고 나선 길.

어린 아모르는 밤중에 화들짝 놀라 깨어났다. 식물이 비명을 지르고 있었다.

‘뭐, 뭐지? 뭐야? 왜 우는 거야?’

먼 동쪽에서부터 차츰차츰 좁혀 오는 침입자의 발걸음 소리가 들렸다. 그들은 포악했다. 식물들이 뽑히고 밟히고 죽어 가며 아모르에게 경고를 남겼다.

「도망쳐. 도망쳐. 우리의 작고 귀한 아이야, 도망쳐! 제발!」

일곱 살. 어린 아모르는 처절하고도 끔찍하리만치 고통스러운 비명을 들었다. 그는 처음으로 느낀 두려움 속에서 덜덜 떨며 우는 것 말고는 할 수 없었다.

‘하, 하지……. 하지 마!’

그가 보고 있는 것은 식물을 대신한 풍경이었다. 방금, 한 남자의 목이 베이고 눈알이 데구루루 떨어졌다. 아모르가 얼굴을 모르는 이였지만, 이 궁의 병사였다.

“안녕.”

카스토르가 테렛 궁의 시녀 파이테를 죽이며 말했다.

<저는 황자님이 제일 좋아요.>

그의 어머니를 무서워했으나 그를 아끼던 심성 고운 몰락 귀족 아가씨였다.

“네가, 4황자니?”

다시 한 번 썩둑. 오랫동안 그를 돌보며 성력을 아끼지 않던 늙은 신관이 죽었다.

<오래오래 건강하셔야 합니다. 허허, 늙은이의 바람이지요.>

비록 치유 능력은 약하지만, 언젠가 만병을 고칠 약을 만들겠다

다짐하던 이였다. 그래서 많은 이를 돕겠다던 선한 노인이었다.

'왜. 왜. 모두 더는 움직이지 않아? 유모. 파이테. 아인 경. 신관님?'

아모르는 거대한 공포 앞에서 처음으로 누군가를 해치고자 능력을 사용했다.

"피하십시오, 황태자 전하. 독입니다."

카스토르가 걸음을 멈췄다.

대지의 신관의 의지에 따라 온갖 독이 터지고, 발밑으로 독성 식물의 끈적끈적한 산성액이 쏟아진다. 지진이 일고 대지가 갈라지며 거대한 뿌리들이 검사의 손발을 묶고, 화살 같은 가시를 쏘았다. 아모르는 분투했다. 카스토르와 함께한 검사들이 차츰 발밑에 쓰러졌지만 적은 계속해서 몰려왔다.

무엇보다 가장자리에 서 있는 카스토르는 아주 고요하게 미소를 띠고서 없는 것처럼 올곧이 아모르를 보았다. 누구도 알려 주지 않았지만, 아모르는 저 절대적인 '사람' 앞에서 본능에 따라 제 힘이 통하지 않는 것을 알았다.

"……이름이 뭐야?"

마침내 그의 앞에 도달한 절대적인 존재가 아모르에게 물었다.

처참한 싸움 속에서 눈앞에 선 검은 머리카락의 소년은 아주 멀쩡해 보였다. 그를 멍하니 올려다보던 아모르는 뒤로 시선을 주었다. 피로 묻은 발자국. 웅덩이진 바닥 위로 식물의 시체와 인간의 시체가 산을 이루고 있었다.

"난 네 형이야. 이름을 알려 줘."

카스토르가 다시 물었다.

"아모르……."

소년이 덜덜 떨면서 뇌까렸다.

"좋은 이름이구나."

어린 아모르에게 카스토르의 존재는 세계에서 가장 높다는 루테나이스 산 같았다. 카스토르의 금색 눈이 무서웠다. 그 뒤로 도사리는 기운은 너무나 크고 가늠할 수 없어 두려웠다. 비유하자면 유적지나 신전이 가질 법한 장엄함. 쉽게 다가갈 수 없는 아름다움. 찌릿찌릿하게 뒷덜미가 조여 왔다.

태어나서 처음 까무러칠 것 같은 공포를 느낀 아모르는 팔로 제 몸을 끌어안고 사정없이 떨었다.

"지금 살아 있는 건 둘이구나."

이곳에 살아 있는 사람은 아모르와 그의 어머니뿐이었다.

잠시 뒤, 아모르는 어머니 품에 안겨 있었다.

"신관은, 신관은 저입니다! 제 아이가 아니라 저입니다 전하! 제가, 텔루스의 힘을 가졌습니다!"

평소 말하기를 즐기지 않는 어머니였다.

"제가 이렇게……! 힘을, 힘을 쓸 수 있어요!"

처절하게 소리를 높인 어머니가 아모르를 위해 능력을 사용했다. 평생 사용하지 않겠다 결심한 것을 깨 가면서. 4황비는 신관 후보였다.

"신관 후보……. 각성하지 못했으나 힘을 가진 자인가."

"그런 것 같군요."

4황비 아이시타이라는 자신이 어린 시절 부모에게 외면당한 존재라는 걸 깨달았다. 끝내 황제에게 팔려 가며 절대로 그들에게 도움이 되는 일은 하지 않겠다고 결심했다. 그러나 그렇게 손가락을 깨물어 다짐했던 맹세를 깼다.

"제가 잊힌 대지의 신관입니다!"

4황비가 신관의 힘을 보이자, 발에 마구 짓밟혔지만 살아 있는 식물이 온전치 못한 모양새로 꿈틀거렸다.

"……그렇다는데. 다 데려가?"

카스토르가 보지 않고 말했다.

"난 아무래도 좋은데. 살려도 좋고."

서슬 퍼런 눈을 하고서 아름답게 미소 짓는 그에게서는 피비린내가 났다. 침묵하던 흰 머리카락의 중년 남자가 나직하게 입을 열었다.

"둘은 필요 없다고 하셨습니다."

남자는 제국의 공작 유스난 오르베르 디볼로였다. 어깨 위에 흰 새를 얹은 남자는 카스토르의 결정을 기다렸다. 물론 결과는 정해져 있었다.

'빨리 돌아가고 싶군.'

노회한 얼굴엔 귀찮음과 지루함이 역력했다. 실제로 얼른 끝내고 돌아가고픈 생각뿐이었다.

"나 하고 싶은 게 있는데."

카스토르가 중얼거리기가 무섭게 유스난이 말했다.

"부디, 마지막에 자비를 베푸소서."

카스토르의 성정을 누구보다 잘 아는 유스난은 망설임 없이 검을 휘둘렀다.

"폐하께서는 황자 한 사람만 살려 두라 하셨습니다."

매우 잔혹한 황태자의 성정에 저 모자의 모습은 거슬릴 게 분명하다. 또한 변덕은 좋지 않다. 목숨을 가지고 노는 카스토르는 어린 신관에게 전혀 바람직하지 않은 영향을 미칠 것이라고 판단했다.

유스난은 그가 생각하기에 가장 이상적인 선택을 했다. 그리하여, 모자의 비극은 눈앞에 선 이들이 신관 후보의 미미한 힘 따위에 현혹될 자들이 아니었다는 것이었다.

"어머니!"

무너지는 몸을 받기엔 너무 작고 어린 몸뚱이가 여자의 몸 위로 쓰러졌다.

"아모르……."

아모르는 덜덜 떠는 손으로 눈꺼풀을 문질렀다.

"살 거라……."

"어, 어머니!"

4황비가 힘없이 웃으며 속삭였다.

"부디……사랑(amor) 속에서…… 자유로운 북쪽(norte)으로…… 살아가길…… 내 아가……."

그러나 유언은 짧았고 침묵은 길었다.

창백한 뺨 위로 소년의 눈물이 뚝뚝 떨어졌다.

"어마마마, 눈 좀 떠 보세요. 어마마마!"

당신의 아모르가 울고 있어요. 어마마마! 고사리 같은 손의 간지럽힘에도 여자는 눈을 뜨지 않았다. 어머니가 차갑고 서늘한 사람들 앞에서 눈을 감았다. 그들의 칼에 꿰뚫린 채로.

유스난은 무너지는 아모르를 잡아 억지로 들어 올리며 생각했다.

'망가지면 안 되지.'

어떻게 얻은 보물인데. 어찌 망쳐 놓는단 말인가.

그의 어머니를 죽인 자가 말했다.

"4황자님께서는 이제 테렛 궁에서 한 걸음도 벗어날 수 없으십니다."

유스난이 고개를 슬쩍 돌렸다. 카스토르가 이상했다. 보통 때라면 바로 4황비의 목을 쳐야 했을 그가 오늘따라 달랐던 것이다.

하지만 가끔 카스토르는 황제가 무슨 생각을 하는지, 무엇을 원하는지 짐작하면서도 굳이 황제의 뜻에 반하는 짓을 저질렀다. 오늘 유스난이 이곳에 동행한 것은 언제 변할지 모를 카스토르의 변덕 때문이었다.

"선택하십시오."

아모르의 앞으로 작은 향낭이 던져졌다. 아모르는 마치 거지에게 적선하듯 던져진 주머니를 바라봤다. 이 순간 본능에 따른 감각이 위험을 알렸다.

「주신의 저주를 받은 독이야.」

식물이 속삭였다.

「너로서도 해독하지 못해.」

"먹고 살거나. 먹지 않고 죽거나."

천천히 고개를 든 아모르가 입을 열었다.

"그거 말고, 어머니가, 어머니가 차가워요……."

아모르가 울먹이며 말했다. 온통 까만 것처럼 물든 시야에 이상하게 선명하리만치 붉은 것이 있었다. 붉은 피. 어머니가 죽었다. 비상식적인 거대한 힘에 심장이 꿰뚫려서 비명 지를 틈도 없이 말이다.

"어, 어머니에게 신관을 불러 주세요."

후두둑, 아모르가 떨어지는 피를 받아 냈다. 아직 굳지 않은 피는 흐르지 않고 바닥에 고여 있었다. 아아, 어째서.

'아니야. 죽지 않았어. 아니야!'

아모르는 이제 움직이지 않는 어머니를 보다가 천천히 고개를 들어

유스난을 바라보았다. 그의 눈동자가 데굴데굴 굴러 피가 묻은 검으로 떨어진다. 왜? 왜? 왜? 그는 죽음을 알기엔 너무 어렸다. 그럼에도 더는 살아 숨 쉬지 않는다는 사실은 거친 궤적으로 새겨진다.

다음 순간, 검은 구두가 하늘 위로 보였다. 목이 거꾸로 처박혔다. 아모르는 쿵 이마를 바닥에 찧었다. 흔들리는 시야로 눈처럼 새하얀 머리카락이 보였다. 그리고 입으로 욱여넣어지는 것. 컥, 기침과 함께 목구멍으로 검은 씨앗이 들어가 뜨겁게 피어나는 열감을 느낀다.

"진즉에 드시지 그러셨습니까."

괴로움에 몸부림치던 아모르가 눈물을 쏟아 내며 비명을 질렀다. 마침내 고개를 들었을 때, 만족스럽게 웃는 흰 머리칼의 신관과 움직이지 않는 시체들이 있었다. 그리고 그곳에 풍경처럼 서 있는 검은 머리카락을 가진 소년.

카스토르와 시선을 마주쳤다.

"아모르."

입술을 끌어 올린 그가 황홀하리만치 아름다운 미소를 지었다.

"내 동생."

선명하면서 아득하다가, 점점 가물어 가는 시야. 이 속에서도 아모르는 원망을 몰랐다. 울음에서 터져 나오는 이것의 이름을 몰랐다.

"살고 싶니?"

아모르는 울면서 끄덕였다. 비릿한 향이 코를 찌르고, 진득한 것이 웅덩이져 맴도는 곳에서 어둠 속에 녹아든 그 모습이 잘 어울린다고 생각했다. 아모르는 물속인 것처럼 흠뻑 숨을 들이켰다.

"그럼 이 아름다운 궁을."

영원히 잊지 못할 말이 새겨졌다.

"네게 선물할게."

어느 화창한 날, 한 세계가 부서졌다.

분수처럼 솟구친 피가 흩날리고 꽃처럼 흩뿌려지며 행복은 산산조각 났다. 어느 날 꿈 속, 어머니가 죽는 순간에 아모르는 의미 없는 말을 지껄였다.

……아프지 않게 가셔서 다행이에요.

* * *

아모르는 쭉 성장했다.

그는 적극적으로 힘을 사용하기 시작했고 이는 그의 의지가 아니었다.

'오늘도 독인가.'

그는 황제와 중앙 궁의 도구가 되어 누군가를 죽이거나 죽이는 독을 만들었다. 또한 시키는 대로 식물을 통해 비밀을 엿듣고 앵무새처럼 되풀이하며 시간을 보냈다.

순종과 굴종, 복종만이 지배하는 소년의 세계에서 아모르는 더는 예전의 아모르가 아니었다.

미소를 지어 본 것이 언제던가. 그저 하루하루 연명하는 것이 전부였다. 오늘을 견뎌 낼 뿐이다. 그에게 내일이란 너무나 절실한 것이면서 또 아무 의미가 없는 것이었다.

식물은 죽어 가는 그를 보면서 꺼이꺼이 울었다. 마음이 죽어 버린 소년은 함께 울지 않았다. 명령받은 것을 기계적으로 반복하면서, 그가 만든 것이 누구를 죽일지도 몰랐다. 알고 싶지 않았다.

권력자들의 끝없는 탐욕 속에서 순수했던 소년의 영혼이 시들어 갔으나 세상 그 누구도 그것에 관심을 갖지 않았다. 이미 그를 아끼고 다정했던 사람들은 모조리 죽어 버렸으니까.

매일이 괴로웠던 건 아니다. 때로는 아주 아름답기도 했다. 꽃이 활짝 피거나, 바람결에 솔내음이 묻어오거나, 예전으로 돌아간 정원이라거나. 그들은 추억을 되새기게 했다.

<황자님께서는 이제 테렛 궁에서 한 걸음도 벗어날 수 없으십니다.>

그러나 향수를 불러일으킨 것들은 대개의 경우 찰나처럼 지나갔다. 뒤로 끝없는 고통과 대상 없는 원망이 치밀어 올랐다.

<평생 그곳에 살게 되실 겁니다. 죽을 때까지.>

그들은 소년을 기만과 위선으로 둘러싸인 성에 가두고, 움직이지 못하게 만들어 버렸다.

"콜록콜록! 욱!"

어려서 병치레가 잦았던 몸이었지만, 이제는 산책마저 못 하는 몸이 되었으며, 이슬이 굴러가는 정원을 좋아하던 그는 침대에서 겨우 일어나는 것 말고는 아무것도 하지 못하게 됐다. 황제가 먹이는 독 때문이었다.

"황자님, 창문에 그렇게 붙어 서 계시면 감기에 걸리고 말아요."

문틀을 겨우 잡고 서 있던 아모르가 고개를 돌린다. 건조한 시선으로 언제부터 있었는지 모를 하녀를 노려보았다.

두 달 전부터인가, 그를 암살하려던 배후 세력이 알려지며 또 한 번 물갈이가 있었다. 배정된 하녀들 중에 새로 들어온 하녀였던가.

"정찬은 들지 않으시나요?"

유독 그에게 집요하게 말을 걸어오는 여자였다. 아모르가 신경질적으로 머리를 쓸어 올리며 등을 기댔다.

"필요 없어."

"……."

"뭐야, 용건 있어?"

바람이 살랑살랑 불며 그의 하늘빛 머리카락이 고운 실처럼 흔들리고 있었다. 아모르는 할 말을 마치고도 나가지 않는 하녀를 쳐다보다가 관자놀이를 꾹 내리눌렀다.

지끈지끈. 요즘 따라 해독약에 무슨 문제라도 생긴 건지 강한 두통을 느꼈다. ……어쩌면, 죽음이 멀지 않은 걸지도 모르겠다.

죽는 것은 아주 간단했다.

'형님이 약을 하루라도 가져오지 않으면 되니까.'

그는 상념을 거둬 내고 비틀대며 침대로 걸어갔다. 기우뚱, 걷는 모양새가 제법 위태롭다 싶더니, 그만 휘청하며 몸이 기울었다. 바닥에 부딪혀 아플 줄 알았던 몸은 말끔한 모양 그대로였다. 포근한 것에 둘러싸여 있었다.

아모르는 자신을 부축한 하녀를 올려다보았다.

"괜찮으신가요?"

키가 커 한참 위에 있는 얼굴. 그는 처음으로 자신의 나이를 더듬어 보았다. 열…… 넷이던가. 하녀는 스물 중반. 심드렁하게 중얼거리다 홱 하녀의 팔을 밀어 버렸다.

"나가."

그 뒤로도 쉴 틈도 없이 찾아온 하녀는 아모르로 하여금 짜증과 함께 일도 안 하는 건가 근무 상태를 의심하게 했다.

황자님! 아침은 드셨어요? 점심은 드셨어요? 저녁에 나온 커리가 아주 싱싱해요! 오늘은 날이 맑아요. 플레시아 꽃이 피었어요! 비가 오는 날에는 카모마일 차를 마셔 주어야 한답니다.

정말 지독하게 말이 많고, 귀찮고, 짜증밖에 나지 않는 여자였다.

그러나 단 한 가지만은 그에게 아련한 것을 남겼다. 이제는 아주 먼 옛일이 된 것들. 간간이 들려오는 이야기, 그리고 소매에 묻어오는 들꽃 내음.

그리고 다시 한 달이 흐르고 난 무렵이었다.

아모르는 알았다. 하녀의 목소리는 마치 노래하는 것 같은 미성이라는 걸.

'어머니가 그러했지.'

아주 결 좋은 갈색 머리카락을 가졌고 만지면 부드럽다는 것. 고동색 눈은 막 새로 돋은 나무껍질의 색이라는 것도. 또 의외로 일에 서툴러서 손과 손등에 상처를 늘 달고 다니는 것도.

어느새 아모르는 수많은 하녀 중에서 그녀를 구분할 수 있게 되었다. 루시. 중얼거려 본다. 왜일까 포근함이 느껴진다고 생각하면서. 그는 자신의 이름을 한번 불러 보았다. 불린 것도 부르는 것도 먼 일인 이름을.

"황자님께서 이름을 불릴 일이 없다고요? 왜 없어요."

"부를 만한 사람이 남아 있지 않으니까."

"아뇨. 왜 없냐고요. 여기 있는데?"

비 개인 어느 오후, 햇살처럼 싱그러운 낯에 고동색 머리를 묶어 올린 여자가 웃었다.

"언젠가 제가 불러 드릴게요."

루시가 풍경 소리같이 아주 예쁜 단어들로, 아주 즐거운 어조로 대꾸했다.

"황자님은 참 다정한 이름을 가지셨어요."

그렇게 오랫동안 가뭄이었던 땅이 비구름을 머금었고, 황량한 사막 같던 세상에 단비가 내렸다. 차차 갈증을 해소하듯 아모르는 그녀를 품었다.

오래전 어머니를 떠올리게 하는 여자. 그녀는 새로운 가족이 되었다. 이 때문에 때로는 아주 가끔이지만 과거의 꿈을 꾸기도 했다. 어머니와 행복했던 꿈을. 지금의 기억이 자라면 그때처럼 행복한 기억이 될지도 모른다. 소중히, 아주 소중히 여기자.

어린 아모르에게는 온전히 믿을 만한 사람이 남지 않았다. 힘이 나타난 것과 동시에 차례로 죽어 버렸으니까.

어머니, 키워 준 유모, 외가에서 함께 온 검사. 죽어간 이들을 차례차례 떠올리다 보면 가슴이 쓰렸다.

그럴 때면 세상에 막 찾아온 단비. 루시의 품에 안겨서 언젠지 모를 어머니와의 산책을 추억한다.

꿈속에서 다정한 사람이 하나씩 웃으며 사라지고 마침내 마지막으로 남게 된 하녀가 눈물 많고 다정한 소년을 위로했다. 소년은 그녀를 믿었다.

—영원하다 믿었던 순간이었다.

"……당신은 사람을 기억하지 못한다고 했죠."

어둠 속에서 여인이 중얼거렸다. 아모르의 푸릇한 싹은 남김없이 뿌리 뽑혀 짓밟혔다.

"그, 그만해."

물러서려는 아모르의 팔목을 잡아챈 루시가 강제적으로 그림을 내밀었다.

"당신이, 죽인 남자는 내 아버지였답니다. 선량하고, 제국민밖에 모르던 집행관!"

"이, 이거 놔. 루시!"

신형이 힘없이 무너지며, 이지러진 시야로 높이 있는 얼굴이 보였다. 악귀처럼 일그러진 얼굴, 칼을 잡고 제 위에 올라탄 여자. 뚝뚝, 굵은 방울이 얼굴로 툭 떨어졌다.

"당신의 독이 내 아버지와, 어머니와, 내 동생을 죽였어……."

그에게 몇 명을 죽였냐고 묻는다면 모른다고 대답할 것이다. 누구를 죽였냐 하면 또 모른다고 대답하겠지. 누가, 얼마나, 어디서, 어떻게 죽든. 그와는 상관없는 일이었으니까.

그는 시키는 대로 했을 뿐이고, 그들은 아모르에게 생명을 담보로 죽음을 요구했을 뿐이다.

죽고 싶지 않았다. 이게 뭐가 나쁜데? 살고 싶었고. 살아야만 했으며 살아서, 언젠가는…….

언젠가는 뭘 하려고 했더라?

<우리, 소풍 가요!>

기억한 순간 눈물이 왈칵 솟았다.

"당신을 증오해."

추억이 부서진다. 잘게 부서진 추억은 칼날이 되어 심장에 파편처럼 박혀 버렸다. 모든 순간 사랑했다. 누군가로 잃었고, 마침내 잃었던 사랑을 다시 얻었고. 또 지금 다시 버려졌다.

"배신당한 기분이 어때요?"

루시가 눈물 젖은 미소를 지었다.

"……당신도 나처럼 울다가 죽었으면 좋겠어."

그리고 어머니를 닮은 여자. 그가 사랑했던 또 다른 가족은 소년이 먹은 모든 것에 독을 탔음을 털어놓았다.

「독이 있어요. 먹지 마세요.」

그는 알면서도 식물이 경고하는 감각을 무시했다. 그러나 기대는 무참히 배신당하고 마침내 추억은 부서졌다.

"끕, 이…… 러지 마, 루시."

칼은 이미 목젖 앞까지 다가왔고 그는 살고자 잡고 있었던 손을 내렸다.

"잘 가요. 황자님."

막 검이 살갗을 파고들려는 찰나, 힘없이 무너져 내리는 형상. 여자가 피를 토해 낸다.

"……루시?"

가슴 밖으로 삐죽 나온 뾰족한 칼.

피를 뿌린 것은 카스토르였다.

"안녕. 아모르."

하녀를 죽이고 테렛 궁의 모든 시종을 손수 죽여 버린 그의 형이 비릿하게 웃었다.

"배신당한 밤이구나."

카스토르가 내민 향낭. 손가락에 대롱대롱 매달린 것은 소년이 먹어야 할 약이었다.

"참 덧없다. 그렇지. 그러니 아무도 믿지 마."

피를 잔뜩 묻힌 손으로 작은 아모르를 들어 올리고, 그는 참으로 부서지기 쉬운 것들에 대해서 속삭였다.

"네 잘못은 이 여자를 믿었다는 것이야."

새하얀 이불보에 둘러싸여 덜덜 떨던 아모르에게 언어가 뿌리를 이루는 법전처럼 골수까지 새겨졌다.

<아무도 믿지 마.>

다정하고도 매혹적인 속삭임. 혼돈에 휩싸인 그의 세상은 카스토르의 한마디로써 다시 구축되었다.

파르르. 눈꺼풀을 떨었다. 그는 그대로 천천히 눈을 감았다가 다시 떴다. 짙고 침울한 녹색 눈동자가 카스토르를 담았다.

"예."

그래, 믿는다는 것은, 참으로 덧없는 것이구나.

샐쭉 웃는 잔뜩 비틀린 미소는 비쩍 마른 얼굴과 어우러져 괴괴해 보였다.

* * *

상념은 길지 않았다. 그의 생은 반추하기엔 너무 짧았으므로. 다시 말해 짧은 생 내내 무수한 고통을 반복했다는 이야기도 되겠지만 이미 무뎌진 감각 속에서 그것은 아무런 의미를 가지지 못하고 사라졌다.

아모르는 남들보다 일찍 어른이 되었다.

언젠가는 다정했고, 온화했고, 순수하던 소년으로 세상을 아름답게 보던 때도 있었지만, 그 짧던 시간이 언제인지 기억나지 않았다.

어느 날인가, 카스토르는 아모르를 검은 방에 데려갔다. 그곳에서 자신이 만든 독으로 사람이 죽는 것을 지켜보게 했다.

처음엔 몸서리쳤다가 두 번째 울었다가 세 번째 비명을 질렀다가, 네 번째, 다섯 번째…… 세는 것을 잊을 만큼 숫자가 넘어가자 덤덤해진 자신이 있었다. 카스토르는 전부 그런 것이라고 했다. 덧없는 것이라고.

그래. 돌이켜 보면 큰일은 아닐지도 모른다. 사람은 언제나 죽고 또 죽고 그리고 쉽게 죽지 않던가.

아모르의 독에는 선악이 없었다. 그저 마시는 자를 죽음에 이르게 할 뿐이었다. 아모르는 그것이 못내 서글펐다. 한때, 사랑해 마지않았던 소중한 것들이 죽고 선량한 누군가를 죽이게 된 것이.

이 슬픔이야말로 그에게 마지막으로 남겨진 것일지도 몰랐다. 이것마저 사라진다면 껍데기만 남게 되는 거야. 가슴 속의 작은 파편이 속삭였다.

"황자님."

공기마저 눅눅한 새벽. 고요한 방 안에서, 맑고 고운 미성이 들려왔다. 고개를 돌린 곳에 흰 새가 있었다. 아모르는 책을 덮고 새를 물끄러미 바라보았다.

"황녀님이 찾아오신 것을 보았습니다."

그는 대꾸하지 않았다.

"놀라운 일인 한편, 당신답지 않으십니다."

창틀에 앉은 흰 새는 마치 사람처럼 대꾸하면서 후드득, 날갯짓했다.

"헤르난."

자욱이 깔린 어둠 속에서 광구의 붉은 빛을 따라 그림자가 춤을 추었다. 빛은 붉고 어둡게 흔들리고 있었다. 날아오른 새가 아모르의 다리 위로 자리 잡고 앉았다. 아름다운 푸른 깃을 가진 새였다.

"어째서 황녀님을 무시하고 그냥 죽지 않았습니까?"

새가 조심스럽게 물었다.

아모르는 자신을 관찰하는 듯 빤히 바라보는 짐승의 눈을 바라보았다. 이내 조금 전까지 그의 머릿속이며 심장이며 마구 엉망으로 만들고 가 버린 작은 소녀를 떠올렸다.

"……글쎄."

고개를 돌려 아직 붉은 카펫을 쳐다본다. 깨진 찻잔의 조각. 거짓말이 아니라는 듯 검게 물들어 있었다.

<제발, 살아 주세요.>

이름만 어렴풋이 아는 황녀의 사자가 들어온다는 소릴 들었을 때, 뭔가 재밌는 일이 일어나지 않을까 하고 들어오게 하였지만 큰 기대를 걸지는 아니하였다. 그저 언제나의 무료함이 부른 작은 변덕이었다. 그리고…….

그 후 일어난 상황은 상상도 못 했던 것이었다.

<너는 왜, 나를 그렇게 잘 아는 거지?>

우연한 한 번이 두 번, 그리고 조금 전까지 세 번이 되며, 첩첩이 쌓인 놀라움과 의문이 남았다. 전부 아모르로선 영문을 모르는 것에 가까웠다.

<제가 대신 마시면, 믿어 주실 건가요?>

소녀의 절절함을 떠올리다가. 기억 속 소녀에게 네가 어떻게 그것을 아느냐고 울먹이는 그녀에게 묻다가……. 생각해 보아도 답이 나오지 않는 질문이었다.

오래전부터 그의 비밀을 아는 자들은 빠짐없이 죽었다. 수단은 아주 많았다. 아모르의 독이 되기도 했다가 카스토르의 검이 되기도 했다. 그리고 아모르는 무엇이 됐든 최후의 방법을 택하기 전, 헤르난이 수습을 시도한다는 걸 알았다. 그가 막은 횟수는 무수히 많았다.

"본디 계획은 당신이 독을 마시고 몸을 숨기면 제가 죽은 당신을 대신해 배후를 알아내는 것 아니었습니까. 저는 지금 이 상황이 벌어진 이유를 묻고 싶습니다."

새가 차분한 목소리로 재깔인다. 그것은 아주 부드럽고 아름다운 음성이었다.

"얼마 전, 당신을 암살하려는 시도가 있었지요. 배후는 잘 아실 거라 생각합니다."

"알지."

"당신을 증오하는 지혜의 대신전 이스루스 집정관이 권력의 주축이 된 지금. 누구보다 위험한 건 당신이고, 전보다 몸이 더 약해지신 지금 솔직히 걱정됩니다. 왜 그러셨습니까?"

아모르는 대꾸 대신 새를 바라보았다. 아모르가 독과 약에 능하다는 걸 아는 이는 아주 극소수였다. 황제와 황태자, 헤르난과 죽은 그의 아버지 외에는 없다. 이 때문에 이 계획을 세울 수 있었다.

"분명 황녀님의 방문에 놀라긴 했습니다만, 당장 당신의 생명이 위험할진대 나타난 적의 꼬리와 이를 붙잡는 것보다 더 중한 일이 있었습니까?"

"글쎄."

아모르가 심드렁히 대꾸했다. 푸른빛이 도는 머리칼이 고개를 따라 뺨을 덮었다가 손가락 사이로 곱게 흘러내렸다. 그는 흰빛이 도는 머리카락을 바라보다가 천천히 중얼거렸다.

"이제 와서 독이 마시기 싫었다거나."

"진짜 죽는 게 아니잖습니까."

머리칼을 헤집던 아모르가 미소 지었다. 그는 새를 밑으로 내려놓고 다리를 감싸며 고개를 기댔다.

'사실 나도 잘 모르겠으니까.'

아모르의 표정은 아주 오묘했다. 사실 당장 그는 휘감은 이유 모를 감정과 스스로 가늠할 수 없는 기분 같은 것에 사로잡혀 있었다.

"진짜 죽는 게 아니더라도."

"……."

"죽기 싫었나 보지."

흘러내린 머리카락은 꼭 부서진 달빛의 파편 같았다. 아모르의 중얼거림을 들었던 새가 날개를 한번 파드득, 흔들었다.

"알겠습니다."

새가 고개를 기울이며 나긋하고 차분하게 지껄였다.

"당신의 뜻이 그러하다면, 분명 이유가 있다 믿겠습니다."

아모르는 잠깐, 헤르난에게 남은 한 톨의 다정함이 사라지지 않길 빌었다. 그리고 쓰게 웃었다.

'누가 누굴 걱정하는 건지 모를 일이군.'

이때, 퀘에엑! 새가 비명을 질렀다. 물러나려던 새가 날갯짓을 하다 말고 푸드득 몸서리친다. 아모르가 놀란 듯이 새를 돌아봤다. 바닥으로 떨어진 새는 깃털을 가다듬더니 아모르의 눈앞으로 내려와 느긋하게 뇌까렸다.

"내 생각은 달라. 아모르."

쿵, 심장이 내려앉았다.

"……형님?"

조금 전까지 하늘빛을 띠던 새의 눈동자가 어느새 어둠 속에서 금빛을 내고 있었다.

"그래."

금을 녹여 만든 듯 찬란한 금빛 눈동자. 아모르가 아는 한, 황제와 황태자 단 두 사람밖에 지니지 못한 것이었다.

"날 까맣게 잊은 모양이기에 그냥 갈까 했는데, 그건 아니었나 봐?"

책으로 꽉 차 있는 책장 중 하나가 스르륵 열리며 카스토르가 사뿐히 내려섰다. 그는 제 옷깃을 툭툭 털면서 걸어왔는데, 편안한 재질의 천을 대충 휘감듯이 걸치고서 단추를 거의 풀거나 잠그다가 만 차림새였다. 그러나 그럼에도 걸음 모양새가 몹시도 우아했다.

"대단히 재밌는 일이 일어났어. 그렇지 않니?"

검은 머리를 가진 그가 유쾌한 음성으로 말했다.

"……모두 보셨습니까?"

"그럼. 아모르. 그리고 난 다른 것도 알고 있단다."

카스토르가 얇게 눈을 휘었다.

"아니. 눈치챈 것에 가깝나."

그는 아실리보다도 먼저 이 방을 찾은 손님이었다. 아모르에게 오늘 분의 '약'을 전달하러 왔던 카스토르는 갑자기 찾아온 손님의 소식에 잠시 자리를 옮겨 옆방에 몸을 담고 있었다.

서쪽 궁에 사는 황녀가 아모르를 찾아오다니? 그는 흥미로워하면서 기다렸다. 할 일이 아주 많았지만 덮어 놓고서 재밌는 일이 일어날 법한 느낌이 들었다.

그리고 예상이 맞았을 때, 그는 미소 지었다.

몹시도 즐거웠다. 고생해서 얻는 것도 좋지만 가끔 이렇게 생각지도 않게 얻은 것이 노력해서 얻는 것보다 더 흥미로웠다. 카스토르가 사근사근하게 웃었다.

"아아."

그의 고개가 모로 기울었다. 칠흑 같은 밤을 베어 만든 것같이 새카만 머리카락, 인간의 것이라 하기엔 매우 이질적인 금색 눈동자. 그믐밤 같은 머리카락이 눈꺼풀을 스치며 살랑인다.

카스토르는 무수히 많은 선택지를 떠올렸다가 다시 지워 버렸다.

"어쩔까나."

나지막하게 끊고서 사라진 목소리는 낮고 권태로웠으며 듣기 좋은 울림이었다. 아모르는 짤막한 마디에서 희미한 감정을 읽어 낸다. 어딘가 장난스러웠다.

카스토르는 비록 절세는 아니나, 인간을 홀려 잡아먹는다는 요괴를 눈 속에 담아 놓은 듯이 홀릴 듯 아름다운 매력을 지녔다. 그가 눈을 휘면 성별과 노소를 불문하고 그에게 홀려 정신을 차리지 못했다.

아모르가 그에게서 눈을 떼어 낸다.

아모르는 커다란 그림자를 보며, 오래전 기억의 파편들을 떠올린다. 돌이켜 보건대 그의 형은 처음 만날 때부터 그랬다. 모두를 죽일 때도 웃었다. 어머니, 유모, 검사, 그리고…… 루시.

"아모르. 아는 것과 모르는 것. 내가 무엇을 선택하면 좋을까."

낮고 동굴처럼 웅웅 울리는 목소리는 더없이 매혹적이었다. 그러나 저런 목소리일 때 카스토르는 언제나 누군가를 죽였다. 아모르의 눈꺼풀이 살짝 떨렸다.

그대로 카스토르의 금안이 천천히 감겼다 다시 뜨였다.

"한번 죽여 볼까?"

천천히 고개를 든 아모르는 어린 소년이 되어 그를 응시했다. 일곱 살 자신의 세상이 무너지고, 형님과 자신을 이어 놓은 그것. 독에서 벗어날 수도 없고 끊어 놓지도 못한 채, 오늘까지 왔다. 이 중독된 삶 속에서 질기게도 목숨을 이었다.

어둠에 파 먹혀 곳곳이 썩어 들어가고 이미 문드러져 버린 자신을 보며, 어느 날은 이대로 죽고 싶다고 생각했다. 그러나 새벽녘 이슬처럼 포근한 바람처럼 작고 다정한 것들이 보일 때면 살고 싶었다.

이 순간 아모르는 막 떠올린 생각이 아주 부질없음을 알았다.

가슴이 울렁거렸다.

'나는 아주 많이 잃었고, 또 잃을 것이고, 앞으로도 잃을 것이다.'

끝은 아마도 생명이겠지.

따라서 무언가를 바라는 것도 소망도 그에게는 가치 없는 것인데.

'이상해……. 그런데도…….'

술렁임이 쉬이 가라앉지 않았다.

가슴 속 너덜너덜해진 어린 소년이 10년 전처럼, 이 또한 시간이 지나면 지나갈 거야. 중얼거렸다. 그가 파르르 떨던 눈꺼풀을 감았다.

<오라버니, 함께 살아요. 함께 행복해져요.>

잠시, 혹했던 건. 답지 않은 짓을 하려 했던 건 전부 그가 약하기 때문이다. 나는 그저 시키는 것만 하면 돼. 어린 아모르가 속삭였다.

"언제나처럼. 형님의 뜻대로."

맹랑하게 거래를 지껄이던 잔상을 깔끔하게 지워 버렸다.

* * *

텔루스의 조각은 아모르에게 원했다. 모든 가여운 것을 서글피 여기며 다정한 세상 속에서 자라 달라고.

소년의 어머니는 말했다. 사랑(amor), 가장 자유로운 북쪽으로 나아가라고.

그러나 그는 궁에 갇힌 채 언제까지나 새장 속에 갇힌 새였고, 평생 벗어나지 못할 것이다.

무자비하고 폭력적인 상황에서도 무럭무럭 자라났다. 그러나 한때 다정했던 어린 모습을 영영 잃은 채로 지금의 그가 되었다. 까칠하고, 예민하며, 믿음과 신념을 잃어버린 그가 되었다. 하녀는, 형제들은, 세상은 그렇게 알고 있었다.

진실은 아모르 자신밖에 모르는 채로.

아모르에게 카스토르는 결코 훼손될 수 없는 존재였으며, 미치지 않는 저편에 있는 절대자였다. 그의 생명을 쥐고 흔드는 자를 어찌 헤아릴까. 어찌 가늠할까. 죽여도 죽을 것 같지 않은 엄숙함 앞에서 미움도 증오도 산산이 흩어졌다.

<살고 싶잖아요.>

의심과 의문이 팽배한 그의 마음에는 더는 작고 반짝이는 것들이 들어갈 자리가 없다.

앞으로도. 언제나처럼 순종하자. 형님은 언제나 옳았으니까. 이번에도 옳겠지.

그러나. 하지만. 그럼에도.

눈꺼풀이 다시 뜨였을 때, 일렁거리던 녹색 눈동자 대신 얼어붙은 숲처럼 차가운 눈빛이 대신했다.

"……네가 살기를 바라는 건 아니야."

그리고 그는 펜을 들었다. 날이 밝고 그는 서기관에게 은밀하게 서신을 건넸다.

"이걸 황녀에게 전달해."

* * *

「소녀가 살아남았어요.」

마침내 풀잎이 속삭이며 있었던 모든 이야기를 풀어놓았을 때, 아모르는 제 얼굴이 웃지도 울지도 못한 얼굴이리라 생각했다.

5. 각자의 사정

가끔 생각건대, 운이 좋지 않은 날은 꼭 날씨가 화창한 것 같다.

"그래서 화창한 날이 싫은 건가."

손에 쥔 서류를 의미 없이 훑으며 고개를 돌렸다.

수십 번 되풀이되는 시간으로부터 탈출한 지 3개월이 지났다. 시간이 어찌나 빠른지 나는 새로운 직장과 동료들에게 놀랍도록 빠르게 적응하여 새로운 곳의 시녀 겸 심부름꾼이 되었다. 과연 직장이라고 불러도 맞을지 모르겠지만.

3개월 전 나를 데리러 온 사람의 손에 이끌려 간 곳은 제국의 제4행정청 솔레토리움이었다. 일한 지 얼마 되지 안 됐을 때 깨닫게 된 건 내 위치가 상당히 애매하다는 점이었다.

<심부름꾼이라고? 여자애가?>

하녀와 시녀의 업무가 엄격하게 구분된 이곳에서 시녀이자 심부름꾼이라는 건 귀족이면서 평민이라는 말처럼 모순임을 알았다.

처음 이곳에 발령받았을 때, 뒤늦게 플뢰온과 데인 그리고 웬일인지 레이 경까지 나서서 거세게 기함한 것은 이런 이유였다. 이걸 둘째치고라도 앞으로 황태자 곁에서 일하며 온종일 붙어 있을 생각에 얼마나 큰 스트레스를 받았는지 모른다. 겨우 죽을 고비를 넘겼건만 또다시 생지옥이라니.

그러나 첫 출근을 하고 보니 내 직속상관은 카스토르가 아닌 다른 사람이었다. 그리고 내가 황태자궁이 아닌, 황태자와는 관련 없는 행정청으로 발령받았다는 사실에 놀랐다.

제4 행정청 아벤티누스 솔레토리움. 나는 이곳의 가장 높은 직위인 '조영관' 밑에서 접객과 잔심부름을 하는 일을 받았다. 차마 황녀에게 하녀의 직위는 내릴 수 없었는지 나는 시녀로서 일을 하는 것이나 다름없었다.

'그나저나 4행정청이라니.'

조영관은 4행정청의 가장 높은 직위였다. 전생으로 말하자면 국토부 장관의 위치쯤 되는 것 같다.

나는 정체를 숨기고 시녀로 일하는 중이었다.

일을 시작하고 나서도 그들 나름의 배려인지, 나이를 감안했는지 나는 가만히 앉아 있는 일이 잦았다. 이건 꼭 장식용 인형이 된 기분을 느끼게 했다.

3개월이 지난 지금 나는 한 살 더 나이를 먹었다.

"환생해서도 출근이라니 멋지네."

기지개를 켜며 창문을 바라봤다.

중앙의 행정청을 비롯한 대부분의 중앙 궁들은 곳곳에 금박을 입혀 놓거나 지붕이 금색이거나 눈에 띄게 화려한 멋을 부린 쪽이었다. 서쪽의 궁이 햇빛을 받아 멋스런 흰빛을 띠는 것과 비교된다.

내가 일하게 된 조영관의 집무실도 크게 다르지 않았다. 바닥은 아모르의 방처럼 새하얀 대리석이었으나 문틀이나 창살 등이 번쩍 빛나는 금빛이었다.

"오, 왔느냐."

볼 때마다 햇빛에 눈이 부시지 않으신가 하지만 굳이 상관에게 물을 질문은 아닌 것 같아서 하진 않았다.

"네. 좋은 아침이에요, 조영관님."

어쨌거나 카스토르의 낙하산으로 모시게 된 내 상관은 서른여덟쯤 되는 한창 때의 사람이었다. 뛰어난 신관인 사람이었는데, 무슨 능력을 가졌는지는 첫날부터 알았다. 발령받은 날 보며 문짝을 부쉈으니까.

<장난합니까, 공작? 열두 살쯤 됐습니까? 이 쬐끄만한 걸 어디다 쓰란 말입니까!>

그는 마티스가 붓질해 그린 듯이 강인하게 생긴 야수파였다. 성인 남성의 평균치를 거뜬히 넘긴 체구를 가졌는데, 그 덕에 내가 작아 보이는 건 익히 이해하지만, 그래도 열두 살은 너무하지 않은가? 하베르미아의 달을 마지막으로 해가 바뀌며, 열네 살이 되었는데 말이다.

심드렁하게 그를 보고 있으려니 날 데려온 공작이 나서서 수습했다. 조영관은 문짝에 이어 협탁까지 죄 부숴 놓고서야 간신히 진정했다.

<황태자 전하의 명입니다.>

공작이 진정시켰다기보단 카스토르의 이름을 내세운 것이 컸지만. 사정을 듣고 나서 그는 아니꼬운 표정으로 나를 받아들였다.

물론, 순순히 받아들였다기에는 매우 형형한 시선에다 걷어붙인 소매 밑에서는 삼두근까지 꿈틀거렸다. 이러다 한 대 맞아도 이상하지 않겠다 싶을 만큼 불만스러워 보였는데, 다행히 쫓겨나거나 하진 않았다. 비록 그가 억지로 수긍하는 것에 가까웠지만.

"막내야, 양피지! 거위 깃털!"

"네!"

얼른 달려서 집무실 구석 책꽂이에서 잉크며 새 양피지를 날라다 책상 위로 가져왔다. 내가 낑낑대며 내려놓는 걸 보던 조영관이 크게 코웃음을 치더니 한 손에 전부 가져가 버렸다.

"이렇게 비실비실해서야 어디 써먹겠느냐. 너도 그렇게 생각하지?"

"헤헤. 그 말은 전하께 해 주시면 안 될까요?"

"예끼. 상관 놀리면 못쓴다. 지금 이 젊디젊은 나이에 전하를 뵙고 요절하란 말이냐?"

딱. 이마를 가로지르는 화끈한 손바닥은 고통에 면역된 몸에도 쓰라림을 안겨다 주었다.

'아, 여기도 힘 조절 못하는 사람이 있네.'

이마를 잡고 끙끙댄다. 시간을 되풀이하며 여러 고통을 체험한 몸이지만 이 사람은 정의와 힘의 신관. 힘에 특화된 사람이다. 당연히 문을 부술 만큼 힘을 주진 않았겠지만 사람의 이마를 때리기엔 지나치게 강했다.

"아으……."

더욱이 나같이 몸뚱이가 매우 여린 어린애라면 무지 쓰라리다. 이거 심하기로는 플뢰온보다 더 심한데. 어디 차가운 물건이 없나 눈동자를 데구루루 굴리는데, 이마 위로 서늘한 것이 와 닿았다. 위로 눈동자를 굴리자 처음 보는 얼굴이 있었다.

"못 보던 사이 새 버릇이 생기셨습니까? 아동 학대로?"

타오르는 것 같은 적갈색 머리가 인상적인 남자였다.

"한참 늦은 주제에 첫마디가 건방지지 않느냐? 부보."

"아, 정말 그렇게 부르지 말아 달라 했잖습니까."

남자가 투덜거렸다. 난 그의 머리에서 눈을 뗄 수 없었다. 시선을 느꼈는지 남자가 고개를 숙여 나를 마주 보았다.

"안녕?"

씨익 웃는데, 꽤 상쾌한 느낌이 드는 미소였다.

"그래서 이 애는 누굽니까? 그라니우스 님께 이만한 딸이 있을 리 없는데…… 어라, 딸이에요?"

"누굴 쓰레기로 알아? 결혼도 안 했단 말이다!"

"흐음. 굳이 노총각이시라고 밝힐 필요야."

주근깨가 햇빛 부스러기처럼 군데군데 흩뿌려진 얼굴이었다. 나이보다 훨씬 앳되어 보이는 남자는 조영관을 대상으로 자유자재로 놀림과 농담을 구사했다. 좀처럼 보기 힘든 저 유들유들한 성격을 보고 있으니 전생의 싹싹했던 직속 후배가 생각났다.

"그래서 이 꼬마 아가씨는 누구예요? 손님의 딸 같은데. 오늘 방문하신 분이 계셨던가?"

"네 눈은 장식이냐? 쟤가 입은 걸 봐라."

찬찬히 나를 훑던 녹색 눈동자가 잠시 뒤 놀라움으로 번쩍 커졌다.

"아니?! 새로 들어온 심부름꾼이 애에요? 너무 어린데? 열두 살짜리를 데려오면 어떡해요!"

"어허, 열네 살이란다. 듣기 실례지 않느냐."

“네? 열네 살? 아니, 아니. 그럼 적당하긴 한데……. 잠깐. 어딜 봐서 열네 살이에요?”

“나한테 묻지 마라. 상부 지시니까.”

털이 숭숭 난 손을 들어 올린 그라니우스가 골치 아프다는 듯 관자놀이를 긁적였다.

“아니, 대장님, 그런 지시쯤은 지위로 거절도 하고 그러세요. 원로원 후보에 조영관이면 충분히 그럴 자격 되시잖아요.”

“그럴 명분이나 있으면 좀 좋았게. 첫 번째 가지께서 내리신 지시다. 토 달지 마.”

이 나라에는 ‘신관이 곧 귀족’이라는 공식이 있었다. 그러나 이천 년이란 긴 시간이 지남에 따라 지금은 특수한 능력이 없어도 귀족이 될 수 있었다.

귀족의 지위는 분화되어 각각 신관 귀족인 ‘쿠룰루스’와 평범한 인간이자 귀족인 ‘플레비’로 나뉘었다. 그러나 아직 신관이 다수이자 기득권이었다. 지금 보고 있는 조영관도 아주 높은 사람이라고 했다.

“말도 안 돼. 첫 번째 가지라니……. 대장님 그분과 멀리하기로 하신 것 아니었습니까?”

“그게 내 마음대로 되냐? 그만 묻고 일이나 해.”

갈색 머리 청년은 차마 황태자 상대로 농이나 불만을 던질 수는 없었는지 황당함 반, 놀라움 반쯤 될 법한 얼굴로 나를 응시했다. 흡사 회장님 아들이란 소문이 폴폴 도는 복사조차 못하는 신입 직원을 보는 눈이랑 비슷했다.

또다시 보면 묘한 동정이라거나 연민이 함께 담긴 시선이었다. 멋대로 해석해 보자면 막 해체될 도살장의 소를 보는 눈?

'흐음, 여기도 카스토르의 공포가 익히 미치면서 지배하는 곳인 모양이네.'

하긴 자기 눈을 벗어난 곳에 나를 데려다 둘리 없다곤 생각했지만.

'왜 나를 보러 오지 않는 걸까?'

3개월 내내 황태자가 보이지 않으니 안심하는 동시에 미묘한 초조함이 일었다.

언제 또 나타나서 내 인생을 망쳐 놓을지 몰라.

끔찍했던 기억은 3개월이 지났다 하여 흐려지거나 희미해지지 않았다. 오히려 첩첩이 쌓인 되풀이되었던 시간들이 퇴적물처럼 가슴과 머리를 꽉 메우고 있었다. 억지로 짊어진 짐이었다. 불안도 초조함도 무력감도 전부 카스토르가 안겨 주었다. 카스토르가 억지로 채워 버린 족쇄였다.

질끈 시선을 내리깔았다가 뜨자 나를 보는 남자와 눈이 마주쳤다.

"흐음, 전하의 지시라니 그러려니 하는데 말이죠. 이 애, 묘한 느낌이네요."

가타부타 말이 없이 나를 올곧이 응시하는 눈은 빽빽한 침엽수림을 떠올리게 하는 선명한 녹색이었다.

'꼭 유리구슬 같네.'

아모르와는 또 다른 녹색이었다. 그 순간 나를 바라보던 눈이 고양이처럼 가로로 샐쭉 찢어졌다. 짐승의 안광 따위에서 느껴질 법한 것이 나를 사로잡았다.

아. 이것도 능력인가?

그의 홍채에서 희미하게 일렁이는 노란빛에 카스토르와 비슷한 능력인가 싶었다. 얼굴을 일그러뜨리고 잔뜩 긴장했지만, 조금 지나는 동안 다르다는 것을 알았다. 주입되는 감정이 느껴지지 않을뿐더러 그날과 달리 정신이 흐려지지도 않았다.

"흐음……."

남자가 고개를 갸웃했다. 원래의 평범한 녹색 눈동자로 돌아오는 것과 함께였다. 물끄러미 지켜보던 그라니우스가 서류를 내려 두고서 물었다.

"뭔가 느껴지더냐?"

"아뇨……. 느껴지진 않는데, 또 느껴지지 않는다고는 못하겠네요. 이 애 뭐예요? 신관 후보인가? 신관의 힘이 있긴 한데, 후보치곤 힘이 너무 미진한데요."

"심부름꾼이라니까."

"누가 심부름꾼을 여자애로 써요. 서류보다 무거운 건 들지도 못하겠는데."

"따지려거든 전하께 따지려무나. 공작이 오며 가며 간간이 가르치는 걸 보면 어딘가에 써먹으려 데려다 놓은 것 같기도 하고. 난 모르겠으니 네가 챙기던가 해."

"거, 막 출장 마치고 돌아온 부하에게 너무하시지 않습니까?"

그렇게 말하면서 손을 나긋이 들어 올린 남자는 곧 내 머리 위로 올려놓고 쓰다듬었다.

"안녕하세요?"

"인사가 늦었구나? 난 소릭스 녹타야. 편하게 소릭스라고 불러 줘."

보통 다정하고 아이를 좋아하는 사람이 이렇게 시선을 맞춰 주는 배려를 보이곤 하던데, 나는 그를 물끄러미 보며 무슨 말을 하면 좋을까 말을 골랐다.

"부보가 아니구요?"

방금 들었던 대화를 떠올리며 순진하게 대꾸하자 살짝 눈을 찡그린 소릭스가 쓴 미소를 지었다. 그건 안 된다는 듯이.

"좀 봐주라. 그건 '올빼미'를 낮잡아 부르는 이름이거든. 비하하는 명칭이야."

"비하요?"

"응, 나는 눈眼과 올빼미의 신 칸바누스의 신관이거든."

그는 친절하게 자신의 눈을 가리키고 자신의 능력은 '다른 신관의 힘을 알아보는 힘'이라고 알려 주었다.

"나처럼 입은 사람은 거의가 신관이야."

그는 얇고 속이 비치는, 몸의 굴곡을 드러내는 재질로 된 옷을 입고 있었다. 옷깃이 둥근 흰색 옷을 받쳐 입었으며, 등에 흘러내린 천을 어깨에 동그란 금색 핀으로 고정시킨 차림이었다. 예전 교양 과목으로 서양 복식사를 배울 때 고대 그리스 부분에서 본 적 있는 모양새였다.

"여기 보이지? 이 월계수 잎 4개는 행정관을 가리키는 문양이야."

몸을 겹겹이 휘감은 얇은 천에는 은사로 월계수 잎이 수놓아져 있었다. 잎이 4개인 걸로 보아 제4 행정청을 가리키는 듯했다.

제국은 전통적으로 의복부터 생활 전반적으로 고대 그리스와 로마식과 비슷했다. 그에 비해 루스벨라의 고향 월터 왕국은 유럽의 근세 시대, 프랑스나 영국의 궁중 문화에 가깝다.

하지만 뭔가 기기묘묘했다. 관리들은 그리스 로마 시대에 가까운 복식사를 보이면서도 제법 모던한 바지나 웃옷을 입기도 했다. 로마식과 근대 유럽식이 묘하게 섞인 느낌. 나라가 가까우니 서로 영향을 주고받은 걸까?

잘 모르겠다. 뭐, 이것저것 섞인 문화인 건 분명해 보인다. 딱히 중요한 것도 아니고. 애초에 신관이니 신력이니 판타지 요소가 다분한 나라이니까.

"어쨌든, 제가 뭘 가르치면 되는 거죠? 여기서 하는 일은 가르쳐 줬어요?"

"모르겠는데. 아마 공작이 가르쳤겠지."

"세 달이나 됐다면서 퍽 살가워 보이지 않으시네요. 제 느낌엔 이 애와 가까워져서 나쁠 건 없을 듯한데 말이죠."

"그건 네 감이냐?"

"아마도 칸바누스가 주시는?"

"얌마, 나도 신관이거든?"

그라니우스가 호탕한 모양새로 대꾸했다. 그러자 소릭스는 퍽 개구지게 웃으며 어깨를 으쓱해 보였다.

"아델리스는 힘의 신관이시잖아요. 육체파는 또 모를 법한 게 있죠."

"은근한 무시가 느껴지는데. 북쪽으로 다시 한 번 가고 싶나?"

"독을 먹고 허언을 하였습니다. 부디 제 충정을 의심치 말아 주세요."

소릭스는 고개를 돌리더니 검지로 내 어깨를 톡톡 두드렸다. 그리곤 품을 뒤져 보더니 조그만 사탕을 내밀었다.

"딸기 맛은 별로니? 포도 맛이랑, 사과 맛이랑, 부초초 맛도 있어."

손바닥 위에 놓인 사탕을 보며 조금 아연했다. 다섯 살 난 애를 어르는 느낌이라서 조금 당황스러웠다.

"음, 다 괜찮은데, 딸기 맛을 제일 좋아하긴 해요. 감사합니다!"

"어라."

기왕 준 거니 감사히 먹어 줘야겠지 하며 받아 들었는데, 나를 본 소릭스의 얼굴이 조금 의아한 기색이다. 눈을 동그랗게 뜨고, 나를 유심히 살펴보는가 싶던 그는 다시 가볍게 웃었다.

"너 웃으면 인상이 확 변하는구나? 꽤 무뚝뚝한 편일 줄 알았는데."

한순간 스쳐 간 진지함이 마치 아무것도 아니라는 듯이.

"그 꼬맹이가 성격은 꽤 괜찮다. 막내 괴롭힐 생각 말아라."

"네? 조금 전에 이 쪼끄만 이마를 때린 걸 봤는데. 어디 사는 누구셨는지요?"

그러자 그라니우스는 멋쩍은 얼굴을 하더니 흠흠 헛기침을 했다. 생긴 것만 봐서는 막가파처럼 보이는 조영관은 퍽 나를 아껴 주려 하는 게 보였다. 내가 온 뒤로 직접 일어나서 물건을 가져오는 게 늘었다고.

행복하거나 기쁘거나 즐거운 생활은 아니었지만, 안온하고 안정적이었다. 무엇보다 수십 번의 되감기 속에서는 절대 느껴 보지 못했던 평화로움이 있었다.

이것이 해일 전의 고요함이라 해도 밤이 되고 달이 뜨고 다시 해가 뜨는 것이 그저 감사한 나에게 이만큼 감동스러운 일이 또 어디 있을까.

그러나 나는 여전히 의심스럽다.

왜, 나를 무릎 꿇리고 짓밟아 수없는 삶을 반복하게 한 폭군이 나를 여기에 데려다 둔 걸까? 나를 그를 위해 뭐든지 하겠다는 백치로 만든 그가 왜 여기에 그냥 내버려 둔 것인지.

팽배한 의심이 수면 위에 떨어진 잉크처럼 천천히 번지다 녹아들었다.

* * *

<너를 중앙 궁 제4 행정청 아르벤티스 솔레토리움, 그곳 조영관 시녀로 임명한다.>

서럽도록 화창한 날, 드디어 지는 해를 보았다. 밤이 되고 달이 뜨고 별이 떴다.

오직 한나만이 중상을 입었을 뿐 모두가 무사했다. 왜일까, 살아남아 기뻐해 마땅한 밤에 서글픈 울음이 밀려들었다. 채 빠져나가지 못한 설움이 발을 꽁꽁 묶어 두고 환희와 행복을 앗아 간다.

—황녀님!

—황녀님! 아악!

슬프지 않다고 믿으면서 무력하게 보낸 시간들이 눈앞에서 되풀이되고 이미 지나간 수십 번의 낮이 반복된다. 죽어 간 사람들은 비명을 지른다. 나는 어째서 조금 더 빨리 벗어나지 못했나 자책하고 원인을 원망하면서 꿈에 갇혀 있었다.

죽은 그들은 남아서 나를 잡고 잡으면서 울고 울면서 애원한다. 어째서, 어째서 우리는 죽어야 했나요. 어지럽고 귀가 윙윙 시끄러웠다.

—황녀님, 아파요, 아파요…….

—살고 싶나?

울지조차 못하는 밤이었다.

* * *

'몰락 귀족은 준귀족쯤 된다 했던가?'

이곳 사람들은 나를 평민보다는 조금 높은 몰락 귀족의 여식쯤으로 알고 있는 것 같다. 귀여워해 주는 건 나쁘지 않지만 난 조금 걱정이다. 발목까지 오는 길이에 빳빳한 재질의 원피스, 앞치마와 머릿수건. 지금이야 대충 시동의 옷으로 가려 놓았다 치지만, 언젠가 내가 중앙궁에서 성년식을 치를 때 지금 보는 이들도 참여할 게 분명한데.

심부름꾼으로 쓰고 있던 아이가 황녀라고 알려진다면 그들도 떨떠름하고 내가 어려워질 것 같은데.

'들키면 서로 민망해할 게 뻔하지 않나.'

그렇다면 카스토르는 굳이 나도 불편하고 상대도 불편해질 이 자리에 나를 내버려 둔 이유가 뭘까. 그냥 엿 먹으라고? 글쎄, 가능성 있어 보이는데. 머리가 잘 돌아가는 한편 타인의 고통을 유희로서 즐기는 카스토르를 반추해 보면 어느 정도 일리가 있을지도 모른단 생각이 든다.

"……불편해."

나는 여기 오며 그나마 있던 유일한 장점마저 사라졌다. 금수저를 뺏긴 나는 뭘까. 처절하고 서러운 엑스트라?

한없이 부풀어 가던 불만은 조금 뒤 공작이 찾아오면서 지워졌다.

"황녀님."

공작이 나를 보며 꾸벅 인사한다.

"잘 지내셨습니까?"

그가 다정한 목소리로 물었다. 백합처럼 하얗고 청초한 낯에서 폭신한 이불과 같은 부드러움을 느꼈다.

"신 헤르난데즈 듀르젤 디볼로가 제국의 8번째 가지께 인사드립니다."

이른 아침이라 걱정된다며 피곤하시지 않느냐고 묻는 음성은 나긋하고 부드러웠다. 나는 작중 최고 미남을 다툰다는 헤르난데즈의 얼굴을 물끄러미 응시했다.

"일주일 만인가요?"

"예."

그는 검사라고 미리 알고 있지 않았다면 믿어졌을까 싶은 나풀나풀한 모양새로 내 손을 들어 올리고 손끝에 입을 맞췄다. 고귀한 공작님이 한쪽 무릎을 접고 하녀에게 입을 맞추다니. 지금 상황의 아이러니함에 대해 잠깐 생각한다.

<편히, 헤르난이라 불러 주시겠습니까.>

그는 새하얀 머리카락에 내가 본 어떤 눈동자보다 깨끗하고 연한 눈동자를 가진 청년이었다.

'열아홉 살이라 했나.'

3개월 전 홀로 내 궁에 나타난 그는 가타부타 말도 없이 목부터 치는 제 주군과 다르게 조곤조곤한 설명을 이어 가더라. 내가 어디로 가야 할지, 또 무슨 일을 하게 될지를.

<죄송하지만 고생하게 되실지도 모르겠습니다.>

그 말에서 조금 놀랐음은 물론이다. 한 번도 이런 배려를 받으리라 생각 안 해 봤으니까.

"……힘든 점은 없으십니까?"

헤르난데즈는 레이 경처럼 어른스러운 분위기를 가지고 있었다. 레이 경이 타고난 노안에다 진중한 생김새로 보아 어른스럽다면, 공작은 우아하게 덧그린 미소나 행동 따위가 나이보다 훌쩍 더 먹은 어른처럼 보이게 했다.

하지만 자세히 보면 막 스무 살쯤 되었을까. 정말 앳된 생김새였다. 막 생일을 지난 데인이 열여섯, 플뢰온이 열일곱. 레이 경이 헤르난데즈와 같은 열아홉이었다. 지위치곤 어린 편이나 원작이 시작될 쯤엔 성숙한 이십 대 초중반이 되겠지.

그를 물끄러미 응시하던 나는 맑은 목소리를 꾸며 낸다.

"힘들 게 있나요? 다들 너무너무 잘해 주시는 걸요? 다만, 언제까지 이런 무늬 없는 밋밋한 옷을 입어야 하나 싶어요. 이 옷은 하나도 안 예뻐요."

작중 최고 미남이면 뭐하나. 어차피 루스벨라에게 홀딱 반했다 차이는 것을. 세 달하고도 반이 지난 지금, 한 달에 2번 많게는 3번 내지 본 공작의 얼굴은 그다지 반가울 것도 없었다.

"죄송합니다. 제가 그 점을 미처 헤아리지 못하였군요. 1행정청이나 6행정청에 수습 하녀들이 입는 옷 중엔 조금 더 황녀님께 잘 어울리는 의상이 있을지도 모르겠습니다만……."

"그건 하녀들이 입는 거잖아요."

"네. 그마저 황녀님께서 입는 드레스만은 못하겠지요."

"말이라고 해요?"

그가 조금 안타깝다는 듯이 웃으며 나와 눈을 맞췄다.

"송구합니다. 초라하고 누추한 곳에 있게 해 드려서."

그는 망설임 없이 무릎을 굽힌다. 나는 눈꺼풀을 깜빡거렸다. 사람의 눈을 피하느라 변변찮은 방이었고 바닥은 더러웠다.

"피. 알면 좀 바꿔 주지. 어떻게 이 초라한 천을 내 드레스와 비교할 수 있겠어요?"

오늘도 뇌가 청순하며 철이 없는 황녀님 콘셉트에 충실하기 위해

치마를 두고 한참을 투덜투덜 칭얼거려 본다. 굳이 따지자면 불편한 드레스보단 시종이 입는 치마가 편한 쪽이지만. 공작은 한마디도 허투루 듣지 않는다.

"그렇군요. 고민해 보겠습니다."

오늘도 그는 눈 한번 일그러트리지 않고 다정하며 안타까운 음성으로 대꾸했다. 짜증나겠다 싶게 불평을 늘어놔도 늘 같은 반응이었다.

그는 책 『루스벨라의 빛』 속에서처럼 다정한 성격의 남자였다. 이 사람의 성격은 책과 같은 모양이구나. 하긴 만약, 아모르같이 달랐다면 카스토르와는 절대 어울릴 수 없는 상극이었겠다.

"이른 아침이라 많이 피곤하시겠지만, 황녀님의 정체라든가 하시는 일과와 겹치지 않게 하다 보니 이때밖엔 시간을 낼 수 없어 죄송합니다."

"피, 맨날 죄송하대."

"하하. 아울러 시간이 없는 점을 들어 지난번 설명을 이어 하자면, 조영관의 역할은 지난 시간에 말씀드렸지요. 혹시 기억하십니까?"

"음, 뭐였지. 모르겠어요."

백치 역할에 충실한다고 해맑게 나 모름 던져 놓고는 까르르 티 없이 순진하게 웃는 낯이 꽤 얄미웠으리라 보는데. 그는 0.1초의 망설임도 없이 끄덕이고는 설명을 시작했다.

"최초의 황제께서는……."

이것으로 꼭 23번째 설명인 것을 기억하면서 나는 정말 대단하다고 감탄했다. 이 인내심으로 카스토르 곁에 있는 건가?

"제국이 세워질 당시 가장 위대한 힘을 부여받은 초대 황제께서는 각 신전의 지위를 인정하셨고, 성지에 통치권을 부여하셨지요. 황제께서는 종교를 통제하는 대제사장이시자 통수권, 외교권을 가지며 신관들에게도 일부 분배하셨습니다."

"으응."

"1,500년 전 12개로 나뉘었던 기관은 지금에 와서 7개 행정청이 되었으며, 이는 중요 12신 중 몇몇 신들의 명맥이 사라졌기 때문입니다."

나는 대충 고개를 끄덕였다.

"이중 황녀님께서 계신 제4 행정청 솔레토리움은 네 번째로 큰 권력을 가진 곳입니다. 조영관은 수도의 시장터, 계량, 공공사업, 음식과 물 공급, 공공 오락 등을 관장하며 요약하자면 도시의 내부 행정을 집행하는 관리라고 할 수 있습니다."

토씨 하나 틀리지 않고 이어지는 설명. 이야기가 조금 길어진다 싶자 아주 보란 듯이 입을 쩍 벌려 하품했다.

"잘 모르겠는데……."

사실, 전부 플뢰온과 데인과 함께 공부하다 못해 이미 약 1년 전쯤 시험까지 치른 얘기였다.

'이런 설명 말고 내가 여기 있는 이유를 말할 것이지.'

그는 한 달 내내 본론을 피해 가고 있었다. 나는 순진한 척 화살처럼 그를 찔러보고 있고 말이다.

"내가 왜 이걸 알아야 돼?"

오늘도 불만인 척 눈치를 주었다. 툭. 말투도 짧아졌다. 너 왜 내가 지루한데 자꾸 긴 얘기 반복해? 하는 얼굴로.

"왜 자꾸 어려운 말을 하는 건지 모르겠어. 좀 더 쉽게 설명할 순 없어? 그리고 난 왜 여기 있는 건데? 당신 얘기는 너무 지루해서 잠온단 말이야."

"저런, 졸리셨나요?"

우울하게 내리깐 푸른 눈동자를 보고 있으려니 괜한 걸로 트집 잡은 악질 상사가 된 기분이었다.

"이게 다 설명을 못해서 그래."

"그런 것 같습니다. 어떡하죠……."

그가 시무룩한 표정을 지었다.

"곤란해하지 말고 방법을 강구해야지. 나도 아는데 이러면 되겠어? 헤르난은 별로 똑똑하지 않은 것 같아."

조금 곤란해 보이는 낯으로 고개를 숙인 헤르난은 곧 곰곰이 생각해 보는 것처럼 보였다. 조금 뒤 고개를 든 그가 조금 낮은 목소리로 말을 꺼냈다.

"생각해 보니…… 그런 것 같습니다."

"……뭐?"

"전 지금까지 연상인 분들만 봤고, 황녀님과 같이 어린 여성분은 거의 뵙지 못했거든요. 재미없는 게 물들었나 봐요."

"물들어?"

"네. 제 주변 사람은…… 그렇습니다."

그가 눈을 내리깔고서 열심히 끄덕이며 대꾸한다.

"어떡하죠? 황녀님께서 아셔야 어서 다음 이야기로 넘어갈 텐데……."

헤르난이 난처하게 웃다가 울적한 목소리로 중얼거렸다.

"전부 말재간이 부족한 제 탓인 듯합니다."

그러고는 강아지 같은 눈매를 늘어트리며 고개를 꾸벅 숙였다. 나는 그의 모습에 당황했다. 어라, 뚜껑을 열었더니 전혀 생각지도 않은 것이 들어 있다.

헤르난데즈를 삐뚜름하게 올려다봤다. 도대체 길 가다 잡초 하나 못 뜯을 얼굴을 하고서 왜 카스토르 옆에 있는 걸까.

"알았어. 내가 기억 못하는 건 절대 내가 똑똑하지 않아서가 아니야."

"그럼요."

그가 부드럽게 웃었다.

"부족한 만큼 제가 더 수단을 강구해 오도록 하겠습니다."

오늘은 어떻게든 저 속을 좀 알아보고 싶은데. 헤르난데즈라면 카스토르의 호위 검사이면서 하나뿐인 친우니까 어째서 카스토르가 날 이곳에 던져뒀는지 알 게 분명했다. 이렇게 불안에 떨며 잠 이루지 못하는 것도 세 달이지 더는 못해 먹겠다.

"넌 기분 나쁘지 않아? 내가 막 하대하며 불만을 터트리고 그러는데?"

공작은 잠깐 놀란 듯 퍽 순진하게 눈을 껌뻑인다. 그러나 곧 소년 같은 낯에 예쁜 미소를 피워 냈다.

"당신은 8번째 가지이십니다."

귀하니까 마구 갑질 해도 된다는 소리인가. 을의 인권은 전부 팔아먹은 것 같은 그의 말에 그가 『루스벨라의 빛』에서 카스토르의 온갖 잡일 처리를 도맡아 했던 이유를 알 것 같았다.

불만 어린 시선 속에 언뜻 심술을 비춰 가면서 그에게 목소리를 높였다.

"내가 싫지 않다고?"

"당연한 것을 어찌 물으십니까."

“그럼 헤르난은 내가 좋겠네? 나랑 결혼도 할 수 있고?”

그가 멈칫했다. 그는 책을 펼친 그대로 눈을 데굴데굴 굴리며 어색하게 웃다가 흰색 눈썹을 순종적으로 내리깔았다.

“당신의 뜻이라면.”

쫘아, 장대비처럼 틈 없이 촘촘한 흰 눈썹이 깜빡인다. 그를 보고 있으니까 희롱하는 변태 아저씨가 된 기분이었다. 생긴 게 워낙 달달하게 생긴 강아지 상이라서 그런가. 촉촉이 젖은 눈을 늘어트리자 끙끙대는 강아지처럼 처량함을 느끼게 했다.

“귀하신 분을 어찌 싫어할 수 있겠습니까.”

불편함이 채 말로 되어 나오기 전에 꾹 참아 눌렀다.

“제가 이틀에 한 번씩 꼭 이곳에 오는 것은, 황녀님이 더 위험해지지 않기 위함입니다.”

딴 곳을 보고 있던 나는 눈을 깜빡거리다가 천천히 그를 바라보았다.

……그런데 왜 내가 무수히 죽던 날 말리지 않았어?

불쑥 튀어 나갈 뻔한 말을 갈무리하며 쓰게 웃었다. 당신은 여물지 않은 틈으로 피가 철철 흐르고 있는 상처를 모른다. 모르며 한 그 말이 방금 내 상처를 덧나게 했다.

“당신이, 나를 지킨다고?”

“예. 어찌 황녀님 홀로 이곳에 두고 어찌 신경 쓰지 않을 수 있겠습니까.”

울컥. 켜켜이 쌓인 분노가 나를 잡아지 않게 형형함을 드러내지 않으려 애썼다. 네가 귀하다 말하는 나는, 네 황태자의 검에 죽고 또 죽고 몇 번이고 목이 떨어졌는데?

또다시 나락으로 떨어지는 생각. 왜 이제 와서 그런 얘길 하는 거야?

나는 위험하지 않았던 적이 없었고 늘 죽었다. 긴 시간 되풀이했던 처참한 지옥에서 떠나지 못했다.

아직도 밤마다 악몽 속에서 헤매고 있다. 당신의 황태자는 알았으면 한다. 자꾸만 고개를 쳐들고 마는 원망과 분노를.

당신 또한 마찬가지야.

원망할 대상이 잘못되었다는 걸 알면서 나는 그를 미워하고 있었다. 그러나 그를 카스토르만큼 미워하진 못했다. 채 증오가 되지 못한 건 스쳐 가는 광경이 있기 때문이었다.

<죽여라.>

눈처럼 새하얀 머리 위로 흩뿌려진 피가 잔상처럼 덧입혀진다.

수십 번을 죽고 되살아나며 카스토르뿐 아니라 그날 자리에 있던 모든 사람의 밑바닥까지 보고 왔었다. 의무와 저열한 희열과 복잡함으로 점철된 살육의 현장에서 헤르난데즈는 내가 죽는 순간에 유일하게 얼굴을 일그러뜨렸던 사람이었다.

그 순간이 동정인지 연민인지 아니면 거지에게 적선하는 싸구려 감정인지는 몰라도. 수십 번 반복하며 일관된 얼굴이 오래 기억에 남았다.

그래서 내게 헤르난데즈는 조금 달랐다. 그러나 호감이 되기엔 턱없이 부족했다. 어쨌거나 나를 방관한 사람이었다.

나는 그가 보인 편린으로 판단하지 않기로 했다. 정말 나를 불쌍히 여겼으면, 나섰겠지. 그가 뭔가를 했었나? 전생에는 방조죄라는 것도 있었다.

아니, 이런 생각할 때가 아니야. 지금은 쓸데없는 상념에 빠질 때가 아니다.

"그럼, 이제 얘기해 줘. 오라버니께선 왜 날 여기다 데려다 놓으신 거야? 나는 오라버니가 보고 싶어."

"……혹시, 전하 옆으로 가고 싶으셨습니까?"

"당연한 거잖아?"

아니. 절대 아니지만. 만에 하나 정말 카스토르의 시종이 됐다면 시시각각 나를 물들이는 끔찍한 기억에 나를 내어 주지 않을 자신이 없다. 자는 틈을 타 냅다 찔러 버렸을지도 모른다. 나를 수십 번 찌르며 생생하게 느낀 체험으로 어딜 찌르면 죽을지 잘 알고 있으니까. 서글픈 웃음이 튀어나왔다.

자살도 쉬운 일이 아니더라.

차마 어떤 얼굴일지 몰라 손으로 뺨을 가린 채 웃음을 터트리는 동안 헤르난의 시선이 따라붙었다. 그가 잠시 심각하게 낯을 찌푸리더니, 천천히 일어나 이쪽으로 상체를 내밀었다.

"뺨이 아프십니까?"

"응?"

끝나기도 전에 뺨으로 조심스런 손이 닿았다 떨어진다. 닿았다기보다 솜털에 스친 느낌이었다. 물론 놀란 건 매한가지라 눈을 동그랗게 떴다.

"상처에 유능한 신관을 압니다."

흉터가 있는 뺨을 유심히 보던 그는 치료 신관을 불러 주겠다 말을 했고, 나는 소용없다는 말을 재미없게 하지 않으려 애썼다.

"……됐어. 이건 상처가 아니라 흉터라 아프지도 않아."

이미 10년 내내 지겹게 겪은 경험으로 상처로 사과하는 사람을 보는 건 질린 데다 서로 민망할 뿐임을 알았다.

“아물지도 않는 흉터는 됐고, 어째서 내가 여기 있어야 하는지 말을 해 봐.”

닿는 것조차 거북스럽다는 듯이 부러 뒤로 떨어지자, 지중해 같은 맑은 물빛 눈동자가 아쉬운 눈으로 나를 봤다.

“말 안 해 주면 이해 못할 것 같아.”

헤르난이 이쪽에 신경을 집중하도록 입을 삐죽여 날 선 목소리로 말했다.

“황녀님께 도움이 되는 일이라 하여도 그렇습니까?”

“이봐요, 어떤 도움이 되는지는 나도 알아야 할 거 아니야?”

“으음…… 송구합니다. 황녀님께서 지금 제가 말씀드린 것도 채 익히지 못하셨는데 다음 말씀드리기가 송구스럽습니다.”

“지금 날 바보로 아는 거야? 대충은 알아들었어. 7개의 행정청 중 제4 행정청! 주인은 조영관! 궁 이름은 솔, 솔 뭐였더라?”

“솔레토리움.”

“아! 솔레토리움 궁. 맞아. 지금 나를 맡고 있는 그라니우스는 공의와 힘의 신전의 대신관. 그리고 현재 귀족은 신관 귀족인 쿠룰루스와 비신관 귀족인 플레비로 나뉘어 있다. 맞지?”

그가 멍한 얼굴로 끄덕였다.

“대……. 대단하세요…….”

하는 수 없지. 약 20번은 그를 고생하게 만들 생각이었지만, 이쯤 되면 멍청한 백치여도 알아들었겠다 싶으니까. 그리고 솔직하게 설명을 그만 듣고 싶다. 같은 말을 반복하는 건 어려운 일이다. 40번쯤 들은 나야 뭐 이제는 만성이 되었지만 표정마저 헤실헤실했던 헤르난의 인내심은 인정할 만했다.

"나 똑똑하다고 했잖아."

새침하게 대꾸하자 헤르난이 웃음을 터트렸다. 그러고는 조금 뒤 부드럽고 다정한 목소리로 다시 속삭였다.

"네, 제가 황녀님을 잘못 생각하였던 것 같습니다. 이런, 시간이 별로 없군요. 내일 다시 말씀드리고 싶습니다만……."

"뭐?"

"……황녀님의 표정을 보니 안 될 말인 것 같습니다."

"당연하지."

"짧게 얘기를 더 드리자면, 수도의 행정을 주관하는 제4 행정청에는 한 가지 역할이 더 있습니다. 바로 '도시 치안'이죠. 이곳에서 일하는 수도 순찰대는 대부분이 신관 이자 뛰어난 검사이고 수도의 치안을 담당하고 있습니다. 중앙의 신전 병단, 황제 직속 친위대와는 또 다른 독자적 권한을 가지고 있죠. '즉결 처분권'을요."

전생으로 따지면 서울 시청 직원이 순찰이나 강도 검거 등 경찰이 하는 일을 함께 도맡아 하고 있단 소리였다.

헤르난데즈는 현장에서 즉시 죄를 물어 처분할 수 있는 이 권한의 위험성을 내게 얘기하면서 어둡게 눈을 빛냈다.

"저는 황제 직속 기구이자 황태자 전하께서 맡고 계신 딕타토르(dictator) 소속입니다. 자세히 알려드릴 수는 없지만, 반란과 외적의 침략 등 비상시, 국론 일치를 위해 모든 권한을 갖게 되지만 대신 평소 영향을 미치는 범위가 상당히 좁습니다."

갑작스레 듣게 된 단어에 놀란 듯 눈을 깜빡거리는 척 규모를 짐작해 본다. 지금 이게 무슨 소리야. 내가 여기 온 게 단순히 카스토르의 유희가 아니었단 말이야?

"현재 제4 행정청에서 불민한 움직임이 보입니다."

"불민한 움직임?"

설마, 반란?

"네. 이곳은 황태자 전하보다는 2황자님을 따르는 곳."

그가 소년 같은 낯을 단단하게 굳히고 나를 뚫어지게 바라봤다. 하늘색 홍채에서 보라색 물감을 떨어트린 것처럼 얼핏 보랏빛 아지랑이를 본 것도 같았다. 설마 이 사람도 신관? 참 지긋지긋하다. 어찌 난 14년 내내 모르고 지낼 수 있었을까. 다시 깨닫는다. 내 주변, 정말 엑스트라구나.

"이를테면 반란. 반역일지도 모릅니다."

흠, 이상하네. 왜 나한테 했던 것처럼 한 번에 행차해서 쓸어버리지 않고서? 솔직히 누구랑 붙어도 카스토르가 더 셀 텐데.

나를 보듯 피를 나눈 형제조차 죽이는데 망설임 없던 사람이다. 괜히 황태자가 아닐진대, 왜 2황자를 힘으로 처음부터 눌러놓지 않는 걸까.

더구나 황태자는 황제 다음으로 큰 영향력을 갖는다. 황태자에 비견될 정도로 뛰어난 2황자가 있거나 그가 황태자만큼이나 강력한 세력을 갖고 있어도 마찬가지일 것이었다.

그런 태평한 생각을 하는 동안 헤르난데즈가 나직하게 말했다.

"당신께서 제게 정보를 주셨으면 합니다."

* * *

새벽에 우는 새가 짹짹 지저귄다. 이른 아침, 종소리보다도 빨리 일어나는 이유는 중앙 궁이 아침에 출발하는 짐마차를 타야 할 만큼 멀기 때문이다.

이제 성장은 글렀구나 하는 생각을 많이 한다. 사실 살아남을 수 있다면 키야 무슨 상관이겠느냐마는.

“아무도 없네.”

조영관의 집무실은 아주 넓었지만, 아모르의 방만큼은 아니었다. 내가 하는 일은 그의 잉크나 양피지가 떨어지지 않게 채워 놓는 일이었다.

방에는 그라니우스가 쓰는 커다란 책상이 있었고, 중앙에 작은 테이블과 의자가 있어 손님이나 부하가 왔을 때 이곳에서 차를 마시곤 했다. 문 쪽으로 좀 더 가면 작은 공간이 있어서, 잉크나 양피지가 쌓여 있는 것을 볼 수 있다.

나는 천천히 책상으로 다가갔다.

분명 그라니우스가 책상 서랍을 여는 모습을 봐 뒀었다. 열쇠를 넣어 돌리는 서랍은 꼭 맞는 열쇠를 좌로 3번 돌리면 비밀스러운 공간이 나왔다. 나는 그가 종종 그곳에 몇 개의 서류를 넣어 두는 걸 보았다.

우습게도 열쇠는 늘 책상 위에 올라가 있다.

나는 일단 비밀 서랍을 두고 다른 서랍부터 활짝 열어 이곳부터 살펴보기 시작했다.

‘수로시설’, ‘시장’, ‘계량’, ‘공공사업’, ‘공공 오락’ 분류별로 나뉜 양피지들을 이리저리 갈라보다가 금박을 입힌 작은 칼을 발견했다.

‘면도칼이네.’

아마도 그라니우스가 쓰는 면도칼인 것 같다. 두 번째 서랍에는 손수건과 깃털 펜 따위가 가지런히 놓여 있었고 다른 서랍에는 자주 쓰는 수첩과 잡동사니 같은 것들이 들어있었다.

어디에도 내가 찾는 「목걸이」는 없었다.

서랍을 닫고 이번엔 책상 위에 놓인 열쇠를 잡아 비밀 서랍 구멍에 넣어 천천히 돌려본다. 그런데, 도통 힘을 줘도 열쇠가 돌아가질 않았다. 설마, 손을 내려다본다.

"……이거, 맞춤 제작이었어?"

황망했다. 그러고 보면 그라니우스가 어디 보통 힘을 가진 사람이었던가.

'첫날에 문짝을 부수던 사람이었지.'

힘의 신관에게 맞춰 나온 물건이라니. 정말, 얼굴이 새빨개지도록 돌렸는데도 돌아가질 않았다. 울컥 억울함이 차오르면서 열쇠를 잡고 낑낑대는 이때.

발소리가 들렸다.

아침이라 사방이 조용하여 아주 선명하게 들렸다. 구멍에 꽂힌 열쇠를 보다가 재빠르게 빼내서 책상 위에 올려 두고는 흐트러진 의자 위치를 바로잡고 서둘러 떨어져 나왔다. 그리고 막 던져뒀던 걸레를 잡는 순간 문이 열리며 누군가 들어왔다.

"허어? 일찍도 왔구나."

평생 펜이라곤 붙잡아 보지 않은 것 같은 체격에 수염까지 길게 기른 내 상관은 뜻밖에 굉장히 성실한 사람인 듯했다. 일찍 나온 나만큼이나 출근이 일렀으니까.

성실한 정치가라니 전생의 정치인들과 비교했을 때 꽤나 어색하게 느껴질 법한 말이었다. 그렇게 생각하며 나는 그에게 밝게 인사했다.

"좋은 아침이에요, 그라니우스 님."

아, 오늘도 실패다.

"당신께서 제게 정보를 주셨으면 합니다."

약 15일 전, 헤르난데즈가 내게 대뜸 적진 한가운데서 스파이 역할을 요구했을 때, 나는 잠시 그가 제정신인가 의심했었다.

'지금 백치인 황녀에게 첩보 작전의 스파이 역할을 시킨 건가?'

나를 적진에 던져두고 정보를 알아 오라고? 카스토르 밑에서 온갖 참살은 보고 다녔을 헤르난데즈도 정상은 아니구나 싶었다.

그러니 이런 미친 소릴 하는 거겠지.

"뭐야. 지금 나한테 이상한 일 시키는 거죠?"

"설마요."

헤르난데즈가 부드럽게 웃고는 고개를 저었다. 흰 눈송이 같은 머리카락이 살랑 흔들렸다.

"황녀님께서는 그저 지금 하던 그대로 해 주시면 됩니다."

천천히 고개를 든 그가 조곤조곤한 목소리로 말했다.

"오늘 이 얘기를 꺼낸 것은, 황녀님이 제게 이야기를 해 주셨으면 하기 때문입니다."

"이야기?"

반문하자 그가 가볍게 고개를 끄덕인다.

"예. 당신께서 보신 것, 방문한 사람, 그날 조영관이 했던 일. 어떤 것이라도 좋습니다. 기록하셔도 좋고 직접 들려주셔도 좋고요. 당신께선 그저 '눈'이 되어 주시면 됩니다."

즉 감시 카메라처럼 모든 정보를 담되, 분류는 자신이 하겠다는 거다. 살아 있는 CCTV가 되란 소린가. 아마도, 순진무구한 백치라면 제가 본 대로 가리지 않고 말할 테지?

조금은 수긍이 가는 한편 여전히 멍청한 어린 여자애의 눈을 빌릴 일인가 의문이 들었다.

"무슨 말인지 알겠어. 하지만, 왜 내가 굳이 이런 일을 해야 하는 건데?"

그는 꾸벅 고개를 숙였다. 마치 불편하시게 하여 송구스럽다는 듯이. 저 깍듯한 예의를 보며 잠깐 혼란에 휩싸인다. 사실 그의 태도는 여러모로 이상했다. 황족 다음으로 높은 직위를 가진 공작이 굳이 힘없는 황족을 향해 저자세일 필요는 없는데.

"하기 싫어."

연한 물빛을 담아 놓은 밝은 눈동자는 내가 불평하는 내내 내게서 떨어지지 않았고, 말을 마친 내게 나직하게 물었다.

"황녀님께서는 이곳을 나가고 싶으십니까?"

"당연하잖아요. 나는 이 일을 오래 하고 싶지 않아."

"황녀님께서 그리 말씀하실 때, 전하께서 전하라 하신 전언이 있습니다."

"오라버니가?"

잠시 맑은 푸른빛 눈동자가 의미 없이 바닥을 응시한다. 어쩐 일인지 잠시 망설였던 그는 나직하게 말을 꺼냈다.

"「그곳에서 나오고 싶다면 내게 '스켈로스의 목걸이'를 가져오렴.」"

입술은 헤르난의 것을 빌리되, 말은 카스토르의 것이었다. 처음 들어 보는 단어에 눈을 깜빡인다.

"스켈로스의 목걸이가 뭐죠? 보석인가요?"

"아니요. 그것은 조영관만이 가지는 인장입니다. 목걸이이자 도장이며 힘의 신전의 성물이기도 하지요."

그러니까 옥새라거나 국회의원 배지 같은 건가? 이게 왜 필요한 건데? 조영관 집무실 어딘가에 있을 거라는 이야길 들으며 더 황당해졌다. 그걸 지금 날더러 가져오라고? 시선을 내리자 곱게 나뉜 정수리가 보였다.

난 터져 나올 것 같은 의문을 꾹꾹 눌러 담고 한마디로 대꾸했다.

“알았으니까. 그만 일어나요. 무릎 꿇고 뭐하는 거예요. 다리 안 아파요?”

어떻게 되는 일이 하나도 없는 걸까 생각하면서.

다시 조영관의 방.

그라니우스는 일을 하는 동안 좀처럼 말이 없는 사람이라 둘만 있는 집무실은 고즈넉한 침묵으로 채워진다.

오늘로 약 15일째, 그의 집무실을 뒤져 보다가 오늘 막 벼르고 벼르던 책상을 공략했는데 처참하게 실패한 것 같다.

여기에 있을 거다. 딱 확신하는 건 아니었지만 조영관의 직위를 상징하는 중요한 물건이니 아주 은밀한 곳에 있지 않을까 싶었다.

‘이를테면 비밀 서랍 같은 곳.’

그런데 튼 것 같지. 솔직하게 말해서 게임 퀘스트처럼 띠링! 보물을 찾았습니다까지는 바라지 않았으나 적어도 서랍 정도는 열게 해 줄 순 없는 거냐고.

당장에 정보를 모아 오라는 것도 무슨 얘길 어디서부터 어디까지 꺼내라는 건지 헤르난데즈의 의도를 도통 모르겠다. 죽음을 벗어났음에도 나는 여전히 미로 속에 갇혀 있었다.

내가 백치에 뇌가 청순한 순진한 아가씨라는 가정 하에 이건 그냥 자폭이다. 솔직하게 말해서, 내가 그 물건을 어찌어찌 찾아서 훔쳐 냈는데 성공했다 치자. 그럼 당장 누구를 의심할까? 5년씩, 10년씩 근무한 이곳 사람들과 두 달짜리 심부름꾼. 나라도 나를 가장 먼저 끌고 갈 것 같은데, 그때가 돼서 헤르난데즈나 카스토르가 던져뒀으면 뒀지 절대 내 편을 들어줄 것 같진 않단 말이지.

아니, 확신한다. 둘은 망설임 없이 나를 버릴 거라고.

더구나 조영관의 상징을 가져오라니. 곱게 보이지 않는다. 황태자씩이나 돼서는 남의 목걸이나 탐내는 게 정상인가.

"막내야, 옆방에서 양피지를 가져오너라!"

"네!"

집무실 옆 공간에서 양가죽으로 만든 것들을 골라 낑낑대면서 들고 가는데, 발을 헛디뎌 양피지가 쏟아졌다. 그 순간, 양피지가 둥실하고 허공으로 떠오르더니 눈 깜빡할 새 책상에 열 지어 자리 잡았다.

눈을 깜빡거리며 돌아본 곳에 예쁘장한 갈색 머리 청년이 손을 흔들고 있다.

"안녕, 아가야."

"앗. 안녕하세요, 펜네 님."

마치 무게는 느껴지지도 않는 양 가볍게 나를 안아 들고 있는 남자가 웃었다.

"귀여운 아가가 이제 놀라 주지도 않네."

그라니우스의 수석 부관인 남자가 푸스스 웃으며 나를 보는 것과 함께 눈짓했다. 허공에 떠 있던 나머지 물건들마저 책상 위로 얌전히 정돈되었다. 나는 그의 얼굴을 보면서 덩달아 웃어 보였다. 몇 달을 보다 보니 이젠 당황할 새나 얼떨떨할 것도 없다.

"벌써 세 달째 저를 이렇게 띄워 주신 걸요? 아무리 구름과 깃털의 신관의 힘이라지만, 저 무겁지 않아요?"

"흐음, 깃털 세 개쯤 안고 있는 것 같은데?"

그는 천천히 날 안은 그대로 그라니우스 쪽으로 걸었다.

펜네라는 이름을 가진 그는 구름과 깃털의 신관으로 모든 사람과 물건을 공중 부양시킬 수 있는 능력을 갖췄다. 업무 능력 또한 뛰어나 평민에다 젊은 나이라는 핸디캡을 안고도 보좌관까지 출세한 관리였다.

이곳에서 편안한 생활을 할 수 있게 된 것은 아이를 매우 좋아하는 성격의 이 남자 덕분이라 봐도 좋았다. 지금처럼 툭하면 안아 드는 것만 제외하면 퍽 좋은 사람이었다.

"거 애 데리고 장난치지 말고 왔으면 일을 해. 일을."

"아니, 아델리스. 망할 치안부서 순찰대들 뒤치다꺼리하는 게 누군데요? 저보다 솔레토리움에서 가장 성실한 사람 있으면 나와 보라고 해 주십시오. 잠시, 휴식하는 시간마저 관리받아야 합니까?"

"허어?"

펜네는 나를 안은 그대로 투덜거리며 한 손에 들고 있던 서류를 손을 대지 않고 그라니우스에게 날려 보냈다. 팩스도 아니고 졸지에 종이만 받아 보게 된 그라니우스는 어처구니가 없다는 표정이었다.

"휴식은 네 생각이고, 애가 불편해하는 게 안 보이냐? 네놈이 결혼을 못 하는 조계율의 신관이라 해도 말이야. 남의 귀한 집 딸에게 추근거리면 되겠어?"

"뭐가 불편하답니까?"

펜네가 불평하자 그라니우스는 한쪽 입꼬리만 말아 올렸다.

"네 나이를 생각해야지."

"아델리스, 누굴 노년 취급하십니까? 저 아직 서른도 안 됐습니다."

"안 들려. 어린 여자애를 좋아하는 부관은 사양이야. 이참에 사무실을 지하 감옥으로 옮겨 줄까? 종신 근무해 볼래?"

"누가 추행했다는 겁니까? 무서운 소리 마십시오. 아델리스야말로 어디서 이런 깃털 같은 여자애를 데려다 하는 일이 이게 뭡니까? 양피지같이 무거운 걸 들게 하는 게 누구신데요. 이 예쁜 눈을 보시죠. 다른 궁에선 훌륭한 시녀로 대접 받았을 겁니다."

"심부름꾼으로 온 애를 심부름에 써먹지 않으면 어쩌라고?"

솔직히 비교군이 없어서 잘 몰랐는데 나는 남들보다 꽤 늦게 자라는 편인 것 같다. 이곳에 온 뒤로 좀처럼 제 나이로 봐 주는 이가 없는 걸 보니.

"내려 두고 이쪽으로 와!"

"네, 네, 네. 솔라타 쪽에서 온 전보입니다."

바닥에 발을 딛는 것과 동시에 펜네가 나를 스쳐 가며 들고 있던 서류들을 둥둥 띄웠다. 2황자가 어쩌고저쩌고 하는데, 들으려 하지 않아도 조영관 그라니우스의 목소리가 원체 커서 듣지 않을 수가 없었다.

"빼곡하게 적힌 걸 줄이자면, 병력 좀 차출해 달라네요."

"또? 2황자님도 참 날강도 같은 짓을 하시는군."

"어디 그분 탓이겠습니까? 휘하 가문이 유난인 것을요."

"그놈들은 손이 없어? 왜 우리 애들을 저들 뒤처리 못 한 것에 써먹으려 들어?"

"뭐, 그거야 저희 궁이 가장 신관 병력이 많은 곳이니까 그렇겠지요?"

“웃기는군. 원로원 아래 1, 2, 3청은 피하고 만만한 곳이 여기겠지. 우린 수도 행정 부서라고, 행정!”

“아니, 제 생각에는 조영관께서 문짝쯤은 혼자 거뜬히 부술 수 있는 행동파란 것에서 글러 먹었다고 생각합니다.”

마치 싸움인지 논의인지 모를 그들의 대화를 들으며, 나는 본분에 맞게 차를 우려내고 있었는데, 막 끓는 물을 담았던 포트가 손을 휙 빠져나간다.

“잘 마실게.”

포트가 마찬가지로 날아간 찻잔 위로 홀로 우아하게 찻물을 쏟아냈다.

“어쨌든, 저희가 2황자님 일을 굳이 도울 필요가 있는가를 두고 순찰대들은 대부분 회의적이에요. 그분께서는 음, 상당히 훌륭한 분이시만…….”

“신관이 아니시지.”

“네, 그거예요. 신의 은혜를 입지 못한 것. 비신관인 황족이 권력을 쥐는 일은 거의 없었잖아요? 그분께선 상당히 희귀한 경우시지요. 그 점이 뛰어난 능력, 훌륭한 성품에도 좀처럼 순찰대의 마음을 돌리지 못한 이유가 되고 있어요. 신관도 아닌 황족이 어떻게 신관의 일을 알겠냐면서요.”

“그렇다고 황태자 전하를 지지하는 것도 아니지. 너무 강대한 힘은 오히려 그네들의 방해가 되니까?”

그라니우스가 관자놀이를 꾹꾹 찔렀다. 생긴 건 어느 산에 거대한 산채를 지어 놓고 호령할 법하게 생겼는데, 저런 모습을 보면 지성파 같아 보여서 퍽 신기하다.

시선을 느꼈는지 그라니우스가 이쪽을 보며 자상하게 웃는 것이 보였다.

"결국 어느 쪽 파이가 더 크냐. 눈치 싸움이지."

2황자의 이름은 율리안 폴룩스 루체 칼타니아스. 제국 관리 중 최고 지위를 가진 집정관 라할테미시스의 외손자였다. 그의 외가는 법의 신전 겸 대대손손 권력의 정점을 차지했던 이들로, 혈통으로 따지자면 그는 가장 뛰어난 후계자였다. 지금도 외척의 뒷배를 등에 지고 황태자의 지위를 위협하는 황자였다.

책 속 인물 중 가장 존재감이 뚜렷한 사람을 꼽으라면 당연 지체 없이 카스토르이고, 그런 그의 라이벌이라는 점에서 2황자도 보통 사람은 아닐 게 분명했다. 그만하면 능력도 나쁘지 않아서 황태자의 자리를 아슬아슬한 곳까지 따라잡았다고 읽었는데. 뭐, 결국은 카스토르에게 짓밟힌 비운의 인물이 되었지만.

금실 같은 고운 금발을 길게 늘어트린 아주 정석적인 왕자님 상이라고 알고 있다. 남주의 미모에 면역된 루스벨라가 잘생겼다 인정한 사람이 헤르난데즈이고 그 다음이 2황자다. 이로 봐서 매우 잘생긴 것으로 추정된다.

'솔직히, 나와 볼 일이 있을까 싶지만.'

꽤나 비중을 차지했던 2황자의 성격이나 사건 따위를 회상하며 어느덧 돌아가는 부관 펜네의 뒤를 졸졸 따랐다.

"잘 마셨다."

"헤헤, 서툰 솜씨지만 좋아해 주셔서 기뻐요."

사실 조영관이나 지금 나를 안아 든 남자나 나를 매우 어린아이로 취급하는데, 나는 성년에 가까운 나이였다. 이곳의 성년은 열여섯 살

혹은 열일곱부터였으니까.

펜네는 나를 예뻐하는 다른 청년들처럼 다정한 눈으로, 나를 허공으로 떠올려 손이 닿지 않게 안아 들었다.

내 나이를 듣고서 믿기지 않는단 얼굴을 하더니 그 후 항상 이런 식이었다. 귀여워하지만 조심스러워한다.

"가 볼게. 또 보자."

"네."

그가 돌아가고 다시 조영관 그라니우스와 나 둘만 남았다. 집무실은 포근한 오후의 햇살이 합쳐져 몹시도 나른하고 따뜻했다.

이럴 때면 죽었던 일이 전부 거짓말 같다. 비록 어떤 의도로 이곳에 던져졌는지 아직 알 수 없지만 볕이 드는 잔잔한 공기가 평화로워서 잠시 이렇게 잠들고 싶다고 생각했다.

여태껏 피하고 있었지만 그러지 못했던 현실을 마주 보았다.

이틀에 한 번씩 찾아오는 헤르난데즈에게 아는 것을 털어놓고, 카스토르가 말한 물건을 찾는다. 이곳의 불민한 움직임은 무엇인가? 헤르난데즈는 무엇을 원하는가? 카스토르는 언제 또 날 찾아오는가? 휴식은 없었다. 얼마 전 헐떡이며 제출한 답안지가 사라지고, 새로운 시험에 직면했으니까.

나는 쓰레기를 옮겨 담으며 물끄러미 내 손을 들여다보았다. 당면한 과제는 목걸이였다.

'어떻게 물건을 찾지?'

아마도, 그 열쇠로 여는 서랍에 답이 있을 것 같은데. 사각사각 펜이 양피지를 긋는 소리에 집중했다. 그라니우스는 손을 움직이는 것 말고는 참으로 고요하게 움직였다.

"막내야."

"네?"

막, 서류를 넘기던 그라니우스가 나직하게 말을 걸었다.

"그거 눈에 띈다."

막 쓰레기를 비우던 나는 그라니우스를 돌아보며 눈꺼풀을 깜빡거렸다.

눈에 띄어? 뭐가? 무엇이? 굉장히 두서없는 말 같았다. 순간, 그라니우스가 고개를 들었다. 그의 뒤로 번쩍이는 금빛 창틀에서 카스토르의 황금안을 떠올렸다.

이유는 모르겠지만 하베르미아의 10일을 기다리던 시간처럼 성큼 다가오는 불안을 느끼면서 고개를 완전히 들었다.

"네 목의 그 목걸이. 몰락 귀족의 여식이 하기엔 너무 값비싼 목걸이구나."

"……."

명절날 털털하게 웃던 노총각 삼촌처럼 그저 수염 난 중년이라 생각했던 사람이 저 높은 산처럼 위엄을 띠고 잔잔하게 웃었다.

"네 그럴듯한 연기에 방해가 되지 않을까?"

난 레이 경이 준 목걸이를 꽉 움켜잡다가 혼란을 인정하지 않으려는 것처럼 순진하게 그를 응시했다. 순진한 체하자고. 그러나 인자한 것 같던 조영관의 눈에서 엄격함을 보고 깨달았다. 그는 조언한 것이었다. 이윽고 덧붙인 말에서 나는 비로소 그가 제국에서 손꼽는 최고 직위 정무관임을 깨달았다.

"모쪼록, 나는 황녀님께서 다치지 않게 보호하는 몸이니 말이다."

* * *

"이런 일이 있었어요."

막 과자를 입에 가져가던 아모르는 먹는 대신 그것을 내려놓고 비웃듯이 툭 던졌다.

"뭐야, 세 달 만에 들킨 거냐?"

"들킨 건지 아닌 건지 저야 모르죠. 어쩌면 처음부터 알고 있었는지도요."

"첫날에 문짝을 부쉈다며? 조영관 그라니우스의 불같은 성격이야 익히 알고 있어. 하지만 단순히 데려온 아이가 계집인 걸로는 그 정도로 화내거나 하지 않아. 네가 추측한 쪽이 맞을지도 모르지."

"그라니우스 님을 잘 아시네요."

"한때 내 궁의 나무도 두엇 꺾어 놓고 갔으니까. 황소고집이야."

하베르미아의 달 10일로부터 약 네 달.

나는 하루도 빠짐없이 아모르를 찾아갔다. 그리고 내가 겪은 것을 모조리 털어놓으며 그의 반응을 살폈다. 처음, 그라니우스에 대해 묻는 나의 방문에 짜증을 내며 자신에게 이런 이야기를 하는 이유가 뭐냐고 버럭 화를 냈던 아모르는 방문이 두 번째가 되고, 세 번째가 되자 체념했다.

그렇게 너는 떠들어라 나는 무시하련다는 식이다. 하지만 약 네 달이 지나가자 다시 의문이 치켜든 모양이었다.

"그런데 그라니우스가 왜 오라버니 궁의 나무를 꺾어요?"

"나를 회유하려 했으니까."

"회유?"

“그런 게 있어. 아무튼 간에 그에게는 밉보이지 않는 게 좋을걸.”

식물을 사랑하는 신관답게 꺾인 나무 얘기에서 이를 갈 듯 말했던 아모르는 고개를 돌려 턱을 괴고는 조금 어처구니가 없다는 듯이 물었다.

“그런데, 왜 나한테 미주알고주알 얘기하는 건데?”

“그러면 안 되나요?”

“말 흐리지 말고.”

아모르가 미려한 낯에 주름을 만들며 내 이마를 툭 짚었다가 떼어냈다.

“똑바로 말해.”

서툰 변명이나 어설픈 꼬리잡기는 통하지 않는다는 것처럼 단호한 목소리였다.

“으음, 글쎄요…….”

43번째 하루, 더는 의미 없는 시간이라 생각하여 아모르에게 내숭이랄 것도 없이 막돼먹게 굴었던 하루 그대로 시간이 넘어간지라 나는 이미 아모르 안에서 얌전한 아이기도 글러 먹은 상태였다.

“제가 유일하게 저로 있는 시간이기 여기에서뿐이기 때문일까요?”

더군다나 오히려 잘됐다 싶었다.

“무슨 엉뚱한 소리야?”

막 대할수록 아모르는 더 편안한 모습을 보여 줬다. 다정하진 않았지만 자연스러웠다.

“좀 봐주세요. 이렇게 막말하는 것도 이곳에서뿐이라고요.”

“달리 말하면 내가 쉬운 사람이고?”

“어라, 그렇게는 말 안 했는데.”

저를 놀리는 걸 알아챈 아모르가 눈을 가늘게 좁힌다. 그는 손가락을 까딱였다. 그러자 휘리릭 감긴 넝쿨이 내 손을 들어 올려 정확히 내 이마를 때렸다.

"……와, 이런 소심한 복수는 오라버니만큼은 하지 않으실 줄 알았는데."

왜 사람들은 하나같이 이마만을 노리는 걸까. 반듯하게 까져서 때리기 좋은 걸까. 이마를 만지는 사이, 턱을 괸 아모르가 콧방귀를 끼며 손을 튕겼다.

철썩, 잎사귀가 달라붙은 이마에서 박하사탕을 삼켰을 때의 청량함이 느껴진다.

"흥, 나 말고 너로 속 썩이는 사람이 또 있나 보지?"

"있어요. 플뢰온이라고."

"알아. 6황자."

거, 병 주고 약 주는 것도 아니고. 이마를 문지르는데 문득 묘한 생각이 들었다.

참으로 평화롭다. 평범한 일상인 것만 같다고. 아직 카스토르는 어떤 꿍꿍인지 속을 모르겠고, 이틀에 한 번씩 그의 측근이 찾아오는데 지금 아모르 방 안에 있는 때만큼은 참 평화로운 시간이라고.

고개를 돌려 푸른 식물들을 본다.

"……이게 바로 피톤치드의 힘인가."

좀 엉뚱한 생각을 하며 아모르의 식물들을 바라본다. 그날 밤에도 있었던 식물이다.

그 순간 눈앞이 까맣게 덧칠되며 수십 번 되풀이했던 시간이 덧입혀졌다. 매일 밤, 아모르를 찾아서 그를 살렸던 시간이었다. 절박했고 간절했던 나를 바라본다.

약 네 달 전. 드디어 되풀이되던 시간을 벗어났던. 한동안 살아난 사람을 똑바로 바라보지 못했었다. 또 죽으면 어떡하지? 그때, 나는 망가지지 않을 자신이 없는데. 지겹던 되감기를 벗어나 살아 움직이는 한나와 하녀들을 보면서 매일 감격에 사로잡혔지만, 동시에 지독한 공포에도 사로잡혔다.

얼마 지나지 않아 그들 뒤로 덧입혀지는 지나간 죽음의 잔상을 보았고, 그건 깨어 있을 때 꾸는 악몽이었다. 나 때문에 죽은 사람들. 그 시간의 그들은 어디로 갔지? 이미 죽은 사람이 있는 시간은 어디로 간 걸까? 어쩌면 죽은 채 흘러가는 시간도 있는 것이 아닐까.

늪처럼 빠지는 생각 속에서 단 하나만이 작은 빛처럼 내게서 반짝였다.

아모르.

약 마흔 번의 하루 동안 카스토르의 검에 죽고 살아나 다시 그를 구하러 갔을 때, 그 수많은 시간 속에서 아모르는 나를 들여보내지 않은 적이 없었다. 이상하지, 한번쯤은 나를 거절할 법도 싶은데 그는 그러지 않았다.

무수한 기억 속에서 그만이 똑같았다. 그것이 지하 방에 스민 햇빛처럼 나를 적셨다. 시작이 치밀한 계산속이었고 훗날 체념과 함께 관성처럼 이어 가던 짓일지언정 그를 살렸고, 수십 번 되풀이하며 내가 살렸던 사람이었다.

"사람을 앞에 두고 무슨 생각을 그리 하나."

아모르는 밤보다도 조금 편안한 얼굴로 나를 본다.

잔잔한 공기. 살랑대는 잎사귀. 풀내음. 막연하게 먼 미래를 그려

본다. 그 미래에 나도 너도, 내가 사랑한 이들 모두 살아 있으면 좋겠다.

아니, 나는 더는 나로 인해 죽는 사람을 보고 싶지 않다. 그래서 바라고 있다. 비록 이 세계의 좋은 것에는 주인공 전용 잠금 쇠가 걸려 있지만 어떻게든 되지 않을까 하고.

그러니 난 늘 생각을 해야 한다. 언제 다시 찾아올지 모를 카스토르를 대비하고 살아남기 위한 단서를 포착하도록 그리고 언젠가 지옥 같은 전쟁이 일어날 이 땅을 빠져나가기 위해 살고자 하는 노력을 아끼지 않아야 한다.

"오라버니, 앞으로도 제가 살려면 어떡하는 게 좋을까요?"

"왜 네 살길을 나한테 묻는데?"

그럴 수밖에 없는 이유가 있으니까. 나는 조금 처연하게 웃었다.

<모쪼록, 나는 황녀님께서 다치지 않게 보호하는 몸이니 말이다.>

헤르난과 그라니우스는 각각 단서를 던져 주었다. 나는 이것이 무엇인지, 언제, 어떻게 사용할지 고민해야 한다.

"난 배경이 없잖아요."

그런데 나는 받쳐 주는 배경도 없고 변변찮은 정보도 없다. 애석하게도 내가 아는 정보는 전부 모두 아주 먼 미래의 일이니까. 그래서 아모르의 도움이 필요하다.

모든 정보를 손에 쥔 식물의 신관이자 내가 살린 이 남자의 도움을 받으면 빈털터리가 된 나라도 숨 쉴 구멍은 만들 수 있지 않을까 하고. 나는 데인과 플뢰온 앞에서도 못 보였던 속마음을 드러내 솔직하게 울상을 지어 보였다.

"저 불쌍하지 않아요? 죽을 뻔했다가 겨우 살았는데 이제 적진에서 스파이 노릇을 하게 생겼다고요."

"네 운명이려니 해."

그는 창백한 낯에 입꼬리를 말아 올렸다. 하늘색 머리를 쓸어 올리는 것과 함께 눈꺼풀을 들어 올리고 성마르게 대꾸했다. 두통이 오는 모양인지 관자놀이를 꾹꾹 누르는 모양새가 퍽 안쓰러웠다.

"선배로서 조언해 줄 생각은 없으신가요?"

"선배?"

아모르는 중얼거리며 비쩍 마른 얼굴에 광대가 도드라지게 웃었다.

"살아남은 동지요."

"말했잖아. 개처럼 이어 가는 삶에 무슨 의미가 있냐고."

"……하지만."

"그만. 백치 흉내를 내서라도 살아남은 건 네 선택이었어."

나는 건조하게 재깔이던 아모르를 보다가 천천히 그의 뒤로 시선을 옮겨 갔다.

"책임을 오라버니에게 지우려던 건 아니에요."

"알아."

피로한 내 얼굴과 병약하여 예민함이 느껴지는 아모르의 얼굴은 닮았다. 우리가 겪은 경험이 그렇게 만들었다. 언제 죽을지 몰라 핏발을 세우고 피부가 푸석푸석해지도록 밤을 지새우고 무력한 공포 앞에서 살고자 의미 없이 날갯짓했던 날들이 그렇게 만들었다.

전부 우리가 선택한 게 아니었지.

전생에서는 아플 때 병원을 가고, 강도는 경찰을 찾으면 됐는데, 내가 받았던 무자비했던 폭력과 폭압은 어디로 가서 누구에게 말을 하면 좋을까.

나는 안다. 우리 사이는 조금 말랑해진 것처럼 보이지만 보이는 것만큼 바뀐 것은 없다고. 아모르는 카스토르와 내가 천칭에 오르면 주저 없이 카스토르를 택할 거다. 그건 아모르에게 카스토르가 찍어 놓은 낙인이다. 내가 그랬듯이 어쩔 수 없이 쓰게 된 굴레이기도 했다. 그를 이해한다. 그러나 한편으로는 안타깝다. 그 굴레를 어떻게 벗게 해 줄지 모르겠다. 또한 나도 당장 나 살기에 벅차니까.

그럼에도 그가 조금만 행복했으면 좋겠다.

나도 함께.

"많은 것도 필요 없어요. 그냥 조금이면 돼요."

아모르는 나를 내려다보았고 나는 쪼그려 앉은 채 그를 올려다보았다.

"아주 조금만. 조금만 도와주세요. 나만 아무것도 모르는 곳에서 지내는 건 그래요. 차갑고 힘이 들거든요."

그는 입술을 몇 번 말할 듯이 달싹이다가, 천천히 대꾸했다.

"너는, 왜 내게 그런 것을 스스럼없이 말을 하는 거지?"

"음, 그야 우린 동지잖아요?"

"동지?"

나는 아래를 의미 없이 응시했다가 옅게 웃었다. 그러면서 한 마디 한 마디 힘주어 뱉었다.

"오늘도 살아남은 동료예요."

비록 한 배를 탄 건 아니지만, 같은 풍랑을 만나 헤쳐 가는 사이지 않나. 카스토르라는 거대한 폭풍 앞에서 너도 괴로웠고 나도 괴로웠다. 여전히 진행 중인 이 폭풍 안에서 무찌를 힘을 쌓고 피해 가는 방법을 강구하면 안 되나.

여전히 너무나 어렵고 힘들지만 그래도 한 번은 살았으니까 어쩌면, 두 번은 조금 더 쉽게 갈 수 있지 않겠냐고.

"동료 같은 소리."

까칠한 낯은 무슨 생각을 하는지 알 수 없었으나 조금 느슨해진 눈매가, 더는 독설만을 퍼붓지 않는 네 말이 우리가 조금 가까워졌다 믿고 싶게 한다.

너를 살리려고 노력했던 무수한 시간에 아주 작은 보상을 느낀다. 너는 모르겠지만, 나만 기억해도 좋으니 잠시라도 네가 나를 편안하게 느꼈으면 좋겠다. 당신도 나도 이 편안한 시간이 조금이라도 오래갔으면 하고.

"……솔레토리움은 황태자 쪽도 2황자 쪽도 아닌 유일한 중립 지대다. 그래서 가장 이권 다툼이 심한 곳이야. 신관이 많으니까."

"몸 엄청 사려야겠네요."

아모르가 끄덕였다.

"그라니우스는 공평한 작자이다. 그리고 뛰어난 위정자지. 너를 죽지 않게 보호는 할지 모르겠으나 다치지 않게 지켜 주진 않을 거다. 판단은 네 몫이야."

나는 눈꺼풀을 깜빡거리다가 고개를 끄덕였다.

"그러네요. 그럴 수도 있겠어요."

"차라리 솔레토리움에 가게 된 게 잘된 일일 수도 있다. 그라니우스는 실수로 독을 먹은 부하를 위해 이곳까지 찾아왔었다. 그 위치까지 간 사람치고 정이 많고 아랫사람을 끔찍이 여기는 편이지."

"그럼 그의 호감을 사면 저는."

"그래. 앞으로 나날이 편해질지도 모르지."

아모르는 몹시도 피곤한 사람처럼 얼굴을 쓸어내리고는 고개를 까딱이는 것만으로 창문을 닫았다.

"생각보다 어려운 일은 아닐지도 몰라."

아모르는 내겐 관심 없는 것처럼 먼 곳을 응시했고, 옅은 풀빛 눈동자를 둘러싼 긴 눈썹이 팔랑거렸다.

"그의 호감을 사는 것. 꼭 너만 한 조카가 있다 하였으니 잘하면 그 밑으로 들어갈 수도 있겠지."

불만스런 목소리일지언정 그동안 누구에게도 들을 수 없던 얘기들이었다. 고맙다고 중얼거리는데, 아모르는 짐짓 얼굴을 괴괴하게 찌푸리며 비웃듯이 뇌까렸다.

"네가 제일 잘하는 것이 동정을 사는 짓 아니었나?"

"오라버니는 저를 동정했나요?"

"……."

두 달이 지난 지금 아모르는 나에게 조금이라도 호감을 느끼게 되었을까. 샘솟는 궁금증을 꾹 참았다.

잠시 뒤 안락의자에서 일어나 옷을 툭툭 털며 문을 나설 때까지 아모르는 턱을 괸 채, 바닥을 응시하며 말이 없었다. 나는 문고리를 잡기 전에 돌아서서 말했다.

"맞다, 어때요? 저 시종 옷이 퍽 어울리는 것 같아요."

그는 매우 어이없는 소리를 들었다는 듯 어처구니없는 시선으로 나를 훑었다. 곧이어 아니꼬운 목소리로 말했다.

"……황녀면, 드레스를 입을 생각을 해."

잠시 침묵했던 그가 다시 툭 뱉었다.

"얼굴에도 혹 그만 달고."

그가 비웃었다. 이 혹은 며칠 전 그라니우스가 힘 조절을 못 해서 생긴 건데, 어떻게 설명해야 좋으려나.

눈을 깜빡거리면서 창백하고 고운 얼굴을 담아냈다. 햇빛에 찬란한 얼굴은 오랜 병치레와 독으로 엉망이 되었음에도 여전히 참 잘생겼다.

아모르가 건강했다면, 지금보다는 조금 더 부드러운 느낌을 가지지 않았을까. 루스벨라가 나타나면서 만들어질지도 모르지. 그건 좀 아쉽겠다. 그때 나는 여기 없을 테니.

지금도 은은한 풀내음이 언뜻 그를 편안하고 보송보송한 것처럼 보여 주니까 여주인공의 마법까지 거치면 사랑에 빠진 이 남자는 꿀처럼 달콤한 미소와 목소리를 가질지도 모른다고.

어쩐지 조금 아쉬운 느낌이 들었다.

"그리고 네 이상한 능력이면 내가 말하지 않아도 알 수 있잖아."

"아, 그거. 없어요, 이제."

나는 마치 동네 마실 나간다고 말하듯이 여상하게 대꾸했다.

"오라버니를 살린 이후로 사라졌어요."

반쯤은 거짓말이 섞이긴 했지만 찔릴 일은 아니다. 사실이 아닌 것도 아니니까. 놀란 눈동자를 보며 옅게 미소 지었다.

네 달 전. 살아남은 이후, 일기장은 백지가 되었다.

* * *

"좋은 아침이야, 아실리."

말로 설명할 순 없지만 예고하는 일기장이 없어지자, 후련함을 느끼는 동시에 갑자기 세상 밖으로 던져진 스무 살 적이 생각났다.

"응, 데인 오빠."

이상하지. 미래가 보이지 않는다는 건 아주 당연한 일인데. 석 달하고도 일주일. 나는 멋대로 나타나서는 내 미래와 시간과 하루를 전부 엉망으로 만들어 버렸던 일기장이 사라지자 아쉬워하고 있다.

아직 해도 뜨지 않은 이른 아침, 데인과 플뢰온과 수업을 받으며 수업이 아닌 다른 생각에 빠졌다. 일기장 없이 살아남기 위해서 내가 무엇을 하면 좋을까. 발밑이 보이지 않는다는 공포와 두려움을 이겨내는 게 먼저이려나.

'이럴 때, 램프의 요정처럼 무엇이든 답해 주는 요정이 있으면 좋겠다.'

하지만 현실은 당장 가까이 지내는 오빠들과도 소원한 참이었다. 하품하며 흘끗, 데인 쪽을 곁눈질한다. 반듯한 옆모습. 책에 빠진 데인은 빤히 쳐다보는 것도 모르고 있었다.

얼마 전부터 그와 가까운 듯 미묘한 거리감이 생겨서 담소하는 티타임보다 그저 옆에 앉아 있을 뿐인 수업 시간이 편안하게 느껴졌다.

'이건 내가 제4 행정청으로 가게 된 날, 크게 싸웠기 때문이겠지.'

일기장. 그 정체 모를 것에 휘둘려, 죽고 죽는 것을 반복했었다. 그러나 나는 데인에게 이를 설명할 자신이 없었다. 아니 믿을 수 있을까? 나조차도 누군가의 입으로 들었을 때 믿지 못할 말인데. 증거마저 사라졌다.

'완전히 깨끗하게 말이지.'

텅 빈 일기장을 만지작거렸다.

카스토르에게서 살아남과 동시에 모든 기록이 사라지면서 일기장은 처음 발견했을 때와 같이 백지로 변했다. 만약, 내가 수차례 반복을 겪지 않았다면 그냥 수첩으로 알았을 것같이 아주 고요하게. 그렇게 나는 내 과거를 증명하는 증거조차 잃은 셈이었다.

힘들다.

인생은 자력 구조라 했고, 스스로 내일도 살고 모레도 살고 5년 뒤까지 살아남아서 멀리멀리 도망가고 싶은데, 머릿속의 본능이 그러려면 당장 카스토르부터 어떻게 해야 할 거라고 속삭였다.

이제 당장 내일 죽는다는 예언은 사라졌지만 대신 나는 미래를 알 수 없게 되었다. 신경 써야 할 것도 조심해야 할 것도 너무나 많은데, 몸은 하나고 그 몸마저 생각만큼 움직여지질 않아서 피로가 해소되기는커녕 쌓이고만 있는 것 같다. 하늘로 쌓아 올렸다던 바벨론의 탑처럼 내 스트레스도 쌓이다 쌓여서 와르르 무너지고 흔적도 없이 사라졌으면 좋겠다.

며칠 뒤 새가 짹짹대는 오전.

중앙 궁으로 향하는 짐마차에 올라탔다. 서쪽 궁과 중앙 궁 사이의 물자를 옮기는 마차는 황녀가 몸을 싣기에 허름한 편이나 시종이나 하녀들은 종종 애용하는 탈것이었다. 그리고 근 네 달간 나는 홀로 출근하는 대신 불편한 객과 함께였다.

"나올 필요 없대도."

나는 부득불 내 출근길에 동행하는 레이 경을 아니꼽게 올려다보았다. 그러거나 말거나 레이 경은 마치 남인 양 반대편 구석에 등을 기대고는 눈도 뜨지 않고서 대꾸했다.

"이게 제 일입니다. 귀하신 분."

'황녀님'이라는 호칭을 두고서 굳이 귀하신 분하고 부르는 것은 그의 불만을 드러낸 동시에 보는 눈을 신경 쓰라는 조언이었다. 이를테면 이 얇은 천을 사이에 둔 마부라거나.

"검사님께서 이리 멀리 나오시면 소중한 황자님들은 누가 지키나요?"

"그분께서 더 소중하신 분을 모시라고 보내시더군요."

허리에서 풀어 앞으로 검을 안고 있는 레이 경의 모습은 느긋하게 보이면서 금방이라도 잠들 것처럼 보였다. 놀러 가는 것인지 모를 그 모양새에 절로 혀가 차이면서 난 뚱하게 머리를 괸 채로 고개를 흔들었다.

"똥고집."

"누가 할 소리입니까."

황녀라고 조심하는 기색은 하나도 없이 툭 뱉어 낸 레이경은 곧 머리까지 기대어 눈을 감았다.

벌써 한 달이나 된 그의 동행에 익숙해질 법도 하지만 데인이나 플뢰온과 함께였던 것과 달리 단둘이서 보는 것은 차이가 있다. 어색하고. 불편하고. 하지만 저 불성실한 검사님은 내 불만이라든가 불평이라든가 신경도 쓰지 않는다.

<앞으로 수업에 뜸하게 나오신다 들었습니다.>

제4 행정청에 나가게 된 뒤로 선생은 가끔은 안타깝고, 두려움이 담긴 시선으로 나를 보았다. 내 궁에서 있던 소란을 아는 모양이었다. 말없이 수업 시간을 오후에서 이른 아침으로 옮겼고 심심찮게 결석해도 그냥 족족 넘겨 버리는 것 같았다. 오늘도 수업 중간에 나가는 날 향해 깍듯하게 고개를 꾸벅 숙였다. 차마 잘 다녀오시란 말은 나오질 않나 보다.

이처럼 카스토르가 다녀간 뒤로 사람들은 묘하게 달라졌다. 그건 레이 경 또한 마찬가지였다. 내가 행정청으로 들어가고 나서 레이 경은 나와 동행을 자처했다. 내가 나올 때까지 근처 자유 훈련장에서 나를 기다린다고 했나.

'아니, 검사단에서 쫓겨났다면서 그곳을 이용할 수 있긴 해?'

지금까지 정다운 교류 하나 없던 레이 경과 나 사이에 묵묵히 기다리는 행동이 더 불편하게 하는 걸 알기나 할까.

생각하는 동안 어느새 짐마차가 멈췄다. 레이 경은 짐승처럼 날쌘 동작으로 사다리도 없이 훌쩍 뛰어내렸다. 나도 내리려고 보니 보통 달려 있던 사다리가 없었다.

"저런. 내리는 데 애를 먹는 것 같군요. 도와드릴까요?"

먼저 뛰어내렸던 레이경이 위로 얼굴만 삐죽 내민 채 히죽 웃었다. 건수 잡았다는 듯이 팔을 괸 얼굴 위로 얄밉기 그지없는 표정이었다.

"아가씨, 여기에 제 손이 놀고 있습니다."

영화에서는 사람이 개과천선하거나 안 하던 행동을 하면 전부 데드 플래그였는데, 레이 경 어디 사채라도 쓴 걸까? 마치 저 아니면 어떻게 하겠냐는 듯이 팔을 벌리면서 말이다.

지금이라면 레이 경을 향해 두꺼운 전공서를 내려치면서 돌아와요 레이 경! 하고 말을 할 수 있을 것 같은데.

"내키진 않지만 기꺼이."

가끔 뭐든 간에 잴 보면 던지고 싶어진단 플뢰온의 말을 이해하면서 난 그의 품에 몸을 맡겼다.

"경, 미리 말하는데, 나중에 가서 나 때문에 지루했다느니 그런 소리 말고 심심하면 먼저 가도 좋아."

"명심해 두도록 하지요."

그는 날 안아 든 채 소탈하게 웃다가 속삭인다.

"그럼 오늘도 무탈히."

무탈했으면 얼마나 좋았을까.

나는 피폐물을 좋아했다. 덤으로 추리물도 좋아했다. 하지만 한 번도 피폐물이라거나 추리물 속 주인공이 되고 싶다는 생각은 해 본 적이 없다. 그런데 지금 그 두 개를 모조리 해 보게 생긴 것 같다.

쨍그랑. 막 그라니우스가 아끼던 유리잔이 깨졌다.

솔직히 피폐 로맨스에 환생한 걸로 모자라 40번 넘게 회귀했다. 피폐라는 능력치가 있다면 최고 능력치를 달성하다 못해 마스터했지 않았나 싶지만,

추리는 글쎄. 지금부터 경험치를 쌓아가고 있고 오늘로 레벨 업 해 보게 될 것 같다는 생각이 든다.

한 시간 전. 보통 집무실에 가장 먼저 출근하는 나는 주로 오자마자 창문을 열었고 간밤에 쌓인 쓰레기를 비우거나 한 번씩 집무실 구석에 놓인 갖가지 술병을 치우는 일부터 했는데, 오늘은 그보다 다른 일부터 하게 될 것 같다.

집무실에는 나보다 먼저 온 손님이 있었으니까.

"음, 누구세요? 그라니우스 님의 손님이신가요?"

일단, 만약에라도 실례를 범했다간 큰일이니 먼저 물었다. 아무리 봐도 저 검은 옷이라거나 눈구멍만 뻥뻥 뚫어 놓은 복면이라거나 검은 부츠까지 풀 세트 장착한 분의 성함은 도 씨라거나 도 선생 같지만, 나는 패션에 관대한 사람이니까 만약을 대비해 차를 꺼낼 생각도 했다.

한참 조영관의 책꽂이 앞을 뒤지고 있던 정체 모를 남자는 나를 발견하고서 흠칫 놀란다. 그걸로 봐서 상당히 집중했던 모양이었다. 책상이며 바닥이며 아주 작정을 하고 어지럽힌 듯, 도무지 제자리에 있는 물건이 없었다.

유리로 된 것들은 바닥에 전부 파편이 되어 흩어져 있어 상당히 위험해 보였다. 저 엉망이 된 책장은 다 내가 치우겠지? 이러면 안 되지 싶으면서 자꾸 태평한 생각이 들었다.

"도둑이냐, 강도냐."

나를 쳐다보는 눈은 아주 차가웠고 처음 보는 푸른색이었다. 차라리 광기에 물들었다면 카스토르다 생각하고 욕이라도 해 볼 텐데 그는 정말 냉정하게 나를 내려다보며 고민하는 것 같았다. 죽일까?

검집을 건드리는 걸 보아 심상치 않다. 남자의 시선이 나무처럼 타고 올라간다. 짐승처럼 새파란 눈동자를 보자마자 나는 저 사람이 나를 죽이리라는 것을 알 수 있었다.

그 순간, 남자가 땅을 박차며 이쪽으로 뛰어 들어왔다.

바닥으로 부딪힌 몸을 느낄 새도 없이 컥, 숨이 조여 왔다. 나는 80미터에 17초나 걸리는 운동치였는데, 이번 생 또한 마찬가지였다. 목을 거머쥔 손에 얼마나 힘을 준 건지, 거칠게 숨이 컥컥 넘어가며 금방 현기증이 느껴진다. 캌, 새된 짐승 같은 소리를 냈던 것도 같다.

"크읍. 큽, 그, 라니우스……."

오늘은 그라니우스가 좀 빨리 오지 않나. 아주 잠깐, 왜 내 인생엔 이럴 때 멋지게 나타나는 검사님 하나 없나 생각했다. 도무지 내 나이를 배려하지 못한 처사에 고통스럽고 깜짝 놀랐으며 짜증이 났다.

왜, 왜, 나만!

목이 짓눌린 채, 손을 더듬다가 냅다 잡힌 것을 남자의 팔뚝 안쪽에 꽂아 넣었다. 크윽, 고통스러워하는 소리가 들리고 목을 죄고 있던 손에 힘이 빠졌다. 나는 그대로 남자를 밀치고 기어서 밭은기침을 토해냈다. 관자놀이와 폐가 꽉 죄인 듯 아파서 들어가는 숨도 나가는 숨도 아프게 느껴졌다.

"컥, 다, 당신……."

이 새끼. 너 도둑이지? 그 말이 나오질 않아 나는 거칠게 숨만 내쉬었다. 막 손을 수습한 남자는 피를 뚝뚝 떨어트리면서 당황한 것처럼 보였다. 푸른 눈이 재빠르게 방 곳곳을 훑는가 싶더니 벌떡 일어나 달려 나갔다.

"거기 서!"

창문! 약 10초 늦게 창문에 도착한 나는 이미 뛰어내려 저 멀리 달려가는 남자의 뒷모습을 보았다. 뒤를 본다.

'1층으로 내려가는 계단!'

이곳은 2층 창문이었다. 그동안 수없이 많은 죽음에 길들었던 나는 어떡할까 생각할 틈도 없이 몸이 먼저 움직였다. 그리고 뛰어내리고서야 그런 생각이 들었다. 일기장, 사라졌지? 비록 더는 살아나지 않겠지만 아직 내겐 고통에 무딘 몸이 있다.

'아마 어디 부러지지만 않는다면 쫓아가거나 소리 정돈 지를 수 있겠지!'

그렇게 생각하며 어떡하면 덜 다칠 수 있을까 고민하는 그 순간 바람이 훅 불어 나를 바닥으로 내려놓았다.

"아가?"

"펜네 님!"

나는 펜네에게 고맙다고 할 새도 없이 남자가 도망친 쪽을 보았다. 늦지 않았다! 일직선 길의 끝에서 막 모퉁이를 돌던 검은 옷의 끝자락이 보였다.

"저거! 저 사람! 잡아야 돼요! 도둑이야! 그라니우스 님 집무실에서 물건을 훔쳤어요!"

펜네가 나보다 더 허둥대면 어떡하나 싶었는데 다행히 그는 베테랑 신관이었다. 날더러 여기 있으라고 한 뒤 재빠르게 제 몸을 띄워 남자가 사라진 모퉁이로 날아갔다. 눈으로 붙잡지도 못할 속도에 쯧쯧 혀를 차며 감탄하다가 그대로 주저앉았다.

"아아."

하아, 뒤늦게 온몸이 뻐근했다. 실실 헛웃음이 터져 나오면서 어처구니가 없었다.

"더는 다시 태어나지 않는데."

깜빡할 게 따로 있지. 어쩌면, 내가 아니라 다른 누군가 이 몸으로 환생했다면 40번이나 죽지 않고도 살아남았을지도 모르겠다. 인제 그만 나는 내가 멍청하다는 사실을 인정해야 하나 보다.

아니, 처음부터 환생 따위 하지 않았다면 좋았을 텐데. 정말 『루스벨라의 빛』 속에 태어나게 해 줄 거라면 좀 더 좋은 생도 많았잖아. 나는 전생에 나름 착하게 살았다.

물론 사람이 늘 착하게 살 수만은 없어서 가끔 쓰레기도 버리고 무단횡단도 하고 술 먹고 행패도 부렸지만, 가끔 기부라거나 봉사라거나 한겨울 구세군 냄비를 지나치지 못했거나, 착한 일을 소소하게 했다고. 그러니까 이렇게 인생이 구르고 또 구를 이유는 없지 않은가.

"분명 그 목걸이였지?"

너무했다. 이 심부름꾼의 일에서 좀 벗어나 보려고 한 게 죄인가? 눈앞에서 뺏긴 기분이 참담했다.

'하아. 망할. 눈앞에서 빼앗길 줄이야.'

그건 나를 카스토르의 손아귀에서 빠져나가게 해 줄지도 모를 중요한 물건이었다. 내가 반달이 걸려도 찾지 못한 걸 어떻게 찾아낸 것인지 몰라도 눈앞에서 홀랑 뺏긴 기분은 아주 더럽고 허탈했다.

"아가, 괜찮니? 나와 함께 치료하러 가자꾸나."

돌아온 펜네가 나를 안고, 집무실로 향했다.

조금 뒤 좀 이르다 싶은 아침에 조영관의 집무실에는 순찰대들이 모여 있었다. 그라니우스를 포함한 지금 출근한 이들이 전부 모인 듯했다.

나는 한쪽 구석에 앉아 목을 쓰다듬으며 간간이 조영관과 이름 모를 중년, 청년들의 질문에 답하며 참았던 숨을 몰아쉬었다.

"힘들어."

고작 몇 분 전력 질주했다고 물먹은 솜처럼 늘어진 몸을 보니까 정말 이 몸은 답도 없는 것 같았다.

'일단은 부러지지 않았으니까 다행인가…….'

그나마 침입자가 2층에서 뛰어내려서 망정이지 그대로 조영관 집무실에서 뛰어내리고 펜네가 나를 보지 못했다면 그대로 다리 하나쯤은 부러졌을지도 모르겠다고 생각하며, 깍지를 끼고 침묵한 그라니우스를 쳐다보았다.

"아델리스, 없어진 것은……."

평소 그라니우스는 생긴 것과 달리 꽤 깔끔한 성격이었다. 그러나 지금 그의 집무실은 눈 뜨고 볼 수 없게 아주 엉망이었다. 이게 그의 분노에 단단히 한몫한 것 같았다.

서늘하게 가라앉은 그의 눈동자가 도열한 사람을 훑는다. 오른쪽부터 왼쪽 끝까지. 분노는 뜨겁지만은 않았다. 서늘하고 조용하며 깊게. 방을 꿰뚫는 시선이 얼음송곳 같았다.

쭉 침묵을 이어 가던 그가 드디어 입을 떼었다.

"막내야, 다친 곳은 없느냐?"

그는 그래도 내 정체를 아는 사람이라 그런지 부하들의 질문을 깡그리 무시한 채 가장 먼저 내 안부를 물었다. 묻는 건 좋은데, 타이밍이 좋지 않은 것 같다. 청년이고 중년이고 다들 어리둥절해서는 나를 보고 있었으니까.

"괜찮……"

"안 괜찮아 보이는데요. 아델리스."

나를 대신해 대답한 것은 펜네였다. 어느새 소릭스 등 몇 번 얼굴을 본 이들이 고개를 끄덕이며 동조했다.

"그래, 수상한 자를 보고 막내가 뒤쫓았다고?"

"예, 2층에서 떨어지는 걸 제가 받았고, 제가 달려갔을 땐 이미 도망친 후였습니다."

"저랑 잠시 붙었는데 꽤 강한 실력자였습니다. 제 생각엔 아무래도 콘셀레티오(도적들의 신) 신관인 것 같습니다."

"메타."

"네! 도둑의 신관 납셨습니다. 흔적을 보니까 그런 거 같습니다."

뭔지 모르겠지만 다들 하나같이 침음에 잠겨서는 나는 모를 법한 말들이 오고 간다. 휙휙 스쳐 가는 용어들을 가늠해 보다가 목을 쓰다듬었다.

"아……."

그저 만지기만 했는데 따끔거리면서 조금씩 커지는 것 같다.

때때로 어떤 고통은 교통사고의 사고 후유증처럼 시간이 지난 뒤에야 나타난다던데 지금 내가 겪은 게 이런 걸까. 한숨을 쉬었다.

플뢰온한테 혼나겠네.

"집무실에 보관하던 것들은 모두 무사하다. 기밀 쪽도 무사해. 다만, 쥐새끼는 엉뚱한 것을 훔쳐 갔더군."

전날 내가 열쇠를 가지고도 낑낑대며 열지 못했던 서랍은 반쯤 파손되어 있었다. 그가 서랍에서 줄이 길게 이어진 금편 같은 것을 꺼냈다.

"그건…… 스켈로스의 목걸이군요."

"그래."

자잘한 보석이 붙어 있는 그것은 태양의 조각처럼 번쩍번쩍한 금빛을 드러냈고 온전하지 못한 형태로 보아 부서진 것 같았다.

"온전히 들고 가지 못하고 반으로 부숴서 가져갔더군. 이 목걸인 신관의 증표. 지금쯤 저주로 몸이 엉망이 되었을 게지."

……저주?

"예. 그럴 겁니다. 아주 중요한 신물은 신관들이 별도의 저주를 걸어 놓고서 주인이 아닌 자가 손을 댔을 때, 심한 손상을 입게 하니까요."

마치 방범 벨과 같은 기능이 저것에도 있었던 모양이다. 나는 그라니우스의 손에 들린 것을 보며 눈을 빛냈다. 뭐야, 반은 남아 있었어? 그럼 저걸 가져다가 헤르난데즈에게 줄 수 있을까? 나도 저주 받으려나.

"일단 경계를 강화하고 수상하다 싶은 놈은 전부 잡아들여. 펜네는 소릭스와 함께 몽타주를 작성하도록."

"네."

깍지 꼈던 손을 풀어낸 것과 함께 그라니우스가 모여 있던 사람을 해산시키고 모조리 밖으로 내보냈다. 그 과정에서 펜네와 소릭스는 나를 데려가 치료하고 싶었던 모양이지만 왜인지 조영관이 나를 잡아 둬서, 집무실엔 그와 나 둘만 남게 되었다.

"황녀님."

그가 처음으로 나를 제대로 불렀다.

"괜찮으십니까?"

막 바닥을 보고 있던 나는 고개를 들어 미지근한 얼굴로 그를 응시했다. 커다란 의자를 꽉 채워 앉은 그라니우스는 사람이되 단단한 바위 같았다.

"아무도 없으니 편히 말씀하셔도 됩니다."

얼마 전 내 정체를 정확히 말하던 그를 생각해보면 하릴없이 농을 던지거나 정겨운 삼촌인 양 다정한 모습 뒤로 그는 무겁고 단단한 자신을 숨겨 두고 있나 보다. 제련된 철처럼 한 단체의 장이라면 이런 위엄을 기본으로 가지는 걸까.

"......네. 괜찮아요. 별거 아니었는걸요."

이럴 때면 나는 황녀로 태어나되 영혼은 여전히 소시민에 가까운 을인 것 같다. 군림도 싫고 억압도 싫다. 나 하나 잘 먹고 잘 살았으면 좋겠는데, 이 하나가 되게 어렵다.

"죄송합니다. 당신이 다치는 일이야 제 소관이 아니라 생각하였지만, 귀하신 분의 생명을 위태롭게 했단 점에서 사과드려 마땅한 일이겠지요."

"2층에서 떨어진다고 죽지 않아요."

떨어져 봐서 아는데라곤 말할 수 없으니 어색하게 웃으며 고개를 저었다.

"……침입자 때문에 심하게 다치고 떨어졌는데도 말입니까."

사실 펜네가 말할 때 침입자가 나를 떨어트린 것처럼 말을 했는데, 사실 직접 뛰어내린 거니까. 모르는 모양인데 굳이 사실을 말할 필요는 없을 것 같아서 침묵을 지켰다. 그러자 군데군데 백발이 섞인 머리카락을 가진 그는 침잠하는 눈을 하고서 나를 쳐다보았다.

"황태자 전하가 그리 가르치셨습니까?"

그가 근엄한 목소리로 물었다. 황태자? 카스토르? 그 이름이 왜 여기서 나오는 걸까?

'아, 카스토르가 나를 이 자리에 추천했었지.'

그라니우스는 내가 카스토르의 예쁨이라도 받는 줄 알았던 걸까. 그거야말로 좀 끔찍한 얘긴데.

"어째서 그런 말씀하시는지 모르겠어요."

나는 잠시 그를 빤히 바라보다가 고개를 기울였다. 떨어져서 아프진 않은 건 아니지만 참을 만한 고통이란 걸 안다. 그러니 그의 말은 반은 맞고 반은 틀렸다. 카스토르가 가르친 건 아니지만, 카스토르가 이런 걸 알도록 몰긴 했으니까.

"모르겠다고 말씀하시면서 참으로 담담하시군요. 조금 전 높은 곳에서 떨어졌다는 사람답지 않습니다."

"그런가요?"

"그렇게 보이십니다."

대꾸할 말이 없어 눈만 데구루루 굴린다. 나는 그렇게 눈을 깜빡이며 두 달 내내 보았던 그를 한번 찬찬히 뜯어봤다. 항상 올려다봐서 몰랐지만, 마주 본 눈동자는 그가 주는 위엄에 비해 따뜻하고 믿음직스럽게 하는 구석이 있었다.

바람에 새하얗게 펄럭이는 토가를 보던 나는 솔직하게 털어놓기로 했다.

“이미 들킨 것 같아서 당신께만 털어놓는 거지만요. 난 사실 그리 놀라지 않았어요.”

나는 순진한 표정을 지우며 놀라지 않은 얼굴 그대로 그에게 낯을 보였다. 이미 겁먹은 연기하기도 글렀으니까.

그라니우스는 잠시 가라앉은 갈색 눈동자를 굴리며 날 바라봤다. 입을 다물었다가 떼어 낸다. 그가 천천히, 하지만 묘한 느낌이 드는 목소리로 말했다.

“처음, 황태자 전하께서 이 궁에 당신을 데려오셨을 때 저는 그분께서 당신을 두고 미리 신관으로 키우려고 하시는 것이라 생각했습니다.”

“그런가요?”

“네. 대부분 황족은 날 때부터 신관이거나 혹은 그에 준하는 자질을 띠고 있지요. 그러나 당신께는 소질이 없습니다.”

이미 알고 있는 사실이다. 나는 담담히 수긍했다.

“솔직하게 말씀드려서 저는 전하께서 무슨 생각을 하시는지 모르겠습니다. 그분께서 데려오신 당신이 저로 하여금 의문을 갖게 합니다. 당신은 이곳에 올 사람이 아니십니다……. 어째서 귀한 황녀님을 데려다 궂은일을 시키신단 말입니까?”

그거야, 귀하지 않으니까?

잠시 말을 끊었던 그라니우스는 한숨을 내쉰 것과 함께 다시 말을 이었다.

"가장 강력한 힘을 가진 신관이면서 태초의 뿌리를 이은 첫 번째 가지이신 그분이. 그토록 총명하던 어린 시절 모습과 지금이 어째서 다른 걸까요."

"……어릴 때와 달랐다고요?"

"네. 달랐습니다. 그분은 그저 순진하고 총명한 분이었습니다. 어느 시점부터 변하셨지만 말이지요."

그가 길게 숨을 내쉬었다. 어쩐지 괴로워 보이는 얼굴이었다. 카스토르의 어린 시절이라. 처음 듣는 얘기였다. 책 속에서 그는 언제나 어른이었으니까. 나는 대꾸 없이 그의 말을 들었다.

"지금은 이게 중요한 얘기가 아니겠군요."

굳이 내가 끼어들 구석이 있는 것도 아니었고, 그도 그냥 담담히 말하는 것에 가까웠기 때문에.

"제게는 황녀님보다 조금 어린 조카가 있습니다. 제 여동생의 아이지만 난산이었지요. 귀하게 자라 맛있는 것, 좋은 것, 귀한 것을 손에 쥐고 있었고 그것이 당연했습니다. 황녀께서는 제 조카보다 딱 두 살 많으십니다. 그런데 황녀님."

그가 고개를 들었다.

"저는 황녀님에게서 어린아이가 보일 법한 욕구를 본 적이 없습니다. 황녀로서 분명 귀히 자라셨을 텐데 서툰 청소도 차를 끓이는 잡무도 묵묵하게 하십니다. 그 인내는 무엇에서 오는 것입니까?"

나는 대꾸 대신 그를 응시했다. 말할 것을 골라내고 입속으로 굴려보다가 입 밖으로 조금 날것을 내보냈다.

"그 말은 제가 떼를 쓰지도 않고, 욕심을 부리지도 않으니 이상하단 말씀이네요."

"그 모습마저 나이답지 않으십니다."

"음, 조금 일찍 철이 들거나 어른스럽게 보이려 애쓴 것이 그리 보일 줄은 몰랐어요."

"그런 차원의 문제가 아닙니다."

나는 그가 하려 했던 이야기를 이해했다. 그는 나를 부족한 것 없이 귀하디귀하게 자란 공주님으로 알고 있었겠지. 그런 그의 눈에는 갑자기 나타나, 손님도 아닌 허드렛일 하는 아이 취급을 받는데도 불평이나 불만 하나 없는 내가 이상해 보이겠지. 이해 못할 이야기는 아니었다.

반대로 말해 어느 날 갑자기 귀한 회장 아들이 떡하니 나타나 비정규직으로 일하면서 커피를 나르거나 상사의 감정 받이가 되는데도 구김 없이 무척이나 씩씩하다면 나도 이상하게 생각했을 테니까.

나름의 결론을 내린 나는 담담한 눈으로 그를 바라보다가 고개를 끄덕여 주었다. 그러나 그라니우스는 단호하게 고개를 저었다.

"소신의 눈으로 보기에 황녀님께서는 이미 눈이 죽어 있습니다."

<왜 눈이 죽어 있지?>

잠깐 놀라지 않으려 찡그렸다가 대꾸 없이 입을 꾹 다물었다.

들어본 말이라고 생각했더니, 아모르가 했던 말이었다. 잠시 시선을 내려 바닥을 의미 없이 응시했다. 그라니우스가 한숨을 내쉬며 말을 이어 간다.

"그분이 어린 당신께 좋은 영향을 끼치지 않은 것만은 분명하군요."

왜일까. 그 말은 카스토르를 비난하면서 동시에 나를 안타까워하는 것처럼 들렸다.

<오늘은 일찍 돌아가서 쉬십시오.>

나는 반차를 얻었다. 웬 낯선 침입자에게 목을 졸린 것 때문이었다. 그러나 돌아가는 짐마차는 이따 노을이 지는 시간 하나뿐이라 행정청에 빈 방을 하나 얻어 소파 위에 가만히 누워 있게 됐다.

멍하니 누워 시간을 보내던 나는 벌떡 일어나 거울 앞으로 섰다.

"아, 큰일 났다."

그래도 잠깐 새 잡혔던 거라 손자국 같은 건 남지 않을 줄 알았는데, 웬걸. 거울을 보니 벌써 목에 퍼렇게 멍이 들기 시작한 게 보였다. 만지니까 쓰라리다.

"한나가 보면 난리 나겠는데……."

그나마 소릭스나 펜네같이 나를 예뻐라 하는 사람이 남아 있었으면 어떻게 치료라도 해 볼 텐데 그들은 몽타주를 만들러 갔고, 갑자기 난입한 침입자로 다들 바빠 보여서 조용히 약초랑 붕대만 얻어오긴 했는데……. 문제는 내가 이런 걸 혼자 해 본 적이 없다는 거다.

"……가정 시간에도 이런 건 안 배웠는데."

전생엔 이렇게 다쳐 본 적이 없고, 다쳐도 3분 거리에 병원이 있었지. 직접 치료할 일이 얼마나 있었겠나. 거기다 약초는 더더욱 볼일 없다. 얼마 전 죽고 반복하던 시간에는 고통이 곧 죽는 일이라 말끔하게 다시 태어나면 그만이었다. 이제야 내가 상처 하나 치료할 줄 모르는 어린애라는 걸 알았는데, 이런 방식으로 알게 되다니 씁쓸하고도 어처구니가 없었다.

"아……. 되게 씁쓸하네."

당장 난 아프고, 나를 걱정해 줄 사람과 치료해 줄 사람이 필요한데 내 공간은 여기서 너무 멀다. 돌아가면 한나가 있고 베스가 있고 데인과 플뢰온, 유모가 있겠으나 이곳엔 아무도 없다. 자취할 때 가장 중요한 철칙이 절대 아파선 안 된다는 거였는데. 이유는 간단하다. 혼자 있을 때 아프면 더 아프고 더 외롭고 더 힘드니까.

지금처럼.

아무리 무뎌져도, 여전히 외롭고 아픈 건가 보다.

왜, 지금 아빠가 생각나는지 모르겠다. 이젠 완전히 전생을 잊었다고 생각했는데. 그리워하는 마음은 아직 남아 있었구나. 나 이렇게 아프다고. 나 이렇게 힘들다고.

"……나 모르는 사람한테 목이 졸렸어."

"정말입니까?"

낯선 목소리 쪽으로 돌아봤다. 경악한 얼굴이 몇 걸음 떨어지지 않은 곳에 서 있었다.

"헤르난?"

"황녀님! 사실입니까? 누가 당신의 목을 졸랐다는 것이?"

그가 성큼성큼 다가와 붕대와 약초를 뺏어 가며 빠르게 지껄였다.

"아니, 저기, 여긴 어떻게."

"아델리스께서 절 불렀습니다. 중요한 건 그것이 아닌 것 같군요."

아니, 나한텐 중요한데. 많이. 그라니우스가 헤르난데즈를 불렀다고? 왜? 나는 의아한 표정을 지으면서 헤르난데즈에게 의문 섞인 시선을 던졌다. 유감스럽게도 그는 응답해 줄 생각이 없어보였다.

"급한 대로 실례하겠습니다."

사락, 풀어놓은 머리와 손이 부딪히며 귀 바로 옆에서 사각사각 소리가 났다. 그는 곧바로 나를 바닥에 앉히고서 붕대를 손에 들었다.

"아프시면 절 잡으세요."

그는 내 다른 손을 자신의 허벅지를 잡게 했다. 얼떨떨하게 그를 보는데 그가 고개를 숙였다. 나는 훅 숨을 삼켰다.

"잠깐."

"말씀하시면 안 됩니다."

헤르난데즈에게서 포근한 이불 내음과 사람을 편안하게 하는 상쾌하고 기분 좋은 향이 났다. 잠깐 너른 들판 위에 서서 시원한 바람을 맞고 있는 상상을 했다. 이 느낌을 뭐라고 표현해야 할지 생각하느라 시간을 소요했고, 치료는 눈 깜짝 할 사이 끝나 있었다. 워낙 조심스러운 손 탓에 붕대를 감으면서도 거의 아프지 않았다.

"하……."

그러나 난 숨조차 쉬지 못한 채 앞을 봤다. 그의 얼굴은 여전히 가까웠다.

"사정을 알았다면, 좋은 약이 있었을 텐데, 이런 일인 줄 몰랐습니다."

그는 처음 듣는 목소리로 중얼거렸다. 그러고는 천천히 물러났다. 난 목을 만지며 찡그린다.

"내일 되면 새카만 멍이 들 겁니다."

"괜찮아요."

그쯤은 예상했으니까. 피곤해서인지 백치 흉내가 힘들었다. 언제쯤 집에 가면 되려나 창문 너머로 막 지는 노을로 흘끗 시선을 주는데, 그가 나를 빤히 보고 있었다.

왜 가지 않는 거지?

"……붕대는, 아프지 않으신지요."

"응. 아프지 않아."

헤르난데즈가 입술을 깨물었다.

“그 사람은 잡혔습니까?”

“으음, 잡히지 않았다고 들었어.”

나는 잠시 헤르난데즈가 나를 추궁하면 어떡하나 걱정하며 그를 올려다보았는데, 웬걸 그는 엉뚱한 말을 꺼냈다.

“당신은 무서우면 무섭다고, 아프면 아프다고 말씀하셔야 합니다.”

그는 눈을 바라보며 또박또박 말했다. 새겨 달라는 듯이.

“무서우셨습니까?”

난 괜찮은데. 그래도 지금 내가 할 일은 좀 더 어리광 부리고 아픈 척하고 엄살 피우는 그런 쪽이리라 생각하며 고개를 떨어트렸다.

“그러네. 나 무서웠어.”

한쪽 무릎을 굽힌 헤르난이 내 앞에 몸을 숙여 앉았다. 그가 내 손등 위에 자신의 손을 겹치고 말했다.

“솔레토리움 순찰대는 유능하니까 곧 잡힐 겁니다.”

나는 어떤 대꾸를 하면 좋을지 몰라 그를 물끄러미 내려다봤다. 그는 근 네 달 내내 항상 나를 볼 때면 늘 이렇게 나보다 눈높이가 낮은 곳에서 나랑 똑바로 눈을 마주하곤 했다. 솔직하게 말해서 기분이 이상했다.

이곳에 그가 나타날 거라고 예상치 못한 데다 이런 반응일 거라고는 생각도 못했으니까. 그냥 당황한 채로 있고 싶었다.

“귀하신 당신께 손을 댄 것을 평생 후회하도록 만들겠습니다.”

“아니, 그럴 필요까진…….”

그러나 헤르난은 나를 그리 두지 않았다.

“아니요. 당연한 겁니다.”

흠칫, 몸이 떨렸다. 나는 눈을 동그랗게 뜨고 상체를 물렸다.

"당신은 마땅히 그런 대우를 받고, 응징할 권한을 가지셨습니다."

"……권한?"

"저를 부리십시오."

"부리라니……."

나는 말을 채 잇지 못했다. 말이 끝나기도 전에 헤르난데즈가 자신의 이마로 내 손등을 가져다 댔으니까.

"……어떤 처벌도 당신께서 그 순간 무서웠던 만큼 응징이 되지는 않겠지요."

참 이상한 일이다. 내 눈에 그가 정말로 안타까워하는 것처럼 보였으니까. 왜? 누군가 나를 진심으로 걱정한다면, 그건 한나와 데인과 플뢰온이 될 거고 레이 경이 되었지. 헤르난은 아니었다.

"걱정했습니다."

왜 당장 쓸쓸하게 진심인 것처럼 나를 쳐다보는지 모르겠다.

"소식을 듣자마자 달려왔어요."

나는 잠시 눈을 깜빡이며 호수같이 투명한 색채를 띤 눈동자를 바라보았다. 천천히 시선을 내렸다. 어떤 말도 하고 싶지 않았지만, 그가 나를 의심하기 전에 나는 내 역할을 해야 한다. 그는 카스토르의 검사니까.

"그랬구나. 걱정해 줘서 고마워."

공작의 의심이 곧 카스토르로 하여금 다른 마음을 먹게 할지 모른다.

사실 카스토르에게 당한 일이 없었다면 나는 헤르난을 달리 생각했을 것이다. 본디 책 속에선 참 충정 깊고 괜찮은 남자였지.

"앞으로는 당신의 경호에 신경 쓰겠습니다."

루스벨라를 좋아했지만 그 흔한 고백 하나 없이 깔끔하게 포기했고, 주군을 위해 도망가는 여자를 붙잡아 왔었다. 태양을 향해 자라는 해바라기처럼 카스토르를 위해 삶을 내던진, 오직 하나만을 숭배한 사람이었다.

책 속의 당신은 그런 사람이었다.

"그래도 괜찮은 거야?"

"괜찮습니다. 당연한 일입니다."

이제는 붕대가 둘둘 감겨진 목을 만진다. 아픔이 어렴풋하다. 난 이제 목이 졸려도 아프지 않아. 무뎌진 고통은 당신의 주인이 만든 작품이었으니까. 왜 네가 나를 진심으로 위로하는 건지 모르겠지만, 나는 차라리 너도 카스토르도 만나지 않았다면 좋았다고 생각한다. 평생 좁은 궁에 갇혀 지낼지언정 이곳이 책 속 세계인 것도 모르면 좋았겠다고.

"당신은 처음 본 모습과 많이 다른 사람 같아."

"첫인상 말씀이십니까?"

"응. 10일에 공을 보았을 때, 아주 냉정한 사람 같아 보였거든."

그건 이중적으로 들리는 말이었다. 수십 번의 하루 동안 그는 내게 말을 걸지도 않았다. 늘 카스토르의 옆에 서 있었을 뿐이었지만. 죽음을 40번이나 바라보는 시선이란 쉽사리 잊히지 않는 법이다.

그러니 설사 당신이 아주 조금이라도 내 죽음을 안타까워했다고 해도. 당신이 아무것도 하지 않았다는 사실은 변하지 않는다.

"냉정하다라……."

아마 사람의 3대 욕구를 식욕, 수면욕, 살인 충동으로 알지도 모르는 사람이 카스토르다. 그 사람의 충성스런 검사를 올려다보자 조금 울컥했다. 그러나 이내 차분해지며 침착하게 그를 직시할 수 있었다.

"그럴지도 모릅니다."

당신은 이 순간에도 그가 명하면, 망설임 없이 나를 죽이겠지.

"왜 나한텐 그렇지 않아?"

"당신께 냉정하지 않은 이유 말씀입니까?"

"응."

"그럴 이유가 있습니까?"

"그럼 나는 왜 여기 있어? 오라버니를 도우려다가 다쳤어. 이것도 당신과 오라버니의 뜻인지. 난 지금 혼란스러워."

그는 잠시 나를 바라보다가 의미 없이 바닥을 응시했다.

"……카스토르의 뜻일진 몰라도 제 뜻은 아닙니다."

그 말을 듣는 순간 더는 이 뒤숭숭한 공간에 이 사람과 있고 싶지 않아졌다. 막 남은 약초와 붕대 따위를 치우던 헤르난이 옅게 웃으며 이어 말했다.

"왜 제가 냉정하지 않으냐 물으신 거라면, 그러고 싶지 않습니다. 왜 제가 그리해야 되는지 모르겠습니다."

맑은 눈동자가 나를 향했다.

"저는 당신께서 생각하는 것보다 이전부터 당신을 먼저 봤습니다. 황녀께서 본 과거의 저와 지금의 제가 다릅니까?"

아주 많이.

"음, 뭐랄까. 이렇게 웃는 사람이라고는……. 생각 못했죠. 그날 무섭게 서 있기도 했고."

내 죽음을 바라봤지.

"되게 똑똑해 보였는데 내가 왜 여기 있는지 대답도 못하고."

"하하……."

그가 부드럽게 웃었다. 나를 향한 눈에는 어쩐 일인지 다정한 온기로 가득했다.

"궁금해하는 것에 말을 해 드리지 못한 것은 정말로 모르기 때문입니다."

약속한 듯이 헤르난데즈는 나와 눈을 마주했다. 맑은 눈동자에서 읽어 낼 수 있는 것은 없었다.

"헤르난은 오라버니 검사면서 모르는 것이 너무 많아."

하하하, 헤르난이 작게 소리 내면서 호수에 핀 백합처럼 청초하게 웃음을 터트렸다. 순간, 미풍처럼 옅은 미소를 짓는 맑은 눈동자 안으로 서글프고도 기묘한 뜻을 모를 것이 스쳐 지나갔다.

"예. 10년을 모셨지만 그의 뜻은 늘 그렇습니다. 저로서도 헤아릴 수 없는 것이지요……."

떡밥을 던지듯 의미심장한 말들이 지나갔음을 알지만 좀처럼 깊게 생각하고 싶은 마음이 들지 않았다.

당신을 믿지 않아.

체온이 떨어져 나간 손가락이 잠시 허전하다고 생각하다가 손을 꽉 쥐었다. 피곤하다.

"하지만, 황녀님."

어지러움에 눈을 감는데, 막 일어나려는 헤르난데즈에게서 작은 속삭임이 떨어져 나왔다.

"저는 당신께서 다치는 것을 한 번도 바라지 않았습니다."

* * *

해가 진 차고에는 짐마차가 쭉 서 있었다. 이미 먼저 와 있었던 레이 경이 마차에 기대어 있다가 인기척에 고개를 들었다.

"오셨습니까?"

짙은 남색 눈동자가 노을에 푹 잠겨 있다.

"응."

대충 대답하며 마차 위로 올라가려고 했다.

그러나 멈칫하고 말았다.

"……이거 사다리는?"

"마부가 이르길 부서졌다고 하더군요."

그가 옅게 웃으며 어깨를 내밀었다.

"빌리시겠습니까?"

"……선택의 여지가 없잖아."

불만스럽게 뇌까리자 그는 정 싫으시다면 엎드려 있을 테니 밟고 올라가란 말로 나를 기함하게 했다. 기어이 엎드리려는 경을 겨우 붙잡아 매달렸다. 겨우 짐마차 하나 오르는데 이런 실랑이라니 이쯤 되면 누가 상전인지 모를 일이다.

"피로하십니까?"

"당연하지. 난 아직 열네 살이라고. 노동에 찌들기엔 이른 나이야."

그런데 이미 죽는 것에 적셔져 버렸지. 이번 생은 모로 보나 이미 글렀다는 생각이 들었다. 아니 어쩌면 이곳이 책 속 세상이었을 때부터, 정체를 알 수 없던 일기장이 손안에 들어와 나를 휘두를 때부터 나는 정처 없이 헤매고 있는 건지도 모르겠다.

"못 보던 상처가 있는 것 같습니다만, 물어도 대답해 주지 않을 것 같군요."

"잘 아네."

괜히 옷깃을 만진다. 목이 아니라 팔뚝이나 허벅지 같은 곳이면 어떻게 가려 보겠는데, 이건 어떻게 가릴 수조차 없다.

조금 뒤, 마차가 출발했다. 태운 것이라곤 나와 레이 경, 약간의 짐뿐인 짐칸은 바퀴 소리 말고는 고요했다. 침묵 속에서 잔잔한 졸음을 느낄 무렵 레이 경이 여상하게 말했다.

"황녀님."

"왜."

"당신께서는, 어째서 황자님들의 반대를 무릅쓰고 이곳에 오는 것입니까."

그답게 조심스러움은 조금도 느껴지지 않는 목소리라서 눈감은 채 피식 웃었다.

'아무렇지 않게도 물어보네.'

묻지 말랬더니 상처에 대해 묻는 대신에 다른 걸 물어본다. 더구나 한 달 내내 하녀장과 유모와 한나와 그리고 플뢰온이 묻지 못한 걸 참 잘도 묻는구나 싶었다.

문득 피투성이가 된 한나를 옮길 때 플뢰온의 얼굴을 떠올렸다. 이내 사저에서 돌아온 데인이 나를 보며 처음으로 화를 냈을 때를 떠올렸다.

<가지 마.>

눈처럼 희고 고운 공작이 나타나 나를 데려가던 날. 어린 오라버니가 예쁜 얼굴을 흐리며 나를 붙잡았을 때, 나는 조금 의문이 들었다.

<가지 마. 네가 가지 않아도 되는 방법을 찾아볼게. 왜 그렇게 웃는 거야…….>

데인 왜 그래? 우린 죽지 않고 다시 만났잖아. 기뻐해야지.

<왜? 어째서?>

<잠깐 사저에 다녀온 것뿐인데 더는 내가 알던 네가 아닌 것같이 느껴져.>

다시는 만나지 못할 것이라 생각했던 널 앞두고서 나는 꽤 기뻤는데, 데인은 그렇지 않았나 보다. 나는 너를 무려 세 달 만에 만난 거란 말이야. 그리고 가지 않을 수는 없어. 또 카스토르가 찾아오면 어떡해? 앞으로 다시 죽지 않으려면 이것 말고는 방법이 없었어.

휘이잉.

머리카락이 살랑살랑 흔들린다. 따각따각 규칙적인 바퀴 소리를 들으면서 만약, 내가 이곳에 오지 않았다면 어땠을까 생각해본다. 나 대신 진짜 '아실리'가 이 모든 고생을 했을까?

세상은 진짜 아실리에게는 좀 더 좋은 버프와 혜택을 주었을까. 내가 나타나서 어디론가 사라진 '아실리'는 어디로 갔을까? 너는 나보다 더 슬기롭게 해결했을까? 사이사이 파고드는 바람이 시원했고, 잠이 솔솔 오기 시작했다.

뛰고, 구르고, 죽고, 다치고, 나는 로맨스물에 들어와 주인공도 아니면서 주인공의 액션 신은 전부 찍고 있는 것 같다. 이토록 처절한데. 왜 책 속에서는 '내' 존재를 한 줄로도 나타내지 않았던 걸까.

왜 이 고생을 하고 있지?

"……살고 싶으니까."

마지막으로 수마에 빠져들기 직전 따뜻한 이불 따위가 깃털처럼 포근하게 날 감쌌던 것도 같았다.

"주무십시오. 도착하면 일러 드리겠습니다."

대답할 기운도 없어 낮고 나직한 울림을 듣고 있다가 그대로 스르륵 잠에 빠졌다. 다시 눈을 떴을 때, 포근한 침대였다.

"아실리."

"……데인."

거뭇해진 하늘, 총총 떠 있는 별이 보였다. 하늘보다도 아름다운 내 작은오빠는 울 것처럼 얼굴을 흐리고 있었다. 나는 잠시 눈을 깜빡이며 데인을 바라보다가 입을 벌렸다. 네게 하려던 말이 있었던 것 같았는데. 그는 내 목을 쓰다듬다가 아주 조용하고 나직하게 속삭였다.

"미안해."

나는 무엇이 됐든 데인 네 잘못이 아니라고 말해 주고 싶었지만, 수마가 덮쳐들어 말은 끝내 이어지지 못했다.

* * *

"뭐? 시내로 나가 본 적이 없다고?"

순찰대이자 올빼미의 신관인 소릭스가 방문했을 무렵이었다.

오늘도 신분 강등 겸 반쯤 스파이 노릇 하는 일에 충실히 하고자 나는 그라니우스와 그의 이런저런 얘기들을 듣고 있었다. 그런데 돌연 소릭스가 내게 수도 중심의 '포룸'에 가 본 적 있냐고 물은 것이다.

"네. 없어요."

포룸은 수도에 있는 광장을 말했다. 나는 고개를 살래살래 저었다.

"그럼 아고라는? 검투장은? 상점과 인술라도 몰라?"

"어, 음, 그게, 저는 시골 출신이라서요."

언젠가 애나와 나눴던 대화를 떠올리며 얼버무리다 보니 시골 출신이자 수도 구경 할 시간도 없었던 불쌍한 소녀가 되어 버렸다. 소릭스는 눈을 그렁그렁하게 뜨고는 쪼그리고 앉아 그라니우스에게 어떻게 이럴 수 있냐며 하소연했다.

"시끄러워. 세상에 불쌍한 애가 쟤 하나냐? 그럴 시간에 수도 치안을 챙겨서 범죄를 막을 생각이나 해."

"어떻게 그런 매정한 소릴 하십니까!"

어느새 함께 온 수석 부관 펜네마저도 고개를 끄덕이고 있다. 나는 허허 끄덕일 수 없었다. 어제 들은 말에서 그가 그냥 하하호호 웃고 있는 호탕한 삼촌뻘이 아니라는 걸 알았기 때문이었다. 그가 웃으며 나를 봐도 무슨 꿍꿍이인걸까 먼저 생각해 보게 된다.

나는 이곳에서 심부름꾼을 하는 아이였지만 몰락 귀족의 여식으로 알려진 점과, 꽤 어여쁜 외모로 맡은 일에 비해 과분한 대우를 받는 편이었다. 원래 심부름하는 아이라면 이렇게 조영관의 집무실에 들어오지도 못하고 문밖에서 대기하게 한다는데 이렇게 나를 안쪽에 중요한 얘기를 하는 곳에 두는 것만 봐도 그랬다.

무엇보다, 그라니우스는 나를 알고 있었다. 내 정체를 알고 있다면 여기에 왜, 무엇 때문에 보내진 것인지도 알고 있을까? 그는 모른다고 했지만.

'글쎄 그건 모를 일이지.'

사실 나도 모르는 내 목적을 그가 알고 있는 거라면 우습기도 하겠다. 황태자는 나를 여기에 스파이로 보내고 이곳의 대장은 스파이가 왔구나 알고 있는 꼴 아닌가. 꼭 트루먼 쇼의 주인공이 된 느낌이다.

"안되겠습니다. 제가 데려가야겠어요."

"……펜네, 쟤 내보내."

"아. 아델리스으, 여기에서 아델리스가 꼬맹이 없이 할 수 없는 일이란 게 있습니까? 하루 정도는 쉬어줘야 한다니까요?"

"저도 동의합니다."

소릭스가 넉살 좋게 손을 들어 올렸고, 부관인 펜네가 나긋하게 한 마디씩 부추겼다. 결국 날숨을 토한 그라니우스가 투덜거린다.

"대체, 니들이 심부름꾼 아이의 복지를 신경 쓰는 이유가 뭐냐? 너희가 언제부터 어린애를 챙겼다고?"

"그거야, 음."

잠시, 소릭스가 고개를 돌렸다. 나와 딱 눈이 마주친 그가 해사한 웃음을 지었다.

"그냥, 정이 가는데요?"

"맞습니다, 아델리스. 사람이 사람에게 끌리는 데 이유를 찾지 마십시오. 왜냐하면 저도 제가 아델리스를 따르는 이유를 잘 모르겠거든요."

"허어?"

"그라니우스 님, 저는 펜네처럼 건방진 소리는 안 했습니다!"

대체 왜 내 바깥나들이에 이토록 열과 성을 다하는 걸까. 이해는 할 수 없었지만 기분이 나쁘진 않아서 잠자코 지켜보고 있었다.

좀처럼 쉽게 허락하지 않고 제 부하들을 한심하다는 듯이 보던 그라니우스가 도리어 나를 향해 물었다.

"막내야, 나가고 싶으냐?"

꼭 부장님이 그래, 김 대리 불편한 일은 없고? 물었을 때 느낌과 비슷했다.

'상관의 덕목은 답정너인가.'

어차피 당장 소릭스를 따라서 나가든 그라니우스의 집무실에 남든 내게 결정권이 없다. 이곳에서 가장 을은 나이므로 내게 물어도 소용없는 일 아닌가?

나는 그라니우스를 올려다보았다. 그의 뜻이 무엇이건 눈치는 이쁨받는 부하가 되기 위한 최고의 수단이다.

“음, 글쎄요. 말씀하셔도 저는 잘 모르겠어요. 어차피 저는 이곳에서 일을 도와야 하잖아요?”

“도울 일이 이곳에만 있는 것은 아니지.”

“나가서 소릭스 님을 도우라는 말씀인가요?”

잠시 고개를 기울인다. 이게 그가 원하는 대답인가? 책상에는 웃고 있지만 잔잔한 갈색 눈이 자리 잡고 있었다. 그라니우스는 웃을 듯 말 듯한 얼굴로 대꾸했다.

“네가 원하는 것을 물었단다.”

“저처럼 천한 시종의 의견을 어찌 물으시는지 모르겠어요.”

“천하고 말고는 내가 묻는 순간부터 중요치 않다.”

볕이 드는 창문을 뒤로한 채 앉아 있는 조영관은 사람이기보다 우직하게 자리를 지키는 나무 같았다. 천천히 그에게서 눈을 떼어 냈다. 뒤로 보이는 볕에 눈이 따가웠다. 조금, 마음 한구석이 따가운 것처럼.

“그라니우스 님이 생각한 것이 곧 제가 해야 할 일이 되지 않을까요?”

“그럼 내가 당장 부당한 일을 시켜도 그대로 할 참이더냐?”

“어, 제가 배우길 그건 아랫사람이 판단하는 것이 아니라 하였어요.”

그는 애매한 답을 내놓은 학생을 보듯이 흐음, 하고 소리 내었다. 그러고는 다시 물었다.

"너는 꼭 태어나면서부터 한 번도 남 위에 서 보지 못한 것처럼 말을 하는구나."

이곳으로 급히 오게 되면서 교육은 전혀 받지 못했지만. 네 달이 지난 지금 눈치로 어떻게든 맞춰 가고 있다.

"힘들지 않으냐?"

"……힘들지 않아요."

조금 힘들고 지치더라도 시종 일이 죽는 것보단 나았다.

"너는 원하는 것이 없느냐?"

마치 이틀 전 있던 일과 연장된 대화 같았다. 왜 자꾸 내게 이런 것을 묻는지 모르겠으나 예상해 보자면 약간의 동정과 연민이 섞여 있는 것 같았다.

한데 꽤 아프게 느껴지는 말을 하는 구나. 저건 달리 말해 넋 놓고 사는 네가 어딜 봐서 황녀냐. 뭐 이런 소리겠지. 여기에 대고 난 무슨 말을 해야 하나. 슬쩍 고개를 조아리며 대꾸했다.

"음, 무슨 말씀을 하시는지 모르겠어요. 그러니까 제가 왜 지금의 제가 되었냐는 말씀이지요?"

그러게 말입니다. 나는 왜 나보다 어리면 어렸을 청년들에게 귀염 받으며 허드렛일을 하고 있을까요. 이렇게 웃고 있지만, 나는 언제 죽을지 모르고. 당신들은 나를 지켜 줄 수 없겠지.

나는 한번, 눈만 들어서 올려다봤다가. 천천히 내리깔며 옅게 웃었다. 굴리던 말들을 한 글자 한 글자 힘주어 내보낸다.

"그렇게라도 해야 했으니까요."

"원치 않았다는 말이냐?"

"글쎄요, 원하고 원치 않고를 따질 새도 없었던 것 같은데……. 해일과 같은 자연재해가 호불호를 따져서 올까요?"

나도 내가 여기 왜 오게 되었는지 모른다. 하지만 내가 살아 있음은 내가 의도한 결과다.

나는 전생과 지금을 합쳐 평생 연기 한 번 해 본 적 없는 사람이다. 이런 내가 살기 위해 머리 빈 계집애 노릇을 하며 금수저도 뻥 차 버렸다. 전부 당장 미래로 갈 수 있다면 감내해야 할 것들이었다. 어차피 저 사람은 내가 보낸 시간을 말해도 모를 테지. 그렇게 생각하며 고개를 들었다.

"저는 해일 앞에서 최선을 다했어요."

그가 웃음을 터트렸다. 대체 어느 부분에서 웃긴 건지 모르겠지만 그는 책상을 두드리며 호탕하게 웃다가, 고개를 들어서 나를 보았다. 이채가 스친 것도 같았다. 이내 관자놀이에 큰 주먹을 대고 괴더니 입꼬리를 크게 말아 올렸고.

"재해라……."

이렇게 중얼거린다.

마침내 소릭스를 향한 그라니우스가 입술을 열었다.

"바깥 구경은 아니더라도 막내에게 연무장쯤은 구경시켜 주려무나."

침묵하던 소릭스가 얼른 고개를 들었다.

"연무장을요?"

"그래. 덤으로 다른 순찰대들도 막내를 보면 좋아할 테지."

그가 고개를 기울이면서 빙긋이 웃었다. 그건 할아버지가 손녀의 재롱을 보는 것과 비슷했고 생각 못 던 기지나 기예에 감탄하는 것처럼도 보였다.

의외인 사실은 이렇게 젊어 보이는 소릭스가 꽤 높은 위치에 있다는 거였다. 신관으로서 재능도 검의 자질도 혈통도 전부 손꼽히는 귀족이라고.

"다음엔 꼭 수도에 데려가 줄게."

상쾌하리만치 푸른 하늘을 보면서 문득 참 다정한 사람이라고 생각했다. 겨우 반달 남짓 봤을 어린애에게도 이런 친절을 보이는 사람. 의도를 생각지 않아도 되는 이런 편안함은 얼마 만인지.

<이곳에서 불민한 움직임이 보입니다.>

불민이라. 그것은 카스토르 기준의 '불민'일까?

'아마도 그렇겠지.'

이곳은 황태자도 2황자의 편도 들지 않은 중립 지대라고 하였다. 바꿔 말하면 가장 물밑 싸움이 치열한 곳이다. 당장 목걸이를 손에 넣을 수 없는 지금, 나는 헤르난데즈에게 정보를 안겨다 줘야했다. 어떤 정보를 안겨 주어야 이곳에서 나갈 수 있을까.

"소릭스 님. 중앙에는 황제 폐하와 황태자 전하가 계시다 들었어요."

"응. 그렇지."

나는 잎새에 비친 볕에 발갛게 물든 소릭스의 얼굴을 보며 생긋 미소 지었다. 의도를 감추기 위해 퍽 순진하게 천천히 정제된 말들을 입 밖에 내보았다.

"서쪽에서 일을 하던 때엔 생각지도 못하던 일이에요. 행정청이 너무 신기하고요. 그리고 궁금하기도 해요. 저는 아름다운 황자님 얘기를 아주아주 많이 들었어요. 특히 중앙 궁에 사신다는 황자님 얘기를요."

"그러니?"

"네."

다정하게 머리를 쓰다듬는 손을 느끼며 나는 잠시 속으로 사과를 건넸다. 당신의 다정함을 이렇게 갚아서 미안해요. 사실 당신이 나긋하게 잘해 주는 사람은 당신을 어떻게든 이용할 생각밖에 없는 약은 계집애라고. 그는 모를 것이다. 영영 모르게 해야겠지. 오래전 시간을 반복하던 이전처럼 양심이란 게 있다면 콕콕 찔렸겠지만 이미 마모된 감정들. 시간이 내게서 강렬하고 반짝이는 것들을 전부 앗아 가 버린 뒤였다.

"소릭스 님은 황태자 전하를 어떻게 생각하세요?"

멈칫, 소릭스의 걸음이 멈췄다. 나를 돌아보는 얼굴에 당황이 엿보였다.

"……네게 얘기를 해 준 사람이 얼마나 위험한지는 알려 주지 않은 모양이구나."

"위험이요?"

굳은 표정의 그가 고개를 끄덕였다.

"그래, 그분의 얘긴 함부로 해선 안 되거든."

이제는 아주 오래된, 겁에 잔뜩 질렸던 하녀의 얼굴을 떠올렸다. 그건 이미 알고 있지. 네 얘기가 궁금해, 소릭스. 너는 내게 어떤 이야길 줄까.

"그분은 뭐랄까…… 아주, 위대하신 분이셔."

물정 모르는 어린아이를 보듯이 소릭스는 복잡한 얼굴로 쓰게 웃다가 곧 한숨처럼 덧붙였다.

"왜냐하면 그분의 강한 힘은 우리와 같이 하위 신을 이어받은 자들에게 아플 정도로 존재감을 드러내거든. 백 걸음 이상 떨어져 있어도 심장의 고동 소리처럼 그분의 존재를 느낄 수 있단다.”

“고동 소리?”

“그게 바로 「주신의 힘」이야. 그 분이 가진 힘은 모든 힘의 뿌리라서 우리는 본능처럼 이끌리며, 나 같은 신관들에게 있어 충성과 존경을 이끌어 내지. 신관인 이상 거역할 수도 거부할 수도 없고 의무 같은 것이야. 거부한 순간 참을 수 없는 고통을 겪게 돼.”

이쯤 되면, 거의 살아 있는 종교 아닌가? 소릭스는 오래전, 주신이 초대 황제를 만났을 무렵의 이야기를 꺼냈다.

“태초의 황제와 신의 인연에서 시작된 신관들의 힘은 황가에 절대 반하는 것을 못하게 했어.”

다른 얘기지만, 이천 년 동안이나 제국에 흔한 반란조차 없던 이유가 이거였구나 싶었다.

“그럼, 만약에요, 아주 만약에 가장 강한 힘을 가진 사람이 나쁜 마음을 품으면 어떡해요? 거역하면 아프다고 했잖아요. 그럼 더 아파요?”

소릭스가 경계하듯이 양옆을 휙휙 보았다가 이젠 꽤 심각해져 쪼그려 앉았다.

“……네가 어려서 그런지. 정말 만약으로 끝나야 할 소리구나.”

나는 참 나이에 비해 어린 취급을 받는 것 같다. 이게 외모 덕인지 멍청한 체 노력하려는 행동 덕인지 모르겠지만.

“신관에겐 선택의 기회가 있지.”

나는 퍽 진지하게 말을 하려는 소릭스를 빤히 응시했다.

“선택의 기회요?”

“그래. 가장 선량하고 뛰어난 후계자를 따를 권리.”

그가 새기듯이 한 글자 한 글자 힘주어 말했다. 나를 바라보는 녹색 눈동자에 첫날 보았던 것처럼 옅은 노란빛이 모습을 드러냈다.

"황제 폐하 아래 일곱 분."

소릭스가 말했고, 농담처럼 덧붙였다.

"따르고 싶은 이 아래서 고개를 숙일 권한도 있지 않겠니?"

그는 설핏 장난스럽게 웃으며, 곱게 주근깨가 뿌려진 뺨에 미소를 그려낸다. 뺨이 햇빛 부스러기처럼 빛을 내었다.

그리고 그가 검지를 가져다 댔다. 이건 우리만의 비밀로 하자며 쉿 하고. 막 새로운 재미를 찾은 악동처럼 짓궂고 은밀하게 미소 지으면서.

"황태자 전하께서 위대하신 분이라면 따르면 그뿐. 아니시라면…… 황녀까지 포함해 모실 수 있는 분은 총 여섯 분이지."

3황자님께서는 부재하시니까. 잠시 말을 끊었던 소릭스는 어린 소년이 지을 법한 말간 미소와 함께 다시 말을 이어 갔다.

"황태자 전하께는 이미 백발의 공작이 있지만, 나머지 분들은 아직 아니시지. 생을 함께하는 '수호자' 자리는 여섯 자리나 있단다. 2황자님께선 쿠룰루스(신관 귀족)와 플레비(비신관 귀족) 두 세력의 화합 때문에라도 고민 중이실 테고 추방된 3황자님이나 편찮으신 4황자님, 신의 혈통을 가지지 못한 분을 제외하면 두 분이 남아 계시지. 나는 그중에 황녀님의 등장을 기대하고 있어."

"황녀님이요?"

"아, 모르니? 제국의 가장 귀하고 어여쁜 꽃이시란다."

아올레시아. 제국에서 가장 아름다운 미녀를 닮았다지? 하는 말에서 떨떠름한 표정을 지었다. 음.

'생모의 팬을 여기서 보게 될 줄이야.'

나는 복잡한 것을 담아 그를 올려다봤다. 그는 아올레시아의 길고 탐스러운 연보랏빛 머리카락이니 제비꽃색 눈동자니 칭찬 일색을 담았다. 그의 이야기 속 황녀님은 나이 불문, 외모 불문, 심지어 생사 불문이지만 그는 곧 성년이지 않겠냐며 말했다.

"아주 아름다운 분이시겠지."

소릭스가 본인을 앞에 두고 몹시도 짓궂게 웃었다.

"그분의 검사라면 충분히 할 법하다 생각해."

"음…… 네. 뭐."

기대, 안 하는 게 좋을 텐데. 반창고가 붙은 뺨을 긁적인다. 소문이 순진한 청년을 망쳐 놓았네 생각하면서.

그런데 이상하다. 보통 훈련장이 수풀 사이에 있던가? 그라니우스의 허락 아래 우리는 훈련장으로 갔어야 했다. 아무래도 그가 길을 잘못 들었거나 그가 길을 잃었거나. 그러지 않고서야 훈련장이 이런 숲 사이에 있을 리가 없잖아. 무엇보다, 조금 전부터 느낀 건데 외성이 성큼 가까워진 것 같다. 착각이겠지?

"소릭스 님. 길이 조금 이상한 것 같아요."

"응? 아닌데? 맞게 가고 있어."

"자꾸 풀이 나와요."

"아 응. 일부러 무성하게 해 놓은 거야."

고개만 돌려 나를 본 소릭스가 개구진 소년같이 미소를 걸어 보이며 대꾸했다.

"개구멍이 잘 보이는 곳에 있으면 곤란하잖아?"

네? 무슨 구멍이요?!

아무래도 나와 소릭스는 우리가 어디로 가는지에 대해서 서로 다른 생각을 했던 모양이다.

"짠!"

막 수풀이 끝나며 눈앞으로 다가온 거대한 외벽을 보며 그 생각은 단단하게 굳어졌다.

"……아까, 수도 구경은 나중에 꼭 시켜 준다고 하지 않으셨어요?"

"응. 그러니까 나중에."

지금, 소릭스 씨가 나와 땡땡이를 치려 하고 있다. 아닌 게 아니라 그가 벽돌 몇 개를 빼내어 모습을 드러낸 개구멍을 보자 정말 아연해지는 기분이었다.

소릭스 씨, 넉살은 좋아도 꽤 성실해보였는데 아니었구나. 어쩐지 착실하던 사수에게 배신당한 기분이 되어 그와 구멍을 번갈아 본다.

"어서 가자."

그는 무서우면 먼저 가서 받아 주겠다며 나를 안심시켰다. 구멍이 무서운 게 아니라 무슨 생각인지 모를 상관이 걱정되는 건데. 그가 나를 예상 밖의 황녀라 생각하면 곤란하단 말이야.

"가긴 어딜 가?"

그때였다. 낯선 목소리에 고개를 들어 올리면 나무에 처음 보는 남자가 서 있었다. 저 남자가 아니었다면, 오늘 첫 수도 구경과 함께 나는 그라니우스 눈 밖에 났을지도 모른다.

"데이트냐?"

나무에서 가볍게 뛰어내린 남자가 손을 그대로 휘둘렀다. 부웅. 힘이 어찌나 강했던지 권투 선수의 것인 양 살벌한 파공음이 들렸고, 저 멀리 뒤로 날아간 소릭스가 보였다.

막 소릭스가 있었던 자리에 주먹을 휘두른 남자는 손을 툭툭 털며 이쪽을 한번 보았다가 다시 소릭스 쪽으로 옮겼다.

"네 취향치곤 너무 어린데."

"미쳤어?"

"나도 내가 미치지 않았길 바라. 친한 친구가 변태 성욕자라는 오명은 쓰고 싶지 않아."

"뚫린 입이라고 막 뱉어 내지 좀 마라. 이 앤 조영관 님의 심부름꾼이야. 펜네에게 못 들었어?"

"아."

남자가 고개를 돌려 빠르게 나를 훑었다. 걔가 앤가. 싶을 법한 눈으로. 마치 고양이의 것처럼 아몬드형을 띠고 꼬리가 획 올라간 눈이었다.

그는 특이하게도 커피 열매처럼 진한 피부를 가지고 있었다. 꼭 사막을 배경으로 한 영화에 나올 법한 배우처럼 생겼다고 생각하며 나는 고개를 꾸벅 숙였다.

그는 나무뿌리처럼 짙은 고동색 눈동자를 긴 눈썹으로 덮었다가 뜨며 느릿하게 대꾸했다.

"얘기는 들었어. 남자애가 아니라 어린 여자애가 왔다며. 근데 왜 이렇게 작아? 열두 살?"

"궁에 들르질 않으니 모르지. 열네 살이야. 제발 궁에 좀 나와라, 어? 네가 할 행정 업무를 전부 내가 하고 있잖아."

"잘하는 사람이 있는데 무얼 하러."

눈을 느긋하게 비비는 그는 길게 하품했다. 목소리에서 여유가 느껴졌다.

"그래서, 땡땡이는 왜 친 건데? 데이트냐?"

"아니라고 했잖아!"

"그럼, 어째서 아델리스께서 네가 연무장으로 가는 대신 샛길로 빠질 거라 전언해 주셨는지 말해봐."

말이 없는 소릭스를 보며 잠깐 생각했다. 소릭스, 상습범이구나.

결국 소릭스는 메타우스라는 남자의 손에 잡혀 연무장으로 향했다.

"이 녀석은 메타우스예요. 잡범에 능한 놈이죠."

"이봐. 오해하잖아. 도둑의 신관이거든?"

나는 그 길에서 남자의 애칭이 메타이며 소릭스의 동료 겸 파트너이자 검을 아주 잘 쓰는 거짓과 도둑의 신관이라는 것을 알게 되었다.

"너 때문에 좋은 구경거리를 놓쳤으니까 책임져."

"네네. 땡땡이쳐서 죄송합니다, 메타우스 님. 그런데 좋은 구경거리라니?"

재빨리 고개만 숙인 것으로 주먹을 피한 소릭스가 물었다.

"내가 네놈을 잡으러 간 사이에 웬 검사에게 포타테라스 경이랑 초소네 경이 당했다. 자유 대련장이 난리가 났었어."

"뭐? 둘 다 검의 신관이잖아. 부장이 당했다고?!"

"그래, 이제 네 죄가 뭔지 알겠어? 내가 구경을 못했다고. 엄청난 검사가 나타났다가 사라졌단 말이야!"

대화하는 내내 쉴 새 없이 주먹이 오고 가는 데다 심심찮게 발도 올라가는데 이거 괜찮은 걸까. 그러자 이게 이들만의 훈련 방법이니까 놀라지 말란다. 둘 다 제4 행정청 순찰대 중 으뜸가는 행동파라더니 훈련치곤 참 살벌하다.

"그래서 검에 미친 작자들을 이긴 건 누구래? 디볼로 공작이라도 다녀갔나?"

"몰라. 신관은 아닌 것 같았어. 흰머리도 아니었으니 공작도 아니지. 더구나 페로넬이 비신관이라고 하더군. 그도 너만큼은 아니지만 때려 맞추는 능력이니까 아마 맞겠지."

"때려 맞추는 게 아니라 구별하는 힘이야."

"초소네 경 말이 검으로는 대신관급도 이기겠다고 하던 걸."

"부장이 충격이 크신 모양이네."

막 멀리 보이기 시작한 사각형의 땅을 보며 저것이 연무장인가 싶었다.

"잘은 모르겠지만, 초소네 경은 누군지 아는 눈치였다더라."

"어라. 누군데?"

"오래전 황궁 중앙 사단에 있었다가 쫓겨난 자라고 하더군. 그 뒤로 더는 말을 하지 않았고 말이야."

막 연무장으로 발을 디디는 순간 소릭스가 대꾸했다.

"중앙 사단? 완전히 엘리트였군. 평범한 인간이었던 게 확실해?"

"페로넬이 그렇게 얘기했으니까."

"그거 조금은 의심 가는 걸. 솔직히 페로넬 능력은 나만큼 정확하지 않다고."

소릭스가 고개를 갸웃했다.

"무엇보다, 보통 비신관은 기본 신체가 우월한 신관보다 강할 수 없다는 게 정설이야. 인간이면서 그런 재능이 있을 수 있단 말이야? 신관 후보였겠지."

"그건 모르지."

왁자지껄하게 다가오는 남자들의 장난을 피하며 메타가 몇 마디 덧붙였지만, 병장기 소리, 굵직한 사내들의 떠드는 소리에 묻혀 뭉그러져 들렸다.

"남색 머리카락에 어리다 싶은 얼굴이었다니까. 기억해 둬."

"뭐야, 이 귀여운 어린애는?"

"심부름꾼이라고?"

"세상에, 아델리스께서만 이 귀여운 어린애랑 놀았단 말이야?"

각기 편한 차림을 한 순찰대들은 갑자기 나타난 어린아이를 신기하게 보며 나이를 묻거나 맞혀 보거나 얼음물 따위를 내밀며 관심을 보였다. 물론 그들이 맞추는 나이는 전부 틀렸다.

"너희들 좀 물러나. 무서워하잖아!"

어느새 소릭스가 나를 뒤로해 놓고 부딪히지 않게 잡고 있었다.

"어허! 어서 안 가?"

밀쳐지지 않게 소릭스 뒤로 남자들을 구경하고 있자니 꼭 밴에서 내린 연예인이 된 것 같았다. 손을 흔들면 손을 흔들었어! 웃으면 나보고 웃어 줬어! 이런 사람들이 팬이라면 행복한 연예인이겠다 싶었다.

"정말, 너네 순찰대 망신 좀 그만 시켜라. 언제부터 니들이 어린애를 보면 이 난리를 쳤어?"

본디 황가는 손이 귀한 편이었고, 고위 신관을 포함한 신관 귀족들 또한 다산이 드물었다. 신관이 많을수록 개인당 신력은 옅어졌기 때문에 강한 신력을 가진 신전에서는 다산이 손해였다. 혈계 유전인 황가와 몇몇 신전은 혈통을 오래 이어 가고자 산아 제한 정책을 펼쳤고, 이를 따라 다른 신전들도 신관 수를 제한했다.

이 때문에 좀처럼 아이를 낳지 않는 황궁에서는 어린아이가 드물다.

어린 시종 내지는 시녀, 하녀들이 아니면 말이다. 특히나 신관 겸 무력 집단인 이들 사이에서는 더욱 그랬을 것이었다.

더군다나 대부분의 신관들은 어릴 때부터 격리되어 길러지곤 해서 어린애를 보는 일이 드물다고. 그래서 이 인간들이 더 난리라고 소릭스가 귀띔해 주었다. 그제야 나를 향한 관심이 조금 과격하게 느껴지는 것을 이해했다.

"아가, 선물이다 선물!"

"반짝이는 거 좋아해?"

"야. 내 게 더 반짝여!"

본디 수도 곳곳 순찰을 돌거나 범죄 예방에 힘쓴다는 그들은 꼭 어깨 좀 깨나 쓸 법한 외모 그대로 애를 전혀 볼 줄 몰랐는데, 나를 보며 선물이랍시고 내민 게 한눈에 봐도 매우 날카로운 단검이나 암살자가 쓸 법한 표창이라는 것에서 알 수 있었다.

"야, 미쳤어? 누가 애한테 표창을 줘!"

그나마 정상적 사고를 하는 소릭스가 기함하며 나무랐다. 그들은 이게 뭐가 잘못됐냐는 듯 사과를 하면서도 고개를 갸웃하는 등 순진한 구석이 많았다.

"대체로 금혼령이 있는 신관들이라서 말이야. 네 나이 대 아이들을 좋아해. 다들 가정과 결혼을 동경하거든."

남자들의 자랑 섞인 이야기를 듣고, 그 뒤 싸움인지 대련인지 모를 난투를 구경했다. 나에 대한 질문을 받아 주다 보니 다양한 나이대의 남자들 틈바구니에서 벗어날 쯤에는 어느덧 돌아갈 시간이었다.

"어라, 소릭스 님은요?"

어느새 사라진 소릭스를 찾으려 두리번거리고 있자, 몇 시간 내내 함께 있던 메타가 나서서 대꾸했다.

"중앙에서 급하게 부름이 있어 갔어."

"그래요?"

"어어. 생긴 것답지 않게 퍽 쓸모 있는 능력을 가지고 있거든. 그놈은. 이렇게 타 궁에서 빌려 쓰곤 하지."

소릭스의 능력은 레이더와 비슷했던 걸로 기억하는데, 신관의 힘을 알아보는 능력이 생각 외로 쓰임이 많은가 보다. 메타는 자신이 소릭스 대신 데려다주겠다며 나를 이끌었다.

그러다가 그는 웬 근육이 우락부락한 대머리의 중년에게 이끌려 갔는데 듣자 하니 낮의 대화 속에 나왔던 '초소네'라는 순찰대 부장이었다. 웬 젊은 검사에게 꼼짝 못하고 졌다던.

"잠깐, 부장, 저 꼬맹이 데려다줘야 한다고요!"

"시끄럽다. 오늘 웬 애송이에게 진 울분을 네게 좀 풀어야겠으니."

"아니, 왜 그걸 나한테 풀어! 부장이 약해서 진 거라면서요?"

"넌 방금 지옥문을 열었다 후배야."

초소네에게 질질 끌려가면서도 메타는 한사코 근처 동료에게 나를 데려다주라고 부탁했다. 나는 데려다주겠다는 키 큰 순찰대의 호의를 적당히 거절하고 홀로 길을 나섰다. 찬찬히 살펴보니 레이 경과 늘 만나는 짐마차 구역과 그리 멀지 않은 곳이었고 충분히 갈 법했기 때문이었다. 그래서 몇몇 순찰대의 배웅을 받으며 훈련장을 나섰다.

숲길을 걷다가 하늘을 올려다보니, 어느새 노을이 지고 있었다. 저 멀리서 먹색과 자색으로 이리저리 섞인 구름이 시간이 꽤 지났음을 알려 주었다.

"경이 기다리려나."

발을 재게 놀렸다. 왜일까, 오늘은 걸음이 가볍다. 왜 그런 걸까 되짚어 보니 오늘 하루 조금 서툴지만 다정한 이들 사이 둘러싸여 나름 평화롭고 행복한 시간을 보냈기 때문이 아닐까 싶다.

이러면 안 되는데, 조금 욕심이 들었다.

평생 휘둘리는 삶을 살게 되는 거라면 차라리 행정청에 오래 있으면 안 될까 하고.

그라니우스가 일을 하고 그런 그를 가만히 지켜보는 시간이 좋았다. 굳이 그가 나의 존재를 의식할 이유가 없었기 때문이었다.

그는 언제나 나를 아주 어린아이로 취급했고, 그것은 나의 궁과 다정한 나의 사람을 떠올리게 했다. 그래, 테레나 궁과 비슷했던 것 같다. 이곳은.

미적거리며 이곳에 오래 있어 볼까, 답지 않은 생각을 할 무렵이었다. 눈앞으로 무엇이 툭 떨어졌다. 놀라 뒷걸음질 쳤던 나는 천천히 쪼그려 앉았다. 죽은 줄만 알았던 그것이 푸드득 홰를 쳤다.

"……새?"

하얀 새였다. 그것도 본 적 있는 새다. 깃털 끝이 푸르게 물든 새는 분명 일기장이 언급한 적 있고 금지된 숲에서 직접 보았던 그 이름 모를 새였다.

새는 나를 보더니 날갯짓을 쳐 날아올라 눈앞으로 다가왔다. 그리고 마치 나를 알아보기라도 한 것처럼 새는 호수처럼 아주 맑고 고운 투명한 눈으로 나를 바라보았다. 찬찬히 새를 바라보다가 문득, 저 색을 어디서 보지 않았나 기억을 되짚어 볼 때였다.

「크…… 오지…… 마…… 지직…… 지지직…… 약속…….」

"……약속?"

단 한 단어밖에 알아듣지 못했지만, 분명 사람의 언어였다. 다시 새는 짐승의 울음소리로 꽥꽥 울어 댔지만, 조금 전 것은 녹음한 것처럼 전파 소리 같은 잡음이 섞이긴 했어도 사람의 목소리였다.

조금 이상해서 새에게 말이라도 걸어볼 찰나, 옆에 있던 나무가 세차게 흔들렸다.

"아실리 로제 아울레시아 칼타니아스, 제국의 귀하신 꽃이자 8번째 가지를 뵙습니다."

갑자기 나타난 검은 옷의 남자들이 내 앞에 부복함과 동시에 새가 머리를 마구 잡아당겼다.

"누구세요?"

천천히 눈을 깜빡이면서 앞뒤로 나타난 남자를 훑었다. 새카만 정복. 그것은 카스토르를 처음 보던 날, 카스토르가 입고 있었던 옷과 비슷했다.

"황태자 전하께서 황녀님을 부르셨습니다. 부디 따라 주시길."

나긋한 청유형의 어미를 띄었지만 건조한 목소리는 명에 힘을 주었으니 곧 명령이었다. 부복했던 남자가 일어나며 나를 이끌었다. 잠깐 뒤를 돌아본다.

"꼭 가야 하나요?"

"가지 않으시겠습니까?"

"……."

따끔, 머리에서 작은 고통이 느껴졌다. 새가 여태 내 머리를 잡아당기고 있었다. 짐마차가 멀지 않은 곳에 있었다. 새는 짐마차가 있는 방향으로 나를 이끌며 힘껏 잡아당긴다.

마치, 가지 말라고 하는 듯이.

"갈게요."

* * *

솔레 헬리오스페라.

제국에서 두 번째로 귀한 남자가 사는 궁은 티 하나 없이 깨끗한 곳이었다. 석양 아래서 거대한 자태를 뽐낸 외벽엔 창문은 없다. 있다고 해도 아주 작고, 드물게, 한결같이 높은 곳에 보였다. 이 성은 마치 조개처럼 스스로 굳게 닫혀 있는 모양이었다. 발코니도 없고 외부 세계로부터 안채를 격리시키는 벽으로 둘러싸여 있었다.

고요하고 고풍스러운 정원을 지나 복도 한쪽에 있는 작은 방이 눈에 띄었다. 얇은 천을 커튼처럼 쓰고 있는 방 너머엔 가볍게 무장한 검사가 꼿꼿하게 앉아 있었고, 그의 옆으로 금지된 숲에서 익히 보았던 황소만 한 크기의 개가 바닥에서 자고 있었다.

꿀꺽 침을 삼키며 시선을 돌린다.

'……도망가긴 힘들겠구나.'

복도 끝에서 널찍한 공간이 나왔다. 중앙에 있는 중정(artrium). 노을을 반사하며 주홍빛으로 물든 이곳에서 정방형의 넓고 화려한 프레스코 장식을 볼 수 있었다. 위를 쳐다보니, 아모르의 궁처럼 지붕이 덮여 있는 대신 정방형으로 뚫려 있었다.

황금으로 가지와 월계수 잎이 새겨진 문을 열자, 그곳에 카스토르가 있었다.

"어서 와."

그는 눈부시도록 강렬한 석양 아래 비석처럼 서 있었다. 그러나 시선은 오래 머무르지 못하고 그의 방 안 곳곳을 훑었다. 수십 번 반복한 본능에 가까웠다.

카스토르의 방은 몹시도 황량했다.

중앙에는 대형 테이블과 의자들이, 한쪽 옆에는 등받이와 팔걸이가, 모든 의자에는 상아나 금으로 만든 견고한 장식이 달려 있었지만 그것 말고는 아무것도 없었다. 내 방이나 아모르 방에 있는 촛대라거나 방 안을 훈훈하게 해 줄 바닥에 놓인 화로, 장식구와 필기도구마저. 나는 입을 벌리지 않으려 애썼다.

이곳은, 아모르의 방보다도 텅 비어 있었다.

"미래의 제국을 밝힐 태양을 뵙습니다. 잘…… 지내셨나요? 오라버니."

황금처럼 찬란한 눈을 들어 나를 찬찬히 훑던 카스토르가 옅게 웃었다.

"덕분에."

나를 데려왔던 남자들이 고개를 숙이고, 이곳을 나갔다. 당연하다는 태도로 인사를 받는 그를 보면서 나는 마음을 가라앉히고 침착하게 그를 주시했다.

떨어선 안 돼. 절대. 정신 바짝 차리자. 죽이 됐든 밥이 됐든 백치 흉내를 고수해야 했다.

"저를 부르셨다고 들었어요."

침을 꿀꺽 삼키면서 입꼬리를 말아 올렸다.

"드디어 저를 찾아 주신 거예요?"

"아실리. 너는 내가 보고 싶었니?"

그는 순도 높은 황금을 고스란히 녹인 것처럼 아름다운 금색의 눈동자를 번득인다. 나는 입술이 떨리지 않길 바라며 또박또박 대꾸했다.

"그럼요. 저를 부르신 이유가 궁금해요."

활짝 웃는 나를 보며, 카스토르는 무슨 말을 하기 위해 입술을 살짝 열었다가 이내 한 일자 모양을 하며 닫아 버렸다. 그는 옅게 눈을 휘었다.

"세상에는."

입술이 열린 순간, 나는 흠칫 떨었다. 왜인지는 모르겠으나 아주 불길한 것이 덮쳐 오는 기분이었다. 마치 묶인 듯 꼼짝도 할 수 없었다. 나는 익숙한 불안함을 떠올렸다. 지옥에서 태어나 평생 홀리는 것에 몰두한 악마의 목소리처럼 아주 매혹적이고 아찔하리만치 아름다운 목소리로 카스토르가 속삭인다.

"본론이 먼저 나올 때도 있어야 해. 그렇지?"

그의 말을 해체하고 분석하기도 전에 카스토르의 손짓에 따라 한쪽 벽을 가려 놓았던 거대한 천이 올라갔다.

'사람?'

내가 보지 못했던 것들이 드러났다. 두 사람이었다. 하나는 검은 옷을 입고 한 번도 본 적 없는 남자였고, 다른 쪽은.

"……소릭스?"

중앙의 부름을 받아 갔다는 소릭스였다.

"……소릭스!"

그가 정신을 잃은 채, 꽁꽁 묶여 누워 있었다. 항상 쾌활하고 싱그럽던 얼굴이 고통으로 일그러진 것이 보였다.

"아는 사람이니?"

심장이 덜컥 내려앉는다.

"……가, 같이 일하는 사람이에요."

덜덜 떨고 있는 손을 뒤로 감췄다. 안 돼. 아직은 아니야.

"오, 오라버니 저건 뭔가요?"

가까스로 소릭스를 가리켰다.

"네가 아는 사람과 네가 알지만 이름은 몰랐던 사람. 둘 모두 죄인이지."

죄인? 누가? 소릭스가? 무슨 말이야? 왜? 나는 잠시 눈을 깜빡이다가, 밀려오는 악몽을 누름돌처럼 눌렀다. 손을 꽉 잡으며 천천히 대꾸했다.

"죄…… 인이라뇨?"

그 순간 이름 모를 남자가 벌떡 일어나 소리를 질렀다.

"황태자!"

누워 있던 남자 중 기절한 것은 소릭스뿐이었는지 그 남자는 형체를 알아볼 수 없을 만큼 망가진 얼굴로 소리쳤다.

"커헉, 이 무간지옥의 악마 같은 자여! 커흑……, 너는 절대로 황제의 자리를 바라지 말라……!"

얼굴이 반쯤 퉁퉁 부어 입을 벌리는 것조차 아플 것 같았다.

"주신의 축복이 최악의 자에게 돌아갔으니 제국은 네가 황제가 된 순간 멸망하고 말 것이다! 우리 '혼돈의 신관'은 이를 좌시하지 않을 것이다! 황위는 미친 작자가 아닌 현명한 후계자에게로 돌아가야 해! 무도한 황태자여, 네게 멸망한 도시의 이름으로 저주한다! 으어어어, 저주. 저주만! 저주만 있으라!"

성대가 망가진 것인지 쇠가 끽끽대는 것 같은 흉측한 목소리였다. 그런데도 처절한 목소리로 소리를 높였다.

"우리는 죽음의 후계자를 찾으리! 길을 밝힐 죽음의 후계자! 그분께서 길을 밝혀 주시리라! 찾으리라, 찾으리라! 커헉."

남자는 듣는 것만으로 고통스러울 만큼 처참한 저주를 퍼붓고서 울컥 피를 토해 냈다. 꼭 죽기 직전의 한나가 그랬던 것처럼 겨우 숨만 붙어 있는 상태임을 알아본다.

수없이 많은 죽음을 겪어 버린 나는 지긋이 몰려오는 가슴의 고통을 참으면서 더는 울지 않고, 겁먹지 않고 담담하게 물을 수 있었다.

"저건…… 누구예요?"

"저런, 기억하지 못하는 것 같으니 내가 말해 주마. 저자는 네 목을 조른 천인공노한 범죄자란다."

그때의 목걸이 도둑?

"나는 그 얘기를 듣자마자 저자를 잡아 왔지."

"그럼, 여, 옆에 있는 자는……."

소릭스는 왜?

"아아, 그자는 간수하지 못한 것이 있어 이곳에 왔지."

그 순간 웃고 있던 얼굴을 싹 지워냈다.

"바로 세 치 혀를 말이야."

눈썹을 확 내리깐 카스토르는 가증스럽게도 퍽 안타깝다는 표정으로 나긋하게 속삭인다.

"일단, 첫 번째 자의 죄부터 짚어 보자꾸나."

카스토르가 목걸이 도둑 쪽을 눈짓했다.

"감히 네 목을 조르다니."

"오, 오라버니."

저벅저벅, 분명 몇 걸음 걷지 않은 것 같았는데, 어느새 눈앞으로 그가 보였다.

"어린 너를 홀로 낯선 곳에 두고 어찌 걱정되지 않았겠나. 잠깐 너를 그곳에 뒀더니 참으로 유감스러운 일이 일어났어. 참을 수 없이 화가 났단다."

포식자의 눈을 한 남자가 느른하게 손을 뻗었다. 43번째 하루처럼 다시 나를 쥔 손. 그 무게에 질식할 것 같았다.

"……저를, 걱정하신 건가요?"

"걱정?"

그가 고개를 갸웃했다.

"그래. 걱정. 걱정했다. 걱정했구나, 너를."

그는 새삼 깨달았다는 표정이었다.

"어째서요?"

"이상한 것을 묻는구나."

카스토르가 빙그레 웃으며 고개를 기울였다.

"네 스스로 내 동생이라 했다."

"……."

"나를 좋아한다고 하지 않았니."

"……."

그는 지구는 태양을 돈다 확신하던 어느 과학자처럼 확신에 가득한 얼굴로 고요한 미소를 담았다.

"나의 이런 모습을 보고서 그런 말을 해 준 이는 네가 처음이었으니까."

그러고는 태연히 고개를 돌려 조금 전까지 내가 봤던 곳을 보았다. 나는 그의 뒤로 보이는 소릭스를 빤히 바라보며 간절하게 그가 깨어나기를 바랐지만 그는 깨어나지 못했다.

나도 모르게 애절함을 내보였는지 카스토르가 고개를 잡아 자신을 보게 했다.

"나를 좋아한다 말해 줬으니, 나 또한 네가 원하는 걸 들어줄게. 어떻게 해 주면 좋겠니?"

"죽, 죽이지 마세요."

죽여 줄까? 그가 묻고 있었다.

"오라버니가 죄인이라고 말했다면 모, 몹시 나쁜 사람일 거여요. 그러니까 감옥에 가둬서 먹을 걸 주지 않는 거예요. 제가 며칠…… 안 먹어 봤더니 아주아주 힘들더라고요! 저 사실 목이 많이 아팠으니까 저 사람은 힘들게 고생시켜 주세요! 네?"

나는 더는 나로 인해 죽는 사람을 보고 싶지 않았다. 아무리 나를 죽이려 했고, 내 목을 졸랐더라도. 그 죄는 다른 것으로 치르게 해 달라고. 그리고 어서 나를 여기서 내보내 달라고. 간절하게 빌었다.

그러나 본능과도 같이 끌어 올린 시선과 마주하면서 나는 착각했음을 알았다. 카스토르가 나른하게 미소 지었다.

"아무래도, 너를 꼬여 내려고 속살거리는 것들이 있었구나."

"……아."

"날 두려워하고 있어."

그 순간 등줄기가 싸한 것에 휩싸이며 소름이 돋았다.

"분명 저것 중 하나가 나에 대해 좋지 못한 얘기를 했어. 그렇지? 너는 나를 좋아한다 하였으니 듣기 싫은 소리를 들었겠구나."

"아. 아아. 아니에요."

무슨 말이야. 네가 나를 그곳에 보냈잖아. 네가 나를 보내지 않았다면 소릭스가 내게 네 얘기를 할 리가 없다는 걸 가장 잘 알고 있잖아!

목이 졸린 것마저도 그곳에 가지 않았다면 없었을 일인 걸 알면서!

분노를 드러내지 않는 것은 너무나 어려운 일이었다. 하지만 나는 차곡차곡 쌓아 두었던 것들을 가면 삼아 파르라니 떨면서 미소를 피워 냈다.

"그, 그렇지만, 오라버니가 보내 주신 거니까. 괜찮았어요, 오라버니가 절 여기에 보내셨잖아요? 스, 스켈로스 목걸이를 가져오라고! 저, 조금만 하면 가져올 수 있으니까."

"그건 이제 됐어. 괜찮아."

그가 믿기지 않을 정도로 부드럽게 속삭였다.

나는 잠시 귀에 들린 목소리가 정녕 카스토르의 것인지 가늠해 보다가 뒷걸음질 쳤지만, 그가 나를 사로잡았다.

"쭉 지켜봤단다."

카스토르는 뺨을 가리던 내 손을 떼어 내고 내 뺨에서 반창고를 가져간다.

"네가 다친 것을 듣고 어쩐지 기분이 좋지 않았어. 왜일까."

길고 상처 없는 손이 맨 뺨 위로 내려앉았다.

"나 아닌 것에게 당하니 썩 기분이 좋지 않더구나."

"……."

"나는 꽤 너를 좋아하는 모양이야."

거짓말. 새빨간 거짓말이었다. 내가 아는 무수한 사람 중 그 누구도 좋아한다는 말을 새파랗게 서늘한 시선을 하고서 말하지 않아. 나를 좋아해? 그럼 왜 너는 늘 뜻 모를 행동으로 나를 벼랑으로 몰고 가는 건데? 분명 이건 그의 광기고 변덕이었다.

또다시 줄에 매이고 휘둘리는 인형이 된 나는 내게서 멀어지는 카스토르가 어디로 가는지 확신했다. 그는 내게 호감을 속삭이면서 동시에 검을 꺼내 들고 있었다.

안 돼.

"오라버니, 잠깐, 잠깐 꼭 하고 싶은 얘기가 있어요!"

"조금 뒤에 듣자꾸나."

검이 하늘로 솟아오르며 이름 모를 남자의 정수리에 있었다. 방 안은 나와 카스토르 둘 말고는 아무도 없었다.

'안 돼.'

제발. 누구라도 좋으니까 이 기막힌 지옥을 막아 줘. 제발. 비틀거리며 일어나 막 달려가는 찰나, 문이 거칠게 열렸다.

아니, 부서졌다.

"전하!"

펑펑 울고 싶었지만 끝내 건조한 눈을 하고서 돌아본 곳에는 바위처럼 서 있는 사내가 있었다.

헤르난이었다.

"결례를 용서하소서. 전하!"

그리고 그라니우스가 함께였다.

어째서 그들이 이곳에 함께 나타났는지 반응을 할 새도 없이, 그라니우스가 쿵 무릎을 꿇는다.

"공작을 억지로 졸라 이곳까지 무례하게 들어왔습니다."

카스토르보다 머리 두 개는 더 큰 그라니우스는 카스토르의 발치에 고개를 깊이 숙였다. 길게 내려간 소매가 바닥을 질질 끌며 그의 궤적을 쫓는다.

"제 아이 둘이 이곳에 까닭 없이 잡혀 들어갔다 하여 놀란 마음에 조절하지 못하였나이다."

"아델리스."

"제국의 첫 번째 가지께 감히 결례를 보인 바 어찌 벌을 받지 않을 수 있겠습니까. 다만, 전하께서 지금 데려가신 솔레토리움 산하 케레스. '소릭스 신관'이 제 먼 친척임을 아시는지요?"

조금 전까지 아주 즐겁다는 듯 걸려 있던 미소가 싹 사라지고 카스토르의 얼굴에는 권태만이 남았다. 카스토르는 검을 내리며 느릿하게 대꾸했다.

"글쎄, 모르겠구나."

그건 정말 모른다고 하기보다, 알고 있으면서 오만하게 깔아 보는 것에 가까웠다.

"내가 죄인을 잡아들이는데 공의 참견을 받아야 하나?"

낯을 느른하게 풀어 헤친 카스토르는 속눈썹을 고아하게 내리깔며 미소했다. 검을 까딱까딱 흔들며 제 위로 아무것도 없다는 듯이 구는 모양새가 지독하게 잘 어울렸다.

"소인은 아직 상황을 모르나, 제 먼 친척 되는 젊은이가 죄인이 될 법한 일은 하지 않았으리라 믿습니다."

그라니우스는 고개를 숙인 채로 입을 열었다.

"하여, 신은 신관 소릭스의 죄명을 감히 여쭙고자 합니다. 신의 수하는 어떤 죄를 저질렀습니까."

"어째서 내가 공의 추궁을 받고 있는지 모를 노릇이군."

그러나 그라니우스는 지지 않고 말했다.

"전하, 저는 여태껏 솔레토리움의 조영관으로서 수도 행정과 민생 안보를 위해 온 힘을 쓴 자이옵니다. 제 노고를 생각하시어 한 번만 너그러이 넘겨 주실 수 없겠습니까? 앞으로 전하께 무한한 충성을 바치겠나이다."

"불허한다."

황금빛 눈동자 속으로 금빛이 회오리처럼 뱅뱅 돌았다. 나는 카스토르의 가늠 못 할 무형의 힘이 그라니우스의 커다란 체구를 감싸며 옥죄고 있음을 쉬이 깨달을 수 있었다. 그러나 식은땀을 흘리면서 끝끝내 자세한 번 흩트리지 않고 소릭스의 신병을 요구하는 그라니우스의 묵묵함에, 마침내 카스토르가 표정을 일그러트렸다.

"그라니우스 소텐지움."

카스토르는 검을 잡지 않은 손으로 자신의 얼굴을 꽉 눌렀다가 문질렀다.

"공은 하던 대로 회색분자나 하며 자리에 앉아 있었으면 좋지 않았나. 어찌 그 무겁던 몸을 움직이려 하는가?"

처음으로 힘주어 찡그린 미간, 눈동자 속으로 일이 뜻대로 풀리지 않은 짜증이 어려 있었다.

"전하."

"말하라."

"제가 여태껏 전하와 2황자님 두 분 중 어느 쪽도 속하지 않았던 것은 모두 전하를 생각하였기 때문이었습니다."

"그래서?"

"저는 언젠가, 기다리면 전하께서 돌아오실 줄 알았고, 그날을 기다리며 자리를 지켰사옵니다. 저는 전하의 스승이었으니 말입니다."

그라니우스가 엎드린 그대로 이를 악 무는 것이 보였다. 그라니우스가 카스토르의 스승이었다니, 금시초문이었다.

"황녀님은 신이 보호하겠습니다."

……뭐? 나는 본능과도 같이 그라니우스의 얼굴을 살폈다.

'왜 내 이름이 여기서 나오는 거지?'

대나무처럼 꼿꼿하여 미동도 않는 그라니우스에게서 천천히 카스토르 쪽을 보았다. 여전히 미소를 싹 지웠으며, 건조하여 아무것도 틔우지 않은 얼굴.

그러나 카스토르는 잠시 눈을 가렸다가, 차츰 재밌다는 듯이 새로운 재밋거리를 찾은 악동처럼 미소 지었다.

"공은 황녀를 온전히 안다고 할 수 있는가?"

"전하만큼은 아니오나 그렇다고 생각합니다."

그라니우스는 비웃는 듯한 목소리에도 차분하게 대답했다.

"저분께서는 당신으로 인해 망가지셨습니다. 또다시 4황자님과 같은 사람을 만들 작정이십니까?"

항상 정 많다 느꼈던 목소리에 구슬픈 것이 실리며 처연하게 들려왔다.

저는 짧은 기간 내내 망가진 어린 분을 보았습니다. 더 늦기 전에 저분을 온전하게 하고자 하는 마음이 신을 움직였사옵니다……."

세월의 흐름을 담은 갈색 눈동자가 잠시 허물어졌다가, 대양처럼 꿋꿋하게 올곧이 카스토르를 직시한다.

"하나, 황녀님 한 분께서 저를 움직인 것은 아닙니다. 전하, 신에게는 아주 긴 세월이 있었습니다."

침묵한 그라니우스가 고개를 숙였다.

"당신이 온전하게 돌아길 바라며 숨죽였던 시간이. 너무나 긴 기다림이었습니다."

바람이 불었다.
“더는 당신의 잔인함을 두고 보지 못하겠습니다.”
“허면, 어쩔 셈인가?”
조영관의 흰 토가 자락이 등 뒤로 너울너울 흔들렸다. 아주 오랫동안 자리를 지킨 동상처럼, 혹은 깎아지른 것 같은 절벽처럼 고고하게 허리를 숙인 남자가 오래전 제자에게 안녕을 고했다.
“신은 오늘부터 솔레타 궁, 2황자님 밑으로 들어갈 것입니다.”
두 눈을 질끈 감은 그라니우스가 말했다.
“전하 아래서 황녀께서는 절대 온전한 성인으로 성장치 못하겠지요. 오래전 신이 미처 늦어 구하지 못 하였던 두 분을 대신해 황녀께는 도움이 되고 말겠습니다. 부디, 불충한 스승을 이해하시옵소서…….바라옵건대, 마지막 사제의 정으로 감히 조언 드리옵니다.”
이상하게도 카스토르는 그 순간 그라니우스 대신 나를 쳐다보고 있었다.
“전하, 부디 지금 하고자 하는 것을 멈추십시오.”
그는 오래전 스승이 마지막을 얘기하는 내내 나를 권태와 뜻 모를 것이 뒤섞인 시선으로 바라보았다가, 눈을 내리깔며 잠시 입술을 달싹였고, 속삭임은 거짓말처럼 허공에서 사라졌다. 나는 그가 중얼거린 것을 듣지 못하였다.
“그래, 공이 뜻이 그러하다면 그렇게 하라. 내게 충성하던 스승이 오늘로 사라졌으니 나는 몹시도 슬프구나…… 아델리스, 아니 그라니우스 공.”
“…….”
“나는 이것이 누구의 탓인가 생각해 봤는데, 저 아이가 공에게도 그리 예뻐 보였는가?"

"당치 않은 말씀이십니다."

카스토르는 몹시도 온유한 낯으로 늘어트렸던 검을 들어 올리며 픽 웃었다.

"내 어여삐 여기려 했던 여동생이 공을 홀린 것 같구나."

잠시 말을 멈췄다가 시선이 향한 곳은 나였다.

"공을 따라간 이 아이는 늙고 약삭빠른 여우 손에 넘어가 이리저리 휘둘리다가 변변찮은 곳에 팔려가겠지."

그는 잠깐, 일렁거리는 눈동자 가득 감정을 담았고, 놀랍게도 그건 동정이나 어떤 서글픈 것에 가까웠다.

"원로원 늙은 것들이 하는 일이 전부 그렇지 않나. 꽃이랍시고 꺾어 제 뱃속에 장식하려는 지저분한 작자들이지. 나는 내 여동생을 꽤 아끼고 좋아해. 그 더러운 손에 저 아이를 맡기고 싶지 않고, 앞으로도 그 꼴은 보고 싶지 않으니."

그가 고개를 비스듬히 기울여 날 내려다보며 나른하게 미소를 걸었다.

"그럼, 죽이는 것이 낫겠지."

깨어 있는 모든 사람이 놀라 그를 쳐다보았다.

'무, 무슨 소리야?'

소름이 돋았다.

나는 일기장도 없고 반복된 시간 속에 갇혀 다시 살아나는 것도 아니다. 하필, 이제 와서? 왜? 왜 내 죽음은 항상 이런 터무니없는 이유로 재단되는가.

흐려진 시야 사이로, 나를 살리려는 듯 그라니우스가 하체를 홱 쳐드는 것과 카스토르가 발을 박차고 내게 달려온 것은 거의 동시에 일어난 일이었다.

그러나 이미 늦어 버려서 금빛 섬광처럼 흔들거리는 금색 눈동자를 마지막으로 눈앞으로 날아오는 검을 보았다.

잠깐, 왜 나는 항상 이런 결말이냐고 얼굴을 흐리면서, 울고 싶다고 생각했다. 그러나 눈물은 나지 않았다. 이렇게 죽을 거면 왜 나는 여태껏 살아남았나. 저 검이 내 목을 내려치면 죽을 텐데. 이제 죽어도 시간은 다시 돌아가지 않는데!

눈을 감았다.

챙강—

날카로운 것들이 부딪히는 소리가 났다. 눈을 뜬 것과 함께 나는 희고 부드러운 것에 감싸여 숨을 몰아쉬고 있었다.

"하아. 하아."

딱딱하고 따뜻한 것이 절대 놓지 않을 것처럼 나를 쥐고 있었다. 감미롭고 부드러운 이불 내음, 포근한 향기. 허공으로 뚝뚝 끊어져 나풀거리는 흰 머리털을 보았다.

"그만두십시오, 전하."

몹시도 지친 목소리가 머리 위에서 들려왔다.

"……더는 이러지 않기로 했잖아."

가까운 시일에 들어본 적 있는 목소리. 나를 꽉 잡아 가둔 품속에서 나는 그제야 헤르난데즈가 나를 구했다는 걸 깨달았다. 믿기지 않는 눈으로 올려다본 곳에 이를 악물고 있는 턱이 보였다. 주르륵, 뺨을 타고 흐르는 핏줄기.

헤르난데즈는 반으로 조각난 검을 고쳐 잡았다.

"누구 맘대로 나를 막는 거지?"

카스토르가 온전한 검을 까딱였다.

"……죽일 거야?"

연약한 헤르난의 음성에 카스토르가 비웃었다.

"그럼 막겠어?"

"막아?"

헤르난의 허탈한 웃음소리가 들리는가 싶더니 곧 작은 목소리가 소리 죽여 속삭였다.

"내가 널 어떻게 막겠어. 지금도 고작 검을 부수면서 겨우 막아 낸 게 전부인데."

손을 들어 올린 그가 턱을 닦았다.

"그리고 이건 친우로서 막은 것에 불과해."

나는 기대고 있던 품이 축축하게 젖고 있음을 알았다. 고개를 기울여 바라본 곳에 검의 파편을 박아 넣은 어깨가 보였다. 피는 차차 흰 옷을 붉게 적시고 있었다. 격전을 치르고 온 것처럼 엉망인 꼴에, 붉어져 버린 그의 옷자락을 붙들고 눈을 깜빡였다.

왜, 네가 나를 구했지? 지금 어떻게 돌아가는 거야? 나는 어떻게 되는 건데? 돌아가는 상황을 이해하지 못하고 몹시도 혼란스러움을 느껴야 했다.

"비켜, 헤르난."

"전하."

헤르난데즈가 나를 안은 모양 그대로 한쪽 무릎을 꿇었다.

그는 파편이 박힌 어깨가 고통스러운 듯 나를 고쳐 안으며 신음을 뱉었지만, 끝끝내 나를 놓지 않은 채 공손하게 고개를 조아렸다. 직모에 가까운 백색 머리칼이 그의 목덜미를 따라 흘러내린다. 그의 어깨에 기댄 이마가 간지러웠다.

"방금 친우로서 감히 끼어든 벌은 후에 달게 받겠습니다. 그러니 제 부탁을 들어주시겠습니까?"

반으로 조각난 검을 겨우 의지한 채 버티는 팔은 파들파들 떨고 있었고, 턱으로 피가 방울지며 뚝뚝 떨어져 내렸다. 나는 경황없이 그를 올려다보며 표현하기 힘든 감정에 빠져들었다. 그를 보는 이 순간 당장 입 안에서 쓴 약을 삼킨 것과 같이 시큼하고 칼칼한 것이 울컥 올라올 것 같았다.

"전하께서는 오래전 제게 무엇이든지 가능한 부탁을 들어주기로 하셨습니다."

어느 소설 속 검사처럼 무릎을 꿇은 헤르난데즈는 드레스 입은 공주님도 아닌, 산발이 되고 하녀 옷을 입은 계집아이를 안고 마치 세상에 다시없을 소원을 비는 사람처럼 고개를 조아렸다.

"당신의 수호자가 전하께 소원을 빕니다."

그는 검의 파편을 몸에 박아 넣은 처참한 몰골로 차분히 말했다.

"황녀님을 살려 주십시오."

집무실은 모든 것이 죽은 것처럼 고요했다. 마치 눈을 떴으나 시야가 어둠으로 뒤집힌 것처럼 막막했다. 페이지가 넘어간 것처럼 모든 사람이 각자의 의미를 가지고 알 수 없는 시선으로 누군가를 바라본다.

나는 바로 옆에서 보게 된 청초하게 떨어지는 콧날이나 길게 뻗은 눈썹 따윌 보면서 어지러움에 질식할 것 같았다. 끝끝내 의미를 알 수 없는 수많은 것 사이에서 나는 이윽고 헤르난데즈만을 꿰뚫는 금빛 눈동자를 바라보았다.

쏴아아—

칠흑같이 까만 머리카락이 바람에 흔들렸다. 흔들리는 것이 마치 검은 섬광 같다고 생각하면서 그의 얼굴에 집중한다. 세상 어떤 것보다 밝은 색채를 가지고서 가장 어두운 느낌을 가진 눈동자는 바람이 불며 어지러이 흔들리는 것도 같았다.

카스토르는 순간 가여운 것을 보듯 서글픈 눈을 하였다가 찰나의 순간에 지워 버린다.

조금 뒤, 고고한 사원의 기둥처럼 우뚝 선 카스토르가 수려한 미소를 걸었다.

"……좋아."

마침내 군림하는 자에게서 허락이 떨어졌다.

"그라니우스 공, 뒷일을 부탁합니다."

주춤 어정쩡하게 서 있는 그라니우스를 스치며 헤르난이 중얼거렸다. 그는 문 앞에서 부서진 조각들을 발로 차며 밖으로 걸어갔다.

끼이익, 파편만 남은 문이 열렸다가 닫힐 때였다. 마지막 순간 뒤로 안긴 채 보게 된 얼굴에는 43번째 하베르미아의 달 10일처럼 만족스러운 낯에 미소가 걸려 있었다.

천천히 이쪽을 돌아보던 카스토르와 시선이 마주쳤다. 그가 누구도 보지 않을 때, 제 입에 검지를 가져다 댄다. 나는 이번 속삭임은 정확히 알아보았다.

'축하해.'

비틀.

복도로 나온 것과 동시에 헤르난데즈의 걸음이 무너졌다. 몸이 흔들리며 떨어질 것이라 생각했지만, 내가 뭐라고 반응하기도 전에 헤르난데즈는 침착하게 일어나서 걸었다.

"헤르난데즈."

"묻고 싶은 것이 많으심을 압니다. 그러나 조금만 참아 주시겠습니까?"

번쩍. 헤르난데즈가 나를 고쳐 안아 들었다. 그의 목덜미에 얼굴을 묻으며 짙게 풍기는 혈향을 맡았다. 눈을 감았다가 뜨며, 정말 아무것도 모르겠다고 생각하면서 아연히 그를 올려다보았다. 나는 거의 들리지 않을 소리로 그의 품에서 속삭였다.

"짐마차가 있는 곳으로 나를 데려다줘."

"금지된 숲이 빠를 텐데요……."

"나를 기다리는 사람이 있어."

시야를 가득 채우는 흰 머리칼은 피로 젖어 검붉은 색을 띠었다. 새액, 힘들게 이어지는 숨소리. 조금만 손을 옮기면, 박힌 파편이 보인다. 분명 나를 구하려다 입은 것이었다. 왜? 어째서?

그는 의문을 해결해 주지 않은 채, 숲길을 걸었다. 어느새 옅은 어둠에 잠기기 시작한 하늘. 그는 한 번씩 가쁜 숨을 내쉬며 고통을 드러냈다.

"내려 줘."

그러나 고집스럽게 입술을 다문 그는 끝내 나를 내려놓지 않은 채, 안은 팔에 힘을 주었다. 어둠 속 먹빛으로 물든 머리칼이 이리저리 흔들렸다. 가만히 그와 나눈 대화를 곱씹어 보다가 섬광처럼 깨달았다.

'금지된 숲이라 말했지?'

나는 한 번도 헤르난데즈에게 금지된 숲에 관한 얘기를 한 적 없었다.

아울러 지금 침착한 나를 바라보는 그의 태도…….

"내 연기가 어설펐어?"

담담한 목소리에 돌아오는 말은 없었다. 그는 걸을 뿐이었지만 나는 그가 분명 들었음을 알아챘다. 백치를 연기한 걸 알고 있었구나. 나를 둘둘 둘러싼 불안과 초조함. 심장 부근에 압정을 와르르 쏟아 버린 것 같았다.

"대답해."

헤르난데즈의 옷자락을 아프지 않게 붙들었다.

"백치 연기뿐만 아니라 내가 금지된 숲에 출입했다는 걸 알고 있어. 그렇지?"

그러자 그는 반사적으로 내 등을 쓰다듬었다. 동시에 고요하지만 부드러운 목소리로 대꾸했다.

"쉬이. 황녀님. 이곳엔 당신께서 생각하는 것 이상으로 보는 눈과 듣는 귀가 많습니다."

"정말로 알았던 거야, 그래?"

주변을 살펴본 그가 음성을 낮췄다.

"……황태자 전하께선 모르시지만 저는 알아봤습니다. 금지된 숲에서도 황녀님께서 하녀복을 입고 처음 모습을 드러냈을 때부터 저는 한눈에 당신을 알아봤으니까요……. 하지만."

잠시 말을 끊었던 그가 나를 내려다보며 다시 이어갔다.

"당신께서 원치 않으시다면 모른 척하겠습니다."

왜? 네가, 왜?

"앞으로 당신께서 명하신다면 무엇이든 지켜 드리겠습니다."

"지켜? 뭘 지켜! 네가 나를 안다고?"

"드러내고 싶지 않으신 건 그렇게 하셔도 됩니다. 이제야 당신을 보호하여서 죄송할 따름입니다."

놀랄 만치 부드럽고 다정한 목소리였다. 뺨에는 피가 말라붙고 손가락은 거미줄같이 파르라니 떨고 있으면서. 나를 안심하게 하려는 미소는 자연스럽다. 대수롭지 않게 속삭이는 모습을 보며 파문은 커져만 갔다.

이상해. 정말 이상해. 내가 아는 당신은 이렇지 않았는데.

이상하잖아.

왜 그때는 날 살리지 않았어? 그는 끝내 모를 소리인 줄 알면서 성마른 울음이 터져 나오고 말았다.

"왜 이제 와서?"

결국 그의 어깨를 꽉 사로잡으며 거친 소리로 토해 냈다. 모래처럼 건조하고 뻑뻑한 눈에는 한 방울의 눈물조차 흐르지 않았지만, 나는 이미 세 달 전 온몸을 피로 적시며 엉엉 울었었다.

"네가 살려 준 것, 지켜 주겠다고 하는 것도 하나도 기쁘지 않아! 왜 이제 와서? 왜 이제 와서 나를 살린 건데!"

새액, 새액, 물에 빠졌다가 건져 낸 사람처럼 숨을 몰아 뱉는다. 잇새로 신음 섞인 것이 터져 나왔다.

"그냥 너도 나쁜 놈이잖아. 카스토르처럼 나쁜 놈처럼 굴어. 그렇게 굴라고. 어설프게 착한 행세 하며 어중간하게 잘해 주지 말란 말이야! 네가 왜? 뒤에 가서 또 얼마나 나를 더 처참하게 만들 건데? 그만, 나는 싫어. 싫다고!"

"처참……? 당신께서 무슨 말씀을 하시는지 이해하지 못했습니다……."

잠깐 내말을 듣고 눈을 깔며 중얼거리는 그는 의미를 가늠하는 하는 것처럼 보였다.

"으윽."

이내 헤르난데즈는 낯을 일그러트리고 가쁜 숨을 토해 냈다. 힘겨워 보였다. 그런데도 그는 순순히 고개를 숙여 속삭여 주었다.

"이건 압니다. 오늘 일이 황녀님 탓이 아니라는 것을요. 죄송해요. 죄송해요, 당신께서 알지 못하는 일과 제가 알지 못하는 일 모두 포함해서 죄송합니다."

내가 알지 못하는 일?

"내가 알지 못하는 일이 뭔데?"

"그건 이 상처와 관련된 것입니다."

그가 손을 뻗은 곳은 흉터가 있는 내 뺨이었다. 흠칫했다.

"이건 당신의 동의 없는 제 독단적인 사과란 것 또한…… 알고 있습니다. 그리고 이 순간에도 울지 못하는 당신을 보면서 진실을 털어놓지 못하는 것도."

믿고 싶지 않았다. 핏기가 싹 가신 차갑고 창백한 얼굴로 곧 죽을 것 같은 몰골인 채 속삭이는 남자가 내게 하는 말이 사과라는 게.

'그럼, 내가 겪은 시간은 어떻게 되는 건데?'

마구 흐려지다가 곧 서러운 얼굴을 하고야 말았는지 그는 표정을 누그러트리며 작고 작은 목소리로 내게 쉴 새 없이 속삭였다. 싫다. 하지만 피를 뚝뚝 떨어트리는 이 체온마저 배제할 것인지 혼란스러웠다.

"죄송해요. 죄송해요. 황녀님. 제발, 울지 말아 주세요."

헤르난은 내가 울까 싶어 몹시도 서러운 얼굴이었다. 끝끝내 울지 않는 나를 보며 안타까워하는 것처럼 보였다.

나는 이런 사람을 모른다. 가여운 것을 보듯 아주 서글픈 눈으로 보는 그를 이해할 수 있을 리가 없었다.

"그렇게 보지 마. 나는 울지도 않았어. 네가 한 말 어떤 것도 알아듣지 못했어! 설명하지 못할 거라면 사과도 하지 마!"

"저는, 오래전 당신께 큰 죄를 지었어요."

헤르난은 그렇게 말하면서, 나를 안지 않은 손으로 내 뺨을 감싸 쥐었고, 엄지로 조심스럽게 뺨의 상처를 문질렀다.

나는 아주 잠깐, 죄라는 말에서 그에게 가지고 있던 감정들이 바래는 것을 느꼈다. 아주 힘들게 꺼낸 그 말이, 그에게는 세상 어느 것보다도 무거운 것처럼 차마 사과조차 할 수 없어 꺼내 놓은 고백 같아서.

"당신께는 저주가 걸려 있습니다. 태어나면서 새겨지는 저주의 존재를 아십니까? 저주는, 콜록……, 시전자가 죽을 때까지 사라지지 않습니다."

"지금 무슨 소릴 하는 거야? 그 저주가 뭔데?!"

불현듯 일기장이 떠올랐다. 저주처럼 나를 옭아맨 물건과 관련된 일인가? 그러나 헤르난은 고개를 저었다.

"저는 잘 알고 있으나 말을 할 수가 없습니다. 당장 말하고 싶은데 강력한 금제에 걸려 있어서 할 수가 없어요. 그저 제가 바라는 건 지금 당신이 오래 살아 있고, 나에게 남은 행복을 전부 가져갔으면 좋겠는데 그만큼 행복해졌으면……. 제 판단이 옳았으면 좋겠습니다."

"판단?"

"지금에서라도 당신을 지키는 일입니다."

"이전에는 날 모른 체하던 당신이?"

"저는 그것이 옳다고 생각했습니다. 오늘로써 틀렸음을 알았지만."

그가 아무렇지 않게 걸었고, 걸으려 애썼기 때문에 정말 걸어도 될 몸이라 생각했다. 하지만 생각했던 것보다 상처가 많은 몸이었다. 나는 다급하게 그의 몸을 밀어냈다.

"날 내려놔."

뚝뚝 떨어지는 피에서 시선을 돌렸다.

"환자에게 안겨 옮겨질 만큼 나약하지 않아."

내려 달란 의사는 그에게 안기는 것으로 거부되었다.

"곧 죽을 것처럼 얘기하고 있지만, 사실 금방 나을 상처입니다. 그러니…… 손을 거둬 주세요. 당신의 손이 더러워집니다."

"말, 하지 마."

나는 이를 악물면서 바삐 재깔였다. 피를 토해 내고 덜덜 떨리던 목소리가 점차 차분하게 자리를 잡았다. 헤르난데즈가 고개를 늘어트리며, 지껄이기 시작했다.

"끝끝내 그분을 탓할 수 없겠지만, 당신을 외면할 순 없었습니다."

힘없이 말을 잇는 헤르난데즈에게서 눅눅한 핏물과 비릿한 향이 느껴졌다. 천천히 눈을 깜빡인다. 헤르난의 옷자락을 잡았던 손이 그의 손에 들렸다. 나는 멍하니 그가 내 손에 입술을 누르는 것을 보았다.

"언젠가 당신은 모든 진실을 알게 되시겠죠."

"……."

"그때, 저를 원망하실까요?"

경애와 비애. 애수 가득한 얼굴이 깊게 뇌리 새겨졌다. 그의 손은 마치 살을 에는 바람처럼 싸늘했다. 그가 손아귀에 힘을 주지 못하고 내 손은 뺨을 타고서 툭 떨어졌다.

"사과가 의미 없음을 압니다."

쿨럭, 터져 나오는 마른기침을 억지로 욱여넣으며 애달프게 나를 응시했던 헤르난이 처연하게 중얼거렸다.

저벅저벅, 걸어오는 발소리를 들은 레이 경이 고개를 들었다. 그리고 나를 보고서 다가오려던 걸음을 멈췄다. 그는 눈가를 찡그리며 예기치 못한 사람이라는 듯 헤르난데즈와 헤르난데즈에게 안긴 나를 빠르게 훑었다.

"황녀님은 다치시다 못해 이제 들것에 실려 오는 겁니까."

"이거 내 피 아냐."

그는 듣고 싶지 않다는 듯이 미간을 찌푸렸다가 소리 없이 입술만 달싹였다. 밤이 된 하늘, 적막한 공터, 피를 잔뜩 묻힌 나. 그는 말하려고 했던 수많은 말이 꼬인 사람처럼 처음 보는 낯을 하고서 얼굴을 쓸었다. 이내 헤르난데즈에게서 나를 뺏다시피 안아 들었다.

"제가 모르는 것에 대해서는 황자님이 더 고민하시겠지요."

"레이 경."

"돌아가겠습니다. 짐마차를 하나 붙잡아 두었습니다."

그는 높낮이 없이 담담한 척 중얼거리며 성큼 돌아섰다. 그러나 헤르난데즈가 나를 불러 어쩔 수 없이 다시 돌아서야 했는데, 내가 레이 경의 옷을 잡아당겼기 때문이었다.

"아실리 님, 저를 믿지 않아도 좋아요."

이제는 완연히 창백해진 헤르난데즈가 희미하게 미소를 틔우면서 다정하게 속삭였다. 깃털처럼 하얀 머리카락이 나풀나풀 흔들거렸다.

헤르난이 내 얼굴에서 무언가를 떼어 냈다. 굳은 피는 내 것이 아니었다.

“저는 적이 아닙니다.”

걷는 것조차 힘든 상태에서 그는 놀랍도록 다정하고 부드러운 목소리였다.

“그리고 당신이 지금보다는 행복했으면 좋겠습니다.”

그가 조금 몰아쉬듯 단조롭게 속삭였다. 난 입술을 벌렸다가 달싹였다. 너무나 많은 일들이 한꺼번에 일어나서 무엇을 믿고 믿지 않으며 누그러트려야 할지 가늠할 수 없었다. 그래서 끝내 대꾸하지 않은 채, 그를 버려두었다.

짐마차가 출발했다.

돌아가는 길은 늘 고즈넉한 침묵에 잠겨 있었지만, 오늘 나와 레이경 사이를 누르는 공기는 더욱 무거웠다.

밤바람이 구석구석 파고들었다. 파르르 떨자, 레이 경이 나를 더 단단하게 안아 왔다. 밤보다 조금 밝은 남빛 머리카락이 살랑살랑 흔들거린다. 막 몰아친 돌풍 속에서 가렸던 눈이 드러났다.

그리고 나는 짙은 남색 눈이 나를 줄곧 보고 있었음을 알았다.

저 묵묵한 낯을 보니까 꿈속을 헤매다 현실로 내려온 기분이었다. 이 짧은 시간에 무슨 일이 일어난 걸까. 난 힘없이 웃었다.

“할 말이 많아 보이네.”

당장, 카스토르와 헤르난데즈, 그리고 그라니우스까지 가늠할 수 없는 것들을 되짚어 보다가 허탈함을 느꼈다.

‘대체 아주 나 빼고 세상이 잘도 돌아가는구나.’

오늘 일기장 없이도 살아남았다는 것은 아주 고무적인 일이었다. 그러나 동시에 찝찝함을 남겼다가 먹먹하게 가슴이 조여들었다. 헤르난데즈. 물음표가 수백 개 둥둥 떠서 송곳처럼 나를 찌르는 것 같았다.

"레이 경."

보지 않아도 날 향해 집중하는 숨소리로 알 수 있다. 나는 지금껏 차마 입에 담을 수 없던 것들을 천천히 밖으로 꺼냈다.

"나쁜 사람이 기억을 몽땅 잊고서 내게 착한 일을 했어. 그럼 나는…… 그 사람을 좋게 봐줘야 할까?"

"아니요."

한 점 망설임 없는 목소리가 단호하게 말했다.

"당신께 기억이 있는 한 나쁜 사람입니다."

쩡, 한순간 무언가 깨지는 것 같았다. 레이 경도 나도 짐마차 속 낡은 지푸라기들도 그대로인데, 무언가 깨진 것처럼 금이 가는 소리를 들었다. 답답함이 입자처럼 날아간 것 같았다. 그리고 마음이 후련한 것 같다가 금세 서럽고 처연한 것들이 모습을 드러냈다. 뚜껑이었구나. 깨닫는다. 지금까지 나는 이걸 덮어 두었구나 하고.

나는, 힘들었어.

눈 위로 투박하지만 조심스럽게 큰 손이 올라와 앞을 가렸다.

"나 안 우는데."

"하, 제발 좀 우십시오."

그가 버럭 거칠게 갈라지는 신음을 내는가 싶더니, 차차 차분해진 목소리가 바람에 뒤섞였다.

"당신은 울어야 해요. 엉엉 우세요."

그가 잔잔한 울림을 만들어 냈다.

"그거 알아? 울면 머리 아파."

"황녀님은 좀 아프셔도 됩니다. 출근하지 않아서 좋겠네요."

"너무 울면 기절도 해."

“당신께선 별로 무겁지 않으십니다.”

“울면 더 괴로워질 뿐이야.”

“마음 놓고 괴로워하셔도 됩니다. 그 괴로움마저 지켜 드릴 테니까요.”

어떤 위로도, 토닥임도, 없이 그저 담담하게 대꾸하는 것이 참 그답다 생각하며, 나는 우는 대신 바람 빠지는 소리와 함께 웃어 버렸다.

눈물 같은 거 없어.

기억하지 못하는 어느 반복된 하루 이후로 나는 단 한 번도 울지 않았다.

길고 길었던 하루가 끝났다.

* * *

약 3년 뒤, 열일곱 살 생일 한 달 전.

일기장의 비밀을 알게 됐다.

5.5 아실리 로제, 플뢰데온 클라체, 데인 로웰

어느 날, 머리를 빗겨 주던 하녀가 말했다. 제국에 꽃이 태어났다고. 가장 아름다운 미녀의 딸이 태어났단다.

"아! 얼마나 어여쁘실까. 장차 제국의 미녀가 되시겠지요!"

플뢰온은 멀뚱하게 거울을 보면서 빨리 지루한 빗질이 끝나길 기다렸다. 사실 그는 하녀의 손이 마음에 들지 않았다.

그로부터 6년 뒤. 잎새가 막 지던 계절이 바뀌는 어느 날이었던 것 같다.

조금 먼 테레나 궁을 다녀왔던 어머니가 자신을 안아 주었다. 그때. 그날의 어머니 목소리는 작고, 가늘고, 잘게 떨고 있었다.

"플뢰온, 아가, 내 아가, 어리고 여린 것들을 가엾게 여겨 주렴."

이마에 흐트러진 머리 장식, 거미줄처럼 떨리던 손가락, 차가운 뺨.

흰 천이 겹겹이 쌓인 이오니아식 키톤.

"그 애는 앞으로 좋은 말을 듣지 못할 거야. 안타깝게도……. 그건 아마 빰 때문이겠지. 그 애의 탓이 아닌 흉터 때문에."

어머니는 왜인지 아주 서글픈 얼굴이었다. 그가 처음 보는 얼굴로 웃고 있었다.

"약속해 주겠니? 훗날 보게 될 네 여동생에게 잘해 주겠다고."

플뢰온은 고개를 끄덕였다. 그래야 어머니께서 좋아하실 테니까.

* * *

"오빠."

아실리는 멍하니 다른 생각에 잠겨 있던 플뢰온을 불렀다.

"……당장 해야 할 과제가 산더미인데, 당장 시험을 봐야 할 사람이 이러고 있어도 돼?"

"시끄러워."

오늘은 플뢰온이 과제를 하는 옆에서 함께 공부하기로 한 날이었다.

황족은 남성 기준으로 열일곱에서 열여덟, 여자는 열여섯에 시험을 치르고 자신이 황족으로서의 자질을 갖췄음을 증명해야 했다. 성년 전이 시험은 아주 중요한 것이었다. 통과하지 못하면 성년식을 치를 수 없었으므로.

그런데 아까부터 저 오빠가 도통 집중하질 못 하는 게 아닌가. 아실리는 못마땅하다는 듯 눈썹을 꺾어 올렸다.

"집중 좀 해. 내년에 또 치고 싶어? 그거 집안 망신이다. 망신."

"조그만 게, 오빠한테 못하는 말이 없네."

플뢰온이 이마를 톡 건드렸다. 저 이마는 동그랗고 뽀얀 게 보고 있으면 꼭 문질러 보고 싶다고 할까. 뽀득뽀득 소리가 날 듯했다. 정작 붉어진 이마를 붙잡은 아실리는 전혀 그렇게 생각하지 않았지만.

"남의 이마 때릴 시간에 한 자라도 더 보는 게 어때?"

"누가 남이냐, 엉?"

"아야. 말, 말도 못해? 데인!"

아실리는 이 망할 오라비가 오늘 따라 좀 더 세게 꼬집지 않았나 생각하며 목소리를 높였다.

둘의 의자에서 두 뼘쯤 떨어진 곳에 앉아 책에 파묻혀 있던 데인이 고개를 들었다. 그는 곧바로 사태를 짐작하고 미간을 찡그린다.

"형, 해가 바뀌었어."

뒤에 서 있던 레이는 아, 황자님이 또 시작이군 하고 생각했다.

"아실리는 열다섯이고 우리도 한 살씩 더 먹었지. 왜 형은 변하는 게 없는 거야?"

"뭐. 한결같음이 내 신조거든?"

"형의 신조에 당하는 아실리 뺨은 무슨 죄야."

데인이 차분히 주장하자 플뢰온의 눈동자가 굴러갔다. 쓸데없이 말을 잘하는 동생은 성가셨다. 그러다 시선이 아실리를 향한다.

'……어라, 저게 언제 저렇게 빨개졌대?'

플뢰온은 가슴 한구석이 송곳으로 푹 찔린 것 같은 충격을 받는다.

"야, 너, 그, 안 아파?"

"아프지 않을 리가 있겠습니까, 황자님."

"넌 조용히 해."

플뢰온이 눈을 부릅뜨며 레이를 노려보았다. 그러고는 얼른 아실리를 눈에 담았다. 어느새 뺨에 적신 손수건을 대고 있는 아실리를 보면서 플뢰온의 미간이 더욱 깊게 좁혀 들어간다.

송곳이 두 개, 세 개, 아니 셀 수 없이 늘어서 양심을 찔러 댔다.

'아니, 저 계집앤 왜 피부가 더럽게도 약해서.'

사실 그렇게 세게 꼬집지도 않았는데, 늘 저 모양인 건 재 피부가 유난히 희고 약하기 때문이다. 꼭 얇은 종이처럼 바람에도 나풀대는 저 가녀린 모양새처럼 말이다.

플뢰온은 불만이었다.

'아니, 왜 그토록 먹이는데, 왜 살이 안 쪄?'

살집은 부와 명예의 상징이며, 풍요로움을 뜻했다. 물론, 문화 강국인 윌터의 문화가 제국에 넘어오면서 허리를 조이는 드레스를 입느라 여성 귀족 사이에 몸맵시를 살리는 운동 따위가 유행한다고는 하지만, 고고한 황족과는 먼 얘기였다.

그러니까, 저 계집애가 먹다 못해 굴러다닌다고 해도 아무도 뭐라고 하지 못할 터였다. 그런데, 아실리는 꼭 찌지 못하는 체질인 것처럼 먹어도 무게가 늘질 않았다. 오죽하면 제 한 손에 팔뚝이 잡힐까!

"너 말이야."

플뢰온이 아실리의 뺨을 잡고 들어 올리면서 말했다.

"아프면 아프다고 말을 해."

아실리는 눈을 깜빡거리면서 저를 응시했다.

"생각해 보니까…… 너 예전에는 조금만 잡혀도 죽는다고 울었잖아?"

"내가 언제 울었어."

"아니, 그래, 아무튼! 잠시라도 잡혀 있으면 바로바로 저놈을 불렀으면서. 왜 미련하게 잡혀 있어?"

아실리는 잠깐, 내가 피해자가 아니고 가해자였던가 생각했다. 하도 플뢰온이 당당하게 나오니 할 말이 없어졌다. 이 오라비, 내가 어디서 맞고 와도 왜 짧은 치마 입었어, 왜 늦은 시간에 나갔어 탓할 사람일세.

"됐어. 아프지 않으니까. 바보. 오빠야말로 힘 조절이나 좀 해. 다른 여자는 기함할 걸."

아실리가 그의 손을 내려놓으며 하는 말에 플뢰온은 잠깐 인상을 구기면서, 저 말이 뭔가 걸리지 않았나 생각했다.

'다른 여자는? 자긴 안 그렇다는 거야?'

그러나 도무지 뭐가 걸린 것인지 잡지 못해 답답함을 느꼈다.

그가 고민하는 동안 아실리는 데인 옆으로 자리를 옮겼다. 저 심술궂은 오라비 옆에서는 아무리 아프지 않더라도 뺨이 남아나지 않을 것이다.

지켜보고 있던 데인은 아실리의 뺨을 쓰다듬으면서 다정하게 웃었다.

"뺨은 괜찮아?"

"으응, 별거 아니야."

검에 베이는 것에 비한다면야. 그녀는 늘 그렇듯 가볍게 생각하며 고개를 들었다.

"……데인?"

그리고 그녀는 예쁘게 접힌 데인의 눈이 퍽 진지한 것을 보며, 놀랐다는 듯 눈을 두어 번 깜빡거렸다.

"왜 그렇게 보는 거야?"

"네가 너무 아무렇지 않아 해서. ……속상해."

그녀는 우울하게 중얼거리는 데인을 바라보며 옅게 웃었다.

“난 정말 괜찮아. 플뢰온이 이러는 게 하루 이틀도 아닌데. 뭘.”

“형이 이러는 게 하루 이틀은 아닌 게 맞지만 네 뺨이 이렇게 달아오른 일은 요즘에 들어 자주 일어나는 일이지.”

플뢰온과 다르게 데인은 이미 빠르게 눈치채고 있었다. 언제부터인가 고통에 무뎌진 아실리를 말이다.

플뢰온은 원래 제 힘을 체감하지 못하고 그녀를 괴롭히긴 했지만, 아실리는 현명하게 대처해 왔다. 그래서 2년 전까지 아실리의 뺨은 이렇게 부풀 일이 없었다. 그리고 그때까지는 부딪히거나 넘어진 것에도 무디지 않았었다.

언제부터 일어난 일이었나 가늠하던 데인이 한 구간을 짚어 낸다.

‘2년 전.’

자신이, 사저에 갔던 일주일.

변화는 미묘했지만, 오랜 세월 함께한 그는 금방 눈치챘다. 둔한 플뢰온이야 여태껏 조금 이상한 정도로 느끼는 모양이었지만, 영리한 데인은 이미 오래전부터 알고 있었다.

아실리가 이상해졌다고.

한편 데인의 막 어깨에 기대어 앉아 있던 아실리는 천천히 고개를 들어 쭉 방 안을 훑어보았다. 바닥에 둔 화로 옆으로 동그랗게 모여 있었다. 모두가 그녀에게 가장 따뜻한 자리를 양보한 탓에 등으로 따끈하다 못해 후끈후끈한 열기를 느꼈다.

데인은 곧 넌 곧잘 감기에 걸리니까 걱정된다며 어디서 가져온 숄을 아실리에게 걸쳐 주었다. 막 덥다고 생각했던 아실리였지만, 얌전히 덮어 주었다. 그녀는 고개를 숙여 작은 웃음을 터트렸다.

“하루가 늘 오늘만 같았으면 좋겠다.”

느닷없이 중얼거리는 아실리의 말에 막 화로 위로 구워 먹는 과자를 가져오던 레이와 빨리 구우라고 닦달하던 플뢰온이 눈을 껌뻑이며 이쪽으로 고개를 들었다.

"뭐가?"

"이런 하루라면, 반복되어도 좋을 것 같다고."

그녀는 아주 멀게 느껴지는 얼굴로 살래살래 고개를 저었다.

"아무것도 아니야."

데인과 플뢰온은 같은 생각을 했다. 한쪽은 명확하게, 다른 한쪽은 전혀 이해하지 못했지만 본능적으로 이상을 잡았다. 두 사람은 눈짓을 주고받았다.

"너 말이야, 굉장히 오해를 살 말을 했다는 거 알고 있냐?"

"으응?"

아실리는 플뢰온을 응시했다.

"이런 재미없고, 지루한 하루를 반복해 뭐 할래?"

그녀의 앞에 쪼그려 앉은 플뢰온이 픽 고고한 손으로 턱을 괴었다.

'참, 뒷동네 깡패 같은 행동마저 그가 하면 한 폭의 그림이 되는구나.'

이어, 다시 한 번 아실리의 뺨으로 올라간 오라비의 손은 이전처럼 난폭하지 않았다.

"앞으로, 너랑 나랑 사는 한 지겹도록 반복할 게 이런 날이고."

"……."

"그 무수한 날 중에는 더 재밌고 신나는 하루가 많을 거다 이 말씀이야. 알겠어?"

"……으응, 그렇겠지."

"내 말 안 끝났어."

플뢰온이 그녀의 양 뺨을 잡고 눈을 맞췄다.

"언제부터인가 자꾸 네가 흐리멍덩하게 웃는데 말이야. 안 그래도 못생긴 얼굴이 더 못생겨지고 있다는 걸 알긴 해? 웃어. 너는 그나마 웃을 땐 예…… 아니, 그래, 덜 못생겼으니까 웃으라고!"

"형, 요점이 어긋났어. 막 감동적일 뻔했는데."

데인이 키득키득 웃으며 재깔였다.

"6황자님께서 하는 일들이 모두 그렇지 않습니까."

레이마저 잊지 않고 무뚝뚝하게 이죽거렸다. 당연한 수순처럼 플뢰온이 길길이 날뛰었다. 그 모습을 보며 아실리는 절레절레 고개를 저었다.

"됐어! 이런 게 뭐가 중요해? 너는 다음부터 아프면 아프다고 말을 하고! 데인 너는 그만 웃고! 레이 저놈은 얼른 잘라 버려."

"제가 잘리면 황자님은 누가 지킵니까?"

레이가 잘 구워진 과자를 내밀며 묵묵하게 웃었다. 플뢰온은 눈썹만 치켜 올리며, 턱을 괸 자세 그대로 비뚜름하게 웃었다.

"건방지긴. 건방진 종놈이야 저건."

"건방진 호위라 죄송합니다. 그렇지만, 종놈에게 검을 배우시지 않습니까?"

"캬, 너, 너, 그거 비밀이라고……."

"아, 비밀이었습니까?"

플뢰온의 얼굴이 벌게진 것과 함께 레이가 뒤로 훌쩍 뒷걸음질 쳤다. 긴 목검이 레이가 있던 자리를 내려쳤다. 붕, 살벌한 파공음.

그러고 보니 아실리는 언제부터인가 탁자 옆에 놓여 있던 목검의 존재를 떠올렸다. 운동을 그토록 싫어하던 플뢰온이 잘도 검술을 배우는구나. 싶었다. 그것도 저 앙숙인 레이에게 말이다.

“말씀드렸지만, 황자님. 내려치기는 좀 더 팔에 힘을 주고, 이렇게.”

“시끄러워! 너! 네가, 유능하다는 것 전부 거짓말이지?!”

“재능이라곤 하나 없는 황자님을 여기까지 끌어 올리지 않았습니까. 유능한 게 아니라 아주 많이 유능한 거죠.”

플뢰온의 방은 마구 드잡이를 해도 남을 만큼 널찍했다. 레이는 플뢰온의 어설픈 동작들을 피하면서 깨질 만한 것들을 미리 잡아 내려놓는 기예마저 보였다.

아실리는 그걸 보면서 과다를 먹다 말고 쿨럭거렸고, 데인은 킥킥 웃음을 터트리며 아실리에게 물 잔을 내밀었다.

“변함없네, 둘은.”

“그렇지.”

“긴 시간 동안 변함이 없어.”

아실리의 중얼거림에 데인은 포근하고 나긋나긋한 목소리로 대꾸했다.

“앞으로도 그럴 거야.”

아실리의 곱슬곱슬한 머리카락을 잡은 데인이 장난스럽게 입을 맞추었다. 데인은 진심으로 그리 생각했다.

‘네가 무엇을 숨기고 있어도 좋아.’

아실리는 눈을 동그랗게 떴다. 그러더니 천천히, 곱씹듯 시선이 타고 내려갔다.

데인은 잠시 가늠할 수 없는 것을 눈에 가득 담았다가 곧장 흩어 놓으며 놀랍도록 다정하게 속삭였다.

"너도, 나도."

* * *

확실히, 아실리는 이상해지긴 했다. 그건 분명했다. 그리고 최근 들어 더욱 이상해졌다.

<말도 안 돼.>

어느 날부터 말도 안 돼, 하고 중얼거리더니 다음 날부터인가 못 보던 수첩을 들고 다녔다. 손바닥 두 개를 합쳐 놓은 크기에 갈색 가죽을 덧입힌 그것은 수첩 같기도, 아실리 또래가 쓸 법한 일기장 같아 보이기도 했다.

데인과 플뢰온은 저걸 두고 일기장이냐 수첩이냐 의논을 했다. 무엇이 됐든 아실리에게 퍽 소중한 것이란 결론을 내렸다.

왜냐하면, 언제나 품에 소중히 안고 다녔으니까.

'마치 사라지면 안 된다는 양 말이지.'

아실리는 예전처럼 웃는 것 같았지만 예전과는 조금 달랐다. 무엇이 다른지 콕 집어 말을 할 수는 없었지만, 아무튼 다른 것처럼 보였다.

그리고 아실리가 사라지기 시작한 것도 그 즈음부터였다.

"형, 찾았어?"

"아니! 어딜 간 거야 이 망할 계집애가!"

데인의 등줄기에 식은땀이 주르륵 흘러내렸다. 그는 멈춰 선 채 턱을 잡고 고민에 잠겼다.

금세 걸음을 옮긴 곳은 테레나 궁 주방이었다. 그리고 붉은 머리의 작은 소녀를 잡아 물었다.

"아실리와 옷을 갈아입었어?"

"네, 넷?"

"오늘도 옷을 갈아입었냐고 물었어."

일 년 전, 제4 행정청에 시종으로서 가게 된 이후로 아실리는 줄곧 이 작은 소녀의 옷을 빌려 입었다. 몸집이 비슷하다는 이유였다. 이후 데인은 아실리가 쉬는 날 종종 하녀의 옷을 입고 어디론가 사라지는 것을 알고 있었다.

"아, 아뇨…… 죄송합니다! 황자님! 잘못했습니다!"

"사과는 됐으니까, 똑바로 말을 해 볼래? 오늘 아실리가 너와 옷을 갈아입고 나갔니?"

"황녀님은 오늘 도, 도서관에 가신다고……."

책을 잔뜩 지고 갔다는 말에 데인은 순간 바로 그것이 거짓임을 알았다.

'황궁 도서관은 절대 걸어서 갈 수 없는 거리야.'

도서관 옆이 제4 행정청이다. 아실리는 누구보다 이 사실을 잘 알고 있을 터였다. 그럼 도대체, 그 작은 몸에 책까지 이고 어딜 간 거란 말인가.

누군가 어깨를 짚었다.

"레이?"

데인은 줄곧 따라온 레이에게로 고개를 돌렸다.

"짐작 가는 곳이 있습니다."

"확실해?"

데인이 처음 보는 얼굴로 내리깔아 속삭였다.

"거짓말은 절대 안 될 거야."

선홍의 눈동자가 일순간 위험한 빛을 드러내며 레이에게로 향했다. 레이는 그 시선을 받아 내면서 입술을 달싹였다.

"아마도."

레이가 굳은 얼굴로 뇌까렸고, 데인은 끄덕였다.

—금지된 숲.

초대 황제로부터 쭉 내려온 신비한 숲은 황궁 내에 있으면서 어디에도 속하지 않은 구역이었다.

서쪽 궁 영역 옆에 위치했지만, 서쪽의 영역은 아닌 곳. 이천 년간 제국과 함께한 숲은 무수한 전설과, 소문과, 악명을 함께 낳았다.

가장 유명한 것은, 영원히 길을 찾을 수 없는 미로, 수없이 많은 실종자들의 사연이었다.

'금지된 숲과 가장 가까운 궁이 아실리의 테레나였지.'

그녀가 무사하기만을 바랐다. 그리고 멀지 않아, 울타리에 대롱대롱 매달린 조그만 몸을 봤을 때, 비로소 초조함이 안도로 돌아왔다.

"……거 보세요, 여기 있을 거라고 했잖아요."

레이는 장난처럼 덧붙였지만, 한없이 진지한 얼굴로 개의 목을 그었다. 섬광과도 같은 궤적 뒤로 피가 분수처럼 쏟아졌다. 전부 찰나간의 일이었다.

레이는 아실리에게서 얼른 개를 가려 버렸다.

"……보지 마십시오."

데인은 레이의 말에 맞춰 타이밍 좋게 아실리의 눈을 감싸며, 그녀의 눈에서 개를 가려 버렸다.

"……뭐 좋은 거라고 보신답니까?"

화풀이라도 하듯 검을 휘두르는 레이를 보면서 데인은 쯧 작게 혀를 찼다. 그러고는 자신도 아실리를 잡은 손에 힘을 주지 않으려 애를 썼다. 그는 땀으로 젖은 뺨을 어루만지면서 차라리 아실리가 울었으면 했다.

"한참 찾았어. 아실리."

덜덜 떨리는 몸은 충분히 그녀가 놀랐음을 말해 주었다. 그는 살며시 눈을 떨어트렸다. 이 순간에도 건조하기 짝이 없는 손바닥이 안타까워서.

'네가 말해 주면 좋겠어. 뭐든지…….'

떨림이 잦아들며 반나절 내내 그토록 바라던 목소리가 터져 나왔다.

"데인."

데인은 잠깐 자신의 이름이 이렇게 듣기 좋은 울림이었나 생각했다. 그는 품에 안긴 아실리의 등을 천천히 쓰다듬으며, 놀란 자신의 손도 같이 진정되길 바랐다. 그래, 막 개에게 잡아먹힐 뻔한 아실리를 보는 것은 너무 괴로웠다.

"이런 곳에 있으니, 한참 찾아도 없죠."

피 묻은 검을 탁탁 털고 다가온 레이가 핀잔을 주었다.

아실리는 가까운 나무로 걸어가 등을 기댄 채 숨을 몰아쉬었다. 그리고 그녀는 고개를 홱 들어 주변을 살폈는데, 떨어진 것으로 시선을 주는 모양새였다.

그 순간, 데인은 아실리에게서 터져 나온 중얼거림을 들었다.

"……또 죽는 줄 알았다."

'……또 죽다니?'

데인은 그 모습을 물끄러미 지켜보면서 무수히 많은 것들을 떠올렸다가, 다시 지워 냈다.

“저희가 딱 10초만 늦었어도 스틱스강을 건너셨을 겁니다. 실종자가 들끓는 금지된 숲은 황녀님 묫자리로는 그다지 좋은 자리가 되지 못합니다.”

“레이.”

“틀린 말은 아니지 않습니까. 도대체 황녀님은 어딜 그리 뻘뻘거리며 돌아다니시는 겁니까? 찾기 힘들게. 이번도 그렇습니다. 데인 황자님과 제가 얼마나 찾아다닌 줄 아십니까?”

아실리가 인상을 옅게 찡그렸다.

“안 죽었어.”

“네. 저희가 와서요.”

“응. 죽을 뻔했지만. 안 죽었어.”

아실리는 그렇게 말하면서 얼핏 데인을 바라보았다. 그녀는 안심하라는 듯 생긋 웃었다.

우연이었겠지만, 청명한 보랏빛 눈동자를 바라보면서 데인의 입꼬리가 미세하게 진동했다.

‘넌 왜 아무런 일도 아닌 것처럼 넘어가는 거야?’

찢어진 손바닥은 가시에 긁힌 것임에 틀림없다. 아프지 않은 척 웃을 수준이 아니었다.

고통은 문제가 생겼음을 알리는 가장 예민한 신호이다. 따라서 민감할수록 대처 또한 빨라지므로 생존과도 직결되며, 가장 본능적인 감각이 아픔을 느끼는 신경이다.

데인은 자신이 예민하다고 생각하지 않았다. 오히려 아실리가 이 문제에 둔감했다.

얼마 전 수를 놓다 피를 뚝뚝 흘리면서도 멀뚱하게 있던 아실리를 떠올리면서 데인은 음울하고 어두운 감정에 사로잡혔다.

"설마하니 저나 황자님이 올 줄 알았다느니. 누군가는 와서 어떻게든 살았을 거라느니. 또 그 소리 하려거든 관두십시오. 여기가 얼마나 외진 곳인지 알고서 하는 소립니까?"

"안 죽을 줄 알고 있었어."

"네?"

방금, 그녀는 정말로 죽을 위기를 거쳤다. 금지된 숲을 지키는 파수꾼의 악명은 데인조차도 고개를 저을 정도였다.

금지된 숲과 울타리를 지키는 커다란 짐승. 오로지 황제만을 섬길 뿐 피아의 구분 없는 저 맹수는 방금까지 아실리의 몸을 갈기갈기 찢어 놓으려 했다.

그런데, 왜?

'너는 아무렇지 않아?'

데인의 선홍색 눈동자에 파문이 일었다. 비춰 보는 아실리의 마음과 아실리가 담아 둔 것을 그대로 반사해 낼 것처럼.

데인은 한 손으로 눈가를 더듬었다.

레이가 불만 가득한 목소리로 아실리를 나무라고 있었다. 그때였다. 희미하게 대꾸하던 아실리가 고개를 들면서 생긋 웃었다.

"데인 고마워."

그것은 언젠가 그가 한나를 대신해서 간식을 가져다주었을 때 얼굴이었다. 그녀에게는 그와 같은 무게였다고, 데인은 짐작했다.

'아실리, 너는 무엇을 숨기고 있어?'

하지만 그는 이렇게 물어볼 수가 없었다. 아실리가 대답하지 않을 것임을 알기 때문이다. 숨기고 있는 것이 있냐는 질문에 아실리가 고개를 끄덕이면 슬플 것이고 고개를 끄덕이지 않는다 해도 슬플 것이었다.

"뭘 그렇게 웃으십니까. 사람 걱정은 다 시켜 놓고."

아실리는 척 보아도 레이의 말을 대충대충 넘기고 있었다. 그러면서 떨어졌던 책을 주워 들었다. 데인은 둘둘 말린 책 위로 적혀 있는 표제어를 보았다.

『금지된 숲』, 『오래된 신과 사라진 유적』, 『쉽게 보는 제국의 신화』 참으로 정직한 제목이었다.

아실리가 이곳에 일부러 왔노라고 쉽게 눈치챌 수 있을 만큼.

"……미안해."

분명, 흐릿하게 웃는 아실리는 놀라지 않아 보였지만, 몹시도 지친 눈치였다. 데인은 레이를 살짝 잡으면서 고개를 저었다.

"돌아가자."

아실리는 볕을 반사하는 빛에 눈을 찡그리면서 지붕을 바라보았다. 언뜻, 외벽만큼이나 새하얀 새를 본 듯 했다. 벽과 헷갈렸는지도 모르지만.

"조심해서 가. 데인. 레이 경."

아실리가 나긋나긋한 봄처럼 활짝 웃었다.

데인은 평소같이 웃지 않았다.

식은땀이 눌러 붙은 그녀의 이마가, 푹 젖은 등이, 그를 불편하게 했다.

어째서 너는 그토록 담담하게 웃을 수 있는 거냐고.

선홍색 눈동자가 무겁게 가라앉았다.
데인은 천천히, 입꼬리를 끌어 올렸다.
"응, 잘 자. 내 아실리."

* * *

아무 장이나 펼쳤을 뿐인데 놀랍게도 오늘 일을 겪은 듯 생생하게 쓰인 일기.

비밀을 파헤치려 금지된 숲으로 가던 길에 암살자를 만나 죽었다.

꿈틀, 첫 글자부터 스며든 빛의 파동이 열을 지나고 곧이어 페이지 전체가 빛으로 물들었다.
쇄아아—
꿀꺽, 아실리는 침을 삼켰다. 침이 넘어가는 소리. 페이지는 고요하다.
그러나 그것도 잠시, 깨끗해진 양피지 위로 천천히 글이 떠올랐다. 새로 나타난 것은 이전과는 다른 새로운 내용이었다.

823년 하베론의 달 7일
사냥개를 따돌리는 데 실패했다.
그대로 도망치다 죽을 뻔했지만……, 다행히 날 찾으러 온 7황자 오라버니와 그의 검사 덕분에 목숨을 구할 수 있었다.

다음 장이 '내일'로 빼곡히 채워졌다.

몹시도 비현실적인 일이었으나 그녀는 자연스럽게 받아들였다. 2년 전, 시작으로부터 언제나 그랬듯이.

"……하. 살았다."

긴장으로 무뎌졌던 손끝에 비로소 온기가 돌았다.

"살았어……."

823년 하베론의 달 어느 하루. 그녀는 오늘도 살아남았다.

혀끝에 맴도는, '오늘도' '오늘'이란 단어를 계속 중얼거려 보던 그녀가 처연하게 웃었다.

"그래 오늘도 살았다……."

그녀의 표정은 마치 피지 못한 채 땅으로 져버린 꽃처럼 서글퍼 보였다.

그녀는 스스로 지금 어떤 표정일지 볼 순 없지만 꽤 우스우리라 생각했다.

'설마하니 일기장이 다시 나타날 줄이야.'

미래 일기장이 다시 모습을 드러낸 것은 열다섯 살이 되던 해 네 번째 달. 리리엘의 달부터였다.

수를 놓고 있을 때였다. 습관적으로 일기장을 확인하던 그녀는 우연히 일기장 페이지 끝부분에서 말라붙은 핏자국을 발견하고 문질렀다. 그 순간 일기장이 변화하면서 예언이 시작되었다.

가끔 일기장이 마치 사람처럼 고동 소리를 가진 것 같다. 그렇지 않고서야 백지처럼 모습을 감췄던 이것이 자신이 막 행복해지려는 때에 다시 거짓말처럼 나타나진 않겠지.

그녀는 카스토르의 검에서 겨우 살아나와 그라니우스의 밑으로 들어갔다. 그의 밑에서 새로운 것을 배우는 동안 평화로웠다. 카스토르는 한 번도 그녀를 찾지 않았다. 모든 게 끝난 것처럼 느껴졌다.

그렇게 그녀는 모두 덮어 두고 이곳에서 평화롭게 지내고 싶었다. 그러나 지켜보던 신은 언제나 그녀에게만 얄궂다.

'이대로 행정청에서 평화롭게 지내고 싶었어.'

처음 다시 나타난 일기장을 보고서 얼마나 허탈했던가.

'언젠가는 황녀로 돌아갈 거란 걸 알면서도.'

그러나 한편으로는 차라리 다행이라 생각했다. 이미 반쯤 망가진 자신이 온전하게 행복할 수 있을 거라 생각하지 않았다.

그날 이후로부터 언제나 검은 것이 발끝에 머물러 있다가 걸음마다 자신을 쫓는 것처럼 느꼈다. 눈을 뜨며 꾸는 악몽은 언제쯤이면 끝날까, 두려웠다. 무뎌지고 파편이 된 감정을 느꼈다.

그러다 일기장이 다시 살아났다. 그녀는 단서를 그러모아 정해진 미래를 거슬렀다.

이후로는 똑같았다. 살아남고, 살아남고, 또 살아남고.

"번번이, 아모르 찾아가기가 이렇게 힘들어서야……."

왜인지, 새로운 예지 속에 카스토르는 등장하지 않았다. 지금까지도.

그나마 다행이었다.

아실리는 가죽으로 된 표지를 손끝으로 더듬다가, 상표에 적힌 상단에 대해 알아봐야겠다고 생각했다.

'어떤 것이 나오든 단서가 되지 않을까.'

그리고 한 장 한 장 페이지를 넘기다가, 문득 의문을 느꼈다. 그녀는 이전 일기장을 필사하였던 종이를 꺼내서는 그것을 찬찬히 훑었다.

'어라.'

의문의 정체는 금방 드러났다.

반드시 죽었어야 했을 날짜, 혹은 그녀가 죽음을 막았어야 할 페이지가 3장. 그러나 이날은 아무 일 없이 넘어간 날이었다.

823년 하베론의 달 8일

……(중략)…… 밤에 찾아온 암살자의 손에 죽었다.

823년 하베론의 달 9일

……(중략)…… 밤에 찾아온 암살자의 손에 죽었다.

823년 하베론의 달 11일

……(중략)…… 한나와 산책하던 도중 암살자의 손에 죽었다.

반복되는 단어를 뚫어지게 보던 그녀는 신음을 흘렸다.

"……암살자를 본 적이 없어."

아실리는 여태껏 단 한 번도 암살자를 본 적 없음을 깨달았다. 지금까지는 그저 자신이 일기에 어긋난 행동을 해서 달라진 것이려니 생각했지만, 아니었다.

'생각해 보자.'

아모르의 죽음을 막았다고 자신이 카스토르에게 죽는 일이 바뀌었던가? 그렇지 않았다.

반추해 보면, 카스토르를 마주하고 바로 앞에서 죽음을 피하고서야 일기장이 바뀌었다. 그러니까 따라서 지금 이건 무언가 그녀의 죽음에 개입한 거였다.

원래라면 '암살자'의 손에 3번은 죽었어야 할 자신이, 이렇게 반복적으로 나타난 존재를 보지 못한 것은 있을 수 없는 일이었다.
"……뭐야."
자신이 모르는 사이에, 무슨 일이 일어났던 것일까.

* * *

아실리는 여전히 심부름꾼이었다. 그라니우스의 보호를 받게 되면서 심부름꾼의 일에서 벗어나리라 생각했지만, 그라니우스는 왠지 자신의 신분을 공표하지 않았다.
<황녀님을 지키기 위해서 성인이 되기 전까지는 정체를 숨기는 편이 좋을 것 같습니다.>
아실리는 사정을 듣고서 이해했다.
본디, 성인이 아닌 황족은 특별한 이유가 아니고서는 중앙 구역에 머무를 수 없었다. 거기다 그녀는 카스토르라는 광인의 눈에 들지 않았던가. 몸을 사려야 할 처지에 드러낼 필요는 없었다.
대신 이른 아침 출근하던 것은 사라져서 느긋하게 아침잠을 잘 수 있게 되었다.
늘어진 잠에서 깨어난 그녀가 볕이 내리쬐는 창문 앞에 앉아 멍하니 밖을 바라보고 있을 때였다. 창문 밖으로 씩씩대며 걸어오는 플뢰온이 보였다.
쌀쌀하다 싶은 바람에 귀가 새빨개져서는 걷는 얼굴이 퍽 잘생겼다. 폼은 또 몹시도 우아해서 아실리는 정말 껍데기가 아깝다고 생각했다.
'알맹이와 비교하면 저 외모에 실례야.'

하면서.

"아실리 로제!"

눈을 한 서른 번 깜빡였나, 그녀는 씩씩대며 나타난 플뢰온에게 손을 잡혀 어느새 궁 밖으로 나와 있었다.

'이건 뭘까.'

아실리는 황당한 심정으로 그의 배려 없는 보폭을 쫓았다.

곧 숨이 찼다.

'이런 배려 없는 인간을 봤나.'

문득 짜증이 왈칵 일면서, 다리가 아파 왔다. 화가 나려다가도 이내 참 플뢰온답다 생각하며 그냥 끌려가 주기로 했다.

오라비의 이런 짓은 대개 쓸모없거나 귀찮거나 쓸데없는 이유가 대부분이었다.

'가 보면 알겠지.'

생각해 보면 먼 과거부터 플뢰온은 그랬다.

아실리가 아홉 살 무렵, 플뢰온은 자신의 시녀를 내쫓았다. 그녀의 뺨을 보고서 놀라 소리를 질렀기 때문이었다.

<시녀가 마음에 안 들었어.>

플뢰온은 중급 관리의 딸이었던 어린 소녀를 제 궁에서 쫓아내고 정말 일을 못했다며 불평을 쏟아 냈다. 그리고는 이후로 다신 시녀를 두지 않았다.

그는 늘 제멋대로 배려했다. 배려는 늘 독단적이라 한참 뒤에야 그녀는 그가 왜 그리 했던 것인지 이유를 알았다.

때로는 허탈할 만큼 잘 읽혀서 우습다고 할까.

어느 날 실수로 플뢰온이 아끼던 찻잔을 부쉈을 때, 그는 씩씩대면서 아실리가 아니라 찻잔을 향해서 화를 냈다. 왜 찻잔이 여기 있냐면서 엄청 화를 냈다.

그리고 며칠 뒤 똑같은 찻잔을 가져와 아무렇지 않게 거기에 차를 담아 내밀었다.

<나 돈 많아. 난 미안하단 사과가 제일 짜증 나니까. 하지 마. 알겠어?>

거짓말. 사실은 분했으면서. 투명한 유리구슬 같은 눈동자만큼 읽기 쉬운 사람. 구불구불해 보이지만 던지는 족족 직구인 자기중심적인 사람.

"우리 언제까지 걸어?"

"……조금만 참아. 멍청아."

"난 멍청하지 않아."

그런 플뢰온을 쫓아 기다란 담장을 따라 걷고 있었다. 적당한 속도에 익숙해지자, 주변을 돌아볼 여유가 생겼다. 푸른색 모루와 망치가 작게 새겨진 담벼락. 분명 여긴 테렌테 궁이었다.

플뢰온이 손을 놓았다.

"여긴 뭐야?"

아실리는 넝쿨로 만들어진 정원의 문 앞에 서 있다. 플뢰온이 앞장서서 들어갔고, 아실리는 뒤따라 걸었다.

"들어와."

들어서자마자, 가장 먼저 달콤한 향기를 맡았다. 그녀가 익히 아는 냄새였다.

'어라.'

그녀는 눈을 깜빡거리면서 테이블을 바라보았다. 화려하리만치 호화

스러운 테이블이었다. 이 계절에 절대 볼 수 없는 과일, 셔벗과 케이크, 그리고 타르트와 밀푀유처럼 생긴 '포라'라는 간식도 있었다. 모락모락 김이 피어오르는 차는 그녀가 가장 좋아하는 카모마일이다.

천천히 고개를 든 그녀가 천장을 바라보았다.

'등나무?'

전생에서 여름이면 보았던 커다란 등나무가 이곳에 고개를 내리고 가지를 드리웠다. 팔랑 꽃잎이 찻잔 위로 앉았다.

왜 지금 계절에 이리도 활짝 피었는지 모르겠으나 자색과 분홍색, 그리고 다시 푸른색. 꼭 그녀와 데인과 플뢰온의 눈동자를 닮은 꽃들이 흐드러지게 피었다.

아실리의 눈동자가 이 아름다운 것들의 향과 멋을 품었다.

"뭐해, 앉지 않고서."

어느새 테이블에 온 플뢰온이 의자를 빼 주었다. 아실리는 그런 플뢰온을 바라보다가 쾌활한 목소리로 물었다.

"꽃 싫어하지 않았어?"

"어. 싫어해."

그가 볼멘소리로 투덜거렸다.

"냄새도 싫고 보는 것도 싫어."

"그럼 이건 뭔데?"

그는 아실리를 지그시 쳐다봤다.

"몰라서 물어?"

"모르니까 묻지."

그러거나 말거나. 아실리는 태연하게 대꾸했다. 플뢰온은 무언가를 더 말할 것처럼 입을 벌렸다가, 꾹 다물었다.

'……망할, 병아리 같은 계집애.'

플뢰온이 어쩐 일로 발끈하지 않고, 한숨 쉬듯 입을 떼어 냈다.

"이건, 너랑, 하……. 이걸 말로 꼭 해야 알아?!"

"응. 말로 해야 알아."

아실리는 눈을 깜빡거리면서 고개를 기울였다.

"말로 하지 않으면 알 수 없어."

그녀는 그렇게 말하며, 청명한 자색의 눈동자에 그를 담았다.

'젠장.'

그는 정말 짜증이 나 있었다. 반응이 생각과 같지 않아서였다.

'분명 이러면 좋아할 거라고 확신했었는데?'

예상과 다르게 저 쪼끄만 여동생은 붕어처럼 눈만 껌뻑이면서 남의 생일 파티에 온 것처럼 멀뚱히 서 있질 않나, 너는 왜 이런 걸 내게 해 주니? 하는 표정이었다.

덕분에 그의 기분은 엉망이었다. 차츰 미간에 한 줄, 두 줄 주름을 주던 그는 결국 참지 못하고 터트렸다.

"아, 정말! 네가 좋아하니까 가져왔다! 됐냐?"

그가 꽥 소리를 질렀다.

"촉진젠가 뭔가 뿌리면 빨리 핀대서 뿌렸고. 그 뭐냐 네가 좋아한다는 간식 만들라고 내 궁 요리장 다그치고!"

플뢰온은 꽃을 정말로 싫어했다. 달콤한 것도 싫어했다. 보통의 포근하고 달콤하고 귀엽고 예쁜 것들 전부 그의 취향이 아니었다. 제 손으로 이런 것들을 만들라고 할 바에 입을 꾹 다물고 불이익을 감수할 사람이었다.

"망할, 병아리 같은 계집애! 뭘 그렇게 따박따박 따져? 그냥 봐라,

그냥 먹어라 어? 이유가 뭐가 중요해? 앉아!"

그는 우아하거나 위엄을 장식하는 것들—이를테면 향이 깊은 차나 조각 등을 좋아했고 화려한 색 대신 무채색을 좋아했다. 제멋대로인 성격과는 달리 그의 취향은 절제의 신관처럼 절제되고 단정했다.

"……지금 웃었냐? 비웃었어? 네가?"

"아야, 아야. 아파, 오빠."

이번만큼은 아실리가 그의 손을 제때 잡아 내렸다. 이제 플뢰온이 힘껏 때려도, 꼬집어도 아프지 않지만, 이걸 드러낼수록 큰오빠와 작은오빠는 슬퍼하는 것처럼 느껴졌다. 그녀는 때때로 왜 무뎌진 내 감정을 너희가 대신 느끼느냐고, 의문을 느끼기도 했다.

그녀는 시간을 반복한 뒤로 좀처럼 평범한 것에 때를 맞추기 힘들어졌다. 그래서 미묘하게 어긋난 행동을 보였는데, 내가 어떻게 했더라 되짚어 보면서 반추하는 그녀는 한 걸음 느릴 수밖에 없었다.

그녀는 그제야 이것들이 오라비들을 불안하게 했음을 알았다.

<6황자님은 꽃을 싫어하고, 특히나 장미를 싫어하십니다. 화려하다고요. 어릴 적에 케이크를 먹다 크게 탈이 나셔서 월터식 간식은 전부 기함하게 되셨죠.>

다시 온실을 바라봤다. 등나무가 우거져 있었고 코가 녹을 듯 달달한 냄새를 풍기는 달콤한 간식이 있었다. 탁 트인 풍경이 몹시도 우아하고 아름답다.

"파, 하하, 푸하하하하. 오빠. 오빠. 오빤 내가 그렇게 좋아?"

가슴을 몽글몽글 채우는 따뜻한 것을 느낀 아실리가 쾌활한 목소리로 물었다. 그런 아실리를 싸늘하게 노려본 플뢰온이 고개를 홱 돌렸다. 놀려 대는 그녀의 목소리가 따라붙었다.

"맞잖아. 나 걱정해서 어울리지도 않는 일 했네."

"누가 널 위해서래?!"

"그럼, 누굴 위해서인데?"

"……."

아실리는 잠시 작게 소리 내어 웃었다. 그러고는 시선을 내렸다.

아실리는 두 손을 들어 그의 머리에서 꽃잎을 떼어 냈다. 발을 돋움하고 쭉 뻗어야 겨우 닿는 높이였다. 그는 미미하게 찡그렸다.

"고마워."

플뢰온은 대꾸 대신 그녀의 입으로 딸기를 쏙 집어넣었다.

"그냥, 먹어."

그리고는 고개를 숙여 아실리의 얼굴을 유심히 살폈다. 삐죽 사선으로 올라간 눈꼬리. 짙푸른 눈동자가 좌로, 우로, 굴러가면서 그녀를 살피고 있었다.

"맛없어?"

아실리는 딸기를 문 채로 숨을 토해 내며 웃었다.

"맛있어."

"……그래? 다 안 먹기만 해 봐."

"뭐? 그럼 배탈 나."

아실리는 손가락을 들어 그의 뒷목을 꾹 찔렀다

"배탈이라고 했냐? 아프기만 해 봐."

플뢰온이 높낮이 없이 목소리를 낮춘 채 으르렁거리듯이 대꾸했다.

'뭘 자꾸 해 보래.'

그럼 어쩌자는 것인지.

다 먹고 나자 플뢰온은 그녀에게로 다가와서 말없이 머리를 헝클였다. 그러고는 툭, 고개를 늘어트렸다. 아실리의 어깨 위로 재색의 머리카락이 후드득 떨어졌다.

잠깐 눈을 동그랗게 떴던 아실리가 키득대면서 웃었다.

"플뢰온. 비밀 하나 알려 줄까?"

"……안 궁금해."

"그러지 말고. 나 봐봐."

그러자 턱을 괴고 있던 플뢰온이 이쪽으로 돌아보는 게 느껴졌다.

"나는 보이는 것보다 나이가 많아."

"……그딴 건 말 안 해 줘도 네가 속 늙은 건 알고 있어."

그는 거칠게 대꾸할 뿐이다. 농담으로 들렸을까?

"진심인데."

그녀는 오라비의 손에 산발이 된 머리를 꾹꾹 누르면서 활짝 웃었다. 어쩐지 미소 짓는 게 편해졌다.

"고마워. 나, 방금 처음으로 잊었어."

내가 죽던 날의 악몽을 말이야.

* * *

밤, 이곳의 하늘은 오염 없는 시골의 하늘처럼 무수한 별이 뜨곤 했다.

아실리는 잠시 침대 기둥에 기댄 채, 팔짱을 끼고서 창문을 돌아봤다. 그러다 고개를 숙여 세운 무릎에 기대었다.

곧 있으면 12시. 또 하루가 간다.

아실리는 밀물처럼 찾아오는 피로를 느꼈다.

'오늘은 암살자가 오는 날.'

오늘 밤, 자신은 밤손님에게 살해당할지 모르는데, 몸은 수면을 요구했다.

그녀는 눈을 비비며 오늘은 어떤 것을 했나 꼼꼼히 되짚어 본다.

'플뢰온이 나를 정원으로 데려간 일은 적혀 있지 않았지.'

그렇다면 이게 변수가 되어 바뀔 수 있을까?

'아니야.'

지금까지 죽음은 죽음을 막거나 아니면 죽거나. 달리 말해 죽는 것만큼은 죽음으로만 바꿀 수 있었는데, 어째서 암살은 그동안 조용히 넘어간 걸까.

'아무것도 하지 않았는데 말이야.'

오늘은 꼭 밤을 새서 지켜봐야겠다.

다시 나타난 일기장에는 독살과 암살이 적힌 페이지가 빼곡하게 늘었다. 아마, 그녀와 카스토르 사이에 있던 일이 암암리에 그의 정적의 귀에 들어간 것일지도 모른다. 혹은 그라니우스 보호 아래 놓인 처지가 퍼졌거나.

대체, 무슨 일이 일어날까. 또 얼마나 죽을까? 이 생각을 하면 아연해진다. 아직은 먼 책 속 내용이 원망스럽게 느껴졌다.

'왜, 책은 카스토르의 모든 생애를 다루지 않았을까?'

그랬다면 그녀의 삶은 달라졌을까. 원망할 상황이 아님을 알면서 자꾸만 들고 마는 것이다.

아실리는 반복해서 감겨 오는 눈꺼풀을 불만 가득한 손으로 비비면서 무거워지는 고개를 끌어 올렸다.

'내 몸은 왜 이렇게 불편한 거냐고.'

그녀는 종일 혹사당한 몸을 이기지 못하고 수마에 빠져들었다.

* * *

덜컹.

창문을 연 것은 새까만 옷으로 무장한 사내였다. 정적을 깨우지 않고 침입자가 조용히 들어섰다.

하늘에는 먹구름이 떠 있다. 구름 사이로 보이는 푸른 달. 남자는 별다른 행동 없이 방 안을 훑어보았다. 곧 침대에서 멈췄다.

볼록 솟아오른 흰 이불. 남자는 복도에서 들리는 발소리를 들은 뒤, 구두 소리가 지나가길 기다렸다.

바람이 불었고, 구름 사이로 완연한 달이 드러났다. 달빛을 받은 남자의 눈은 오로지 한곳을 응시했다. 역수로 든 단검이 시린 빛을 드러냈다.

남자가 제자리에서 가볍게 왼발을 떼었다.

"어?"

그 순간 이상한 느낌이 스쳐 남자는 본능적으로 몸을 물렸다. 이미 허공에 뜬 몸을 완전히 움직일 순 없었으나 가누는 것은 가능했다. 바닥에 몸이 닿았고.

통증은 뒤늦게 찾아왔다.

"크으윽……."

"조용히 해."

레이가 발로 남자의 목을 짓밟은 채 쇄골로 검을 꽂아 넣었다. 성대가 짓눌린 남자가 채 비명도 지르지 못하고 펄쩍 뛰어올랐다.

"쥐새끼 따위가 귀하신 분의 허락도 없이 들어온 대가는 치러야지. 안 그래?"

레이는 검을 꽂은 손에 지그시 힘을 주었다. 이 순간까지 독하게 검을 쥐고 있던 남자는 정확히 통점을 자극하는 고통에 단검을 놓쳤다.

"이런, 귀하신 분 방에 들어오면서 위험한 걸 들고 있으면 되나."

그리고 누군가 발로 그 검을 걷어찼다. 검은 빙글빙글 돌아 침대 밑으로 사라졌다.

"황자님."

레이가 고개만 들어 그를 불렀다. 데인은 싱긋 웃었다가 검지를 입으로 가져다 대며 쉿, 하고 속삭였다.

"공주님이 깨면 곤란해. 레이."

"황녀님은 한번 주무시면 업어 가도 모르십니다."

데인은 살래살래 고개를 저었다.

"그래도 만약이란 게 있는 거야."

"그땐 들어다 침대 밑에라도 넣어 두겠습니다."

레이가 무뚝뚝하게 대꾸하며 여태 꿈틀거리는 남자에게서 발을 뗐다.

"컥!"

정확히 명치 부근을 발로 짧게 끊어 치는 고통에 남자는 모든 소리가 마비되는 고통을 느꼈다. 숙련된 자로서 간신히 정신을 잃지 않았지만, 이어지는 고통에는 정신이 아득해져 왔다.

"이번엔 누가 보낸 걸까?"

"제게 물으셔도 저는 모릅니다."

암살자는 어느새 가물거리는 눈앞으로 생전 처음 보는 소년이 쪼그려 앉아 있는 것을 보았다.

'……천사?'

순간 신의 전령으로 착각했을 만큼 아름다운 소년이었다. 저를 보는 시선을 느낀 데인은 부드럽게 낯을 풀어 웃었다.

"배후는 이 자에게 물어도 나오지 않을 테지. 오늘은 몇이나 됐어? 하나뿐?"

"주변을 보고 왔으나, 오늘은 둘이었습니다."

다른 하나는 이미 사라졌다는 소리였다. 동료는 죽었을까. 암살자는 데인의 어깨에 걸린 달을 바라보았다. 바람에 결 좋은 머리카락이 살랑거리면서, 데인의 얼굴이 더욱 선명하게 드러났다.

암살자는 순간 오싹 소름이 돋았다. 그는 살인을 일삼는 암살자. 죽음에 관해 민감한 자였다.

이 순간 죽음을 걷는 자로서 강력한 예감을 느꼈다. 지금 자신은 삶의 끝자락에 서 있다고. 주신이 그를 불쌍하게 여기기라도 했는지 당장 예지 능력이 생겨 버린 것처럼 위기를 느꼈다.

"이틀 전에는 셋이었지. 오늘은 둘이라……."

"닷새 전엔 다섯이었습니다."

다섯이라, 데인이 낭랑한 목소리로 중얼거렸다. 그는 그림처럼 멈춰서 창문을 보는 그대로 미동도 않다가 천천히 고개를 기울이며 웃었다. 데인은 늘 습관처럼 웃는 편이었다.

"내가 감이 좋아서 다행이야."

"글쎄요, 보통 그걸 감이라고 부르지는 않습니다만."

"쉿. 목소리가 너무 커, 형을 데려오지 않길 잘했지?"

그렇게 말하면서 데인은 막 꿈틀거리는 암살자의 등을 무릎으로 딛고 지그시 힘을 주었다.

"오늘도 오겠다는 걸 겨우 말렸으니까, 너도 너무 놀리지 말고 허탕 친 것처럼 행동해."

"어차피 그분은 오셔도 아무것도 못하지 않습니까. 플뢰온님은 심각한 운동치이십니다."

"으음, 그 사실엔 부정할 순 없지만. 굳이 내 앞에선 그러지 마. 전부 이른다?"

"은근히 플뢰온 님을 싸고도십니다."

"그런 척하는 걸지도 모르지."

데인이 쿡쿡 웃으면서 덧붙였다.

그는 익숙하게 암살자의 품을 뒤졌고, 잠시 뒤 여분의 단검이나 독 따위가 바닥으로 후드득 떨어졌다.

"형의 그 성격을 두고 직언을 하는 사람은 너밖에 없을 거야."

"그분의 잔소리는 꽤 무서우니 참아 주시지 않겠습니까."

레이가 고개를 숙여 중얼거리다가 남자를 응시했다.

"일단 쥐새끼부터 처리할까요."

그의 눈은 점차 사납고 형형한 기운을 띠었다. 암살자는 죽어 가면서도 그 무섭고도 오싹한 눈초리에 몸을 떨었다.

'……어, 어째서?!'

고작 황녀 따위의 옆에 이런 자들이 있는가?

'콘셀레티오시여.'

그의 수장은 틀렸다. 삐걱 기울어진 창문을 보며 암살자는 결과를 기다리고 있을 수장에게 말하고 싶었다.

상급 둘을 보낸 것은 중급 다섯보다 나아서였다. 그리고 뛰어난 둘마저도 안 되는 일이었다.

암살자로서 긴 생을 바랐던 것은 아니었으나 이는 너무나 어처구니 없는 죽음이지 않은가!

남자는 자신의 신에게 마지막 기도를 올렸다.

당신의 어린양이 당신 곁으로 가고자 하니, 지옥 가장 밑바닥에 자리를 만드소서.

그는 도둑과 거짓의 신관이자 암살자. 그동안 셀 수 없이 많은 사람을 죽였고, 살을 업으로서 살아왔다. 천국에는 그의 자리가 없음을 알았다.

"그만 가자."

마지막 순간 암살자는 살아 있되 강림한 천사처럼 아름답고도 영준한 낯을 보았다. 시야는 곧 검고, 붉어졌다.

"안녕히. 당신의 사후가 영원한 지옥길이길."

* * *

날씨가 무척 맑았고, 바람도 산들산들 불고 있었다.

플뢰온의 궁은 다른 궁보다 계단이 높아서 테라스도 다른 곳보다 높았는데, 탁 트인 풍경이 무척이나 아름다웠다.

아실리는 창문에서 시선을 떼어 내면서 흘끗 이 방의 주인을 바라보았다.

벌써 세 시간째, 플뢰온은 꼿꼿하게 허리를 펴고 자세를 유지하고 있었다. 금방이라도 폭발할 것 같은 얼굴이라 그와 눈이 마주치면 얼른 후다닥 고개를 돌렸다.

'……언제까지 저러고 있으려고 그러나.'

아실리가 슬쩍 눈을 굴리며 데인을 바라봤다. 손가락으로 손목을 가리키는 시늉을 하자 데인이 살래살래 고개를 저었다.

플뢰온이 성인이 되기 위해 꼭 필요한 시험에서 떨어진 사건인즉 이렇다.

한 해의 마지막 달에 치러지는 시험. 시험의 형식은 여러 가지가 있으나 그가 치렀던 시험은 가장 전통적인 방식으로 중앙 광장에 모여 정치, 경제, 신학, 예술, 문학 등 학자들에게 질문을 받아 막힘없이 대꾸하여 그들의 점수를 얻는 토론식이었다.

안타깝게도 이건 플뢰온에게 가장 취약인 방식이었다. 도무지 저 성질머리를 참고 냉정하게 대꾸를 하지 못했던 것이다.

"오빠, 시험은 내년에도……."

"조용히 해."

그가 으르렁 반, 열 받음 반을 목소리에 담아 뇌까렸다. 보통 열 받은 것이 아님에 분명했다.

아실리는 식어 버린 차를 홀짝이다 "아윽, 써." 하고 중얼거렸다. 그러자 플뢰온이 쯧, 혀를 차는 것과 함께 손짓했다. 바짝 긴장하고 있던 하녀가 얼른 아실리의 찻잔을 새로 채웠다. 침착하면서 놀랍도록 우아하고 재빠른 손놀림이었다.

'대체 얼마나 굴린 거야.'

아실리가 잠시 플뢰온을 쳐다보았다가 질린다는 표정을 지었다. 여기 하녀들 불쌍해.

"제국의 시험은 잘못되었어."

"형. 그 말 자칫 잘못하면 잡혀간다."

"시끄러워."

플뢰온은 머리칼을 흐트러뜨리더니 영준한 낯을 찌푸렸다. 그러고는 뾰족뾰족 날이 선 말을 내뱉었다.

“무슨 수작을 부렸는지는 모르겠지만, 감히 나를 떨어트린 쓰레기 같은 얼굴들은 하나하나 기억해 주지.”

잇새로 한 글자 한 글자 씹어 먹듯 뱉는 플뢰온을 보면서, 아실리는 참지 못하고 웃음을 터트렸다. 지금 누구 탓을 하는 건지 모르겠다.

“내년에는 꼭 통과하셔요, 오라버니.”

“형은 나랑 치겠네.”

“내년에 또 떨어지면 어떻게 됩니까?”

“닥쳐!”

플뢰온은 보지 못했겠지만, 아실리는 뒤로 서 있던 하녀들이 아주 잠시지만 살짝 씰룩이는 것을 보았다.

‘그러게, 아랫사람한테 좀 잘하지. 고소해하잖아.’

그녀는 턱을 괴고 키득키득 웃음을 지었다.

창문 밖으로 꽃잎이 흩날렸다. 흩날리는 꽃잎의 색은 그녀의 눈동자 색과 같은 보라색이었다. 며칠 전 플뢰온이 데려갔던 정원의 등나무를 떠올린 그녀는 그 꽃잎일까 생각했다.

오래 바람을 쐰다 싶었던지, 데인이 어깨에 숄을 걸쳐 주었다. 아실리는 그의 예쁜 눈동자 색을 바라보다가 천천히, 흐린 미소를 지었다.

‘나는 참으로, 다정한 색에 둘러싸여 있구나.’

한 해가 아무것도 해결된 것 없이 지고 있었다. 그럼에도 이곳은 따뜻하고 포근했다.

달리기 전에 푹 쉬는 것으로 기력을 쌓는다. 충분한 휴식을 거친 사람은 더욱 멀리, 더욱 높게 뛸 수 있다. 그리 생각했다. 지금이 그런 휴식 시간인거라고.

고개를 들어 하늘을 봤다. 그리 밝지 않은 햇살이었으나, 늘 세상이 흐렸던 그녀에게는 제법 눈이 부신 빛이었다. 아실리는 화창한 날씨를 물끄러미 바라봤다.

수십 번 반복된 시간 동안 그날은 늘 날이 화창했다. 피와 검. 비명. 바닥으로 흩뿌려진 핏방울…….

떨림은 곧 가라앉았다. 어깨 위로 따뜻한 체온이 앉았다. 어깨를 잡은 희고 고운 손은 데인의 것이었다.

아실리는, 충동적으로 입을 열었다.

"데인, 다시 태어나는 사람이 있다면 어떨 것 같아?"

"응?"

아실리는 길었던 세 달의 악몽과 지금도 이어지는 예지를 생각하면서 물 흐르듯 자연스럽게 이어 말했다.

"시간을 되돌리는 능력이 있다면 ?"

그가 저를 바라봄을 알았다. 동백을 닮은 눈은 꼿꼿하고 흔들림 없었다. 아실리는 보석 같은 선홍색 눈동자가 자신을 응시하도록 두었다.

'어차피, 이해하지 못하겠지.'

이미 묻기 전부터 체념하고 있었으니까. 그러나 잠시 담담하게 응시하던 데인은 조금의 흔들림도 없이 말했다.

"나는 신관이 아니고, 또 그런 능력이 있다고 들어본 적 없지만. 그럼에도."

데인이 미소했다.

“네가 있다고 하면, 나는 믿을 거야.”

그 목소리는 조각난 봄날 별처럼 다정했으며 되레 듣는 이의 가슴이 저릿하게 했다.

아실리가 고개를 들자 눈부신 별에 가장 잘 어울리는 얼굴을 볼 수 있었다. 데인이 그녀의 뺨을 어루만졌다.

“나는 네 편이야.”

데인의 눈앞으로 아주 오래전 풍광이 스치듯 지나간다. 낡은 그림처럼 바랜 기억이다.

<데인? 그게 네 이름이야?>

흔들리는 꽃, 뺨 한쪽이 전부 우그러진 소녀가, 봄별보다 밝게 웃는다.

<나는 ……이야.>

웃으면서 내민 손, 그녀가 기억하지 않아도 그날부터 시작된 감정은 키를 따라 함께 크다가 어느새 그보다도 훌쩍 커 버렸다.

데인은 생각했다.

언젠가 아실리가 훌쩍 큰 어느 날에 그녀에게 그녀가 ‘잊었던’ 것을 이야기해 줄 것이다. 그날이 오기를 기다리면서, 그날 삭막한 세상을 적셨던 너를 따라가리라.

“열여섯 살이 된 것을 축하해.”

그는 진심을 담아, 아실리가 행복하기를 빌었다.

아실리는 갑작스런 포옹에 잠시 당황했으나 금세 진정했다. 타인의 심장 소리가 들리는 게 나쁘지 않았다.

‘심장 소리란 건 조금 느린 듯 조용하구나.’

안긴 채로 눈을 깜빡거려 보았다.

제국은 새해 첫날을 사랑하는 사람과 함께 보낸다. 한국에서 절을 하는 것과 같이 오랫동안 포옹을 했다. 이는 상대의 안녕과 평화를 신에게 빌며, 신의 자손끼리 행복을 나누는 것이라고.

"넌 행복해질 거야. 분명히. 내가 약속할게."

아실리는 입을 벌리고 무언가를 더 말하려고 했다가, 끝내 달싹이기만 하고 다물어 버렸다.

'글쎄.'

머릿속에 일기장과 카스토르, 그리고 다른 무엇들을 떠올리면서 의문을 품었다.

'행복이라니.'

자신에게 몹시도 생소하게 들리는 말이었다. 그녀는 잠시 숨을 멈추고 심호흡이라도 하듯 몇 번 크게 숨을 들이켰다.

'하지만 그랬으면 좋겠다.'

데인은 빠짐없이 눈에 담았다. 눈같이 하얀 이마, 단정한 눈썹, 깜빡거리는 금색 눈썹 아래 사라지는 눈동자. 그녀의 조그만 손을 들어 올린 그가 손 끝에 입술을 가져다댔다.

"아실리, 나의 행복. 걱정하지 않아도 모든 것이 괜찮을 거야."

아실리가 손등으로 제 뺨을 꾹 눌렀다가 떼어 내면서 고개를 기울였다.

"으응."

언제부터인가 그녀는 위로받는 것에 어색해졌다. 공감하는 법을 잊었는지도 몰랐다.

데인은 그런 아실리의 얼굴을 내려다보았다.

"약속해. 네 행복을 지켜 주겠다고."

데인의 눈에는 고장 난 시계처럼 담담한 그 얼굴이 잠깐 울먹이는 것처럼 보였다.

아실리는 저를 감싸 오는 체온에 고개를 파묻으면서 눈을 감았다.

"응. 언젠가, 모든 게 괜찮기를 바라."

* * *

해가 바뀌었고, 나는 성년이 되었다.

〈2권에 계속〉